Les cailloux bleus

DU MÊME AUTEUR

chez Robert Laffont :

LES CAILLOUX BLEUS, roman (1984)

LES MENTHES SAUVAGES, roman (1985)

LES CHEMINS D'ÉTOILES (1987)

LES AMANDIERS FLEURISSAIENT ROUGE, roman (1988)

LE FLEUVE ESPÉRANCE, roman (1990)

chez Seghers :

ANTONIN, PAYSAN DU CAUSSE, récit (1986)

MARIE DES BREBIS, récit (1989)

Christian Signol

Les cailloux bleus

Roman

Cette édition de *Les cailloux bleus*
est publiée par les Éditions de la Seine
avec l'aimable autorisation des éditions Robert Laffont

« Autant qu'un siècle d'histoire européenne, une seule journée de la vie d'un paysan peut servir de canevas à un roman. »

L. TOLSTOÏ

« Demandez-vous belle jeunesse,
le temps de l'ombre d'un souvenir,
le temps du souffle d'un soupir,
pourquoi ont-ils tué Jaurès? »

J. BREL

A la mémoire
de Germaine et d'Anna,
de Julien et de Germain,
mes grands-parents,
en moi blottis.

PREMIÈRE PARTIE

LES ENFANTS DU NOUVEAU SIÈCLE

1.

L'enfant profita d'un instant où sa mère lui tournait le dos pour s'asseoir dans le chaume et enduire de salive ses chevilles où perlaient quelques gouttes de sang. Elle s'essuya les yeux irrités par la sueur, soupira. Des îlots de poussière et de parfums lourds dérivaient sur le causse endormi. Le feu du ciel tombant en nappes blanches faisait crépiter l'herbe rase où bondissaient les sauterelles et crissaient les grillons. L'odeur des épis battus sur les aires, entêtante, dominait par instants puis s'estompait derrière celle des pierres chaudes, moins violente, mais dont l'âcreté empâtait la bouche et suscitait des rêves d'eau fraîche.

Passé les moissons de la fin d'août, les battages animaient le village, là-bas, scandaient les heures de ces journées torrides du début de septembre où la fatigue incite à la recherche de l'ombre et au sommeil. Epuisée, Philomène se laissa aller sur le dos, ferma les yeux, songea à ses chevilles douloureuses. Aurait-elle un jour des galoches pour remplacer les sabots que par économie sa mère rangeait jusqu'aux premiers jours de l'hiver? Le père avait dit « peut-être », un soir de mai où tout était si beau, si doux, si calme, en revenant de livrer les agneaux au village, chez maître Delaval. Elle-même l'y suivait parfois et, ravie, traversait la placette envahie par les canards et les oies, empruntait l'unique rue de Quayrac, pénétrait dans la cour du château en retenant son souffle. Oh! ce n'était certes pas un vrai château, mais quelle différence avec la métairie qui les abritait, elle et sa famille! Juste à la sortie du bourg, sur la route poussiéreuse de Montvalent, une immense bâtisse couronnée de deux pigeonniers trônait au milieu de multiples dépendances, d'aspect plus modeste, mais cependant respectable. Un énorme chêne truffier ombrageait la cour où s'ébattaient les volailles et les chiens. Des charrettes, des landaus et des breaks attendaient devant les écuries d'où s'échappaient les hennissements d'impatience des chevaux à robe grise ou baie. Des servantes et des valets se hâtaient, des paniers ou des outils dans les mains, rabrouaient les chiens, appelaient, s'arrêtaient, repartaient, mus par de mystérieuses nécessités. Par la porte à demi ouverte de la bergerie, le tintement intermittent des sonnailles témoignait de la présence des brebis que les pastres du maître viendraient bientôt délivrer.

Sur le seuil de l'édifice principal dont la voûte d'entrée s'ornait de sculptures naïves, pendant que son père discutait avec M. Delaval, Philomène admirait le costume de velours, le chapeau de feutre noir, les chaussures à clous de celui qui régnait sur un domaine de plus de trois cents hectares. Six métayers travaillaient pour lui, cultivant un peu de blé et de seigle, élevant les brebis sur les grèzes, ces friches dévorées par les chênes nains et les genévriers entre deux étendues de calcaire vif. Aucun d'entre eux n'habitait le village cependant fort d'une douzaine de feux, et où se côtoyaient les familles du maréchal-ferrant, du sabotier, du charron, du propriétaire de l'auberge-épicerie, de la couturière, du tailleur — qui faisait aussi office de barbier le dimanche sur la placette —, du maçon, et du menuisier. Outre ces artisans, deux ménages, les Alibert et les Simbille, travaillaient au commerce des brebis de M. Delaval et habitaient les deux maisons les plus proches du château. Le curé Lafont, lui, passait ses journées à « espérer » ses ouailles, assis sur une chaise de paille, sous le porche de la petite église romane située du côté de la placette opposé à l'auberge, à dix pas du grand chêne et du puits communal. Une religieuse d'âge avancé que l'on appelait « ma mère » l'aidait à tenir le presbytère et s'occupait d'un poste de soins désigné sous le vocable de Miséricorde, dans une vieille maison attenante. Là, d'octobre à juin, elle enseignait la lecture et l'écriture à une dizaine de fillettes, les garçons, eux, étant retenus aux travaux des champs à longueur d'année.

Philomène, pour sa part, ne s'y rendait pas car le père n'y avait jamais consenti. Elle regrettait beaucoup la rareté de ses visites au village où elle se plaisait pourtant, et surtout chaque fin de quinzaine quand il s'agissait de cuire le pain au four banal coincé entre le presbytère et la maison du menuisier, ou alors, à la saison, de porter au tisserand dont un cheval borgne tirait le métier, la laine filée par la mère à la veillée. Elle ne manquait jamais de s'arrêter devant la boutique du sabotier où elle choisissait d'avance les galoches promises par le père. Mais ce jour tant espéré finirait-il par arriver enfin? Devrait-elle encore longtemps marcher pieds nus du mois d'avril au mois de novembre?

Quand elle ne glanait pas dans les chaumes, elle épurait les champs des pierres qu'ils vomissaient. La terre brun sombre du causse se souillait de mille morceaux de calcaire jaunâtre qu'il fallait ramasser un à un, rassembler en bordure du champ et porter dans des paniers d'osier au « cayrou » le plus proche. C'était interminable, éreintant, à pleurer de joie à l'instant où la mère appelait pour la garde des brebis. Alors, malgré ses pieds meurtris, Philomène courait vers la maisonnette aux murs épais couverts de lauzes : les Faysses, son nid où elle se sentait heureuse entre le père, Guillaume, grand, brun et moustachu, la mère, Marie, noire aussi, de peau et de vêtements, ses deux frères plus âgés qu'elle et sa petite sœur, Mélanie, fragile à casser sous les doigts. Elle entrait dans la grande cuisine de terre battue, tirait un verre d'eau à la seille placée dans la souillarde aux larges dalles de pierre, buvait délicieusement dans la fraîcheur relative des murs épais d'un demi-mètre, soupirait d'aise. Vite elle passait dans la chambre prendre sa pèlerine pour le soir, sur l'un des deux lits en bois de noyer où elle dormait avec sa sœur, près de celui de ses parents. Les garçons, eux, dormaient dans la bergerie, à l'étage, dans le foin. Parfois Philomène s'y rendait pour les réveiller, les lendemains de gros travaux. Comme ils n'entendaient pas, elle criait, les secouait, alors Etienne, l'aîné, se dressait brusquement, la soulevait dans ses bras de jeune homme rompu aux lourdes tâches, s'amusait à la faire virevolter autour de lui. Quelle ivresse! Elle riait, le suppliait de la laisser, grisée par l'odeur des brebis, de la paille, de l'homme aussi, peut-être, si troublante qu'elle en fermait les yeux. Abel, le frère cadet, finissait par la secourir, s'empoignait avec Etienne, et le père, qui attendait pour la soupe du matin, appelait de la cour. Elle laissait partir les combattants, s'allongeait dans la paille, peu pressée de gagner les champs en compagnie de sa mère, un panier sous le bras. Pourtant, si elle redoutait le père et ses colères, sa mère, elle, la rassurait : c'était du pain tendre, non pas celui que l'on mangeait quinze jour après les fournées, mais celui, croustillant et savoureux, des lendemains de chauffe.

Elle finissait d'essuyer le sang sur ses chevilles quand la voix familière perça l'épaisseur de ses songes. Debout au-dessus de l'enfant, la mère montra ses propres pieds aussi noirs qu'un sarment fumé.

— Regarde les miens, dit-elle, ils sont morts depuis belle lurette, le sang les a quittés.

Et, caressant les cheveux de sa fille, avec une grande douceur dans la voix :

— Tu auras bientôt des galoches, petite, viens donc!

— Merci, mère, dit Philomène, mais vous savez je n'ai plus mal.

Elle s'engagea sur les pas de la silhouette aimée dont elle connaissait chaque déhanchement, chaque geste souple des bras pendant la marche, et qui s'était mise en route sans attendre, un léger sourire aux lèvres après les derniers mots prononcés par l'enfant.

Passé la limite des chaumes, elles suivirent un chemin étranglé par deux murs de lauzes qui coupait une garenne de genévriers. Philomène aimait profondément le grand silence des terres hautes où elles entraient maintenant, point culminant d'un plateau désertique et rongé par la rocaille, domaine du vent, des perdreaux aux pattes rouges, des lièvres et des éperviers. Il s'inclinait vers le nord en direction de la combe où nichait la métairie, vers le sud en direction des deux seuls champs cultivés par le père : l'un de blé, l'autre de seigle, en assolement une année sur deux. La mère allait d'un bon pas, légèrement courbée, et l'enfant prenait peine à la suivre.

Il leur fallut dix minutes pour atteindre les grèzes au-delà desquelles, en contrebas, blottie au fond de la combe, la métairie résonnait du bruit mat des fléaux maniés par le père et son fils aîné.

— Mère! appela Philomène, s'arrêtant brusquement à l'endroit où le chemin basculait vers la combe après un ultime « raidillou ».

— N'entends-tu pas qu'ils travaillent encore? Je vais leur donner la main. Viens donc « pitchoune »!

— Mère! insista l'enfant sans avancer d'un pas.

Marie Laborie se retourna, l'air contrarié, dévisagea sa fille immobile dont les traits s'étaient assombris, demanda :

— Qu'y a-t-il?

— Pourquoi Etienne doit-il nous quitter, mère? N'avons-nous plus de quoi nourrir tout le monde?

Marie revint vers sa fille, caressa sa joue, esquissa un sourire :

— Il le faut, ma Philo.

— Mais pourquoi donc? Ne sommes-nous pas heureux tous ensemble?

La mère ne répondit pas, son regard se perdit sur la buée bleue mollement étendue au-dessus du plateau qu'elles venaient de quitter, se voila.

— Il veut être soldat, lâcha-t-elle, très vite.

— Et s'il était tué?

— « Sento Bierzo! » il ne sera pas tué notre Tiénou puisqu'il n'y a pas de guerre.

Elle se signa furtivement, psalmodia une courte prière patoise, puis se força à plaisanter :

— Tu sais comme il est fort, comme il te fait tourner et danser dans ses bras! Il assommerait un bœuf avec ses poings, Etienne.

Philomène resta silencieuse, se refusant à cette fausse joie.

— Il ne veut pas partir, mère, dit-elle tout bas et en baissant les yeux, c'est le maître qui n'en veut plus ici, je le sais très bien.

— Malheureuse, qu'est-ce que tu dis là! s'exclama la mère, feignant un début de colère.

— C'est à cause des perdreaux et des lièvres qu'il piège, assura Philomène.

Marie prit sa fille par les épaules, l'entraîna sur la pente avec un mouvement d'humeur qu'elle regretta aussitôt :

— Tu sais, Philo, dit-elle, Etienne n'est pas fait pour mener la vie de métayer.

Philomène demeura muette, prit la main de sa mère, s'appuya contre elle tout en marchant.

— Tu n'es pas de cet avis? ajouta la mère.

Puis, sans lui laisser le temps de répondre, au moment où elles dépassaient le puits situé juste derrière la métairie :

— Deux hommes dans une maison c'est déjà un de trop, ça n'irait pas entre le père et lui.

C'était vrai qu'il était devenu homme, Etienne, tout en muscles et en nerfs, et qu'il savait élever la voix. Philomène se souvint de la dernière dispute entre le père et lui, un soir, pendant le repas, Etienne lui reprochant d'être soumis à M. Delaval, de ne savoir qu'obéir, de ne jamais se défendre.

— On t'y verra, toi, s'était insurgé le père, quand tu auras charge de famille!

— Même pas le droit de ramasser le bois mort! avait insisté Etienne.

— Il nous attribue un lot de chênes nains.

— Pour qu'on ne meure pas de froid, avait poursuivi Etienne, il lui faut bien quelqu'un pour garder ses brebis et cultiver son seigle et son blé. D'ailleurs avec ce qu'on lui donne, heureusement qu'il y a du gibier sur les terres hautes, sans quoi...

— Le gibier ne nous appartient pas, je te l'ai dit cent fois!

Le père s'était levé, avait frappé du poing sur la table.

— Le gibier appartient à celui qui le prend! Vous ne le refusez d'ailleurs pas quand il est sur la table.

Le père avait pâli, s'était assis de nouveau, avait avalé trois cuillerées de soupe, murmuré d'un ton las, oubliant sa colère :

— Mon père et mon grand-père étaient eux aussi métayers, personne n'est jamais mort de faim chez nous.

— Ça viendra peut-être, avait ajouté Etienne, défiant le père jusqu'à la limite du tolérable.

Le repas s'était achevé dans un lourd silence que même la mère n'avait pas osé troubler, car Etienne était seulement son beau-fils. Certes, elle l'avait accueilli comme son propre enfant lors de son mariage avec Guillaume Laborie, mais elle avait toujours perçu de la part de son mari une sorte de ressentiment envers son fils aîné, comme s'il lui reprochait inconsciemment la mort de sa mère en couches, vingt ans auparavant. Philomène ne comprenait pas très bien cette qualité de demi-frère dévolue à Etienne alors qu'il vivait sous le même toit depuis toujours et qu'elle l'aimait autant qu'Abel ou Mélanie. La mère ne faisait pas non plus de différence entre les garçons qui mangeaient de surcroît à la même table et dormaient dans le même foin : « Alors pourquoi demi-frère? » s'était souvent interrogée Philomène, retirant de cette parenté imparfaite la conviction d'une injustice dont elle avait souffert en silence...

La mère et la fille, après avoir contourné la bergerie, entrèrent dans la cour où le parfum brûlant des épis battus par les hommes les fit suffoquer. Les apercevant, le père et son fils abaissèrent leur fléau et, d'un geste machinal, s'essuyèrent le front d'un revers de bras.

— La petite pleure, dit la mère, tournant la tête vers la métairie pour échapper aux vagues d'air surchauffées montant des gerbes blondes.

Le père haussa les épaules, soupira, ferma un instant les yeux de fatigue.

— On n'entendait pas, souffla-t-il.

Ruisselants de sueur, le père en chemise, Etienne torse nu, ils mirent à profit ce moment de répit pour boire à la régalade une gorgée de vin frais. Puis le père s'essuya les moustaches avec son index, replaça la bouteille dans le seau rempli d'eau, à l'ombre des gerbes empilées.

— Où est Abel? demanda la mère.

— Au village. Il est allé chercher du grillage pour réparer le tarare qui est percé. Je commencerai à vanner dans deux ou trois jours.

— Je vais te relayer un moment, dit la mère. Repose-toi un peu.

Puis, se tournant vers Philomène :

— Emmène la petite avec toi pour garder, je t'enverrai Abel dès qu'il reviendra.

La petite hocha la tête, entra dans la cuisine avec un frisson de bien-être, but un grand verre d'eau qu'elle puisa dans la seille, prit sa sœur un instant dans ses bras, ce qui suffit à la calmer. A trois ans, Mélanie prenait au gré de Philomène beaucoup trop d'importance, mais elle n'arrivait pas à lui en vouloir. Elle se souvenait sans véritable déplaisir de ces pleurs qui l'avaient accompagnée longtemps, dès la naissance de sa sœur, des nuits où elle se blottissait sous l'oreiller pour ne plus les entendre, après avoir vainement chanté les refrains enfantins appris de sa mère, bercé la petite dans ses bras nus. Elle avait ainsi découvert dès son plus jeune âge l'amour des femmes pour leurs enfants, usé d'une patience infinie, de gestes tendres instinctivement prodigués.

Traînant la petite par la main, elle ressortit, n'eut même pas besoin d'appeler le chien qui vint en jappant se frotter contre ses jambes, ayant deviné le départ. Un dernier regard vers la mère au travail en compagnie d'Etienne, et elle se dirigea vers la bergeric dont elle ouvrit la porte de bois brut, chanta :

— Véni, véni, bélébilibili!

La Méjane sortit en tête comme à l'accoutumée, suivie par le troupeau dont les sonnailles résonnèrent joyeusement dans l'après-midi finissant.

— Véné, véééni! chanta de nouveau Philomène, et le troupeau s'étira derrière elle, tandis qu'elle prenait la direction du plateau, lc chien sur ses talons.

Mélanie blottie contre elle, Philomène s'était allongée sur un lit de mousse blanche, les yeux grands ouverts, s'était envolée dans le ciel infiniment bleu, dérivait maintenant avec le busard endormi tout là-haut, oubliait enfin son dos çerclé dans un anneau de fer, ses chevilles écorchées, le crépitement des insectes et le bourdonnement des mouches engluées dans l'air lourd. L'été sans merci de septembre n'en finissait pas de brûler sa végétation squelettiquc, sa terre et sa rocaille couturées de crevasses. Un flamboiement muet roulait par vagues jusqu'à l'horizon porté en incandescence par un acharnement de lumière têtue, réverbérait la chaleur qui ondulait sur elle-même en plages aveuglantes. Même le silence chauffait le plateau. Sans la danse ivre des abeilles et des moucherons, il aurait refermé sa chape de plomb fondu sur les bêtes et les hommes jusqu'à l'arrivée de la brise nocturne.

De temps à autre, la cloche de la Méjane renseignait pourtant Philomène sur la position du troupeau par rapport à la direction qu'elle avait donnée avant de s'allonger à l'ombre, mais c'est à peine si elle l'entendait, trop préoccupée qu'elle était par le proche départ d'Etienne. Que personne ne le retînt, qu'il quittât la famille après tant d'années passées ensemble lui semblait impossible, et elle ne parvenait pas à imaginer la vie sans lui. Cherchant à fuir cette pensée douloureuse, elle prit la résolution de lui parler le soir même, de l'exhorter à rester avec eux. Etienne l'écouterait, elle, quand elle l'entretiendrait des moissons à terminer, d'une guerre toujours possible, du trop jeune âge d'Abel, de la solitude du père dans le travail, du chagrin de la mère à le savoir si loin. Il ne les abandonnerait pas, elle en était sûre à présent, la preuve : Etienne souriait en l'écoutant, promettait tout ce qu'elle lui demandait.

Une sorte d'absence vint l'alerter au fond de ses rêves : la cloche de la Méjane ne résonnait plus. Philomène se leva, allongea Mélanie, aperçut la vieille brebis à l'ombre d'un genévrier. Abandonnant sa sœur, elle marcha vers la bête, qui, la reconnaissant, vint vers elle en boitillant. Elles se rencontrèrent au milieu du troupeau, et la bergère caressa le museau de la Méjane dont les grands yeux semblaient implorer du secours, se promit d'en parler au père, le soir venu. Elle le suivrait dans la bergerie, observerait avec attention ses gestes savants, sa façon de gratter avec un couteau autour de la blessure, de la panser délicatement avec un mélange de terre et de plantain, de parler doucement pour la rassurer.

Deux agnelles qui ne lui appartenaient pas s'approchèrent de la Méjane, cherchèrent les tétines, mais elle les repoussa du pied. Attendrissantes, elles la regardèrent sans comprendre de leurs yeux naïfs, et Philomène songea avec tristesse que bientôt elle ne les verrait plus car la foire d'automne approchait. Le père allait rendre sa part au maître et vendre les agnelles de manière à garder le minimum de bêtes pour l'hiver. Chaque année, en effet, la hantise du manque de fourrage l'incitait à vendre, même à bas prix, plutôt que de ne pouvoir nourrir ses bêtes pendant les froidures. Chez les Laborie, pour cette raison, on sortait le troupeau jusqu'à l'arrivée des mauvais jours, parfois même jusqu'au début de novembre s'il ne gelait pas, et il quittait la bergerie, passé l'hiver, dès les premiers jours d'avril. Le problème du fourrage désespérait le père depuis toujours : où chercher l'herbe, sinon dans les rares combes où ruisselaient les eaux de pluie? Et encore fallait-il y aller sans charrette, par des sentes impraticables à peine taillées dans le roc, traînant derrière soi une petite meule assise sur deux crochets en bois disposés de chaque côté d'un bât. Une fois à la métairie la meule avait diminué de moitié, le père se lamentait, et Philomène, en l'écoutant, songeait à la séparation forcée du mois d'octobre qu'elle redoutait tellement.

Délaissant ses sombres pensées, elle s'aperçut qu'en l'absence de guide le troupeau se dispersait et regretta que le bélier noir, trop âgé, demeurât désormais à la bergerie. A peine s'il pouvait saillir les brebis! Le père avait demandé au maître de le remplacer, mais celui-ci avait refusé : à son avis, le bélier pouvait encore servir un an ou deux.

Revenant vers sa sœur, Philomène appela le chien allongé à l'ombre :

— Vélou! Vélou!

La bête se dressa, oreilles frémissantes, tandis que l'enfant désignait du doigt trois jeunes brebis séparées des autres, difficilement visibles derrière un bouquet de genévriers.

— « Vaï lou quère, Vélou, vaï lou quère [1]! »

Le chien détala en aboyant, contourna le troupeau à toute vitesse, mordilla les jarrets des jeunes brebis qui firent demi-tour et dévalèrent la pente, provoquant dans le troupeau une sorte de houle qui le ramena au centre de la grèze.

— Ici, Vélou! ordonna Philomène en s'asseyant.

Le chien revint à ses pieds, quêtant une caresse, puis il aboya soudain en direction du chemin. Abel arrivait, les mains dans les poches, en sifflotant. Philomène le regarda s'approcher en souriant. De quatre ans plus âgé qu'elle, son frère était encore frêle malgré ses onze ans. Ses cheveux noirs et son teint mat donnaient à l'ovale de son visage un air mélancolie qu'accentuait son apparente fragilité, suscitant chez sa sœur une permanente envie de le protéger. Lui aussi marchait les pieds nus pour « économiser » les sabots, mais il ne s'en souciait plus : un cal épais s'était formé sur sa peau, le préservant des blessures infligées par les pierres et les

---

1. Va les chercher, Vélou, va les chercher!

chaumes. Il s'assit près d'elle, soupira en s'essuyant le front.

— Es-tu allé à Quayrac? demanda-t-elle.

Il hocha la tête mais ne répondit pas.

— Qu'as-tu vu, aujourd'hui?

Il haussa les épaules en soufflant d'un air agacé.

— Tu as bien vu quelqu'un quand même, insista Philomène.

— Je me suis arrêté chez Armand.

Armand Mestre était le sabotier. A quarante-six ans et bien que marié depuis longtemps avec Eugénie, une femme débonnaire aux cheveux couleur de paille, il n'avait jamais pu avoir d'enfant. Aussi appréciait-il les visites des gosses qu'il intéressait volontiers à son travail. En outre, il passait au village pour un original car, professant des idées républicaines, il se proclamait socialiste et partisan de Jules Guesde, ce qui le désignait comme le pire ennemi de M. Delaval et du curé Lafont. Cependant, il était si brave et si serviable que nul ne songeait à se servir ailleurs en sabots ou galoches, même pas aux foires de Martel ou de Gramat. Au village, en effet, les antagonismes n'entamaient en rien la solidarité de la communauté accoutumée à vivre en économie fermée. D'ailleurs, il fallait deux heures pour aller à Gramat en charrette, et trois pour se rendre à Martel car on devait traverser la Dordogne sur le pont de bois et monter ensuite une longue côte qui creusait la falaise entre Gluges et la croix de Mirandol. Autant dire que l'on ne s'y décidait pas tous les jours.

— De quoi avez-vous parlé? demanda abruptement Philomène.

Abel se coucha de côté, s'appuya sur un coude, coupa un brin de genévrier et le glissa entre ses dents.

— Comme toujours, de Dreyfus.

Philomène resta un moment silencieuse, se remémora les paroles du père, ses colères chaque fois qu'on évoquait ce nom devant lui, mais elle n'avait jamais réussi à comprendre cette histoire. Qui étaient les juifs? Qui étaient les francs-maçons? Et pourquoi le monde leur en voulait-il tant? Faute d'explications claires, elle avait renoncé à s'y intéresser.

— C'est tout? demanda-t-elle avec impatience.

— D'Etienne, bien sûr.

— S'il était tué, Etienne, souffla-t-elle.

Abel haussa les épaules, affirma :

— Il sait se défendre, va.

— Quand même, c'est dangereux.

— N'empêche qu'il va voir la mer et peut-être la traverser, fit Abel avec enthousiasme.

Philomène, qui n'avait jamais vu que des cailloux et des genévriers, demanda :

— Qu'est-ce que c'est, la mer?

Le garçon s'assit, daigna regarder sa sœur et s'extasia, les yeux brillants :

— De l'eau, de l'eau, de l'eau, et bleue comme le ciel.

Elevée depuis toujours dans le respect de l'eau rare du puits, Philomène, qui avait reçu plusieurs gifles pour une timbale renversée par maladresse, suggéra :

— Un grand puits?

— Que tu es bête! protesta Abel. De l'eau au moins comme d'ici à Gramat, peut-être même Figeac!

— Abel! tu te moques de moi!

— Mais non, bécasse, c'est si grand qu'on la traverse en bateau.

Incapable d'imaginer autre chose que le paysage de ses sept ans de vie, Philomène, fermant les yeux, devina une immense étendue de cailloux bleus, plus grande encore que le plateau.

— Qui te l'a dit? fit-elle, incrédule.

— Il m'a fait voir sa feuille de départ.

— Peuh! il ne sait pas plus lire que nous.

En effet, ni elle, ni ses frères, ni bien sûr ses parents n'avaient un jour mis les pieds dans une école. Et malgré les démarches du curé Lafont, le père Laborie n'avait pas autorisé ses enfants à fréquenter l'établissement de celle qu'il appelait, avec une nuance d'ironie, « la mère miséricorde » :

— Pour les filles on verra, pour les garçons j'en ai besoin, avait-il tranché lors de sa dernière entrevue avec le curé, sur la place du village.

— Comme vous voudrez, Laborie, avait répondu ce dernier, mais des enfants sans Dieu ne sont pas de vrais enfants.

Le père était reparti sans répondre mais avait explosé, le

soir même, à l'heure du repas, devant sa femme qui ne manquait ni la messe ni les vêpres.

— Au moins, envoyons-y Philomène, avait plaidé la mère.

Puis, comme effrayée par sa hardiesse :

— Seulement pendant l'hiver.

— On verra, avait coupé le père, mécontent qu'on lui tînt tête.

Mais la petite avait compris qu'il finirait sans doute par céder sous la double pression du curé et de la mère toujours capable, par la douceur, de fléchir son mari...

— J'irai bientôt à l'école, moi, dit-elle.

— Ça ne sert à rien, l'école, assura Abel.

— On y apprend à lire les lettres.

— Pourquoi apprendre puisqu'il y en a qui savent?

— C'est mieux de le faire soi-même, surtout s'il s'agit d'une lettre d'amoureux! prétendit Philomène.

Puis, après avoir marqué un temps de réflexion :

— Qui a lu sa lettre, à Etienne?

— Le maître, répondit Abel, d'ailleurs c'est lui qui l'a reçue.

— Qu'y avait-il d'écrit?

Abel fronça les sourcils, cherchant dans sa mémoire, le regard sombre.

— D'abord il y avait une date.

— Une date! qu'est-ce donc?

— C'est le jour où on l'a écrite : 2 septembre 1897.

— Et puis? insista Philomène, impatiente.

— Le nom du régiment et la ville où il doit se rendre avant le quinze du mois... Toulon, je crois.

— C'est dans la mer?

— Mais non! c'est au bord de la mer. Tu es trop bête, tiens! Une ville ne peut pas être construite sur la mer, elle se noierait.

— Ah bon! fit la petite, songeuse, ne parvenant pas à comprendre comment tant d'eau s'arrêtait aux portes d'une ville sans se heurter à un mur. Un puits, au moins, c'était simple et rond, un espace bien défini, il suffisait de se pencher pour apercevoir l'eau prisonnière dans le fond...

— Tu partiras, toi, Abel? demanda-t-elle brusquement.

— Je ne sais pas, dit-il, après une hésitation. J'aimerais

bien travailler au village, faire des sabots avec Armand.

— Moi, dit Philomène, quand je saurai lire, les gens viendront me voir avec leurs lettres.

— Et tu vivras de quoi?

— J'apprendrai la couture.

Puis, rêveuse :

— Je me ferai des belles robes avec des fleurs de toutes les couleurs.

Elle rejoignit Mélanie qui s'était éloignée de quelques mètres et portait un caillou à sa bouche. Elle le lui prit sans ménagement et la petite se mit à pleurer.

— Oh là là! s'impatienta Abel, rends-le-lui son caillou!

Philomène souleva Mélanie et la ramena à l'ombre du genévrier tout en lui donnant un morceau d'étoffe noire roulé en forme de poupée. La petite s'en saisit, la mordilla, cessa de pleurer.

— As-tu trouvé le grillage? s'inquiéta Philomène.

Abel réfléchit, surpris par cette question impromptue, se demandant de quel grillage il était question.

— Le grillage? Ah oui! j'en ai trouvé. Le régisseur m'en a donné un carré.

— Tu es allé au château?

— Forcément, puisque j'ai vu Edmond.

— Il l'a noté sur son carnet?

— Non! il m'a dit de le cacher en partant.

Philomène se félicita mentalement des bons rapports entretenus par son père et le régisseur à qui il était lié par une lointaine parenté : comme c'était Edmond qui tenait les comptes, il fermait souvent les yeux sur le matériel pris par le métayer des Faysses.

— Pourquoi ne s'est-il jamais marié, Edmond?

— Je ne sais pas, dit Abel.

— Te marieras-tu, toi, quand tu seras grand?

— Bien sûr.

— Et avec qui?

— Je ne sais pas encore, murmura Abel avec une ombre de retenue dans la voix.

— Moi, reprit Philomène, je choisirai un mari fort comme le père ou comme Etienne, mais il ne sera pas soldat : j'aurai trop peur qu'il soit tué à la guerre.

Puis, revenant au présent :

— A propos! la Méjane boite, faudra le dire au père.

— Il y a aussi la Roume qui ne mange pas. Regarde! elle doit avoir mal aux dents.

Philomène la chercha des yeux, aperçut la brebis immobile au cœur du troupeau, tête dressée, apparemment souffrante.

— Le père va encore crier, ce soir, soupira-t-elle.

Le soleil maintenant déclinait, laissant place à une brise intermittente qui jouait à frôler les genévriers et permettait aux enfants de mieux respirer. S'étant rendu compte la veille de la diminution rapide des jours, ayant même failli se laisser surprendre par la nuit, Philomène s'était bien promis de ne pas recommencer. Cela lui était arrivé une fois l'an passé, en allant à la recherche d'une brebis égarée, et elle n'avait jamais oublié ces trois heures de solitude nocturne sur les terres hautes, où son esprit encombré par les histoires entendues dans les veillées lui avait ménagé des rencontres avec la fée barbue, le Drac, le loup-garou et la chasse volante.

— On ne va pas tarder à rentrer, dit-elle.

— Il n'est guère plus de huit heures, fit Abel, attendons un peu, on se ferait disputer.

Ils restèrent un long moment silencieux, surveillant Mélanie qui jouait toujours avec sa poupée de chiffons en lui tenant des propos inintelligibles. Puis, saisi d'une pensée subite, Abel révéla :

— Le maître a dit à Etienne qu'il irait sans doute en Afrique.

— En Afrique! s'exclama Philomène brusquement tirée de sa rêverie, mais ça doit être au bout du monde!

— C'est de l'autre côté de la mer. Même que là-bas ils sont tous noirs.

— Comment ça, noirs?

— La peau noire, quoi!

— Comme moi? demanda Philomène en montrant ses bras et ses jambes bronzés.

— Non! beaucoup plus noirs encore.

Et, cherchant un exemple de noirceur incontestable :

— Comme la cheminée du cantou, tiens!

— Cela n'est pas possible, s'indigna Philomène, des gens noirs comme la suie, ça n'existe pas, ou alors ce sont des créatures du diable.

— Le maître sait ce qu'il dit. Et lui, d'ailleurs, il en a vu.

Devant cet argument irréfutable, Philomène demeura bouche bée, s'abîma dans une profonde réflexion au terme de laquelle elle suggéra :

— Peut-être ne vivent-ils que la nuit, c'est pour cette raison que leur peau devient noire.

Manifestement pris au dépourvu par cette idée originale, Abel s'interrogea, mais sa sœur ne lui laissa pas le temps d'analyser une si curieuse hypothèse.

— On va rentrer, dit-elle, la petite ne marche pas vite, il nous faudra au moins une demi-heure.

Il ne protesta point et elle pensa que, peut-être, il souhaitait comme elle quitter le plateau avant la nuit pour éviter d'éventuelles rencontres. Ils se levèrent d'un même élan, envoyèrent le chien rassembler le troupeau qu'ils poussèrent ensuite lentement devant eux dans le soir tombant, écoutant d'une oreille distraite le rappel des perdreaux dans les bois de chênes.

Etienne tendit son assiette au père qui la remplit de la soupe au pain fumant dans le « toupi », puis ce fut le tour d'Abel, de Philomène et enfin de Mélanie. La mère, elle, déjà servie, mangeait debout entre le meuble bas du vaisselier et le tamis à bras que l'on utilisait pour passer la farine. Chacun mangea sa soupe avec appétit, sans parler, puis le père versa du vin dans le bouillon, but longuement, reposa son assiette et s'essuya les moustaches avec un soupir de satisfaction. Il faisait peu de vin, deux pièces seulement, avec les raisins de la vigne située à mi-chemin entre la métairie et le village, au flanc d'un coteau exposé au sud, mais c'était le sien et pour cette raison, de son propre avis, le meilleur. Au reste il en buvait seulement à partir de carnaval, car, d'octobre à février, il se contentait de la piquette obtenue, une fois le premier vin tiré, par l'adjonction sur les grappes de cinq kilos de sucre et de cinquante litres d'eau tiède. C'était un régal pour Abel et Philomène qui y avaient droit en raison de la faible teneur en alcool du liquide rosé.

— Je suis passé à la vigne, dit le père en continuant

d'essuyer machinalement ses moustaches, le raisin est beau, cette année.

Etienne hocha la tête d'un air absent, et la mère dit doucement :

— Tu en auras de reste, Guillaume, puisque Etienne s'en va.

Un lourd silence tomba, chacun évoquant pour lui-même les conséquences de ce proche départ. Alors le père, devinant les pensées de sa femme et de ses enfants, se décida enfin :

— C'est donc pour demain matin? demanda-t-il en s'adressant à son fils aîné.

— Oui, répondit Etienne, il me faudra bien dix jours.

— Par où vas-tu passer? Le sais-tu?

— Par Toulouse. M. Delaval m'a dit que je trouverai une gare là-bas.

— A propos! Il faut que tu ailles lui faire tes adieux et que tu le remercies de s'être occupé des papiers.

Le silence retomba pendant de longues secondes, persista. Au-dehors, la nuit finissait d'ensevelir le causse, et la faible lumière du calel où l'on brûlait l'huile de noix de la deuxième presse donnait aux silhouettes un aspect inquiétant dans lequel Philomène devinait, comme chaque soir, les terribles cornes du Drac. Un chien aboya très loin, vers le village, le son de sa voix roula de combe en combe avant de rebondir sur les terres hautes et de se perdre au fond des bois.

— Je n'irai pas, père, dit Etienne.

Guillaume Laborie, qui s'apprêtait à couper le gâteau de farine de maïs, resta le geste en suspens. Abel et Philomène, eux, rentrèrent instinctivement la tête dans les épaules, s'attendant au pire. Mais ce fut la mère qui intervint la première après avoir posé son assiette sur la table avec une vigueur inhabituelle.

— Ecoute ton père, Etienne, tu ne vas quand même pas le faire crier ce soir, dit-elle d'une voix qui, d'anormalement dure, s'éteignit peu à peu.

— Je n'irai pas, fit Etienne buté. D'ailleurs, je l'ai remercié l'autre jour.

Le père acheva de couper le gâteau, distribua sa part à chacun de ses enfants, servit sa femme mais oublia Etienne.

— Si je comprends bien, grommela-t-il entre ses dents, tu

veux me porter tort jusqu'au bout. Quand je pense à tout ce que M. Delaval a fait pour nous!

On sentait chez lui une colère contenue dont Philomène guetta la progression dans son corps musculeux.

— Il vous prend quand même la moitié des récoltes, des brebis et des agneaux. C'est pourtant vous qui cultivez les terres et élevez les bêtes.

— Et alors? explosa le père, la terre est à lui et le troupeau aussi. Et il ne manque pas de pauvres gens pour envier notre sort.

Puis, comme si une digue cassait au fond de lui :

— Mais qui a bien pu te mettre ces idées dans la tête? Les choses durent ainsi depuis plus de cent ans et tu voudrais d'un seul coup tout changer, à commencer par prendre le bien des gens? Par la force, peut-être? Mais de quel droit? Et qui es-tu pour parler de la sorte?

La colère l'avait empourpré, il soufflait comme s'il peinait sous un fardeau.

— Allons! intervint la mère, vous n'allez quand même pas vous disputer ce soir. A quoi cela servirait-il puisque Etienne s'en va demain?

— A rien, bien sûr, grogna le père, mais en gardant sous mon toit cet énergumène qui braconne et parle à tort et à travers je me suis mis dans un mauvais cas.

Mélanie se mit brusquement à pleurer, effrayée par les éclats de voix.

— C'est encore ce fou d'Armand Mestre qui t'a monté la tête, poursuivit le père, incapable maintenant d'endiguer le flot de ses reproches. Et ne dis pas le contraire, on t'a vu avec lui, c'est Edmond qui me l'a dit.

— Mestre n'est pas fou, se rebella Etienne. Depuis cinq ans ses amis socialistes progressent aux élections.

— Qu'est-ce que tu y connais, toi, aux élections et aux socialistes? Tu ne votes même pas.

— Je voterai bientôt.

Comprenant qu'elle ne pouvait plus rien tenter pour les arrêter, la mère emmena Mélanie qui hurlait et s'assit au cantou en essayant de la calmer. Abel et Philomène mangeaient leur galette tête baissée, mais ne perdaient pas un mot de la discussion. Le père eut tout à coup un geste brusque, renversa son verre, jura. Philomène se précipita, nettoya prestement la table avant de regagner sa place en s'écartant légèrement de lui.

— T'avoir élevé jusqu'à aujourd'ui pour entendre ça, bonté divine! reprit-il, le regard dur et presque méprisant.

— J'ai gagné mon pain, rétorqua Etienne.

— Mestre est un communard! cria le père. Il a failli être fusillé à Montmartre en 1871! Ma parole, tu as juré de me faire chasser d'ici comme un bandit de grand chemin!

Etienne n'acheva pas de manger le morceau de galette glissé par la mère au moment où elle avait pris Mélanie dans ses bras. Il repoussa ostensiblement son assiette, soupira.

— Personne ne vous chassera, père, dit-il d'une voix égale, nous ne sommes plus sous l'Empire et la République a vingt-cinq ans.

— Et alors? La terre s'achète toujours, elle ne se vole pas, les lois de la République n'ont pas changé ça, que je sache!

— Pas encore, dit Etienne d'une voix maintenant très calme, presque douce, mais un jour elle la partagera entre les mains de ceux qui la travaillent. Je suppose que vous n'avez rien contre?

Sidéré, le père ne trouva rien à répondre. Il replia la lame de son couteau, lissa longuement ses moustaches, grogna :

— Des paroles, tout ça, des mots jetés au vent. Crois-moi, on n'en est pas encore là. Et, en attendant, heureusement qu'il existe des propriétaires assez bons pour confier leur terre à des métayers.

— Parce qu'ils n'ont que deux bras, père.

Guillaume Laborie haussa les épaules mais se tut. La colère le quittait peu à peu, remplacée par une immense lassitude. Il sentait bien, confusément que les idées émises par son fils ne manquaient pas de bon sens, mais, en même temps, l'impression d'une obscure menace s'insinuait en lui en l'écoutant et mettait en péril ce à quoi il tenait le plus au monde : sa certitude de gagner son pain honorablement et de nourrir sa famille. Il en voulait surtout à Etienne de bousculer les principes sur lesquels il avait construit sa vie de labeur et de peine, et il lui semblait qu'après son départ, malgré les difficultés du travail en solitaire, il retrouverait à la fois ses convictions et sa sérénité. Comme il avait enfin besoin d'un exutoire à son courroux, il s'en prit à Abel en criant :

— Que je t'y prenne, toi, à traîner dans la boutique du communard!

Le garçon baissa la tête, garda un morceau de galette dans la bouche sans oser l'avaler.

Comprenant que l'occasion était propice, la mère, appelant Philomène, lui confia Mélanie, commença d'essuyer la table en demandant :

— C'est loin, Toulon, Etienne?

Ce dernier lui jeta un regard plein de reconnaissance et saisit la perche tendue :

— Entre trois cents et quatre cents kilomètres. Un peu moins en passant par Aurillac, mais les routes y sont dures.

— Est-ce vrai que tu iras en Afrique? intervint Abel, jugeant que l'orage était passé.

— Peut-être.

— Vrai aussi qu'ils sont tous noirs, là-bas, comme la suie du cantou?

Le père parut se réveiller et, de nouveau, s'emporta :

— Qui t'a enseigné de telles sottises, bêta?

— C'est Etienne, père.

— Alors non seulement tu dis n'importe quoi, mais en plus tu racontes des sornettes aux enfants.

Puis, sans même laisser à son fils aîné le temps de s'expliquer :

— Des gens à la peau noire! J'aurai tout entendu dans cette maison.

— C'est pourtant M. Delaval qui me l'a dit, protesta Etienne.

De stupeur, le père faillit s'étrangler en avalant un dernier verre de vin. Il toussa, se leva, pris d'un nouvel accès de fureur.

— M. Delaval s'est foutu de toi, et il a bien eu raison. Mon pauvre gosse! on te ferait même croire que les renards sont bleus!

Et, à l'adresse d'Abel :

— Viens me montrer les brebis malades, toi, au lieu d'écouter ces fables!

Il s'empara d'une bougie, l'alluma au calel et entraîna Abel vers la bergerie après avoir claqué la porte derrière lui.

Dans le silence revenu, la mère vint s'asseoir près d'Etienne, lui versa un fond de verre de vin.

— Ne t'inquiète pas, dit-elle, il a toujours été comme ça. Mais tu sais comme il est brave et droit.

Etienne essaya de sourire mais n'y parvint pas.

— C'est pour vous que je me fais du souci, dit-il, pour vous tous. Avec ce travail, ici, et lui tout seul!

Philomène quitta vivement le cantou et, sa sœur toujours dans ses bras, se précipita vers Etienne, supplia :

— Alors ne pars pas, je t'en prie, reste avec nous!

Elle s'assit près de son frère, lui prit la main et la serra. Il la considéra avec une sorte de distance triste tout en lui caressant la joue.

— Il le faut, pourtant, murmura-t-il.

Mais il sembla à Philomène qu'il hésitait encore, que rien n'était perdu.

— Le père ne pourra pas y arriver tout seul, ajouta-t-elle. Et s'il tombait malade, que deviendrions-nous?

Puis, plus bas, avec une chaleur attendrissante :

— Toi tu es fort, Etienne, fort et jeune.

Comme il gardait le silence, elle chercha de l'aide auprès de sa mère :

— N'est-ce pas, mère, qu'il est fort, Etienne?

— Oui, c'est vrai, ma Philo, mais Abel va grandir et deviendra très vite aussi fort que lui.

Philomène se sentit trahie : des larmes de désespoir vinrent éclore au bord de ses cils, tandis qu'Etienne, remerciant la mère des yeux, retrouvait sa résolution première :

— C'est aussi pour Abel que je pars. Trois hommes, ici, c'est trop.

— Mais il n'a que onze ans! s'insurgea Philomène.

— Le temps passe vite, tu sais, et puis toi aussi tu vas grandir, prendre des forces. Je suis sûr que tu travailleras bientôt comme un homme!

Philomène eut une petite moue pour refouler le sanglot qu'elle sentait monter dans sa gorge. Etienne passa son bras autour de ses épaules et la serra contre lui.

— Un vrai petit homme, ma Philo.

La mère quitta la table pour dissimuler son émotion et s'affaira devant la crémaillère d'où elle dépendit la marmite qu'elle posa sans raison sur le trépied noirci, entre les chenets. Philomène s'abandonna contre son frère, tenta un ultime recours :

— Abel m'a dit qu'il y avait la guerre en Afrique. Et si tu étais tué, Etienne!

— Que tu es bête! rien ne dit que j'irai en Afrique. Tiens! regarde!

Il sortit de sa poche une feuille de papier, la déplia, montra du doigt un mot en haut de la page.

— Tu vois, ça veut dire Toulon. C'est en France, Philo, pas en Afrique!

— Quand même, Etienne, si loin, souffla-t-elle.

Mais elle n'eut pas le temps d'en dire plus, car le père, déjà, revenait. Il referma la porte derrière lui, éteignit la bougie entre deux doigts, s'assit au cantou, écrasant machinalement les braises avec le pique-feu.

— Où est Abel? demanda la mère.

— Il est couché, demain on se lève tôt.

— Emmène la petite, va, dit la mère à Philomène, elle tombe de sommeil.

Celle-ci s'arracha péniblement aux bras d'Etienne, s'essuya furtivement les yeux, embrassa sa mère et dit avant de passer dans la chambre :

— Bonne nuit, père, bonne nuit, Etienne.

Sa voix se brisa tandis qu'elle se réfugiait dans la pénombre, la bougie donnée par sa mère à la main. Elle déshabilla Mélanie, se dévêtit à son tour, s'allongea contre le petit corps chaud de sa sœur à moitié endormie, écouta. Après deux ou trois minutes de silence, elle entendit le père quitter le cantou et s'asseoir à table à côté de la mère. Elle les imagina tous les deux face à Etienne seul à l'autre bout, le père la tête penchée entre ses bras écartés, Etienne rejeté en arrière, sa main pendante caressant les poils du chien couché à ses pieds.

— La Méjane boite et la Roume a deux dents malades, dit le père.

— Je m'en occuperai demain avant de partir, fit Etienne, ça vous avancera.

Au bruit familier d'une feuille de papier froissé, Philomène comprit que le père roulait une cigarette. Il la tourna et la retourna entre le pouce et l'index de ses deux mains rapprochées, la lécha du bout de la langue, l'alluma enfin à son briquet à mèche d'amadou avant de pousser le paquet de tabac vers Etienne.

— Il faudra nous envoyer des nouvelles, dit la mère, essayant de dissiper la tension qui durait encore.

Puis, réalisant que personne dans la famille ne savait tenir un crayon :

— Tu trouveras sûrement un camarade qui t'aidera, et ton père fera lire les lettres au maître; comme ça, il sera content. Tâche d'écrire un mot à son intention.

Etienne hocha la tête et tira sur la cigarette qu'il venait d'allumer à la courte flamme du calel. Le père, lui, se taisait et Philomène, au fond de son lit, se demanda s'il n'allait pas crier de nouveau. Mais non, au contraire. Quand il parla, usant de sa voix coutumière, elle comprit que sa colère s'était évanouie.

— Alors comme ça, dit-il, on fait la guerre à l'Afriq

— Ce n'est pas une vraie guerre, répondit son fils. Ils n'ont pas de fusils, là-bas.

— Fusils ou pas, c'est dangereux, la guerre.

— Mais non! Le maître dit qu'ils n'ont pas plus de cervelle que des brebis.

— Ah bon! C'est rassurant!

— Et tu penses revenir quand? demanda la mère, prenant le relais de son mari qui rallumait sa cigarette.

— Dans deux ans, peut-être trois.

Il sembla à Philomène que la nuit entrait en elle et coulait dans ses veines. « Mon Dieu, gémit-elle, deux ans, est-ce possible? »

— Pour combien de temps as-tu signé? demanda à son tour le père qui, pourtant, le savait très bien.

— Six ans.

Philomène crut que son cœur explosait. Elle poussa un faible cri, serra sa sœur contre elle et se mit à pleurer en silence.

— Six ans, c'est vite passé, dit la mère.

Puis, d'une voix qu'elle voulut naturelle mais qui sonna faux :

— J'ai mis une paire de chaussettes et ta veste de laine dans un sac. Tu y ajouteras une tourte de pain, demain matin.

— Merci, mère, dit Etienne.

Au bruit des sabots sur la terre battue, Philomène comprit que le père s'était levé. Elle l'entendit ouvrir la porte du buffet, puis la refermer. Le son d'une boîte posée sur la table indiqua qu'il avait regagné sa place.

— Je vais te donner tes sous, dit-il gravement, ouvrant le couvercle où était peint un cheval au galop qui tirait un break aux roues dorées.

Mais Etienne n'attendit pas que le père eût sorti les pièces de la boîte. Il posa sa main sur le bras de son père, assura d'une voix offensée :

— Je n'en veux pas, père, vous m'avez nourri et habillé : vous ne me devez rien.

— Si! tu as droit à des gages, comme n'importe quel journalier, insista le père.

Il y eut tout à coup un bruit mat, celui du tabouret renversé par Etienne en se levant d'un bond.

— S'il vous plaît, père, gardez vos sous, dit-il d'un ton chargé d'émotion.

— Mais comment feras-tu pour le train? intervint la mère contrariée.

— Je me débrouillerai.

Le père sortit une pièce d'or de la boîte et la posa sur la table sans dire un mot. Philomène entendit Etienne se déplacer et s'asseoir sur le banc, à côté des parents.

— Père, gardez vos sous, dit-il à nouveau, presque à voix basse, vous en aurez plus besoin que moi.

Il y eut quelques secondes de silence, puis le père demanda en soupirant :

— Alors tu ne veux pas de mes sous?

— Non, père!

— Et pourquoi donc? Ce sont des sous mal gagnés?

— Vous savez bien que non, au contraire : ce sont les sous d'un honnête homme.

Philomène devina l'émotion qui les étreignait au silence retombé et qui se prolongeait.

— Alors, fit le père, prends au moins une pièce.

— Non, gardez-les, s'il vous plaît, pour Abel et les petites, on ne sait jamais ce qui peut arriver.

— Ne parle pas de malheur, fit la mère en se signant.

Le père poussa un long soupir, reprit sa pièce d'or qui

tinta sur le fer-blanc, mais il ne referma pas le couvercle.

— Faudra te ménager, fils, dit-il.

— Ne portez pas peine pour moi, répondit Etienne, et surtout veillez bien sur vous.

Les larmes de Philomène coulèrent sur ses joues, glissèrent dans son cou, et elle suffoqua de chagrin, étouffant de son mieux les sanglots qui la secouaient.

— Allons nous coucher, dit la mère, demain nous aurons du travail.

— Bonne nuit, mère, dit Etienne en l'embrassant.

— Bonne nuit, fils, dit le père après avoir hésité à s'approcher.

Alors Etienne combla les deux mètres qui les séparaient et, poitrine contre poitrine, ils s'étreignirent maladroitement, se tapant mutuellement dans le dos, puis ils s'écartèrent, gênés. La porte qui donnait sur la cour claqua enfin et Philomène s'enfouit sous les draps tandis que la mère entrait dans la chambre silencieusement, une bougie à la main.

Obsédé par la pensée du départ d'Etienne, Abel tourna dans la paille toute la nuit à la recherche de la position idéale. Lui aussi, comme Philomène, avait tenté la veille au soir de le fléchir, oubliant l'attrait des voyages, de l'uniforme, de la mer, pourtant si souvent vanté à sa sœur et souhaité pour lui-même. Mais au fur et à mesure que l'heure approchait, il se refusait à cette séparation, se reprochait son manque de persuasion et luttait contre le sommeil afin de ne pas manquer l'ultime tentative qu'il comptait effectuer si Etienne se réveillait. Comment s'accoutumer à l'idée de dormir seul, désormais, de plus jamais livrer dans le foin ces batailles avec son aîné qui les laissaient exténués, à bout de souffle, comment abandonner les interminables conversations où il était toujours question d'Armand, de politique, des affaires du village et de celles du pays? Si Etienne partait vraiment, Abel en était sûr : il allait se retrouver orphelin. Oh, certes, il ne détestait pas la compagnie de Philomène, mais une fille restait une fille, et lui préférait les jeux virils des garçons, leurs discussions d'adultes, sans oublier les interventions énergiques d'Etienne auprès du père quand il s'agissait d'obtenir une permission, le dimanche après-midi.

Abel n'avait finalement pas résisté au sommeil. Il s'était endormi vers cinq heures et n'avait pas entendu son frère se lever. Ce fut un bêlement qui le réveilla brusquement et le fit se dresser, affolé de découvrir la paille vide où était encore dessiné le corps d'Etienne. Il fut debout en un bond, descendit l'échelle de bois et manqua une marche dans sa précipitation. Se retrouvant assis entre deux brebis, il se frotta les reins tout en poussant un soupir de soulagement : Etienne était là, occupé à panser Méjane à la lueur d'une bougie.

— Ah! tu es là, dit-il, j'ai cru que tu étais déjà parti.

— Pas encore, tu vois, répondit Etienne en achevant d'appliquer le pansement de terre et de plantain sur le pied de la Méjane.

Abel fit face à son frère qui se relevait après avoir vérifié son travail en approchant la bougie, le retint par la manche.

— Tu ne vas pas partir, dis?

L'aîné ne répondit pas, se dégagea doucement.

— Il le faut, souffla-t-il.

— C'est à cause du maître, fit Abel en retrouvant à ces mots la rage impuissante qui l'habitait depuis trois jours.

— Mais non, répondit Etienne, il y a d'autres raisons, mais tout ça ne te regarde pas.

— Si, ça me regarde! Je veux savoir.

— A quoi cela te servirait-il? J'ai signé les papiers, je m'en vais et c'est tout.

— Moi je reste, c'est pour ça qu'il faut me dire la vérité.

Etienne tenta de faire lâcher prise à son frère mais ne parvint pas à dégager son bras. Il y avait un tel désarroi dans les yeux du garçon qu'il céda :

— Tu veux vraiment savoir? demanda-t-il.

Abel hocha la tête d'un air grave.

— C'est fort simple : si je ne pars pas, un jour nous serons chassés de cette métairie. Et ça, le père ne le supporterait pas, comme moi je ne supporte pas aujourd'hui de penser comme lui, d'agir comme lui, d'obéir comme lui, et comme lui de trimer pour des prunes. Tu comprends? tout ça finirait mal.

Abel fit « oui » de la tête, lâcha son frère, ne dit mot.

— Alors si tu comprends, tu me dis au revoir et tu viens manger la soupe avec moi.

— Oui, dit Abel en réprimant une grimace.

Ils s'étreignirent longuement en silence, se séparèrent en évitant de se regarder.

— Tu seras un homme bientôt, murmura Etienne.

Puis, après s'être éclairci la voix :

— Promets-moi de veiller sur la mère et sur les sœurs.

— Promis! dit Abel dans un souffle.

Etienne fit volte-face et sortit, son cadet sur ses talons. Dehors, la fraîcheur de l'aube les surprit. Le ciel se teintait par endroits d'écharpes roses accrochées à la pointe des chênes au milieu desquels traînaient encore des lambeaux de nuit. Plus bas, au niveau des grèzes, le jour coulait déjà en larges ruisseaux de lumière grise. « Il aura beau temps », songea Abel en pénétrant dans la cuisine où les parents, levés très tôt, s'affairaient en silence. Il bredouilla un bonjour inaudible, prit place près du père, chercha le regard d'Etienne mais celui-ci détourna la tête en disant :

— J'ai nettoyé et pansé le pied de la Méjane, ça ne sera rien. Quant à la Roume, il faut attendre quarante-huit heures et vous pourrez lui arracher les deux dents qui la gênent.

— Bien, dit le père avant d'avaler sa première cuillerée de soupe brûlante dont le parfum embaumait la cuisine.

Debout comme à son habitude, la mère finissait déjà son assiettée. Le coq de la métairie chanta, d'autres lui répondirent, plus loin, vers le village, témoignant du réveil des fermes. Philomène sortit de sa chambre, s'assit, baissa la tête sur son assiette. Abel remarqua qu'elle avait les yeux rouges.

— Tu ne vas pas pleurer, dit Etienne d'un ton faussement enjoué. Est-ce que je pleure, moi, « bétassoune »?

Il lui prit le menton, la força à se redresser. Elle secoua la tête, recula légèrement pour se dégager, s'obligea à porter sa cuillère vers sa bouche. Abel chercha à capter le regard de la mère, y réussit un instant, le trouva vide et sans expression, lui en voulut de cette apparente impassibilité. Malgré les explications d'Etienne et bien qu'il comprît ses raisons, une sourde révolte bouillonnait encore au fond de lui, le poussait à se battre contre l'inéluctable. Il fallait cependant agir vite, car les parents avaient fini de manger et son aîné avalait cuillerée après cuillerée sans prendre le temps de respirer, comme s'il avait hâte d'en finir. Abel cogna du pied contre celui de Philomène, mais elle ne réagit pas et il comprit qu'elle avait renoncé. Il dévisagea le père qui lissait maintenant ses moustaches, les yeux perdus dans ses pensées, puis il se tourna vers la mère qui attisait le feu, le dos courbé. Alors, dans un geste désespéré, il repoussa violemment son assiette en lançant d'une voix rageuse :

— Je n'ai pas faim!

Le père, Etienne et Philomène levèrent les yeux sur lui, mais la mère se retourna à peine.

— Tu mangeras mieux à midi, fit le père d'une voix blanche.

Abel remarqua que ses mains tremblaient, espéra une réaction violente de sa part, un geste, un cri qui lui feraient enfin ouvrir la bouche, mais il demeura muet.

— Bon, dit Etienne, j'ai de la route devant moi.

Aussitôt Abel fut debout, comme pour s'interposer entre son frère et un danger immédiat.

— Laisse-moi t'accompagner, dit-il, ne trouvant rien d'autre à opposer à l'imminence de la déchirure.

Etienne le regarda sévèrement, répondit :

— Non! Je pars seul.

— Jusqu'au village seulement, insista Abel.

— Ecoute ton frère, intervint alors la mère, c'est déjà assez difficile pour tout le monde.

Le père toussa mais ne dit rien. A peine s'il se redressa quand Etienne ramassa son sac.

— Va embrasser la petite, souffla la mère.

Etienne pénétra dans la chambre, y demeura très peu de temps puis reparut, tellement changé, soudain, qu'Abel crut à un renoncement inespéré. Mais Etienne prit une profonde inspiration, s'ébroua, s'approcha de la mère, l'embrassa très vite, presque furtivement, puis, aussi vite, Philomène qui tenta vainement de s'agripper à lui. Ensuite il serra la main d'Abel, lui tapota l'épaule affectueusement.

— C'est toi qui me remplaces, tu le sais, n'est-ce pas?

Abel, pétrifié, chercha du secours auprès de la mère et ne souffla mot.

— Alors au revoir, père, fit Etienne en s'approchant de lui.

Abel espéra un geste, une parole qui ne vinrent pas. Les deux hommes évitèrent de s'embrasser pour ne pas ajouter à leur émotion, se serrèrent simplement la main.

— Sois prudent, fils, dit le père, ménage-toi.

— Veillez bien sur vous, fit Etienne.

— N'oublie pas les lettres, ajouta la mère.

— C'est promis, à bientôt, tous.

Il parut se ramasser sur lui-même, s'arracher à une chape de plomb refermée sur ses pieds, puis il fit un premier pas vers la porte, un pas hésitant cependant suivi d'un second, plus décidé, celui-là, et il franchit le seuil comme on saute une flaque.

A peine eut-il fait vingt mètres que Philomène s'élança derrière lui en criant :

— Etienne, Etienne!

— Elle eut tôt fait de le rejoindre et d'entourer ses jambes de ses bras, suppliant :

— Ne t'en va pas, Etienne, reste avec nous, reste, reste!

Celui-ci tenta de se dégager, mais n'y parvint pas. Il jeta un regard éperdu vers la mère, immobile et muette, et vers le père qui, alerté par les cris, était enfin sorti.

— Je ne veux pas que tu t'en ailles, Etienne, gémissait Philomène, je ne veux pas que l'on te tue!

Sa voix plaintive et accablée pénétrait chez son frère comme une pointe de feu. Il sentait malgré lui ses yeux se mouiller, ne trouvait pas la force de la repousser. Le visage ravagé de sa sœur, ses yeux noyés, la faisait ressembler à un petit animal dont on a trahi la confiance et dont le regard incrédule vous transperce et vous cloue.

— Ne nous laisse pas, Etienne, je t'en supplie.

Abel s'approcha avec le père. La mère, elle, demeurait immobile, s'essuyant les yeux, incapable d'intervenir. Le père prit sa fille par les épaules, murmura :

— Allons, petite, allons!

Mais celle-ci n'entendait pas. Ses petits bras serraient les jambes d'Etienne avec une force décuplée par le chagrin et sa joue se pressait contre un genou.

Le père se redressa, rencontra les yeux fous de son fils, renonça à lui demander de l'aider. Abel, désemparé, prit la main de Philomène, tenta de la tirer vers lui, mais elle le mordit cruellement au bras, et il s'éloigna d'un pas, bredouillant, devant la mine terreuse du père :

— Arrête, Philo, arrête!

— Cesse donc, ma Philo, supplia Etienne, il ne faut pas pleurer.

Le père s'était agenouillé, essayait de la détacher des jambes, mais les bras menus de Philomène tenaient bon. Abel s'aperçut que la mère était rentrée. Il s'approcha de nouveau, à frôler le père dont les cheveux défaits balayaient le front couvert de sueur, interrogea Etienne des yeux, espérant y lire une défaite. A cet instant, le père tira brusquement Philomène en arrière et les bras de la petite se dénouèrent avant de se refermer dans le vide, en même temps qu'un cri déchirait le matin :

— Etienne!

Celui-ci, libéré, ne bougeait pas, baissant la tête sur l'enfant avec l'envie de la prendre dans ses bras.

— Sauve-toi. fit le père d'une voix désincarnée, sauve-toi, fils!

Etienne se mit à courir et le deuxième cri de Philomène le fit vaciller. Il trébucha, faillit tomber, se rétablit de justesse, se remit à courir.

Quand il eut parcouru cinquante mètres, le père lâcha Philomène. Elle s'allongea sur le côté comme un animal blessé, gémissant :

— On va le tuer, on va le tuer! Il ne reviendra pas. Jamais. Je ne le reverrai plus.

Puis elle se tut, tandis que le père, anéanti, s'éloignait tête basse, hélant la mère apparue sur le seuil.

Abel s'assit à côté de sa sœur et s'abandonna aussi à sa peine. L'émotion qu'il s'était efforcé de contrôler depuis son lever débordait maintenant, et le spectacle de sa sœur désespérée, de sa mère atterrée qui s'approchait à pas lents, brisa son orgueil de garçon, libéra le flot de ses larmes.

La mère resta un long moment près d'eux sans parler, puis, lorsque leurs sanglots s'espacèrent, elle les aida à se relever, les prit l'un et l'autre contre elle, souffla en essayant de sourire :

— Mes petits, saurez-vous jamais comme je vous aime.

2.

Ce lundi-là, le père se leva de très bonne heure et revêtit ses meilleurs habits, ceux qu'il portait pour les fêtes de Pâques, de Noël, des Rogations, ou lors des grandes occasions : noces, visites au château, enterrement d'un homme de sa connaissance. Voilà déjà un an qu'Etienne était parti, un an passé à faire seul, ou presque, le travail réalisé à deux il n'y avait pas si longtemps. Oh, certes, Abel avait aidé de son mieux, Philomène, aussi, pour qui les mois passés depuis ce départ déchirant avaient été ceux de la tristesse et des regrets, et la mère, enfin, qui avait semblé perdre la parole jusqu'à Noël, mais rien ni personne ne remplaçait vraiment Etienne, les bras d'Etienne, la force et l'énergie d'Etienne. Le père en avait fait la pénible expérience, et s'il était arrivé au bout de sa peine, c'était au prix d'une fatigue dont le poids l'avait courbé un peu, achevant d'effacer les traits qu'il avait conservés de sa jeunesse lointaine.

Heureux que les gros travaux fussent terminés, il pouvait enfin penser à récolter les fruits de son labeur. Le mois de septembre de cette année 1898 s'était épuisé en averses tièdes, lui rendant heureusement le travail moins pénible. La canicule avait cessé vers le 20 du mois, au grand soulagement de toute la famille. A trois heures, une nuit, un grondement avait roulé depuis les lointains, réveillant aussitôt le père. Il s'était levé, avait demandé doucement :

— Entends-tu, Marie? C'est l'orage.

— Oui, j'ai entendu. Dieu fasse qu'il passe par ici!

Il était sorti, bientôt suivi par sa femme, s'était arrêté au milieu de la cour. A l'ouest, vers Souillac, de longs éclairs illuminaient la nuit sans interruption et le tonnerre devenait de plus en plus distinct. Le père avait marché vers le chemin, ses cheveux ramenés vers l'arrière par un vent tout neuf dont il avait oublié la fougue d'automne, tandis que sa femme s'asseyait sur le banc de pierre, contre le mur de la bergerie. Puis, après avoir longuement observé le ciel, il était revenu vers la métairie, avait dit gaiement :

— Je le connais, celui-là, c'est le vent de l'eau.

Ils étaient rentrés lentement, côte â côte, apaisés enfin, après les soucis des derniers jours, s'étaient recouchés après avoir rassuré Philomène assise dans son lit :

— Rendors-toi, petite, dans quelques jours le puits chantera.

Effectivement, vingt minutes plus tard, des trombes d'eau s'étaient abattues sur le causse et la pluie n'avait pas cessé pendant quarante-huit heures.

Le père avait cependant achevé les battages à la première embellie, puis il avait vanné avec le tarare en moins de trois jours. Abel lui avait été à cette occasion d'un grand secours, non pas pour actionner la manivelle, mais pour surveiller le crible qui se bouchait, parfois, si l'on versait trop vite les grains dans l'entonnoir. La mère avait récupéré les balles de froment pour de futurs matelas, puis on avait transporté les grains dans la grange où ils formaient maintenant un tas arrondi en forme de meule, sur une aire soigneusement nettoyée par Philomène.

A la mi-septembre, on avait vendangé, mis le raisin à bouillir dans le grand cuvier constellé de toiles d'araignées, puis le père avait tiré un premier vin dont il avait paru satisfait. Un peu avant la fin du mois, un matin, Edmond, le régisseur avait chargé la récolte sur une charrette pour l'emmener au château où elle serait mesurée et mise en sac avant les comptes fixés au lundi suivant...

Le père lissa ses moustaches d'un geste familier, et Philomène remarqua qu'il avait peigné ses cheveux de velours noir à peine grisonnants sur les tempes.

— Allez donc au puits, ordonna-t-il d'une voix impatiente.

Philomène rejoignit Abel dans la souillarde et, chacun de leur côté, ils saisirent une anse de la grande seille en cuivre, se dirigèrent lentement vers le puits, contournant la bergerie où les bêtes s'agitaient. Une fois près de la margelle, les deux enfants, dans un mouvement habituel, se penchèrent vers l'eau, comme pour lire dans son reflet clair la certitude de ne pas en manquer. Ils n'avaient pas oublié la sécheresse de l'été 1896, les voyages du père en charrette au puits communal presque à sec lui aussi, ses yeux vides à son retour, la peur qui s'était emparée de la famille à l'idée de perdre les récoltes et de sacrifier les bêtes. Ils avaient depuis toujours connu de sévères punitions pour une timbale renversée ou une casserole gaspillée. Aussi maniaient-ils le seau et la seille avec précaution.

Abel détacha la chaîne et la laissa lentement glisser entre les doigts de sa main droite. Le seau rencontra l'eau dans un choc qui donna du mou. Il tira d'un coup sec à deux reprises pour faire basculer le seau, attendit qu'il se remplît, tira de nouveau sur la chaîne et le remonta. Philomène l'aida à verser l'eau dans la seille, et ils répétèrent cette opération à huit reprises afin de la remplir. Puis ils revinrent à petits pas vers la métairie où le père attendait.

— Dépêchez-vous, les enfants, dit-il. Ne soyons pas en retard.

C'était chaque année pareil : ils partaient toujours trop tôt et ils attendaient dans la cour pendant que les domestiques alignaient les sacs en les groupant par métairie. Mais qu'importait l'impatience de leur père? Les deux enfants aussi se réjouissaient à l'avance de cette matinée : elle était pour eux la récompense de l'aide apportée à leur père et les associait à sa fierté de présenter ses récoltes au maître devant tous les métayers assemblés.

La mère, elle, demeurait à la métairie. Au reste, aucune femme ne se rendait volontiers au château. Philomène ne comprenait pas très bien pourquoi, mais elle savait le maître veuf depuis huit ans et son fils, le rouquin, célibataire malgré ses trente-cinq ans, et se disait qu'ils n'aimaient sans doute pas la compagnie des femmes. Ce rouquin, dont on avait oublié le prénom à force de l'appeler ainsi, et qui se nommait en réalité Antoine, vivait dans l'ombre de son père, supportait de moins en moins son autorité, et se vengeait fréquemment sur les domestiques par de fréquentes colères que l'abus de vin rendait chaque jour plus violentes. Il nourrissait à l'égard du maître un profond ressentiment, jugeant celui-ci incapable de lui trouver un parti digne de sa richesse. Or il ne se passait pas un mois sans que M. Delaval n'entreprît des visites intéressées dans les fermes des environs, mais de parti : point. Il n'existait aucun propriétaire assez fou pour confier sa fille à un énergumène alcoolique, sot, d'une laideur effrayante, dont on savait parfaitement qu'à la mort de M. Delaval, il aurait tôt fait de dilapider les terres reçues en dot, et sans doute même les siennes. Quant aux propositions avancées du bout des lèvres par les petits propriétaires et quelques métayers, il n'était évidemment pas question pour Delaval de les accepter. Mais nul, parmi les gens qui travaillaient pour le château, n'en parlait jamais.

— Etes-vous enfin prêts? demanda le père.

Abel et Philomène se hâtèrent de finir leur soupe, embrassèrent leur mère et coururent derrière lui.

— Ne faites pas les fous! leur cria la mère, et ne déchirez pas vos vêtements.

La veille, elle avait lavé chemises et pantalons, robes et chaussettes, avant de ravauder ceux qui étaient en meilleur état pendant la nuit, mettant un point d'honneur à ce que l'on remarque au château la parfaite tenue de ses enfants.

Ceux-ci rejoignirent leur père à l'entrée du chemin, s'engagèrent sur ses pas, Abel sifflotant, Philomène songeant à sa robe propre qui lui serrait la taille et lui donnait l'illusion d'être une dame de la ville. Il marchait à bonne allure, bien droit, en silence, se retournant de temps en temps pour sourire à ses enfants. Philomène, qui le voyait peu souvent aussi bien apprêté, l'admira : son pantalon noir laissait à peine découverts ses sabots décrottés la veille. Sur sa chemise au col dissimulé par ses cheveux bruns, il avait passé son veston de fête, également noir, maintenu sur sa poitrine par des boutons nacrés, ce qui, jugea Philomène, lui donnait l'air d'un riche monsieur en tournée sur ses terres.

Ils traversèrent une longue grèze d'où s'envola une compagnie de perdreaux, puis une étendue désertique rongée par de maigres genévriers, basculèrent dans la combe du buis, remontèrent sur le coteau d'en face au-delà duquel s'amorçait la descente vers Quayrac, à travers d'autres grèzes brûlés. Autour d'eux, le causse retrouvait sa couleur de paille perdue avec la pluie des derniers jours, finissait d'engloutir les ruissellements qui allaient grossir les rivières souterraines et les résurgences.

Quand ils arrivèrent dans la cour du château, il était à peine huit heures et demie, mais il y régnait déjà une grande effervescence : les domestiques en blouse et sabots s'affairaient, portant les sacs sur leur dos, discutant entre eux, s'invectivant sous l'œil d'Edmond qui donnait des ordres du geste et de la voix. Un seul des métayers se trouvait déjà là. Le père s'en approcha, Abel et Philomène se refugièrent sous le chêne en ouvrant de grands yeux sur ces nombreux domestiques qu'on voyait rarement ainsi rassemblés. L'un d'entre eux, un garçon brun qui portait bretelles et chapeau de paille, chassa les volailles et les chiens, passa devant les enfants, les salua d'un signe de la main. Deux autres amenèrent une charrette pleine de sacs en criant des grossièretés au cheval qui renâclait.

— Poussez-vous, les gosses! dit celui qui tenait la bride en manœuvrant la bête.

Abel fit le tour de l'arbre, tandis que Philomène rejoignait son père en conversation avec le métayer de Combressol, un nommé Delmas, qu'elle avait déjà vu en sa compagnie. Ils parlaient de la faible qualité des récoltes occasionnée par une longue sécheresse succédant à un printemps pourri. Il avait plu de février à juin, et en moins d'une semaine le temps avait tourné au beau, n'avait plus varié jusqu'en septembre, excepté pendant les fêtes du 15 août. Comment, dans ces conditions, aurait-on pu obtenir une bonne récolte?

Deux domestiques, un jeune et un vieux, sec comme un cep de vigne, se disputèrent et en vinrent aux mains. Il fallut l'intervention d'Edmond pour les séparer, mais ils continuèrent à s'abreuver d'insultes. Philomène eut envie de prendre la main de son père, mais elle y renonça, craignant de l'importuner. Regardant aux alentours, elle remarqua deux petites filles qui la dévisageaient de leurs yeux rieurs, mais elle n'osa pas davantage s'en approcher. L'une des deux, la plus âgée, vêtue d'un tablier trop grand, lui fit signe du doigt de les rejoindre. Philomène avança timidement vers les communs, non sans s'être auparavant retournée vers Abel qui, adossé au chêne, ne s'intéressait plus à elle, mais au déchargement des sacs jetés d'un mouvement brusque par les domestiques sur leur épaule droite et qui, courbant l'échine, couraient vers les sacs déjà déposés.

— Comment t'appelles-tu? demanda la petite au tablier trop grand.

— Philomène.

— Moi, c'est Sidonie et elle : Lydie, ma sœur. Et d'où es-tu?

— De la métairie des Faysses, de l'autre côté de la combe des buis.

— Es-tu déjà venue ici?

— Oui, quelquefois, répondit Philomène, mal à l'aise d'être ainsi questionnée.

— N'as-tu pas de sabots? demanda la plus petite en roulant des yeux étonnés.

— Si, dit Philomène, mais je préfère marcher pieds nus.

— Quelle idée! fit Sidonie avec un rire clair. Viens-tu jouer?

Philomène se retourna vers son père et Delmas qu'un troisième homme venait de rejoindre, beaucoup plus vieux, celui-là, et le dos voûté, son chapeau touchant presque sa poitrine. Jugeant qu'elle ne risquait pas d'être grondée à condition de rester dans la cour, Philomène déclara :

— Je ne dois pas m'éloigner. Mon père me disputerait.

— Alors asseyons-nous, dit Sidonie tandis que sa sœur s'en allait, préférant s'amuser toute seule.

Puis elle sortit de son tablier une tige de seigle vert incisée d'une longue entaille en son milieu.

— As-tu vu? demanda-t-elle.

— Qu'est-ce que c'est?

— Une « caramelle »! Ecoute!

Et, portant le petit instrument vers la bouche, elle en tira quatre ou cinq sons grinçants, à la manière d'un petit chat qui pleure.

— Je connais, dit Philomène. Mon frère et moi, nous en fabriquons avec des tiges de pissenlit. Ça dure plus longtemps.

A cet instant, un garçon solitaire s'approcha d'elles, les mains dans les poches.

— C'est Adrien, dit Sidonie. Sa mère est lingère.

— Et la tienne? demanda Philomène.

— La mienne aussi, souffla Sidonie avec une ombre de gêne dans sa voix.

Le garçon, qui avait des yeux d'un noir profond et deux fossettes aux joues, s'assit un moment près d'elles, dévisageant Philomène avec une insistance qui la fit rougir, puis il lui sourit avant de s'éloigner, sans avoir ouvert la bouche.

— C'est un « armotier », souffla Sidonie, l'air effrayé.

Philomène ouvrit de grands yeux stupéfaits.

— Qu'est-ce donc?

— Il est né un 2 novembre, chuchota Sidonie, jetant à droite et à gauche des regards inquiets comme si elle craignait qu'on ne l'entendît.

— Et alors?

— Comment? Tu ne sais pas? demanda Sidonie, navrée.

— Non.

— Eh bien, ceux qui sont nés le 2 novembre parlent avec les âmes des morts. Même qu'on va les consulter pour avoir des nouvelles, savoir s'ils sont au purgatoire, au ciel ou en enfer.

— C'est pas possible, s'indigna Philomène.

— Tiens, demande-lui!

Mais comme le maître sortait dans la cour, suivi par son fils et le régisseur, elle abandonna Sidonie pour se rapprocher de son père et des cinq autres métayers. Ceux-ci furent invités par Edmond à se placer près des sacs de leur récolte après s'être découvert devant le maître. Philomène et Abel reculèrent derrière leur père, à deux pas, qui se penchait sur ses seize sacs de blé situés au beau milieu de la cour. Le maître venait de commencer les comptes avec Delmas placé à une extrémité, sur la droite, tenant un carnet à la main, parlant à voix basse. Il portait des guêtres et un chapeau de feutre noir, un costume brun dont le velours était rehaussé, au niveau de la poitrine, par une chaîne en or reliée à une montre plate dont on apercevait le remontoir au-dessus de la poche. Le rouquin suivait Edmond, ses cheveux embroussaillés, l'air hébété, les mains dans les poches d'un pantalon troué aux genoux.

Dix minutes furent suffisantes à M. Delaval pour arriver auprès du père. D'instinct, Abel et Philomène s'avancèrent, comme pour le protéger d'une menace.

— Bonjour, Laborie, dit le maître, se rejetant en arrière,

les pouces incrustés dans les poches latérales de sa veste.

Il examina d'un air circonspect les sacs exposés devant lui, en ouvrit un, plongea sa main dans les grains de blé qu'il fit ensuite ruisseler en écartant les doigts.

— On ne peut pas dire que ce soit de la bonne qualité, fit-il, et de plus ils sont rares.

Philomène vit son père pâlir, les traits de son visage se durcir, mais il ne répondit pas. Le maître détourna les yeux, se saisit du carnet présenté par Edmond, reprit en hochant la tête :

— Deux sacs de moins que l'an passé! Dites donc, Laborie, vous ne trouvez pas cela excessif?

Le père serra les dents sous l'affront, demeura coi. Philomène se demanda pourquoi M. Delaval avait si brusquement élevé la voix, remarqua le sourire béat du rouquin, sentit ses yeux se mouiller.

— Il faudrait un meilleur assolement, dit Edmond, volant au secours du père.

— Quand même! s'indigna le maître, deux sacs ce n'est pas rien. Et qu'est-ce que ce sera avec deux bras en moins dans les années qui viennent!

Le père ouvrit la bouche, mais aucun son n'en sortit. Philomène rencontra son regard quand il se tourna furtivement de côté, lui faisant signe de s'éloigner avec des yeux si bouleversés qu'elle obéit aussitôt.

— Quoique, poursuivit le maître en élevant encore la voix, on ne puisse pas à la fois s'occuper de politique et travailler sérieusement les champs. C'est aussi votre avis, Laborie?

Le père, livide, se sentant en position d'accusé devant les métayers et les gens du château réunis, souffla :

— Il est parti depuis un an, monsieur, vous le savez très bien.

— Je sais, Laborie, je sais, et c'est d'ailleurs pourquoi vous gardez toute ma confiance.

Philomène porta son regard vers les métayers qui faisaient mine de s'intéresser à leurs sacs, et elle en fut vaguement soulagée. Près d'elle, Abel serrait les poings, marmonnait des mots inintelligibles, mais dont elle devina la véhémence. Elle aurait voulu se trouver très loin de ce château, de cette cour, de ces hommes silencieux, et pourtant, en même temps, elle se sentait incapable de s'en éloigner.

Se tournant ostensiblement vers les métayers, M. Delaval lança :

— Vous savez tous que nos terres sont pauvres, qu'elles nous demandent plus d'efforts que dans les vallées. Vous connaissez comme moi les pierres qui les rongent, la rocaille de nos chemins, le soleil qui brûle nos yeux, la sécheresse qui désole nos étés, alors je vous le demande : comment arriverions-nous à faire pousser le blé si nous ne nous donnions pas tout entiers à l'ouvrage? C'est cela que je voulais vous rappeler ce matin, mes amis. Sur notre causse il n'y a pas de place pour des hommes qui penseraient à autre chose qu'à leur travail. Laborie l'a très bien compris et je l'en remercie aujourd'hui devant vous.

Il y eut des murmures divers que le père n'entendit pas. Figé, la tête bien droite, il semblait absent mais ses mains tremblaient de plus en plus.

— Je vous rendrai donc huit sacs de froment, dit le maître, c'est bien cela, n'est-ce pas?

— Oui, dit le père, regardant toujours un point invisible devant lui.

Puis il s'écarta pour laisser le passage au maître et referma les sacs un par un, nouant les bouts de ficelle avec une excessive application, comme pour oublier ce qui venait de se passer. Abel et Philomène s'éloignèrent côte à côte vers le grand chêne contre lequel ils s'assirent, n'osant pas parler. Comme sa sœur respirait très vite, Abel demanda :

— Tu ne vas pas pleurer, non?

Puis, d'une voix menaçante :

— Si tu pleures, tu vas te cacher avant qu'on ne te voie!

Elle hocha la tête, évita de regarder vers son père, mais ne put retenir ses larmes et courut se cacher derrière les communs.

Dix minutes plus tard, une fois les comptes terminés, les métayers furent invités à s'approcher d'une table basse posée sur des tréteaux où se trouvaient des verres et des bouteilles de vin. Un domestique les servit, après quoi M Delaval trinqua avec chacun d'entre eux. Comme le père buvait son verre à l'écart, il s'en approcha, trinqua aussi avec lui, l'interrogea sur la santé de sa femme et de ses enfants, mais le père répondit à peine.

— A propos, il va falloir penser à rajeunir notre troupeau, dit enfin le maître, je vous en parlerai demain, Laborie.

Puis il revint au milieu des métayers, demanda le silence et sollicita leur aide, comme chaque année, pour le ramassage des noix. Quand ce fut le tour des Laborie, le père désigna Abel qui remplacerait donc Etienne pendant la quinzaine à venir. Edmond inscrivit les noms sur son carnet, tandis que le rouquin se versait lui-même des verres de vin en cachette de son père. Chacun s'apprêtant à partir, le maître annonça sa visite pour rendre les grains et emporter les brebis qui lui revenaient dès le lendemain. Deux métayers vinrent saluer le père qui ne s'attarda pas. Se tournant tout à coup vers ses enfants, il leur fit signe de le suivre et, après avoir dit au revoir à Edmond, il se mit en marche vers les Faysses d'un pas lourd de lassitude.

Il ne prononça pas un mot en chemin et ne répondit même pas à la mère quand elle lui demanda si tout s'était bien passé. Ce fut Philomène, demeurée seule avec elle pendant qu'il s'occupait avec Abel dans la bergerie, qui lui raconta l'incident. Le visage de la mère s'assombrit alors, et elle s'inquiéta de la réaction de son mari, craignant qu'il ne se fût emporté. Puis, rassurée par sa fille, elle souffla :

— Pauvre homme! Comme il a dû lui en coûter.

Le repas de midi fut sinistre. Le père mangea très vite, sans un mot, puis il sortit dès qu'il eut terminé, toujours préoccupé mais incapable de se confier. On ne le vit pas de l'après-midi, car il besogna dans la cave, à laver ses fûts et à mettre la piquette en bouteille. Mais au repas du soir il ne dit rien non plus, alors que Philomène cherchait à détendre l'atmosphère, s'amusant à donner la « becquée » à Mélanie en récitant, cuillère après cuillère :

— Pour le coq... pour la Méjane... pour Abel, pour Vélou.

Puis espérant faire lever la tête à son père :

— Pour la mère, pour le père...

Rien n'y fit. La mère, qui s'occupait dans la souillarde à nettoyer l'évier s'arrêta brusquement, comme le père repliait la lame de son couteau, s'apprêtant à se lever. Poussée par une résolution mûrie tout au long de la journée, elle demanda :

— Pourquoi te désoles-tu ainsi, mon pauvre homme?

Surpris, le père eut un mouvement d'hésitation puis glissa son couteau dans sa poche. Il la regarda sans la voir, ne souffla mot, mais resta assis. Trois ou quatre minutes passèrent et, poussant un long soupir, comme s'il se parlait à lui-même, il se laissa enfin aller sur un ton monocorde et glacé :

— Mon froment est le meilleur de la région, tout le monde le sait. Qu'est-ce que j'y peux, moi, si la terre s'épuise? Il faudrait faire un assolement avec des pommes de terre ou de l'orge, mais il ne veut rien entendre, alors!

Puis, après un instant, haussant la voix :

— Il a voulu me faire du tort devant tout le monde. Moi, Laborie, qui n'ai jamais eu un reproche de toute ma vie! Et tout ça à cause de mon propre fils! Si c'est pas malheureux!

La mère lui posa la main sur l'épaule, tenta de le calmer :

— Tu te ronges les sangs pour rien, Guillaume. Je suis sûre qu'il a déjà oublié.

— Ah, tu appelles ça rien, toi, quand on me montre du doigt dans la cour du château!

Comprenant qu'elle était impuissante à endiguer la colère accumulée en lui durant tout le jour, la mère ne répondit pas et le laissa parler.

— Avec toute la peine que je me donne! Me faire ça à moi, devant le monde, à cause d'un « estofier » mordu par la politique. Comme si on avait le temps, nous autres métayers, de palabrer dans une échoppe de sabotier!

— Tu exagères, Guillaume, souffla la mère, c'est de l'histoire ancienne, ça.

— Tiens donc, pas pour Delaval en tout cas!

— Je suis certaine que tu te trompes, c'est une autre raison qui l'a poussé.

— Ah oui! s'exclama le père. Je voudrais bien savoir laquelle?

La mère hésita quelques secondes, murmura :

— L'école, sans doute.

Le père ne répondit pas. Les dents serrées, le regard dur, il réfléchissait.

— « Raï », dit la mère, à quoi sert-il de se désoler ainsi?

Mais il ne l'entendit pas, revint à son idée première :

— Jamais je ne lui pardonnerai ce qu'il m'a fait, cria le père en tapant du poing sur la table. Un maître ne porte pas tort à son métayer ou alors c'est qu'il n'en veut plus.

La mère ferma les yeux, soupira. Elle savait inutile de parler tant que la colère de son mari n'était pas retombée. Elle revint dans la souillarde, posa les assiettes dans l'évier. Philomène porta son regard sur Abel dont les yeux brillaient de rage contenue, puis elle aida la mère à lever les couverts. Le père s'en alla, Abel aussitôt après, appelant le chien, et elle resta seule avec Mélanie et sa mère qui poussait de profonds soupirs, murmurant par instants :

— « Sento Bierzo, se plaï à Diou ! »

Dès qu'elle le put, Philomène partit à la recherche d'Abel dans la nuit tombante. Elle le trouva dans la bergerie, déjà couché.

— Où est le père ? demanda-t-elle.

— Je ne sais pas, il est parti vers le plateau.

Puis, se dressant sur les coudes, avec une violence dans la voix qui effraya Philomène, il assura :

— Ses noix, à Delaval, je les lui écraserai sous les pieds !

Le lendemain, le beau temps persista : dès l'aube, la terre rouge recommença de cuire les cailloux, les grillons crissèrent dans l'herbe fauve, les feuilles des chênes nains continuèrent de se teinter de rouille et le ciel de blanchir sur les terres hautes. A neuf heures, une charrette s'annonça sur le chemin, faisant sonner ses grelots, conduite par Edmond. A ses côtés, le maître jetait à droite et à gauche des regards inquisiteurs, le chapeau de feutre repoussé en arrière, dégageant un front large et ridé, à la calvitie avancée. Au son des grelots, Vélou se mit à aboyer et détala en direction du chemin. Philomène l'appela, mais, comme il n'écoutait pas, elle courut pour le rejoindre, craignant qu'il n'effrayât le cheval. Elle l'attrapa par le cou, s'agenouilla pour mieux le retenir, au niveau de la petite borne qui marquait la limite de la métairie. Quand la charrette la croisa, Edmond lui fit un petit signe de la main, et le maître prononça deux ou trois mots qu'elle ne comprit pas. Elle revint à toutes jambes vers la cour où son père, sorti de la bergerie, attendait en lissant ses moustaches, l'air sombre. La mère, elle, s'était avancée sur le seuil, Mélanie dans ses bras, puis, ayant reconnu les visiteurs, rentra de nouveau.

— Oh! cria Edmond, tirant sur les rênes.

La charrette s'immobilisa au milieu de la cour, et le régisseur tourna prestement la manivelle du frein avant d'y attacher les rênes. Le maître descendit avec précaution, car il souffrait de rhumatismes, salua à peine son métayer, reprochant :

— Je n'ai pas vu votre fils ce matin, Laborie, vous me l'aviez pourtant promis pour les noix.

Le père fronça les sourcils, répondit :

— Il est parti il y a plus d'une heure.

— Ah bon! fit le maître sans insister.

Philomène, inquiète, se demanda ce qui avait bien pu passer dans la tête de son frère et songea avec effroi qu'il s'était peut-être arrêté chez le sabotier. Mais elle n'eut pas le loisir de s'interroger davantage, car Edmond et le père, après avoir rabattu la ridelle gauche de la charrette, commençaient à décharger les sacs.

— Prends garde, petite, fit le père en la bousculant légèrement au passage.

Elle s'écarta, se dirigea vers la bergerie dont M. Delaval poussait la porte sans attendre. Le troupeau, dérangé, agita ses sonnailles, et la Méjane bêla gravement face à l'intrus. Mais le maître, l'ignorant, entreprit de contrôler l'état des brebis une à une, s'asseyant sur leur dos pour les immobiliser, les forcer à ouvrir la bouche. Il comptait les dents, vérifiait si elles étaient saines, palpait les reins, de part et d'autre de la colonne vertébrale, enfonçait ses doigts dans la laine, les obligeait même à lever les pattes pour y déceler d'éventuelles blessures.

Il n'avait pas encore terminé son inspection quand le père et le régisseur, soufflant après l'effort, se présentèrent dans la bergerie. Sans leur accorder d'attention, le maître acheva son travail tranquillement puis, après avoir réfléchi un moment, il demanda :

— Combien en avons-nous, finalement?

— Je vous ai rendu cinq agneaux en mai, il reste donc treize agnelles.

— Plus ces trois agneaux-là, dit le maître. Vous devez veiller sur le tablier du bélier, Laborie; vous savez bien que les agneaux tardifs sont fragiles et se vendent moins facilement.

Et, comme le père gardait le silence :

— Vous vous plaignez de son âge, à ce bélier, et vous le laissez saillir aux beaux jours. Comment voulez-vous qu'il tienne sur ses pattes?

— Je ne peux quand même pas vivre en permanence dans la bergerie! se rebella le père, très pâle. A son âge, cette bête à l'habitude du tablier et il sait bien comment s'en débarrasser.

Puis, avant que le maître ne parle, laissant se manifester sa colère :

— Si vous voulez, vous me laisserez les trois agneaux et vous prendrez trois agnelles en échange.

— Ne vous emportez pas, Laborie, c'est vous qui gardez le troupeau, ce n'est pas moi.

Le maître marqua un temps, se gratta les tempes, reprit :

— Voilà ce que nous allons faire : je vais quand même prendre les trois agneaux et vous garderez trois agnelles. Les dix agnelles restantes vont nous servir à rajeunir le troupeau. J'en emporterai une, il vous en reviendra donc une aussi et nous vendrons huit de nos plus vieilles brebis en octobre, quatre des miennes et quatre des vôtres.

— Le père se raidit, calcula mentalement le manque à gagner, sachant qu'une brebis d'âge se vendait beaucoup moins cher qu'une agnelle, à supposer encore qu'il parvînt à trouver un acheteur à la foire.

— Pensez-vous avoir assez de fourrage? demanda le maître.

— Si j'arrive à vendre les vieilles brebis, sans doute.

— S'il le faut, je vous en céderai à bon prix.

Edmond ne disait rien, mais Philomène le sentait malheureux de ne pouvoir intervenir. Le père, lui, pensait aux difficultés qui l'attendaient en cas de mévente en octobre.

— Si vous ne pouvez pas acheter de fourrage, insista le maître, débrouillez-vous mais ne touchez pas aux agnelles : il y a déjà longtemps que nous aurions dû rajeunir ce troupeau.

Puis, s'adressant à Edmond, il désigna du doigt les bêtes qu'il emportait, celles qui présentaient un tatouage bien apparent, la lettre D uniformément dessinée sur les flancs. Celles du père, en revanche, n'étaient pas marquées, d'où la difficulté de prouver leur qualité, la laine sans relief ne révélant rien de la viande recouverte. Mais c'était la coutume : dans un troupeau confié à un métayer, l'on ne marquait que les bêtes du maître. Les acheteurs savaient ainsi à qui appartenait le bétail et ne se privaient pas, lors de la dernière foire d'automne, d'acculer les métayers à la vente à bas prix...

Les traits durs, le père aida Edmond à charger les brebis dans la charrette. Pendant ce temps, le maître sortit de la bergerie et entra dans la grange où il examina longuement les sacs de blé, pensif, puis il retourna dans la cour où il s'intéressa aux poules et aux canards qui prenaient d'assaut un vieux chaudron plein d'une eau croupie.

Quand les deux hommes eurent fini de charger, le père, comme chaque fois, proposa d'entrer pour boire un verre, mais il était évident qu'il n'en avait guère envie. Aussi Philomène fut-elle contrariée d'entendre le maître accepter sans l'ombre d'une hésitation, comme si rien ne s'était passé dans la bergerie. Suivi par Edmond, il emboîta le pas du père et gagna la cuisine où la mère finissait de balayer.

— Bonjour, Marie, dit M. Delaval en s'asseyant sur le banc et en s'accoudant sur la table où trois verres côtoyaient une bouteille au liquide fleuri.

— Bonjour, monsieur, répondit la mère.

Le père s'assit à son tour, face au maître, et se saisit de la bouteille.

— C'est du vin nouveau, dit-il.

Philomène et sa mère s'installèrent au cantou, à l'écart des hommes, cherchant à retenir Mélanie qui ne restait pas en place.

Ils burent leur vin en silence, le gardant dans leur bouche pour mieux l'apprécier. Le maître fit claquer sa langue de satisfaction.

— Il est bon, Laborie, il est bon. Vous en faites combien dans cette vigne?

— Deux pièces, monsieur.

— Cela vous suffit-il pour l'année?

— Je fais de la piquette et j'arrive au bout vaille que vaille.

— C'est vrai qu'Etienne ne devait pas donner sa part au chien.

Le père hocha la tête, garda le silence, se demandant où le maître voulait en venir.

— Vous pouvez être fier, Laborie, reprit celui-ci. Votre fils va nous aider à préparer la revanche. Savez-vous ce qu'on dit à Paris?

— Non, fit le père, peu au fait des affaires du pays.

— Après l'alliance avec la Russie, il paraîtrait que l'Angleterre signerait elle aussi le traité. Si vraiment le gouvernement y réussit, les Prussiens n'ont qu'à bien se tenir. A nous, l'Alsace et la Lorraine!

Philomène vit sa mère pâlir. Pour la première fois de sa vie, celle-ci osa intervenir dans une conversation entre le maître et son mari.

— Allons-nous avoir une guerre? demanda-t-elle angoissée.

Le maître, ravi de montrer ses connaissances puisées dans *La Croix*, se rengorgea. Il avait d'ailleurs l'habitude, usant de sa position de maire et de propriétaire, de parler politique dans les fermes dont les métayers ne pouvaient rien lui refuser, et surtout pas un bulletin de vote. Là, il commentait à loisir les nouvelles de Paris, disséquait les dessous des événements de la capitale, jugeait les hommes, s'en prenait à Dreyfus, ce traître juif dont on réclamait la révision du procès.

— Vous verrez qu'ils finiront par l'obtenir leur révision. Les crapules ne défendent que les crapules. Clemenceau, Loubet, deux escrocs trempés jusqu'au cou dans le scandale de Panama! Même Félix Faure a pris son parti maintenant!

La plupart du temps les métayers hochaient la tête sans comprendre, faisaient mine d'approuver, songeant seulement à ne pas le vexer.

Or l'intervention de la mère, ce matin-là, lui donna l'occasion de pousser son refrain favori :

— Toute la franc-maçonnerie est derrière Dreyfus, même Zola, ce gratte-papier. Un an de prison et 3 000 francs d'amende, vous vous rendez compte? Un blasphémateur de cet acabit! Quand je pense qu'il a osé s'en prendre à

Cavaignac, notre ministre de la Guerre! Enfin, le radicalisme mourra bientôt de ses turpitudes et de ses mensonges, c'est ce qui me console.

Puis, revenant à la question posée par la mère :

— Ne vous inquiétez pas! Une guerre, ça se prépare. Elle n'est pas encore pour demain. Quant à votre révolutionnaire de fils, je me suis renseigné : il va sans doute partir en Guinée à la fin de l'année, mais il viendra en permission avant.

— Mon Dieu! murmura la mère.

— Ne vous tracassez pas! Les colonies lui feront le plus grand bien : elles lui laveront le cerveau des idées que lui a mis en tête le communard socialiste.

Il se tut un instant, but une gorgée, reprit de plus belle, au comble de l'excitation :

— Vous verrez, Laborie, vous me remercierez un jour. Parce que si par malheur les socialistes sont appelés au gouvernement par les radicaux, leur première tâche sera d'entamer une nouvelle guerre de religion. Et alors, il faudra être du bon côté : c'est la foudre qui les frappera. Vous entendez? La foudre du ciel! Comme à la Saint-Barthélemy!

Il avait crié en prononçant les derniers mots, était devenu cramoisi. Il prit une profonde inspiration, but encore une gorgée, réfléchit un instant, ajouta :

— A propos, le curé Lafont va vous faire une visite un de ces jours. Il faudrait penser à donner à vos enfants une instruction chrétienne, avant que les radicaux ne nous envoient leur hussard voué au diable.

— Je verrai, dit le père.

— Ecoutez, je comprends très bien que vous ayez besoin de votre jeune fils, mais vous pourriez au moins envoyer celle-là, dit-il en désignant Philomène qui, se sentant en cause, rougit en baissant la tête.

— Je verrai, répéta le père, buté.

— Tant que je serai maire, ici, il n'y a pas de danger que l'on ouvre une école sans Dieu, mais imaginez un peu si je disparaissais! Vous voulez donc faire de vos enfants des révolutionnaires laïques et sans morale?

La mère poussa un faible cri, se signa.

— La petite aide sa mère et garde le troupeau, dit le père.

— Pas après la Toussaint, tout de même!

— Je vais réfléchir.

— C'est ça, Laborie, réfléchissez, mais réfléchissez bien!

Devant la menace à peine voilée le père ne broncha pas, versa à nouveau du vin dans les verres et but le sien lentement, le regard fixé sur la porte ouverte où s'avançaient les poules avec précaution. Personne ne parla plus jusqu'au moment où le maître se leva, brusquement décidé par la pensée de la visite des métairies à terminer dans la journée.

— Allez, Edmond, il faut y aller, dit-il en se dressant pesamment.

Il salua le père et la mère qui restèrent sur le seuil le temps que la charrette s'éloigne et disparaisse, puis ils rentrèrent et s'assirent au cantou. Alors la mère s'inquiéta du partage des brebis, ayant deviné, à la mine sombre de son mari, une mauvaise affaire.

— Il nous oblige à garder les agnelles et à vendre les brebis d'âge, dit-il, abattu. Sûr qu'elles vont me rester sur les bras. Je vais devoir trouver du fourrage.

— Ne te désole pas, Guillaume, il sera bien assez tôt après la foire. Tu en tireras bien au moins 25 francs par tête.

— A moins de 3o francs, je les garde, tant pis, on verra bien!

— Non, Guillaume, s'il le faut on vendra un peu de blé au meunier. Il reste encore de la farine de l'année dernière, il suffit de faire moudre cinq sacs.

— Elle est gâtée, cette farine.

— Mais non, regarde!

La mère se leva, déplaça le tamis à bras posé au-dessus de la maie, porta une poignée de farine au père.

— Elle n'est pas fameuse, dit-il.

— Une fois pétrie, le pain est bon.

Le père réfléchit un instant, décida :

— Je verrai après la foire. En attendant, je porterai les sacs à Jeantou et je lui demanderai s'il est acheteur.

Songeant que son père l'emmènerait certainement au moulin puisque Abel serait occupé aux noix, Philomène s'en réjouit. Les occasions de changer d'horizon étaient trop rares à son gré. Or, Jeantou Cabussel, le meunier, habitait un moulin dans la vallée de la Dordogne, pas loin de Creysse, au fond du cirque de Montvalent. Philomène y avait suivi le père une fois et avait découvert la verdure et la terre grasse avec ravissement. Etait-ce beau, ces peupliers, ces saules et ces vergers escortant la rivière où remontaient les gabares depuis Bordeaux jusqu'au Massif central! Et ces prairies donc, où paissaient des vaches brunes, ces veaux cherchant les pis avec des coups de tête rageurs, ces champs de maïs blonds, de tabac et de blé, de betteraves et de légumes à perte de vue! Quelle différence avec l'aridité uniforme des terres hautes! Quelle joie à changer d'univers! Ils avaient mis une journée entière pour l'aller et le retour, en s'arrêtant très peu chez le meunier. Mais, pour le père, ce n'était pas du temps perdu : Jeantou Cabussel était un homme bon et droit. Contrairement aux autres meuniers de la région qui trichaient sur la farine, il jouissait d'une très bonne réputation. Philomène se souvenait de ce jour où, en compagnie de sa mère, elle cuisait le pain au four banal sur la place du village, quand elle avait assisté à l'arrivée du meunier de Gramat. Aussitôt les enfants du village l'avait entouré en chantant :

Meunier,
Vide grenier,
Vole blé,
Puis il dit que c'est les rats.

Mais nul n'invectivait jamais Jeantou Cabussel, ce père de huit enfants, marié avec une sainte femme appelée Noémie, quand, vêtu de sa blouse blanche, il venait rendre la farine, fleur et son mélangés, lors de sa tournée des villages et des métairies. Il laissait toujours bon poids de farine brute, de la belle farine couleur de sable dont le parfum ouvrait l'appétit. La mère passait cette farine dans le tamis à bras, récupérait le son, le mélangeait avec des orties pour nourrir ses canards qu'elle gavait en novembre, avant de les vendre gras aux foires des Rois. Il fallait pour cela acheter du maïs, car la récolte du champ cultivé par le père suffisait à peine à la consommation courante. Cependant, la vente des canards permettait quand même de gagner quelques sous pour acheter des vêtements, du fil, des aiguilles ou de la dentelle.

— Comment iras-tu cette année? demanda la mère, tirant brusquement Philomène de ses réflexions.

— Je prendrai le cheval, comme d'habitude, répondit le père avec un mouvement d'humeur.

— Tu sais bien que le maître ne veut pas qu'il serve en dehors du domaine.

— Si tout va bien, nous pourrons peut-être en acheter un l'an prochain.

Philomène sursauta, craignant pour les galoches promises depuis longtemps. Si le père envisageait un tel achat, sans doute devrait-elle attendre un an de plus.

— Pars au moins de bonne heure, dit la mère, et rentre seulement à la nuit, que personne ne te voie.

Puis, plus bas :

— Et emmène la petite pour qu'elle passe devant jusqu'à la grande route.

Le père, songeur, se versa un autre verre de vin.

— J'irai demain, dit-il. Au château ils ne seront pas prêts avant trois jours, je ne risquerai pas de les rencontrer en chemin.

Ce soir-là, Abel rentra en courant à la métairie, une légère angoisse mordant son estomac. En décidant de venger l'humiliation subie par le père dans la cour du château et de ne pas participer à la récolte des noix, il s'était mis dans un mauvais cas, et il le savait. Pire encore! il avait passé la journée chez le sabotier qui l'avait recueilli avec surprise, le matin même, à l'heure où le village s'éveillait :

— Qu'est-ce que tu fais là, toi? N'y a-t-il donc plus d'ouvrage aux Faysses?

— Mon père m'a laissé libre pour la journée.

— Ah! s'était étonné Armand, tu lui en as donc parlé?

— Oui, avait menti Abel. Et il est bien content.

Il y avait plus d'un mois, en effet, qu'Armand Mestre avait permis au garçon de fabriquer les galoches tant souhaitées par Philomène. Il y avait travaillé avec passion chaque fois qu'il avait pu s'éclipser, et ce soir il portait son trésor soigneusement plié dans du papier journal, courant et chantant sur le chemin du retour.

Bien avant d'arriver à proximité de la métairie, il fit un

long détour par les grèzes pour remonter sur le plateau où Philomène gardait le troupeau. Il songea furtivement à la joie de sa sœur, se mit à chanter en coupant à travers les éteules blondes, tout à sa fierté d'avoir été capable de travailler comme Armand.

Sortant de derrière les genévriers, Philomène vint à sa rencontre, rieuse, son bâton à la main.

— Que portes-tu, Abel? demanda-t-elle une fois arrivée à la hauteur de son frère dont le sourire énigmatique l'intrigua.

Puis, se souvenant des paroles du maître :

— Tu t'es fait attendre au château ce matin.

Il ne répondit pas, son sourire s'accentua tandis qu'il offrait son présent en rougissant un peu.

— Tiens, c'est pour toi!

Mais, prise d'un soupçon subit, elle demanda, ignorant le cadeau :

— Tu n'es pas allé au château?

— C'est pour toi, ma Philo, fit Abel, tendant le paquet à bout de bras.

— Mais Abel, le père saura, il te battra.

Le garçon haussa les épaules, les yeux brillants d'excitation.

— Prends ça, c'est pour toi, insista-t-il d'un mouvement de tête.

Incapable de penser tant elle était inquiète, Philomène prit le paquet, déchira machinalement le journal sans manifester l'ombre d'une impatience. Dès qu'elle l'eut ouvert, elle demeura sans voix un long moment, suffoquée, puis leva vers son frère des yeux incrédules.

— Où les as-tu volées? Tu es fou, souffla-t-elle.

— Je ne les ai pas volées, je les ai fabriquées chez Armand.

D'un bond, elle fut contre lui, et bredouilla, tremblante :

— Chez Armand! Mais tu es fou, Abel!

Puis, l'enlaçant, un sanglot dans la voix :

— Il va te battre, tu le sais.

— Elles te plaisent vraiment? demanda-t-il en la serrant dans ses bras.

— Mais c'est trop beau, Abel, et tu as fait ça pour moi, pour moi seule! J'en avais tant envie!

Se dégageant, elle admira les semelles de bois garnies de « ferrasses », le cuir régulier soigneusement cloué, les lamelles de laine brute destinées à protéger les chevilles, le court butoir des talons amoureusement arrondi pour ne pas blesser, puis, les lâchant soudain, la vue brouillée, elle l'embrassa sur les joues, riant et pleurant à la fois :

— Oh! comme je t'aime, Abel, comme je t'aime!

Ils tombèrent sur un tapis de mousse, roulèrent sur eux-mêmes, provoquant les aboiements de Vélou croyant à un combat. Quand ils se séparèrent, elle enfila avec hâte ses galoches, souffla :

— Comme elles sont belles! Regarde comme elles sont belles!

— Je le sais, puisque c'est moi qui les ai fabriquées.

Alors la conscience des risques qu'il avait pris revint subitement à Philomène.

— Mais pourquoi aujourd'hui? On t'attendait aux noix.

— Pourquoi attendre? Elles étaient presques terminées.

— Et le maître? Et le père?

— Ils ne s'en apercevront pas. Edmond ne dira rien.

— Tu l'as donc vu, Edmond?

— Non, mais il ne dira rien, tu le sais bien.

Elle soupira, sécha ses yeux, demanda encore :

— Si je les porte, les parents les verront, il faudra s'expliquer.

— Nous en parlerons à la mère. Elle dira qu'elle les a achetées.

— Mais le père criera.

— Non, si c'est elle qui le lui annonce, il ne criera pas.

Philomène comprit qu'il avait pensé à tout, mais son anxiété ne s'évanouit pas pour autant.

— Tu es fou, Abel, souffla-t-elle à nouveau, tu es fou.

Puis elle l'embrassa encore.

— Ce soir, laisse-les dans la bergerie, dit-il en se dégageant doucement.

Elle hocha la tête, silencieuse maintenant, toute à sa joie et à sa peur. Abel lui demanda alors comment s'était passée la visite du maître, elle la lui raconta en atténuant la déconvenue du père et en insistant sur son attitude ferme quand il s'était agi de l'école. Cependant, derrière les mots prononcés par sa sœur, Abel devina bien des choses.

— Si j'avais été là, murmura-t-il, les poings serrés, si j'avais été là...

Elle reconnut chez lui la même violence farouche, la même insoumission que chez Etienne, ce qui l'angoissa davantage.

— Promets-moi d'aller aux noix demain. Promets-le-moi, Abel, je t'en supplie!

Il promit du bout des lèvres, des éclairs de colère au fond de ses yeux noirs, puis ils restèrent un moment sans parler, songeant tous deux, et sans se l'avouer, à ce qui attendait Abel si le père apprenait sa désobéissance.

Une légère brise agitait maintenant les branches des genévriers tandis qu'une brume à peine discernable, s'élevant des bois de chênes, ternissait l'éclat du jour. Des aboiements de chiens bergers dans le lointain témoignèrent du retour des troupeaux. Il était temps de rentrer. Sans même se concerter, ils se levèrent d'un même élan et Abel ordonna :

— « Vaï lou quère, Vélou, vaï lou quère! »

Le chien ne se fit pas prier. Il partit à toutes jambes vers le fond de la grèze, décrivant un arc de cercle en aboyant, et le troupeau tourna, agitant ses sonnailles dans l'air qui fraîchissait.

— Bilibilibili! chanta Philomène en cherchant la Méjane des yeux.

Puis ils se mirent en route lentement côte à côte, la petite serrant ses galoches contre sa poitrine, Abel un peu soucieux, soudain, à l'idée d'affronter le regard inquisiteur du père pendant l'heure à venir.

Le repas du soir commença dans un profond silence. Préoccupé par ses problèmes de fourrage, le père avait dû oublier la réflexion du maître au sujet de l'absence d'Abel au château. Le frère et la sœur attendaient avec impatience le moment de se retrouver seuls avec la mère, certains l'un et l'autre qu'elle ne manquerait pas de se réjouir avec eux en découvrant les galoches. Ils eurent même droit à un verre de piquette que le père leur servit à l'instant où ils terminaient leur soupe. Alors, comme lui, ils en versèrent un peu dans le bouillon chaud et firent un « chabrol » délicieux. Ce « chabrol » était d'ailleurs l'un des rares plaisirs du père : il fallait le voir verser le vin jusqu'au bord de l'assiette, mélanger longuement le bouillon avec sa cuillère, puis boire lentement, très lentement, les yeux clos, soupirer d'aise en reposant l'assiette, s'essuyer les moustaches, enfin, du revers des mains, une lueur de plaisir au fond des yeux!

Ce fut justement, ce soir-là, au moment où il reposait son assiette qu'on entendit le galop d'un cheval sur le chemin. Aussitôt Philomène pâlit, mais Abel ne broncha point. Le père se leva, sa serviette à la main, s'approcha du « fenestrou » de la souillarde. Il reconnut sans peine le fanal de la charrette d'Edmond tremblotant dans la nuit, grogna :

— Que vient-il faire à cette heure?

Philomène se mit à trembler, chercha le regard d'Abel qui n'exprimait aucune crainte, mais au contraire un farouche défi. Elle se demanda s'il « faisait le fier » pour la rassurer, ou si vraiment il n'éprouvait aucune peur. Mentalement, remuant à peine ses lèvres, elle récita la prière naïve apprise de sa mère, très vite, avec ferveur :

Mon Dieu
Si j'ai fait des manquements
à vos commandements
donnez m'en connaissance
ô pauvre pécheresse!
pour être toute à vous
j'en ferai pénitence.

Puis elle recommença jusqu'à ce que le père, sorti à la rencontre d'Edmond, rentrât avec lui, l'air grave et préoccupé. Quand elle aperçut le régisseur, Philomène poussa un petit cri qui n'échappa point à la mère, tenta de lui dissimuler le tremblement de ses mains en les coinçant entre ses genoux.

— Vous boirez bien un coup, Edmond, fit le père en l'invitant à s'asseoir.

Le régisseur hocha la tête en cherchant Abel des yeux dans la semi-obscurité. Alors Philomène comprit qu'ils étaient perdus, reprit ses prières en fermant les yeux. Le régisseur but la moitié de son verre, le reposa, tandis que le père s'inquiétait de l'objet de sa visite.

— Qu'est-ce qui vous amène, Edmond?

Le visiteur toussota pour s'éclaircir la voix :

— M. Delaval a fait appeler votre fils à midi, mais il n'était pas aux noix.

Le père regarda Abel, puis Edmond, les sourcils froncés, puis Abel et à nouveau le régisseur.

— Et où était-il?

— C'est à lui qu'il faut le demander, Guillaume.

Un lourd silence tomba, plein de menaces, au terme duquel le père parut enfin comprendre. Il se ramassa sur lui-même, fit tomber sa chaise en se levant d'un bond, saisit son fouet accroché au mur, à gauche de la porte.

— Guillaume! s'écria la mère, cherchant à s'interposer entre son fils et lui.

Il ne l'entendit pas, s'approcha lentement d'Abel qui regardait droit devant lui, sans trembler.

— Où étais-tu, fit-il entre ses dents, les yeux fous, n'es-tu donc pas allé aux noix?

— Non, fit Abel, un peu moins droit, soudain, en sentant approcher la punition.

Le père se tourna vers la mère d'un air stupéfait, comme s'il réclamait d'elle une explication, revint sur son fils.

— Et où étais-tu?

Abel ne répondit pas. Philomène faillit se lever et parler à sa place, mais la vue du fouet brandi par le père l'en dissuada.

— Dis, vas-tu me répondre, « galapiat »?

Abel demeura muet et ne sourcilla point. La mère se glissa entre le père et lui, supplia :

— Réponds, Abel, par la Sainte Vierge, réponds!

Abel leva les yeux sur elle d'un air buté, certain, maintenant, qu'il n'échapperait plus au châtiment. La lanière du fouet s'abattit sur ses côtes, le renversa sous le choc. Aussitôt, au moment où le père relevait le fouet pour la deuxième fois, Philomène jaillit de son banc et s'agrippa à lui, criant :

— Arrêtez, père! c'est de ma faute, c'est de ma faute!

Mais elle ne put empêcher le fouet de s'abattre sur son frère qui, sans une plainte, se roula en boule, la tête enfouie sous ses bras repliés.

— C'est de ma faute, père, hurla Philomène, arrêtez donc, je vous en prie!

En même temps, elle essaya d'immobiliser le bras du père, qui ne comprenant rien, excédé, cria :

— Mais vous avez juré de me faire tourner les sangs!

— Parle, toi! dit la mère à Philomène, tu vois bien qu'il se ferait tuer et qu'il ne dirait rien.

— C'était pour moi, père, gémit Philomène, le visage noyé de larmes, c'était pour moi, c'était pour moi!

Puis elle se laissa glisser sur la terre battue, incapable d'en dire plus, ajoutant par son silence à la fureur de son père.

— Ah, c'était pour toi! grogna-t-il, levant de nouveau le bras.

Voyant sa sœur sous la lanière, Abel souffla, très vite avant que le fouet ne s'abatte sur elle :

— J'étais chez Armand, je lui ai fait des galoches.

Le père suspendit son geste, regarda la mère et le régisseur, comme pour leur demander s'il avait bien compris. Puis il s'écria, le sang au visage :

— « Per moun arma », chez Armand! Mais tu veux donc me faire chasser d'ici comme un voleur!

Puis, après avoir passé sa main dans ses cheveux d'un geste excédé.

— Et qu'est-ce que tu foutais chez Armand?

— Je vous l'ai dit, père, je fabriquais des galoches.

La mère profita d'un moment de flottement chez le père pour demander :

— Où sont-elles, ces galoches?

— Dans la bergerie, bredouilla Philomène en s'asseyant, le coude droit relevé pour se protéger.

— Mais qu'est-ce que c'est cette histoire? cria le père, vous vous moquez de moi?

— Non, père, fit Abel, je peux aller les chercher si vous le voulez.

— Eh bien, vas-y! fit la mère, cherchant à obtenir quelques instants de répit.

Abel ne se le fit pas dire deux fois. Il bondit vers la porte et disparut tandis que la mère aidait Philomène à se redresser et à s'asseoir à côté du régisseur accablé. Le père, lui, s'adossa au mur en soupirant, mais sans lâcher le fouet. Abel revint très vite, les galoches à la main, les posa sur la table. Ayant cru à un mensonge, le père roula alors des yeux ébahis.

— Où as-tu pris ça? grogna-t-il, portant sa main libre à la tête, comme si elle allait éclater.

— Je n'ai rien pris. Je les ai fabriquées moi-même.

— Et le bois? Et le cuir? Où les as-tu pris?

— J'ai taillé le bois moi-même dans une souche de noyer, et j'ai récupéré le cuir sur des vieilles galoches.

— « Milodiou! » hurla le père, je ne veux rien devoir à ce communard de malheur! Tu vas me faire le plaisir de rapporter ça tout de suite.

Défiguré par la colère, il serrait si fort le manche du fouet que ses doigts en tremblaient.

— Ça pourrait peut-être attendre demain matin, plaida la mère.

— Vous êtes tous fous, ou quoi?

— Ce n'est pas parce que la petite portera des galoches que le maître saura d'où elles viennent, ajouta la mère. On peut très bien les avoir achetées à Gramat.

— Ce n'est pas de ça qu'il est question. J'avais donné ma parole que mon fils irait aux noix et il m'a fait perdre la face comme l'autre avant de partir. Tout le monde savait ce que valait la parole de Laborie, mais maintenant que dira-t-on de moi? Jamais je ne pourrai remettre les pieds au château.

Il s'assit enfin, lâcha son fouet, sous le coup d'une écrasante culpabilité. Il y eut un long silence, puis la mère vint s'agenouiller devant lui, murmura :

— Tu n'es pas responsable, tu avais tenu ta parole.

Et cherchant du secours auprès du régisseur :

— N'est-ce pas, Edmond?

— C'est vrai, mais il vaudrait mieux l'expliquer au maître.

— Maintenant? demanda la mère.

— Maintenant, oui, il veut vous voir, Guillaume.

Le père leva vers le régisseur un regard abattu, s'ébroua.

— C'est bon, dit-il, on y va.

Puis, s'adressant à ses enfants d'une voix où perçait une rancune froide :

— Allez vous coucher, on réglera tout ça demain.

Il passa une veste et, semblant porter sur ses épaules tous les péchés de la terre, il suivit le régisseur dans la nuit.

Quand la charrette se fut éloignée, la mère saisit les galoches, les tourna et les retourna dans ses mains tremblantes, avec un faible sourire. Puis elle les reposa, embrassa ses enfants avec, sembla-t-il à Philomène, une douceur encore jamais manifestée. Elle dit enfin, se forçant à prendre un ton sévère :

— Vous avez entendu votre père, alors dépêchez-vous d'aller vous coucher!

Mais ses yeux illuminés de tendresse démentaient l'hostilité de sa voix.

Philomène se redressa, porta ses mains vers ses reins douloureux. Cela faisait plus de sept heures qu'elle travaillait courbée vers la terre après une nuit sans sommeil. Comment se serait-elle assoupie, la veille au soir, après une telle peur? Elle s'était allongée contre Mélanie et, les yeux grands ouverts dans l'obscurité, avait longtemps attendu le retour du père. Tendant l'oreille, elle avait entendu sa mère passer la farine dans le tamis, puis commencer la vaisselle dans la souillarde. A un moment, la mère s'était même mise à chantonner. Philomène n'en avait pas compris les raisons en songeant au père qui se trouvait au château aux prises avec le maître.

Une heure interminable avait coulé avant que le bruit de la charrette d'Edmond ne rompît le silence. Le père était rentré, la charrette était repartie en agitant ses grelots, et Philomène s'était redressée sur un coude, guettant les voix dans la cuisine.

— Alors? avait demandé la mère.

— Alors, il est furieux, pardi! Il a cru que j'avais interdit au petit d'y aller.

— Et que lui as-tu dit?

— Qu'il était allé en cachette à Gramat avec un autre garnement.

— L'a-t-il cru?

— J'en sais foutre rien. En tout cas je lui ai promis Philomène et Abel pour demain.

La mère avait soupiré, hésité un instant.

— Il ne t'a pas menacé, au moins?

— Et de quoi, fichtre?

— Je ne sais pas, moi, de nous chasser de la métairie par exemple.

— Non. Mais à ce train-là, si tu veux mon avis, ça ne tardera pas.

La mère avait réfléchi, suggéré à mi-voix :

— Il faudrait envoyer la petite à l'école, Guillaume, je suis sûre que ça arrangerait bien des choses.

Il y avait eu un long silence, puis le père, après avoir éteint les braises du cantou avec le pique-feu, avait concédé :

— Tu as peut-être raison. Si tu peux faire face, ici, toute seule.

— Je me débrouillerai toujours, mais je t'en prie, Guillaume, envoyons-la et tout ira mieux, j'en suis certaine.

— Eh bien c'est entendu. Allons nous coucher à présent.

Ils s'étaient dirigés vers la chambre, le père avait posé ses sabots à l'entrée, puis ils s'étaient couchés très vite dans le noir, sans même allumer de bougie. Le lit avait grincé, et la mère avait encore demandé :

— Pour ces galoches, que décide-t-on?

— Et que veux-tu décider? Elle en avait tellement envie! Qu'elle les porte!

Puis il s'était retourné, avait gémi, soupiré :

— Ces gosses me feront tourner les sangs.

— Le petit a cru bien faire, on ne va pas le punir d'avoir offert des galoches à sa sœur, tout de même!

Le père n'avait pas répondu et le silence était retombé dans la chambre obscure où Philomène avait eu envie de crier sa joie : non seulement elle garderait ses galoches, mais encore elle irait bientôt à l'école. Ivre de bonheur, elle avait récité la prière que le bon Dieu avait si bien entendue, puis elle s'était perdue au fond de ses rêves, s'imaginant à l'école, un livre devant elle, récitant avec facilité des lettres et des mots, ceux des missives d'Etienne et ceux qu'elle lirait plus tard, quand, devenue femme, on viendrait la trouver avec respect et déférence. Elle avait entendu sonner toutes les heures à l'horloge, et le sommeil ne s'était posé sur elle qu'au matin.

Le père l'avait réveillée sans ménagement, alors que l'aube naissait à peine.

— Tu iras aux noix avec Abel. Habille-toi vite et va

l'appeler, avait-il ordonné d'une voix bourrue, mais sans véritable colère.

Les deux enfants avaient vite fait d'avaler leur soupe et de disparaître pour échapper à une semonce toujours possible. En chemin, Philomène avait à peine regretté son voyage manqué chez le meunier en admirant, tête baissée, ses galoches au cuir verni. Et c'est avec un transport de fierté qu'elle avait dit à son frère au bout d'une centaine de mètres :

— J'irai à l'école bientôt!

— Qui te l'a dit?

— J'ai entendu les parents, hier soir.

Il avait souri, puis haussé les épaules. L'école, c'était bon pour les filles, et ça ne l'intéressait pas. Pourtant elle n'avait pas arrêté d'en parler jusqu'à leur arrivée au château, tandis qu'un soleil rose grimpait au-dessus des chênes, annonçant une chaude journée. Pas la moindre écharpe de brume, pas la moindre ombre de nuage ne s'accrochait au ciel d'une extrême pâleur.

— Eh bien! avait soupiré Abel, on n'a pas fini de suer!

Une fois dans la cour du château, ils s'étaient présentés à Edmond qui avait formé des équipes commandées, chacune, par un domestique. Puis ils étaient partis en charrette vers les noyeraies, un peu intimidés par la présence de tant de personnes inconnues, tant de bruit, soudain, après leur promenade solitaire. La première équipe était descendue à moins de deux cents mètres du château, la dernière, celle d'Abel et de Philomène, à un kilomètre de là, en bordure d'un champ à la terre aussi brune que celle du plateau. Et le travail avait commencé, silencieux, appliqué. A midi, on avait fait une pause pendant une demi-heure et le domestique, un nommé Edouard, avait distribué du pain, du lard et du fromage.

— Crois-tu que nous ferons une sieste? avait demandé Philomène.

— J'en sais rien, avait répondu Abel. Mange!

Mais non. Il avait fallu se remettre au travail sous la chaleur accablante, dans la poussière qui aveuglait les yeux et déposait une lie rouge sombre sur les paupières...

Philomène appela Abel qui, à genoux, grimaçait, et souffla :

— As-tu vu mes mains?

Elle les frotta l'une contre l'autre sans parvenir à atténuer la couleur cuivrée qu'elles avaient prise depuis le début de l'après-midi.

— De quoi te plains-tu? répondit Abel, dans une semaine il n'y paraîtra plus, tandis que moi...

Se souvenant des mains d'Etienne tachées pendant trois mois, elle en fut malheureuse pour Abel, proposa :

— Si tu veux, je demanderai au père de te remplacer.

Mais son dos douloureux, ses genoux égratignés, ses mains souillées lui firent aussitôt regretter son offre.

— Et après tu pleureras chaque soir en rentrant. Merci bien, fit Abel.

Edouard s'approcha d'eux. C'était un homme d'une quarantaine d'années qui servait comme valet au château, le front haut et large, costaud et peu bavard.

— Alors, la demoiselle, dit-il, on est déjà fatiguée?

Philomène se courba de nouveau, se remit au travail en évitant de saisir le brou vert et jaune, prenant délicatement la coquille entre le pouce et l'index avec une moue de dégoût. Il lui semblait que jamais plus ses pauvres mains ne retrouveraient leur couleur naturelle, qu'elle les garderait infiniment souillées, au contraire, comme celles de cette femme âgée, appelée Marthe, qui besognait près d'elle, le chignon défait, rouge à en éclater. Un peu plus tard, Abel, surveillant Edouard du coin de l'œil, enfonça des noix dans la terre au lieu de les ramasser.

— Que fais-tu? chuchota-t-elle. Arrête, tu es fou!

— Tu vois, je sème des noyers, répondit-il tout bas en riant.

— Arrête, Abel, reprit-elle, effrayée, se souvenant de la colère du père, la veille, et jetant à droite et à gauche des regards effarés.

Mais nul ne se souciait d'eux. Edouard s'était éloigné, portant les paniers pleins vers les sacs restés en bordure du champ, et Marthe travaillait en soufflant, jambes écartées, avançant lentement, d'un mouvement régulier. Philomène envia le domestique de se redresser un moment, malgré le poids qu'il transportait. Elle ressentait maintenant l'impression de ne jamais plus pouvoir se tenir droite et, prise d'une peur soudaine, elle se mit à genoux, comme Abel, après un regard désolé sur ses galoches méconnaissables. Puis elle s'absorba de nouveau dans le travail, évita de penser à son dos, à ses pauvres mains, s'obligea à ne songer qu'à l'école où elle irait bientôt.

Un peu après, on changea de noyer et Abel reprit ses semailles perfides.

— Arrête! Abel, on te regarde.

— Peuh! fit-il, et il continua, enfonçant rageusement les noix sous dix centimètres de terre.

Elle leva la tête vers le ciel à vif pour y chercher un nuage mais n'en aperçut aucun. Comme la tête « lui tournait », elle se baissa de nouveau, murmura en s'essuyant le front :

— Si encore il pleuvait!

— C'est ça, fit Abel, et on pataugerait dans la boue.

Comment lui dire qu'elle aurait préféré ça à cette poussière qui brûlait ses yeux et sa gorge, à la sueur qui coulait dans son cou jusqu'à ses reins, à cette impression de respirer l'haleine d'un four. « Mon Dieu! gémit-elle, cela ne finira donc jamais. » Il devait être plus de cinq heures, et il restait encore un noyer dans le champ. Déjà, Edmond gaulait les noix avec sa longue branche de noisetier, poussant un gémissement lors de chaque lancée, au moment où la perche frappait les feuilles tavelées de roux. Philomène regarda avec horreur les fruits dégringoler. Mais quand cesseraient-ils donc de tomber? Plus Edouard frappait et plus il en tombait. Elle ferma les yeux, se laissa aller sur le flanc, épuisée.

— Lève-toi, dit Abel.

Marthe se retourna, murmura :

— Laisse-la un peu, il ne la voit pas.

Qu'elles étaient douces, ces secondes qui coulaient maintenant, et douce aussi la sensation d'être allongée enfin dans un bon lit, le dos bien droit, les jambes et les reins détendus!

— Lève-toi! ordonna Abel, il arrive.

Elle s'arracha péniblement à son bien-être, gémit en se courbant, tandis que le carcan de fer dont elle avait été un moment délivrée se refermait sur son dos. Heureusement, elle eut tout loisir de se redresser, un peu plus tard, quand la petite équipe se déplaça vers le dernier noyer distant d'une trentaine de mètres. Et là, durant l'heure suivante, elle se laissa bercer par son immense fatigue, oubliant tout, le lieu où elle se trouvait, les noix dans ses mains, la terre contre ses genoux, le souffle court de la vieille femme de plus en plus rouge. Longtemps, très longtemps après, elle entendit arriver la charrette salvatrice.

— Laisse, petite, va marcher un peu, on a presque fini, dit Marthe, s'épongeant le cou et la nuque.

Elle en aurait pleuré : le corps moulu, les yeux aveuglés, elle tituba comme une folle vers l'ombre maigre de la haie d'églantiers en lisière du champ. Là, elle s'allongea face au ciel uniformément bleu, s'éblouit de lumière jusqu'à ce qu'elle ne vît plus rien. Alors, seulement, elle ferma les yeux.

Après qu'Edmond, Edouard et Abel eurent chargé les sacs, la charrette les emmena lentement, cahotant sur le chemin étranglé entre les haies où les merles s'enivraient de mûres. Elle se laissa porter sans un mot jusqu'au château, les jambes ballantes, adossée à un sac, incapable de répondre à son frère qui la taquinait :

— Quelle mauviette, tu fais! Qu'est-ce que je devrais dire, moi, qui en ai pour une semaine!

— Si tu veux, Abel, commença-t-elle...

Mais elle n'acheva pas, sachant qu'elle n'aurait pas le courage de revenir dans les champs ravagés de soleil.

Une fois dans la cour où d'autres charrettes chargées de sacs étaient déjà arrivées, au moment où ses pieds touchèrent le sol, ses jambes se dérobèrent sous elle. Elle se rattrapa de justesse à la ridelle, serra les dents, réussit à ne pas tomber.

— Vous pouvez partir, les enfants, dit Edmond, mais tu reviens demain, toi, l' « estafier », ajouta-t-il en s'adressant à Abel.

Elle l'aurait embrassé. De crainte qu'on ne les rappelât, ils se hâtèrent de quitter la grande cour bruissante de cris, de piaffements de chevaux, de rires sonores. Deux cents mètres plus loin, Philomène fut obligée de s'arrêter, car ses jambes tremblaient.

— Je vais te porter, proposa Abel.

Elle refusa, sachant qu'il était aussi épuisé qu'elle. Elle prit une profonde inspiration, rassembla ses forces, et pour oublier son immense lassitude, se mit à chanter.

3.

Les ventes de la foire d'octobre avaient été catastrophiques. Le père n'avait pu se débarrasser des vieilles brebis qu'il allait devoir nourrir pendant l'hiver, sans doute en achetant du fourrage. Il s'en était désolé chaque jour, comptant ses sous dans la boîte en fer blanc, vouant le maître au diable.

La Toussaint avait passé, mais Philomène n'allait toujours pas à l'école. Au dernier moment le père avait refusé malgré les promesses faites à la mère la nuit où Philomène avait surpris leur conversation.

— Attendons encore un peu, avait-il décidé. Abel aura treize ans à la prochaine rentrée et il pourra remplacer sa sœur ici, dans la maison, tout en m'aidant moi aussi. Et puis Mélanie se débrouillera toute seule, tu n'auras plus à t'en occuper.

La mère avait accepté, convenant que les arguments du père ne manquaient pas de bon sens. Philomène, pour sa part, s'était résignée sans mot dire, contente, malgré tout, de vivre désormais avec la certitude de savoir un jour lire et écrire.

Etienne était venu en janvier avant son départ pour l'Afrique, avait erré comme une âme en peine sur le causse, parlé de ses longues marches sur les collines de Toulon, du maniement du Lebel, de sa caserne, de la mer, des bateaux de l'Alsace et de la Lorraine volées par les Prussiens en 1870, et qu'il faudrait bien reprendre un jour. Il ne s'était pas plaint de sa nouvelle vie, mais Philomène l'avait trouvé fatigué et désabusé. On eût dit qu'il avait perdu le goût de sourire et de plaisanter. La séparation eût été plus pénible que la première, sans doute, en raison de son départ lointain pour la guerre, s'il n'avait choisi de quitter de nuit la métairie, alors que tout le monde dormait.

Comble de malheur, l'hiver qui suivit ce départ fut long et rigoureux. Les bêtes restèrent à l'étable jusqu'au 10 mars et il fallut acheter du fourrage dès le début février.

— Il a voulu nous humilier, se lamentait le père en jurant contre Delaval, maintenant il nous tient.

— Allons, Guillaume, disait la mère, tu exagères. Ce n'est quand même pas lui qui fait souffler le vent du nord.

En mai, il ne restait plus que quelques piécettes dans la boîte. Le père était devenu agressif, se mettant en colère pour une broutille, et la mère craignait qu'un coup de folie ne le prît.

— Cesse donc de penser à ces brebis, mon pauvre homme. Tu les vendras bientôt.

— A quel prix? grognait-il.

— Mieux vaut les vendre que d'acheter du fourrage l'hiver prochain.

Le printemps bascula rapidement dans l'été, et, avec les foins, les moissons, les battages et les vendanges, les mois coulèrent très vite jusqu'à cette fameuse foire d'octobre où l'on allait enfin vendre les vieilles brebis qui avaient causé tant de tourments pendant une longue année.

Le mauvais temps attendit d'ailleurs qu'elle fût passée pour se manifester, ce qui permit au père Laborie et à son fils ravi d'être du voyage de se mettre en route sans crainte d'une averse juste avant le jour. Philomène n'avait éprouvé aucune déception, car c'était cette année le tour de son frère, et elle ne tenait pas à assister au désespoir douloureux du père en cas de mévente. Une fois avait suffi. L'an passé, elle en était revenue malade et, pour de longs jours, inconsolable.

Après avoir poussé les brebis devant eux pendant trois heures de marche, le père et le fils arrivèrent sur le foirail déjà encombré de charrettes, de bétail parqué entre des cordes, et d'une demi-douzaine de voitures à essence de couleur noire, aux roues à rayons, que le garçon eut à peine le temps d'admirer en passant devant elles. Les paysans et les marchands se mouvaient avec fébrilité dans un brouhaha que déchiraient parfois un juron, un appel, ou le bêlement d'une brebis affamée. Le père et Abel trouvèrent place dans le bas du foirail, au bord de la route de Figeac, et le premier marchand ne tarda pas à s'approcher. Lorgnant d'un œil sceptique les brebis et les agnelles, il demanda tout bas :

— Combien en voulez-vous de vos bêtes?

— 40 francs les agnelles, répondit le père.

Le marchand enjamba les cordes, ouvrit la bouche des agnelles, tâta les reins, puis s'intéressa aux brebis d'âge. Après les avoir examinées à leur tour, il s'approcha du père pour lancer, sarcastique :

— Et de vos « curailloumes »?

— 30 francs, répondit le père. Elles sont vieilles mais grasses.

Le marchand, un gros homme chauve et aux yeux globuleux, prit un air effaré et s'éloigna sans répondre, levant les bras au ciel.

Un autre surgit aussitôt de la foule, plus petit que le précédent, sec et nerveux, les jambes arquées, un chapeau crasseux sur la tête. Après avoir respecté le même rite que le premier, il repartit, non sans avoir ri au nez du père Laborie impassible. Le défilé des marchands se poursuivit, et tous ceux de la place s'approchèrent, l'un après l'autre, avec leurs manières de comploteurs et leurs airs outragés. Une heure plus tard, le gros chauve, qui avait été le premier à se manifester, surgit à nouveau de la foule, jeta une offre avec un détachement affecté.

— 30 francs les agnelles et 20 pour les brebis.

— Non, dit le père, sachant qu'il était encore trop tôt pour se décider.

Le manège continua pendant la majeure partie de la matinée, les marchands chuchotant leurs offres sous le nez du père, ce dernier refusant de céder sur les prix. Abel, assis sur un sac, observa avec un intérêt amusé tous ces gens qui s'invectivaient, se saluaient de loin, discutaient du temps, des récoltes, de la santé d'une vieille mère ou de généalogies compliquées. Il surveillait la ronde des marchands, leurs approches savantes, leurs départs offensés, devinait l'inquiétude croissante du père au fur et à mesure que le temps passait. Près de lui, à un moment, il y eut un début de dispute, un métayer refusant d'être payé en billets de banque. C'est seulement après avoir frotté le bord blanc des billets contre une pièce d'argent et vérifié la trace laissée par celle-ci, que le métayer accepta enfin, non sans s'être plaint des nouvelles coutumes en prenant les voisins à témoins :

— Ils n'ont plus de pièces d'or! Ils s'en servent pour acheter des terres et se débarrasser des métayers! Ah, « Coï oun bravo moundo [1] »!

Enfin, un peu avant midi, le gros marchand chauve revint, tendit sa main ouverte au père, proposant :

— Trente-cinq francs les agnelles! C'est tout ce que je peux faire pour toi.

— Trente-huit, dit le père, refusant sa main.

— Tant pis, tu ne les vendras pas!

Mais comme il s'éloignait sans trop se presser, le père le rappela :

— Trente-sept les agnelles et vingt-huit les brebis.

— Non, c'est trop cher pour moi.

Puis, après avoir feint de réfléchir et d'accorder une concession qui lui en coûtait :

— Tiens, je te fais encore une offre, mais c'est bien la dernière!

Il s'empara de force de la main du père, lança, comme en se jetant à l'eau :

— Trente-sept francs les agnelles mais tu gardes les brebis.

De guerre lasse, le père céda, tendit sa main sur laquelle le marchand frappa pour sceller le marché. Quatre agnelles à trente-sept francs pièce, c'était quand même une bonne affaire, mais restait maintenant à se débarrasser des brebis, et ce ne serait pas facile.

A midi, les marchands disparurent brusquement. Le père et Abel ouvrirent leur panier, mangèrent leur pain et leur fromage, burent la piquette au même gobelet. Puis le père l'emmena vers le café de France, en haut du foirail, cherchant vainement des connaissances du regard. A l'intérieur, les marchands et les propriétaires étaient attablés devant des assiettes où fumaient des confits d'oie et des pommes de terre aux morilles, criaient pour se faire entendre, buvaient

1. C'est un joli monde!

de grands verres de vin qui leur embrasaient les joues. Abel recula devant tous ces visages étrangers, demanda au père à repartir, trouvant prétexte d'une longue attente avant d'être servis : les brebis ne pouvaient rester seules si longtemps. Le père acquiesça, mais ne renonça point à entrer, heureux à l'idée du café dans lequel il verserait quelques gouttes d'eau-de-vie. Il rejoignit Abel une demi-heure plus tard en compagnie de Delmas, le métayer de Combressol, lui donna les deux morceaux de sucre qu'il avait gardés pour le garçon au lieu des les glisser dans son café, puis les deux hommes s'éloignèrent de nouveau en direction de l'autre côté du foirail où étaient exposées les premières batteuses à vapeur réputées dangereuses. Si elles remplaçaient avantageusement les batteuses à bras qui avaient provoqué tant de maladies de cœur, la brutalité de leur mécanisme avait occasionné des accidents graves lors des derniers battages : plus d'un homme dans la force de l'âge avait laissé son bras gauche dans leur gueule infernale. Abel l'avait entendu raconter et se félicitait de la pauvreté de son père : au moins il n'aurait pas l'idée d'en acheter une. Et plût au bon Dieu que le maître ne se décidât point à en faire l'acquisition ! Car les métayers seraient alors obligés d'aller à « l'escoudre » au château et c'en serait fini de leur tranquillité et de leur indépendance. De plus, ils risqueraient l'accident chaque été.

Fermant les yeux, Abel imagina un instant le père manchot ou estropié pour la vie, et un mouvement de révolte lui arracha des jurons prononcés à mi-voix. Mais le père revint très vite, bien vivant, avec ses deux bras vigoureux, soupira en regardant les brebis :

— On ne peut pourtant pas les ramener, non, ce n'est pas possible.

Songeant au fourrage introuvable, il se résigna à les vendre au prix de 15 francs, au début de l'après-midi.

Ils repartirent alors, malheureux et muets, sur la grand-route poussiéreuse. A un moment, comme ils traversaient un bois de chênes d'où s'envolèrent des palombes, sentant le père préoccupé, Abel demanda, cherchant à le divertir :

— Croyez-vous que le maître achètera une batteuse à vapeur ?

— Il en a l'idée, paraît-il.

— Et nos battages?

— On les ferait au château.

Contrarié, Abel n'ouvrit plus la bouche pendant le restant du trajet, et le père non plus.

La nuit tomba très vite, enveloppant les terres hautes dans son velours tiède et parfumé, paisible comme le sont les nuits d'automne par beau temps, quand s'arrête la vie et sommeillent les bêtes. A partir de ce jour, dans la maison des Laborie, le silence hanta les repas et les enfants évitèrent de croiser le regard de leur père.

Le ciel changea de couleur quarante-huit heures après la foire. Les nuages arrivèrent dans la nuit, s'amoncelèrent patiemment au-dessus du causse et, à l'aube, crevèrent comme un abcès trop mûr en violentes averses illuminées d'éclairs fauves. Une semaine plus tard, une haleine fraîche succéda aux brises tièdes du début du mois, portées par des bourrasques venues du nord-ouest. Presque sans crier gare, en quelques jours, l'hiver chassa l'automne.

Un peu avant le 1er novembre, le père se résolut à laisser le troupeau dans la bergerie. Pour Abel et Philomène, les gardes ne reprendraient qu'au printemps. Deux brebis avaient pourtant pris froid et il s'en fallut de peu qu'on ne les perdît.

— J'aurai trop attendu, se reprocha le père. Vois-tu, Marie, cette foire m'a fait perdre la tête.

Les bêtes se remirent heureusement sur pied la veille du 1er novembre. La mère se précipita pour l'annoncer au père, après être passée par la bergerie en revenant de fleurir les tombes de la famille. Le lendemain, la mère emmena ses trois enfants aux vêpres, puis ils suivirent la procession vers le petit cimetière blotti à flanc de coteau, sur la route de Montvalent. Là, on attendit le passage du curé muni de son encensoir devant la tombe où étaient enterrés les parents Laborie. Le soir du 2 novembre, Philomène assista en compagnie de sa mère au chemin de croix célébré pour le repos des âmes des défunts. Sur le chemin du retour, heureuse que ces fêtes tristes fussent enfin terminées, Philomène se mit à chanter.

— Tu chantes le jour de la fête des morts, maintenant, murmura la mère.

La voix de Philomène se bloqua brusquement dans sa

gorge, et des larmes lui montèrent aux yeux. Alors la mère, qui s'en aperçut, ajouta :

— Chante, va, les morts chantent bien au paradis.

Ce matin du 3 novembre, quand Philomène se leva, une pluie glaciale et rageuse tombait derrière le « fenestrou » ouvert de la souillarde. Le père était déjà à l'ouvrage, les bras nus, au-dessus de la maie. Tout en mangeant sa soupe, elle l'observa, inquiète de ne plus entendre parler d'école mais n'osant pas réclamer. Il versa de l'eau sur la farine tamisée par la mère, ajouta une poignée de sel et de levain, puis il se mit à pétrir, enfoncé jusqu'aux épaules dans la maie, poussant des « hans » sonores à chaque mouvement des bras. Quand il eut bien battu et rebattu la pâte, la mère le relaya un moment, puis elle lui laissa de nouveau la place car la pâte avait pris maintenant de la force. Il la battit encore, la plia, la replia, et bientôt elle cassa sous ses doigts : elle était à point. Ses bras blancs de farine, il la couvrit d'un linge chaud préparé par la mère, puis se lava à l'évier et vint s'asseoir à table, le temps de laisser le levain faire son œuvre. Philomène se demanda si c'était le moment de s'inquiéter de l'école, hésita : « Je compte jusqu'à trois, se dit-elle. Si à trois personne n'a rien dit, je parle. » Mais Abel ouvrit subitement la porte, embrassa ses parents et se jeta sur sa soupe en disant :

— Il fait un froid de loup.

Et le père en profita pour raconter les loups de son enfance qu'on entendait hurler pendant les nuits d'hiver et qui vous suivaient parfois de si près qu'il fallait enlever les sabots, les cogner l'un contre l'autre pour les effrayer. Philomène cessa d'écouter : elle connaissait ces histoires par cœur et d'ailleurs, ce matin, seule l'école la préoccupait. Elle passa dans la chambre, en sortit les bouillottes et s'occupa des lits avec sa mère.

Une heure plus tard, le père s'approcha de la maie, souleva le drap, parut satisfait. Saisissant la pâte gonflée, il façonna des tourtes qu'il posa l'une après l'autre dans des « paillassons », ces paniers d'osier ronds qu'il fabriquait en hiver, quand le froid le confinait au cantou. Lorsqu'il eut presque terminé, Philomène, comme à chaque fois, demanda :

— Père, puis-je me servir?

Il suspendit ses gestes, la laissa prendre trois poignées de pâte qu'elle façonna en forme de huit. Ensuite, à l'aide d'une plume d'oie, elle dessina des maisons et un château avec application. Enfin, contente d'elle, elle plaça sa miche dans un paillasson plus petit, celui qui était toujours destiné aux enfants. Puis elle attendit le moment de partir au village, s'occupant à aider la mère et à surveiller la petite sœur. Il lui fallut patienter jusqu'au la fin du repas, lever la table, faire la vaisselle, ranger les seize paillassons dans une carriole à deux roues avant de se mettre enfin en route, en compagnie de la mère et d'Abel, sous la pluie têtue.

Dès qu'ils furent en vue du village, l'odeur savoureuse des pains cuits au feu de genévriers vint réveiller en eux des sensations heureuses. Comme c'était bon, ce parfum tendre et chaud dans le froid déjà vif, et comme il tardait à Philomène de planter ses dents dans la croûte brune et la mie épaisse! Elle en salivait déjà et, inconsciemment, pressait le pas, provoquant les protestations d'Abel qui tirait la carriolc.

Quand ils arrivèrent devant la façade construite en briques réfractaires rouges, la femme d'Armand achevait de sortir ses tourtes, tandis que Baptiste Pradal, lc menuisier dont la maison jouxtait le four, alimentait le foyer en fagots bien fournis. Agé d'une cinquantaine d'années, long et fin comme une couleuvre, ce Baptiste cumulait les fonctions d'homme à tout faire de la commune : fossoyeur, garde champêtre, gardien du four banal. Comme M. Delaval l'honorait de sa confiance, il lui servait aussi, à l'occasion, d'agent électoral et professait, comme le maire, des idées monarchistes. Il donnait volontiers « un coup de main » au curé, coupait son bois, cuisait son pain, sonnait les cloches, s'occupait du presbytère. Aussi l'appelait-on « le cul-béni », mais avec une sorte de sympathie amusée, et ne lui en voulait-on pas de ses idées originales au regard de sa pauvreté. Même Armand Mestre, son pire ennemi, entretenait avec lui des relations régulières, quoique orageuses, car « le cul-béni » répondait toujours présent pour assister un homme ou une femme dans le besoin. Marié à Léontine, une grosse femme réservée qui sortait rarement de chez elle, il en avait eu un fils, Anselme, à ce jour célibataire, et à qui il abandonnait volontiers la scie et le rabot dans l'atelier situé derrière la maison.

La mère parla un instant avec Eugénie, la femme d'Armand, tandis que Baptiste enfournait toujours ses fagots dans le foyer. Avant qu'Eugénie ne partît, Philomène lui demanda des nouvelles d'Armand.

— Il va bien, petite, mais passe donc le voir un de ces jours, il sera content.

Philomène promit, Eugénie s'éloigna et la mère fit un signe de tête en direction de Baptiste, craignant qu'il eût entendu. Mais non, « le cul-béni » se trouvait trop près du foyer qui ronflait gaiement. Il se retourna enfin, rouge de sueur, salua la mère en souriant :

— C'est pas le beau temps, hé!

— Non, dit la mère.

— Voulez-vous un coup de main?

— Merci, Baptiste, mais j'ai l'habitude.

Il rentra chez lui sans insister, tandis qu'Abel et Philomène passaient les tourtes à la mère. Munie de la longue branche de peuplier terminée par une palette rectangulaire, la mère enfourna les tourtes une à une, donnant un petit coup sec du poignet en bout de course pour libérer la palette de son poids, puis elle referma la porte de fonte et recula vivement. A cet instant, le curé Lafont, qui sortait de l'église, l'appela.

— Venez vous abriter, Marie, vous allez attraper la fièvre sous cette pluie.

La mère hésita, mais n'osa pas refuser.

— Venez, vous deux, dit-elle, s'adressant aux enfants.

Abel se cacha dans l'encoignure des murs, fit un signe négatif de la main. Songeant à l'école, le cœur battant, Philomène la suivit. Une fois sous le porche, elle se retourna, aperçut Abel qui traversait la place en courant vers l'échoppe du sabotier, craignit que le curé ne l'aperçût aussi, mais celui-ci, qui accueillait la mère avec sa gentillesse coutumière, tournait le dos.

— Allons nous chauffer au presbytère, dit-il. Vous êtes trempée, Marie, et la petite aussi.

Ils eurent tôt fait de monter les marches de pierre et pénétrèrent dans une grande pièce au fond de laquelle un bon feu flambait dans l'âtre.

— Asseyez-vous, Marie, dit le curé, prévenant. Et toi aussi, Philo, ajouta-t-il en approchant une chaise.

La mère et Philomène prirent place de part et d'autre du cantou, tendirent les mains au-dessus des flammes, ôtèrent leur sac de jute posé sur la tête et les épaules en manière de capuchon, se réchauffèrent avec des frissons de plaisir. Le curé, assis sur sa chaise, resta un moment silencieux, leur souriant, puis il se décida tout à coup. Ni la mère ni Philomène ne furent surprises par les premiers mots prononcés :

— Vous savez que notre école a commencé il y a un mois, Marie, pourquoi ne nous envoyez-vous pas la petite? Nous l'attendons depuis si longtemps.

— Nous en avons eu besoin jusqu'ici, répondit la mère tout bas.

— Mais vous avez rentré les brebis, maintenant.

— Oui, il y a deux ou trois jours.

— Alors, qu'attendez-vous pour donner à cet enfant l'éducation du bon Dieu?

La mère soupira, frotta ses mains l'une contre l'autre.

— C'est le père qui décide, fit-elle.

— Il faut donc que j'aille le voir?

— Mais non, soyez sans craintes, je lui en parlerai.

— Vous savez, reprit le curé après un instant de silence, je suis sûr que ça ferait très plaisir à M. Delaval.

La mère hocha la tête, pensive. Blottie sur sa chaise, les jambes ramenées sous son menton, Philomène ne disait rien mais espérait secrètement que le curé parviendrait à arracher une promesse à sa mère.

— Tenez, fit le curé, se levant brusquement, venez donc visiter notre école.

— Mes tourtes sont au four, objecta la mère. Je n'ai guère de temps.

— Il y en a pour cinq minutes. Vous verrez comme elle sera bien, votre petite Philo.

Il les entraîna l'une et l'autre au-dehors, les précéda sur les marches du perron, remonta d'autres marches, celles de la bâtisse attenante, dont le rez-de-chaussée abritait le poste de soins qu'on appelait « miséricorde ». Une fois en haut, le curé frappa contre la porte, la poussa. La religieuse s'avança, salua la mère d'un signe de tête.

— Madame Laborie vient se rendre compte, dit le curé. Bientôt la petite Philo nous rejoindra, n'est-ce pas, Marie?

La mère sourit mais ne répondit pas. Philomène, penchant légèrement le buste en avant, aperçut une douzaine de fillettes assises sur des bancs, derrière des tables au bois poli où dépassait, au milieu, un encrier de faïence blanche. Face à elles, sur un tableau noir, une main savante avait tracé des mots mystérieux. La religieuse sortit sur le perron, referma la porte derrière elle, déclara d'une voix douce :

— Nous accueillerons votre enfant avec une immense joie.

— Merci, dit la mère, inclinant la tête.

— Savez-vous qu'après le certificat d'études, beaucoup de nos élèves vont chez les frères à Gramat pour y apprendre le latin et servir le bon Dieu?

— Non, dit la mère, je ne le savais pas. Mais notre petite Philo doit avoir beaucoup de retard.

— Aucune importance, reprit la religieuse. Elle a des yeux intelligents.

Et s'adressant à l'enfant rose de plaisir sous le compliment :

— Bientôt, tu sauras lire et écrire, je te le promets.

Puis elle l'embrassa sur le front, salua la mère et rentra dans la classe où régnait un profond silence.

Le curé raccompagna la mère et Philomène jusqu'à l'église.

— Ne tardez plus, Marie, dit-il, nous lui tendons les bras à cette enfant.

— J'en parlerai au père ce soir même, assura la mère.

Philomène se sentit transportée de bonheur. Même la pluie s'était arrêtée, comme pour s'associer à sa joie. Le curé pénétra dans l'église après leur avoir serré la main, et elles se hâtèrent vers le four. Abel, qui devait les guetter derrière les vitres, accourut. La mère releva la porte de fonte, vérifiant d'un œil averti le degré de cuisson. Une vague brûlante et parfumée les enveloppa un court instant, puis la mère referma la porte : il fallait attendre encore un peu.

— Où étais-tu passé, toi? demanda-t-elle en découvrant la présence d'Abel.

Il ne répondit pas, s'approcha d'une soupente où étaient entassés des genévriers et des chênes nains et, sans un mot, saisit la serpe plantée dans un maigre tronc. Aidé par la mère, il entreprit de bâtir des fagots drus et réguliers : c'était le prix à payer pour avoir le droit d'utiliser le four banal. Philomène, désœuvrée, resta devant le four à regarder les gens qui sortaient de chez eux pour vaquer à leurs occupations en profitant de l'embellie. Elle reconnut Aristide Bouscarel, le maréchal-ferrant surnommé « le pécaïre » — du nom de son expression favorite — qui s'apprêtait à ferrer un des chevaux blancs de M. Delaval; puis Emile Montial, le charron, dit « perdrigal » à cause de son adresse à la chasse aux perdreaux; des domestiques du château essayant de soulever un tronc de noyer; Marguerite Arnal, la couturière qui sortait du café-épicerie. Trois petites filles débouchèrent de la cour du château, coururent sur la place et jouèrent à la ronde en chantant :

Promenons-nous dans le bois,
pendant que le loup n'y est pas.
Loup y es-tu?
Entends-tu?
Que fais-tu?

Comme la mère et Abel travaillaient sans s'occuper d'elle, Philomène s'approcha des fillettes, resta un moment à les regarder, appuyée contre le chêne, puis elles l'invitèrent à jouer au « rescondut [1] », et elle courut se cacher derrière l'église pendant que l'une d'entre elles comptait, le dos tourné à la placette, la tête enfouie dans son coude.

Quand la mère l'appela, dix minutes plus tard, Philomène se précipita vers le four, oubliant ses nouvelles amies, l'eau à la bouche. La mère retira les tourtes brunes une à une, tendit la sienne à sa fille. Elle se brûla les doigts, mordit quand même avec délice la croûte épaisse puis, se brûlant aussi la langue, déposa sa galette dans la carriole. Abel reprit le manche et l'on quitta le village tandis que le soleil, surgi de derrière les nuages, donnait naissance à un magnifique arc-en-ciel.

— Mère, dit Philomène, regardez comme il est beau!

Et c'était vrai qu'il était beau, là-haut, perdu dans les nuages, comme étaient beaux le monde et la vie, aujourd'hui,

1. Cache-cache.

pour l'enfant qui songeait à l'école prochaine, au pain croustillant, au repas du soir qui serait l'occasion pour la mère, comme lors de chaque cuisson, d'ouvrir un délicieux bocal de pâté de canard.

En arrivant à la métairie, ils croisèrent Henri, le minuscule facteur qui marchait de son pas souple et nerveux, sa sacoche sur le dos, un bâton de noisetier à la main.

— Salut la compagnie! s'exclama-t-il. J'ai donné la lettre au père Laborie.

Puis, les dépassant en rajustant sa casquette :

— Ça vient d'Afrique. C'est le fils.

— Mon Dieu! s'écria la mère. Enfin!

Elles coururent jusqu'à la porte, la mère sur les talons de sa fille, Abel un peu plus loin derrière, se plaignant de tirer seul la carriole. Une fois devant le seuil, le père aida à décharger les tourtes qu'il rangea dans une sorte de râtelier accroché au mur, de l'autre côté de l'entrée. Puis il sortit de sa veste une grande enveloppe jaune.

— La première lettre d'Afrique, dit-il, souriant. Marie, ouvre donc un bocal de pâté, nous allons fêter ça!

Ils s'installèrent à table pour le « quatre-heures », le père coupa le pain à la mie blonde, envoya Abel tirer une bouteille de vin à la cave.

— Pas de la piquette, du bon vin, ajouta-t-il, alors qu'Abel était déjà dans l'escalier.

Quand ils furent tous réunis, la mère suggéra en désignant l'enveloppe :

— Ouvre-la donc, Guillaume.

Le père glissa la lame de son couteau sous le liseré de papier, coupa sans à-coups pour ne rien déchirer. Puis il sortit une grande feuille qu'il déplia, avant de la poser sur la table, bien en évidence.

— Voilà, dit-il.

Comme à chaque lettre, ils regrettaient de ne pas connaître tout de suite les nouvelles envoyées par Etienne. Et chaque fois, il fallait aller au château, demander au maître de lire, raconter après, c'était humiliant et cela devenait insupportable au père. Comprenant que l'occasion était favorable, la mère déclara :

— J'ai vu le curé Lafont à l'église. Il m'a reparlé de l'école. On avait promis à la petite, Guillaume.

— Je sais, dit le père en étalant du pâté sur sa tranche de pain.

Puis s'adressant à Philomène :

— Tu veux vraiment y aller, à l'école?

— Oh oui! père, je voudrais tant.

— Tu iras dès demain. Comme ça, au moins, Delaval ne pourra plus lire nos lettres. C'est toi qui le remplaceras.

Philomène eut envie de se jeter à son cou mais n'osa point. Ses yeux se mouillèrent et elle baissa la tête : c'était trop de bonheur, ce pain, ce pâté onctueux, l'école, et bientôt elle lirait les lettres de son frère devant la famille assemblée. Quelle fierté, pour elle comme pour ses parents!

— Pas demain, Guillaume, dit la mère doucement. Il faut que je lave ses affaires. Qu'elle soit bien mise pour nous faire honneur.

— Alors après-demain, fit le père.

Et il sembla à Philomène qu'il était pressé maintenant, sans doute à cause de cette nouvelle lettre indéchiffrable, alors que tous étaient impatients de connaître la vie d'Etienne dans cette Afrique mystérieuse et lointaine.

Le père versa du vin aux enfants et chacun mangea son pain et son pâté en silence, jetant de temps en temps un coup d'œil vers la lettre d'Etienne.

— Courez au château, petits, dit le père après avoir bu une dernière gorgée et rassemblé les miettes devant lui. Et n'oublie pas d'annoncer au maître que tu vas aller à l'école, Philo.

Il fallut aux enfants moins d'une heure pour revenir, riches d'un savoir qui les rendaient impatients d'arriver. Ils firent à tour de rôle un compte rendu sensiblement différent de la lecture du maître, et il sembla à Philomène que le récit d'Abel souffrait d'un excès d'imagination. Etienne n'était pas parti pour la Guinée, dont la conquête s'était achevée plus tôt que prévu, mais pour le Tchad. Là, la mission « Afrique centrale » guerroyait contre un chef tribal nommé Rabah qui se trouvait à la tête de plusieurs milliers de guerriers reconnaissables à leurs tuniques blanches, leurs écharpes rouges, leurs chapeaux de paille entourés de turbans multicolores. Ce chef coupait volontiers la tête des pauvres Noirs accusés de traiter avec les Blancs. Etienne racontait à mots couverts les terribles représailles exercées contre les indigènes insoumis. D'après le maître, deux ou trois phrases avaient été censurées, c'est-à-dire recouvertes d'une encre indélébile. Suivaient ensuite des considérations sur sa santé « bonne malgré tout », son envie de revoir le causse et d'échapper à la guerre « la pire des choses qu'il ait jamais vécues. »

— L'essentiel est qu'il soit en bonne santé, dit la mère, quand les enfants se turent enfin.

Le père, lui, gardait le silence. Ses grands yeux noirs poursuivaient une image lointaine, et Philomène se demanda à quoi il pensait.

— Qu'a dit le maître quand tu lui as annoncé la nouvelle? s'inquiéta-t-il.

— Il a dit « A la bonne heure! », répondit Philomène.

— Et « Ce n'est pas trop tôt », ajouta Abel.

Le père eut une légère crispation des mâchoires, dévisagea sa fille, murmura :

— Il faudra apprendre très vite.

Puis, d'une voix chaude et tendre :

— Tu me le promets, Philo?

— C'est promis, père, répondit la petite qui eut soudain l'impression d'être devenue une grande personne.

Le lendemain, vêtu de sa blouse et de son bonnet blancs, le meunier vint rendre un sac de farine et apporter un kilo de levain. Le père le fit entrer, lui offrit à boire et ils devisèrent un moment tout en goûtant le pain frais et le vin de l'année. Il fut convenu que Jeantou garderait deux sacs de blé, en payerait un et donnerait en échange du second deux sacs de farine de seigle, l'un en janvier, et l'autre en mai. Il sortit des piécettes de la poche intérieure de sa blouse, les compta devant le père satisfait. Puis, comme sa tournée commençait seulement, il ne s'attarda pas davantage.

Au-dehors, le temps hésitait entre le beau et la pluie, ce qui n'incita guère Philomène à sortir. Elle se chauffa au cantou tandis que la mère lavait ses chaussettes et sa robe dans une bassine d'un émail orangé. Toute à son impatience du grand jour fixé au lendemain, l'enfant admirait la veste que la mère avait taillée la nuit précédente dans les pièces de laine larges d'un mètre et longues de deux. Ces pièces avaient été extraites par le tisserand, en juin, des écheveaux filés à la quenouille pendant les soirées d'hiver. Vers dix heures, la mère sortit pour gaver les canards et Philomène demeura seule avec Mélanie, le père et Abel étant occupés à réparer les râteliers dans la bergerie. Dès qu'elle fut de retour, trois quarts d'heure plus tard, Philomène demanda :

— Mère, croyez-vous que je saurai lire quand la prochaine lettre d'Etienne arrivera?

— Je n'en sais rien, ma Philo. Peut-être, en effet.

— Et croyez-vous que je pourrai bientôt lui répondre?

— Sans doute, sans doute.

La mère paraissait rêveuse et aussi impatiente que sa fille. Elle ne cessait d'aller de la bassine à son ouvrage de couture, de prendre plusieurs fois des mesures et, en même temps, de préparer la soupe de midi. Cette journée paraissait ne devoir jamais finir. Ce fut mille questions, mille réponses embarrassées de la mère qui trouvait elle aussi le temps long, avec cette pluie fine qui s'était remise à tomber, plongeant le causse dans une grisaille sinistre. Philomène se leva plusieurs fois pour ouvrir le « fenestrou », espérant une embellie. Mais non, il pleuvait toujours et les flaques d'eau reprisaient maintenant la cour et le chemin, un brouillard dense et sombre semblait apporter la nuit avec lui. Il fallut allumer le calel avant six heures, et comme il n'y avait rien d'autre à faire, on se mit à table, Abel et le père étant déjà rentrés car ils n'y voyaient plus dans la bergerie.

— Alors c'est pour demain? demanda le père quand il eut terminé sa soupe.

— Oui, père, dit Philomène. J'ai hâte.

— Tu seras bien obéissante?

— Bien sûr, père.

— Et tu deviendras bien savante pour aider tes parents?

— Je vous le promets.

Il eut un instant d'hésitation, murmura :

— Tu sais, fillette, s'il n'y avait pas tout ce travail ici, tu y serais déjà.

— Je sais, père. Merci.

Puis il distribua des morceaux de millassou et remarqua la mine sombre d'Abel.

— Toi aussi, je suppose que tu voudrais y aller, dit-il.

— Oh non, père, répondit Abel, moi je voudrais être sabotier.

— Ah oui! s'emporta le père, comme le communard.

Abel baissa la tête et ne répondit pas.

— Non, Guillaume, intervint la mère, il aime le bois, cet enfant. Tu vois bien comme il est adroit de ses mains.

Le père soupira :

— Eh oui! Je sais bien, mais Etienne n'est plus là.

Puis, comprenant qu'il n'aurait jamais dû exprimer un regret pour ce départ dont il était en grande partie responsable, il s'en voulut, cria :

— On ne va pas revenir là-dessus, maintenant. Quand tu auras vingt et un ans, tu feras ce que tu voudras.

Et, mécontent de lui-même, il sortit dans la nuit en disant :

— Je vais fermer la bergerie.

Quand la porte claqua, la mère s'approcha de son fils, lui caressa les cheveux, mais il se dégagea brusquement et s'en fut à son tour.

— Il faut aller te coucher, Philo, dit la mère avec lassitude. Que tu sois bien reposée demain matin.

La petite ne se fit pas prier. Elle embrassa la mère, emmena Mélanie dans la chambre froide et, frissonnante, regretta que l'on n'eût pas encore décroché la bassinoire. Pourtant le gel n'était pas loin. Philomène le sentait tout près, le matin, de remplacer la rosée blanche et de prendre dans ses mailles d'argent les genévriers. C'était pour demain, ou pour après-demain peut-être, dès que le vent du nord aurait entamé sa grande lessive de nuages... Elle se coula dans le lit en même temps que Mélanie, se pelotonna contre elle et s'endormit sans entendre ses parents discuter vivement dans la cuisine. Elle rêva de livres et de cahiers, de mots aisément déchiffrables, de félicitations décernées devant des élèves envieux et admiratifs. Au cours de ce rêve interminable, elle se vit même en train de lire sous le porche de l'église face au maître et au curé Lafont qui l'écoutaient en silence, les doigts croisés, tête baissée, comme s'ils priaient.

Le lendemain matin, la mère la réveilla bien avant le jour, se dépêcha d'allumer le feu pour mettre la soupe à chauffer.

La petite enfila prestement sa robe propre, ses chaussettes, un tricot fortifié aux coudes par un morceau d'étoffe brune, sa veste neuve, et nettoya une dernière fois ses galoches avant le grand départ. Elle avala sa soupe en moins de trois minutes, ce qui provoqua le rire du père aux yeux lourds de sommeil.

— Mais tu vas être en avance, dit-il.

— Ça ne fait rien, j'attendrai sous le porche.

— Allons, attends un peu, conseilla la mère, tu prendrais froid dehors.

Elle patienta encore cinq minutes, puis, n'y tenant plus, se leva pour partir. La mère lui glissa un morceau de millassou dans la poche, l'embrassa, puis le père à son tour. Enfin dehors, elle marcha lentement dans les bourrasques du petit matin où traînaient des écharpes de nuit, évitant les flaques d'eau pour ne pas salir ses galoches, puis de plus en plus vite, jusqu'à courir en arrivant au sommet du coteau d'où s'amorçait la descente de Quayrac.

Une fois sur la placette, elle s'abrita un moment sous le porche et, de là, aperçut une lumière tremblotante à l'étage, au-dessus du poste de miséricorde. S'armant de courage, elle s'en approcha, gratta à la porte. La mère lui ouvrit, ne parut pas surprise de cette présence matinale et, souriante, l'embrassa sur le front.

— Tu es en avance, c'est bien.

— Oui, dit Philomène, j'avais hâte d'apprendre.

— Il faut dire « oui, ma mère », ici.

— Oui, ma mère, rectifia Philomène.

— Tiens! tu vas t'asseoir là, au premier rang, dans cette rangée, avec celles qui ne savent pas encore lire. Je vais te donner un porte-plume et un cahier.

Philomène s'assit, regarda à droite et à gauche, puis au plafond, comme pour s'assurer qu'elle ne rêvait pas. La mère ouvrit le tiroir de son bureau, en sortit un porte-plume de bois terminé par le bout d'une plume d'oie, puis un cahier formé par des feuilles de papier cousues d'un côté.

— Tiens, dit la mère, et prends-en grand soin.

— Merci, ma mère, dit Philomène.

Puis, dans un élan naïf et spontané :

— Vous êtes si bonne et je vous aime tant!

La mère sourit, caressa de l'index la joue de l'enfant, se

dirigea vers le tableau où elle écrivit avec un morceau de craie.

— C'est la date d'aujourd'hui, vois-tu : mercredi 5 novembre 1899, dit-elle en se retournant.

— C'est joli, s'exclama Philomène.

— Va donc bourrer le poële de bûches pendant que je termine.

Aussitôt Philomène fut debout, ravie de se rendre utile. Elle s'approcha du poële de fonte situé au fond de la classe, entre deux meubles aux étagères chargées de livres, en ouvrit la porte, glissa des bûches dans le four après avoir attisé les braises.

— « Quo rounflo [1] », dit-elle en revenant s'asseoir.

La mère se retourna brusquement et son visage prit un air sévère.

— Ici, Philomène, il est interdit de parler patois. On apprend et on parle le français qui est la langue de notre pays. Tu comprends?

— Oui, murmura Philomène, tandis que les larmes lui montaient aux yeux à l'idée d'apprendre une langue qu'elle parlait à peine.

— Tu verras, c'est très facile, la consola la mère, mais attends au moins que la classe commence.

Puis elle se remit à écrire avec application, formant des traits et des déliés proches de la perfection.

Les élèves arrivèrent presque toutes en même temps mais attendirent dans le couloir la permission d'entrer. A huit heures précises, la mère invita Philomène à sortir et à s'aligner en bout de rang. La mère frappa dans ses mains, et, après avoir obtenu le silence, fit entrer ses élèves. Philomène se retrouva à côté d'une fille de son âge qu'elle ne connaissait pas mais qu'elle avait aperçue, comme d'ailleurs les autres, le jour de sa visite avec le curé. Les fillettes restèrent debout, près de leur place, puis la mère fit le signe de le croix et commença la prière du matin : « Je vous salue, Marie, pleine de grâce, le Seigneur est avec vous, vous êtes bénie entre toutes les femmes... », Philomène tenta de suivre tant bien que mal, mais à voix basse, car elle ne connaissait bien que les prières patoises enseignées par sa mère. Quand ce fut

---

1. Ça ronfle.

terminé, après un « amen » solennel, la mère frappa de nouveau dans ses mains et les élèves s'assirent. Bien droite sur son banc, sentant le regard des autres posé sur elle, Philomène n'osait pas tourner la tête vers sa voisine, une petite brunette rieuse et maigre, aux cheveux attachés en nattes sages dont les yeux gris la détaillaient avec curiosité.

La mère s'occupa d'abord des plus grandes. Philomène écouta religieusement mais sans comprendre, ce qui provoqua en elle une envie de pleurer tant les propos entendus lui paraissaient lourds d'un mystère impossible à percer.

— Pour bien reconnaître l'imparfait du subjonctif, disait la mère, traduisez donc exceptionnellement le français en patois qui l'exprime mieux. Un exemple, écoutez!... Je crains qu'il le fasse : *craigno qué jou fasque.* Je craignais qu'il le fît : *Craignavo qué jou fasquesse...* Vous entendez? *Fasque, fasquesse.* Fasse, fît. Cherchez d'autres exemples, nous en reparlerons tout à l'heure.

Mon Dieu, comme cela était difficile! Philomène écrasa une larme tandis que la mère s'occupait des moyennes, leur demandant de recopier sur leur cahier ce qui était écrit au tableau. Les fillettes se mirent aussitôt au travail dans un profond silence.

— A nous deux, les nouvelles! dit enfin la mère en se dirigeant vers la rangée de droite, celle de Philomène qui tremblait d'appréhension.

Elle fut cependant un peu soulagée qu'elle ne s'adressât point à elle, mais d'abord à sa voisine, la brunette aux nattes soigneusement tressées.

— Veux-tu me dire, Louisette, comment se dit « lou po » en français.

— Le pain, ma mère.

La religieuse se dirigea vers le tableau où elle écrivit « le pain » en grosses lettres.

Puis, se tournant vers les nouvelles :

— Répétez toutes après moi : « lou po » : le pain.

Les enfants récitèrent à voix haute dans un ensemble parfait.

— A toi, maintenant, dit la mère en s'adressant à Philomène.

— « Lou po » : le pain, répéta la petite.

— Encore!

— « Lou po » : le pain, « lou po » : le pain.

— C'est bien, dit la mère.

Philomène se sentit rougir. Allons! tout s'arrangeait puisque la mère la félicitait. Celle-ci, posant l'extrémité de sa règle sous chaque lettre du mot pain, épela : « Peu, a, i, neu. »

— Répétez après moi! Peu, a, i, neu.

Le chœur des nouvelles reprit derrière elle à l'unisson. Ensuite, la mère posa sa règle sous la dernière lettre et se retourna vers les bancs du fond, interrogea du regard une fillette invisible pour Philomène.

— Neu, dit une voix claire.

Et, peu à peu, au fil de la leçon, les lettres de l'alphabet français défilèrent sous les yeux des nouvelles. Philomène tremblait maintenant d'émotion, avait envie de chanter et de crier très fort sa joie de devenir savante. Elle en eut tout loisir pendant la récréation de dix heures, sur la placette où elle joua avec ses nouvelles amies, et Louisette Verdier en particulier, qui était la fille d'un petit propriétaire des environs. Hélas, à son grand désappointement, de dix heures et demie à midi, la mère s'occupa surtout des grandes et des moyennes après avoir demandé aux nouvelles d'écrire sur leur cahier les voyelles a, e, i, o, u.

A midi, presque toutes les élèves restèrent à l'école et mirent à chauffer dans des casseroles accrochées au poële par un fil de fer soit un morceau de galette, soit une pomme de terre, soit des œufs durs, soit une gamelle de soupe. Philomène, elle, courut d'une traite jusqu'à la métairie, y arriva en sueur, mais le visage illuminé de bonheur. Elle répondit avec enthousiasme aux questions de ses parents, montra sur la lettre d'Etienne les voyelles apprises le matin, les prononça en faisant exagérément jouer ses lèvres comme pour les apprivoiser, les goûter à pleine bouche. Puis elle expliqua que « lou po » se disait « le pain » en français, et le père, remarqua :

— Ça n'est pas un parler de chez nous, ça.

— C'est la langue de notre pays, répondit-elle, un peu déçue par la réserve exprimée par le père. Et notre pays, c'est la France, dont Paris est la capitale.

Elle se prétendit capable de lire les lettres d'Etienne très bientôt, ce qui suscita des murmures flatteurs des parents ravis de ses capacités.

Quand le repas s'acheva, qu'elle eut raconté par le détail sa matinée, les yeux de la mère, tournés vers le père, avaient l'air de dire : « Tu vois comme nous avons eu raison, comme elle va devenir savante notre fille ! » Seul Abel paraissait se désintéresser de la fête et mangeait les yeux baissés sur son assiette. Philomène finit par le remarquer et se força dès lors à parler d'autre chose.

Pendant l'après-midi, elle fit d'autres découvertes aussi passionnantes, connut d'autres amies à la récréation, reçut d'autres félicitations, ce qui ajouta à son exaltation. Ce fut avec tristesse qu'elle entendit sonner cinq heures au clocher de l'église, mais sa joie n'en pâtit pas longtemps. Désormais, elle vivrait avec les mots, ses nouveaux amis, et jamais plus elle ne resterait seule un instant. Chemin faisant, elle se répéta ce merveilleux secret : tous les mots qui finissent en « el » en patois, s'écrivent « eau » en français. « Oun castel » : un château, « oun rastel » : un râteau. Mon Dieu, comme c'était facile et passionnant ! Et comment s'appelait donc ce curieux chapeau qui remplaçait le « s » patois ? Un accent comment donc ? Mais oui, c'était bien cela : un accent circonflexe ! Etait-ce beau un accent circonflexe ! On eût dit un chapeau sur une coquille d'escargot ! comment l'oublier désormais ? C'était trop de joie, trop de bonheur. Elle s'imagina plus vieille d'une année, en train de recevoir des métayers présentant une lettre de leur fils. Comme le père serait fier d'elle, et la mère avec lui !

Quittant le chemin, elle s'enfonça dans une grèze et, perdue dans ses songes, arriva au carrefour où se trouvait un socle de pierre surmonté d'une croix, lieu de prière lors des rogations. Un besoin de remercier quelqu'un la poussa à s'agenouiller sur la marche et là, riant et pleurant à la fois, la tête levée vers la croix dans un élan de ferveur naïve, elle récita :

— Merci, mon Dieu, pour le a, pour le i, pour le e, pour le u et le o !... Merci, Sainte Vierge Marie, pour le râteau, pour le château, merci, merci !

4.

La première année du siècle nouveau s'achevait sans les catastrophes ni les épidémies promises par les almanachs, les sorciers et les jeteurs de sort. Rien n'avait perturbé la vie des Laborie, si ce n'était une lettre d'Etienne arrivée en juin à la métairie, et que Philomène n'avait pu encore entièrement déchiffrer. A l'en croire, au Tchad, c'était l'horreur et les massacres quotidiens. Il n'avait qu'une hâte : quitter ce pays de malheur.

Après l'inquiétude suscitée par cette lettre, le temps avait repris son cours ordinaire, mais le père Laborie voyait arriver l'hiver avec appréhension car les fenaisons avaient été très mauvaises à cause de l'insuffisance des pluies de printemps. Sans doute faudrait-il encore acheter du fourrage malgré les ventes satisfaisantes de la foire d'octobre.

On avait repris les sabots et décroché la bassinoire depuis deux mois. Chaque soir, Philomène la remplissait de braises, réchauffait soigneusement les draps rugueux, plaçait les briques chaudes pliées dans du papier au niveau des reins. Chaque matin, avant de se rendre à l'école, elle changeait la paille des sabots, n'oubliait pas de glisser dans la poche de sa veste le caillou brûlant qui lui tiendrait chaud aux doigts en chemin. En ce 24 décembre après-midi, le causse resplendissait de gel, les genévriers s'ourlaient de guirlandes givrées, des vols de corbeaux et d'alouettes sillonnaient le ciel battu par le vent du nord. Dans l'air d'un froid de banquise et sans odeur, fusaient par instants des traits de lumière si vive, qu'on eût dit ceux d'invisibles tôles blanches dérivant entre le moutonnement infini du plateau et le ciel couturé de fils roses.

La petite ânonnait des syllabes inscrites sur un livre au moment où Abel surgit, essoufflé, laissant dans sa précipitation la porte ouverte derrière lui.

— Ferme donc! gronda la mère occupée à ravauder des chemises de nuit.

Il la poussa d'un coup de pied, bégaya avec des grands gestes du bras.

— Phi..., Philo! il..., il est là; j'ai vu sa roulotte sur la grand-route.

— Mais de qui parles-tu? demanda la mère intriguée.

— Du montreur d'ours; il va à Quayrac, c'est sûr.

Aussitôt, les yeux brillants d'excitation, Philomène fut debout.

— Mère, s'il vous plaît, nous donnerez-vous un sou?

La mère sourit, abandonna son ouvrage, sortit deux piécettes de la boîte en fer-blanc, les tendit à ses enfants.

— Allez donc, puisque c'est Noël, dit-elle.

Philomène enfila prestement sa veste de laine.

— Merci, mère, merci bien!

Et elle partit à la poursuite d'Abel qui courait déjà sur le chemin, cria :

— Attends-moi, Abel, attends-moi!

Ils eurent tôt fait d'arriver au village dont la placette résonnait des cris des gosses attirés comme des guêpes par le miel. Philomène reconnut Sidonie et sa sœur parmi la marmaille qui tournait autour de la roulotte rouge, s'impatientait, appelait l'animal sans trop s'approcher, riait, jouait à se faire peur. L'homme, un colosse roux et frisé qui portait des anneaux aux oreilles, descendit enfin, détacha l'animal, l'amena au centre de la placette en tirant sur la chaîne reliée à une muselière de cuir, invita les enfants à former un cercle.

— Un sou pour la danse, un sou!

Quelques piécettes volèrent à ses pieds. Il les ramassa vivement, les glissa dans une sorte de gousset puis, agitant un tambourin d'une main et tenant ferme la chaîne de l'autre, il sollicita l'animal d'une voix rauque. L'ours brun se trémoussa, se dandina d'abord d'une patte sur l'autre, se mit enfin à danser, provoquant les cris d'admiration des enfants.

Sa danse lourde et déhanchée l'amena insensiblement près des enfants qui reculèrent, épouvantés, mais le romanichel tira sur la chaîne en riant. Au bout de deux minutes, l'animal s'arrêta, quêta une récompense de son maître qui lui donna une boulette de viande aussitôt avalée.

— Un sou pour la danse, un sou!

Philomène et Abel jetèrent leur pièce, imités en cela par deux ou trois enfants, et l'ours reprit ses trémoussements rythmés par le tambourin. Philomène, émerveillée, observait à la fois l'homme et la bête, serrait le bras d'Abel, craignant que l'animal, effrayé par les cris, ne bondît sur elle. Mais non : l'ours montrait une placidité parfaite qu'un dressage savant et les nombreux spectacles donnés depuis l'Ariège avaient affermie.

Plus tard, beaucoup plus tard, quand il n'y eut plus de pièces à lancer, l'homme rattacha l'animal et les enfants s'égayèrent en commentant les merveilleux moments qu'ils venaient de passer. Philomène et Abel s'aperçurent alors que la nuit tombait.

— Mon Dieu, gémit la petite, et moi qui avais promis à la mère de l'aider!

Ils se mirent à courir, Abel loin devant sa sœur qui prenait peine à le suivre. De temps en temps, elle s'arrêtait, lui criait de l'attendre et il revenait vers elle, furieux :

— Quelle empotée, tu fais!

Mais elle n'y prêtait guère attention, s'exclamait :

— As-tu vu ses griffes, Abel? Et ses dents, donc! Et comme il dansait bien!

— Viens! ordonnait son frère, les parents doivent attendre.

Le père ne les gronda point et la mère feignit d'ignorer leur retard : ce soir, c'était fête. En attendant la messe de minuit, on allait réveillonner au son des matines. A cet effet, la mère avait confectionné de délicieuses fougasses, fait cuire des quartiers de canard dans la graisse avec des haricots blancs! Quel régal! Les enfants en bavaient à l'avance.

Le réveillon fut joyeux et animé. Il fut question de l'ours, du romanichel et de ses boucles d'oreilles dont Philomène assura qu'elles étaient en or. Elle n'en finissait pas de décrire les griffes, les dents et le pelage brun de l'animal qui devint peu à peu un véritable monstre des montagnes. La mère riait, le père servait du vin, et l'enfant sentait fondre délicieusement la tendre chair du confit dans sa bouche, riait aussi beaucoup, buvait jusqu'à ce que sa tête devînt lourde et embrumée. La mère parvint à convaincre le père de les acompagner à la grand-messe. Un moment plus tard, rêveuse, elle murmura :

— Il ne nous manque qu'Etienne.

— Il reviendra bientôt, dit le père dont les yeux brillaient anormalement, et nous ferons bombance!

Philomène et Abel étaient maintenant devenus très rouges.

— Arrêtez-vous donc de boire, dit la mère ou vous allez tomber.

La petite, qui sentait sa tête tourner, sortit un instant dans la nuit glacée, puis rentra de nouveau, frissonnante, s'installa au cantou, faillit s'endormir. Bientôt les cloches appelèrent pour la messe.

— Partez devant, les enfants! dit la mère. Nous emmènerons Mélanie.

Ils ne se le firent pas dire deux foix : ils savaient qu'à leur retour, de menus cadeaux les attendaient au cantou, dissimulés dans leurs vieux sabots dont c'était devenu le seul usage. Ils partirent dans le froid vif et les rafales du vent du nord qui balayait le plateau et rugissait dans les grèzes voisines. Au-dessus d'eux, des étoiles à l'éclat de miroir paraissaient toutes proches, prêtes à s'abattre sur les terres hautes comme une volée de grêlons lumineux. Marchant côte à côte, ils serraient dans leur poche le caillou chaud en rêvant de cantou et de feu de bois. Devant eux, très loin, les lumières portées par des paysans en route vers l'église tremblotaient, virevoltaient comme des lucioles affolées. Abel s'amusa à effrayer Philomène en criant soudain :

— « Lus luns [1] », Philo, ils viennent vers nous.

Et il se mit à courir en poussant des cris de terreur. Elle dut le supplier d'arrêter, et elle lui en voulut, au bord des larmes. Puis il l'attendit, lui prit la main et ne la lâcha point jusqu'au village.

Ce fut une belle messe, riche de cantiques et de recueille-

1. Les feux follets.

ment. Philomène pria avec ferveur, remercia la Sainte Vierge pour tant de bonheur. A côté d'elle, le père, très droit, semblait soudain rajeuni. La mère berçait Mélanie endormie dans ses bras, les yeux mi-clos, chantait de sa voix claire. Les cloches célébrèrent avec allégresse la naissance de l'enfant Jésus, le visage du curé rayonna dans la lueur des cierges qui paraissaient dessiner autour de lui une auréole surnaturelle.

« Il doit voir le bon Dieu », pensa Philomène.

Puis, elle demanda à la Sainte Vierge de les protéger, elle et sa famille, de les garder longtemps en vie, de ne jamais les séparer, de leur épargner pour toujours le malheur. Elle eut une prière particulière pour Etienne, murmura :

— Sainte Vierge, faites qu'il revienne vite parce que je l'aime autant que vous.

A la fin, ce fut la voix de sa mère qui la tira de l'état de béatitude où elle se trouvait, loin du monde terrestre, des paysans qui quittaient leur chaise en frissonnant.

— Viens-tu, Philo? A quoi rêves-tu donc?

Elle protesta qu'elle ne rêvait pas, sortit la dernière après un regard ébloui vers les cierges au-dessus desquels elle crut distinguer la forme fugitive d'un nouveau-né.

Au retour, le père porta Mélanie et la mère donna la main à sa fille aînée. Ayant laissé les hommes prendre un peu d'avance, Philomène murmura :

— Mère, je l'ai vu.

— Qui donc as-tu vu, petite?

— Le Jésus, je l'ai vu, et il m'a souri.

— C'est qu'il t'aime bien, dit la mère, pressant le pas pour rejoindre Abel et le père.

Au détour du chemin, Abel, dissimulé derrière le mur de lauzes, imita le hurlement d'un loup, ce qui fit sursauter Philomène et rire les parents.

— Dépêchons-nous, fit le père, sinon il va nous manger.

— Cessez donc, père, implora Philomène, ne me faites pas peur.

— Les étoiles ont disparu, observa la mère, on dirait que le temps change. Il pourrait bien neiger.

— Pas avant deux ou trois jours, reprit le père, le vent n'a pas tourné.

Il faisait cependant très froid, et le bruit des sabots sur les pierres gelées sonnait comme une galopade de cheval attelé.

Ce fut avec des frissons de plaisir qu'on atteignit la métairie où les braises rougeoyaient encore dans l'âtre. La mère raviva le feu pendant que les enfants s'extasiaient en découvrant l'orange de Noël pliée dans du papier soyeux et le paquet de pralines roses.

— Le petit Jésus est venu pendant que nous étions à l'église, dit la mère à Mélanie. Il faudra être bien sage pour le remercier.

La petite croqua deux pralines à la fois et Philomène découpa un morceau de peau d'orange qu'elle déposa près du feu. Aussitôt un délicieux parfum envahit la cuisine.

— Tu ne la manges pas? demanda le père.

— Demain, dit Philomène qui, chaque année, ne se décidait pas à l'éplucher avant de l'avoir admirée plusieurs jours.

— Alors tout le monde au lit, décida le père.

Le temps de bassiner les draps et de placer les briques, chacun s'en fut se coucher, Philomène serrant contre elle son orange précieuse. Elle s'allongea contre Mélanie, inspirant profondément pour s'enivrer du parfum qui coulait sur elle de la cuisine par la porte ouverte. Elle le goûta, s'en imprégna, le reconnut : c'était bien celui du bonheur.

Le surlendemain, comme le vent avait tourné à l'ouest et qu'il ne gelait plus, le père décida d'ouvrir un chemin dans la rocaille pour accéder à une combe où, l'an prochain, il comptait couper du foin.

— Guillaume, voyons! ça ne pourrait pas attendre un peu? demanda la mère.

Mais le père restait obsédé par le manque de fourrage. On n'était que fin décembre et le grenier se vidait trop vite à son gré.

— Jamais plus je ne me laisserai prendre, dit-il. Et ce n'est pas aux beaux jours que je trouverai le temps de tailler ce chemin. D'ailleurs, il ne gèle plus.

Il s'habilla chaudement, obligea Abel à le suivre et partit en traînant derrière lui la carriole chargée d'un pic, de deux pioches et deux pelles. Philomène les regarda s'éloigner, leva les yeux vers le ciel quand ils eurent disparu. De grands charrois de nuages dérivaient tout en haut, trop sombres pour être chargés de neige. Là-bas, vers Quayrac, un coq s'enroua puis l'aboiement d'un chien sur la piste d'un lièvre claqua dans l'air froid qui parut se briser. La petite referma la porte derrière elle, s'assit au cantou, son livre de lecture sur ses genoux. La matinée coula lentement dans la bonne odeur de l'orange et du bois de genévrier. Mélanie vint tirer sa sœur par la manche et, comme Philomène ne s'en inquiétait pas, la mère suggéra :

— Joue un peu avec elle, la pauvre. Tu la laisses toujours seule.

— C'est à cause de la lecture, mère.

Mais elle obéit et entreprit de façonner une poupée de chiffon, espérant avoir la paix une fois que la petite aurait reçu son cadeau.

Un peu plus tard, il y eut un instant de grand silence dans la cuisine. La mère sursauta, son visage changea, et le sourire qui errait sur ses lèvres depuis quelques jours s'effaça.

— Qu'y a-t-il mère? demanda Philomène.

— Rien, petite, j'ai eu peur, tout à coup. C'est stupide.

Philomène se remit au travail, une légère angoisse nouant son estomac. Ainsi, sans raison, un adulte pouvait aussi connaître la peur! Et pourquoi donc? Et aujourd'hui, surtout, après ces fêtes si joyeuses? Cette découverte la mit mal à l'aise, la troubla. Elle acheva très mal la poupée de chiffon, la donna à sa sœur et revint au cantou, se forçant à déchiffrer des mots qu'elle ne voyait plus. Alors elle se vêtit, marcha vers la bergerie, y entra : les brebis, en la reconnaissant, bêlèrent en agitant leurs sonnailles. Elle s'approcha de la Méjane, lui entoura le cou de ses bras, posa sa joue sur la laine épaisse dont la douceur l'apaisa très vite. Elle regagna la cuisine où la mère s'affairait en silence, tandis que Mélanie parlait amoureusement à sa poupée, puis elle reprit son livre de lecture et oublia la peur subite de la mère, le temps qui coulait lentement et le murmure des flammes dans l'âtre.

Un peu avant midi, on entendit soudain une course précipitée dans la cour.

— On dirait le pas d'Abel, remarqua la mère en se dirigeant vers la souillarde.

Mais elle n'eut pas le temps de l'atteindre. Déjà, la porte

s'ouvre : c'est bien lui, en effet. Très pâle, hagard, les yeux exorbités, il reste bras ballants, bredouille enfin :

— Le père, le père...

— Que s'est-il passé? hurle la mère en s'approchant de lui.

— Le père, souffle Abel, il...

— Il est mort?

Oh! ce cri. Il pénètre en Philomène comme un pieu, fouille sa chair, ravage son cœur, et voici que se lève un vent coupant comme une faux, qu'une eau glaciale la submerge.

— Je crois pas, dit Abel. Il est pris sous un rocher.

— Mais où donc? demande la mère. Parle vite!

Et elle le secoue si fort qu'il en perd l'équilibre et tangue comme un oiseau dans la bourrasque.

— Là-bas, sur le versant de Combenègre.

— Mon Dieu, gémit la mère, on était trop heureux!

Les yeux fous, elle s'agrippe à ses bras, le serre jusqu'au sang, ordonne :

— Cours au château chercher du secours! Vite!

Et, se tournant vers Philomène pétrifiée :

— Garde la petite, j'y vais!

L'enfant veut bien tout accepter, sauf rester seule face à ce monstre hideux qui vient d'entrer dans sa vie. Un tremblement court de sa tête à ses pieds et son cœur s'affole dans sa poitrine.

— Non! je vous suis, mère.

Celle-ci court à droite et à gauche, trouve enfin les vêtements, habille Mélanie, le tricot à l'envers, renonce à le mettre à l'endroit.

— Va vite! crie-t-elle à Abel demeuré immobile, à bout de souffle, qui l'observe comme si rien ne s'était passé, comme s'il y avait seulement dans la cuisine le crépitement du feu, le parfum des oranges et celui du pain frais.

Il tressaille, part en courant vers Quayrac, tandis que la mère prend Mélanie dans ses bras et, sans s'occuper de sa fille aînée, se met en route à son tour. Les dents du monstre plantées dans son estomac donnent la nausée à Philomène. Elle vomit sur le seuil, court derrière la mère, perd un sabot, retourne et, aveuglée par le nuage de pluie glacée qui est tombée sur elle à l'arrivée d'Abel, se cogne contre le mur de droite, s'ouvre le genou, repart, serre les dents, se force à courir pour ne pas rester seule. Des images aux couleurs violentes défilent dans sa tête douloureuse, des idées inconnues s'y fraient un chemin à grands coups de serpe. « On était trop heureux », a dit la mère. Le bonheur est-il donc mesuré? Existe-t-il un seuil à ne pas dépasser sous peine d'être châtié? Pourtant la Sainte Vierge a l'air si bonne, et le bon Dieu aussi! Est-ce donc que les sourires et les yeux bienveillants dissimulent la perfidie? Y a-t-il ainsi, sous chaque chose, chaque personne, le mal soigneusement caché? Qui le libère, et quand donc, et pourquoi? Pourquoi ce malheur sur le père innocent? Le père qui pétrit le pain et le partage, qui verse le vin, qui coupe le bois d'hiver, qui rit et qui pardonne. Tout cela n'est pas possible. Elle rêve et ne va pas tarder à s'éveiller. Elle se frotte les yeux aveuglés par les larmes, appelle la mère qui ne se retourne pas. Est-il possible que le père, si fort, si courageux, meure après de si belles fêtes? Philomène ne connaît pas la mort, excepté celle des animaux. Mais elle est certaine que le père ne peut pas mourir. D'ailleurs il ne saura pas. Mourir, mourir! La femme du maître est morte, la première femme du père, aussi. Seules les femmes meurent jeunes. Sans doute aura-t-il un bras ou une jambe cassée. Mais cela n'est rien : le rebouteux viendra, comme l'année où Etienne s'était démis l'épaule, et en un mois il n'y paraîtra plus.

Elles ont traversé le plateau, suivent maintenant un chemin mal tracé qui plonge vers une combe, descendent sur la rocaille à vif, courant toujours, au risque de glisser.

— Guillaume! crie la mère. Guillaume!

Seul le silence lui répond, une fois que l'écho a emporté sa voix.

— Père, crie Philomène, mais seul un mince filet de voix sort de sa bouche.

Elles descendent encore, s'accrochant aux branches des genévriers rabougris qui rampent sur le calcaire friable.

— Guillaume, réponds-moi! implore de nouveau la mère.

Elle tombe lourdement, mais sans lâcher Mélanie qui se met à pleurer, gémit, se relève, poursuit sa descente, arrive à vingt mètres de la combe blottie dans une brume de verdure, l'aperçoit. Il est là, sous un gros bloc de pierre large de plus d'un mètre, ses longs cheveux épais autour de sa tête tournée vers le ciel. La mère tend Mélanie à Philomène, s'approche, pleure en se penchant sur lui.

— Guillaume, mon petit, parle-moi, gémit-elle.

Le père sourit faiblement, mais ce sourire s'achève en une grimace.

— Il n'est pas mort, mère? Dites-moi qu'il n'est pas mort, supplie Philomène.

La mère se redresse, le visage noyé par les larmes, secoue la tête, puis se penche de nouveau vers son mari qui murmure d'une voix sourde et lointaine :

— Ce... ce... n'est rien... Marie.

Épuisé par l'effort, il ferme les yeux, arrachant un cri à la mère :

— Guillaume!

Dieu soit loué! il a rouvert les yeux, paraît vouloir la rassurer, dirige son regard fatigué vers ses deux filles qu'il aperçoit maintenant, un peu plus haut.

— N'approchez pas les enfants, remontez! dit la mère d'une voix faible.

Les jambes coupées par l'effort, la tête résonnant des coups désordonnés de son cœur, Philomène s'assoit à même la rocaille, serre sa sœur dans ses bras, l'empêche de regarder. Après l'eau glacée, il lui semble maintenant que toute la neige du monde coule sur elle et l'ensevelit.

— Ce n'est rien, mère? n'est-ce pas que ce n'est rien?

— Non, ma Philo, dit la mère penchée sur la tête de son mari comme pour lui bâtir un rempart de son corps.

Puis, comme les petites tremblent, d'une voix implorante :

— Rentrez, vous allez prendre mal!

Philomène ne bouge pas. Une force mystérieuse la rive à ce versant maudit, l'oblige à regarder encore, à retenir ses larmes pour que le père ne s'en effraie pas. Elle sait déjà qu'elle n'oubliera jamais ce 26 décembre de malheur et qu'elle aura beau faire, toute sa vie elle reverra son père coincé sous le rocher, ses cheveux de velours brun autour de sa tête. Toute sa vie, elle reverra Abel immobile sur le seuil, et sa mère courant devant elle, échevelée, comme prise de folie. Même si le père guérit, même si ce n'est rien, même si le malheur s'enfuit de la métairie.

Au-dessous d'elle, la mère pleure en silence, supplie de temps en temps d'une voix brisée :

— Parle-moi, Guillaume, parle-moi.

Le père fait un geste du menton, murmure :

— La petite.

La mère remonte de quelques pas, prend Mélanie dans ses bras, libérant Philomène qui s'agenouille près de son père. Elle serre les dents de toutes ses forces pour ne pas pleurer, pour ne pas l'effrayer, et il lui semble que sa poitrine va éclater.

— Penche-toi, fillette, souffle le père.

Elle se penche sur son visage d'enfant, celui qu'elle a deviné quelquefois derrière la carapace de l'homme. Quelle fragilité, soudain dans ses yeux suppliants, et quel désarroi. Elle voudrait le prendre dans ses bras comme on le fait d'une poupée, et le bercer longtemps, longtemps, le rassurer, le consoler, mais le brouillard posé sur ses yeux fond d'un coup et tombe sur le front du père dont les paupières se ferment. Elle s'essuie furtivement, avale sa salive, bloque sa respiration pour arrêter ces larmes qui trahissent son effroi.

Le père ouvre à nouveau les yeux, essaye de sourire. Lui aussi cherche à la rassurer, à ne pas l'effrayer.

— Ce n'est rien, fillette.

Elle prend sa tête entre ses mains, la serre.

— L'école, murmure le père. Il faut y rester. Tu m'entends?

— Je vous entends, père.

— Il faut apprendre à lire, fillette. Pas vivre comme moi.

— Oh, père, vous êtes bon, si bon.

— Écoute, Philo.

Philomène oriente son oreille vers la bouche où passe un mince filet de voix.

— Embrasse-moi.

Pourquoi lui demande-t-il de l'embrasser? Un cri meurt dans la gorge de l'enfant, elle s'y refuse, regarde vers la mère qui pleure toujours, ses lèvres se posent sur la joue de son père, y restent un instant, comme une ultime caresse d'une mère à un enfant avant le sommeil.

— Moi, souffle le père.

Philomène approche sa joue, sent les lèvres froides sur sa peau, n'y tient plus. Elle l'embrasse et l'embrasse, et pleure, et le mord presque, et l'embrasse encore sans plus se soucier de ses larmes qui mouillent le beau visage au-dessous d'elle. Unis par elles, ils restent un long moment immobiles avant que le père ne murmure :

— Il faut me laisser, maintenant.

Et comme elle l'embrasse encore en gémissant :

— S'il te plaît, ma Philo. Rentre à la maison. Sois forte. Emmène la petite.

Elle se redresse, regarde encore ces yeux d'enfant battu où perlent deux larmes, juste au coin des paupières, ces larmes qu'elle n'a jamais vues et dont elle ne soupçonnait pas l'existence.

— Oh, père, gémit-elle, ne pleurez pas, pas vous, pas vous !

Il remue à peine les lèvres.

— Fillette, rentre vite à la maison.

Elle avale sa salive, l'embrasse encore une fois et, fermant les yeux, se lève péniblement, prend sa sœur par la main et commence à remonter la pente après un regard inutile vers le rocher qu'elle est incapable de distinguer. Elle sent un tel vide en elle qu'elle se demande un instant si elle n'est pas morte. Car c'est peut-être cela la mort : un grand froid, une soudaine distance, une douleur diffuse dans chaque pouce de chair, un éblouissement dont on reste aveugle pour toujours. Mélanie pleure, lui demande de la porter. Mais comment la soulever quand les forces vous ont quittée ? Elle la traîne par la main jusqu'au plateau, la gronde :

— Avance donc, tu me fais mal !

La petite pleure de plus belle, crie, et s'assoit. C'est là, dans ce moment d'abandon total, qu'une digue crève quelque part en elle, au plus profond, que des flots tumultueux commencent à cascader, arrachant tout sur leur passage, le passé, le présent, sa conscience de petite fille réfractaire au malheur. Elle se relève, marche lentement, le visage dans le vent, et Mélanie la suit, appelant :

— Philo, Philo !

Un peu plus loin, elle rencontre la charrette menée par Edmond où se trouvent trois domestiques et Abel qui saute en marche en l'apercevant.

— Comment va-t-il ? demande le garçon.

Puis, comme sa sœur reste muette :

— Il n'est pas mort ?

Encore ce cri, semblable à celui de sa mère! Elle le dévisage sans le voir, paraît ne pas le reconnaître. De quoi s'agit-il? de qui s'agit-il? Et pourquoi Abel parle-t-il de mort? Il est donc devenu fou, ce matin? Il la pousse doucement en avant.

— Rentre! dit-il, et entretiens le feu.

Il court vers la charrette arrêtée un peu plus loin, s'accroche à la ridelle, grimpe, aidé par les domestiques.

Philomène se remet à marcher, la main de Mélanie enfouie dans la sienne, très calme, maintenant, comme si la neige posée sur son corps commençait à geler. Qu'ils sont beaux ces nuages qui passent, blancs comme de gigantesques écheveaux de laine! Ils glissent devant ses yeux, poussés par un vent au parfum d'orange, ils dansent comme l'ours sur la place, s'ouvrent en une pluie de mots. Philomène murmure :

— Le pain, le château, le râteau.

Puis, d'une voix faible et claire comme une source elle chante :

« L'eau de rose te fera mourir, petite.
Elle ne fera pas car je n'en boirai guère,
elle ne fera pas car je n'en boirai pas. »

Et, s'agenouillant soudain devant sa sœur :

— Je chante pour que les nuages s'en aillent. Les vois-tu, Mélanie? Regarde comme ils sont blancs!

Sa sœur l'observe d'un air inquiet, ne répond pas. Philomène repart, ne sent même pas le temps passer et arrive, surprise, devant la métairie. Elle rentre, assoit Mélanie au cantou, ravive les braises avec le soufflet, remet du bois dans l'âtre. Les flammes montent, jaunes et bleues, s'épanouissent en corolles sanglantes. Philomène prend place à côté de sa sœur, passe son bras autour de ses épaules et dit, d'une voix venue de très loin :

— Ne t'approche pas, Manou, c'est le père qui brûle.

Edmond et ses hommes transportèrent le blessé au poste de miséricorde où la religieuse donna les soins de première urgence. On alerta le docteur de Gramat, mais il arriva trop tard. Guillaume Laborie s'éteignit sans un mot, sans une plainte, à trois heures de l'après-midi, à la suite de multiples hémorragies internes.

Quand la mère et Abel rentrèrent, un peu plus tard, les deux petites se trouvaient toujours assises au cantou, enlacées. La mère se précipita vers elles, les serra longuement dans ses bras en pleurant. Abel aussi pleurait, ce qui ne lui était pas arrivé depuis longtemps et surprit Philomène. « Mais pourquoi pleurent-ils donc, se demanda-t-elle, est-ce que je pleure, moi. »

— Votre père a rejoint le bon Dieu, chuchota la mère et sa voix se brisa aussitôt.

— La Sainte Vierge aussi? interrogea Philomène.

La mère prit la tête de sa fille entre ses mains, observa les yeux que nulle lueur n'habitait plus, fut frappée par son calme apparent, murmura :

— La Sainte Vierge aussi, Philo.

La petite tressaillit, demanda :

— Pourquoi ne nous a-t-il pas attendues?

La mère la repoussa violemment comme si son enfant, soudain, lui faisait peur. La tranquillité de sa fille, la candeur de son regard où ne perçait nulle tristesse, cette manière nouvelle d'ouvrir très grands les yeux lui parurent suspectes et redoutables. Elle comprit que l'enfant n'avait pas supporté les heures qu'elle venait de vivre, la reprit dans ses bras, lui parla doucement :

— Nous irons le rejoindre un jour, Philo. Il nous attendra.

— Ah bon! dit la petite.

Mais dès que sa mère l'abandonna, elle demeura prostrée, un pâle sourire errant sur ses lèvres closes.

Edmond et les domestiques ramenèrent le corps une demi-heure plus tard, accompagnés du docteur, un vieux monsieur tout gris aux joues couvertes de larges favoris. Ils déposèrent le mort dans la chambre, nettoyèrent ses plaies, l'habillèrent avec l'aide de la mère. Philomène resta un long moment près du lit, oberva le visage à présent détendu et habité par une grande paix, ne dit mot. La mère profita de la présence du docteur pour la faire examiner. Le vieux monsieur testa ses réflexes, approcha une bougie de ses yeux, demanda :

— Me vois-tu, petite?

Elle hocha la tête, répéta après lui les mots qu'il susurra du bout des lèvres.

— Ce n'est pas grave, dit-il à la mère, le choc a été trop rude. Il faudra quelques jours, un mois, peut-être deux, guère plus.

La mère le remercia, paya tandis qu'il remplissait les papiers apportés par Edmond, puis il s'en fut dans son break tiré par un cheval à robe brune. Edmond et les domestiques partirent peu après, non sans avoir réconforté la mère, et tout en lui recommandant de ne pas se laisser aller. D'abord il fallait manger pour prendre des forces, ensuite s'occuper des enfants. Abel l'aida à préparer un peu de soupe que Philomène mangea au cantou, se refusant à le quitter. De temps en temps, elle jetait un regard vers la porte de la chambre, fronçait les sourcils, regardait la mère, puis Abel, et enfin les flammes, silencieuse.

Dès la fin de l'après-midi, les visites commencèrent. Du village et des métairies environnantes chacun vint se recueillir près du mort si estimé de tous. La mère et Abel accueillirent les visiteurs un à un sur le seuil, les accompagnèrent dans la chambre, répondirent aux questions, toujours les mêmes, sur les circonstances de l'accident, le manque de fourrage, l'âge du père, ses souffrances avant de mourir. Quand les visiteurs quittaient la chambre, la mère offrait un verre de vin que beaucoup acceptaient, pas fâchés de se réchauffer encore un peu avant d'affronter le froid. Ils l'assuraient alors de leur soutien et de leur sympathie à l'occasion de cet invraisemblable malheur dont on sentait très bien qu'il les touchait profondément.

— Un homme si courageux, si fort, si brave! soupiraient-ils, la voix chevrotante.

Ils proposaient leur aide, tentaient de la consoler, usaient des mêmes mots, dérisoires et pourtant sincères, qu'elle entendait à peine. Elle paraissait absente, une sorte de sourire résigné errait sur son visage, elle hochait la tête, berçait sa douleur en balançant son corps de droite à gauche, comme pour s'étourdir. Les visiteurs repartaient après avoir embrassé la mère et les enfants, au grand étonnement de Philomène. Pourquoi l'embrassait-on si souvent aujourd'hui? Elle avait donc si bien travaillé à l'école? Elle tendait la joue, donnait des baisers au hasard, souriait pour remercier de tant de gentillesse, mais ne prononçait pas un mot.

Une fois sa visite achevée, Armand Mestre parla un moment à Abel dans la cour :

— C'est toi l'homme de la maison, maintenant, lui dit-il. Si tu as besoin de quoi que ce soit, viens me voir. Tu sais que vous pouvez compter sur moi.

Le garçon se laissa aller sur la poitrine du sabotier.

— Si tu veux apprendre le métier, ajouta Armand, ce sera avec plaisir que je t'ouvrirai ma porte.

Il partit lui aussi, puis vinrent des gens du château, Emile Montial le charron, des hommes que Philomène ne connaissait pas, Marguerite Arnal, enfin, qui accepta un verre de vin mais n'y toucha point.

— Vous savez, Marie, proposa-t-elle, si vous le voulez vous pourrez venir travailler chez moi. J'ai tant d'ouvrage que je n'y arrive plus. Mon père et ma mère sont presque impotents et la maison est grande. Et puis ne sommes-nous pas un peu parentes?

La mère remercia, rechercha cette lointaine parenté dont parlait la couturière, renonça.

— Nos arrière-grand-mères étaient sœurs, précisa Marguerite. Elles s'appelaient Geneste.

Oui, c'était vrai, la mère se souvenait maintenant, mais pourquoi lui proposait-on du travail? Il n'en manquait pas aux Faysses! Elle comprit tout à coup, ferma les yeux. Ainsi, il faudrait donc quitter la métairie, abandonner la maison où étaient nés ses trois enfants, les lieux d'un bonheur partagé avec le père, couper le dernier lien qui la rattachait encore à lui. Cette pensée finit de la briser. Elle s'affaissa sur sa chaise, prit sa tête entre ses mains, rassembla ses dernières forces, se redressa, murmura :

— La couture, certes! Pourquoi pas? Merci, Marguerite.

— De rien, mais ne vous rendez pas malade, Marie. Il faut penser à vos enfants. Prenez-vous sur vous. Songez que vous n'êtes pas seule. On vous aime beaucoup au pays.

Comme M. Delaval frappait à la porte, elle s'en fut après avoir promis de revenir pour la veillée. Le maître serra la main de la mère avec effusion, passa sans attendre dans la chambre en soupirant :

— Quel malheur! Et tout cela pour un peu de foin! S'il l'avait dit, seulement!

Il s'inclina devant la dépouille, traça symboliquement un signe de croix au-dessus d'elle avec une petite branche de buis béni placée sur la table de nuit à cet effet. La mère, de l'autre côté du lit, regardait elle aussi son défunt mari mais n'osait rien dire. Elle se souvenait des brebis invendues, de l'achat ruineux du fourrage, une sourde colère montait en elle et s'étouffait dans sa gorge. Le maître semblait vraiment ému. C'est vrai qu'ils étaient presque d'âge avec le père Laborie, et que les heurts fréquents n'empêchaient pas l'estime réciproque. D'ailleurs, jusqu'à ces dernières années, rien n'avait jamais assombri les rapports des deux hommes. Elle le savait, mais la pensée des brebis trop nombreuses à la bergerie l'obsédait. Elle préféra quitter la chambre et l'attendre dans la cuisine où il accepta le vin chaud, s'assit, poussa un long soupir.

— Je n'ai pas pu venir plus tôt, commença-t-il, parce que je me suis occupé de votre fils. Heureusement, il est rentré à Toulon. On lui donnera une permission. Le député me l'a assuré. Je pense qu'il sera là assez tôt pour l'enterrement. Avec ce froid, on peut sans doute attendre deux jours.

— Oui, souffla la mère, on peut attendre.

Le maître, mal à l'aise face à cette femme qu'il côtoyait peu, roula une cigarette, l'alluma.

— Ne vous inquiétez pas, je m'occuperai de tout. Vous devez savoir que je n'ai jamais abandonné une famille dans l'épreuve.

La mère hocha la tête.

— Quant à nos affaires, nous en parlerons en présence de votre fils aîné, c'est préférable.

— En effet, dit la mère.

Sans doute attendait-il un mot, une question, mais la mère garda le silence, comme pour l'inciter à partir.

— Les brebis, commença-t-il...

— Pas aujourd'hui, s'il vous plaît, coupa la mère.

— Bien sûr, bien sûr, fit-il en rallumant sa cigarette éteinte sur ses lèvres tachées par le tabac.

Le silence s'installant définitivement, il se leva, serra la main de la mère puis celle d'Abel, dit encore avant de sortir :

— J'ai vu le curé et Baptiste Pradal : vous n'aurez rien à débourser.

La mère voulut protester, mais il ne lui en laissa pas le temps, s'en allant sans se retourner.

On alluma le calel, car la nuit tombait. Les visites s'espacèrent et la mère fit réchauffer un peu de soupe. Abel l'aida à dresser la table et chacun mangea en silence à sa place habituelle, Philomène ayant enfin accepté de quitter le cantou où elle avait passé les dernières heures. Le repas s'acheva très vite, mais personne ne trouva le courage de se lever.

— Mon Dieu, qu'allons nous devenir? gémit la mère en regardant ses enfants d'un air désespéré.

— Etienne va arriver, chuchota Abel, ne vous tourmentez pas, il saura ce qu'il faut faire, lui. Vous pourrez vous reposer.

— Me reposer, murmura la mère, pourrai-je me reposer désormais?

Puis, semblant découvrir ses deux filles hébétées de fatigue :

— Allez donc vous coucher, petites, vous en avez besoin.

— Dans la chambre? demanda Abel.

— Non, emmène-les avec toi dans la bergerie, vous vous tiendrez chaud.

— Il ne faut pas rester seule, mère, protesta Abel.

— Les femmes vont arriver d'un moment à l'autre, ne t'inquiète pas.

Abel n'insista pas, prit ses deux sœurs par la main, croisa Eugénie Mestre et Marguerite Arnal sur le seuil, s'éloigna. Les deux femmes les suivirent des yeux, soupirèrent, imitées par la mère qui hochait tristement la tête, un mouchoir serré dans ses doigts.

Le lendemain, dès le milieu de la matinée, les visites recommencèrent. Ce fut d'abord Baptiste Pradal qui, accompagné de son fils, vint prendre les mesures, puis le curé qui avait eu le temps de donner les derniers sacrements au père dans la miséricorde, la religieuse qui s'inquiéta de la santé de Philomène, Bouscarel, le maréchal-ferrant, des métayers et, de nouveau, vers midi, M. Delaval.

— Il arrivera demain matin, votre Etienne, déclara-t-il en s'asseyant sans y avoir été invité par la mère.

Toujours ébranlée par le drame, Philomène, à ces mots, parut s'éveiller un peu.

— Il pourra aider au père pour le chemin, fit-elle en souriant.

Le maître eut un sursaut, interrogea la mère du regard.

— Pauvre petite, souffla-t-il, c'est si innocent à cet âge.

Il entretint la mère pendant dix minutes des modalités et de l'heure de l'enterrement, s'interrompant de temps à autre pour observer Philomène et murmurer :

— Si c'est pas malheureux de voir ça, si c'est pas malheureux.

Puis il partit en promettant d'aller chercher Etienne à Souillac le lendemain matin.

Durant l'après-midi, à la demande de la mère, Abel emmena ses deux sœurs se promener vers le village malgré la menace des nuages gris accumulés au-dessus du causse depuis l'aube. On sentait la neige présente derrière la parure métallique du ciel où tanguaient des flottilles d'étourneaux prises dans les rafales d'un vent aux dents de loup. Ce fut donc sans véritable surprise que les enfants aperçurent les premiers flocons au retour, minuscules papillons qui enchantèrent les deux petites et contraignirent Abel à se fâcher, comme elles ne voulaient plus rentrer. La neige tomba avec une application têtue jusqu'à la nuit, cessa à l'heure où s'allumèrent les premières étoiles, reprit dès qu'elles s'éteignirent, dans le matin blafard d'un nouveau jour de deuil.

Les enfants exigèrent de sortir pour construire un bonhomme de neige et la mère ne put s'y opposer. Abel les accompagna dans la cour, les aida à rouler une boule en forme d'abdomen ventru, une autre, plus petite, en forme de tête ronde, y planta trois cailloux pour figurer les yeux et la bouche. C'est là qu'Etienne les trouva en arrivant, fourbu, après un jour et une nuit de voyage.

Il sauta de la charrette menée par Edmond, prit Mélanie et Philomène dans ses bras, les emporta dans la maison où l'avait précédé Abel pour annoncer la bonne nouvelle à la mère. A partir de cet instant, Philomène ne le quitta plus : il lui semblait si fort, si beau dans son uniforme, que son esprit malade l'identifiait à un prince capable de s'opposer aux monstres hideux surgis par surprise dans son enfance heureuse, deux jours auparavant.

Il ne mit pas longtemps pour se rendre compte de l'état inquiétant de sa sœur, interrogea la mère qui lui rapporta les paroles du docteur. Pendant les trois heures qui précédèrent l'enterrement, il garda sa main dans la sienne tout en discutant à voix basse avec la mère qui avait recouvré un peu de courage depuis son arrivée. Elle lui raconta l'accident par le détail, nomma un à un les visiteurs qui s'étaient succédé à la métairie, commenta ses entrevues avec M. Delaval, puis il fallut songer à se préparer avant la mise en bière. Au moment de placer le père dans le cercueil, la mère eut un sanglot étouffé, se précipita pour retenir les hommes, et ses deux fils durent la prendre par le bras, chacun d'un côté, pour l'en empêcher. Déjà les paysans s'étaient rassemblés dans la cour et, recueillis, leur chapeau à la main, attendaient la levée du corps. Le curé et le maître arrivèrent enfin, et, trois minutes plus tard, le cortège s'ébranla dans la neige qui fondait sous de pâles rayons de soleil.

De ce terrible après-midi, Philomène ne se souvint que des sabots noirs du cheval sur la neige blanche, de la main d'Abel qui serrait très fort la sienne, de la mère chancelante soutenue par Etienne. Aucune image du cimetière ne subsista dans son souvenir, comme si, quelque part en elle, une fibre essentielle s'était refusée à lui restituer les images d'une disparition inacceptable. Elle ne sentit même pas le froid, suivit Abel sans se plaindre, reprit sa place au cantou en rentrant comme si rien ne s'était passé, exigeant seulement la présence d'Etienne près d'elle.

Le maître arriva peu après leur retour, parla de la foule d'amis qui avait accompagné le père à sa dernière demeure, s'en réjouit, puis il en vint très vite à l'objet de sa visite :

— Il faut avant tout que vous sachiez une chose, dit-il après avoir bu une gorgée de vin servi par la mère, pourvu que vous soyez partis au printemps, ce sera suffisant. De toute façon, si vous le souhaitez, je prendrai le petit comme pastre. Il sera nourri, blanchi et logé.

Comme la mère gardait le silence et qu'Etienne s'efforçait de conserver son calme, la maître poursuivit d'une voix décidée :

— J'ai rencontré Marguerite Arnal : elle peut vous donner

du travail et vous loger, vous ne manquerez de rien. Quant à la petite, elle continuera de fréquenter l'école jusqu'à ce qu'elle sache lire et écrire. Le curé l'emploiera au presbytère et la nourrira à midi. Après, s'il le faut, je la prendrai aussi.

Au mot « école », Philomène s'était redressée, avait souri puis retrouvé aussitôt le monde tourmenté de son hébétude.

— Merci, souffla la mère, vous êtes bien bon.

— Croyez vous que ce soit le moment de parler de ça, alors que le père est enterré depuis moins de deux heures? intervint Etienne, hostile, le regard et la voix chargés de colère.

Le maître sursauta, prit un air étonné :

— Tu préfères sans doute que j'attende que ta mère soit seule!

Etienne ne répondit pas, réprima un mouvement d'humeur en allumant l'une de ses cigarettes ramenées de Toulon.

— Moi, je veux devenir sabotier, annonça Abel d'une voix ferme, dévisageant le maître sans ciller.

Celui-ci se raidit, grimaça.

— « Per moun arma », pour apprendre toi aussi les leçons du communard, sans doute!

— Vous avez inventé des histoires pour lui porter tort, répliqua Etienne. Il était à Paris à l'époque, c'est vrai, mais il n'a pas aidé les insurgés, et vous le savez bien, seulement vous préférez propager des bruits qui le desservent parce qu'il n'est pas de votre bord!

— Etienne! supplia la mère, tais-toi, je t'en prie. M. Delaval parle pour notre bien.

Et elle répéta, d'une petite voix qui lui arracha des sanglots :

— Pour notre bien, pour notre bien.

Il y eut un instant de silence dont profita le maître pour reprendre en main la situation :

— A la bonne heure, Marie, vous êtes raisonnable, vous.

Puis, s'adressant aux deux frères :

— Quoi que vous en pensiez, et malgré vos têtes de cochon, je vous considère de ma famille, mais vous êtes trop jeunes pour comprendre ça.

— Trop jeune mais bon pour l'armée, rétorqua Etienne d'une pâleur inquiétante.

Il rencontra le regard implorant de la mère, se résigna au silence.

— En tout cas, vous pensez ce que vous voulez, mais je tiens devant votre mère à faire aujourd'hui cette promesse : toi, Etienne, quand tu reviendras, et toi, petit, le jour où vous aurez fondé une famille, si vous me le demandez, je vous confierai une métairie. Vous avez ma parole... en mémoire de votre père.

— Merci, dit la mère d'une voix de plus en plus faible, merci beaucoup.

Le maître hocha la tête et, peu désireux de prolonger la conversation qui avait failli prendre une tournure fort désagréable, il prit congé avec un air dur.

— C'est tout ce que je voulais vous dire. Maintenant je vous laisse, vous avez sans doute à discuter.

Il serra la main de la mère, ne la tendit ni à Etienne ni à Abel, finit son verre et s'en alla. Quand le bruit de la charrette se fut éteint, la mère murmura avec une ombre de reproche :

— Vous n'auriez pas dû. Il n'est pas mauvais, vous savez, il s'est occupé de tout.

— Mais il vous chasse! s'insurgea Etienne.

— Mon pauvre enfant, sans toi comment pourrai-je tenir cette métairie?

— Moi, je pourrai travailler comme Etienne, assura Abel.

La mère lui caressa les cheveux, secoua la tête.

— Mais non, mon petit, avec le père et Etienne c'était déjà difficile.

Sa voix se brisa, elle soupira.

— Ce départ est vraiment ce que vous souhaitez, mère? murmura Etienne.

Elle se redressa, esquissa un sourire.

— J'ai toujours été adroite de mes doigts. Et puis Marguerite est une personne de confiance. Je crois même qu'il vaudrait mieux partir le plus vite possible puisque nous n'avons pas de récoltes sur pied. Plus vite je me mettrai à la couture, plus vite je lui serai utile.

Elle se tut, et seul le ronronnement des flammes dans l'âtre habita la cuisine.

— Puisque c'est votre idée, fit Etienne, songeur.

Son regard rencontra alors celui de son frère qui avait pris une expression farouche.

— Je n'irai pas au château, insista Abel, je veux être sabotier.

— Armand n'a pas de place pour toi, mon petit, souffla la mère.

— Si, il me l'a dit.

— Quand cela?

— Hier matin.

— C'est bien vrai? Tu ne t'es pas mis cette idée dans la tête tout seul?

— Vous n'avez qu'à le lui demander.

— C'est ce que nous ferons, décida Etienne.

— Mais que dira M. Delaval? se lamenta la mère.

— Nous ne lui devons rien, au maître. Nous ne sommes plus ses métayers.

— Si Abel va chez Mestre, il ne prendra pas la petite quand elle saura lire.

— A ce moment-là, nous verrons, trancha Etienne.

Et, se rendant compte tout à coup de l'extrême fatigue de sa mère qui se tenait la tête à deux mains :

— Allons nous coucher maintenant, nous aviserons demain.

Tout le monde obéit, la mère avec un pauvre sourire de contentement : elle pouvait enfin se laisser aller, après cette terrible journée. Il y avait un homme, un vrai, pour remplacer le père. Même s'il n'était là que pour quelques heures, c'était autant de minutes ravies au malheur.

Le lendemain, de très bonne heure, elle partit avec Etienne à Quayrac. Ils discutèrent avec Armand qui confirma sa proposition d'apprendre le métier à Abel et de le nourrir à midi, ensuite avec le curé Lafont qui réitéra son offre d'employer Philomène jusqu'à ce qu'elle sût lire et écrire. Marguerite Arnal, la couturière, demanda à la mère de s'installer au plus vite dans les trois pièces qu'ils visitèrent à l'étage, car elle avait beaucoup d'ouvrage et n'y suffisait plus. La mère pourrait garder Mélanie dans l'atelier pendant le travail et monter préparer sa soupe de midi entre deux travaux.

Comme tout était réglé, ils passèrent au château informer

M. Delaval de leurs décisions. Celui-ci se mit dans une colère folle, menaça, tempêta, mais Etienne, soutenant la mère défaillante, ne céda point : Abel irait travailler chez le sabotier.

— Alors ne me demandez plus rien, cria le maître, et à l'avenir débrouillez-vous seuls.

Au retour, la mère, effrayée par la violence de ces propos, décida de déménager le plus vite possible et fit part à son fils de ses craintes à devoir désormais affronter seule le maître :

— Tu sais qu'il est maire, que le village est à lui, gémit-elle, s'il s'en prenait à nous quand tu ne seras plus là?

— Vous ne lui devez rien et vous ne risquez rien, assura Etienne.

— Et s'il fait pression sur le curé?

— Non, le curé nous a donné sa parole, il ne l'écoutera pas.

— Espérons, soupira la mère.

— Je vous le répète, insista Etienne, avec les sous de votre travail vous vivrez peut-être mieux qu'à la métairie, alors ne vous désolez pas, mère. Et puis, ajouta-t-il après un instant de silence, s'il vous faisait des misères, il y a Armand. Je reviendrai le voir avant de partir pour lui expliquer.

La mère poussa un profond soupir et ne parla plus jusqu'à la métairie où les enfants les attendaient impatiemment.

L'après-midi, Etienne revint au château, tandis que la mère tuait ses canards pour en faire des confits, parla à Edmond du déménagement que la mère souhaitait le plus rapide possible, prévint Armand des incidents du matin, de ses craintes au sujet des représailles possibles de la part du maître.

— S'il leur cherche des noises, assura Armand, il trouvera à qui parler. Tu peux partir tranquille, je suis là.

Etienne remercia et s'en revint à la métairie où il entretint la mère des paroles du sabotier. Celle-ci parut rassurée et perdit l'air de bête traquée qui errait sur son visage depuis le matin.

Vers les quatre heures de l'après-midi, toute la famille fit une visite sur la tombe du père, avant qu'Etienne ne partît. Au moment où ils quittaient le cimetière, la neige se remit à tomber d'un ciel grivelé où erraient des corbeaux ivres de vent.

— Cette neige, souffla la mère, oh! cette neige.

Mais elle ne put en dire plus. Etienne la soutint sur le chemin verglacé et lui parla doucement pour la calmer.

— Ça ne sert à rien, mère, répéta-t-il, vous le savez bien.

— Il doit avoir froid, gémit-elle.

— On n'a pas froid quand on est mort. On ne sent rien.

— Crois-tu?

— Mais oui, les morts ne sentent rien, ils dorment et ils ne sentent rien.

La nuit fut vite là, mais n'interrompit guère la valse folle des flocons qui semblaient concentrer leur colère sur les Faysses et les ensevelir aussi.

— Mon Dieu, murmura la mère depuis la souillarde, mais qu'avons-nous fait pour mériter cela?

— Ne vous tourmentez pas, mère, dit Etienne, ça ne durera pas, le vent vient de tourner.

Puis, une soudaine dureté dans la voix :

— Venez plutôt manger la soupe, les petites ont faim.

Le repas fut bref, entrecoupé de soupirs. Avant d'aller se coucher, Etienne, que la santé de Philomène préoccupait, s'agenouilla devant elle, la prit par les épaules, demanda :

— Me vois-tu, dis, Philo?

— Oui. Tu es beau.

— Je t'emmènerai voir la mer, tu sais. Un jour. Bientôt.

Le visage de la petite s'éclaira.

— Les cailloux bleus, souffla-t-elle.

Son regard semblait traverser son frère sans fixer la moindre image en elle. Il se tourna vers la mère, la questionna des yeux.

— Laisse, dit-elle, ça passera.

Mais il continua de lui parler, comme pour se rassurer une dernière fois avant son départ.

— Tu vas aller habiter au village, tout près de l'école. Es-tu contente?

— Oh, oui!

— Tu aideras bien la mère?

— La mère et le père, souffla-t-elle.

Etienne lui caressa les cheveux, l'attira contre lui.

— Le père est parti au ciel, Philo.

— Il est tout bleu, le ciel, murmura-t-elle contre son oreille, comme la neige.

La mère fit signe à Etienne de ne pas insister, et il se détacha d'elle en disant :

— Va te coucher, ma Philo, la mère va venir.

Mais elle le força à la suivre dans la chambre, à attendre qu'elle se déshabillât, avant de se blottir près de Mélanie qui avait refusé de manger et dormait déjà. Philomène garda la main de son frère pendant près d'une demi-heure, jusqu'à ce que le sommeil descende enfin sur elle et l'emporte très loin. Alors il desserra les doigts crispés sur sa main, se pencha sur elle, mais elle ne sentit même pas cette grosse larme d'homme qui éclatait sur sa joue comme une ultime caresse.

Une fois Etienne parti, la mère fut prise d'une sorte de mélancolie. Elle restait des heures à la même place, les yeux poursuivant un rêve sans fin où son défunt mari semblait communiquer avec elle.

— Mon pauvre homme, lui disait-elle, mourir si jeune!

Et elle lui parlait comme s'il eût été présent, l'entretenait des trois pièces de la maison de Marguerite, du travail qui l'attendait, de celui d'Abel et de Philomène, évoquait les moments heureux du passé, leur rencontre, leur mariage, la naissance des enfants. Abel la poussait à s'occuper au lieu de ressasser sa peine, mais vainement. Philomène, elle, demeurait étrangère aux choses et aux gens. Même Mélanie ne parvenait pas à l'extraire du monde étrange et inquiétant où elle pénétrait chaque matin, les yeux grands ouverts sur des lieux qu'elle était seule à apercevoir. Les flammes du cantou semblaient la fasciner. Elle les examinait interminablement, paraissait attirée par elles comme par un effet magique. Abel posait son livre de lecture sur ses genoux, ouvrait les pages devant elle, tentait de l'y intéresser, mais elle le repoussait doucement sans même le regarder. Mécontent, le garçon grognait contre ces femmes qui avaient perdu la parole :

— Vivement qu'on s'en aille! J'espère que ça vous changera les idées.

Le maître vint chercher les brebis trois jours avant le premier de l'An. Pendant qu'il était occupé dans l'étable,

Edmond trouva un prétexte pour gagner la cuisine et parler à la mère.

— Je peux venir avec la charrette demain soir, dit-il.

— C'est entendu, Edmond. Merci à vous.

Deux voyages furent nécessaires pour emmener le troupeau. Avant de repartir, le maître vint à la cuisine où la mère attendait, anxieuse, paya en pièces d'or et sortit sans un mot.

— C'est la dernière fois qu'on le voit, j'espère, fit Abel.

— Tais-toi, je t'en prie, l'arrêta la mère, il a tenu parole : 40 francs pièce, ça nous permettrait de tenir un an sans travailler. Je vais mettre cet argent de côté, on ne sait jamais.

A partir de ce moment, elle commença à empaqueter les vêtements et les ustensiles de cuisine. Il n'y avait du reste pas grand-chose à emporter si ce n'était le tamis, la table, le vaisselier, les deux lits, deux tonneaux de vin et deux sacs de farine. Le lendemain, quand Edmond arriva, tout était prêt depuis longtemps. Il fit deux voyages avant la nuit, promit d'en faire un troisième pour ramener ce qui restait encore à la métairie : les barriques de vin, le bois coupé par le père et quelques outils. Dès ce soir-là, on s'installa avec l'aide de Marguerite. La maison d'un étage, vétuste mais propre, se trouvait entre le café-épicerie et la demeure d'Armand Mestre. Au rez-de-chaussée, l'atelier de Marguerite, une pièce pleine d'étoffes, de draps, de taffetas et de dentelles, s'ouvrait sur un trois-pièces dont l'une était occupée par ses parents tombés en sénilité. On accédait à l'étage par un escalier de pierre semblable à celui de l'école, qui débouchait sur un perron aux pierres moussues. De là, on entrait dans une cuisine qui communiquait avec deux chambres chaulées depuis peu. Quand la mère y pénétra, elle s'inquiéta auprès de Marguerite des dérangements qu'elle lui causait :

— On se contenterait de plus petit, vous savez, dit-elle avec un pâle sourire.

— Ma pauvre femme, fit la couturière, j'en aurai de reste, de la place, quand mes parents seront morts.

Abel et Edmond montèrent les meubles à la lumière du calel. La mère s'empressa d'allumer du feu dans la cheminée et fit asseoir Philomène qui reprit sa posture immobile sans paraître s'apercevoir du changement de lieu. En attendant d'acheter un lit, Abel dormirait dans la plus petite des chambres, sur celui de ses sœurs. Le grand lit des parents fut installé dans l'autre pièce, ce qui sembla réjouir la mère :

— Je vais dormir avec mes petites, dit-elle, ça me tiendra compagnie.

Marguerite descendit, mais la mère garda Edmond à souper. Une fois les enfants couchés, elle resta seule un moment avec le régisseur qui, pour une fois, avait envie de parler.

— Si vous avez besoin de quoi que ce soit, Marie, vous pouvez compter sur moi, dit-il d'une voix basse et chargée d'émotion.

Il parut hésiter, toussota, reprit, plus bas encore :

— Je sais bien que je ne devrais pas vous dire ça parce que c'est trop tôt, parce que...

Il buta sur les mots, vida son verre.

— Enfin, Marie, quand les jours auront passé, quand tout ça sera loin, je vous demande de vous souvenir d'une chose : moi aussi je suis seul, et je ferai un bon mari, vous savez.

Puis il se leva brusquement et disparut sans même dire bonsoir.

Le lendemain, la neige recommença de tomber en gros flocons qui tourbillonnèrent autour du grand chêne et firent bientôt disparaître la placette. C'est à peine si on y voyait à dix mètres à travers les vitres. Abel et Edmond se hâtèrent de rentrer le bois et les barriques dans un appentis qui jouxtait l'atelier, mais le régisseur ne s'attarda pas : le travail l'attendait au château.

— Il oubliera, dit-il en parlant du maître au moment de partir, vous savez, il est coléreux mais il n'est pas mauvais.

Abel se rendit chez Armand, y passa la journée. La mère finit de ranger les affaires : elle disposait d'une journée avant de commencer son travail. Vers onze heures, Philomène vint à la fenêtre, s'assit sur une chaise de paille et n'en bougea plus de toute la journée.

Le premier jour de l'année 1901 se leva sur un univers uniformément blanc. Le vent courait entre les maisons et soulevait des volutes de neige qui retombaient lentement dans la clarté superbe du matin. Un silence de verre étreignait les murs refermés sur les âtres où ronronnaient les flammes précieuses, et le froid vif serrait dans sa poigne de fer les arbres qui éclataient parfois dans une plainte sèche. Malgré les suppliques de la mère, rien n'empêcha Abel de partir braconner : au cours du déménagement il avait récupéré les gluaux à grives et les collets d'Etienne et mourait d'envie de s'en servir. Car si son frère aîné avait toujours refusé de l'emmener avec lui, il l'avait plusieurs fois suivi en cachette et observé sa façon de tendre les pièges. Il s'était bien juré de l'imiter un jour, non pas pour le plaisir de manger de la viande, mais surtout pour se venger du maître en lui volant son gibier. A chaque prise, il le savait, il penserait au départ d'Etienne, à la foire de Gramat, et à la mort du père en savourant une revanche mesquine, certes, mais ô combien espérée. Au reste, il était bien persuadé de ne courir aucun risque : qui connaissait mieux que lui les terres hautes? Personne, à part peut-être Philomène. Laissant derrière lui des traces dans la neige, il quitta le village et marcha vers la métairie qu'il atteignit une heure plus tard. Il la dépassa sans un regard, monta sur le plateau, entra dans une grèze où il plaça méticuleusement les gluaux sur les genévriers luisants de givre. Le silence et la blancheur des terres hautes l'accompagnèrent en le grisant un peu vers les champs de son père qu'il reconnut à peine, tant la neige changeait le paysage en un moutonnement infini de formes semblables. Là, il posa les collets après les avoir fumés à l'aide du briquet de son père, puis, les doigts gourds, le nez et les oreilles glacés, il revint vers le village par un chemin différent, prenant soin de mêler ses traces avec celles qu'il rencontrait, et, pour finir, il tourna devant la maison de Pradal, pour le cas où ses manœuvres de brouillage n'eussent pas été suffisantes pour tromper les gens du château.

Il rentra dans la cuisine en frottant ses mains l'une contre l'autre, ignora le regard lourd de reproche de sa mère, s'assit au cantou, tendit ses mains au-dessus des flammes en soupirant d'aise, rêva au moment merveilleux où ses doigts se refermeraient sur le pelage d'un lièvre roux.

Un peu plus tard, on frappa à la porte. Il sursauta, mais fut aussitôt rassuré en apercevant une demi-douzaine d'enfants qui récitèrent en chœur :

On vous souhaite une bonne année,
accompagnée de beaucoup d'autres
et le ciel à la fin.

Pour respecter la tradition, la mère donna un sou et demanda à Philomène :

— Pourquoi n'irais-tu pas avec eux, petite, ça te changerait les idées!

Elle fit « non » de la tête, se tourna de nouveau vers la fenêtre d'où elle suivit les enfants des yeux, deux larmes figées sur ses joues, comme si elle regrettait de ne pouvoir les accompagner, comme si une voix lui soufflait, au fond de sa douloureuse solitude, qu'elle ne serait plus jamais une enfant.

DEUXIÈME PARTIE

L'AUTRE MONDE

5.

La neige de ce triste hiver était partie, puis revenue, partie encore. Le temps avait repris son cours de saison en saison, de dénoisillages en battages, d'agnelages en rogations.

En ce jour de la Saint-Jean d'été 1903, Philomène gardait les brebis du maître sur une large friche égratignée de petits chênes, à cinq cents mètres du village. Les deux années et demie passées depuis la mort de son père l'avait changée. Envolée la petite fille qui rêvait de galoches et de félicitations à l'école, de bonheur paisible au milieu de la cuisine des Faysses! Maintenant, elle savait lire et écrire, et même un peu compter. Certes, elle regrettait parfois l'école et son travail au presbytère où Mélanie avait pris sa place, mais elle se sentait riche de son savoir et pleine de reconnaissance envers le curé et la religieuse qui avaient été si gentils avec elle. Il leur avait fallu plus de trois mois de patience, de tendresse et de soins affectueux, aidés en cela par la mère, pour combler la brèche ouverte en elle par la mort de son père. Elle était devenue différente de l'enfant candide et enjouée des Faysses, plus distante vis-à-vis des êtres et des choses, avait gardé de cet hiver de malheur l'impression d'une menace permanente, mais la lueur alors éteinte dans ses yeux s'était rallumée peu à peu. Elle avait repris goût à l'école, s'était réconciliée avec la vie en découvrant la magie des mots et de la connaissance. Au presbytère, en évoquant la béatitude des élus du paradis, le curé était parvenu à détruire le sentiment d'injustice provoqué par la disparition brutale du père tant aimé, l'avait forcée à sortir du puits noir et profond où elle cherchait refuge pour se protéger du malheur. Elle n'y songeait jamais sans un frisson glacial, mais elle imaginait maintenant son père assis sur un nuage, l'air calme et souriant, les bras tendus, veillant sur elle.

Malgré ses menaces proférées au lendemain de l'enterrement, et sur l'insistance du curé, le maître avait consenti à la prendre à son service comme bergère l'été, lingère l'hiver, reconnaissant avec lui qu'il était préférable de se l'attacher plutôt que de la laisser sous l'influence néfaste d'Abel et d'Armand Mestre. Elle était nourrie le matin et à midi, mais rentrait chaque soir chez elle, soupait avec la mère, Mélanie et Abel, et retrouvait délicieusement, parfois, le temps de la métairie, le père lissant ses cheveux de velours et partageant le pain. On ne parlait guère de sa mort pour ne pas réveiller la blessure endormie par le temps, mais les repas ne restaient pas silencieux pour autant. La mère se désespérait d'entendre Abel parler comme Armand, se proclamer comme lui socialiste et partisan de Jules Guesde contre Millerand. Souvent le même nom revenait dans sa bouche, qu'il prononçait avec vénération : « Jaurès, Jaurès, le guide suprême, l'espoir de la nation. » « Sento Bierzo! se plaï à Diou », se lamentait la mère qui prenait le parti du curé et du maître contre les hommes sans religion, vantait leur gentillesse et leur grand cœur, approuvée par Philomène et par Mélanie. Mais Abel, à dix-sept ans passés, ne s'en laissait pas compter. Il se lançait dans des explications savantes, criait, jurait, comme autrefois le père lorsque l'on contestait son autorité.

Etienne n'était pas revenu depuis l'enterrement du père, mais il avait envoyé trois ou quatre lettres que Philomène avait lues lentement, avec une application touchante, tandis que la mère regrettait :

— Si le père était là, comme il serait content. Mon Dieu, pauvre homme!

Les lettres parlaient de l'Algérie, des villes blanches étendues au soleil, d'une terre qui coulait entre les doigts, des oasis du désert, des forêts de lentisques, de genêts d'or et de pins parasols, des allées d'eucalyptus, de la tiédeur de la mer, des plages de sable fin. La dernière venait du Maroc. Elle racontait les montagnes d'un brun sombre, les hauts plateaux, les fragiles toiles de tentes abritées du vent par les selles des chevaux, les villes aux murs ocre, Rabat, sa casbah et ses femmes voilées, son jardin des Oudaïas, Fès et sa médina encombrée d'ânes et de mulets, ses pavés roses et ses arcades, d'autres villes inconnues : Taza, Kénifra, Marrakech, la tribu des Tsouls, le souk de Tanger, autant de lieux inimaginables et chargés de mystères.

Tous, dans la maison de Marguerite, attendaient son retour à la fin de l'année avec une impatience mêlée d'inquiétude.

— Il restera, Mère, n'est-ce pas? demandait souvent Philomène.

— Est-ce que je sais? répondait la mère. Il est tellement changé notre Etienne.

Philomène n'insistait pas mais elle s'entretenait souvent avec Abel de ce prochain retour que l'un et l'autre jugeaient définitif. Le garçon assurait :

— Quand il reviendra, les cléricaux n'auront qu'à bien se tenir! Et Delaval le premier! Je le connais, moi, Etienne, il n'a pas oublié à qui il doit son engagement.

— Mon Dieu! gémissait la mère, pauvres de nous!

Philomène avait assisté avec incompréhension à la division du village entre les partisans de Mestre, radicaux-socialistes laïques, et ceux du curé et du maître, conservateurs attachés à la religion et aux valeurs traditionnelles. L'expulsion des congrégations décidée à Paris avait fini de les dresser les uns contre les autres. La propagande de plus en plus active de Mestre, sa faconde, son goût de la parole avaient rallié Auguste Servantie, le maçon, qui habitait à l'entrée du village, Bouscarel le maréchal-ferrant, Montial le charron, Germain Castanet, le tailleur-barbier dont la demeure était située un peu plus loin que l'église, et Alexis Landon, le propriétaire de l'auberge-épicerie qui servait de lieu de réunion, le soir, quand on ne se retrouvait pas dans l'atelier d'Armand. Etaient restés fidèles au maître et au curé Marguerite Arnal, la mère Laborie, Baptiste Pradal « le culbéni », les Alibert et les Simbille, les domestiques du château et les métayers, ce qui assurait encore à M. Delaval les voix nécessaires à son élection à la mairie. Les uns lisaient *La Croix*, les autres *La Dépêche*, continuaient de se saluer, de se côtoyer, de se servir les uns chez les autres, mais la tension montait. Mestre et Servantie — qui était radical — avaient même intrigué à la préfecture pour obtenir un instituteur laïque, mais Delaval était parvenu sans trop de peine à les contrer car la République n'en avait pas encore formé suffisamment et les réservait aux villes et aux bourgs. Ils avaient obtenu la promesse d'être servis dès que possible, mais cet échec momentané avait laissé des traces dans le camp des laïques où Mestre, par ses prises de position extrémistes, restait isolé. Pour les cinq autres, défenseurs de la politique radicale, Armand passait pour un révolutionnaire. Le réformisme soit, mais le socialisme leur faisait un peu peur. En fait, seul Jaurès qui avait lâché Jules Guesde pour accepter la voie de la participation au gouvernement faisait l'unanimité. C'était lui le grand homme, le rassembleur, le futur successeur de Waldeck-Rousseau et d'Emile Combes : celui qui se posait déjà en figure de proue de toute la gauche laïque.

Philomène saisissait mal les idées exprimées par les uns et les autres, ne comprenait pas leur hostilité, leurs affrontements larvés, les jugements sévères d'Abel. Elle se souvenait seulement de la bonté du curé, de celle de la religieuse qui lui avaient même permis de faire sa communion avant l'âge, l'an passé, lui avaient appris à lire et à écrire sans que la mère eût à verser un sou. M. Delaval, quant à lui, avait accepté de la prendre à son service quand elle avait cédé sa place à Mélanie. Etait-ce là des gens mauvais? Elle en voulait à Abel de son mépris pour eux, de sa violence verbale, et comme elle l'aimait plus que tout au monde, elle en était malheureuse. Malgré ses prières à la Sainte Vierge, ses suppliques adressées à son frère, rien ne modérait celui-ci dans ses jugements. Il persistait dans son attitude, répliquait à la mère qui ne savait à quel saint se vouer, parlait avec exaltation, usait de mots inconnus et barbares : colonialisme, pacifisme, lutte des classes, révolution sociale. « Où diable avait-il appris cela »? se demandait-elle parfois. Elle ne se doutait pas que dans l'atelier d'Armand la discussion ne cessait jamais pendant le travail et qu'Abel n'en perdait pas un mot.

Au château, elle avait fait connaissance avec Fernande, la grosse femme qui lui avait donné du « millassou » le jour où le maître avait lu la première lettre d'Etienne; Marthe, celle qui avait fait équipe avec elle pour le ramassage des noix; Elodie, la mère de Sidonie et de Lydie, avec qui elle travaillait en hiver; Maria, une jeune fille qui servait à table et qui pleurait souvent. Excepté Edouard, le contremaître des noix, elle ne connaissait la douzaine de domestiques que de vue, mais savait quelle était leur tâche, évitait de lever les yeux sur eux en les croisant, tout comme elle évitait de regarder le rouquin qui, plus que le maître encore, l'épouvantait. Heureusement il y avait Adrien, « l'armotier », près duquel elle se sentait en sécurité, même si, parfois, ses yeux noirs braqués sur elle l'intriguaient. Il avait perdu sa mère l'année précédente mais n'en parlait pas. D'ailleurs, il parlait très peu, se contentait de dévisager Philomène, de lui sourire. Dès qu'il pouvait s'échapper, il venait la rejoindre pendant qu'elle gardait, mais justement, en cette fin d'après-midi de la Saint-Jean, il était en retard et Philomène s'inquiétait.

Elle laissa errer son regard sur l'herbe rase que survolaient de petits papillons bleus, guetta dans la combe les perdreaux qui piétaient vers les champs chaque jour à la même heure. Ne les apercevant pas, elle se leva, inspecta les surfaces de rocher poli où elle avait répandu le sel en arrivant. En période de sécheresse, en effet, le maître recommandait de donner le sel deux fois par semaine pour que les brebis profitent mieux de l'herbe. Elle fut contente de constater qu'il en restait très peu, chercha des yeux « lou fier », le bélier noir du maître, et remonta vers la borie où elle avait ses habitudes. Là-haut, au-dessus d'elle, les martinets sillonnaient le ciel d'un bleu tendre, presque vert à l'horizon. Des bouffées odorantes et sucrées, celle de l'herbe des combes, coulaient en vagues lentes et provoquaient chez Philomène une légère ivresse.

Le bruit d'un caillou roulant sur le chemin la fit sursauter. Le chien partit à toute allure mais n'aboya point. La tête d'Adrien apparut derrière le mur de lauzes, disparut un instant, puis il sortit du passage creusé dans le mur et courut vers Philomène.

— Tiens! je t'ai apporté un peu de « millassou », dit-il en s'asseyant près d'elle.

Elle prit le gâteau, commença de manger, s'arrêta :

— Pourquoi me regardes-tu comme ça? demanda-t-elle.

— Je regarde tes cheveux.

— Et qu'est-ce qu'ils ont?

— Ils sont si noirs que je m'y vois dedans.

Puis, comme Philomène gênée, détournait la tête :

— Je regarde aussi tes lèvres. On dirait des groseilles.

— Adrien! si tu continues je m'en vais.

Penaud, le garçon se tut un instant, changea de conversation :

— Iras-tu sur la place, ce soir, pour le feu?

— Avec Abel, sans doute.

— On sautera tous les deux?

— Si tu veux.

Ils écoutèrent le chant du coucou qui s'élevait du bois de chênes, de l'autre côté de la combe, puis Philomène demanda :

— Dis, Adrien!

— Oui.

— Est-ce vrai que tu es un « armotier »?

— Oui, répondit Adrien à voix basse comme s'il s'agissait là d'une tare inavouable.

Philomène réfléchit longtemps, n'osant poser la question qui lui brûlait les lèvres, puis elle se décida enfin, après avoir observé Adrien du coin de l'œil.

— As-tu déjà parlé aux morts?

Il ne parut pas surpris, répondit tout de suite :

— Non, pas encore.

— Même pas à ta mère? ajouta Philomène, plus bas.

— Non.

— Tu n'es pas un « armotier »! triompha-t-elle, comme si elle se sentait délivrée.

— Je suis né un 2 novembre. Le 2 novembre 1891.

— Alors tu n'as pas encore douze ans?

— Non, pas encore, concéda-t-il, vaguement contrarié.

— Moi, j'en aurai treize ans le 10 juillet prochain, ajouta-t-elle dans un sourire, comme si le fait d'être plus âgée qu'Adrien lui conférait des prérogatives séduisantes.

Pourtant elle avait conservé ses formes d'enfant, et rien, en elle, ne révélait encore la femme qu'elle deviendrait. Adrien, au contraire, avait pris du muscle à force de travailler aux champs et de remuer les brebis. On lui aurait presque donné quatorze ans : ses fossettes aux joues s'étaient creusées davantage, le noir de ses yeux semblait avoir encore foncé, ses boucles brunes s'assagissaient sur le front et les tempes en mèches fines, et il était plus grand que Philomène malgré la différence d'âge en faveur de la petite.

— Ce n'est pas l'âge qui compte, dit-il, c'est la taille et la force.

— C'est vrai que tu es fort, souffla Philomène. Bientôt, tu ressembleras à Abel.

Le garçon rougit, détourna la tête, aperçut trois brebis isolées au milieu de la combe.

— « Tsé! Vaï lou quère! » cria-t-il.

Philomène se leva, descendit vers elles, exhortant à son tour le chien qui détala à toutes jambes.

— Où vas-tu? demanda le garçon.

— Me promener.

— Attends-moi!

Comme elle ne répondait pas, il la suivit à cinq mètres, ne sachant si elle souhaitait sa présence ou si, au contraire, il devait la laisser seule. Philomène n'avait jamais manifesté vis-à-vis de lui le moindre sentiment. Au contraire, elle prenait soin de donner à leurs rapports le moins d'importance possible, bien que, sans se l'avouer, elle les recherchât. Adrien, lui, se sentait attiré par Philomène depuis le premier jour où il l'avait vue dans la cour du château, mais sa timidité naturelle l'empêchait de prononcer les mots que, secrètement, elle attendait et redoutait à la fois.

Philomène descendit lentement vers le ruban vert de la combe, son bâton coincé dans son dos entre ses coudes à moitié repliés, la tête baissée vers la rocaille, espérant qu'Adrien la rejoindrait. Elle s'arrêta soudain, se baissa, appela :

— Viens voir, vite!

Se redressant à son approche, elle s'exclama :

— Regarde ces cailloux! comme ils sont beaux!

— Peuh! fit Adrien, ce sont des cailloux, quoi.

— Mais ne vois-tu donc pas? Ils sont bleus.

Le garçon tendit la main, prit les deux petites pierres d'un bleu très sombre, les examina longuement, les lui rendit.

— Je suis sûre que ce sont les cailloux d'une mer, murmura Philomène.

— La mer?

— Oui, la mer c'est comme ça.

— Ah, bon! fit Adrien qui n'en avait jamais entendu parler.

Puis, sceptique et vaguement moqueur :

— Comment sont-ils arrivés ici?

— Je ne sais pas. Peut-être qu'il y a très longtemps la mer atteignait les montagnes.

— Crois-tu?

— Peut-être, mais on n'était pas nés, ni toi ni moi.

Le regard du garçon, comme à l'accoutumée, restait posé sur elle, et il ne cillait pas.

— Si tu veux, je te les donne.

Il parut étonné, hésita à tendre la main. Elle expliqua, sérieuse :

— C'est à la fois un trésor et un secret. Personne ne sait que la mer est venue ici. Il n'y a que nous deux.

Elle resta un instant silencieuse, ajouta :

— Je te les donne à condition que tu les gardes toujours.

Il sourit, demanda :

— Toujours, ça veut dire toute la vie?

Elle hocha la tête mais baissa les yeux.

— Alors je les prends, décida-t-il, je ne les perdrai pas.

Puis, après avoir dégluti, gagné par une trouble émotion :

— Tu sais, Philo...

Il hésita, ne sachant s'il devait poursuivre ou se taire.

Philomène fit volte-face, courut vers le chien allongé à l'ombre, cria :

— Rentre, Adrien, on te chercherait! A ce soir, sur la place, pour le feu de la Saint-Jean.

Vérifiant l'heure à la position du soleil, il partit en courant, ses sabots cognant contre les pierres avec le même bruit sourd que son cœur dans sa poitrine.

Abel détailla les gestes précis d'Armand qui maniait la « cueillère » avec souplesse, faisant fleurir des copeaux sur ses mains. Lorsqu'il travaillait, le sabotier exerçait toujours sur lui la même fascination. Son regard allait des boucles châtaines au visage rond, de la broussaille des poils des bras à celle qui dépassait, sur la poitrine d'Armand, d'un maillot de corps lie-de-vin, des mains savantes apprivoisant l'outil au bois brun couronné de copeaux.

— Je te l'ai dit cent fois, « fi de lou », s'impatienta Armand, il faut creuser en arrondi, bien incliner la cueillère vers l'arrière et remonter doucement. Comme ça, regarde!

Le talon du sabot grossièrement taillé dans une bille de noyer prenait forme, s'ouvrait dans le bois brut.

— J'ai compris, dit Abel.

L'apprentissage avait été long. Depuis deux ans passés qu'il travaillait avec Mestre, c'était la première fois que celui-ci le laissait exécuter le travail le plus difficile, celui de creuser avec la cueillère au risque de forcer le bois. Jusqu'à ce jour, il avait scié les billes de noyer, les avait grossièrement égalisées à la dimension d'un modèle, avait appris à se servir de la tarière, cette grosse mèche utilisée pour creuser le bois avant d'affiner avec la cueillère. Bientôt il manierait le paroir dont Armand se servait pour la dernière touche, celle qui donnait au sabot son aspect définitif.

— Encore un an, et tu seras un vrai sabotier, dit Armand, mais le plus difficile t'attend.

Le sol en terre battue de l'atelier était couvert de copeaux, de sciure, de billes de noyers, d'outils et instruments divers : bédanes, gouges, tarières, varlopes, marteaux, scies de toutes les dimensions, et il y régnait une odeur entêtante de poussière de bois. Mestre laissa sa place au garçon et s'assit sur un tabouret, reprenant son paroir et sa paire de sabots abandonnée un moment. L'ouvrage ne manquait pas : entre les sabots, les galoches et les chaussures à clous à ferrer, on ne chômait pas.

— Il faudra bientôt travailler jour et nuit, grogna Armand.

Abel sourit : il connaissait très bien la cause du retard accumulé. Chaque fois que l'on avait une visite, la conversation naissait naturellement, durait, ne cessait pas. Il s'agissait le plus souvent du maçon, Auguste Servantie, parfois accompagné de ses ouvriers, un grand et un petit semblables à des scieurs de long, et l'on ne parlait plus que de politique. Parfois entrait Landon, ou Castanet et ils ne repartaient plus. Mais seul avec Abel dans l'atelier, Armand parlait quand même. Ayant profondément le goût de la parole, il commentait avec un plaisir non dissimulé les législatives de 1902 et la victoire des radicaux-socialistes qui, avec 350 voix sur 588, gouvernaient le pays, la campagne de révision du procès Dreyfus, les assauts des laïques portés contre les cléricaux au grand dam du curé et de M. Delaval qui courbaient le dos sous l'orage et criaient au scandale.

Balayant de la main les copeaux accumulés sur le sabot qu'il travaillait, il soupira, puis, d'un ton enjoué :

— Ce père Combes, quand même, c'est quelqu'un, commença-t-il en désignant du doigt la photo en noir et blanc de *La Dépêche*. Il n'y va pas de main morte, regarde-moi ça!

La caricature était celle d'un petit homme aux pieds en équerre, au front bombé, portant moustaches et barbiche blanches, une sorte de Belzébuth de carnaval.

— Tu sais qu'en avril dernier, petit, un bataillon et un escadron de dragons, un peloton de gendarmerie et les sapeurs du 4e génie ont sorti les vieillards de la Grande Chartreuse à coups de pied au derrière. Si Delaval avait assisté à la scène, il en aurait fait une attaque!

Il paraissait ravi, riait tout seul, sa figure illuminée comme celle d'un enfant.

— Tu verras, ajouta-t-il, la séparation est pour bientôt.

— Crois-tu? demanda Abel qui avait longtemps hésité à employer le tutoiement exigé par son patron.

— « Per moun arma! » Peut-être même avant la fin de l'année.

— C'est le curé qui va en faire une tête! se réjouit Abel.

— Et ça ne fait que commencer, poursuivit Armand. Ah! si seulement le parti était uni derrière Jaurès!

— Ça viendra bien un jour, assura Abel.

— C'est là tout notre malheur, petit! Avec ces radicaux qui ont le cœur à gauche et le portefeuille à droite, il faudrait que les socialistes s'unissent, ils pourraient alors peser davantage sur le gouvernement.

— Oui, mais il y a Guesde, regretta Abel.

— Ce Jules Guesde, milodiou! s'emporta Armand, il pourrait bien mettre un peu d'eau dans son vin, tout de même. Quatre ans de division, ça suffit! On n'est plus en 1899, et le pays n'a rien à faire de deux partis socialistes. Je le connais, moi, le Jules, il ne fera pas le premier pas tant que cet « estafier » de Millerand ira à la soupe.

Il cloua deux fers sous les sabots, donna encore deux coups de paroir, ajouta :

— Seul Jaurès pourrait les renvoyer dos à dos et prendre la tête du mouvement.

— Le veut-il seulement? s'interrogea Abel. Il ferait mieux de s'occuper du parti que de ce Dreyfus de malheur.

— L'un n'empêche pas l'autre, petit. Il faut que la justice passe. Ce n'est pas parce que Loubet l'a grâcié qu'il faut en rester là. Te rends-tu compte, ce pauvre homme traîné dans la boue depuis presque dix ans et dont la seule faute est d'être né juif! Ah, c'est bien la droite, ça!

Il cogna plus fort, enfonça des clous pourtant invisibles, soupira :

— Enfin, nous finirons bien par l'avoir ce procès, et ça ne se passera pas comme à Rennes. Cette parodie de justice, cette pantalonnade, quelle honte! Quand j'y pense, j'en ai le sang qui tourne en eau de boudin.

Il changea de sabots, se tut. Abel examina attentivement les siens, donna deux coups de cueillère sur celui de gauche, demanda :

— Crois-tu qu'on va renvoyer la « mère miséricorde »?

— M'étonnerait, fit Armand, une religieuse toute seule n'est pas une congrégation. Et puis tu sais, tant que Delaval sera maire ici, rien ne changera!

— On aurait ri un peu, regretta Abel.

— Malheureux! Ne dis pas ça à ta mère, elle te couperait la langue.

La porte s'ouvrit violemment, sous la poussée de Servantie et de son apprenti le plus petit, Lucien, qui tenait une chopine à la main.

— Salut la révolution! s'exclama Auguste, blanc de poussière.

— Salut les radicaux! fit Armand, raillant le maçon dont les idées lui paraissaient tièdes.

En effet, Servantie n'avait rien d'un révolutionnaire. S'il faisait cause commune avec les socialistes contre la droite et les cléricaux, il se disputait souvent avec le sabotier, plus d'ailleurs par goût de la parole échangée que par conviction profonde. De plus, il ne savait pas lire, et c'était souvent pour l'instruction d'Armand qu'il venait à l'atelier où le sabotier commentait les nouvelles.

— Alors, ce banquet, c'est pour quand? demanda Mestre avec un sourire narquois, tandis que les deux arrivants s'asseyaient sur des billes de bois.

— Quel banquet?

— Le banquet du gouvernement. C'est avec ça qu'il tient vos maires de province : par l'estomac.

— « Taïjo té, vaï! [1] » Heureusement que nous avons des maires, nous, ce n'est pas avec les maires socialistes qu'on tiendrait les campagnes.

Abel s'était arrêté de travailler, souriait. Il aimait par-dessus tout cette fraternité entre deux hommes d'opinion sensiblement différente et qui se retrouvaient, pourtant, dans les idées nouvelles. Depuis qu'il travaillait avec Armand, il avait appris à connaître sa manière joviale de provoquer ses amis pour mieux faire rebondir la conversation.

— Il vaudrait mieux, pourtant, reprit le sabotier. Tant que nous aurons un marquis dans un gouvernement radical, nous resterons dans un régime bourgeois.

— Quel marquis? s'inquiéta le maçon.

— Eh, Gallifet, parbleu, notre brillant ministre de la Guerre, l'ami intime du roi d'Angleterre! Tu l'as pas vu, le premier mai avec l'Edouard VII. Il lui tenait la jambe pour descendre du train.

Servantie resta muet de stupeur, assommé par ce coup préparé par Armand depuis deux mois.

— Et c'est pas tout, « fi de lou »! c'est lui qui a fait nommer le cher M. Cambon ambassadeur en Angleterre. Ils aiment les « mignons », là-bas, tu ne le savais pas?

Abel n'en revenait pas, se demandait où donc son patron apprenait tant de choses. Il ne se doutait pas qu'étant l'un des seuls « érudits » des laïques, il filtrait soigneusement les nouvelles de *La Dépêche*, les sélectionnait, en gardait en réserve pour les distiller savamment, au gré de son inspiration du moment.

— Ça ne fait rien, « vaï »! Tout ça est bien normal : à régime bourgeois, ministre bourgeois.

Le maçon, comme frappé par la foudre, but une gorgée à la chopine tendue par son ouvrier, chercha une riposte :

1. Tais-toi, va.

— Quand tu seras maire, tu changeras tout ça, toi.

— Parfaitement, dit Armand, et je te nommerai adjoint à la Guerre contre le curé. Avec ta truelle, tu feras la pige à son goupillon!

Un rire pantagruélique les secoua l'un et l'autre pendant près d'une minute, puis le maçon, essoufflé et le sang à la tête, se leva en disant :

— C'est pas tout ça, mais le travail attend.

Un nouvel accès de rire le prit, il chancela, se rattrapa à l'établi.

— Sacré Armand, va!

— Où travailles-tu en ce moment? demanda ce dernier soudain sérieux.

— Je répare la bergerie de la métairie de Combressol, répondit Servantie après un instant d'hésitation, soupçonnant une dernière attaque.

— Autrement dit, tu travailles pour le compte de Delaval, jubila Armand.

— Et toi, pour qui travailles-tu? A qui sont ces chaussures à clous, là?

— Au rouquin, fit Armand.

— Alors!

— Oui, mais toi, tu ne travailles que pour les bourgeois, rétorqua le sabotier, moqueur, tandis que moi je travaille pour tout le monde. Moi, je suis socialiste et toi radical.

Le maçon s'approcha d'Armand, feignant de se mettre en colère, et, d'une bourrade amicale, faillit le renverser de son tabouret.

— Tu es bien celui qui parle le mieux, vaï! mais pas celui qui boit le plus. Viens par ici, tu dois avoir la langue sèche.

Ils trinquèrent à la santé de la République dans des verres laissés là exprès, sur l'établi, puis le maçon et son aide partirent. Armand et Abel se remirent à l'ouvrage, le garçon difficilement après ce moment de détente. Le sabotier, lui, riait encore de ses plaisanteries mais maniait le paroir en même temps. Il sembla à Abel que son patron était prêt aujourd'hui à toutes les confidences et qu'il était peut-être temps de poser les questions qui l'obsédaient depuis longtemps au sujet de la Commune. Armand y avait fait quelques allusions, mais sans se découvrir tout à fait, et le garçon ne cessait d'y penser. En cette fin d'après-midi, il y avait un tel éclat dans les yeux du sabotier, une telle gaieté, qu'il se décida en demandant timidement :

— Et la Commune, c'était quoi, au juste?

Mestre leva la tête lentement, hésita :

— Ça t'intéresse tellement, petit?

Abel sourit, hocha la tête.

— Ah, mon pauvre, commença Armand en cherchant ses mots, la Commune, c'était comment dire? C'était l'accouchement douloureux d'une République, le refus d'une occupation étrangère, la révolte contre l'oppression des gouvernants, c'était tout cela à la fois, à vrai dire, c'était...

Il marqua un temps, leva les bras :

— C'était fou, tiens! Je me rappelle de ce 1er mars 1871, le matin, quand 30 000 Allemands ont défilé [illegible] les Champs-Elysées. J'étais là, moi, au premier rang, comme les autres, impuissant. Et pendant ce temps nos gouvernants étaient à Bordeaux, avec deux tiers de monarchistes élus au suffrage universel qui cherchaient à qui donner la couronne. Plus de soixante-dix ans après 1789, tu te rends compte! Les Parisiens ont perdu la tête, que veux-tu? Ils se sont armés, ont parqué les canons à Montmartre. Quand la troupe est arrivée — celle qui ne s'était pas ralliée à eux — ils l'ont mise à mal et l'émeute est devenue insurrection. Tout ça s'est terminé dans le sang à cause de Thiers dont on fait un héros aujourd'hui. Mais rappelle-toi une chose : ce Thiers c'était le diable, une homme de la pire espèce, on l'appelait le croque-mort de la nation, le serpent à lunettes, et que sais-je encore!

Il s'arrêta, soupira :

— Tu sais, petit, un peuple avec des armes, et qui s'en sert, c'est quelque chose!

Puis, après un autre soupir, d'un ton plus bas :

— C'est quelque chose et c'est terrible. Il se fait tuer sur place mais ne recule pas. Tiens, je vais te dire à toi ce que je n'ai jamais dit à personne : un jour, j'ai vu Louise Michel, la vierge rouge, comme ils l'appelaient. Elle portait ses cheveux serrés sous le képi et l'uniforme de garde national, tenait un Remington à la main. Oh, milodiou! quand elle te regardait avec ses yeux noirs comme du poil de sanglier, tu serais passé sous terre. Elle leur aurait fait faire n'importe quoi, même tuer père et mère et chanter sous la mitraille.

Il se tut, ajouta, plus bas encore :

— A moi aussi. Mais j'étais trop jeune alors : vingt ans seulement, et mes parents venaient de mourir. Je suis parti avant que ça tourne mal, le 20 avril. Ils m'avaient laissé la maison de famille, ici, du côté de mon père, j'ai sauté sur l'occasion, mais il y a des jours où je le regrette.

Armand posa ses sabots, resta désœuvré, pensif.

— Bien sûr, je serais mort, puisqu'ils sont tous morts ou presque, mais c'était quelque chose! Vivre ça à vingt ans, c'est vivre pour le restant des jours qui vous restent!

Abel baissa la tête. Il avait envie de remercier son patron, mais ne savait comment s'exprimer, cherchait à cacher son émotion.

— Je comprends, dit-il, je comprends.

Un long silence tomba sur les deux hommes immobiles, que ni l'un ni l'autre ne rompit. Il se faisait tard maintenant. Bien que ce fût le jour le plus long de l'année, le soleil ayant basculé de l'autre côté des terres hautes, une légère pénombre avait coulé dans l'atelier, isolant le sabotier et son apprenti dans leurs pensées. Armand, le premier, s'ébroua, et, se levant brusquement de son tabouret, apostropha Abel :

— Allez, mon gars, c'est l'heure de la soupe! Assez travaillé pour aujourd'hui!

Il s'approcha du garçon, vérifia la courbure des sabots, parut satisfait.

— C'est bien, dit-il, tu apprends vite, mais il faut aussi penser à t'amuser à ton âge. Fais quand même attention, en sautant le feu, ce soir, de ne pas te casser un bras. J'ai besoin de toi.

Ils se serrèrent la main puis Abel partit, la tête pleine d'images violentes, de combattants en armes, de discours et de cris qui n'en finissaient pas.

On ne manquait de rien dans la maison de la couturière. La mère gagnait assez de sous pour acheter de la farine et un peu d'épicerie. Elle continuait à cuire son pain, élevait toujours des canards et des poules qui déambulaient dans un petit enclos situé derrière la maison. D'ailleurs, quand les enfants avaient rempli leur estomac à midi, Abel chez le sabotier, Philomène au château, et Mélanie au presbytère, une soupe épaisse leur suffisait pour le soir. Parfois la mère cassait des œufs pour une omelette savoureuse, et le dimanche, de temps en temps, elle faisait rôtir une poule ou un canard, si ce n'était un perdreau ou un lièvre rapporté par Abel. Comme l'étoffe pour les vêtements était fournie par Marguerite, la mère faisait vivre sa petite famille sans trop de problèmes, et les repas avaient retrouvé leur gaieté du temps de la métairie, malgré le caractère de plus en plus frondeur d'Abel et son penchant pour le refus des sentiers tracés.

Ce soir-là, précisément, le repas n'avait pas traîné en longueur, car tous étaient impatients de se retrouver sur la placette. Le morceau de « millassou » qui avait succédé à la soupe avait été vite avalé. Philomène et la mère commençaient à lever les couverts quand celle-ci demanda :

— Me suivrez-vous chercher les herbes, cette nuit?

— Volontiers, mère, dit Philomène, et j'en profiterai pour couper les « tsouonnencos [1] » que m'a demandées le maître.

— Moi aussi, mère, ajouta Mélanie à qui ses neuf ans donnaient l'aspect d'une petite femme énergique et rieuse.

La mère hésita un instant, interrogea son fils du regard.

— Des bondieuseries, tout ça! ironisa Abel. Vous devriez en plus les faire bénir au curé, je suis sûr que ce serait encore plus efficace : plus de maladie, plus de mort, tout le monde vivrait cent ans.

— Bondieuseries ou pas, tu viendras aussi, exigea la mère, au moins comme ça je saurai où tu es.

— Non, je ne viendrai pas, répliqua le garçon. Après le feu, je dois retrouver Armand et Landon à l'auberge.

— Abel! s'indigna Philomène, tu nous a pourtant suivies l'an dernier.

— L'an dernier, c'était l'an dernier. Maintenant, j'ai dix-sept ans et demi, et autre chose à penser.

La mère soupira. Plus le temps passait et plus son garçon lui échappait. Elle ne le reconnaissait plus, ni au physique ni dans ses idées. Comme il était loin, désormais, le petit garçon frêle et obéissant qui l'accompagnait dans les champs,

1. Branches de noyer censées protéger les brebis des maléfices.

gardait les brebis avec elle du temps où le père travaillait avec Etienne, alors que Philomène marchait à peine! Etait-il possible qu'il eût changé si vite, qu'il fût homme avant même d'avoir vingt ans! Mon Dieu, pourquoi les enfants devaient-ils grandir? Pourquoi ne pas les garder tendres et fragiles, accrochés à ses jupes, quêtant une caresse ou un mot aimable? Elle connaissait trop bien la cause de ce brusque changement, et il ne se passait pas une journée sans qu'elle s'en désespérât : dès l'instant où il était entré apprenti chez Armand, il était devenu méconnaissable, avait commencé à tenir des propos incompréhensibles et parfois effrayants.

— Si j'avais su, murmura-t-elle, je n'aurais pas cédé et tu n'aurais jamais mis les pieds chez le sabotier. Je suis certaine qu'à cette heure tu travaillerais au château et tu continuerais à fréquenter l'église comme ton pauvre père le faisait. Au lieu de cela, tu es devenu un vrai mécréant, et M. le curé me le reproche souvent.

— Comme on reprochait au père la présence d'Etienne, répliqua Abel, avec une agressivité non dissimulée dans la voix.

— « Sento Bierzo! » si seulement je n'avais eu que des filles!

— C'est ça, ricana Abel, vous en auriez fait des servantes de curés et de maîtres, et elles n'auraient jamais cessé de trembler de leur vie, comme la Maria du château.

La mère ne répondit pas, son visage blêmit. Elle pinça les lèvres, tourna le dos, feignit de s'intéresser seulement à sa vaisselle. Philomène, elle, aurait bien voulu poser des questions au sujet de Maria, cette pauvre fille qu'elle côtoyait dans les cuisines et qui avait toujours la larme à l'œil, mais elle n'osa point. Pourtant, elle devinait chez cet être fragile une existence soumise et malheureuse qui la révoltait. Elle interrogeait parfois Adrien à ce sujet, ou Sidonie, ou Lydie, mais n'obtenait jamais de réponse, comme si le seul fait d'évoquer le nom de la jeune fille eût été sacrilège ou honteux.

La mère, encore sous le coup des paroles d'Abel, quitta soudain la vaisselle et, s'essuyant les mains à son tablier, vint se planter devant son fils, dit d'une voix sourde et meurtrie :

— Ta sœur travaille certes au château, mais ce n'est pas pour ça qu'elle est devenue une catin.

Elle se signa, murmura :

— Dieu nous en préserve!

— Encore heureux! s'indigna Abel, sans quoi ils auraient affaire à moi.

Il hésita, ajouta encore, d'une voix dure :

— Mais rien ne dit qu'un jour il ne lui arrivera pas malheur avec ce fou.

Puis, furieux, il sortit en claquant la porte, laissant la mère désemparée.

Il eut un moment de silence, après quoi Philomène demanda :

— Mère, qu'est-ce donc une catin?

La mère caressa les cheveux de sa fille, les yeux brillants :

— C'est tout ce que tu n'es pas, ma petite, que tu ne seras jamais.

Et, cherchant à fuir les questions qu'elle sentait venir :

— Dépêchons-nous. Il faut que notre feu soit le plus beau et qu'on le voie de très loin.

Elles se hâtèrent de finir la vaisselle, balayèrent le plancher, mais Philomène resta songeuse. Elle soupçonnait des gestes graves, une mystérieuse laideur quelque part prête à fondre sur elle, une déchéance un peu semblable à celle de Maria. Qu'avait donc voulu dire Abel? Quelle était cette menace tapie au château comme une bête? Il fallut que la mère l'entraînât au-dehors pour lui faire oublier les paroles inquiétantes prononcées par son frère.

Quand elles sortirent sur la placette, Philomène le chercha des yeux mais ne l'aperçut nulle part. Elle songea vaguement qu'il devait être chez Armand, s'approcha du bûcher composé de fagots, de genévriers, de sarments, de vieux meubles élevés en véritable pyramide. Des villageois apportaient du bois afin de le hausser encore. Pour ne pas être en reste, la mère et Philomène revinrent vers l'appentis qui jouxtait la maison de Marguerite, prélevèrent de menus troncs de chênes et des genévriers sur leur réserve, les apportèrent sur le bûcher puis s'assirent à dix pas de lui, en compagnie d'Adrien, de Sidonie et de Lydie qui les avaient rejointes.

Bientôt le cercle formé par les spectateurs se referma.

Tous les villageois se trouvaient là, ceux du château et même les métayers des alentours. Alors le premier chant s'éleva dans la nuit tombante :

En revenant, lan la li roun daino
De Montauban, lan la li roun dai
En revenant de Montauban
J'ai rencontré, lan la li roun daino
Deux muletiers lan la li roun dai...

Tout en chantant, Philomène écoutait près d'elle la voix déjà grave d'Adrien, et il lui sembla qu'elle sonnait faux, ce qui déclencha son fou rire, mais il ne parut pas s'en apercevoir. La mère chantait aussi de sa voix claire, et Mélanie, et Lydie, et Sidonie. La nuit était belle et douce, habitée de langueurs. Les chants se succédèrent jusqu'à près de dix heures, puis le curé Lafont vint bénir le bûcher avec son encensoir, commença le « pater d'habitudo » que l'assemblée reprit en chœur, excepté les mécréants qui s'éloignèrent ostensiblement.

Au nom du Bon Dieu, je me coucherai
Cinq Angelets j'y trouverai
Notre Seigneur est au milieu
Il me dit que je m'endorme
Pour ma garde, pour mon corps
Pour la mienne, pauvre âme
Saint Jean, Saint Luc, Saint Marc et Saint Matthieu
Les quatre évangélistes de Dieu
Soient le soir à mon coucher...

A dix heures précises, M. Delaval mit le feu aux fétus de paille disposés à la base du bûcher qui s'embrasa aussitôt et, en moins de cinq minutes, une immense flamme illumina la nuit dans un crépitement prodigieux. Les chants recommencèrent, s'éteignirent, reprirent encore, puis une ronde s'organisa autour du brasier qui projetait des étincelles et des fumerolles vers le ciel. Philomène donna une main à Sidonie, l'autre à Adrien. Elle tourna et tourna follement en chantant jusqu'à en perdre l'équilibre et la notion du temps. Des images confuses défilèrent devant ses yeux éblouis, des visages familiers leur succédèrent : ceux d'Adrien, de la mère, de Mélanie, de Sidonie, de Maria dont les cheveux s'enflammaient. Un vertige l'obligea à s'arrêter, haletante, le temps de retrouver ses esprits, puis elle rentra de nouveau dans la danse. Au bout de trente minutes de cette ronde folle, les flammes commencèrent à diminuer de hauteur. Les hommes s'étaient assis, dos tourné au foyer, selon la coutume : le feu était réputé garantir du mal de reins pendant les moissons. Ceux qui avaient dansé reprirent leur place dans le cercle et, à nouveau, l'on chanta à en perdre la voix.

Quand il ne resta plus que des amas de bois noirci, le curé s'approcha, entonna un cantique à la gloire de la Vierge Marie. Puis les garçons les plus courageux, au premier rang desquels se trouvait Abel, prirent leur élan et sautèrent plusieurs fois par-dessus les braises fumantes. Adrien voulut entraîner Philomène, mais celle-ci refusa, ne se sentant pas capable d'un si grand saut. En fait, elle avait un peu peur de se montrer ainsi avec Adrien. Elle connaissait le dicton selon lequel ceux qui sautaient le feu trois fois de suite sans se brûler étaient sûrs de se marier dans l'année. Les plaisanteries fusaient d'ailleurs à ce sujet. Aussi, quand elle se décida à sauter, cinq minutes plus tard, ce fut toute seule et seulement deux fois. Adrien, sans doute vexé, se rapprocha des garçons et sembla la fuir. Il y eut encore d'autres sauts, d'autres chants, jusqu'à minuit. Puis les paysans assemblés partirent par petits groupes, non sans avoir précieusement recueilli quelques tisons : placés au chevet des lits, ou encore à côté du buis béni le dimanche des Rameaux, ils étaient censés préserver les maisons de la foudre, des incendies et des accidents.

La mère appela ses enfants après s'être servie et avoir rapidement porté deux tisons devant sa porte.

— C'est l'heure, dit-elle à Philomène : il faut cueillir de minuit à une heure. Venez donc!

— Où vas-tu? demanda Adrien revenu près de Philomène.

— Chercher les herbes et les « tsouonnencos », dit-elle, surprise de le trouver là.

— Je peux venir?

— Demande à ma mère.

— Bien sûr, si ça te fait plaisir, dit la mère qui avait entendu.

Ils quittèrent à pas lents la placette enfumée, s'éloignèrent dans l'obscurité relative vers la métairie des Faysses. La nuit ruisselait d'étoiles filantes et de senteurs tièdes auxquelles se mêlait celle du bois calciné. Une paix sans pareille habitait le causse qui semblait continuer de vivre, et le chant des grillons bercés par l'haleine douce de la brise nocturne ajoutait au plaisir des promeneurs des notes de gaieté. Il faisait si clair que Philomène distinguait nettement les traits de sa mère et ceux d'Adrien. Un chat-huant passa, ailes déployées, gigantesque et mystérieux, frôla les grèzes avant de disparaître avec un cri tourmenté. Le silence revint, plus présent, presque palpable, les grillons s'étant tus un instant.

Après avoir parcouru cinq cents mètres, la mère s'éloigna du petit groupe en disant :

— Attendez-moi sur le chemin, je reviens tout de suite.

— Où va-t-elle? demanda doucement Adrien à Philomène quand la mère se fut fondue dans l'obscurité.

— Chercher ses herbes, elle ne veut pas qu'on la suive, c'est un secret.

— Quel genre d'herbes?

— Je ne sais pas trop, souffla Philomène, parfois elle parle de camomille sauvage, de mille-pertuis perforé, de chiendent et d'oreilles d'ours.

— Et qu'en fait-elle donc?

— Des tisanes pour tuer les fièvres. Elle en fabrique depuis toujours, et c'est avec ça qu'elle nous soigne. Tu vois, on n'est jamais malade. Ta mère ne faisait pas de tisanes?

— Si.

— Quand ramassait-elle ses herbes?

— Je ne sais pas. En tout cas, je ne l'ai jamais suivie.

— C'est la nuit de la Saint-Jean qu'elles ont le plus de pouvoir parce qu'elles ont bu la lumière du plus long jour de l'année.

— Ah! fit Adrien, c'est drôle.

— Qu'est-ce qui est drôle?

— De croire à ces choses-là.

— Tu ne vas pas devenir comme Abel, s'indigna Philomène, il ne croit ni à Dieu ni à diable, lui!

Le garçon ouvrit la bouche pour se défendre, mais déjà la mère revenait, son tablier replié en forme de sac et rempli des herbes si mystérieuses.

— Alors, tes « tsouonnencos », dit-elle à Philomène, vas-tu enfin les couper?

— Il y a un noyer un peu plus loin, après le tournant.

— Qu'est-ce que tu attends?

Suivis par Mélanie, Adrien et Philomène marchèrent vers l'arbre dont la masse plus sombre que la nuit leur apparut bientôt, dès qu'ils eurent dépassé le tournant. Quand ils se retournèrent, la mère n'était plus là.

— Elle va revenir, dit Philomène à Mélanie qui s'inquiétait. Elle en ramasse encore.

Puis elle cueillit quelques rameaux de feuilles basses, en donna un à Mélanie, rassembla les siens dans son tablier replié comme celui de sa mère.

— Demain, j'en ferai un petit bouquet, dit-elle, le maître sera content. M'aideras-tu à le clouer au-dessus de la porte de la bergerie?

— Si tu veux, dit Adrien, sans véritable enthousiasme.

Ils retournèrent sur leurs pas, trouvèrent la mère immobile après le tournant. Celle-ci donna la main à Mélanie, Adrien et Philomène marchèrent en arrière, lentement, et furent bientôt distancés. Une puissante odeur d'arbres et d'herbes sauvages montait maintenant dans l'air tiède, exaspéré par la rosée. Les grillons paraissaient s'être endormis. Philomène leva son visage vers les étoiles d'où coulait une lumière si pure qu'elle étincelait. L'aboiement d'un chien de l'autre côté du village résonna comme le choc d'un seau dans un puits. Philomène trébucha, faillit tomber, et Adrien la retint par la main. Ils se remirent en route derrière les silhouettes lointaines de la mère et de Mélanie, mais Adrien ne lâcha point sa main. Philomène en sentit avec émotion la chaleur vivante et protectrice, songea : « Pourquoi me garde-t-il la main? »

Mais elle ne fit rien pour la retirer, au contraire. Quand il serra un peu plus les doigts, elle en fut si heureuse, si troublée jusqu'au plus profond d'elle-même, qu'elle vacilla un peu. Elle aurait voulu que cette route n'en finît jamais, qu'Adrien la conduisît ainsi jusqu'au bout du monde. Il la lâcha simplement en apercevant la mère sur la placette et s'en fut sans un mot.

Quand Philomène fut dans son lit, elle posa sa joue longuement sur la main tenue par Adrien, s'endormit avec l'impression d'une caresse sur sa peau, un sourire figé sur ses lèvres d'où s'échappait un doux murmure.

L'été referma sa poigne de feu sur le causse ébloui. Le bleu profond du ciel de juin scintilla bientôt de l'aube au crépuscule. Depuis la Saint-Jean, dix jours sans pluie avaient suffi pour permettre au soleil de creuser des crevasses dans les champs et griller l'herbe rase. Occupées à épurer de ses cailloux les deux champs de blé du maître, Philomène, Sidonie et Lydie suaient toute l'eau de leur corps, un chapeau de paille sur la tête. Rien ne vibrait autour d'elles, tout dormait dans un engourdissement accablé, et Philomène se demanda si elles n'étaient pas seules à exister dans un monde détruit par un four gigantesque. Elle soupira, se dirigea vers la lisière du champ pour y prendre un panier, revint lentement vers l'amoncellement édifié depuis une demi-heure par elle-même et ses compagnes.

— Si on se reposait un peu, fit Lydie, exténuée.

— Tu es folle, dit sa sœur, pour peu qu'Edouard passe par là, qu'est-ce qu'on entendrait!

— Moi, j'arrête un peu, décida Philomène, il fait trop chaud, je n'en peux plus.

Etre contrainte de travailler de la sorte le jour de ses treize ans la rendait malheureuse. Pourtant la journée avait bien commencé : dès qu'elle s'était levée, la mère lui avait souhaité un bon anniversaire et promis un gâteau pour le soir afin de le fêter dignement. Ensuite, la fraîcheur de la matinée passée jusqu'à onze heures à l'ombre de la borie en compagnie des brebis lui avait permis de rêver à loisir. A midi, elle avait mangé de la crème blanche d'œufs battus, avec Maria et Fernande, et la servante avait souri plus que de coutume. Pourquoi donc avait-il fallu qu'Edouard décidât de les envoyer aux champs avec une telle chaleur? Et pourquoi précisément aujourd'hui, le jour de ses treize ans? Elle en aurait pleuré. Depuis deux heures qu'elle s'obstinait à ce travail fastidieux, elle n'avait fait que se lamenter en elle-même et regretter la métairie, l'école, le presbytère où elle avait été si heureuse.

Les trois enfants gagnèrent l'ombre maigre du mur de lauzes où elles pourraient s'étendre et se délasser un peu.

Elles se reposèrent un moment sans parler, attentives seulement au silence environnant, au bien-être de leur corps enfin au repos. Après quoi, Philomène, qui s'interrogeait sans cesse depuis la Saint-Jean au sujet de Maria, demanda à Sidonie :

— Pourquoi pleure-t-elle si souvent, Maria?

Sidonie dévisagea Philomène en plissant les paupières, murmura :

— On ne parle pas de ces choses-là.

— Pourquoi donc?

— C'est très laid.

Philomène réfléchit un instant, intriguée par cette réponse qu'elle attendait vaguement mais qui impliquait d'autres questions, d'autres mystères.

— Sais-tu ce qu'est une catin, toi? insista-t-elle.

— Oui, je le sais.

— Alors, dis-le-moi, Sido, s'il te plaît.

Celle-ci paraissait mal à l'aise, gênée, peut-être même malheureuse.

— Tu n'as qu'à demander à Adrien, répondit-elle d'une voix sans chaleur, il te répondra, lui.

Cette réponse, où elle devinait une ombre d'hostilité, rendit Philomène muette. Que venait donc faire Adrien dans cette énigme qui, à son avis, concernait seulement les filles? Et pourquoi était-il censé connaître une réponse si peu avouable? Elle en voulut à Sidonie de ses propos guidés sans doute par une jalousie ridicule, se força à penser à autre chose : aujourd'hui, elle avait treize ans, demain elle deviendrait une femme comme la mère, comme Maria. Etait-ce là le danger qui la guettait? Elle avait beau s'en défendre, ses pensées la ramenaient sans cesse vers Maria, ses yeux mouillés et sa mine de chien battu. Contrariée, elle essaya de dormir, ferma les yeux comme Lydie qui s'était paisiblement assoupie, sa tête brune reposant sur le coude droit replié, ignorante des problèmes des grandes. Elle l'envia, soudain, regretta ses dix ans, l'insouciance de son enfance, cherchant vainement le sommeil en s'imaginant sur les sentiers des terres hautes, à l'époque où elle donnait la main à la mère et vivait dans son ombre douillette.

Un quart d'heure passa, puis Sidonie se redressa brusquement, aux aguets :

— On marche sur le chemin, dit-elle. Vite! debout!

Elle réveilla sa sœur d'un coup de coude, et la pauvre Lydie s'assit, les yeux embrumés, avant de courir derrière sa sœur et Philomène qui avaient gagné le milieu du champ, leur panier à la main. Encore à court de souffle, elles recommencèrent à ramasser les cailloux un à un, feignant de s'absorber dans leur travail de fourmi. Elles se redressèrent seulement en entendant marcher derrière elles, aperçurent Adrien, en furent à la fois furieuses et soulagées :

— Tu nous as fait peur, reprocha Philomène, tu ne peux pas prévenir quand tu arrives?

Il eut un petit sourire moqueur, insinua :

— Alors comme ça vous preniez du bon temps! Et si Edouard ou Edmond étaient arrivés?

— Il fait trop chaud, se défendit Philomène, nous n'en pouvions plus.

Il restait là, bras ballants devant elles, paraissait nerveux. Sans doute s'était-il échappé d'une équipe en profitant du départ momentané du contremaître.

— Qu'y a-t-il? demanda Philomène.

— Je voudrais te parler.

Un court instant de silence, pendant lequel les trois filles l'observèrent avec intérêt, lui donna un air embarrassé. Qui allait parler le premier?

— Oh, alors, si c'est un secret! fit Sidonie, boudeuse, on va vous laisser. Viens, Lydie!

— Non, restez là, il vaut mieux. Ça sera vite fait.

Il entraîna Philomène à l'écart, marcha jusqu'au mur, s'assit à l'ombre, chercha ses mots, mal à l'aise.

— Que veux-tu? souffla Philomène.

Il fouilla dans sa poche de son pantalon, en sortit un minuscule paquet plié dans du papier d'argent, le lui tendit sans la regarder.

— C'est pour toi, dit-il, pour tes treize ans.

Philomène hésita, puis, comme il insistait, prit le paquet avec précaution.

— Qu'est-ce que c'est, Adrien?

— Regarde!

C'était si petit, si étroitement plié, que, dans sa précipitation, elle eut du mal à déchirer le papier. Enfin, au bout de deux minutes d'effort, une petite bague apparut, toute blanche, brillant dans la lumière.

— Adrien! s'extasia Philomène, jamais je n'oserai la porter. C'est trop beau, c'est trop... c'est trop cher, Adrien. Où as-tu pris les sous?

— Je les ai gagnés.

— Comme elle est belle, si belle! Mais tu es fou, Adrien!

— Tu m'as donné un cadeau l'autre jour, fit-il d'une voix ferme, c'était à mon tour de t'offrir un présent.

Elle eut un brusque élan vers lui pour l'embrasser, mais une obscure retenue l'en empêcha. Elle n'avait pas l'âge d'embrasser les garçons : dans sa pureté naïve d'enfant sage, une voix lui soufflait que c'était mal, qu'elle trahissait la confiance des siens. Et puis Lydie et Sidonie les observaient là-bas, immobiles, avec curiosité.

— Alors les amoureux, c'est pas encore fini? Il y a du travail ici, lança l'aînée.

Adrien se tenait droit, fixait sans la voir une sauterelle jaune et vert qui testait le ressort de ses pattes en les projetant dans le vide.

— C'est comme si..., commença-t-il, comme si...

Mais il ne put en dire plus, se troubla, craignit qu'elle ne s'en aperçût, se tourna de côté.

— Merci, dit Philomène, tu es gentil.

Il hocha la tête, murmura d'une voix bourrue :

— Il faut que je reparte, ils doivent me chercher.

— Attends, Adrien, attends un peu.

Elle réfléchit un instant, reprit :

— Je veux bien accepter la bague si tu réponds à ma question.

— Laquelle, demanda-t-il?

Elle avala sa salive, tourna et retourna la bague dans ses mains, bredouilla :

— Pourquoi pleure-t-elle si souvent Maria? Parce qu'elle est une catin?

— Ah, non! s'indigna Adrien.

— Pourquoi?

— Parce que ça ne te regarde pas. Ça ne doit pas te regarder.

Elle lui prit le bras, supplia :

— Réponds-moi, Adrien, il le faut!

Puis, plus bas :

— Moi, j'ai peur, tu comprends, je veux savoir.

Il se tourna de nouveau vers elle, vit ses lèvres trembler, comprit qu'elle allait pleurer.

— Pas aujourd'hui, dit-il, un autre jour si tu veux, je te le dirai.

— Alors reprends ta bague, fit-elle avec un geste d'humeur qui le glaça.

— Ce n'est pas beau, comprends-tu? plaida-t-il, ce n'est pas pour toi.

— Je veux savoir, implora-t-elle, j'ai trop peur maintenant.

— Tu auras encore plus peur après.

— Ça ne fait rien, au moins je pourrai me défendre. Si tu es mon ami, Adrien, réponds-moi.

— Je suis pas ton ami, se révolta-t-il.

— Et qui es-tu, alors, pour me donner une bague?

— Je suis, bredouilla-t-il, je suis... et puis « raï », tu le sais très bien.

Elle ne répondit pas, et le mur d'un épais silence les sépara un moment. Ce fut lui, qui, le premier, le franchit en demandant :

— Si je te le dis, tu porteras ma bague?

— Promis.

Il attendit encore un instant, se décida enfin :

— Maria, elle se couche avec le rouquin, sans doute aussi avec le maître. C'est pour ça qu'elle est au château. Et le rouquin, lui, il la bat, il ne veut pas qu'elle aille avec le maître... C'est ça, une catin.

Philomène suffoqua. Mon Dieu! quel était cet étau refermé sur sa poitrine, soudain, et pourquoi avait-il fallu qu'Adrien en fût la cause? Des larmes lui vinrent aux yeux, qu'elle repoussa en serrant les dents.

— Se coucher, balbutia-t-elle, ça veut dire...

— Oui, ça veut dire, fit Adrien, très pâle, l'air profondément malheureux. Maintenant je m'en vais, sinon je vais me faire attraper. N'oublie pas la bague, tu as promis!

Il se leva d'un bond, partit sans se retourner. Elle resta assise, assommée, avec une envie de vomir qui lui soulevait le cœur. Pourquoi la bague d'Adrien lui faisait-elle horreur? Elle eut envie de la jeter, hésita, la glissa dans sa poche.

— Viens-tu? cria Sidonie. Tu ne vas quand même pas rester assise jusqu'à ce soir?

Philomène revint au milieu du champ, se remit au travail en silence, accablée par une sorte de honte pour Maria, pour elle aussi, et, inexplicablement, pour Adrien. Comment cela était-il possible? Maria, son joli minois constellé de taches de rousseur, ses yeux noisette, son corps de fille trop vite grandi, soumis au maître et au rouquin! Et ils l'avaient fait venir au château pour cela! Et c'était aussi cela qu'elle devait redouter, elle, Philomène, désormais. Comme Abel lui semblait avoir raison tout à coup, et comme elle en voulait à la mère de l'exposer ainsi à un odieux danger! Bouleversée, elle ne desserra pas les dents de tout l'après-midi, tourmentée qu'elle était par d'affreuses pensées, par son dégoût des hommes capables de telles horreurs. Elle avait toujours cru à la pureté du monde décrit par le curé et la religieuse, le découvrait lourd de menaces et misérable. Il lui semblait que plus rien n'existait de bon, que tout était vil, sans espoir, sans espérance. Elle aurait voulu mourir.

A l'heure de s'occuper des brebis, sur le chemin du retour, alors que la chaleur demeurait toujours aussi accablante, Sidonie demanda :

— Vous vous êtes disputés?

— Oui, répondit Philomène, un peu.

Une lueur de joie parut s'allumer dans les yeux de son amie, ce qui l'attrista davantage encore. Sidonie était donc comme les autres? Capable, par jalousie, de méchanceté et de quoi d'autre encore? Du pire, sans doute, comme tous les êtres, mais plus particulièrement d'attirer Adrien, de le lui voler. Heureusement, elle avait gardé la bague, ne l'avait pas jetée. Machinalement, elle la chercha dans sa poche, la trouva, la serra dans sa main. Se souvenant alors de ses hésitations à lui répondre, elle songea qu'il ne ressemblait pas aux autres, et cette idée l'apaisa un peu.

Le soir, pendant le repas, elle refusa de manger, invoquant des douleurs à l'estomac.

— Le jour de tes treize ans s'indigna la mère, et regarde cette belle fougasse!

— Serait-elle amoureuse, notre Philo? plaisanta Abel.

Mais, devant ses haut-le-cœur et son air abattu, on la laissa. La mère l'autorisa même à aller se coucher avant d'avoir levé la table. Une fois dans la chambre, elle se dévêtit, se glissa dans les draps frais qui lui donnèrent l'illusion d'entrer dans une eau pure, s'y recroquevilla comme lorsqu'elle était petite enfant, que rien d'autre n'existait sinon l'univers de son lit où rien ni personne ne l'atteignait jamais, où tous les rêves étaient permis, où tous les hommes ressemblaient à son père, à Etienne, à Abel, aux princes des légendes montés sur de grands chevaux blancs.

6.

Ce soir de novembre ne s'effacerait jamais de la mémoire de Philomène. Elle était arrivée à la maison plus tôt que de coutume, Elodie, la mère de Lydie, avec qui elle travaillait à la lingerie, l'ayant laissée partir à six heures et demie. De la placette où elle avançait lentement au milieu des foucades d'un vent du nord qui portait déjà des marbrures de gel, elle avait deviné une pâle lueur à l'intérieur de la maison, avait craint que la mère ou Mélanie, qui, d'ordinaire, ne rentraient pas avant sept ou huit heures, ne fussent malades. Elle avait couru, monté les marches quatre à quatre, poussé la porte, était restée pétrifiée sur le seuil : Etienne était là, magnifique dans son bel uniforme, souriant, la peau bronzée de son visage rehaussant l'éclat de ses yeux clairs.

— Etienne! avait-elle crié en se précipitant dans ses bras. Oh! Etienne, comme je suis contente!

Il l'avait serrée longtemps contre lui, embrassé son front.

— Comme tu as grandi! s'était-il exclamé, une vraie petite femme, maintenant, et comme tu es jolie!

Elle s'était détachée de lui pour dissimuler son émotion, précipitée vers le cantou, avait étendu ses mains au-dessus des flammes.

— Ce ne sont pas des mains de jeune fille, ça, avait-il remarqué après l'avoir rejointe. Que fais-tu donc au château?

— La lessive.

— A l'eau froide?

— La petite lessive oui, et le reste on fait bouillir.

Il avait hoché la tête, l'air préoccupé. Elle, cherchant à faire dévier le cours de leur conversation, avait demandé :

— Tu es arrivé depuis longtemps?

— Le milieu de l'après-midi. Je suis passé chez Armand et j'ai vu la mère en bas. Ils ne vont pas tarder à arriver.

A peine avait-il terminé sa phrase que des pas avaient résonné au-dehors et que la mère était entrée, aussitôt suivie par Abel, comme s'ils s'étaient donné le mot.

Une fois assis autour de la table, ils avaient regardé la mère un moment, qui commençait à couper d'épaisses tranches de pain pour tremper la soupe.

— Alors? avait demandé Abel, s'adressant à son frère.

Philomène, qui observait son aîné avec tendresse, ne le trouvait pas tellement changé, simplement un peu plus ridé, peut-être, au niveau des joues et du front. Mais il semblait moins fatigué, moins irritable, un peu plus gai enfin, que lors de ses précédentes permissions. « Sans doute a-t-il fini par s'habituer », s'était-elle dit tout en le regrettant, comme si elle n'acceptait pas qu'il pût être heureux ailleurs, loin d'eux, de son village. Mélanie était arrivée et il l'avait embrassée comme Philomène, avec une affection un peu gauche, mais tellement chaleureuse.

— Quel âge as-tu donc? lui avait-il demandé.

— Dix ans bientôt.

— Dire que tu étais un bébé lorsque je suis parti!

— A trois ans, on n'est pas un bébé tout de même!

— Pour moi, si, avait-il conclu en riant, avant de fouiller dans son sac et d'en sortir un livre à la couverture cartonnée d'un vert sombre, épais comme trois doigts de sa main.

Il l'avait tendu à Philomène, ajoutant :

— C'est pour toi, et pour Mélanie quand elle saura lire.

Philomène avait saisi le cadeau d'une main tremblante, comme s'il allait la brûler. Un livre! un vrai livre! Elle n'avait jamais osé demander à sa mère l'argent d'un tel achat, sachant que leurs maigres sous servaient à la nourriture et y suffisaient à peine. Mais combien de fois n'avait-elle pas rêvé à un tel trésor pour l'emporter en gardant les brebis, s'enivrer de mots et d'images, d'histoires de princes et princesses au destin merveilleux.

— Honoré de Balzac, avait-elle soufflé, « Le lys dans la vallée ».

Elle avait fermé les yeux, tendu le livre à Mélanie, pris la main de son frère pour la serrer très fort.

— Oh! Etienne, rien ne pouvait me faire plus plaisir!

— Je l'ai acheté à Marseille. Il est beau, n'est-ce pas?

Si elle avait trouvé les mots pour exprimer sa joie, il n'aurait quand même pas pu comprendre tout ce que ce livre représentait pour elle. Il était à la fois l'école prolongée, un plaisir quotidien promis pour de longs jours, le rêve et le voyage, son existence transformée. Son premier livre! Comment Etienne avait-il pu deviner? Elle allait s'évader du château, de ses menaces, partir comme elle partait alors, certains après-midi d'été, sur le banc de l'école, à l'évocation d'un seul mot. Or, ce livre en contenait des milliers. Jamais elle n'en avait tenu entre ses mains de plus gros, de plus beaux, de plus riches.

Elle avait embrassé son frère, essuyé une larme avant de se réfugier dans la pénombre du cantou. Ensuite, Etienne avait raconté ses tournées d'inspection dans les tribus du désert à dos de chameau, vanté la splendeur des guirlandes de glycines, des néfliers, des orangers flamboyants, des bouquets de jasmin, des territoires vierges de l'Algérie. Elle avait eu peur, sans bien savoir pourquoi, de l'enthousiasme manifesté par Etienne en évoquant ce pays étranger et lointain, des flammèches qui s'étaient mises à danser dans ses yeux quand il avait décrit les oasis, ces points d'eau couverts de palmiers dans une mer de sable.

On avait mangé la soupe, puis la mère avait cassé des œufs pour l'omelette, mis à réchauffer un restant de fougasse. Tout en mangeant sans quitter Etienne des yeux, Philomène avait rêvé à cette mer de sable qui entourait les îles de verdure perdues dans le désert. Il lui semblait qu'elle aurait trouvé plaisir à s'allonger dans ce sable et à rouler comme elle s'amusait à rouler, enfant, des coteaux vers les combes. D'autres mots lui revenaient à l'esprit, tournoyaient, se mêlaient en une ronde folle : dunes, muezzins, glycines, embuscades, lentisques, minarets, mais ils lui échappaient aussitôt comme ils échappaient sans doute à la mère, à Abel et à Mélanie. Ils étaient trop neufs, trop beaux, trop étranges, et pour Philomène trop inquiétants.

— Et ici, comment ça va? avait demandé Etienne.

— Ici aussi, c'est la guerre, avait plaisanté Abel. La vraie guerre entre Mestre et Delaval.

— Ah bon! s'était exclamé Etienne.

— Oui, il paraît même que la séparation entre l'Eglise et le gouvernement est pour bientôt. D'ailleurs, ils ont déjà commencé à expulser les Congrégations. Et je te prie de croire qu'ils n'y sont pas allés de main morte : ils ont fait donner la troupe.

— Il n'y a pas de quoi se réjouir, était intervenue la mère. Si on ne peut plus prier la Sainte Vierge dans les églises, où irons-nous alors?

— Ne vous inquiétez pas, mère, l'avait rassurée Abel, il n'est pas question de fermer les églises.

— J'espère bien! Quant à Mestre et ses mécréants, qu'ils s'occupent de leurs affaires et qu'ils laissent les autres tranquilles, c'est tout ce que l'on demande.

Il y avait eu entre eux un bref silence, comme s'ils regrettaient d'avoir abordé ce sujet qui les avait toujours opposés.

— En tout cas, avait conclu Abel en s'adressant à Etienne, Armand prétend que tu dois te présenter aux prochaines municipales.

Tous les regards étaient restés braqués sur Etienne, chacun attendant une réponse qui tardait à venir. Etienne demeurant silencieux, et soudain hostile, Philomène avait senti la morsure d'une pince géante dans sa poitrine, et bien avant qu'il n'ouvrît la bouche, elle s'était attendue à sa réponse. Pourtant il avait fallu deux ou trois minutes avant que les mots prononcés par son frère ne fissent leur chemin dans sa tête prise de vertiges.

— Je vais repartir, avait-il murmuré, regardant son assiette.

Ainsi s'était éteinte la joie de cette soirée dont elle avait tant espéré. Déjà, tout était dit. Rien n'avait pu fléchir Etienne, ni ce soir-là ni durant les huit jours qu'il avait passés au village. Il n'avait semblé voir ni les larmes de la mère ni celles de Philomène et de Mélanie, avait à peine écouté Abel et Armand Mestre malgré leurs tentatives désespérées pour le retenir.

— Je ne veux pas devenir métayer de Delaval, répétait

Etienne, je veux de la terre à moi. Là-bas, elle ne coûte rien.

L'Algérie l'avait envoûté, il ne cessait d'en parler, il y vivait déjà. Personne n'avait pu le convaincre, et il était parti en promettant d'écrire, avait provoqué une sorte de déchirement dont Philomène et toute la famille souffraient encore comme d'une blessure qui ne cicatrise pas.

Les froidures n'avaient vraiment commencé qu'aux premiers jours de 1904 et duraient encore en cette mi-avril. Le ciel avait perdu de sa luminosité et se teintait par endroits d'écharpes bleu nuit qui annonçaient le vrai printemps. Philomène avait déjà trouvé des morilles dans les grèzes et quelques champignons de rosée dans les pelouses au vert pâle des combes.

C'était aujourd'hui le début de la tonte, ce qui signifiait pour elle la fin des lessives à l'eau froide et la disparition prochaine des engelures sur ses mains. Devant ses yeux, les boucles de laine tombaient comme d'immenses flocons de neige et formaient un tapis blanc sur la paille de la bergerie. Depuis le matin, deux équipes étaient au travail : un domestique maintenait les brebis pendant que l'autre, armé de grands ciseaux de tonte maniés à deux mains, taillait la laine à coups réguliers. Les bêlements craintifs des bêtes montaient dans la bergerie, et l'odeur du suint, malgré la porte ouverte, incommodait Adrien, Sidonie, Lydie et Philomène qui étaient chargés de ramasser la laine, de remplir des grands paniers d'osier, de les porter à la buanderie où le maître entreposait la laine en attendant que les acheteurs vinssent en prendre livraison. Une fois les brebis dépouillées de leur toison, elles se réfugiaient dans un parc fermé par des planches au milieu de la cour, rejoignaient leurs agneaux maigrelets qui se précipitaient vers elles, donnaient des coups de tête rageurs sous leur ventre tandis que leur petite queue frétillait de plaisir. Décontenancés par la nouvelle apparence de leur mère, une fois repus, ils tournaient autour d'elle, en ayant l'air de se demander s'ils ne s'étaient pas trompés de tétines.

Philomène se souvenait avec émotion de leur naissance un mois auparavant, de leur fragilité touchante, de leurs yeux étonnés, de sa joie chaque année aussi vive, au moment de l'agnelage. Adrien, qui était alors chargé de bouchonner les nouveau-nés, la tenait au courant des naissances heure par heure, et elle attendait le soir avec impatience pour se rendre à la bergerie, prenait les agneaux dans ses bras, frottait sa joue contre eux, assistait à la naissance suivante avec émerveillement, toujours aussi fascinée par le mystère de la vie.

Ce jour-là, ivres de soleil à l'occasion de leur première sortie, ils gambadaient dans le parc avec des sauts de plaisir, jouaient à se faire peur, à éprouver la solidité de leurs pattes et de leur tête, couraient d'un bout du parc à l'autre, s'arrêtaient, repartaient, chutaient, se relevaient d'un bond, en restaient stupéfaits, les pattes écartées, interrogeaient leur mère du regard...

— A quoi penses-tu toi? grogna celui des domestiques qui maniait les ciseaux, un nommé Eloi, homme taciturne et vindicatif.

Philomène s'empressa de ramasser la laine à grandes brassées et de remplir son panier avant que Sidonie, qui faisait équipe avec elle, ne revînt de la buanderie. Tout près d'elle, Adrien avait relevé la tête, prêt à voler à son secours, mais ce ne fut pas nécessaire : le domestique qui tenait la brebis la lâcha, et il aida Philomène à rattraper son retard. Il s'appelait André, devait approcher la soixantaine, et l'avait prise en amitié car il dormait dans le foin en compagnie d'Adrien qui n'avait pas de secret pour lui.

Philomène souleva son panier, croisa Sidonie à l'entrée, rejoignit Adrien qui l'attendait un peu plus loin.

— Qu'est-ce que tu peux avoir la tête en l'air! fit celui-ci moqueur.

— Je n'aime pas les voir tondre, dit-elle comme pour s'excuser, on dirait qu'elles souffrent.

Il haussa les épaules.

— Comme si c'était la première fois!

— Ce n'est pas la première fois, mais je n'aime pas ça, répliqua-t-elle. Les agneaux ne les reconnaissent même pas.

— Tu penses! Ils les retrouveraient entre mille.

En rentrant dans les communs, ils rencontrèrent le rouquin qui les suivit des yeux un instant puis s'éloigna quand les enfants eurent disparu dans l'escalier. Une fois en bas, Adrien aida Philomène à verser le contenu de son panier dans le coin droit de la buanderie aménagé à cet effet, vida lui-même le sien, puis ils s'assirent un instant sur la dernière marche pour se reposer, sachant qu'ils disposaient de quelques minutes de répit.

— As-tu vu comme il nous a regardés? demanda Philomène, oppressée.

— Peuh! fit Adrien, c'est son regard habituel, il est toujours entre deux vins.

Le garçon le connaissait bien pour avoir longtemps souffert de ses persécutions. Philomène n'avait pas oublié le jour où Adrien lui avait parlé de la méchanceté maladive de cet homme à qui, depuis, elle vouait une haine farouche. Quand Adrien était plus jeune, en effet, et que le rouquin rentrait saoul au milieu de la nuit, le maître l'obligeait à dormir dans la bergerie. Là, l'ivrogne criait, jurait, tempestait, forçait l'enfant à se lever, à nettoyer les allées et les râteliers, ensuite à rester debout, bras croisés, immobile devant la porte jusqu'au petit jour. Alors, seulement Adrien osait rentrer. Le rouquin dormait sur le dos, bras en croix, bouche ouverte et geignait. Combien de fois Adrien avait-il eu envie de mettre le feu à la paille pour entendre les hurlements de l'ivrogne qui s'en prenait toujours à lui! Il avait avoué son désir de vengeance à Philomène avec une sorte de rage sourde et chaque fois qu'il en parlait, il en tremblait comme si le souvenir de ces nuits restait toujours aussi vivace malgré le temps passé.

— A quoi rêves-tu encore? demanda Adrien. Il faut y aller.

Elle tressaillit, le suivit dans les escaliers, traversa de nouveau la cour, gagna la bergerie où se trouvait maintenant le rouquin qui, appuyé du dos contre les râteliers, surveillait le travail. Elle eut un frisson de répulsion, attendit que Sidonie partît en baissant la tête pour éviter les yeux gris du fils du maître. Elle se força à compter les mèches neigeuses qui tombaient et s'amoncelaient en un tapis où il aurait fait bon s'étendre et dormir loin de la bergerie. Depuis que le rouquin était là, les domestiques ne parlaient plus. Seuls les bêlements des brebis et le bruit des ciseaux habitaient la bergerie où les bêtes, troublées par cette agitation inhabituelle, s'agloméraient comme sous l'orage en posant leur tête sur le dos de leur voisine. « Pourquoi reste-t-il là, se demanda Philomène, quand va-t-il donc se décider à partir? »

Elle attendit avec impatience le moment de ressortir avec son panier, rattrapa Adrien en courant.

— Que veut-il? chuchota-t-elle.

— Je n'en sais rien, mais ne t'inquiète pas, il ne sait pas rester en place.

Effectivement, quand ils revinrent à la bergerie, le rouquin en était parti. Le travail reprit, entrecoupé de pauses dans la buanderie, précieuses minutes savourées à l'écart des périls.

La tonte dura toute la journée et s'acheva très tard. Heureusement, les paniers ne pesaient pas trop lourd et le rythme du travail se ralentit à l'approche du soir. Adrien raccompagna Philomène et ils parlèrent un peu sous le grand chêne, très proches l'un de l'autre, se promirent de se retrouver souvent sur le coteau où elle irait bientôt.

Le lendemain, Adrien et les domestiques curèrent le fumier de la bergerie, réparèrent les râteliers et badigeonnèrent les murs au lait de chaux. Trois jours plus tard, au matin, Philomène put enfin emmener le troupeau sur les grèzes, pour la première fois de l'année. Elle marcha gaiement devant les brebis méconnaissables qui s'attachaient à ses pas, comme apeurées par la découverte d'un monde oublié. Le soleil finissait de fondre dans l'air les paillettes abandonnées par le gel, le vent était tombé. Des nuages roses se pavanaient au milieu des alouettes folles qui descendaient d'un vol en feuille morte vers la rocaille, puis se rétablissaient d'un coup d'ailes et remontaient tout droit vers la lumière blanche du matin. Partout les oiseaux et les bêtes s'éveillaient à la grande fête du printemps, à leur instinct de vie, après la longue torpeur de l'hiver. Le causse quittait ses oripeaux pour se vêtir de neuf, les genévriers et les chênes retrouvaient leur verni, les grèzes se paraient de teintes chaudes et les églantiers de fragiles duvets.

Philomène donna le « biaï »[1] au troupeau, s'assit au beau milieu du coteau, ouvrit avec un frisson son livre précieux, rejoignit Félix et Mme de Mortsauf et les suivit dans la

1. « Direction » qu'il suit si le pastre n'intervient plus.

vallée verdoyante peuplée de moulins, de saules et de rivières. Fascinée par ce monde de merveilles et de douceurs, c'est à peine si elle entendit le rouquin s'approcher. Une pierre roula, la ramena cruellement au présent. Surprise, elle fut sur pied d'un bond, sentit ses jambes se dérober sous elle. A moins de cinq mètres, il la dévisageait de ses yeux fous, un mauvais sourire aux lèvres :

— Alors, petite, je t'ai fait peur?

— Oui... non, bredouilla-t-elle. Que voulez-vous?

— Je ne suis pas méchant, tu sais. Montre-moi donc ton livre!

Ne pas le laisser approcher. Fuir. Ces deux évidences s'imposaient à son esprit et pourtant elle ne bougeait point. Il fit un pas, puis un autre, prononça des mots qu'elle n'entendit pas. Des pensées confuses se bousculaient dans la tête de la petite d'où émergeait nettement l'imminence d'un danger.

— Où as-tu donc appris à lire?

Le son de cette voix tant détestée brisa enfin l'horreur qui la paralysait. Elle s'élança vers le chemin sans même ramasser son livre et courut droit devant elle, sans se retourner. L'instant de surprise passé, le rouquin s'élança à son tour, maugréant des insultes. Elle arriva au sommet de la grèze avec seulement trois mètres d'avance et se lança, muette, sur la légère pente, buta sur une pierre, tomba. A moitié assommée, elle ne se défendit pas quand il la prit sous les bras pour la relever.

— Viens donc, petite sotte, tu t'es fait mal pour rien.

Elle se sentit perdue, tira sur ses bras pour se dégager, puis se laissa traîner derrière le mur où il l'obligea à s'allonger.

— Fais voir, dit-il, lui relevant légèrement sa robe, sur ses genoux ensanglantés. Je te fais donc si peur?

Fuis! Fuis! criait une voix près de ses oreilles, mais sa tête douloureuse résonnait de coups sourds, des vertiges se succédaient, projetant un voile devant ses yeux. Rassemblant ses forces, elle tenta de lui échapper mais il lui prit les poignets, murmura d'une voix à la douceur étrange :

— N'aie pas peur, je ne te veux pas de mal.

Etait-ce Félix qui parlait ainsi? Se trouvait-elle dans les

jardins de Mme de Mortsauf? Elle ne savait plus, le monde prenait de curieux aspects, les voix de troubles intonations.

— Lâche-la!

Cette voix-là, elle la reconnut sans peine. Elle était le soleil et la joie. Bien avant d'ouvrir les yeux, elle sut qu'elle était sauvée : Adrien menaçait le rouquin d'un bâton, les traits déformés par une rage où se mêlaient à la fois la froideur et la détermination

— Qu'est-ce que tu veux, « bastardou »? grogna le fils du maître.

— Lâche-la vite ou je t'estropie pour la vie!

Le rouquin hésita, puis se redressa lentement et bondit sur le garçon. Celui-ci l'évita d'un écart et abattit son bâton sur son épaule : le rouquin poussa un cri de bête, se rua de nouveau sur Adrien, reçut un autre coup sur le crâne, en resta médusé, ivre de douleur. Un mince filet de sang apparut sous les cheveux, coula sur sa joue droite. Il y porta la main, et, la découvrant rouge de sang, roula des yeux vengeurs.

— Je vais vous faire chasser, tous les deux! A la rue, au ruisseau! Toi, le bâtard, dès ce soir! Et toi, petite, on se retrouvera!

— Si tu la touches, menaça Adrien d'une voix glacée, si tu la touches, rouquin, je te tue!

Ils se mesurèrent du regard, puis le rouquin fit volte-face et s'en alla, se retournant tous les trois pas pour lancer des insultes d'une voix étranglée. Il disparut enfin après avoir sauté le mur et Philomène se mit à pleurer. Adrien l'aida à s'asseoir, lui entoura les épaules du bras.

— Ne pleure pas, dit-il. C'est fini. Je le connais, il n'y reviendra pas.

— Le maître va nous chasser, bredouilla-t-elle.

— Que tu es bête! Il est dans son tort, il ne dira rien.

Elle leva vers lui des yeux noyés.

— Le crois-tu? Adrien, le crois-tu vraiment?

— Mais bien sûr. C'est un poltron. Il a même peur de son ombre.

Pas du tout convaincue, elle pleura encore et se laissa aller contre la poitrine du garçon. Ils restèrent ainsi sans bouger et il la réconforta avec une douceur infinie. Il osa même poser du bout des lèvres un baiser sur sa tempe, et elle sut que cet instant lui serait inoubliable.

Etienne hantait l'atelier du sabotier. Il ne se passait pas un jour sans que son nom fût évoqué par Abel ou son patron, que sa décision fût discutée à n'en plus finir, comme s'il était encore temps de le retenir. Ce matin-là, justement, Abel regrettait l'absence d'Etienne en maniant le paroir avec un zèle confirmé :

— La mère pleure, ne comprend toujours pas. C'est tous les soirs la même chose. Et que veux-tu répondre?

— Il faut répondre qu'on ne peut pas rester métayer toute sa vie.

— Je ne peux pas dire ça, protesta Abel.

— Et pourquoi donc? J'ai bien réfléchi, assura Armand, et je sais aujourd'hui qu'il avait raison.

— Et moi, alors?

— Toi, ce n'est pas pareil, tu apprends un métier. Lui, il n'aimait que la terre.

— N'empêche que la mère vieillit trop vite à mon gré. Sans parler de Philomène. Pas moyen de lui arracher un mot : elle ne sort pas le nez de son livre!

— Ce n'est quand même pas toi qui vas l'empêcher d'apprendre comment marche le monde!

— Elle n'apprend rien : elle rêve. Si encore elle me lisait le journal!

Abel soupira, souffla sur le sabot, écarta de la main un copeau, reprit :

— Qu'y a-t-il de neuf aujourd'hui?

— Toujours la convention du 8 avril : la France laisse à l'Angleterre les mains libres en Egypte, et elle accepte l'idée d'un protectorat français sur le Maroc : le voyage de Loubet à Londres n'aura pas été inutile.

Armand quitta son siège, vint près d'Abel, vérifia d'un coup d'œil la courbure parfaite des sabots, les prit en mains, les retourna en les examinant d'un air satisfait :

— C'est bon, dit-il, tu es devenu un vrai sabotier.

Abel sourit, mais ce sourire s'effaça très vite.

— Le Maroc, l'Algérie, reprit-il, je me demande bien ce qu'il y a là-bas et qu'on ne trouve pas chez nous.

Armand regagna sa place, grogna :

— Là-bas, tout est à prendre, mon pauvre. Et ici, tout est pris. Là-bas tout est neuf alors que notre vieux monde reste figé dans ses traditions parce que tous les pouvoirs sont détenus par les mêmes hommes qui héritent de leurs parents depuis des siècles. Notre société est morte : elle n'a pas bougé depuis deux cents ans. Les métayers restent métayers et les propriétaires demeurent propriétaires d'une terre que certains d'entre eux ne travaillent même pas. Mais un jour, ce monde rural craquera. Peut-être plus vite qu'on ne le pense, et sans doute grâce au monde ouvrier qui est en train de naître. Tout cela Etienne l'avait compris mais il n'a pas eu la patience d'attendre. Il ne faut pas lui en vouloir, d'autant plus que ton pauvre père était chaque jour pour lui le vivant exemple de ce qu'il ne voulait pas devenir.

Abel souleva une bille de noyer, l'installa sur son établi, s'empara d'une tarière et commença à creuser le bois.

— Oh! je ne lui en veux pas, dit-il, et dans le fond je le comprends. Mais c'est la mère qui m'inquiète. Plus que les filles d'ailleurs : elles sont jeunes encore et peuvent attendre que les choses évoluent.

— La mère oubliera, va. Le temps efface tout. Pense à ce pauvre Dreyfus! Il en aura fallu du temps et des palabres, des campagnes de presse et des jugements! Pourtant le résultat est là : condamné deux fois, gracié par Loubet, le dossier est quand même revenu devant la Cour le mois dernier. Si ça se trouve, il sera réhabilité avant la fin de l'année. Tu vois, il faut savoir être patient mais en même temps ne pas se contenter de croiser les bras.

— Qui peut se vanter de se croiser les bras, ici? Travailler, travailler, nous avons toujours connu ça dès notre plus jeune âge. Si tu voyais les mains de Philomène, elles sont tellement rongées par les engelures qu'elles en font pitié.

— La mère ne peut pas la prendre avec elle?

— Depuis la mort de ses parents, Marguerite n'a plus goût à rien. On dirait que ses clientes le comprennent et l'ouvrage diminue.

Abel se tut un moment, forçant sur la tarière pour venir à bout d'un nœud mal placé, puis il reprit :

— Passe encore pour le travail, après tout les lessives cessent pour elle avec l'arrivée du printemps, mais ce qui me préoccupe, c'est de la savoir entre les mains du fou aux cheveux rouges.

— Il n'oserait pas la toucher, tout de même! s'indigna Armand.

— Je me méfie, tu sais. Avec cet énergumène tout est possible. Mais si un jour il ose, aussi vrai que je m'appelle Abel Laborie, je le tue de mes propres mains!

— Ne parle pas comme ça, petit, tu finirais aux travaux forcés.

— Ça m'est bien égal. A l'idée que ce brigand pourrait s'en prendre à Philo, mes mains tremblent déjà. Et crois-moi, si par malheur ça arrivait, je te garantis qu'il se verrait crever comme un cochon qu'on saigne!

Armand allait protester quand un bruit de moteur se fit entendre sur la placette. Aussitôt les deux hommes sortirent. Accompagné d'une marmaille qui poussait des cris admiratifs, le docteur de Gramat, venu en visite chez les Landon pour Marinette malade, arrêta le moteur de sa Panhard-Levassor qui toussa une fumée grise avant de s'éteindre. La première automobile sur la place de Quayrac : quel événement! Les chiens, affolés, continuaient de hurler à la mort et la poussière soulevée par le monstre d'acier achevait de se dissiper, emportée par le vent, au moment où Abel et Armand arrivèrent près du bolide. Si beaucoup de paysans en avaient déjà aperçu sur les routes ou sur les foirails des bourgs, les autres, en revanche, qui sortaient peu de chez eux, se pressaient pour admirer les chromes, les lanternes aux yeux de chouette, le capot luisant, les roues si peu épaisses qu'elles paraissaient incapables de supporter ce tas de ferraille, les coussins de velours brun, enfin, au moelleux inconnu au village.

Les commentaires et les plaisanteries fusèrent aussitôt :

— Ça fait plus de bruit qu'un cheval!

— Oui, mais ça court plus vite.

Le docteur, impassible, gagna l'auberge, non sans avoir jeté un regard inquiet vers sa belle machine cernée par les villageois.

— Trente kilomètres dans l'heure! lança une voix assurée.

— Fi de lou! Regardez un peu ce capot. Il doit y avoir de la mécanique là-dessous!

Pour un peu, ils lui auraient ouvert le ventre, s'ils n'avaient craint de provoquer une réaction vengeresse du bolide. Cependant, un gamin déluré ne résista point au plaisir de presser la poire du klaxon qui émit un mugissement dont la soudaineté provoqua un réflexe de fuite et déchaîna les rires. Les hommes s'extasiaient sur la beauté de la machine, les femmes retenaient leurs enfants par le bras, de peur qu'elle ne se mît en route toute seule; les vieux, appuyés sur leur canne de buis, perclus de rhumatismes, tremblaient sur leurs jambes, mais ne se décidaient pas à repartir. Leurs petits yeux brillants allaient du bolide aux badauds, ils têtaient leur mégot et serraient de stupeur leurs mains striées de grosses veines bleues sur le pommeau de bois, incrédules et songeurs. On avait même amené le père Bouscarel qui avait dépassé les quatre-vingts ans. Les mains posées sur ses jambes mortes, assis dans son fauteuil, il gardait sa bouche ouverte et semblait ne pas respirer. Armand, qui se trouvait à côté de lui, remarqua deux petites larmes au coin de ses paupières. Elles perlèrent jusqu'à la moustache jaunie de l'ancêtre et demeurèrent suspendues à portée de la langue qui les effaça.

— Faut pas pleurer, Bouscarel, dit Armand en se penchant sur lui.

— Tout de même, tout de même! bredouilla le vieux. Si on m'avait dit que j'en verrais une avant de passer de l'autre côté.

— Eh bien, c'est fait! dit Armand.

— Il m'en avait bien parlé, Aristide, mais comment croire à une chose pareille?

— Et pourtant, elle est là, devant vous.

Les beaux yeux clairs du vieillard se voilèrent d'une immense tristesse.

— Ça me donne des regrets, tu sais, souffla-t-il d'une voix chevrotante.

— Mais il n'y a rien à regretter, père Bouscarel.

— Oh que si! S'il me restait encore un peu à vivre, je voudrais tant qu'une machine pareille m'emmène faire un dernier tour dans les endroits où j'ai vécu! Si tu savais comme je m'endormirais tranquille après un tel voyage! Vingt ans que je n'ai pas vu ma maison natale à Figeac, et dix ans que je ne suis pas sorti du village.

Il soupira :

— Dix ans, tu te rends compte! Mais le pire, ce n'est pas ça. Le pire, c'est que je ne suis jamais retourné sur la tombe de l'enfant que j'ai eu avec ma pauvre femme, et qui est mort à quatre ans du mal de poitrine. Et je ne voudrais pas m'en aller sans lui faire une dernière visite. C'est bête, que veux-tu, mais c'est comme ça.

Les lèvres du vieux grand-père tremblaient. De grosses larmes continuaient de perler des paupières vers les moustaches, et il les happait avec sa langue pour vite les faire disparaître.

— On vous emmènera un jour, dit Abel qui avait entendu. Tenez, demandez à Aristide!

Bouscarel fils arrivait, l'œil noir, la moustache rebelle :

— Et qu'est-ce qu'il a, le père?

Le vieux hocha la tête sans répondre. Ni Armand ni Abel n'eurent le courage d'expliquer au maréchal-ferrant la raison de ces larmes amères : il en aurait été trop malheureux.

— Couillon, va! A-t-on idée de pleurer comme ça à ton âge?

— Mais oui, dit le vieux, je suis un couillon qui radote, ne fais pas attention.

Abel et Armand regagnèrent lentement l'atelier et reprirent leur travail où ils l'avaient laissé.

— La découverte du progrès surprend toujours les pauvres gens, constata Armand d'une voix émue. Pourtant ils n'en ont qu'une vision imparfaite, et c'est heureux! Imagine un peu si un aéroplane atterrissait à côté du village!

— Je voudrais bien voir ça, dit Abel, moi j'aime beaucoup la mécanique.

— Alors il ne faut pas rester ici, petit, reprit le sabotier un ton plus haut, comme pour le brusquer; il faut partir à Paris.

— Et travailler en usine? demanda Abel avec surprise.

— Pourquoi pas? Tu sais, il ne faut pas hésiter à partir jeune, tout quitter pour apprendre, apprendre, et apprendre encore. C'est à ton âge que la vie se décide.

Abel rêva un moment, se saisit de la cueillère.

— Moi j'aime le bois, et le métier me plaît.

Mestre hocha la tête, donna trois coups de marteau sur un clou à ferrer.

— Pourquoi ne pas t'installer dans une grande ville? demanda-t-il.

— Et la mère? Et mes sœurs?

— Bien sûr, bien sûr, soupira Mestre.

Puis, d'une voix où perçaient les regrets :

— Aujourd'hui, c'est dans les grandes villes que se forgent l'histoire et les progrès de la technique. C'est là que le changement se produira d'abord, pas ici.

Abel songea à Etienne, et pour la première fois peut-être, sans amertume. Il était content pour lui, mais il n'arrivait pas à s'imaginer en train de franchir un tel pas.

— Ma vie est ici, dit-il, du moins tant que la mère vivra. Après, pardi, si Philo et Mélanie se marient, on verra.

— Ce sera peut-être trop tard.

— Ma parole, tu veux me jeter dehors!

— Oh, non, petit, ne crois pas ça. Je n'ai pas eu de fils, moi.

Il y eut un long silence durant lequel ils s'appliquèrent à leur travail, puis Armand murmura :

— C'est toi qui me tiens lieu de fils, tu le sais bien. Mais aimer son fils, pour un père, ça peut être aussi de le pousser à partir.

Abel ne répondit pas. Etienne était parti le premier, soit! Il avait sans doute eu raison, mais lui devait veiller sur la famille en l'absence du père, là était son devoir.

— Un jour, peut-être, souffla-t-il en s'essuyant le front, qui sait ce que la vie nous réserve?

Philomène s'était bien gardée de parler des scélératesses du rouquin devant Abel, sachant très bien qu'il aurait été capable de le tuer. Elle avait tremblé pendant plusieurs jours de crainte d'être renvoyée, mais personne, au château, ne lui avait fait le moindre reproche, et surtout pas le maître, qui, au contraire, restait très affable avec elle. Le rouquin, lui, paraissait s'attacher à la fuir.

— Tu vois, avait triomphé Adrien, c'est un peureux et un lâche!

Toutefois, elle prenait soin, en gardant les brebis, de

conserver un bâton à portée de la main, et elle avait ainsi un peu moins peur, sachant que désormais elle saurait se défendre.

Elle avait achevé la lecture de son livre, mais prenait plaisir à recommencer. Elle s'évadait toujours en rejoignant la propriété verdoyante de Mme de Mortsauf, ses bois d'ormes et de peupliers, ses vergers et ses vignes. Elle n'approuvait guère la conduite de Félix qui se laissait séduire par Lady Dudley au risque de perdre l'amour de sa bien-aimée. Quel monde étrange était-ce! Comment pouvait-on prétendre aimer deux personnes à la fois? Et pourquoi fallait-il que la pure et vertueuse comtesse perdît dans un moment d'égarement son angélique beauté? Elle aimait Félix et pourtant se trouvait mariée à un autre homme. Les idées de Philomène s'emmêlaient, elle ne savait plus s'il fallait rire ou pleurer, si l'amour était simple ou affreusement compliqué.

Ce matin d'août, à son grand regret, il n'y aurait pourtant ni rêves ni évasion! La batteuse à vapeur commandée par le maître était enfin arrivée au château. Depuis trois jours, assurés du beau temps qui durait, les métayers apportaient leur récolte de blé et bâtissaient leurs meules à côté de celles du maître. Dès l'aube, ce matin-là, une agitation mêlée d'impatience et de curiosité troubla la quiétude ordinaire de la cour du château où les domestiques et les métayers s'émerveillaient devant l'énorme chaudière reliée à la batteuse par deux grandes courroies. Le maître avait souhaité une fête réussie. A cet effet, il avait commandé à Fernande, sa cuisinière, un banquet à servir le midi et le soir, autant de jours que se prolongerait l'escoudre.

Philomène, requise avec Maria pour l'aider dans sa tâche, put néanmoins assister à la mise en route de l'énorme machine effectuée par Edmond, après que ce dernier, aidé par deux domestiques, eut alimenté en eau les réservoirs aussi hauts que la batteuse elle-même. Le maître, sanglé dans un costume de velours brun, très fier de son acquisition, écouta avec satisfaction le sifflement aigu et prolongé qui retentit dans le petit matin que la nuit n'avait pas réussi à débarrasser des langueurs chaudes de la veille. Une fois la pression vérifiée, le régisseur actionna un levier qui déclencha les premiers cliquetis, bientôt suivis par des soubressauts inquiétants, des plaintes de bois compressé. Le ronronnement de la mystérieuse machine crut rapidement, se transforma en un vacarme infernal qui provoqua les aboiements ces chiens et la fuite éperdue des volailles. La batteuse vibra, hoqueta, les énormes batteurs se mirent en mouvement, happèrent la première gerbe présentée par le régisseur. En moins de trente secondes, les grains blonds tombèrent dans un sac, à l'autre bout, et la paille sur le côté droit, en un tas régulier. Une poussière corrosive, celle des balles et des javelles, s'échappa des entrailles du monstre et pénétra dans les yeux et la bouche des hommes au travail.

Adrien avait été chargé de lier les sacs de cent kilos qu'Edouard et André emportaient vers la grange après les avoir marqués de l'initiale du métayer. Deux hommes s'occupaient de la paille, la rassemblaient, en faisaient des gerbes épaisses que deux métayers transportaient au fenil. Les autres regardaient, distants de quelques mètres, et attendaient pour relayer un moissonneur.

La chaleur et la poussière devinrent très vite suffocantes. Philomène et Maria passèrent une cruche de vin frais, abruties par le vacarme, toussant elles aussi à en perdre la voix, aveuglées par la sueur et la poussière qui rougissaient leurs yeux. A dix heures, l'air autour de la batteuse était déjà irrespirable. L'escoudre se poursuivit pourtant toute la matinée. Les hommes titubaient, crachaient, se frottaient les yeux, se mouvaient comme des automates, buvaient de grands verres qui ne les désaltéraient même pas.

Un peu avant midi, Edmond, fourbu, sauta de la machine et désenclencha l'engrenage. Le vacarme décrut pendant trois longues minutes, laissant place à un silence presque palpable qui parut réveiller les travailleurs. Ils retrouvèrent une voix ordinaire, surpris de ne plus avoir à crier pour se faire entendrc, et se dirigèrent lentement vers l'ombre du grand chêne sous lequel des tables avait été dressées sur des tréteaux. Ivres de fatigue et de bruit, ils s'installèrent, burent le vin frais à grandes gorgées et commencèrent à manger les pâtés et les rillettes qui les attendaient. Après quoi ils eurent droit à d'énormes omelettes aux morilles, des poules farcies, des confits de canards accompagnés de haricots, des millassous, des tartes, de l'eau-de-vie titrant plus de soixante degrés. Les discussions portèrent évidemment sur les avantages de cette nouvelle forme de battages contestée par les uns, les plus anciens, nostalgiques des fléaux qui, selon eux, donnaient des grains plus propres. Le vin aidant, on faillit en venir aux mains, mais le maître ramena bien vite le calme.

Après le repas, il fallut emmener le rouquin, complètement saoul, dans la grange, et puis deux domestiques assommés, comme lui, par l'alcool. Tout le monde fit une courte sieste à l'ombre, et le grondement infernal déferla de nouveau sur le causse accablé de soleil. Edmond, trop vieux pour supporter une journée au poste de serveur, et qui avait le matin présumé de ses forces, laissa sa place à Edouard après lui avoir longuement expliqué les gestes à éviter. Les grains recommencèrent à couler dans les sacs, les hommes à tousser, à boire et à se coltiner avec les gerbes blondes.

Vers cinq heures, un hurlement terrible domina le vacarme et pétrifia les moissonneurs à moitié somnolents. Philomène en laissa échapper la cruche qui se brisa à ses pieds. Là-haut, sur la batteuse, le hurlement ne faiblissait pas, au contraire : de presque aigu il devint rauque et augmenta encore. Le métayer chargé de délier les gerbes s'était précipité vers Edouard dont le bras avait été happé par les batteurs qui le retenaient prisonnier jusqu'à l'épaule. La batteuse tournait toujours, malgré l'intervention rapide d'Edmond qui avait tout de suite compris ce qui se passait. Les quatres minutes nécessaires à son arrêt complet parurent interminables. Enfin, on put escalader la batteuse et secourir le domestique, mais trop tard : son bras avait été broyé et ne formait plus qu'une plaie informe et sanglante à moitié arrachée du tronc. Les hommes descendirent le blessé et l'allongèrent à l'ombre. Il avait cessé de hurler et respirait très vite, les yeux clos, étendu sur la paille, tandis que l'affolement gagnait les témoins impuissants du drame. Le maître s'activa, donna des ordres. Du village, mystérieusement prévenus, les gens accouraient, demandaient des explications, se penchaient sur le blessé, puis, effrayés par la plaie, reculaient enfin pour écouter les commentaires. Parmi eux, Philomène aperçut Abel et le sabotier. Mais elle se réfugia auprès d'Adrien, le cœur au bord des lèvres, muette d'horreur. On attela le cheval à un break où l'on transporta le blessé après avoir enroulé un drap autour de son torse pour stopper l'hémorragie. Le maître monta dans le break, très pâle et ruisselant de sueur, partit avec Edmond après avoir donné l'ordre de ne pas remettre en route avant son retour. Précaution inutile : qui s'y serait risqué après un tel accident ?

Comme Adrien discutait avec Abel et le sabotier, Philomène rentra pour se rafraîchir dans la grande cuisine un moment abandonnée par Fernande. Et là, prise d'une douloureuse nausée en se remémorant l'accident, elle vomit longuement, penchée sur l'évier de pierre, puis elle passa son visage sous l'eau, et se lava les mains et la bouche. Enfin, comme le rouquin rentrait par l'autre porte, elle sortit et rejoignit Adrien qui l'attendait après le départ d'Armand et d'Abel. La présence de tous ces hommes désœuvrés la mettait mal à l'aise. Adrien le comprit et ne la quitta point jusqu'au retour du maître et du régisseur qui revinrent à neuf heures. Ils donnèrent des nouvelles d'Edouard qui avait été transporté en automobile, celle du docteur de Gramat, à l'hôpital de Cahors. Même si l'on parvenait à stopper l'hémorragie et à sauver sa vie, il resterait infirme. Le maître, prenant un ton grave et solennel, parla un long moment aux métayers. Il n'était pas question d'arrêter les battages, on avait d'ailleurs assez perdu de temps. Edmond garderait son poste de serveur, on ralentirait les cadences, et tout se passerait bien.

Les hommes mangèrent très vite avant que la nuit tombât tout à fait. Les métayers rentrèrent chez eux après que le maître les eut remerciés et rassurés. L'escoudre dura trois jours. Le deuxième soir, on apprit qu'Edouard était sauvé. Le dernier repas pris en commun, joyeux et animé, se termina fort tard dans la nuit, chacun promettant de revenir l'an prochain pour de nouveaux battages. Philomène garda de ces journées un souvenir douloureux qui s'effaça un peu le jour où la terrible machine, tirée par des chevaux, fut remisée dans un immense hangar et recouverte d'une bâche sous laquelle elle disparut jusqu'à l'année suivante.

7.

Le feu couvait sous les cendres depuis trois mois. Après la séparation de l'Eglise et de l'Etat votée en décembre 1905, il fallait procéder aux inventaires des biens meubles qui seraient confiés à l'association cultuelle dont la constitution avait été rendue obligatoire par la loi. Mais le pape Pie X avait donné pour instruction au clergé de ne pas l'appliquer et de s'opposer à ces « inventaires scélérats. » Déjà, fin février, par un froid de banquise, bravant le mauvais temps, l'agent de recouvrement envoyé par la préfecture avait dû battre en retraite devant les métayers et les domestiques armés par le maître. Le curé Lafont, bien que peu porté par nature à la contestation, avait lu son texte de protestation, vêtu de ses habits sacerdotaux, devant le représentant de l'Etat français, sous le porche de son église. Malgré l'appui railleur manifesté par Mestre et ses partisans, l'agent de recouvrement, un vieux monsieur à besicles portant chapeau de feutre rond et manteau noir, s'était retiré dignement après avoir constaté les faits par écrit et trouvé sans peine des témoins.

Pendant les jours qui avaient suivi l'incident, le village avait vécu dans une extrême tension, heureusement atténuée par le froid et la neige qui incitaient plutôt les deux clans à rester près du feu. Les fidèles de l'Eglise avaient ensuite profité des trois mois de répit laissés par la préfecture pour reprendre leurs dons : icônes, chaises ou objets de culte, afin de les retirer de l'inventaire qui, de gré ou de force, devrait s'effectuer un jour.

Chez les Laborie, les discussions du soir prenaient un ton pénible au grand désespoir de la mère que le chagrin, causé par le départ d'Etienne et la rareté des lettres, de surcroît courtes et laconiques, avait courbée un peu plus.

— Il faudra bien les ouvrir, ces portes, tempêtait Abel, et mettre à jour les trésors cachés de la sainte mère l'Eglise!

— « Sé plaï a Diou », gémissait la mère, pauvre de nous!

Philomène et Mélanie, elles, ne s'en laissaient pas compter par leur frère. La loi scélérate du petit père Combes révélait des intentions de guerre de religion : c'était du moins ce qu'elles entendaient au château et au presbytère. Aussi réagissaient-elles avec une vigueur inaccoutumée qui surprenait parfois le jeune homme.

— Tu sais très bien ce qu'ils ont fait pour nous, rétorquait Philomène, ils nous ont nourries, donné du travail et de l'instruction.

— Ça ne leur a rien coûté, répliquait Abel, et ils se serviront de vous toute votre vie.

— Et si on les jette en prison, que deviendrons-nous? s'inquiétait Mélanie.

— Delaval en prison, milodiou, comme je voudrais voir ça!

Abel finissait de manger en toute hâte, passait le moins de temps possible à la maison mais toutes ses soirées chez Armand ou à l'auberge.

Le printemps s'annonçait en brises tièdes et en roucoulements de pigeons. Les aubépines couronnaient les haies vives de bouquets blancs et roses et les perdreaux ne cessaient de s'appeler dans les bois de chênes pour les noces. Avril se consumait déjà en douces matinées durant lesquelles le soleil buvait la rosée des coteaux en moins d'une heure. Les grives et les alouettes traçaient dans le ciel des sillons nerveux et pépiaient à s'en décrocher le bec dans les genévriers encore enguirlandés de leurs toiles d'araignée. La nouvelle de la condamnation du maître à cent francs d'amende avait couru au village en mars. Depuis, on attendait avec impatience, surpris qu'il ne se fût pas déjà produit, le retour de l'agent de recouvrement escorté cette fois de gendarmes. Mais Quayrac n'était pas le seul village où les inventaires avaient posé problème et provoqué des heurts. La préfecture s'était d'abord préoccupée des bourgs, non sans rencontrer d'innombrables difficultés. On racontait que dans les Pyrénées, les curés avaient reçu les agents de l'Etat avec deux ours postés de chaque côté du parvis. Si en Quercy on n'en était pas encore là, on n'attendait pas moins l'arrivée des gendarmes avec curiosité. Qu'allait-il se passer? Allaient-ils arrêter le maître et le curé?

Ils firent leur entrée au village vers onze heures, le 21 avril, à cheval, coiffés de leur bicorne, encadrant l'agent du Trésor mal à l'aise sur sa monture harnachée comme pour une cérémonie. Le maître, qui avait posté des sentinelles depuis près d'un mois sur la route de Gramat et réquisitionné ses métayers et ses domestiques, les attendait devant le porche de l'église en compagnie du curé et de ses ouailles. Rassemblés sur la placette, les laïques, goguenards, assistaient à la scène avec une satisfaction évidente. Mélanie et Philomène apercevaient Abel, là-bas, à moins de trente mètres et se félicitaient que la mère n'eût pas quitté son travail : elle aurait été trop malheureuse à la vue de ses enfants séparés par des gendarmes bottés et casqués, en aurait certainement pleuré pendant des jours. Et pourtant Philomène n'arrivait pas à en vouloir à Abel. Elle sentait bien, confusément, qu'il croyait à ce qu'il disait, qu'il souhaitait leur bonheur, persuadé de détenir une vérité inaccessible aux femmes. Elle se trouvait là plus par curiosité que par solidarité avec le maître. Seul, le curé, tout petit entre les domestiques, le visage bouleversé, l'émouvait assez pour qu'elle le plaignît. Elle aurait volontiers quitté son rang pour prendre sa main, en eut l'envie fugace, mais pas le temps.

L'agent de recouvrement mit pied à terre et fit une brève déclaration : il était présent pour établir l'inventaire des biens mobiliers de l'église de gré ou de force. Puis, ignorant le maître, il ordonna au curé d'ouvrir les portes et de le laisser entrer. Celui-ci, très pâle, lut son texte de protestation — le même qu'en février — et les hommes de Delaval établirent un barrage devant lui.

— Au nom de la loi, ouvrez ces portes! ordonna le brigadier, un gros homme tout en graisse qui chevauchait un cheval bai.

— Ouvrez-les vous-même! lança le maître, d'un air de défi.

Il y eut un instant de flottement et de silence lourd de menaces, puis deux des gendarmes mirent pied à terre et tentèrent de forcer le barrage. Donné par le rouquin, un coup de poing partit, rata sa cible et provoqua une échauffourée de courte durée sous les protestations bruyantes des laïques qui s'approchèrent du porche, prêts à venir en aide aux représentants de l'ordre. Ce ne fut pas nécessaire : le brigadier tira un coup de feu en l'air, ce qui suffit à briser le barrage dont les maillons cédèrent à un début de panique.

— Mes enfants, mes enfants! gémit le curé, allons je vous en prie!

Delaval, empourpré et furieux, glapit :

— Vous êtes témoins, mes amis, que nous cédons à la force de l'obscurantisme. N'oubliez jamais ce qui s'est passé aujourd'hui car Dieu, lui, n'oubliera pas. La foudre les frappera, ils brûleront aux enfers toute l'éternité et leurs enfants seront voués au diable!

L'un des gendarmes à pied ouvrit les portes sans se soucier de l'anathème, et trois d'entre eux accompagnèrent l'agent de recouvrement à l'intérieur de l'église. Les fidèles rentrèrent aussi et assistèrent au début de l'inventaire avec des murmures réprobateurs. Dehors, sur l'insistance d'Armand Mestre, les laïques regagnèrent leur travail dans un souci d'éviter les provocations. Le curé Lafont se désintéressa des comptes méticuleusement transcrits par le fonctionnaire, invita l'assemblée à prier pour le respect de la liberté du culte.

Une heure plus tard, quand ce fut terminé, la tension était retombée. L'agent de recouvrement et les gendarmes partirent sans l'ombre d'un incident, le maître invita ses métayers et ses domestiques à rejoindre leur lieu de travail. Pas fâchée de sortir enfin de l'église, Philomène courut vers le château où elle retrouva Adrien occupé à réparer un râtelier dans la bergerie. Il n'avait pas assisté à l'événement mais s'en moquait totalement.

— Qu'est-ce que tu veux que ça me fasse? dit-il, je ne mets jamais les pieds à l'église.

— Si tu avais vu la tête du maître, s'exclama Philomène.

— Tu ne sais pas ce que tu veux, alors. Tu es pour le maître ou pour les autres?

Les autres, il les connaissait mieux que Philomène ne le

soupçonnait. Il parlait souvent avec Abel qui avait essayé de l'emmener à l'auberge, le soir, mais sans y parvenir encore. Un jour où elle l'avait surpris en conversation avec son frère, elle l'avait supplié :

— Je t'en prie, Adrien, reste tranquille, n'imite pas Abel, on aurait trop d'ennuis.

Il en avait pourtant envie, Adrien, de rejoindre les hommes à l'auberge, mais il redoutait aussi de perdre sa place au château et se contentait de rencontrer Abel en cachette de sa sœur. A quinze ans, il était devenu homme sans perdre tout à fait ses grâces de garçon ni sa timidité. Philomène espérait d'autres mots, d'autres gestes de sa part, mais leurs rapports restaient simplement ceux d'une camaraderie un peu ambiguë. Aussi se souvenait-elle avec une trouble émotion du baiser qu'il lui avait donné deux ans plus tôt et en rêvait-elle souvent, la nuit, en rougissant dans l'ombre.

Abel entra dans l'auberge et s'assit à la table du fond où les laïques avaient pris l'habitude de se réunir régulièrement pour écouter la lecture des nouvelles et les commenter. Ni Armand, ni Servantie, ni les autres n'étaient encore arrivés. Sans doute finissaient-ils de manger, comme la famille Landon qu'Abel entendait par la porte entrouverte, dans la cuisine. Geneviève, la fille aînée de l'aubergiste, vint lui tenir un moment compagnie. Agée d'une vingtaine d'années, elle portait un tendre sentiment au jeune homme, quoique mélancolique et silencieux, mais il ne s'en souciait pas vraiment. Pourtant, elle ne lui était pas indifférente : brune avec de grands yeux noirs, le teint mat, elle se mouvait avec grâce malgré un corps un peu lourd. Mais les pensées d'Abel n'étaient pas tout à fait celles d'un garçon de son âge et il n'avait jamais songé sérieusement au mariage.

— Comment va la mère? demanda Geneviève en s'asseyant.

— Ça va. Sauf que nous n'avons pas grand-chose à nous dire.

— Et Philo?

— C'est pareil : elles ont les mêmes idées, tu le sais bien. Moins je passe de temps à la maison et mieux ça vaut. C'est pour cette raison que tu me vois si souvent.

Geneviève soupira, une ombre passa sur son beau visage.

— Bien sûr, souffla-t-elle.

Il lui sembla qu'elle espérait autre chose, peut-être une confidence sur sa présence si fréquente à l'auberge, mais il garda le silence.

— Bon, dit-elle, j'y vais, on a presque fini.

Elle disparut dans la cuisine et Abel feuilleta les pages des journaux en regardant les photos. Armand s'était abonné à *L'Humanité* depuis sa création par Jaurès en 1904. Elle côtoyait sur la table *Les Dépêches du Midi* achetées par Landon que son père, un propriétaire aisé qui avait vendu ses terres sur la fin de sa vie pour acheter l'auberge-épicerie, avait envoyé à l'école jusqu'au certificat. Les journaux de la veille titraient sur la réhabilitation de Dreyfus et sur les problèmes qui agitaient la toute nouvelle section française de l'Internationale ouvrière créée en avril au congrès de Paris. Malgré le rapprochement de Jules Guesde, Vaillant et Jaurès, la réunification du parti socialiste n'avait pas gommé tout à fait les tendances : les marxistes prônaient toujours la non-participation aux gouvernements bourgeois, Briand et Jaurès se prononçaient pour le réformisme, Millerand parlait déjà de quitter le nouveau parti pour rallier les socialistes indépendants où se recruteraient à coup sûr les ministres des cabinets radicaux. Si l'on avait fêté comme il se devait la naissance de la S.F.I.O., on ne nourrissait déjà plus d'illusions sur cette unité de façade. Les dernières législatives avaient révélé une progression des socialistes qui demeuraient cependant, avec 74 sièges contre 274 aux radicaux, les parents pauvres de la gauche républicaine. Fallières avait succédé à Loubet, Rouvier au petit père Combes, et Clemenceau, devenu président du conseil, guerroyait contre les grévistes et les meneurs de l'anarcho-syndicalisme au grand dam d'Armand Mestre.

Abel soupira, but une gorgée de vin, regretta encore de ne pas savoir lire et d'être contraint, comme la plupart des laïques, d'écouter son patron et l'aubergiste en essayant de deviner le sens des mots qu'il entendait pour la première fois. S'il soutenait Armand en toutes occasions, il regrettait de ne pouvoir intervenir plus souvent dans la conversation. C'était aussi le cas des autres, qui préféraient discuter des problèmes locaux plutôt que la politique du pays. Mais le sabotier et l'aubergiste ne se laissaient pas aisément détourner des événements dont la lecture leur assurait une sorte de position de prestige.

Ce soir-là, Mestre, Servantie et Bouscarel arrivèrent ensemble. En entendant leurs voix, Landon apparut lui aussi, bientôt suivi par Montial et Castanet, et la discussion commença sans le moindre préambule :

— Aujourd'hui, c'est clair, déclara Armand, Clemenceau réprime les aspirations de la classe ouvrière et la seule voie possible pour des socialistes, c'est de combattre ce gouvernement. D'ailleurs Jaurès est intervenu à la Chambre dans ce sens.

— Ecoute, Armand, répliqua Landon, si l'anarchie s'installe dans le pays, la droite cléricale reviendra très vite aux affaires.

— La droite ou Clemenceau, c'est pareil, décréta le sabotier, et le syndicalisme ce n'est pas l'anarchie : c'est un moyen de revendication légal et parfaitement justifié dans les circonstances actuelles.

— Tes syndicalistes finiront par saboter l'économie, prétendit l'aubergiste.

— L'économie capitaliste, certainement. Et alors? Ça te gêne?

— On ne peut pas tout détruire comme ça. C'est bien beau la révolution, mais elle te mènera où?

— A t'écouter, on croirait entendre Clemenceau, ricana le sabotier.

Il ajouta, plus bas, comme pour lui-même :

— C'est vrai que tu es un vrai radical, toi aussi.

Inquiet de la tournure que prenait la conversation, Abel intervint pour calmer les esprits des deux orateurs.

— Vous n'allez pas vous disputer le jour où Dreyfus est réhabilité, tout de même!

Un court silence succéda à ces paroles apaisantes.

— C'est une grande victoire, assura Armand qui s'était entretenu de la nouvelle avec son ouvrier tout l'après-midi.

— Voilà au moins un point sur lequel nous sommes d'accord, s'exclama Landon.

Sur ce, les ouvriers de Servantie arrivèrent, toujours aussi différents par la taille et l'allure. Ils serrèrent la main de leurs amis, prirent place à leur tour après avoir commandé un verre que Geneviève leur servit en cherchant le regard d'Abel.

— Ça fait combien de temps qu'a commencé cette histoire? demanda Bouscarel.

— En 1894, répondit Armand. Douze ans tout juste!

Il y eut un long silence dont profita Servantie que les passes d'armes du sabotier et de l'aubergiste intéressaient peu, pour suggérer :

— Si nous parlions plutôt de nos affaires. Ce ne sont ni Jaurès ni Clemenceau qui les régleront.

— Oui, dit Montial, il vaudrait mieux s'occuper de nous avant de s'occuper des autres.

Armand haussa les épaules, mais Landon, satisfait d'être de nouveau le centre d'intérêt de la petite assemblée, s'essuya les moustaches qu'il portait courtes et épaisses, et commença son rapport :

— Eh bien voilà : je me suis rendu à la sous-préfecture où m'a reçu un chef de Cabinet, ma foi très aimable. Il m'a montré les lettres du député et du préfet destinées à l'inspecteur d'Académie. Il y a quatre-vingt-dix chances sur cent que nous ayons notre maître d'école en septembre.

— Voilà une bonne nouvelle! s'écria Armand. Pourquoi la gardais-tu pour toi, cachotier?

— C'est que ça ne va pas être facile à faire avaler à Delaval. Depuis les inventaires, quand je le croise, ses yeux me lancent des éclairs.

— Il ne te fait pas peur, tout de même!

— Fichtre non, mais je crains que notre pauvre instituteur, s'il n'est pas très courageux, ne s'en reparte aussitôt arrivé. Surtout s'il doit faire la classe dans la salle de réunion du conseil et loger dans la masure qui se trouve derrière la miséricorde.

— Il n'y a qu'une seule solution, assura Armand, il faut exiger que la religieuse quitte les lieux et regagne le presbytère. Après tout, d'après la loi de décembre, les édifices religieux sont maintenant la propriété de l'Etat.

— Ça ne sera pas facile, objecta Landon.

— C'est le moment ou jamais de faire plier Delaval, affirma Abel. S'il le faut, nous ferons appel aux gendarmes.

— Toi qui sièges au conseil, reprit Armand avec une nuance d'ironie en s'adressant à Landon, tu en parleras à la prochaine réunion.

— Je vois d'ici leurs têtes, se réjouit Servantie.

Puis, tapant de la main sur l'épaule de l'aubergiste.

— C'est sur toi que repose le succès de la communale.

— J'en parlerai, dit celui-ci, c'est d'accord.

Mais sa mine préoccupée trahissait une certaine réticence. Armand la remarqua, insista en martelant les mots :

— Il faut exiger que la miséricorde soit transférée dans la mansarde de la mairie, que la religieuse regagne le presbytère et qu'un logement soit aménagé dans le poste de soins. L'instituteur fera la classe en haut, dans la salle occupée aujourd'hui par l'école de la droite.

— Nous avons été assez patients, renchérit Bouscarel. Ils auraient déjà dû quitter les lieux depuis longtemps.

— Je suis sûr que Delaval s'inclinera, ajouta Abel. Son amende reçue lors des inventaires lui aura servi de leçon.

— Et puis un maire ne peut pas se permettre une condamnation par un tribunal tous les quatre matins. Ou alors, gare aux prochaines municipales!

— C'est entendu, affirma Landon conforté dans sa détermination par ces arguments péremptoires, à la réunion de samedi j'en parlerai, vous pouvez compter sur moi.

Il y eut un instant de silence qu'Armand rompit en s'exclamant :

— Ça s'arrose ça!

Geneviève versa du vin dans les verres, et ils trinquèrent au succès de leurs projets en évoquant la surprise du maire quand il apprendrait la nouvelle. Puis la discussion rebondit et elle se poursuivit très tard : elle porta sur le château, le rouquin, Maria — dont personne au village n'ignorait le sort —, sur Edmond, un brave homme, sur le curé qui prenait de plus en plus de distance par rapport au maître depuis les inventaires, et enfin sur Clemenceau dont l'aubergiste assura qu'il ne ferait jamais tirer sur les grévistes. Ils se séparèrent après un dernier verre, non sans avoir rappelé à Landon sa mission pour la prochaine réunion.

Le sabotier et Abel sortirent en même temps, discutèrent un moment sur la placette, dans la nuit de juillet zébrée d'étoiles filantes, attentifs au chant des grillons et à l'appel d'une chouette solitaire.

— Tu n'as jamais songé à te marier, petit? demanda Armand.

La question ne surprit pas Abel, mais il ne répondit pas tout de suite, car elle lui semblait inutile.

— Je suppose que tu as remarqué qu'elle te fait les yeux doux, la Geneviève? insista le sabotier.

Et, comme Abel ne répondait toujours pas :

— C'est une bonne petite, tu sais. Sérieuse et travailleuse. Elle te ferait de beaux enfants. Penses-y! C'est de ton âge.

— C'est ça, dit Abel, j'y penserai, mais après le service, si tu veux bien.

Ils se serrèrent la main et le garçon rentra chez lui, torturé par l'idée que le jour se rapprochait inexorablement où il devrait quitter la mère et ses sœurs pour deux longues années.

Trois semaines plus tard, au petit matin, quand Philomène traversa la placette pour se rendre à son travail, elle remarqua une traînée de paille qui semblait s'échapper de la maison du menuisier et s'étirait vers la sortie du village. Intriguée, elle la suivit, constata qu'elle se poursuivait sans discontinuer jusqu'au château où elle s'arrêtait enfin, devant le seuil du bâtiment principal. Elle avait entendu parler des paillades par Abel, mais n'y avait encore jamais assisté. Son frère lui avait un jour expliqué que les esprits malins indiquaient ainsi une liaison clandestine entre un homme et une femme adultères. Et elle se demanda, ce matin-là, surprise et indignée, comment le maître, à son âge, pouvait courtiser une femme de quarante-cinq ans comme l'était Léontine, la femme du menuisier. Ou alors peut-être était-ce Eléonore, la femme du fils Pradal, mariée depuis peu. Mais non, comment une jeunesse eût-elle trompé son époux avec le maître? Ce n'était pas possible.

Celui-ci, déjà levé, gesticulait et hurlait dans la cour :

— C'est une infamie de plus des laïques! Je trouverai les coupables et je les châtierai, foi de Delaval!

Déjà les domestiques attelaient un cheval à une charrette pour faire disparaître la longue traînée de paille avant que le village ne s'éveillât tout à fait. En pure perte, d'ailleurs, le maître le savait bien : avant une heure tout le monde parlerait de cette paillade qui jetait l'opprobre sur deux familles. Et il n'en était que plus furieux.

Philomène l'évita soigneusement et entra par la porte de service dans la cuisine où Fernande et Maria riaient aux larmes. Elle déjeuna d'un morceau de millassou et d'un bol de lait, s'amusa un moment de la colère du maître avec ses compagnes et, comme le temps était au beau, elle se hâta de sortir le troupeau et de quitter le château où régnait une effervescence de mauvais aloi.

Tout en gagnant la grèze où elle se plaisait tant, elle s'interrogea longuement sur les mystères de l'amour. Si grave pour elle, elle ne comprenait pas qu'on pût le tourner ainsi en dérision, fût-ce pour dénoncer une liaison coupable, tout comme elle n'avait toujours pas compris ce qui s'était passé, quand, au début de l'été, elle avait surpris Maria et le rouquin dans la cave : s'y étant rendue pour remplir des bouteilles au fût, elle avait entendu de l'escalier des gémissements étouffés qui avaient attisé sa curiosité. Elle était descendue sans faire de bruit et, en se dissimulant derrière la porte, avait découvert Maria couchée sous le rouquin qui lui immobilisait les poignets. Elle gémissait doucement, le souffle court, la tête ballottante et Philomène s'était demandé pourquoi elle ne se défendait pas. Morte de honte et de colère, les tempes prises dans un étau, elle était remontée très vite et, tremblant sur ses jambes, avait vomi dans la cour, s'était lavée à l'eau du puits, bouleversée par la scène entrevue. Quand Maria l'avait rejointe, une heure plus tard, elle pleurait pourtant, l'air hagard et les yeux défaits.

— Un jour, je le tuerai, avait-elle dit. Je le tuerai et je partirai.

Depuis lors, Philomène jugeait la jeune fille un peu folle et elle avait perdu peu à peu la pitié qu'elle nourrissait à son égard.

Seul Adrien aurait pu lui expliquer ces mystères, mais elle n'osait pas lui en parler. Tout était si beau entre eux qu'elle ne se décidait pas, fût-ce par la parole, à s'associer à ces comportements d'une laideur extrême dont l'évocation révulsait la pureté de l'enfant qu'elle demeurait. A seize ans passés, elle connaissait seulement de l'amour la tendresse d'Adrien qui ne lui avait jamais repris la main depuis une lointaine Saint-Jean, et ne lui avait jamais redonné le baiser une fois accordé, ce baiser merveilleux, qu'elle espérait secrètement. En fait, elle en restait à l'amour magnifié de Félix pour Mme de Mortsauf, cet amour impossible et platonique, craignait obscurément qu'il en fût de même pour elle et pour Adrien. Est-ce qu'il lui disait tout? N'existait-il pas en lui, quelque part dissimulé, un penchant pour Lydie, Sidonie ou une autre? A cette idée, son sang se glaçait et elle appelait des larmes de souffrance semblables à celles versées par Mme de Mortsauf, s'imaginait dans un château, alanguie mais souveraine, vêtue d'une robe d'organdi, régnant sur les cœurs de soupirants princiers.

Surveillant son troupeau d'un œil distrait, elle songea bizarrement à la mère et se demanda pourquoi Edmond, le régisseur, avait un jour cessé brusquement ses visites qui duraient depuis des années. La mère n'était plus qu'une comtesse vieillie et délaissée. Son prince était mort, son soupirant l'avait quittée. Elle était seule désormais face à une vieillesse précoce dont les premiers stigmates, ces tavelures sur sa peau, désespéraient Philomène. La pauvre femme n'avait plus qu'une idée en tête : se rendre en pèlerinage à Rocamadour et prier la Sainte Vierge pour qu'Etienne revînt. Un autre prince, sans doute, Etienne, mais combien lointain! Elle ne cessait d'en parler, s'en prenait à Abel qui se moquait d'elle :

— Si personne ne veut m'y conduire, eh bien j'irai à pied. Après tout, quinze kilomètres ce n'est pas une affaire. J'ai fait mieux dans ma jeunesse.

Hélas, elle n'avait plus ses jambes de vingt ans et aurait été bien incapable de parcourir cinq kilomètres. Plus que d'une fatigue physique, il s'agissait plutôt d'une immense lassitude morale : les affaires de Marguerite ne marchaient pas bien. A plus de soixante ans, la couturière, depuis la mort de ses parents, avait perdu toute énergie et les clients la délaissaient. Quant à Etienne, il n'écrivait presque plus : la dernière lettre datait de six mois.

— « Sento Bierzo! » s'il lui était arrivé malheur à cet enfant! soupirait la mère.

Philomène et Mélanie essayaient de la réconforter, mais en

pure perte. Si ce n'était Marguerite ou Etienne qui la désespérait, c'était Abel.

— Ce gosse, le diable nous l'a ensorcelé, misère de misère!

Depuis la mort du père, il ne s'était pas passé un dimanche sans qu'elle se fût rendue sur sa tombe. Les cinq ans et demi passés depuis le drame n'avaient en rien endormi sa douleur. Philomène, qui l'accompagnait parfois, avant les vêpres, l'écoutait, anxieuse, s'entretenir avec le père.

— Mon pauvre homme, disait-elle, si tu voyais tes fils aujourd'hui! Le premier est parti et le deuxième marche tout droit vers l'enfer. Essaye donc, Guillaume, d'en parler au bon Dieu. Je suis sûre qu'il t'a fait une place, là-haut, et qu'il prend soin de toi.

Elle cueillait des fleurs sauvages, nettoyait la tombe, récitait d'interminables prières où elle mettait une ferveur touchante et dérisoire. A la fin, quand les cloches appelaient pour les vêpres, elle s'agenouillait et embrassait la terre du bout des lèvres.

Philomène n'aimait pas ces visites. Elles lui rappelaient trop cet hiver de malheur et se refusait à embrasser la tombe, persuadée que le père, ou ce qu'il en restait, ne se trouvait plus en ces lieux mais ailleurs, dans d'autres espaces, elle ne savait où, mais plus loin, plus haut, au milieu des fleurs et d'une autre lumière...

Comme les brebis atteignaient la combe du bas, elle envoya le chien, un labri ombrageux appelé Fédo, puis elle se promena un moment au soleil. Le mois d'août n'en finissait pas d'alimenter son brasier en nappes d'air torride et sans couleur. Le causse semblait faire le gros dos comme un chat au coin d'un âtre. Seules les abeilles et les mouches habitaient le silence parfois rehaussé par le tintement clair d'une sonnaille. Plus loin, sur la route poussiéreuse de Montvalent, l'essieu d'une charrette grinça, puis un chien mena un lièvre derrière les chênes, et, de nouveau, la musique crissante des insectes se fondit dans le silence.

Adrien arriva au moment où Philomène caressait le chien qui s'était acquitté de sa mission. Elle le regarda s'approcher avec un sourire et il feignit de ne pas s'en apercevoir. Comme il faisait homme aujourd'hui! Et comme elle avait envie de se blottir dans ses bras! Se serait-il fâché, seulement, où l'aurait-il accepté? Elle ne savait rien de ses désirs, de ses envies, de ses problèmes. En fait, malgré sa compagnie quotidienne, elle s'apercevait qu'elle le connaissait à peine : il parlait peu, par goût et par habitude, restait près d'elle, heureux, sans doute, mais impassible. Une présence.

Sans un mot, ils remontèrent vers la petite borie qui ménageait une ombre agréable en bordure de la haie, s'assirent avec un soupir d'aise. Un long moment passa, puis elle demanda :

— Le maître s'est calmé?

— Penses-tu! Il est fou de rage.

— Qui aura fait ça, mon Dieu?

— Je crois que ce sont les ouvriers de Servantie.

— Il est capable de se venger.

— Que veux-tu qu'il fasse, c'est trop tard.

Ils se turent, s'éblouirent de lumière et de silence. Elle arracha une tige d'herbe rase, la prit entre ses lèvres, souffla :

— Dis, Adrien.

— Oui.

— C'est vrai que tu es un bâtard, que tu ne connais pas ton père?

Il ne répondit pas, sortit son couteau, en ouvrit la lame et commença à tailler un bâton, le visage fermé.

— Tu ne veux pas répondre?

— Qui t'a parlé de ça?

Elle mentit :

— Personne, c'est le rouquin qui t'a appelé « bastardou », un jour.

Elle se tourna vers lui, surprit une sorte de désespoir glacé dans ses yeux qui lui fit regretter ses questions. Comme il ne disait rien et qu'elle voulait se faire pardonner, elle ajouta :

— Mon père est mort, tu vois : c'est la même chose.

Alors il lança d'une voix où perçait une humiliation douloureuse :

— Non, ce n'est pas la même chose. Toi, au moins, tu l'as connu.

Découvrant la gravité de cette blessure, elle n'insista point et, pressée soudain de la lui faire oublier, elle demanda :

— Tu te rappelles ces cailloux que je t'ai donnés, un jour, ici?

— Oui.

Elle hésita, bredouilla :

— Tu... Tu les as encore?

Quelques secondes s'écoulèrent, durant lesquelles son cœur s'arrêta de battre.

— Bien sûr, souffla-t-il.

De nouveau elle respira normalement.

— Ça te fait plaisir? demanda-t-il.

Plaisir? Oh! ce n'était pas vraiment le mot juste, mais bien autre chose en fait, indéfinissable et surtout indicible.

— Je suis contente, dit-elle sans le regarder.

Le silence les sépara un instant. Elle ne put apercevoir les yeux brillants d'Adrien ni son visage soudain éclairé.

— Tu sais, Philo, commença-t-il...

Elle n'aimait pas cette expression dans sa bouche, car elle en attendait toujours trop et se trouvait déçue. Pourtant, ce matin-là, il lui sembla que les mots d'Adrien auraient pu être identiques à ceux de Félix.

— Tu sais, je crois... que peut-être, un jour, on se mariera tous les deux.

Mon Dieu! Quelle était cette brume soudain sur ses yeux et pourquoi son cœur se mettait-il à cogner de la sorte? Elle se tourna vers lui, rencontra son regard inquiet.

— Tu n'es pas fachée? murmura-t-il.

Elle se pencha vers lui, l'embrassa sur la joue et, se levant d'un bond, se mit à courir follement vers la combe.

Il s'appelait Julien Combarelle. Tout frais émoulu de l'Ecole normale, il arriva vers le 20 septembre à Quayrac et s'adressa naturellement à l'auberge pour demander où se trouvait la maison du maire. De taille moyenne, les yeux clairs, le front haut, il dégageait une impression de force tranquille qui, au regard de sa jeunesse, surprit Landon. Celui-ci envoya Geneviève au château, offrit un verre au maître d'école qui le refusa : il ne buvait pas d'alcool. Marinette alla quérir Armand et Abel qui vinrent aussitôt saluer le nouvel arrivant et brossèrent en quelques mots la situation : le maire avait consenti à libérer l'édifice occupé par la religieuse seulement le jour où il avait reçu la lettre de l'Académie. Les travaux d'aménagement de l'ancienne miséricorde et de la salle de classe n'avaient même pas commencé.

— Je m'en doutais, dit Combarelle. On m'avait prévenu que ce ne serait pas un poste facile.

L'aubergiste assura :

— En attendant vous pourrez loger ici : on fait de la bonne cuisine.

L'instituteur remercia et demanda :

— Savez-vous si j'aurai beaucoup d'élèves?

— Ici, mon pauvre, répondit Armand, vous partez de rien. Tout est à faire.

— Je comprends, fit Combarelle. Dans le fond c'est mieux ainsi.

Et, comme il avait l'accent du Midi, Landon constata.

— Vous n'êtes pas du Nord, vous!

— Non, je suis de la Lozère, des environs de Mende, l'aîné d'une famille de six enfants.

— Fi de lou! s'exclama Armand. Et vos parents?

— Mes parents sont des petits propriétaires : peu de terre, mais comme ici on élève les moutons.

— Et ils vous ont payé les études?

— Ils ont été compréhensifs : ils m'ont laissé à l'école jusqu'au certificat. Après j'ai passé le concours de l'Ecole normale.

— Et vous avez été admis!

— Exactement. Maintenant c'est à moi de les aider.

Un court silence s'installa, vite rompu par Landon qui s'inquiéta, craignant d'avoir mal compris :

— Alors comme ça vous ne buvez pas de vin?

— J'en bois un peu, mais jamais sans eau. Je connais bien les méfaits de l'alcoolisme, on apprend ça aussi à l'Ecole normale.

— L'alcoolisme, l'alcoolisme, protesta l'aubergiste, ce n'est quand même pas de boire un verre de vin pur de temps en temps!

— Ça commence comme ça, fit l'instituteur catégorique.

Evitant de poursuivre la conversation sur ce terrain miné, Landon déclara :

— Ici, c'est la maison des laïques.

Il allait se lancer dans des explications supplémentaires quand Geneviève revint, suivie par le maître qui resta dehors.

— Bon, dit Armand, allez-y et ne vous inquiétez pas : quoi qu'il arrive, nous sommes là !

L'instituteur remercia, sortit, salua le maire en inclinant légèrement le buste et lui demanda courtoisement s'il pouvait lui faire visiter l'école et son logement.

— Allons-y ! répondit Delaval, mais je vous préviens : je ne vous attendais pas si tôt.

Observés derrière les carreaux par des yeux anonymes, ils traversèrent la placette. La nouvelle de l'arrivée de l'instituteur s'était en effet répandue comme une traînée de poudre. Le curé Lafont en personne se trouvait comme par hasard sous le porche de son église. Julien Combarelle le salua d'un signe de tête et le curé lui rendit son salut. Parvenu devant la miséricorde, le maire poussa la porte, passa devant l'instituteur qui ne put réprimer un sursaut : dans cette pièce noire aux murs décrépis, aux fenêtres sans carreaux, un châlit faisait face à une armoire branlante et rongée par la vermine, tandis qu'une chaise et une petite table aux pieds cassés gisaient contre le mur du fond, inutilisables.

— Voilà, dit le maire.

— Il n'y a pas d'évier ?

— Vous avez le puits communal à cinquante mètres.

— Très bien, dit l'instituteur sèchement. Voyons la salle de classe, s'il vous plaît.

Ils ressortirent, montèrent les marches du perron et pénétrèrent dans la salle abandonnée depuis peu par la religieuse. Là, au milieu de la pièce nue, une table de classe semblait interroger le tableau noir sur sa solitude. L'instituteur, malgré son souci de ne rien laisser paraître, ne put retenir un mouvement d'indignation.

— Une table seulement ?

— Nous verrons plus tard, ironisa le maire. Mais soyez tranquille, au fur et à mesure des inscriptions, nous vous fournirons le matériel indispensable.

— Et le bureau ?

— Vous en aurez un pour la rentrée. J'ai donné des instructions au menuisier.

— Très bien, fit l'instituteur. Je vais pouvoir établir dès ce soir mon rapport au délégué départemental.

A ces mots, le maire eut comme une hésitation, mais ne répondit pas. L'hostilité froide manifestée par l'instituteur le surprenait. Il s'était attendu à une révolte, à des menaces et, déçu par le calme de son hôte, cherchait à marquer d'autres points.

— Le maçon viendra dès qu'il sera libre, dit-il, mais il est très occupé en ce moment. Ensuite le menuisier s'occupera des meubles et des fenêtres.

— Je verrai moi-même le maçon ce soir à l'auberge. Je logerai là-bas en attendant de m'installer ici.

Le maire accusa le coup, pensa que les laïques n'avaient pas perdu de temps mais feignit l'indifférence. Ils sortirent de la miséricorde, se saluèrent du bout des lèvres, et Combarelle regagna l'auberge où l'attendaient Mestre et Landon impatients de connaître les résultats de l'entrevue. Quand l'instituteur leur fit part de son inquiétude, ils lui assurèrent que Servantie se mettrait au travail dès le lendemain.

— Une table de classe, vous vous rendez compte! s'indigna-t-il sans paraître les entendre.

— Ne vous en faites donc pas. On les trouvera, nous, les élèves et les tables, affirma Armand.

Se sentant en territoire ami, Combarelle accepta l'invitation de se joindre à leur petite assemblée, le soir, après le repas qu'il prit seul dans la grande salle. Au lieu de deux « érudits », le cercle laïque en compta désormais trois, et Armand Mestre trouva en lui un allié naturel. S'il ne prônait pas la révolution, le maître d'école était en effet un socialiste modéré partisan de Jaurès. A ses yeux, Clemenceau était un nouveau Thiers et n'avait pas volé son sobriquet de « premier flic de France ». Il cita de mémoire la fameuse phrase de Jaurès lancée peu de temps auparavant à la Chambre au président du Conseil : « Vous avez interrompu la vieille chanson qui berçait la misère humaine, et la misère humaine s'est réveillée avec des cris », ce qui lui valut, s'il ne lui était déjà acquis, l'appui total d'Armand, et la profonde considération des radicaux séduits par son savoir.

Dès le lendemain, ceux-ci s'occupèrent de trouver des enfants pour la rentrée. Ils réussirent à grand-peine à réunir neuf inscriptions. Et encore, excepté les deux enfants de Castanet et de Montial, les fils et les filles des ouvriers de Servantie, il fallut battre la campagne, visiter les petits propriétaires qui n'étaient pas inféodés à maître Delaval pour y parvenir. De plus, ils durent faire preuve d'éloquence et de persuasion.

— Puisque ça ne coûte rien! assurait Mestre.

— Pas un sou?

— Mais non, c'est gratuit, la communale.

— C'est qu'ils gardent les brebis, mes gosses! Et puis il y a les noix.

— Envoie-les à la Toussaint!

— C'est possible, ça?

— Et pardi!

Castanet aménagea très vite le logement mais Pradal, le menuisier, se fit tirer l'oreille. Landon dut recourir aux grands moyens pour débloquer la situation : il brandit un soir une lettre à l'adresse du délégué départemental et menaça d'y joindre une pétition. Delaval et Pradal s'inclinèrent. Un peu plus tard, deux autres inscriptions s'ajoutèrent à celles déjà réunies : deux élèves de la religieuse, dont le père avait appris la gratuité de la communale. Malgré l'intervention du maître qui se déplaça pour proposer de payer lui-même les droits, l'homme, un tisserand des environs, ne céda point :

— Je paye depuis trois ans. Aujourd'hui, c'est trop tard. Et puis je n'aime pas vos manières!

S'il n'y avait que cinq élèves sur les bancs, face au jeune instituteur, le jour de la rentrée, dès la Toussaint les onze élèves inscrits furent présents, émus et attentifs, dans l'école de la République. Les heures de récréation sur la placette furent décalées afin d'éviter des incidents avec les élèves de la religieuse. Il y eut quelques heurts entre les rouges et les blancs à la sortie des classes, mais ces algarades ne dépassèrent jamais le stade des blouses déchirées ou des nez tuméfiés. L'instituteur et Armand Mestre y mirent bon ordre, ce qui repoussa plus loin les lieux des embuscades. Elles cessèrent cependant quand les garçons de la communale eurent constaté que les filles ne savaient pas se battre mais seulement pleurer.

Quelques lettres anonymes furent adressées à l'Académie pour dénoncer la présence quasi journalière de Combarelle à l'auberge, mais le délégué départemental, venu en inspection, remit à son sujet un rapport élogieux où il vanta son intelligence pédagogique, ses méthodes originales et son dévouement : n'emmenait-il pas les enfants sur le causse, le jeudi et le dimanche, pour une leçon de choses en pleine nature?

L'année 1906, si mouvementée, avec les inventaires et l'arrivée de l'instituteur, s'acheva bientôt dans le calme. Nul, au village, ne souhaitait l'affrontement. Au contraire, tous éprouvaient maintenant une certaine méfiance vis-à-vis du maître et des gens du château. Même le curé Lafont, dont la modération naturelle avait souffert des excès de Delaval en avril. Habitués à vivre ensemble, les villageois, quoique divisés, tenaient à cohabiter dans le calmc et la sérénité. Ils avaient trop besoin les uns des autres et, dans le fond, s'estimaicnt. Le maître, lui, n'était pas exempt de reproches. Son intolérance et ses menaces avaient fait franchir à bien des familles un seuil qu'elles ne souhaitaient pas dépasser. Celles-ci ne l'oubliaient pas et commençaient à prendre des distances : après tout, le château n'était pas le village mais un monde à part, dont il convenait sans doute de se méfier sous peine d'être pris dans un engrenage dont tout le monde aurait à souffrir un jour ou l'autre.

8.

L'hiver suivant ne fut que neige et glace. Dès que les nuages s'envolaient, il gelait. Dès que le temps cassait, les nuages revenaient et crevaient en flocons têtus qui ne fondaient pas en touchant le sol. Ce matin de la mi-janvier, précisément, le gel serrait rocailles et congères dans sa main de fer, et il n'était pas possible de se tenir debout à l'extérieur des maisons. Il fallut clouer des « ferrasses » sous les sabots, ce qui donna un surcroît de travail à Armand et lui fit regretter d'autant plus le proche départ d'Abel.

Celui-ci, qui avait reçu sa feuille de route trois jours auparavant, était affecté au 17e régiment d'infanterie basé à Agde. Certes, il s'attendait depuis le conseil de révision à cette lettre, mais l'imminence de son départ, l'abandon de sa famille et de son village le laissaient désemparé. Armand Mestre le rassurait, promettait de veiller sur la mère et les filles, tentait de minimiser l'importance de cette cassure. La mère, elle, se révoltait, priait, se lamentait : qu'allaient-elles devenir sans homme pour les protéger et tenir la place du père?

— Deux ans, disait Abel, ce n'est quand même pas la fin du monde! Et puis soyez sans crainte, mère, moi je reviendrai.

— « Sento Bierzo! » Il disait la même chose, Etienne, le jour où il est parti.

— Mais non, je reviendrai, je vous le jure.

Elle parlait du temps de la métairie, de la famille assemblée dans la grande cuisine, de leur confiance, alors, en l'avenir, du père distribuant le pain, puis, encore et toujours, d'Etienne qui les avait oubliés.

— S'il y avait une guerre? demandait-elle aussi, les yeux pleins d'angoisse.

— Il n'y aura pas de guerre, les armées sont trop puissantes aujourd'hui. Aucun gouvernement n'en prendra le risque.

— Et qui m'emmènera à Rocamadour? A force de travailler assise, mes jambes ne savent même plus me porter.

— Je vous emmènerai dès mon retour. C'est promis, mère.

Le dernier soir, Abel ne se rendit pas à l'auberge : il avait dit au revoir à ses amis l'après-midi, profitant des quelques heures de liberté accordées par Armand. Ils restèrent tous les quatre, la mère, les filles et lui, autour de la table, sous la lumière du calel, aux prises avec leurs noires pensées. Puis, comme ils ne trouvaient rien à dire, la mère, aidée par Mélanie, chargea sa quenouille, la coiffa, la monta, et se mit à filer la laine pendant que sa fille, prenant le dévidoir sur ses genoux, transformait les écheveaux en pelotons. Philomène, désœuvrée face à Abel qui tournait et retournait dans ses mains le paroir donné par Armand, l'observait en silence, se demandant si le garçon qui lui avait fabriqué les galoches était bien cet homme assis de l'autre côté de la table, et s'il se souvenait, comme elle, de leurs gardes solitaires sur les terres hautes, de leurs discussions d'enfants, de leurs disputes, des années vécues l'un près de l'autre dans une tendre complicité. Dehors, la nuit glaciale donnait au moindre bruit une dimension anormale : la plainte d'une chouette résonna dans le silence comme le choc d'un seau contre les pierres d'un puits, l'écorce du grand chêne gémit dans la poigne du gel. A onze heures, la température était déjà descendue à moins cinq degrés. Dans la cuisine triste des Laborie, les flammes dansaient dans l'âtre, rappelant d'autres flammes, un autre foyer, la présence paisible du père et d'Etienne occupés à égrener du maïs. Seul le murmure de la quenouille habitait la cuisine plongée dans la pénombre où Philomène, maintenant, se refusait de tout son être à la déchirure du lendemain. Malgré tout ce qui les séparait, elle et son frère, elle s'était habituée à sa force et à sa violence. Peu à peu, insensiblement, sans y prendre garde, elle s'en était rapprochée même si elle s'en défendait. Lui l'avait bien senti, en avait été touché. Il savait que dans le fond elle lui ressemblait et que leurs chemins différents se rejoindraient un jour. Leurs regards se croisèrent, se lièrent. Il lui sourit. Elle baissa la tête un moment, puis à nouveau le rejoignit. Elle vit que ses yeux brillaient et son cœur se serra. Pendant de longues minutes, ils s'étreignirent ainsi à distance, en silence, jusqu'au moment où Abel comprit qu'elle allait pleurer.

— Il faut aller se coucher, dit-il brusquement. Demain je me lève à cinq heures.

Nul ne lui répondit. Puis la mère soupira, arrêta sa quenouille, et Mélanie remit en place le dévidoir.

— Tu n'as pas oublié ton tricot de laine?

— Non, dit Abel.

— Et tes chaussures à clous?

— Non, mère, tout est prêt.

Philomène songea au départ d'Etienne, dix ans auparavant, se revit toute enfant, entendit le tintement des pièces reposées par le père dans la boîte en fer-blanc, ressentit la même impression de naufrage éprouvée au moment où Etienne s'était mis à courir, ferma les yeux.

— Combien de temps te faudra-t-il pour te rendre à Souillac? demanda encore la mère.

— Avec ce verglas, quatre ou cinq heures.

Pressé d'en finir, il s'approcha de ses sœurs et souffla d'une voix morte :

— Allez, embrassez-moi, ce n'est pas si grave, après tout.

Il les serra dans ses bras, puis toutes deux se refugièrent dans l'obscurité. La mère l'étreignit, lui donna un baiser sur le front, murmura :

— Reviens-moi, mon fils, sinon tu me tuerais.

— Mais oui, mère, dit-il, je vous le promets.

Elle sortit de sa poche une médaille représentant la Vierge, la lui tendit en disant :

— Elle te protégera.

Il esquissa un mouvement de recul, se reprit aussitôt.

— Si vous y tenez!

Il saisit la médaille en fer gris, la glissa dans la poche de son pantalon.

— Voilà, dit-il, vous êtes contente?

— Promets-moi de toujours la garder sur toi.

— C'est promis, dit-il.

Le silence tomba, ils attendirent que la mère eût écrasé les braises pour se souhaiter bonne nuit et, chacun avec sa peine, ils gagnèrent leur lit bassiné par Philomène.

Le lendemain matin, il se leva sans bruit, espérant ne pas réveiller la maisonnée, mais quand il poussa la porte de la cuisine, la mère s'y trouvait déjà. Il avala sa soupe en toute hâte tout en écoutant d'une oreille distraite les recommandations dérisoires de la pauvre femme qui s'affairait autour de la table.

— Attends au moins que tes sœurs soient levées, supplia-t-elle au moment où il reposait son assiette.

Il ne répondit pas, prit son sac, embrassa furtivement la mère et, pressé d'échapper à cette affection qui se frayait un chemin douloureux sous sa carapace d'homme, il s'en fut sans se retourner.

Dehors, le froid lui fit du bien en brisant brusquement l'univers de tiédeur où il s'enlisait depuis la veille au soir. Il s'engagea sur le chemin des terres hautes d'un pas prudent, avança difficilement dans les rafales de vent qui mugissait entre les genièvres blancs et coupait comme une serpe. Il mit plus de cinq heures pour atteindre Souillac, après avoir traversé des combes et des plateaux, des grèzes blotties sous l'étoupe du froid, des bois de chênes pétrifiés entre lesquels fusait parfois l'éclair fauve d'un lièvre. Lui qui n'avait jamais quitté son village natal, il se sentit tout de suite perdu dans ces rues encombrées de charrettes et de véhicules à moteur, de gens inconnus et pressés, ces avenues qui lui semblaient ne mener nulle part. Il chercha longtemps la gare, se renseigna, la trouva enfin, s'assit sur une banquette en attendant son train et, tourné vers le mur, il pleura.

Pendant les jours qui suivirent, il fit connaissance avec la caserne, les corvées de quartier, les revues de détail, le nettoyage des écuries, le pansage des chevaux et l'astiquage des harnais, se lia d'amitié avec un dénommé Louis Maisonnobe, un Parisien ouvrier en bâtiment qui lui parla de son syndicat, la Confédération générale des travailleurs, de la Bourse du travail, de la solidarité des ouvriers et de leurs revendications salariales. Il retrouva chez lui les mêmes mots entendus dans la bouche d'Armand, se sentit moins seul, si loin de son village. Dès lors, forts d'une amitié sans faille, ils firent bloc, ce qui les désigna à l'attention de l'adjudant-chef chargé de leur instruction. Celui-ci leur confia les corvées les plus pénibles et leur promit de les mater : les fortes têtes, il connaissait depuis plus de trente ans. Entre ces corvées, le maniement du Lebel, les marches exténuantes dans la plaine de l'étang de Thau, ils eurent peu de temps pour poursuivre leurs conversations. Mais le soir, une fois couchés, ils prirent l'habitude de parler syndicalisme et politique, évoquèrent Jules Guesde et Jaurès, leur métier, partagèrent la révolte de leur jeunesse et leur refus des valeurs militaires.

En cette fin février, afin de changer les idées de la mère, Philomène et Mélanie l'emmenèrent aux veillées de dénoisillage chez les Simbille où se réunissaient chaque soir une vingtaine d'hommes et de femmes. Là, sous une lampe à pétrole remontée le plus haut possible, des kilos et des kilos de noix, celles du maître, reposaient sur deux grandes tables basses. Il s'agissait de séparer le fruit des cerneaux qui seraient pressés le lendemain dans la cour du château, sous une énorme meule tournant sur une pierre fixe et actionnée par un cheval. C'étaient des soirées joyeuses : Anselme Pradal, le cabrétaïre y jouait des « redoundos » et des bourrées, son père, Baptiste, faisait le pifraïre avec sa flûte. D'autres soirs, quand ils n'étaient pas là, André, le vieux domestique, contait les légendes du causse d'une voix grave et sourde, et Philomène retrouvait les loups garous de son enfance, le Drac déguisé en chèvre blanche, les fées qui dansaient dans la clarté de la lune et poursuivaient les voyageurs imprudents. On buvait du vin chaud en cassant les noix et nul n'avait l'impression de travailler vraiment. Au contraire, après les dures journées de labeur dans le froid mordant, ces veillées près du cantou s'achevaient trop vite au gré des participants qui hésitaient à affronter la neige et le vent pour regagner leur maison où devaient se consumer les derniers tisons. Même la mère Laborie finit par s'y plaire, à la grande satisfaction de ses filles qui, les premières fois, avaient été contraintes de l'y conduire par la main.

A quelque temps de là, à l'occasion de carnaval, les laïques organisèrent une fête à l'auberge. Il fut aussitôt question, pour les cléricaux, de savoir si l'on devait y assister ou non. Averti, le maître s'y opposa pour les gens du château, mais il ne put interdire aux villageois de s'y associer et comprit que ces excès allaient se retourner contre lui. D'ailleurs, les femmes de Landon et de Bouscarel, d'accord avec leur mari, avaient participé aux veillées des Simbille et chacun se félicitait de cette entente retrouvée, même si on la savait de circonstance.

Le matin de la fête, Marinette Landon fit cuire les biscuits dans le four banal et prépara cinq litres de crème blanche. Après la messe, les jeunes et quelques adultes déguisés fabriquèrent un mannequin garni de paille qui était censé personnifier le bonhomme carnaval. Ils le promenèrent durant tout l'après-midi sur un âne prêté par Bouscarel en poussant des cris de douleur et en chantant :

Adieu pauvre, pauvre, pauvre
Adieu pauvre Carnaval!
Tu t'en vas et moi je demeure
Pour manger la soupe d'huile
Adieu pauvre, pauvre, pauvre,
Adieu pauvre Carnaval!

Philomène se joignit au cortège avec Adrien et des jeunes du château qui, malgré les contremaîtres, avaient réussi à s'échapper. Ils allèrent d'un bout à l'autre du village, riant et chantant, bras dessus, bras dessous, unis dans la même joie. Elle s'était attifée d'un pantalon et d'un chapeau d'homme, Adrien d'une jupe et d'un fichu. Vers trois heures, le cortège s'arrêta enfin sur la placette, lieu désigné de l'exécution du pauvre Carnaval. Les hommes qui possédaient un fusil accoururent et criblèrent le mannequin de petits plombs sous les acclamations des spectateurs. Après quoi, comme le voulait la coutume, il fut livré aux flammes tandis que la jeunesse dansait autour du bûcher en invectivant le pauvre Carnaval dont la disparition annonçait le carême et ses privations. Dès le lendemain, mercredi des cendres, non seulement on « ferait maigre jusqu'à Pâques », mais encore on n'emploierait pas de graisse pour la cuisine, seulement de l'huile de noix qui donnerait à la soupe et aux mets ce goût bien particulier, d'une fadeur extrême, que Philomène détestait. Aussi convenait-il, en ce mardi gras, de profiter de la fête.

A l'auberge, les hommes jouèrent aux cartes pendant que les femmes aidaient Marinette à dresser la table au milieu de la grande salle. Quand ce fut prêt, on mangea la crème et les biscuits dans de grands bols, et nul ne se soucia de savoir s'il était assis à côté d'un rouge ou d'un blanc. Malgré les menaces de son père, Anselme Pradal, le cabrétaïre, était venu à l'auberge. Il monta sur la table et joua l'« Aygo de Roso », puis la « Brado », une bourrée enfin, que Philomène dansa avec Lydie, Adrien s'y étant refusé. Même les vieux dansaient, une expression enfantine sur le visage, cognant leurs sabots sur le plancher, les yeux chavirés de plaisir. Philomène se réfugia auprès d'Adrien tant sa tête tournait.

— Pourquoi ne danses-tu pas? dit-elle.

Il haussa les épaules.

— Tu sais bien que je ne sais pas.

— Mais je vais t'apprendre. Tu verras, il suffit de suivre la cabrette.

Il refusa mais daigna cependant participer à la farandole qui se forma un peu plus tard dans la soirée, après que Philomène eut dansé avec Armand Mestre et avec l'instituteur, dont le regard disait combien il la trouvait à son goût. Elle fut un peu troublée de l'insistance avec laquelle il l'invitait, de la manière dont il lui prenait la main, ne la lâchant qu'au dernier moment, de ce sourire errant sur ses lèvres dont elle se dit, dans son début d'ivresse provoquée par le vin chaud, qu'il ressemblait sans doute à celui de Félix. Quand la farandole sortit dans la nuit glaciale, le froid la dégrisa. Elle prit place entre Adrien et Mélanie, s'éloignant volontairement de Julien Combarelle, et elle s'en voulut de cette réaction qui lui prouvait assez combien le maître d'école ne lui était pas indifférent. Tout en chantant et en parcourant les rues du village, elle se demanda si elle n'avait pas rêvé : comment un homme aussi instruit, aussi bien de sa personne se serait-il intéressé à elle, pauvre gardienne de brebis? Elle se traita de sotte, força Adrien à quitter la farandole et à l'accompagner chez elle. Il demeura silencieux un long moment, ne lui prit pas la main. Elle devina son amertume au moment où il lui souhaita une bonne nuit en bas des marches du perron.

— Mais qu'as-tu donc? demanda-t-elle.

— Il te mangeait des yeux, le maître d'école, répondit-il d'une voix qui résonna comme une plainte.

— Que tu es bête! Il a dansé avec toutes les filles.

— Moins souvent qu'avec toi.

Elle sourit dans l'obscurité. La jalousie d'Adrien était le plus beau cadeau qu'il lui eût jamais fait. Elle l'embrassa sur la joue après l'avoir rassuré, et il lui rendit timidement son baiser. Mais dès qu'elle fut couchée, une ronde folle l'emporta vers des lieux de lumière et de joie où un maître d'école nommé Félix la serrait dans ses bras.

Quand la mère entra dans l'atelier de couture, ce matin de mars, elle trouva Marguerite morte dans un fauteuil. Le choc fut rude, pour elle et pour ses filles, qui comprirent aussitôt ce que cette disparition impliquait de soucis. Le maire, alerté, se rendit sur les lieux, s'occupa des formalités, de l'organisation des obsèques et dit avant de partir :

— Je vais prévenir sa famille. Il lui reste une nièce du côté de Miers.

— Mon Dieu! se lamenta la mère quand il fut reparti, qu'allons-nous devenir?

Mélanie et Philomène, inquiètes elles aussi, ne surent quoi répondre. Elles aidèrent la mère à habiller la morte, à nettoyer la maison et l'atelier en attendant les visites, se demandant si la nièce de Marguerite consentirait à leur laisser le logement du haut. Celle-ci arriva seulement le matin de l'enterrement, ne monta même pas les voir. Elles firent sa connaissance à la levée du corps et s'assirent près d'elle pendant l'office religieux. Mathilde Pouch était une belle femme brune d'une quarantaine d'années, très digne et de caractère énergique. Elle marcha en tête du cortège avec son mari dont on disait qu'il était bourrelier, suivie par ses trois enfants bruns comme elle, âgés de quinze à dix ans. Tout le village s'associa au deuil et suivit le corbillard sous les giboulées glaciales de mars, cherchant un passage entre les flaques d'eau et les ornières. Après la cérémonie, quand Marguerite eut été enterrée dans le petit cimetière où reposait le père Laborie, la mère proposa à la famille de la défunte de venir se réchauffer un moment à l'étage. La nièce accepta et la mère offrit un verre de vin chaud. Philomène et Mélanie se trouvaient également présentes, assises au cantou, préoccupées par le lourd silence qui s'était installé.

— Voilà, dit enfin la belle Mathilde, se décidant soudain : moi, la couture, je n'y entends rien, donc ça ne m'intéresse pas. Seulement Jean est bourrelier et, à Miers, nous ne sommes que locataires.

La mère baissa la tête et ne dit mot. Philomène, glacée malgré la proximité des flammes, demanda tout bas :

— Cela signifie que nous devons partir, n'est-ce pas?

Un silence accablé lui succéda. Mathilde but une gorgée de vin, soupira :

— Nous ne sommes pas si riches pour payer un loyer toute notre vie. Le plus tôt serait sans doute le mieux. N'est-ce pas, Jean?

Le bourrelier, qui avait l'air d'un brave homme, acquiesça sans ouvrir la bouche.

— Laissez-nous au moins un peu de temps pour trouver autre chose, plaida Philomène, très pâle.

— Bien sûr, bien sûr. Disons une quinzaine de jours.

La mère n'avait pas redressé la tête. Anéantie, elle ne trouvait rien à dire et ne parvenait pas à ordonner ses pensées. On la chassait, elle n'avait plus de toit, plus de travail, c'est tout ce qu'elle retenait. Philomène, elle, sentait une angoisse diffuse la pénétrer, dévisageait Mélanie, bouleversée elle aussi.

— Nous sommes aujourd'hui le 5, reprit Mathilde Pouch. Nous déménagerons le 20, n'est-ce pas, Jean?

— Le 20, approuva le bourrelier, mal à l'aise.

Le silence retomba, s'éternisa. Les visiteurs finirent leur verre de vin et s'en allèrent, non sans avoir fouillé les armoires du rez-de-chaussée et emporté l'argent. Philomène les regarda monter dans leur charrette à travers la fenêtre, les yeux secs, habitée maintenant d'une colère froide.

— Qu'ils la prennent leur maison, lança-t-elle, ça ne leur portera pas bonheur, ou alors le bon Dieu...

— Tais-toi, Philo, tais-toi, je t'en supplie. Ne blasphème pas, on a assez de malheur comme ça.

Armand Mestre frappa à la porte et la mère lui ouvrit. Elle

n'eut pas besoin de lui expliquer ce qui venait de se passer : il avait compris en découvrant son visage défait.

— Mais que va-t-on faire? gémit la mère après l'avoir invité à s'asseoir.

— Allons, Marie, dit-il, ça va s'arranger, ne vous inquiétez pas.

Philomène lui sut gré de sa présence. Si elle regrettait l'absence d'Abel, en ces heures pénibles, elle se sentait pleine de reconnaissance pour lui d'avoir su nouer des liens d'amitié avec le sabotier dont la force et le calme la réconfortaient. Celui-ci, après avoir toussoté, déclara :

— Je crois que le mieux est de continuer la couture, Marie. La clientèle de Marguerite vous connaît et vous apprécie.

— Pour ce qu'il en reste, souffla la mère.

— Il ne tient qu'à vous de l'agrandir, les gens vous aiment bien, vous le savez.

Elle leva sur lui des yeux noyés.

— Vous croyez, Armand?

— Si Armand le dit, intervint Philomène, c'est que c'est vrai, mère. Il faut continuer.

— Mais où logerons-nous?

— Je peux vous loger chez moi et vous faire de la place dans mon atelier.

— Et les filles?

— Elles peuvent dormir au château et au presbytère, il suffit que vous le demandiez.

A ces mots, Philomène bondit. L'idée d'être séparée de sa mère, de perdre leur vie de famille, leurs soirées paisibles qui lui rappelaient celles de la métairie, lui parut tout de suite insupportable.

— Non, dit-elle, je peux tout accepter, mais pas de souper et de dormir loin de vous, mère.

Elle ajouta, d'une voix implorante, après un court silence :

— C'est tout ce qui nous reste.

Le sabotier se racla la gorge, soupira :

— Je comprends, dit-il. Tu as raison, petite.

Puis, après un instant de réflexion :

— On pourrait peut-être demander à Auguste Servantie s'il veut louer sa maisonnette qui se trouve sur la route de la métairie. C'est une ancienne bergerie, vous savez, juste après les grands chênes, à la sortie du village. Il a commencé à l'arranger. Elle n'est pas encore en bon état, mais, s'il s'y met rapidement, vous pourrez peut-être l'habiter dans quinze jours.

— Oh oui! s'exclama Mélanie, muette jusqu'à ce moment, mais qui tenait tout autant que Philomène à préserver leur vie de famille.

La mère se redressa, son visage parut s'éclairer un peu.

— Vous êtes bien aimable, Armand, murmura-t-elle, mais pensez-vous que Servantie acceptera de nous louer la maisonnette?

— Je m'en occupe dès ce soir.

Le lendemain matin, de très bonne heure, il revint en compagnie du maçon. Les deux hommes conduisirent la mère et ses filles vers l'ancienne bergerie. C'est avec émotion que la mère prit la route des Faysses car elle quittait rarement le village, si ce n'était pour se rendre au cimetière, dans la direction opposée. Ils longèrent une grèze et, en moins de cinq minutes, atteignirent les trois grands chênes dont l'un, décharné, avait été frappé par la foudre, l'été d'avant. Quand elles furent entrées, Philomène sentit son cœur se serrer : le sol en terre battue contenait encore des écharpes de paille, la pièce nue semblait crier misère, et il n'y avait pas encore de fenêtres aux murs. Seule une cheminée en cours de construction donnait un peu de vie à l'ensemble. Une échelle de bois menait au grenier dont certaines planches crevées laissaient apparaître le toit de lauzes.

— Ce n'est pas brillant, je sais, dit le maçon. Mais je vous promets que, dans quinze jours, j'aurai terminé le cantou, posé les fenêtres, réparé le plancher, et remplacé l'échelle par un escalier.

— Vous verrez, ajouta Armand, une fois que vous aurez apporté vos meubles, que ce sera propre, vous serez bien ici.

La mère, désespérée, en entrant, à l'image de ses filles, se reprit. Elle imagina sa table, son vaisselier, son tamis et sa quenouille éclairés par les flammes du cantou, soupira :

— Ce sera très bien.

— Je monterai une cloison, là-haut. Ça vous fera deux chambres, ajouta Servantie.

— Merci, Auguste, merci bien.

Le vent soufflant en courant d'air entre la porte ouverte et les deux grands trous des murs la glaça, elle regarda Philomène qui lui sourit.

— Et pour le loyer? demanda-t-elle.

— Ne vous inquiétez pas, répondit le maçon, on s'arrangera toujours.

— Quand Abel reviendra, commença-t-elle ...

— Mais oui, Marie, dit Armand, quand il reviendra il sera content. Maintenant, ce qui presse, c'est qu'Auguste termine les travaux et que vous ayez de l'ouvrage.

Ils gagnèrent le village et Philomène les laissa sur la place pour se rendre au château où l'on devait l'attendre ...

Auguste Servantie acheva, comme promis, le travail dans les quinze jours qui suivirent. Elles déménagèrent le 19 mars, assistées par le maçon et ses ouvriers. Le soir, Philomène et Mélanie aidèrent la mère à nettoyer les meubles et la cuisine. Quand le premier feu fut allumé dans l'âtre, il sembla à Philomène que des présences chères à son cœur naissaient avec lui et elle ne put s'empêcher de le dire à la mère. Celle-ci hocha la tête, heureuse, retrouvant son sourire. Le lendemain, Armand les aida à transporter le bois de la remise vers leur nouvelle demeure; elles aménagèrent le grenier où se trouvaient leurs lits dans deux chambres séparées par unc cloison de bois, laissèrent celui d'Abel en bas, entre le cantou et le tamis, et la vie reprit son cours dans l'attente des lettres.

Trois semaines après leur installation dans la maison des chênes, il en arriva unc, enfin : Abel espérait revenir en permission en août mais s'inquiétait du déménagement dont Philomène lui avait parlé dans un récent courrier. Elle lui répondit aussitôt pour le rassurer et termina en lui disant qu'elles attendaient impatiemment son retour.

Au château, il lui sembla que le maître la considérait d'un œil sévère depuis qu'elles avaient fait appel au sabotier et au maçon, mais il n'y fit aucune allusion. Ce fut le rouquin qui confirma ses craintes en lui lançant un soir, la croisant dans la cour :

— Alors, petite, on s'est vendue aux rouges?

Elle ne répondit pas, se confia à Adrien qui promit de faire taire l'héritier du château.

— Non, supplia Philomène, ne t'en mêle pas, ils oublieront.

Mais elle garda de cet incident une impression de souillure et de tristesse que seuls les beaux jours parvinrent à dissiper.

Là-bas, à vingt mètres, les vignerons en colère rassemblés devant la préfecture de Perpignan, faisaient face au 17e régiment de ligne qui venait de prendre position. Depuis le début du mois de juin, déjà en partie ruinés par le phylloxéra, rendus fous par la chute des prix, le mouillage des vins, la fabrication des crus artificiels, les viticulteurs du Midi manifestaient leur révolte et leur désespoir. Le 9 juin, trois cent mille d'entre eux s'étaient réunis à Montpellier, fanatisés par le rédempteur Marcelin Albert qui prônait en langue d'oc le sabotage administratif, lançait des mots d'ordre aussitôt suivis par ses troupes : ne plus payer d'impôts, contraindre les maires et les conseillers à démissionner, faire table rase devant Paris.

Abel très pâle se demandait par quelle obscure fatalité il se trouvait là pour tirer sur ces hommes et ces femmes qui auraient pu être de sa famille. Car il allait devoir tirer, comme à Narbonne, où l'armée avait ouvert le feu sur les manifestants fanatisés par le maire, « Ferroul le poilu », qui avait crié du haut de son balcon, un œillet rouge sang à la boutonnière :

— Citoyens, aux actes maintenant ! Demain, à huit heures du soir, je fermerai l'hôtel de ville après y avoir fait arborer le drapeau noir et, au son du tocsin de la misère, je jetterai mon écharpe à la face du gouvernement !

Il y avait eu cinq morts. Cinq Français affamés victimes de soldats français, cinq paysans ou métayers comme l'était le père Laborie, Delmas ou d'autres encore. Là-bas, des flammes s'échappaient par les fenêtres de la préfecture, projetant des fumées rousses dans le bleu de l'été. Malgré la menace des gendarmes à cheval, la foule refusait de se disperser. Abel distinguait nettement le visage des femmes qui brandissaient des pancartes de bois où étaient inscrits des slogans de rébellion. Les hommes les encadraient, endimanchés de noir, la casquette vissée sur la tête, la peau burinée par le soleil, hurlaient et maudissaient la troupe et le gouvernement :

Clemenceau, au poteau
Clemenceau aux tonneaux!

Abel serrait les dents de rage et de désespoir, écoutait ces cris comme s'il s'agissait des siens ou de ceux de ses proches :

Du pain
Du bon vin,
Du pain,
Du bon vin!

Cette femme ou cette jeune fille auraient pu être sa mère ou Philo ou Mélanie. La sueur coulait sur ses tempes et son dos, le soleil l'aveuglait, il tremblait malgré la chaleur qui croulait sur la ville en nappes translucides. Près de lui, Louis murmurait des mots sans signification, l'air hagard, les yeux fous. On évacuait la préfecture tout en essayant d'éteindre les flammes qui prenaient rapidement de la force. Une jeune femme sortit des rangs, brune et sèche, toute en nerfs, se fraya un passage entre les chevaux des gendarmes, s'approcha des soldats et, les mains sur les hanches, cria :

La troupe avec nous!

Deux gendarmes mirent pied à terre, voulurent s'emparer d'elle, mais elle leur glissa entre les mains et regagna les rangs des manifestants d'où s'élevèrent des rires moqueurs. Des gamins noirs et sales, débordant le service d'ordre, lancèrent des pierres sur les soldats. L'une d'entre elles toucha Abel à l'épaule. Etait-ce possible? C'était donc lui qu'on visait? Lui qui leur ressemblait, lui qui était prêt à se porter à leur secours! Tout cela n'avait pas de sens. Il ferma les yeux, reçut une nouvelle pierre au front, tituba, les rouvrit.

Clemenceau au poteau
Clemenceau ...

Il aperçut des pompiers qui cherchaient à s'approcher de la préfecture. Hués, matraqués, ils durent rebrousser chemin, accompagnés dans leur déroute par une immense clameur. Les bâtiments brûlaient toujours dans un crépitement de mieux en mieux perceptible.

— Dispersez-vous! hurla un capitaine, laissez les pompiers faire leur travail.

Des cris hostiles et des insultes lui répondirent. Les gendarmes tentèrent de frayer une route aux pompiers en s'engageant dans la populace. Les pancartes brandies par les femmes s'abattirent sur leurs chevaux dont trois se dressèrent sur leurs pattes de derrière en hennissant. Une femme tomba, faillit être piétinée. Une autre s'accrocha à la bride d'une monture, reçut un coup de sabot qui la projeta vers ses voisines. Elle hurla. En faisant bloc contre les chevaux, des hommes dégagèrent celle qui était tombée, les forcèrent à reculer, provoquant d'autres chutes, d'autres cris de douleur. Le moment tant redouté par Abel arrivait. Il avait compris que sa vie allait se jouer là, très vite, et peu à peu ses idées s'ordonnaient. Il essuya d'un revers de main ses paupières lourdes d'une sueur qui coulait par à-coups sur ses yeux et l'aveuglait. Des hurlements s'échappèrent de la préfecture. Là-bas, dans la rue parallèle, des hommes et des femmes se mirent à courir. Il y eut une sorte de détonation sèche, peut-être celle d'une pièce de bois qui craquait dans les flammes, puis une houle soudaine agita la foule des manifestants qui avancèrent de cinq ou six mètres. Au premier rang, un homme tomba sous les pieds d'un cheval qui le piétina, et ses cris dominèrent un instant les slogans scandés par des milliers de poitrine. Un bruit courut chez les vignerons : « On a tiré! On a tiré! » Des gendarmes, désarçonnés, furent engloutis par la foule, les autres se replièrent vers la troupe et s'effacèrent. Maintenant, rien ne séparait plus les vignerons des soldats. Une deuxième détonation, plus forte et plus sèche que la première, s'éleva de la préfecture et claqua dans l'air lourd, provoquant un début de panique aux abords du bâtiment. Abel entendit une femme qui hurlait dans la rue de gauche, mais n'eut pas le temps de s'interroger sur ce qui se passait. Les manifestants, poussés par une vague venue du portail, avancèrent encore, à moins de dix mètres des soldats. Le capitaine du détachement du 17e, un grand gars moustachu aux galons dorés, hurla :

— A mon commandement... en joue!

Des mouvements divers agitèrent la troupe. Les vignerons,

d'instinct, serrèrent leurs rangs, et un lourd silence tomba brusquement. Abel, refus et colère, ne bougeait pas. A ses côtés, Louis avança d'un pas, se retourna vers les soldats, mit crosse en l'air et fit signe à Abel de le rejoindre. Celui-ci hésita à peine un instant, vint se ranger près de son camarade. Sous le regard médusé du capitaine, l'ouvrier parisien entonna les premiers mots de *L'Internationale*. Un flottement courut dans les rangs des soldats puis des voix s'élevèrent, d'abord isolées, ensuite plus nombreuses, et Abel y mêla la sienne. Les premiers de ligne baissèrent alors leur fusil. Réagissant aussitôt, les vignerons s'associèrent au chant des soldats, au milieu des vivats et des acclamations. Bien avant la fin, les femmes se précipitèrent vers les soldats, les entourèrent, les embrassèrent, puis les enfants suivirent, les hommes également, et bientôt la troupe et les manifestants fraternisèrent sous le regard incrédule des gendarmes et des officiers. Dans la cohue qui s'ensuivit, Abel fut emporté loin de Louis Maisonnobe et il se laissa aller, ballotté par elle, avec, au fond de lui, bizarre et imprévue, l'impression de rejoindre son père, le métayer des Faysses, pourtant si respectueux de la loi. Il lui sembla confusément qu'il naissait ce jour d'été, loin de son village. Un bonheur subtil l'enivra, il perdit la notion du temps. L'heure qu'il passa de bras en bras, devant cette préfecture le révéla à lui-même. Il comprit que plus jamais il ne serait ce garçon réservé et solitaire de son village natal : ce que lui avait enseigné le sabotier existait bien, la solidarité des pauvres n'était pas un vain mot, mais une réalité vivante, chaude et fraternelle.

Il fut mis aux arrêts le soir même après une brève entrevue avec son colonel. On l'enferma dans une cellule de la prison militaire, avec, pour tout matelas, une couche de paille qui lui fit tout de suite se souvenir de la bergerie de son enfance. Là, nourri de pain et d'eau, il passa un mois sans aucune communication avec l'extérieur, à part trois interrogatoires menés par des officiers froids comme du marbre. Ils lui annoncèrent qu'il resterait emprisonné jusqu'à ce qu'il soit traduit devant le tribunal militaire. Désormais, sa voie était tracée. Pour l'armée comme pour l'Etat, il était un insoumis et un agitateur. Et rien, jamais, n'effacerait cette journée d'été en pays catalan.

TROISIÈME PARTIE

LE TEMPS DES NUAGES

9.

Un hiver sans neige avait passé, puis un printemps auréolé de brises tièdes et de rosées, un été sans orage et un automne, enfin, dont les vendanges exceptionnelles avaient déversé sur le causse toute la suavité des futailles bondées. L'année 1909 apportait avec elle les frimas et le gel que l'on avait fini par oublier. Janvier naissait en blanc, empanaché de frises d'argent dans les matins frileux.

Chez les Laborie, il semblait que le temps se fût arrêté depuis longtemps, et pourtant bien des choses avaient changé : Mélanie travaillait maintenant au château où elle aidait Fernande qui, à plus de soixante ans, avait besoin d'une aide. A quinze ans, Mélanie paraissait déjà femme : grande, mince, les yeux d'un noir profond, les cheveux de jais, elle attirait le regard des hommes sans s'en apercevoir, trop timide et trop innocente pour oser s'en approcher. Philomène l'avait d'ailleurs mise en garde contre le rouquin : « Surtout ne jamais rester seule avec lui », avait-elle dit; mais aussi contre les domestiques qui emmenaient parfois les journalières embauchées aux moissons et aux vendanges dans les granges ou les fenils.

La mère, elle, avait été contrainte d'abandonner la couture et de se louer aux beaux jours dans les métairies. En effet, si, après la mort de Marguerite, elle avait fait face aux commandes en cours, celles-ci n'avaient pas été renouvelées. Sans doute le peu de goût manifesté par la couturière pendant les derniers mois de sa vie avait éloigné définitivement les clientes. C'est du moins ce que s'était dit la mère, sans se douter que sa cuisine en terre battue, son éternel tablier noir, ses manières de paysanne habituée à parler davantage de brebis que de toilettes, avaient incité les femmes des alentours assez riches pour se payer des robes, à se tourner vers les couturières des gros bourgs. Faute de commandes, la pauvre femme avait pris le parti le plus sage : se louer l'été et filer pendant l'hiver, quand il n'y avait plus de travail dans les champs, la laine qu'elle allait chercher dans les métairies. Le château? Elle y avait bien songé, mais, comme Mélanie devait quitter le presbytère, elle avait préféré l'y laisser entrer, car il n'était bien sûr pas question de demander deux places la même année. D'ailleurs Abel n'eût sans doute pas accepté une telle situation.

On ne mangeait donc plus que de la soupe dans la maison des chênes, et on attendait avec impatience le retour du fils qu'Armand avait promis de payer non plus comme un apprenti, mais comme un ouvrier. Et il était enfin venu en permission l'été précédent, ce fils, après un an et demi d'absence, dont douze mois de prison. Seul Mestre savait ce qui s'était passé à Perpignan. Pour les femmes, Abel avait inventé des histoires auxquelles elles n'avaient rien compris. Au reste, toutes à leur joie de le revoir enfin, elles n'avaient pas insisté outre mesure pour connaître les raisons des permissions sans cesse reportées.

En ce début de janvier, la mère parcourait les chemins en songeant qu'elle n'avait plus qu'un mois à patienter avant de retrouver son fils. Seulement vêtue d'un tablier et d'une pèlerine, elle grelottait chaque jour dans le froid et la bise en rapportant sa laine filée. Ses courses incessantes l'épuisaient. Même les heures passées devant sa quenouille ne parvenaient pas à la débarrasser du poids de l'immense fatigue qu'elle traînait avec elle. Souvent, à midi, comme elle était seule, elle ne mangeait pas pour économiser le pain, sachant qu'il ne lui restait presque plus de sous pour acheter de la farine. Mais, autour d'elle, nul ne s'en doutait. Ni Philo, ni Mélanie, ni Armand ne se rendaient compte que le salaire versé par Marguerite ne rentrait plus à la maison des chênes, tandis que le loyer dû à Servantie, si faible fût-il, représentait cependant une centaine de paniers de laine. On donnait en effet à la mère un sou de temps en temps, juste une obole, car on n'avait guère besoin d'elle pour filer : chaque famille possédait sa quenouille. Les filles ne ramenant pas le moindre sou, les économies avaient fondu en achat de farine et en loyers, et la mère voyait avec effroi arriver la misère. Aussi sortait-elle par tous les temps et courait-elle interminablement le causse battu par le vent, malheureuse, rongée par les soucis, sentant arriver le jour où il n'y aurait plus d'argent dans la maison des chênes.

Le maître avait acheté une voiture au printemps de l'année passée : une Renault verte aux poignées chromées, aux pare-chocs brillants, aux roues à rayons savamment entremêlés, que le rouquin semblait avoir annexée. Tous les gens du pays redoutaient sa rencontre : il conduisait comme un fou, s'amusait à terroriser les voyageurs isolés, débouchant des tournants en actionnant son klaxon enroué, accélérant au lieu de ralentir à leur approche. Il ne travaillait plus du tout, passait ses journées au volant du bolide, buvait toujours autant, menaçait ouvertement son père quand celui-ci lui reprochait ses frasques.

Au village, les rivalités entre les rouges et les blancs s'étaient atténuées. Désormais la communale était acceptée, comme d'ailleurs le maître d'école qui rendait des services à tous ceux qui venaient le trouver, fussent-ils cléricaux. En outre, il ne dédaignait pas d'aider pour les vendanges, les moissons, les fenaisons, et résolvait les problèmes épistolaires ou administratifs de ceux qui les lui soumettaient tous les jeudis matin. En classe, il n'accueillait plus seulement onze élèves mais quinze. Dans le même temps, les effectifs de la religieuse étaient tombés à huit. A force de négociations menées avec le curé Lafont, on avait admis de part et d'autre l'idée d'une récréation commune, sur la placette, chacun voulant ainsi prouver son esprit de tolérance. Cette initiative, après avoir surpris et choqué plus d'un laïque et plus d'un clérical, avait abouti à une cohabitation raisonnable que tout le monde jugeait aujourd'hui préférable aux hostilités consécutives aux événements de 1906.

Ce matin du 3 janvier, le gel recouvrait les murs et les pierres du chemin d'une mince pellicule que faisaient scintiller les premiers rayons du soleil. La mère, qui revenait de la métairie de Combressol avec ses paniers de laine, hésitait sur les cailloux glissants, gardait son équilibre avec difficulté. C'était une journée claire et sans vent, l'air semblait de cristal, prêt à se rompre au moindre bruit, les grives voletaient de chênes en genévriers sans le moindre « tia-tia », comme pour se fondre dans le silence.

La mère posa un instant ses paniers pour se reposer, leva les yeux vers le clocher du village, soupira : encore un kilomètre. Au moment où elle reprit ses paniers, elle entendit loin derrière elle le moteur d'une voiture, et elle se gara sans attendre contre le mur de lauzes, cherchant vainement un passage ouvert sur la grèze. La voiture se rapprocha rapidement, le murmure devint grondement et, sans raison, elle s'en effraya. En se retournant, elle aperçut l'automobile verte dont elle avait si peur pour avoir failli plusieurs fois être renversée. Se sentant mal placée, elle avança pour sortir du virage et gagner cet endroit où, là-bas, la route s'élargissait. Elle n'en eut pas le temps : en entrant dans le virage la voiture dérapa sur le verglas et, malgré la tentative amorcée par le rouquin pour contre-braquer, partit en travers. Au moment où la mère, prise de vitesse et redoutant le pire, se retournait, l'avant de l'automobile l'effleura. Elle esquissa un mouvement de recul mais ne put éviter le pare-chocs arrière qui heurta sa jambe gauche et l'envoya rouler contre le mur. Elle poussa un cri, tandis que le véhicule terminait son tête-à-queue à cinq mètres du choc, contre le mur opposé. Hébété, le rouquin en sortit et, furieux, s'approcha du corps noir étendu sur le bas côté en se tenant la tête.

— Ma jambe! gémit la mère, ma jambe!

— Qu'est-ce que vous foutez là, aussi? cria le rouquin défiguré par une peur rétrospective. A-t-on idée de courir les routes avec un froid pareil!

La mère, tremblante de peur et de douleur, claquait des dents et gémissait doucement, se croyant déjà infirme pour le restant de ses jours.

— Ma jambe! ma jambe! C'est tout ce que vous savez dire, reprit le rouquin, vous ne pouvez donc pas vous remuer un peu?

— Je ne peux plus bouger, geignit la mère.

— Ce sont des histoires, ça!

Il essaya de la soulever, lui arracha une plainte, s'impatienta :

— Si vous ne voulez pas vous laisser porter, qu'est-ce qu'il faut que je fasse? Que je vous laisse là?

Des larmes perlèrent aux paupières de la pauvre femme incapable de se mouvoir.

— Je vais essayer, bredouilla-t-elle.

Il se pencha sur elle, la prit par les épaules dans le but évident de la traîner vers la voiture, mais les cris qu'elle poussa lui firent y renoncer.

— Quelle empotée vous êtes!

La mère, allongée sur le dos, pleurait maintenant en silence, anéantie par la douleur, mais aussi par la rage de ne pouvoir se défendre, fût-ce par la parole. Le rouquin tempêta, l'insulta, et elle se recroquevilla en gémissant, craignant qu'il ne la battît.

— Je vais chercher de l'aide, dit-il enfin, excédé, j'en ai pour cinq minutes.

Il remonta dans la voiture, tenta de faire repartir le moteur mais n'y parvint pas, ce qui décupla sa colère.

— La prochaine fois, vous resterez chez vous, lança-t-il, ça vous servira de leçon!

Et il s'en fut en courant vers le village après une dernière insulte que la mère n'entendit pas. Brisée, seule sur la route dont le gel lui glaçait les reins, l'idée de ne plus pouvoir marcher s'insinua en elle et l'emplit d'horreur. En l'absence d'Abel, qui gagnerait les sous pour les faire vivre, elle et ses deux filles? Pendant quelques minutes, elle se vit paralysée dans un fauteuil, mendiant sous le porche de l'église, la honte au front et ses filles à la rue. La Sainte Vierge et le bon Dieu l'avaient-ils donc abandonnée? Pourquoi la misère après la mort du père? C'était trop injuste. Elle posa sa tête sur les pierres froides, ferma les yeux et se mit à prier.

Accompagné d'Edmond, le rouquin revint sur une charrette une demi-heure plus tard. Ils la chargèrent avec précaution, l'allongèrent, repassèrent au château pour y prendre Philomène. Quand celle-ci vit sa mère inerte, elle poussa un cri, escalada la charrette et, l'espace d'un instant, crut revoir son père sous le rocher de la combe maudite.

— Mon Dieu, Edmond, qu'a-t-elle?

— Elle est tombée, intervint le rouquin, ce n'est pas grave.

Comme elle le détestait cet homme, et que n'aurait-elle pas

fait pour l'empêcher de remonter sur la charrette! Et voilà qu'il demandait à Edmond de descendre, disant qu'il se débrouillerait avec les deux femmes. Heureusement, celui-ci, redoutant un mauvais coup, refusa. Il garda les rênes et le rouquin se contenta de s'asseoir près de lui, l'air sombre et menaçant. A l'arrière, Philomène prit la tête de sa mère sur ses genoux, demanda, tandis que le cheval se mettait en route :

— Croyez-vous que votre jambe soit cassée, mère?

— Ma pauvre petite, si elle n'est pas cassée, c'est tout comme.

— Mon Dieu, qu'allons-nous faire? murmura Philomène.

Puis elle ne parla plus tout le long du trajet, s'efforçant d'amortir les cahots de la route, caressant le front brûlant où les rides creusaient des sillons luisants de sueur.

Dans la maison, une fois arrivés, les hommes aidèrent Philomène à porter la blessée sur le lit du bas, à côté du cantou. Quand Philomène l'eut recouverte d'un édredon de plumes, Edmond demanda :

— Comment est-ce arrivé, Marie?

La mère leva ses yeux noyés vers le rouquin mais ne répondit pas.

— Elle est tombée, c'est tout, et je l'ai ramassée, grogna ce dernier. Au lieu de discuter, il vaudrait peut-être mieux prévenir le docteur.

— Je m'en occupe, Marie, dit Edmond. Soyez sans crainte, il sera là avant ce soir. Je repasserai prendre des nouvelles.

Le rouquin ouvrit la bouche, mais son regard croisa celui de la mère, et il se contenta de saluer les deux femmes avant de sortir.

Il sembla aussitôt à Philomène qu'elle respirait mieux. Elle attisa le feu, le nourrit de grosses bûches moussues et, comme la mère grelottait, elle mit des briques à chauffer. Quand elle les eut placées dans le lit, cinq minutes plus tard, la mère cessa de trembler et son visage reprit quelques couleurs. La matinée coula en silence et en interrogations muettes. Ni l'une ni l'autre n'osaient parler, de crainte de trahir leur inquiétude. A midi, Philomène prépara un peu de soupe qu'elle mangea seule à table après avoir donné une assiette à la mère. Durant l'après-midi, la blessée s'assoupit et se plaignit dans son demi-sommeil. Philomène fit de la tisane qu'elle laissa couler entre les lèvres pâles de la pauvre femme qui se désolait d'être ainsi assistée.

Le docteur arriva en fin d'après-midi, alors que la nuit tombait. Il se réchauffa un instant près du cantou, accepta un verre de vin chaud, examina la jambe blessée, et surtout l'auréole noire au-dessus du genou, la palpa, fit jouer l'articulation, déclara :

— Il n'y a pas de fracture mais la plaie n'est pas belle.

Il inscrivit sur une feuille la liste des médicaments à acheter, demanda :

— Comment avez-vous fait votre compte?

— J'ai glissé sur le verglas et je suis tombée, souffla la mère.

— Ce n'est pas un temps à sortir, ma pauvre femme!

— Il faut bien sortir pour travailler, murmura la mère. Chez nous, les sous ne rentrent pas tout seuls.

— Et oui, je sais. Ne vous tourmentez pas trop, allez. Dans quelques jours, ça ira mieux.

La mère indiqua à Philomène l'endroit où elle rangeait la boîte à sous, et celle-ci paya le docteur qui partit après un dernier mot de réconfort. Comme il ne restait que trois pièces dans la boîte, Philomène s'inquiéta :

— N'avons-nous plus de sous, mère? Est-ce donc là tout ce qu'il nous reste?

— Tout est là, ma pauvre petite. A peine de quoi acheter la farine du mois.

— Mais... mais que s'est-il passé? bredouilla Philomène.

— Il ne s'est rien passé. Les salaires de Marguerite sont partis.

— Et pour les médicaments? demanda Philomène accablée par cette découverte.

La mère se força à sourire, parut reprendre un peu de vigueur :

— Du moment qu'il n'y a pas de fracture, assura-t-elle, mes herbes feront l'affaire. Va donc me les chercher là-haut, ajouta-t-elle, en désignant le grenier du doigt.

Philomène ne bougea point.

— Croyez-vous? fit-elle. Ne vaudrait-il pas mieux acheter ces médicaments?

— Mais non, fillette, ça ne sera rien. Et d'ailleurs, nous avons juste de quoi acheter un peu de farine.

Philomène hésita, demanda encore :

— Etes-vous certaine que ces herbes feront de l'effet?

Puis, d'une voix suppliante :

— Il vaudrait mieux écouter le docteur.

— Va me chercher les herbes, s'impatienta la mère, je vais t'expliquer ce qu'il faut faire.

Philomène se résigna après une dernière hésitation et monta à regret les marches de l'escalier. Un peu plus tard, ce fut sans aucune conviction qu'elle prépara le cataplasme en écoutant les recommandations de sa mère : deux poignées de chardon Marie, trois de chiendent, autant de mille-pertuis et de boutons-d'or. Elle laissa macérer pendant une demi-heure, puis elle retira les herbes, les plaça dans un torchon, appliqua le cataplasme sur la plaie. A partir de cet instant, la mère parut se détendre et souffrir un peu moins.

Le soir, juste après le retour de Mélanie qui s'était précipitée vers la mère en la voyant couchée de si bonne heure, Edmond revint prendre des nouvelles, comme il l'avait promis. Il s'assit sur le banc, s'accouda sur la table, demanda doucement :

— Pourquoi ne pas dire la vérité, Marie? Vous n'êtes pas tombée, c'est la voiture qui vous a blessée.

La mère lui adressa un regard implorant.

— Je suis tombée toute seule, affirma-t-elle.

Le régisseur soupira, mais se refusa à la prière décelée dans les yeux de la mère :

— C'est le rouquin qui vous a renversée. Il me l'a avoué.

— Mère! s'indigna Philomène, pourquoi n'avez-vous rien dit?

Le visage de la pauvre femme prit une expression affolée.

— Ne dis rien, petite, il vous chasserait, bredouilla-t-elle, terrifiée.

— Mais enfin, s'insurgea Edmond, on n'est plus au temps des seigneurs tout de même!

Philomène tremblait d'une rage impuissante mais se refusait à une telle capitulation. En cet instant, elle souhaitait au rouquin les pires souffrances.

— Demain, je parlerai au maître, assura-t-elle d'une voix âpre.

Un sursaut d'épouvante fit se dresser la mère dans son lit.

— Malheureuse! Ne dis rien, je t'en supplie. Il vous renverrait toutes les deux.

— Peut-être, mais il paiera au moins le docteur et les médicaments.

— Edmond! implora la mère, raisonnez-la, elle vous écoutera, vous.

Mais le régisseur prit le parti de Philomène sans une hésitation :

— Il faut parler au maître, dit-il, approuvé aussi par Mélanie.

— Mais ce n'est rien, gémit la mère, dans dix jours, il n'y paraîtra plus.

Et, attirant Philomène contre elle après lui avoir pris les mains :

— Promets-moi de ne pas lui parler, petite, sans quoi nous n'aurions plus qu'à prendre le bissac.

Déconcertée par la peur manifestée par sa mère, troublée par son regard effaré, Philomène, après avoir vainement cherché de l'aide auprès du régisseur et de Mélanie eux aussi ébranlés dans leur certitude, concéda :

— Je vous promets de me taire pendant une semaine, mais si dans huit jours vous n'êtes pas sur pied, je parlerai au maître.

— Non, petite, moi je le ferai, déclara Edmond, il m'écoutera.

Les yeux brillants, comme délivrée par ce sursis, la mère laissa retomber sa tête sur l'oreiller. Elle perdit cet air d'angoisse folle qui l'avait hantée pendant quelques minutes, essuya une larme.

— Dans une semaine, souffla-t-elle, nous verrons.

Edmond partit. Les trois femmes restèrent seules dans la cuisine, préoccupées, n'osant rompre le silence. Philomène eut envie d'aller demander conseil à Armand, mais ne trouva pas de prétexte pour sortir. La mère dormit en bas, dans le lit d'Abel, et les filles dans les chambres du haut. Mais Philomène, cette nuit-là, ne put trouver le sommeil.

Huit jours plus tard, de la cheville à la hanche, la jambe de la mère était devenue violacée, et il régnait dans la cuisine une odeur désagréable qui semblait provenir du lit. Sans rien dire à la mère, Philomène prévint Edmond qui raconta l'accident au maître en lui demandant d'intervenir. Questionné par celui-ci, le rouquin ne nia point sa responsabilité. Aussitôt le maître fit prévenir le docteur de Gramat et vint à la maison des chênes en sa présence. Découvrant la jambe de la mère, le vieux docteur tempêta, grogna qu'il était tout juste temps et qu'on était tous fous dans cette maison : encore trois jours, et il aurait fallu couper la jambe. De toute façon, il y aurait des séquelles. Il repartit furieux en compagnie du maître, tandis que Philomène et Mélanie, catastrophées, pleuraient en silence.

— Ne pleurez pas, petites, gémit la mère, c'est de ma faute, pas de la vôtre.

— Aussi, mère, que ne m'avez-vous laissée faire, reprocha Philomène. Vous voyez bien qu'il n'est pas mauvais homme!

Prévenu par Adrien, Armand vint à la maison et s'emporta lui aussi :

— Il y a des tribunaux pour les assassins!

La mère défaillit :

— Mon Dieu! Les tribunaux, nous qui n'avons pas le sou!

— Le maître a dit qu'il paierait le docteur et les médicaments jusqu'à guérison complète, murmura Philomène, effrayée, comme la mère, par ce mot que le père, jadis, ne prononçait jamais sans un tremblement dans la voix.

— Et si elle ne guérit pas, que paiera-t-il donc? maugréa le sabotier, contrarié d'avoir été alerté si tard.

Il partit sans attendre de réponse, après avoir ajouté qu'un jour il réglerait son compte à ce rouquin de malheur.

La semaine suivante passa dans l'angoisse et l'attente du docteur. Celui-ci revint à deux reprises, apporta lui-même des médicaments, précisa qu'en agissant ainsi il exécutait les ordres de M. Delaval. Finalement, il parvint à sauver la jambe de la mère qui, de violacée vira au jaune, mais ne réagit plus à aucune sollicitation. Le vieux docteur prescrivit alors un autre traitement, mais sans laisser beaucoup d'espoir. D'un commun accord, les femmes décidèrent de ne pas parler de l'affaire à Abel lorsqu'il reviendrait. Craignant qu'un coup de folie ne le prît, elles redoutaient de le perdre aussitôt retrouvé. Elles firent promettre à Armand de ne pas en parler non plus. Ce ne fut pas facile. Il s'inclina de mauvaise grâce, maudissant ces gens du château qui régentaient le village comme des seigneurs. La mère souffrit moins, mais sa jambe resta morte et, dès lors, elle demeura assise au cantou, filant la laine rapportée par Philomène ou Mélanie, quand elles en trouvaient le temps. Mais comme il faisait nuit quand elles partaient le matin au château, qu'elles rentraient également à la nuit, Armand ou Eugénie rendaient régulièrement visite à la mère pendant la journée.

Depuis les fêtes de carnaval où elle avait dansé avec Julien Combarelle, Philomène avait plusieurs fois revu celui-ci, notamment un dimanche après-midi, sur les terres hautes, alors que le maître d'école cherchait des pierres pour une leçon de choses. Elle s'était assise un moment en sa compagnie et ils avaient parlé de leurs lectures, lui de Zola et de Victor Hugo, elle du seul livre qu'elle connût : « Le lys dans la vallée. » Comme il s'était aperçu de son goût pour les livres, il lui avait proposé de lui en prêter. Malgré ses réticences à nouer des relations avec un homme si différent d'Adrien, si savant et si impressionnant, elle avait fini par accepter. Depuis lors, il ne s'était pas passé une semaine sans qu'elle eût rencontré l'instituteur avec qui elle parlait du dernier livre emporté, s'émerveillant de pouvoir échanger des idées avec lui. Elle ne s'en était jamais crue capable, mais le maître d'école avait le don de la faire peu à peu pénétrer dans un monde dont l'accès lui avait toujours paru interdit. Ainsi, en quelques mois, elle avait lu « Notre-Dame de Paris », « Les misérables », « Quatre-vingt-treize », « La terre », « L'assommoir », « Pot-Bouille » et d'autres encore, dont Julien Combarelle parlait avec une passion et une sensibilité qui la ravissaient. Souvent même, il lui révélait des aspects cachés de l'histoire qui lui avaient échappé, et elle restait des heures à l'écouter dans son logement, se laissant griser par les mots qui coulaient de la bouche du jeune homme. Par loyauté, elle avait avoué ces rencontres à Adrien qui, sans se mettre en colère, avait murmuré, une sombre résignation dans la voix :

— Je le sais bien qu'il te plaît, ce maître d'école. Je l'ai compris dès le premier jour.

— Que tu es sot, s'était-elle défendue, j'aime les livres, c'est tout.

Elle sentait pourtant bien que peu à peu se tissaient entre l'instituteur et elle des liens d'une autre nature, une sorte de complicité qui, souvent, la troublait. Pourtant, jamais Combarelle n'avait vraiment tenté d'établir entre eux d'autres rapports, même si son regard restait un peu trop longtemps posé sur elle, même si sa voix se faisait caressante. Il arrivait à Philomène de regretter ses visites, mais elle se disait que rien, en elle, ne pouvait attirer le jeune homme, et qu'elle ne méritait même pas ces quelques heures passées en sa compagnie. S'il la respectait, tout en lui indiquait pourtant une passion naissante dont elle ressentait certains jours les effets subtils. Parfois, prise de remords, elle se forçait à rester avec Adrien, ce frère qui lui ressemblait, ce compagnon qui marchait près d'elle depuis l'enfance, et avec qui, elle en était certaine, elle se marierait un jour. Certaine? Si seulement les choses avaient été si simples! Et quel émoi en elle! Quelle fièvre l'emportait vers l'école!

Adrien, qui la connaissait depuis si longtemps, avait compris le combat qu'elle livrait.

— On ne se mariera jamais, avait-il dit un soir d'été, sur la placette, en la trouvant un nouveau livre dans les mains.

— Ne sois pas bête, Adrien, avait-elle répondu, malheureuse de la peine qu'elle lui faisait.

Elle luttait de son mieux, se traitait de folle et de prétentieuse, demandait son aide au bon Dieu, se débattait, mais le monde du savoir et des livres la ramenait toujours vers Combarelle. Elle en rêvait jour et nuit, il lui semblait qu'elle aurait été capable d'écrire elle aussi, d'inventer des personnages et des histoires, suggérer des sentiments, émouvoir, raconter des vies de peines et de misères, des moments de bonheur et de joie. Mon Dieu, elle devenait folle! Ecrire, elle, une gardienne de brebis! Il fallait rompre avec le maître d'école, ne plus toucher à un livre, sinon sa vie ne serait que désillusion, et elle rendrait malheureux tous ceux qui l'aimaient. Dans les minutes qui suivaient ces douloureuses résolutions, elle se laissait emporter de nouveau, dévorait les pages, et, honteuse, lisait toute la nuit, notant les réflexions dont elle ferait part à Julien.

Un jour, pourtant, Mélanie la mit en garde contre les rumeurs qui couraient au château à son sujet :

— On dit que tu rencontres le maître d'école dans son logement. Adrien l'a sans doute entendu lui aussi.

Elle se mit en colère :

— Il me prête des livres, c'est tout, et je me moque de ce qu'on dit.

— C'est donc vrai que tu le rencontres?

— Quelquefois.

— Adrien est malheureux. Tu ne peux pas continuer comme ça, ou alors il partira.

De rage et de désespoir, elle pleura toute la nuit, cherchant une solution pour préserver son amour des livres et celui d'Adrien, mais elle n'en trouva point. Elle prit donc la seule solution qui s'imposait : ne plus revoir le maître d'école, ne plus prêter le flanc aux calomnies, et retourner à son univers sans horizon. Cependant elle attendit plusieurs jours avant de se rendre à l'école pour la dernière fois, le temps que sa résolution franchît les barrages dressés dans son esprit par l'impression d'une injustice abominable. Il fallut même un nouvel incident pour la décider tout à fait. Et ce fut bien sûr le rouquin, cet homme qui symbolisait pour elle la bassesse et la laideur, qui en fut l'artisan :

— Alors, petite, lui lança-t-il un matin en la croisant dans la cour, c'est bon avec un maître d'école?

La colère lui fit perdre toute raison :

— Vous êtes un monstre, répliqua-t-elle, j'espère qu'un jour vous souffrirez.

Surpris par cette révolte inhabituelle chez elle, il ne trouva rien à répondre et s'éloigna en ricanant.

Le soir même, elle se rendit à l'école, son dernier livre à la main. C'était à son retour du château, avant de regagner la maison des chênes, il faisait nuit, la neige tombait en épais flocons qui formaient un tapis chuintant sous les sabots, le vent balayait la placette avec une application têtue. Une faible lumière éclairait la fenêtre du logement. Elle frappa au carreau et entra.

— Bonsoir, Philo, dit Julien occupé à corriger des cahiers. Assieds-toi, j'aurai fini dans une minute.

Il avait pris l'habitude de la tutoyer mais, malgré ses efforts, elle n'avait pu s'y résoudre. Il écrivit quelques mots sur le cahier d'écolier, les souligna avec une règle, le referma.

— Alors, comment as-tu trouvé « Germinal »? demanda-t-il, le visage éclairé d'un sourire.

— C'est très beau, souffla-t-elle, tête baissée.

Et, comme il allait se lancer dans ses analyses coutumières, elle l'arrêta tout de suite :

— C'est le dernier que je vous emprunte, Julien, je ne reviendrai plus.

Etonné, il s'approcha de la cheminée, s'assit en face d'elle, de l'autre côté des flammes dont la lumière mouvante jouait dans ses yeux.

— Pourquoi? demanda-t-il sans cesser de sourire.

— Je ne peux pas revenir. Les gens parlent au village.

Son visage s'assombrit, il murmura :

— C'est donc ça.

Puis, après un frisson, frottant ses deux mains l'une contre l'autre au-dessus du foyer :

— Et alors? Qu'est-ce que ça peut faire puisque nous nous marierons bientôt.

Il sembla à Philomène que son corps se vidait de son sang. Elle suffoqua, reprocha d'une voix blanche :

— Ne vous moquez pas de moi, Julien, ce n'est pas bien.

Il lui prit les mains, sourit, assura :

— Je suis tout à fait sérieux, Philo. Un peu brusque peut-être, mais c'est toi qui m'y obliges.

Elle retira ses mains comme s'il la brûlait, rencontra son regard, comprit qu'il ne plaisantait pas. Elle se sentit très mal, soudain, un goût amer erra dans sa bouche, lui donna la nausée.

— Ça ne vas pas? demanda-t-il, qu'est-ce qu'il y a?

— Rien, fit-elle après avoir dégluti, ça va passer.

Il réfléchit un instant, s'inquiéta :

— C'est de m'avoir entendu parler de mariage qui te rend ainsi? Depuis le temps que nous nous voyons, tu ne peux pas être surprise à ce point.

— Je vous en prie, Julien, supplia-t-elle.

— Mais enfin, qu'y a-t-il là de si terrible? s'emporta-t-il.

Elle leva les yeux sur lui, souffla d'une voix brisée :

— Ça ne se peut pas, Julien.

Le visage de l'instituteur prit une expression d'incrédulité mêlée de colère :

— Comment, ça ne se peut pas?

Elle baissa la tête, hésita, se résolut enfin à répondre :

— Parce que vous êtes maître d'école et moi servante, parce que nous ne sommes pas du même monde, parce que vous êtes instruit et moi je ne suis rien.

Il se leva brusquement, cria :

— Mais qu'est-ce que ça veut dire, ça? Tu n'as donc rien compris dans les livres que je t'ai prêtés?

Cette violence qui dissimulait une souffrance la surprit, lui fit mal. Elle sentit une larme couler sur ses joues, s'essuya d'un geste furtif de la main, trop tard, pourtant, pour qu'il ne s'en aperçût pas. Il se calma aussitôt, sa voix se fit plus douce :

— Tu me connais donc si mal, Philo, pour croire que je méprise ceux qui n'ont pas eu la même chance que moi?

Elle secoua la tête, esquissa un timide sourire.

— Oh! non, Julien, vous êtes bon.

— Alors?

— Les gens ne comprendraient pas, je serais la risée du village.

— La risée du village! ricana-t-il, c'est tout ce que tu trouves à répondre?

Puis, comme elle restait silencieuse et accablée :

— Je t'aime depuis le premier jour où je t'ai vue. Si je ne te l'ai jamais dit c'est parce que tu me paraissais si lointaine, si inaccessible.

Oh! Pourquoi fallait-il qu'il prononçât ces mots le soir même où elle était venue lui dire adieu? Elle crut entendre Félix, faillit se laisser emporter, consentir aux rêves magiques d'une autre vie. Elle se mit à trembler, ferma les yeux, une onde brûlante la parcourut, et pourtant cette autre part d'elle-même qu'elle détestait en cet instant la contraignit à murmurer d'une voix morte :

— Je ne vous aime pas, Julien. J'aime Adrien.

— Ah! fit-il en reculant contre le mur, comme frappé par un coup de poing.

Le voyant ainsi bouleversé, elle eut envie de le consoler, de crier que ce n'était pas vrai, mais fit un douloureux effort pour ne pas céder. Des larmes amères débordèrent de ses yeux. Au moment où il les découvrit sur ses joues, il assura :

— Je n'en crois pas un mot, Philo.

— Il faut me croire, bredouilla-t-elle, je n'y puis rien, c'est ainsi.

— Ce n'est pas vrai!

Il se leva, marcha de long en large dans la pièce sombre, tandis qu'elle demeurait hébétée sur son banc, ne se décidant pas à s'en aller. Il le fallait pourtant. Elle devait se soustraire à cette force obscure qui la rivait au cantou, à cette voix qui lui soufflait d'oublier qui elle était, de consentir à une autre existence, loin des misérables manœuvres du rouquin, de la buanderie glaciale du château, loin du maître, loin de sa soumission à un ordre séculaire. Elle ouvrit la bouche, mais ce fut pour murmurer :

— Je vais partir, Julien.

Il s'était assis sur une chaise, lui tournait maintenant le dos.

— Moi aussi, je partirai, souffla-t-il. Loin de toi... pour t'oublier.

Elle vint près de lui, le dévisagea, comprit qu'il était sincère. Il lui prit les mains et elle ne les lui refusa point. Ses yeux étaient devenus durs et froids.

— Si vraiment tu n'aspires à rien d'autre, si tu as le goût de la misère, alors...

— Julien! gémit-elle.

Il parut s'éveiller d'un mauvais rêve, soupira :

— Alors nous ne nous reverrons plus?

Elle ferma les yeux un instant, eut une sorte de vertige, les rouvrit et, sans le regarder, souffla :

— Non.

Il la lâcha, revint vers la cheminée, attisa les braises. Elle devait partir, c'était le moment ou jamais, elle le savait, et pourtant elle ne bougeait pas : elle regardait sans parvenir à s'en détacher ce dos et cette nuque d'homme qui avait partagé avec elle ce qu'il avait de meilleur en lui, ces mains si douces et si différentes des siennes. Pourquoi devait-elle le perdre? Pourquoi était-elle condamnée à l'ignorance et aux lessives d'hiver? Sa jeunesse s'y refusait, sa conscience l'y contraignait. Qui devait-elle écouter? L'une était claire, fraîche et lumineuse, l'autre sourde et profonde, venue de très loin, de son enfance, des territoires secrets de sa vie passée, là où se mouvaient d'obscurs visages, ceux du père, d'Etienne, des souvenirs de la métairie, des parfums de peau nue, des odeurs de brebis. Elle revit l'air battu d'Adrien quand il la retrouvait avec un livre dans les mains, sa soudaine distance, sa résignation mélancolique. Décidément oui, il fallait fuir.

Julien comprit ce qui se passait en elle mais se refusa à intervenir. Il savait maintenant à qui appartenait cette fille sage et secrète : c'était à son sang, à son enfance, à sa famille. Il se redressa, revint vers elle, lui sourit, prit deux livres dans son armoire et les lui tendit en disant :

— Je te les donne.

Et comme elle hésitait :

— Tu n'auras pas à revenir.

— Julien, commença-t-elle.

— Ne dis rien, viens que je t'embrasse.

Elle s'approcha, il la prit par les épaules, l'embrassa sur les joues, mais elle se laissa aller contre sa poitrine et ne bougea plus. Il l'enlaça, elle oublia tout à coup ses résolutions, ivre soudain, les yeux clos, perdue et hors du temps. Ils tanguèrent un moment dans la pièce avant de s'échouer sur le lit. Elle n'avait pas rouvert les yeux, attendait elle ne savait quoi, mais y consentait d'avance. Cet abandon confiant lui fit retrouver sa lucidité : il n'avait pas le droit de profiter de cette faiblesse momentanée qu'ils regretteraient à coup sûr. Il la lâcha brusquement, se redressa, et dit d'une voix sans chaleur :

— S'il te plaît, Philo, va-t'en vite.

Elle tressaillit, parut ne pas comprendre, se leva lentement, prit ses livres, et sortit après un dernier regard vers lui, immobile et hagard, consciente de l'avoir perdu à jamais.

A la mi-février, Abel n'était toujours pas revenu. Il avait envoyé une lettre précisant qu'on le retiendrait jusqu'à la fin du mois, mais il ne donnait pas d'explication. Cette nouvelle accabla la mère qui n'avait plus de sou pour acheter de la farine. Il y avait déjà deux mois qu'elle n'avait pas payé le loyer et elle en avait honte. De surcroît, sa jambe demeurait sans vie et la pauvre femme, obsédée par l'idée du travail à trouver à tout prix, forçait Philomène et Mélanie à partir vers les métairies dans le vent et le froid pour y chercher de la laine.

— Attendons les beaux jours, mère, suppliait Philomène, je suis certaine que vous irez mieux. Et puis Abel va arriver.

— Mon Dieu! me faire nourrir par mes enfants! Je préférerais être morte.

— Ne parlez pas ainsi, mère, implorait Philomène, vous retrouverez bientôt l'usage de votre jambe, soyez un peu patiente.

— Jamais, assurait la mère, plus jamais, ou alors il faudrait faire venir l'homme des Boriottes.

Cette idée lui trottait dans la tête depuis plusieurs jours, elle avait beau se heurter au scepticisme hostile de ses filles, elle n'en démordait pas.

— Un sorcier! s'insurgeait Philomène, n'avez-vous pas honte?

— Non, pas un sorcier, répliquait la mère, un homme de religion.

La sentant désespérée, la plaignant d'avoir à rester seule sans ouvrage toute la journée, redoutant qu'elle ne perdît définitivement courage, Philomène finit par céder. Elle consentit un matin à faire prévenir l'homme en question qui vivait solitaire au fond des bois et passait pour connaître l'origine des maux, les saints vers lesquels diriger ses prières. Bien qu'elle-même ne crût pas en ses pouvoirs, et après que la mère l'eut suppliée toute une soirée, elle demanda à Adrien s'il voulait bien aller le chercher. Avec ou sans résultats, la mère retrouverait peut-être goût à la vie. Celui-ci s'acquitta de sa mission le jour même, revint en disant que l'homme voulait bien intervenir, mais il fallait lui trouver des feuilles de lierre pour le lendemain soir. Adrien se chargea aussi de cette tâche et remit les feuilles exigées à Philomène le soir convenu, après le travail.

L'homme, qui prétendait officier seulement la nuit, arriva vers neuf heures et sans qu'on l'entendît. Il cogna violemment à la porte et les femmes sursautèrent. Heureusement, Adrien était là. Il ouvrit, fit entrer un énergumène noir, couvert de poils, d'une saleté repoussante, qui dégageait une odeur de sauvagine. Il demanda où se trouvait la personne malade et, sur un signe de Philomène, s'approcha de la mère. Celle-ci lui montra sa jambe, il la palpa sans un mot, fit des signes mystérieux avec ses mains au-dessus de la plaie, prononça des incantations, puis il réclama les feuilles de lierre, de l'eau bénite et des ciseaux. Ils le regardèrent avec curiosité découper des dentelures autour des feuilles, les examiner, les plonger dans l'eau bénite. Quand il en eut déposé une quinzaine dans la bassine, il la recouvrit d'une planche à lessive, déclara :

— Voilà! il faut attendre. Je reviendrai demain soir.

Et, sans laisser à personne le temps de poser des questions, il s'en fut après les avoir salués d'un signe de tête, s'enfonçant dans la nuit comme un fantôme dans son domaine. Une fois qu'il eut disparu, Philomène, furieuse, s'en voulut d'avoir accepté une visite si ridicule, et elle le dit sans détour à la mère :

— Enfin, mère, comment pouvez-vous croire à ces choses-là? Vous voyez bien que ce ne sont que des manigances!

— Attends demain et tu verras! répliqua la mère.

Malgré les reproches de Mélanie qui approuvait les réserves de sa sœur, la pauvre femme n'en démordit pas : la divination n'était pas une pratique païenne, mais un rite religieux recommandé par l'Église. Il fallait garder la foi et prier le saint capable de guérir son mal. L'homme le lui désignerait demain. Adrien, curieusement, était aussi de cet avis, ce qui intrigua Philomène et l'incita à attendre le lendemain soir avec impatience.

Vingt-quatre heures plus tard, comme à son habitude, l'homme arriva à la nuit tombée. Il examina de nouveau la jambe malade, prononça les mêmes incantations que la veille, puis il découvrit avec précaution la bassine où macéraient les feuilles de lierre et traça au-dessus d'elle le signe de la croix. Enfin il les sortit délicatement de la bassine, l'une après l'autre, en murmurant :

— Saint Eutrope, saint Cloup, saint Louis, saint Amadour...

Il énuméra ainsi une dizaine de saints puis se tut longuement, paraissant communiquer avec de mystérieuses divinités, croisa les doigts au-dessus des feuilles, en prit une, la plus endommagée par la macération, assura :

— C'est le mal de la Vierge noire, ma pauvre femme, le mal du bois moussu.

Un lourd silence succéda à ces paroles définitives.

— Que faut-il faire? demanda Philomène, inquiète de la mine sombre du sorcier.

Il parut ne pas l'entendre, psalmodia une sorte de prière qu'il était seul à connaître, se signa, s'approcha de la mère, décida :

— Saigner une poulette noire, partir à Rocamadour le premier jour de la lune vieille, offrir le sang à la Vierge noire, lui réciter trois pater et trois ave.

Et il ajouta, catégorique :

— Quand la lune vieille reviendra, vous serez guérie.

— Mon Dieu! s'exclama la mère, je vous dois un grand merci!

L'homme n'ouvrit plus la bouche que pour réclamer, comme prix de sa peine, une poule pondeuse, et il repartit après que Philomène, aidée par Adrien, eut attrapé une de leurs trois poules, la seule, hélas, qui leur donnât des œufs.

— Vous n'allez pas croire à ces sornettes, mère, s'indigna Philomène en revenant dans la cuisine.

— Tais-toi donc, malheureuse, souffla la mère, c'est la Vierge des miracles, celle des pèlerins de Compostelle. Il faut que je m'y rende ou alors je préfère mourir.

Elle découvrit une lumière ardente dans les yeux de sa mère, et, résignée tout à coup, demanda en soupirant :

— C'est quand la lune vieille?

— Dans trois jours, répondit Adrien.

— Mais nous n'avons pas de poulette noire, gémit la mère, qu'allons-nous faire?

— J'en trouverai une, affirma Adrien devant l'air embarrassé des trois femmes.

Personne n'eut le courage de lui demander comment il s'y prendrait, car d'autres problèmes restaient à résoudre : il fallait aussi trouver un cheval et une charrette. Philomène, découragée, soupira, prête à reculer, maintenant, devant la perspective d'un tel voyage à entreprendre en plein hiver.

— Est-ce bien raisonnable, mère, avec ce froid? insista Philomène. Et s'il neigeait?

Elle lut une telle prière dans les yeux de sa mère, une telle ferveur, aussi, qu'elle ne se sentit pas la force d'attenter au seul espoir auquel s'accrochait la pauvre femme.

— Je demanderai à Edmond, murmura Philomène, puisqu'il le faut.

A partir de ce moment, la mère parut délivrée, cessa de se plaindre, et ne parla plus que du départ fixé au dimanche suivant par Edmond qui, sollicité par Philomène, accepta le lendemain de les conduire.

Le jour tant espéré par la mère fut vite là. Les filles, dès l'aube, mirent à chauffer des briques et des cailloux pour le voyage. Ce dimanche-là, le ciel était d'un blanc si pur qu'on eût dit une mare prise par les glaces. Pourtant le vent s'était levé avec le jour et roulait à l'horizon des écheveaux gris qui n'annonçaient rien de bon. D'ailleurs, ayant tourné au changement de lune, le vent soufflait maintenant de l'ouest. Le froid glacial maintenu pendant les derniers jours par la bise du nord allait casser.

Après deux heures de route, le terrain devint bosselé. Il fallut descendre de la charrette pour soulager le cheval dans les côtes qui semblaient mener tout droit vers le ciel. Puis ils longèrent des grèzes pierreuses et solitaires, à l'aridité sévère et mélancolique, rencontrèrent les premiers hospitalets, ces pans de murs vestiges des abris construits pour les pèlerins malades, traversèrent un plateau sans la moindre végétation. Une heure plus tard, au terme du voyage, le plateau se déroba au-dessus de la vallée de l'Alzou qui s'enfonçait entre deux versants vertigineux, et laissa apparaître de l'autre côté, accrochés à la falaise, les maisons, les églises et les couvents de Rocamadour.

— Est-ce beau! murmura Philomène.

Les yeux de la mère brillaient; Mélanie, fascinée, avait porté la main vers sa bouche; Adrien s'était levé et se tenait à la ridelle; tous détaillaient les hauts toits des portes fortifiées et des anciennes maisons du bourg situé tout en bas, puis les édifices arc-boutés le long de la muraille, l'accolement cahotique des couvents et des églises médiévales groupés autour de la Vierge noire, et tout en haut, plantés sur l'encorbellement, les remparts du vieux château.

— Tu vois, petite, dit la mère en s'adressant à Philomène, ici, on ressent vraiment la présence de la Vierge et du bon Dieu. Ici, ils sont tout près de nous.

Philomène ne répondit pas. Un sentiment de douce plénitude l'envahissait, elle comprenait maintenant beaucoup mieux l'insistance de la mère à venir prier en ces lieux. Elle s'accrocha au bras d'Adrien tout le temps que la charrette descendit au fond de la vallée, la manivelle du frein serrée par Edmond grinçant par moments dans le silence. Une fois en bas, il fallut délester la charrette où seule la mère demeura, pour remonter à pied de l'autre côté, Edmond menant le cheval par la bride.

Comme il allait être midi, ils s'arrêtèrent sur une placette abritée du vent par des maisons aux murs percés de meurtrières, mangèrent le pain et le fromage, burent du vin, puis, après avoir jeté vers le ciel maintenant couvert de nuages des regards inquiets, ils portèrent la mère jusqu'à l'église, sans oublier l'écuelle remplie du sang de la poulette sacrifiée par Adrien. Là, sous les immenses voûtes glaciales, les hommes durent soutenir la mère qui voulut elle-même déposer le sang au pied de la Vierge noire. Elle récita ses prières en levant des yeux pleins de larmes vers la sculpture de bois noir poli par le temps, les filles s'agenouillèrent près d'elle, touchées elles aussi par la solennité mystique des lieux. Philomène pria avec une piété depuis longtemps oubliée, retrouva des émotions d'enfance, quand elle assistait à la messe avec ses parents, que la lumière des cierges l'emplissait de joie et de confiance.

La mère refusa de repartir tout de suite et exigea d'être menée devant le tombeau de saint Amadour qui, selon elle, était seul capable de faire revenir Etienne. Quand ce fut fait, après avoir longtemps prié, elle regretta :

— Si seulement je pouvais gravir le chemin de croix...

— Vous êtes suffisamment fatiguée, Marie, dit Edmond. Dépêchons-nous, il pourrait neiger.

La mère demanda encore à Mélanie d'allumer un cierge, consentit enfin à regagner la charrette. Les hommes l'installèrent de nouveau entre la ridelle et la banquette, dans l'angle, à l'abri du vent.

Ce fut au sommet de la grande côte, sur l'autre versant de la vallée, que la neige commença de tomber, d'abord en légers flocons tourbillonnants dans l'air couleur de cendre, puis de plus en plus serrée, à mesure qu'ils traversaient le plateau désertique où ne poussait pas la moindre végétation.

La neige recouvrit très vite la route et les bas-côtés d'une mince couche, aveuglant le cheval qui bronchait, parfois, secouant son encolure et tirant sur les rênes. Bientôt tout fut blanc. Comme les femmes tremblaient, Edmond fit une brève halte entre les murs d'un hospitalet, alluma un peu de feu pour faire chauffer le vin restant. Ils se dépêchèrent de le boire et de repartir dans la bourrasque des flocons épais qui rejoignaient dans un doux murmure la couche dont l'épaisseur dissimulait maintenant les contours de la route. A plusieurs reprises, la charrette faillit verser : trompé par la neige, le cheval posait parfois un sabot dans le fossé. Blottie sous sa couverture, la mère ne soufflait mot, mais il n'y avait nulle inquiétude dans son regard. Philomène, elle, songeait à cette neige folle, à d'autres hivers, d'autres versants abrupts où s'étaient joués des drames qui l'avaient brisée, et pourtant elle n'avait pas peur. Il lui semblait que ce blanc uniforme dans cet immensité ne pouvait dissimuler le moindre piège. C'était la couleur du bien et de la pureté, de la guérison et de l'espoir, pas celle du malheur. Elle se mit à prier en silence, le regard fixé sur la jambe de la mère, et ne douta plus, dès cet instant, de la voir sur pied à la lune vieille de mars.

Abel arriva enfin l'avant-dernier jour du mois de février, un soir qu'on ne l'attendait plus. Aussitôt la maison parut transformée par sa présence, une fois qu'il eut étreint la mère et ses sœurs dont les sourires révélaient combien l'attente de ce moment avait été interminable. Il demeura de longues minutes assis sur le lit de la mère, lui prit les mains, la réconforta, puis il mangea la soupe, but du vin chaud, se fit expliquer l'accident, les visites du docteur, et il fallut bien que la mère avouât la divination pratiquée par l'homme des Boriottes, le voyage dans la neige à Rocamadour.

— Est-ce possible? murmura-t-il en hochant la tête.

Mais, contrairement à ce que redoutait Philomène, tout à sa joie de les retrouver enfin, de les sentir heureuses, de se chauffer aux flammes d'un cantou oublié, il ne cria point, préférant se moquer gentiment de la mère. Il paraissait délivré, riait, content d'en avoir terminé avec ces deux longues années passées loin d'elles, dont une entière dans l'ombre d'une cellule.

— Je crois rêver, dit-il en embrassant de nouveau ses sœurs. Il me semblait que ça n'en finirait jamais.

C'est vrai que les six derniers mois avaient été encore plus pénibles que les premiers : toujours soldat de 2e classe, il avait subi les vexations des gradés qui avaient reçu pour instruction de ne pas le ménager et de le tenir à l'œil. Louis Maisonnobe ne faisait plus partie de sa chambrée. On les avait séparés comme on avait du reste séparé les meneurs, ceux qui avaient été à l'origine de la rébellion et avaient ainsi porté atteinte à la sacro-sainte discipline des armées. Abel avait fait front en silence, serrant les dents dans la tourmente, évitant de se faire remarquer, ne songeant plus qu'à une chose : échapper au plus vite à cet univers qui risquait de le briser.

Il ne raconta rien de ce qu'il avait enduré, mais les femmes devinèrent à sa réserve une blessure cachée.

— Vivement la lune vieille, mère, que vous soyez sur pied! dit-il avec un sourire entendu.

— Ne plaisante pas, souffla la mère, nous avons aussi prié pour toi.

Il marcha de long en large dans la cuisine, ouvrit les meubles, parut les caresser, s'arrêta devant la maie vide, demanda :

— Vous n'avez pas acheté de farine?

Seul un profond silence lui répondit, puis la mère, baissant la tête, avoua d'une voix sourde le manque d'argent, le loyer non payé, la misère à leur porte. Il en resta stupéfait, un moment désarmé, mais il se reprit très vite et lança gaiement :

— C'est fini tout ça. Armand a promis de me payer comme un ouvrier. Vous pourrez vous reposer, mère, et soigner votre jambe en toute tranquillité.

— Si on m'avait dit..., murmura la mère.

— Quoi donc? s'inquiéta-t-il, voyant que l'émotion l'étranglait.

Elle avala sa salive, poursuivit dans une plainte au terme de laquelle sa voix se brisa :

— Qu'un jour je serais à la charge de mes enfants.

Abel s'assit de nouveau sur le lit.

— Et alors? Où est le mal? Vous nous avez nourris jusqu'à aujourd'hui, c'est bien à nous de vous le rendre.

— Quand même! sanglota-t-elle. J'en ai tellement honte!

Philomène et Mélanie rejoignirent leur frère sur le lit.

— Vous allez bientôt remarcher, assura Philomène, ne vous tourmentez pas.

— Et puis il n'y a pas de honte à être aidé par ses enfants, ajouta Mélanie.

A force de mots aimables, de sourires et de paroles réconfortantes, la mère s'apaisa.

— J'espère que la Vierge m'a écoutée, dit-elle, et je crois en sa bonté.

— Oui, mère, affirma Philomène, elle nous a entendues. Il suffit de patienter un peu.

Ensuite, à la demande d'Abel, les filles racontèrent leur vie au château, le déménagement à la maison des chênes, insistèrent sur l'aide précieuse apportée par Edmond et Armand, lui donnèrent des nouvelles du village, contèrent avec amusement le charivari que les jeunes avaient donné à la veuve Alibert qui s'était remariée avec un domestique du maître la semaine précédente. Il était en effet d'usage, en raison de la défaveur attachée en Quercy aux secondes noces, d'organiser une manifestation bruyante avec trompes, casseroles, sonnailles et objets divers sous la fenêtre des époux le jour d'un remariage. Ceux-ci ne faisaient cesser le tumulte qu'en laissant rentrer la jeunesse et en lui offrant le meilleur vin de leur cave.

— De quoi est-il mort, Alibert? demanda Abel lorsque Philomène et Mélanie eurent fini de raconter l'événement en riant aux larmes.

— De pneumonie, répondit Philomène. Il a pris froid sur les routes, l'hiver où tu es parti.

— Elle n'a pas perdu de temps, Elisa, remarqua Abel. Puis, d'un air malicieux :

— Et vos amoureux, les filles, comment se portent-ils?

— Abel! s'indigna Philomène, tandis que Mélanie gênée rougissait.

— Dis-moi au moins si Adrien va bien, insista Abel.

— Très bien.

— Il ne parle pas mariage?

Philomène sourit, demanda à son tour :

— Et toi? En parleras-tu à Geneviève?

— Oh, moi! dit-il avec un geste vague du bras, comme si un tel projet ne pouvait pas le concerner.

La mère, qui se taisait depuis un moment, murmura :

— Il faudra bien te marier, Abel, c'est dans l'ordre des choses.

— Pour vous laisser seule? C'est vraiment ce que vous souhaitez?

Elle prit une voix grave pour répondre :

— Je ne tarderai pas à rejoindre le père, il faut penser à vous.

— Que dites-vous là! s'insurgea Philomène. N'avez-vous pas honte de parler de la sorte?

La mère eut un pauvre sourire, secoua la tête :

— Non, fillette, je n'ai pas honte, je sais que j'ai fait mon temps.

— A-t-on idée! fit Abel, vous êtes jeune encore.

La mère les dévisagea l'un et l'autre, souffla :

— Jeune d'aspect peut-être, mais si vieille à l'intérieur...

Un lourd silence s'installa que ses enfants, bouleversés, cherchèrent à dissiper le plus vite possible.

— Vous ne parlerez plus comme ça quand vous pourrez courir les routes, plaisanta Abel.

— Oui, dit la mère, sans doute.

— Et vous pourrez chercher vos herbes sans soucis.

— Mes herbes, fit la mère avec une fêlure dans la voix, elles ne sauraient me guérir désormais.

— Allons! vous n'allez pas vous désespérer le soir de mon retour!

— Tu as raison, parlons plutôt de celui d'Étienne.

— Il reviendra, prétendit Philomène. Et il faut que vous soyez debout pour l'accueillir.

— Je vais essayer, répondit la mère.

Et il sembla que cette idée lui rendait courage.

Ensuite, ils parlèrent de l'instituteur qu'Abel connaissait pour l'avoir rencontré lors de sa permission et qu'il avait hâte de retrouver, mais Philomène se garda bien d'évoquer ses rapports avec lui. Ils discutèrent un moment du montant du loyer — cinq francs — à payer à Servantie chaque mois, et la mère loua la gentillesse du maçon et de ses amis, ce qui fit plaisir à Abel.

— Vous voyez bien, dit-il qu'ils valent largement ceux du château.

La mère hocha la tête.

— Armand aussi nous a été d'un regard secours, tu sais.

— Je sais, fit Abel, et je suis certain qu'il ne me refusera pas une avance sur mon salaire. Avec ces sous, on payera le loyer en retard et on achètera de la farine. Désormais, c'est moi qui pétrirai le pain et qui surveillerai la cuisson puisque le four n'est qu'à trente mètres de l'atelier.

La mère, à ces mots, eut un faible sourire, et Philomène revit le père pétrissant la pâte, les bras nus et blancs de farine, avec des « hans » sonores à chaque élancement. Depuis le départ d'Abel, la mère s'était un temps chargée de ce travail, puis Philomène l'avait remplacée du jour où elle n'avait plus marché.

— Nous achèterons aussi de la volaille et des canards ajouta Abel, ainsi nous pourrons ouvrir des confits pour les fêtes.

Ils rêvèrent un long moment à ce passé heureux que les années avaient effacé, retrouvèrent leur confiance ébranlée par la séparation, songèrent que la vie allait reprendre un cours semblable à celui d'avant. Bientôt seraient oubliés les privations, l'accident de la mère, les longs mois sans couleur. Bientôt le soleil entrerait de nouveau dans la maison des chênes.

Trois coups frappés à la porte les firent sursauter. Abel l'ouvrit sur Armand et Eugénie illuminés d'un grand sourire.

— Quand j'ai vu la lumière si tard, je me suis douté que c'était toi, s'exclama Armand en serrant Abel dans ses bras. Et sans prévenir encore! Tu ne changeras donc jamais?

— Je ne tiens pas à changer, plaisanta Abel en embrassant Eugénie.

— Tu as raison, approuva le sabotier. Paie-nous donc un verre de vin chaud pour fêter ça!

Philomène s'affaira, heureuse de cette visite imprévue. Était-ce agréable, une maison pleine de monde dont les rires et les bons mots succédaient enfin aux silences et aux doutes! En servant le vin fumant dans les verres, Philomène eut la certitude que les épreuves étaient finies, que le monde n'était pas hostile mais bienveillant, qu'une vie douillette et chaleureuse allait recommencer, celle de la famille, le soir, autour du feu.

— On m'a livré des billes de noyer ce matin, déclara Armand.

— Elles ne feront pas la semaine, assura Abel.

— Tu dis ça, mais je suis sûr que tu ne sais même plus te servir d'une cueillère.

— Tu verras demain!

Cette chaude amitié entre les deux hommes ravit Philomène. Elle observa son frère, ses bras robustes et son visage franc, son corps harmonieux, ses mains larges et puissantes, de belles mains accoutumées au travail du bois. Ils devisèrent une heure encore, évoquèrent les événements du village, s'attardèrent sur les gens de connaissance, amis, voisins, parents, puis Armand parla des commandes de plus en plus nombreuses.

— Je n'y arrivais plus, prétendit-il. Il fallait qu'Eugénie me donne la main, tu te rends compte? Et toi qui pendant ce temps te reposais aux frais de l'État!

— Dans huit jours, nous aurons rattrapé tout le retard, assura Abel en tapant affectueusement sur l'épaule d'Armand.

— Fi de lou! tu n'y vas pas de main morte!

Enfin, comme la mère et Mélanie étouffaient un bâillement, Armand s'excusa :

— On s'en va, Marie, vous allez pouvoir dormir maintenant.

Et, d'un ton d'ironie joyeuse, s'adressant à Abel :

— Toi aussi, petit, sans quoi tu ne pourras pas tenir un outil, demain.

Dès qu'ils furent partis, après avoir embrassé tout le monde, Abel s'exclama :

— Au lit maintenant, il est grand temps!

— La mère dort en bas, expliqua Philomène, c'est plus pratique.

— Bien sûr, fit Abel, et comme ça elle a plus chaud. N'est-ce pas, mère?

Elle l'attira contre elle, le garda serré dans ses bras un long moment, puis :

— Va dormir mon grand, dit-elle, demain tu as du travail.

Il se redressa, étreignit ses sœurs en riant, monta à l'étage, se déshabilla et il se glissa dans les draps de son nouveau lit avec un frisson délicieux.

10.

La lune vieille du mois de mars était passée depuis plus d'un an, mais la jambe de la mère demeurait sans vie.

— Qu'ai-je donc fait pour mériter un tel châtiment? s'était-elle désolée quand elle s'était rendu compte que la Vierge noire n'avait pas exaucé ses prières.

— Rien, mère, avait grogné Abel. Ni le bon Dieu ni la Vierge noire ne peuvent guérir les maux. Ce sont des sornettes d'église.

Elle en avait perdu le sommeil, s'était révoltée quelque temps, puis elle avait fini par consentir en se jugeant coupable de fautes sans doute inexpiables. Philomène était restée meurtrie, amère, de ce qu'elle considérait comme une trahison : n'avait-elle pas prié avec assez de ferveur? N'était-elle pas demeurée à sa place en choisissant Adrien plutôt que Julien? Où résidait-il ce péché d'orgueil qui avait incité la Vierge à repousser ses prières? Elle ne comprenait pas pourquoi le malheur avait deux fois frappé si cruellement sa famille et, si elle allait encore à la messe le dimanche matin, c'était seulement pour ne pas peiner la religieuse et le curé. Là, elle ne cessait d'interroger le ciel, repensait à cette neige du voyage à Rocamadour tombée sur elles comme une bénédiction, à cette beauté immaculée qu'elles avaient traversée en communiant dans la même foi : n'était-ce pas là le signe que nul péché ne demeurait en elles? Elle se souvenait des paroles du curé après la mort du père, du paradis où il attendait les siens près du bon Dieu, de sa confiance alors retrouvée. Pourtant n'était-ce pas sur la terre que la mère souffrait? Et pourquoi donc? Par la faute de qui? Pourquoi un tel calvaire? C'était en elle mille tourments, mille questions dont elle avait un jour entretenu le curé, sans obtenir d'autre réponse que « les desseins de Dieu étaient impénétrables. »

Depuis lors, elle se désespérait chaque soir en retrouvant sa mère allongée, ses yeux que nulle vie n'habitait plus. Les longs mois passés depuis cette blessure ne l'avaient pas rendue plus supportable, et ce soir de mai où le cri des hirondelles en ronde dans le ciel bleu annonçait un autre été plein de lumière et de sonnailles ne l'adoucissait pas davantage.

Après un paisible après-midi partagé avec Félix et Mme de Mortsauf, elle poussait ses brebis devant elle, contente d'être arrivée enfin dans la cour du château, quand elle aperçut Sidonie qui venait vers elle. Elle la quitta un instant du regard, le temps de faire entrer les bêtes excitées par le chien dans la bergerie, puis elle sourit à son amie qui l'avait rejointe.

— C'est pour toi, dit Sidonie en lui tendant une feuille de papier.

— Qu'est-ce que c'est? demanda Philomène, intriguée.

— Mélanie me l'a donnée à midi, mais elle m'a fait promettre de ne pas te la remettre avant ce soir.

Philomène déplia la feuille sans appréhension. Pourtant, quand elle eut parcouru les quelques lignes écrites par Mélanie, elle eut l'impression que l'immensité brûlante du ciel croulait sur elle. N'osant y croire, refusant de comprendre, elle relut une deuxième fois la courte lettre :

Ma Philo,

Depuis trois mois, j'ai cru devenir folle. Maintenant j'en suis certaine : j'attends un enfant. Je ne veux pas que ma honte retombe sur vous. Je m'en vais donc aujourd'hui. Dis à la mère qu'un jour peut-être je reviendrai si je parviens à réparer mon déshonneur. Dis-lui que je l'aime et fais en sorte, avec Abel, qu'elle m'oublie. Je vous embrasse.

Mélanie.

Sans même prendre le temps de répondre à Sidonie qui l'interrogeait des yeux ni refermer la porte de la bergerie, Philomène se mit à courir comme une folle vers l'atelier d'Armand où elle arriva à bout de souffle, les yeux fous, sa lettre à la main. En la voyant ainsi bouleversée Abel, pâlit, croyant qu'il était arrivé malheur à la mère. Elle lui tendit alors la lettre sans un mot, il l'interrogea du regard mais, comme elle était incapable de prononcer la moindre parole, il la donna à Armand qui, inquiet, avait reposé son paroir et les observait en silence. Le sabotier la lut très vite, murmura :

— Mélanie est partie.

— Et où donc? demanda Abel, incrédule.

— Elle ne le dit pas, répondit Armand, elle écrit seulement qu'elle attend un enfant.

— Un enfant! souffla Abel, comme si l'énormité de cette nouvelle ne parvenait pas à se frayer un chemin dans sa tête.

Le sabotier s'approcha de Philomène, lui rendit la lettre, la prit par les épaules.

— Elle ne t'avait rien dit? demanda-t-il.

Philomène retrouva enfin l'usage de la parole, expliqua :

— Je voyais bien que quelque chose n'allait pas, mais comment me serais-je doutée? Je pensais que la mère la tenait en souci.

— C'est ta sœur tout de même, vous dormiez dans la même chambre! cria soudain Abel.

— Ne t'emporte pas, dit Armand, devinant Philomène au bord des larmes, ça ne sert à rien.

Puis, plus bas :

— Tu n'as rien remarqué? Elle n'y a fait aucune allusion?

Philomène secoua la tête, la prit entre ses mains sans répondre.

— Enfin, nom de Dieu, s'écria Abel, qu'est-ce qui s'est passé?

— Mais je ne sais pas, dit Philomène, éclatant tout à coup en sanglots.

— Ce ne serait pas cette ordure de rouquin par hasard, suggéra Abel, les poings serrés, prêt à courir vers le château.

Philomène blêmit, et, redoutant un coup de folie, murmura :

— Non, Abel, non, je le saurais.

— Alors qui?

Un long silence tomba dans l'atelier et tous les trois demeurèrent accablés, des questions plein la tête, mais incapables de réfléchir calmement.

— Que va-t-on dire à la mère? bredouilla Philomène.

Abel ne répondit pas. Ses mâchoires jouaient sous la peau de ses joues; il paraissait capable de tuer, il lui faisait peur.

— Il faut dire la vérité, conseilla Armand. Elle ne comprendrait pas qu'elle soit partie sans raison, ce serait encore plus terrible pour elle.

— Oui, dit Abel, il vaut mieux.

Puis, de nouveau submergé par la colère :

— Mais enfin, Philo, tu vis au château, toi! Tu sais ce qui s'y passe, et tu parlais beaucoup avec Mélanie, alors?

— Je ne sais rien, Abel, ne crie plus, s'il te plaît.

— Tu parlais encore avec elle hier soir dans la chambre, je vous entendais de mon lit.

— Nous parlions de la mère.

Abel se rassit sur son banc, souffla longuement.

— Et Adrien, il ne sait rien, lui?

— Il me l'aurait dit.

— C'est tout ce que tu trouves à répondre?

Elle leva sur lui des yeux implorants, et il eut honte, tout à coup, de s'en prendre à elle, comme si elle était responsable de ce malheur. Cherchant un exutoire à sa colère, il cogna contre l'établi avec son marteau et hurla :

— Je vais leur foutre le feu au château, moi, et les tabasser jusqu'à ce qu'ils parlent!

Philomène, terrorisée, baissa la tête. Armand s'approcha de son ouvrier, posa une main ferme sur son épaule.

— Ne t'emporte pas comme ça, dit-il, à quoi ça t'avance? Peut-être avait-elle un amoureux.

— Un amoureux? gronda Abel, je voudrais bien rencontrer ce saligaud, je lui dirais deux mots, tiens!

Et, de nouveau, il se tourna vers Philomène qui, tremblante, ne pouvait chasser de son esprit l'image du rouquin sur le corps frêle de Maria dans la cave.

— Je vais chez Delaval, décida Abel, il faudra bien qu'il s'explique!

— Qu'il explique quoi? demanda Armand. La petite faisait femme malgré ses seize ans.

— Justement, elle est mineure!

— Et alors? Qu'est-ce que tu prouveras? Il n'y a qu'elle qui pourrait dire ce qui s'est passé; sans preuve, il te rira au nez. Non, il vaudrait mieux prévenir les gendarmes pour la retrouver avant qu'il ne soit trop tard.

— C'est ça, ricana Abel. Tu me vois chez les gendarmes, moi, après ce qui s'est passé à Perpignan? C'est pour le coup qu'ils me garderaient, oui!

Armand haussa les épaules, réfléchit un instant, demanda à Philomène :

— Personne n'est parti du château?

— Personne, répondit-elle, mais on ne s'en est peut-être pas encore aperçu.

— C'est juste, approuva Armand, il faut attendre à demain.

— Demain, grogna Abel, elle sera loin.

— De toute façon, elle est loin, murmura Philomène, elle a donné la lettre à Sidonie à midi. Après, on ne l'a plus vue.

Abel, désemparé, passa avec lassitude une main dans ses cheveux, saisit machinalement une paire de sabots, demanda à voix basse, comme pour lui-même :

— Mais où a-t-elle bien pu aller, nom de Dieu?

— Tu iras à la gare demain, dit Armand, on l'a sans doute vue là-bas.

Abel se leva d'un bond.

— J'y vais tout de suite, dit-il.

— Mais non, voyons, l'arrêta Armand, ce soir tu n'y trouverais personne, alors que demain on saura au moins si quelqu'un est parti du château.

Puis, après un bref silence :

— Ce soir, il faut s'occuper de la mère, la prévenir avec le plus de ménagement possible.

Abel soupira, parut se détendre un peu.

— Tu as sans doute raison, dit-il.

Mais il demeura immobile, tout comme Philomène qui semblait ne plus les entendre. Il fallut qu'Armand intervînt de nouveau en disant :

— Allez, rentrez maintenant, la mère s'inquiéterait. Je

passerai après manger. Et ne vous en faites pas trop, on l'aura sûrement vue quelque part.

Sur ces mots de réconfort, Abel et Philomène prirent en silence la route de la maison des chênes. Cette soirée de début de mai exhalait des parfums d'été. Autour d'eux, le causse blondissait entre les coquelicots et les boutons-d'or. Dans l'air sucré, fusaient des roucoulements de pigeons, des ramages de merles et de pinsons, mais ni Abel ni Philomène ne les entendaient, trop préoccupés qu'ils étaient par la triste nouvelle à annoncer à la mère.

— Ça risque de la tuer, souffla Abel en s'arrêtant brusquement.

Son visage prit une expression douloureuse, il se tourna vers Philomène comme s'il quémandait son aide puis, rencontrant les yeux embrumés de sa sœur, il se remit en route en soupirant.

La porte était ouverte. La mère, qui travaillait devant le métier à tisser fabriqué par Abel l'hiver précédent, ne les entendit pas arriver.

— Bonsoir, mère, dirent-ils ensemble, d'une même voix hésitante.

Tournant la tête dans un mouvement de surprise, elle ne mit pas longtemps à comprendre, en les apercevant l'un et l'autre embarrassés, que quelque chose n'allait pas. Son sourire s'effaça, elle ouvrit la bouche, hésita, mais resta silencieuse. Le frère et la sœur s'assirent au cantou, en face d'elle.

— Où est Mélanie? demanda-t-elle, s'apercevant tout à coup de l'absence de sa fille qui rentrait chaque soir en même temps que Philomène.

— Mère, murmura Abel, Mélanie a dû partir quelques jours.

La mère tressaillit, fronça les sourcils.

— Et où donc, grand Dieu? fit-elle, plus intriguée qu'inquiète.

— On ne sait pas, dit Abel, en écartant légèrement les bras.

La mère lâcha son poinçon, demanda, prise d'un terrible soupçon :

— Comment ça, on ne sait pas? Et pourquoi est-elle partie?

Abel hésita, ne se décidant pas à assener le coup.

— Elle attend un enfant, dit Philomène tout bas.

La mère ouvrit de grands yeux, une sorte de plainte s'échappa de sa bouche :

— Un enfant!

Puis, d'une voix étranglée :

— Et de qui? « Sento Bierzo! »

— On ne sait pas non plus, fit Abel.

La mère eut un sursaut, puis elle ferma les yeux.

— Malheureuse! gémit-elle.

Quand elle les rouvrit, un long moment plus tard, il sembla à Philomène que ce n'était plus les siens. La respiration courte, elle regardait droit devant elle, et un léger tressaillement agitait les commissures de ses lèvres.

— Elle reviendra, murmura Philomène, il faut lui laisser un peu de temps.

Et, comme la mère ne parlait toujours pas :

— Ce n'est sans doute pas de sa faute, on l'a sûrement trompée.

La mère daigna enfin regarder ses enfants. Ses yeux avaient pris une expression si dure, si différente de celle qu'on y lisait d'ordinaire, que Philomène se demanda si ce n'était pas son père qui se trouvait là, face à elle, revenu aujourd'hui pour juger Mélanie.

— Ne me parlez plus jamais d'elle, souffla la mère d'une faible voix. Elle est perdue pour nous.

— Mère! s'indigna Philomène, c'est votre fille!

— C'était ma fille, répondit-elle tout bas, le visage couleur de cendre.

— Allons! dit Abel, vous ne pouvez pas parler ainsi. Il faut attendre.

Puis, après s'être raclé la gorge et comme si les mots la blessaient au passage :

— On a peut-être abusé d'elle.

— Ce n'est pas une excuse, dit la mère. C'est le vice qui appelle le vice.

— Mère! implora Philomène, Mélanie était une innocente.

— « Una brava innoucenta! » siffla la mère, les dents serrées.

— On ne peut pas la condamner sans savoir la vérité, trancha Abel d'un ton sec.

Mais la mère ne répondit pas. Elle demeura hostile, lointaine, inaccessible aux arguments d'Abel et de Philomène qui cherchèrent vainement à la calmer. Au contraire, rétive, elle finit par lâcher dans un souffle presque inaudible :

— Pour moi, elle est morte.

Effrayés par cette violence qui ne lui ressemblait pas, surtout depuis qu'elle vivait dans une sorte d'hébétude, s'étiolant comme un fleur privée d'eau, Abel et Philomène n'insistèrent pas. Ils mangèrent leur soupe seuls, n'ayant pas le cœur à parler, après que la mère eut refusé l'assiette proposée par Philomène.

Ils passèrent la soirée avec Armand venu aux nouvelles en compagnie d'Eugénie, mais la mère feignit de ne rien entendre de leur conversation. D'accord avec son patron, Abel décida de se rendre à Souillac le lendemain matin et de prendre le train s'il obtenait là-bas des renseignements sur Mélanie. Puis, impuissants à ramener la mère à la raison, ils allèrent se coucher.

Une fois dans l'obscurité, l'image de Mélanie s'imposa à Philomène. Elle la revit enfant, à l'époque où elle la portait dans ses bras, puis jeune fille, si belle et si fragile, comprit avec effroi qu'elle ne la connaissait pas vraiment. Le temps avait passé et elle ne s'était pas rendu compte que Mélanie avait grandi. Elle n'avait pas su l'écouter. Comme elle s'en voulait cette nuit, comme elle souhaitait recommencer ces années mal vécues! Comment se faisait-il qu'elle n'avait pas compris les regards éperdus de sa sœur pendant ces trois mois de souffrances qu'elle avait vécus dans la pire des solitudes? Chaque fois que les yeux de Mélanie s'étaient levés vers elle, Philomène avait répondu que la mère se remettrait, que le métier à tisser fabriqué par Abel allait l'occuper, qu'elles ne devaient plus craindre la misère. Et pendant ce temps, Mélanie souffrait le martyre, muette, seule avec sa douleur.

Cette image la hanta une grande partie de la nuit. Mélanie criait, mais nul ne l'entendait, et elle s'enfuyait comme folle sur les chemins. Vers le petit matin, toujours dans son sommeil, Philomène courut derrière elle sur des routes lointaines, l'appela, mais ce fut le rouquin qui vint vers elle en ricanant. Elle s'éveilla en larmes, à bout de forces, mais heureuse de se rendre compte qu'il s'agissait seulement d'un cauchemar. Dieu merci! Elle pouvait encore espérer.

Le lendemain, en gare de Souillac où Abel arriva vers midi, un employé se rappela vaguement d'une jeune fille brune seule et sans bagage. Mais il ne se souvint pas si elle avait pris la direction de Toulouse ou de Paris. Puis, après avoir réfléchi, il finit par lui dire qu'il s'agissait plutôt de Toulouse car c'était en milieu de l'après-midi : sans doute avait-elle pris le train de quatre heures moins le quart. Abel n'eut pas une hésitation : il partit par le même train et arriva à la nuit dans cette grande ville aux toits rouges qu'il connaissait déjà pour s'y être arrêté en se rendant à Agde. Là, il chercha Mélanie pendant trois jours, interrogea les passants, questionna les commerçants, visita tous les lieux ouverts au public, parcourut les quais de la Garonne, les ruelles malfamées autour de la gare, enquêta dans les ports, la place du Capitole, les hospices, les terrains vagues de la périphérie, entra même dans un poste de police où il lui fut répondu que pour déclarer une disparition il fallait remplir un formulaire. Comme il ne savait pas écrire, il y renonça. Vaincu, exténué, il regagna Quayrac, retrouva Philomène abattue et la mère prostrée.

— Elle ne dit plus un mot, murmura Philomène, les larmes aux yeux. A croire qu'elle a perdu la parole.

Ils durent reprendre leur travail malgré l'obsession de ce malheur qui les frappait, et un sentiment d'injustice accentué par la certitude qu'un criminel vivait en toute impunité au château. Car pour l'un comme pour l'autre, le fait qu'un homme avait abusé de Mélanie pouvait seul expliquer qu'elle eût abandonné son village et ceux qui l'aimaient.

Fernande, malade, avait quitté le château. Philomène travaillait maintenant à la cuisine en compagnie de Sidonie et regrettait beaucoup ses heures de liberté sur les coteaux où Adrien venait souvent la rejoindre, les brebis, leurs sonnailles, ses lectures à l'ombre des murs de lauzes. Elle voyait trop peu Adrien, car elle sortait seulement à huit heures, après avoir préparé le repas du soir que servait toujours Maria, plus pitoyable que jamais. Heureusement, les jours rallongeaient avec l'arrivée de l'été, et ils se retrouvaient après la soupe pour de longues promenades sur le causse, parcouraient ensemble les chemins qu'elle aimait, traversaient les bois de chênes, les grèzes et les coteaux, toujours les mêmes, ceux vers lesquels elle se dirigeait d'instinct, peut-être à la recherche de son enfance. Pourtant, ces moments précieux partagés avec elle ne suffisaient plus à Adrien.

— Ça ne peut plus durer comme ça, dit-il un soir qu'ils étaient assis sur une murette, au bas d'une combe et recevaient l'aubade des grillons. Il faut que l'on se marie, Philo!

Depuis qu'elle lui avait appris qu'elle ne rencontrait plus l'instituteur, ce n'était pas la première fois. Même s'il la croyait, il mesurait à quel péril il avait échappé, et il redoutait un événement fortuit qui l'eût fait changer d'avis. Mais fidèle à sa résolution, elle n'avait plus rendu visite à Julien, et elle s'était tournée tout entière vers Adrien, retrouvant près de lui cette tendresse venue de très loin, si chaude et si rassurante, dont elle éprouvait le besoin. Même si l'ombre d'un regret se posait parfois sur elle dans ses moments de rêverie, il lui suffisait d'appeler en elle l'image d'Adrien malheureux, pour chasser aussitôt la vaguelette amère qui venait de passer. A dix-neuf ans, Adrien était vraiment homme : son corps sculpté par les travaux de force, les copeaux noirs de ses cheveux, son visage franc aux traits réguliers attiraient les regards des filles que Philomène surprenait avec un pincement au cœur. Savait-il que l'instituteur avait obtenu sa mutation pour un petit village de l'Ardèche? Elle se posa la question, mais renonça à évoquer le sujet.

— Si nous nous marions, où habiterons-nous? demanda-t-elle d'un ton neutre où il perçut néanmoins une réticence.

— Le maître nous prêtera l'ancien pigeonnier qui se trouve en bordure du domaine sur la route du cimetière. Il y a une cuisine en bas, une petite cheminée, et une chambre en haut. Edmond ne l'habite plus, car le maître le loge maintenant au château.

Il avait pensé à tout! Cette idée amusa Philomène mais elle se demanda pourquoi elle était aujourd'hui moins pressée après avoir attendu si longtemps.

— Et si on a des enfants? souffla-t-elle en balançant ses

jambes d'avant en arrière, comme lorsqu'elle écoutait Abel sur les terres hautes, bien des années auparavant.

— On verra, dit-il, on trouvera plus grand.

Elle réfléchit, continua de balancer ses jambes, et se mit à fredonner.

— Arrête, Philo, dit-il, tu ne m'écoutes pas.

— Mais si je t'écoute.

Puis, d'un air moqueur :

— Qui veux-tu que j'écoute, nous sommes tout seuls?

— Alors réponds-moi, on se marie quand?

Elle se tourna vers lui, comprit que son insouciance et sa distance mélancolique le rendaient malheureux.

— Tu partiras bientôt au service, dit-elle, ça risque d'être difficile si nous nous marions avant.

— Tu as vingt ans et moi dix-neuf, et je ne veux pas qu'il t'arrive malheur comme à Mélanie.

Elle crut qu'il savait quelque chose et le lui cachait, se raidit.

— Pourquoi parles-tu de malheur à propos de Mélanie? murmura-t-elle.

— Elle est partie, non?

Elle lui prit un bras, le serra.

— Si tu sais quelque chose, Adrien, dis-le-moi, implora-t-elle.

— Mais je ne sais rien, se défendit-il. C'est toi même qui m'as dit qu'elle attendait un enfant. Elle ne l'a pas fait toute seule, non?

Glacée, soudain, par l'évocation de cette disparition, elle ne répondit pas. Non, certes, Mélanie n'avait pas fait cet enfant toute seule, et c'était bien là l'idée qui ne cessait de la torturer. Elle savait que les gens parlaient au village et au château. Les bruits les plus divers couraient sur le compte de sa sœur, parfois fantaisistes, mais les villageois avaient bien compris que Mélanie s'était enfuie pour cacher sans doute un enfant. Nul n'en parlait à Philomène, ni à Abel, encore moins à la mère qui ne sortait pas, mais tous s'interrogeaient sur cette fuite dont on apprendrait bien un jour les raisons. Personne, pourtant, ne critiquait les Laborie, au contraire : on admirait leur dignité, on louait leur courage d'agir comme si rien ne s'était passé malgré leur blessure secrète.

Adrien regretta d'avoir parlé de Mélanie, car il savait quel tourment avait provoqué ce départ chez Philomène. Il s'en fit le reproche intérieurement, soupira :

— N'y pense plus, je ne voulais pas te faire de peine.

Elle garda le silence quelques secondes, revint brusquement à sa proposition de mariage, comme pour repousser l'image de Mélanie :

— Il faut que j'en parle à Abel et à la mère.

— C'est déjà fait, tu le sais bien, dit-il.

Puis, d'une voix où elle perçut une amertume :

— Tu n'as pas envie de te marier, Philo.

Elle le regarda, lui sourit, détourna de nouveau la tête.

— Si, mais je pense à la mère.

— Abel est avec elle.

— Et s'il s'en va?

Il assura, la prenant par les épaules :

— S'il s'en va, je te promets qu'on ira habiter avec elle.

Le visage de Philomène s'éclaira.

— C'est bien vrai? Tu tiendras ta promesse?

Il soutint son regard, affirma :

— Je tiens toujours mes promesses, Philo.

Puis, comme il la sentait prête à fléchir, il ajouta tout bas :

— Tu sais, tu pourras lire tes livres, je ne t'empêcherai pas.

Elle savait ce que lui coûtait une telle concession : pour lui, les livres représentaient un monde interdit, celui où il n'avait jamais pénétré, celui de Julien Combarelle.

— Si tu veux on en achètera, dit-il encore en baissant la tête.

Et, si bas qu'elle entendit à peine, avec une touchante humilité :

— Si tu veux bien m'apprendre à lire, j'essaierai de devenir savant comme toi.

Elle ressentit intensément la douceur de ces mots, des picotements parcoururent ses yeux. Il l'aimait donc à ce point?

— Tu es gentil, dit-elle.

Il se pencha sur elle, l'embrassa au bord des lèvres.

— On pourrait se marier en octobre, après les gros travaux, lui murmura-t-il à l'oreille.

— Oui, en octobre, ce serait bien.

Une grande paix l'envahit. Elle se laissa glisser de la murette, s'allongea sur l'herbe rase face au ciel où s'allumaient maintenant les premières étoiles. Il attendit un peu, puis il l'imita, lui prit une main, la serra.

— Crois-tu qu'il y a des gens là-haut? demanda-t-elle. Il doit y faire si bon.

— Peut-être, des gens comme toi et moi, qui nous regardent en ce moment.

Ils se turent un instant, puis elle reprit :

— Il doit exister d'autres mondes, très loin.

— Tu n'es pas bien, ici?

Elle parut ne pas l'avoir entendu.

— Des mondes où les pères ne meurent pas, où les mères ne souffrent pas, où les frères et les sœurs ne s'en vont pas, soupira-t-elle.

Et, sans lui laisser le temps de se manifester :

— Ce sont ces mondes-là que l'on rejoint quand on est mort.

Adrien s'offusqua :

— Tu parles toujours des morts.

— Ne te fâche pas, c'est la mère qui m'y fait penser. On dirait que la vie s'écoule en dehors d'elle.

— Mais non, dit-il, elle oubliera, et quand elle aura oublié, elle guérira.

— Elle n'oublie rien, insista Philomène, un mal la ronge. Si elle pouvait marcher, peut-être ne penserait-elle plus à Mélanie, mais toutes ces heures passées, sans personne à qui parler, minent ses forces. Elle pense à sa jambe, à Etienne, à Mélanie, et encore à Etienne, à sa jambe, et encore à Mélanie. Et elle en meurt.

— Que dis-tu là? s'écria-t-il, tu n'as pas honte?

— Je le sais, Adrien, il me suffit de voir ses yeux : ils ressemblent à ceux du père sous le rocher.

— Mais non, voyons! Elle n'a pas cinquante ans.

— Le père non plus n'avait pas cinquante ans.

— C'était un accident.

Elle attendit quelques secondes pour répondre d'une voix bizarre :

— La mère a eu deux accidents : d'abord la voiture et ensuite le départ de Mélanie. C'est sûrement aussi grave que le choc d'un rocher.

Il se rapprocha d'elle, chercha des mots susceptibles de la rassurer, crut les avoir trouvés en disant :

— Nous, Philo, nous sommes vivants.

Et, sans bien savoir pourquoi, il les regretta aussitôt, comme si cette affirmation sous-entendait de sa part un égoïsme odieux. Pourtant, elle ne s'en émut pas et murmura :

— Oui, nous sommes vivants, toi et moi.

Mais il eut l'impression qu'elle n'y croyait pas vraiment et se sentit rejeté loin d'elle.

— On aura des enfants, dit-il quand même, cherchant à la rejoindre malgré tout. Quatre ou cinq, tu veux bien?

Des enfants? Quatre ou cinq? N'était-ce pas en effet la meilleure façon de s'engager sur une autre route, de se forger une espérance? Cette idée la réconforta et son visage se détendit sans qu'il s'en aperçût.

— Cinq enfants, dit-elle, et il lui sembla deviner dans l'obscurité des frimousses espiègles, sentir des bras se refermer autour de son cou, des lèvres humides sur sa joue.

Elle se leva sans lui lâcher la main, l'invitant à la suivre; ils marchèrent dans le silence presque palpable où se fondait maintenant le chant des grillons qui allaient s'endormir. Une main invisible frôla les genévriers qui frémirent. Une vague d'air poivré glissa sur la pente qu'ils descendaient. Philomène eut soudain l'impression d'un bonheur accessible et se mit à chanter doucement.

Nul n'avait compris pourquoi Julien Combarelle avait demandé sa mutation pour un village de l'Ardèche. Cette décision avait surpris ses amis, mais personne n'avait osé l'interroger sur les raisons qui l'avaient poussé à une telle décision. En ce début de juillet, il avait organisé une petite manifestation à l'auberge pour y faire ses adieux. Tous les républicains laïques se trouvaient là, et parmi eux, bien sûr, Abel qui avait tissé des liens d'amitié profonde avec l'instituteur et s'étonnait, sans doute plus que tout autre, de ce départ inexplicable.

Depuis le début de la soirée, la conversation roulait sur le remplacement de Clemenceau par Briand à la présidence du Conseil :

— On a changé un borgne pour un aveugle! tonnait Armand. Le premier tirait sur les grévistes, le second les mobilise au nom de l'intérêt général. Mais de quel intérêt s'agit-il? Du même, comme toujours, celui des puissances d'argent. Et pendant ce temps-là, les ouvriers crèvent de faim!

Il y eut des réactions diverses dans la petite assemblée pourtant habituée aux excès oratoires du sabotier. Mais depuis les élections du printemps, le climat politique avait beaucoup changé : si les socialistes avaient obtenu cent sièges à l'Assemblée, les radicaux, forts de leurs deux cent cinquante députés, demeuraient les maîtres du jeu. Cependant la coalition des gauches n'étaient plus qu'un souvenir : le syndicalisme révolutionnaire l'avait brisée. Au reste, même les radicaux étaient partagés sur la politique à mener : les uns, derrière Joseph Caillaux, exigeaient une loi pour instaurer un impôt sur le revenu, les autres, qui n'avaient pas oublié le petit père Combes, se méfiaient des Caillautistes et de leurs « outrances ». Frappés par la nature révolutionnaire des grèves et la montée de l'anarchisme, ces radicaux-là s'éloignaient des socialistes qui soutenaient les agitateurs et défendaient Briand et son entreprise de pacification sociale. Le pays était maintenant gouverné au centre, au grand désappointement d'Armand Mestre, du maître d'école, et d'Abel, qui s'opposaient au village à Landon et à Servantie partisans de Briand.

— Cinq morts à Narbonne en 1907, deux aux sablières de Villeneuve-Saint-Georges en juin 1908, sept morts et deux cents blessés en juillet de la même année, voilà à quoi nous a menés la politique radicale! tempêta Armand. Et voilà aussi de quoi vous êtes complices, toi, Landon, toi, Servantie, et vous également, Montial et Bouscarel!

— Les révolutionnaires veulent ruiner le pays, se rebella l'aubergiste.

— Ruiner qui? s'écria Armand, ils ne ruineront que les possédants et les profiteurs, c'est donc cela qui vous inquiète?

— Tu t'emportes toujours, on ne peut pas discuter avec toi.

— Allons! dit l'instituteur, n'oublions pas que tous, ici, nous sommes des gens de tolérance.

Mais il ne put empêcher le sabotier de reprendre, un ton moins haut cependant :

— Je ne comprends pas pourquoi vous trouvez vexatoire un impôt sur le revenu! C'est tout de même le meilleur moyen de mettre en œuvre la justice sociale, il me semble!

Landon chercha de l'aide auprès de Servantie, mais, comme le maçon avait du mal à suivre, il dut faire face seul :

— Ce n'est pas aujourd'hui qu'il faut diviser le pays en prenant des mesures impopulaires. Le danger est ailleurs.

— Où est-il le danger? explosa Armand.

— Le danger, c'est l'anarchie et le désordre.

— Landon, cria le sabotier, des gens qui se défendent pour manger à leur faim ne sont pas des anarchistes!

Et, se tournant vers Abel :

— Dis-leur, toi, petit, si les vignerons qui ont fraternisé avec toi sont des anarchistes!

Abel soupira. Armand lui avait fait raconter plus de dix fois ce qui s'était passé à Perpignan, et ce qui lui en avait coûté d'avoir refusé de tirer sur des manifestants.

— Ecoute, Landon, reprit-il, tu confonds grévistes et anarchistes et tu ne te rends pas compte que Briand défend les intérêts de la droite. En plus, tu cries au voleur à cause de cet impôt sur le revenu comme si tu faisais fortune avec ton auberge et ton épicerie. Avoue quand même que tu es difficile à comprendre.

Servantie, muet jusqu'à présent, tenta de voler au secours de l'aubergiste :

— Moi, ce que je pense, dit-il, c'est que si le gouvernement les laisse faire, les révolutionnaires mettront le feu au pays.

— Et alors? s'insurgea Armand, tu y tiens tellement à ce régime bourgeois?

— Il est peut-être bourgeois le régime, mais on y mange à sa faim.

— Toi, sans doute, répliqua Armand, mais demande donc aux ouvriers des villes qui vivent dans des taudis et gagnent un peu plus de trois francs par jour. Et je ne parle pas des dix heures de travail ni du repos hebdomadaire prétendu obligatoire qui n'est jamais respecté.

— Moi aussi je travaille plus de dix heures et souvent le dimanche, objecta Servantie.

— Toi, tu es propriétaire et tu ne payes pas de loyer, rétorqua Armand ; au contraire, tu en reçois.

— Toi non plus, que je sache, se rebella le maçon.

— Non, mais moi je ne professe pas les idées de mon portefeuille. Je pense aux autres avant de penser à moi : c'est tout ce qui nous différencie.

— Oh, alors! si tu le prends comme ça, soupira le maçon.

Il était temps d'arrêter là les débats, sans quoi les uns et les autres risquaient de prononcer des mots irréparables. L'instituteur le comprit et se décida à intervenir : après leur avoir rappelé que c'était lui qui les avait invités pour partager le verre de l'amitié, il demanda à Landon de servir ses amis. Quand ce fut fait, chacun se tourna vers lui, persuadé d'apprendre enfin les raisons de sa mutation pour l'Ardèche. Il y eut un bref silence, puis Combarelle se leva et prit la parole d'une voix émue :

— Mes amis, commença-t-il, je ne vous remercierai jamais assez pour l'aide et l'amitié que vous avez bien voulu me témoigner au cours des quatre années que j'ai passées parmi vous. Ensemble nous avons œuvré au succès de l'école laïque qui est la fierté de notre République. Ensemble nous avons triomphé des obstacles dressés devant nous par les ennemis du progrès social, nous avons déjoué leurs manœuvres, nous avons évité leurs pièges, et finalement nous avons gagné : l'école de ce village n'est plus l'école des privilégiés, mais l'école de tous.

Il se tut un instant, parut hésiter, puis il reprit après avoir jeté un regard circulaire :

— La tâche que nous avons accomplie a tissé entre nous des liens que le temps ne distendra jamais, j'en fais aujourd'hui le serment devant vous. Car vous le savez bien : ce n'est pas de gaieté de cœur que je vous quitte. Si je m'y suis décidé, c'est parce que le devoir m'appelle ailleurs, en des lieux déshérités, là où tout reste à faire, comme à Quayrac, il y a quatre ans. Soyez certains que je ne vous oublierai pas et que je garderai de vous le souvenir d'hommes intègres et courageux, qui défendent comme moi les principes d'égalité et de fraternité.

Il s'assit, les yeux brillants, sous les applaudissements de la petite assemblée. Il y eut ensuite un long moment de recueillement, puis Armand se racla la gorge et se leva à son tour.

— Mon cher Julien, dit-il, nous ne nous permettrons pas de discuter les raisons qui te poussent à partir. Nous sommes fiers d'avoir travaillé avec un homme tel que toi au succès de l'école laïque. Sache cependant que nous regrettons tous ce départ un peu précipité à notre gré. Enfin! si d'autres villages ont besoin de toi, si le devoir t'appelle ailleurs, comme tu le dis si bien, nous l'acceptons, la mort dans l'âme, certes, mais nous l'acceptons. Sois persuadé en tout cas que nous n'oublierons jamais ce que tu as fait pour Quayrac... et pour nous. Pars donc, ami, puisqu'il le faut, mais pense à nous!

Après les applaudissements d'usage, Armand invita l'instituteur à se lever et lui donna l'accolade, puis tous les présents, un à un, firent de même. Combarelle, gêné par ces manifestations d'affectueuse amitié, lança en prenant son verre :

— Buvons à l'avenir de l'école laïque!

— C'est ça, approuva joyeusement Armand, il n'y a pas mort d'homme, que diable! Alors, buvons!

— Vous ne le coupez pas d'eau, celui-là? remarqua Landon en s'adressant à Combarelle.

— Non, répondit ce dernier, aujourd'hui je fais une exception. Elle ne fera que confirmer la règle, comme il arrive souvent pour l'orthographe française!

Après avoir trinqué et bu quelques gorgées, ils s'assirent de nouveau et la conversation rebondit : il fut question de Blériot qui avait l'an passé stupéfié le monde en traversant la Manche; des nouveaux aéroplanes qui volaient aujourd'hui à plus de soixante-dix kilomètres à l'heure; des « sillonnistes », ces religieux qui prétendaient se mêler de socialisme; des municipales à venir, enfin, dont chacun estima qu'elles sonneraient le glas de Delaval et des cléricaux.

La soirée s'acheva vers onze heures, après un dernier adieu de l'instituteur qui partit le premier pour préparer ses bagages, mais chacun sentit bien qu'il cherchait ainsi à dissimuler son émotion. Comme Armand s'attardait, Abel serra les mains et s'en fut seul, pensant rejoindre Julien à l'école. Mais il trouva Geneviève qui l'attendait sur la placette et comprit que, ce soir, il n'échapperait pas aux questions qu'il évitait depuis son retour du service. Il s'approcha, l'observa un moment à la faible lumière qui filtrait de l'auberge, songea qu'elle ne changeait pas : peut-être les formes de son corps s'étaient-elles un peu alourdies, mais ses yeux exprimaient toujours la même placide bonté, son visage la même candeur. Il la prit par le bras, l'entraîna jusque sous le chêne dont les feuilles frémissaient au léger vent de nuit.

— Tu n'as rien à me dire, Abel? demanda-t-elle de sa voix douce.

Il garda le silence, chercha son regard dans l'obscurité, soupira :

— Je t'aime bien, tu le sais.

Elle tressaillit, détourna la tête. Il ajouta, tout bas :

— Si je pouvais me marier, ce serait avec toi. Mais je dois m'occuper de ma mère.

— Ce n'est pas une raison, Abel, dit-elle. Je m'occuperai d'elle, j'ai déjà soigné ma mère et je sais m'y prendre.

Il ne répondit pas, l'attira contre lui.

— Un an et demi que tu es revenu, murmura-t-elle, et j'attends depuis si longtemps. Abel, je n'en peux plus.

Il avait redouté ce moment, sachant qu'il devrait lui faire mal et le regrettant à l'avance.

— Tu sais que je suis allé en prison à l'armée. Quoi que je fasse désormais, je passerai pour un fauteur de troubles.

— Mon père me l'a dit, mais ça ne m'intéresse pas.

— Ecoute, puisqu'il faut que je te dise tout ce soir : tu dois savoir que je ne resterai pas ici. Quand la mère ne sera plus là, je partirai à Paris.

— Je peux te suivre n'importe où, fit-elle, et sa voix était devenue implorante.

— Tu souffriras, dit-il, et je ne le veux pas.

— Avec toi, j'accepterai tout, Abel, tu le sais bien.

A l'intonation, il comprit qu'elle pleurait, en fut à la fois agacé et profondément malheureux.

— Ne pleure pas, dit-il, j'ai beaucoup réfléchi : avec moi, tu ne connaîtrais que les privations et la solitude. C'est un homme d'ici qu'il te faut, un homme qui n'ait pas toujours envie de partir comme moi.

Elle enserra sa taille, appuya son front contre sa poitrine.

— Mais c'est toi que j'aime, Abel. C'est toi que je veux.

Ils restèrent enlacés un long moment. Ne trouvant pas le courage de la repousser, il lui caressa machinalement les cheveux, songea qu'il était cruel et sans doute égoïste. Mais comment la prendre pour femme avec la vie qu'il se proposait de mener?

— Ce n'est pas possible, dit-il, il faut me comprendre.

Elle se fit suppliante, le serra plus fort :

— Oh! Abel, garde-moi, je t'en prie, marie-toi avec moi. Je me ferai toute petite, tu agiras comme il te plaira, mais accepte-moi comme je suis, tu ne le regretteras pas.

Il attendit une minute avant de détacher les bras noués autour de sa taille, s'écarta légèrement.

— Je ne peux pas, tu comprends? Et je n'ai pas le droit.

Quelque chose se brisa en elle, dans les profondeurs de son être, et la meurtrit. Elle eut un long frisson, chancela.

— Il ne faut pas m'en vouloir, dit-il, ma vie n'est pas ici.

Il espérait qu'elle allait parler, mais elle continuait de se taire.

— Ne gâche pas ta vie avec moi, ajouta-t-il.

Elle s'était appuyée contre le chêne, pleurait sans bruit. Il comprit que les mots étaient devenus inutiles. Il lui caressa la joue, souffla :

— Rentre maintenant, ton père s'inquiéterait.

Il attendit une parole, un geste qui ne vinrent pas, partit lentement, comme s'il portait un lourd fardeau sur les épaules.

— Abel!

Le cri l'arrêta. Il hésita, faillit retourner, mais il repartit vers la maison des chênes et se mit à courir en quittant la placette.

La mère ne parlait plus du tout. Elle demeurait hébétée dans son lit, inaccessible à ceux qui se mouvaient près d'elle, insensible au monde extérieur. Pourtant l'été charriait sur le causse des parfums de blés mûrs qui pénétraient dans la maison par la fenêtre ouverte et ce dimanche de septembre semblait pousser des soupirs sous les nuages noirs qu'emmenait avec lui un vent de braise. Depuis un mois qu'il n'avait pas plu, l'orage grondait chaque soir dans les lointains sans jamais crever. Et tous les soirs il revenait, errait au-dessus du village, des coteaux et des grèzes grillés par les incendies du soleil.

Occupée à tremper la soupe, Philomène s'inquiétait pour Abel parti braconner, et pour la mère, aussi, qui semblait être retombée en enfance, regardait sans jamais relever la tête sa jambe morte, haletait doucement comme si l'air lui manquait. Pendant l'après-midi, Philomène lui avait parlé souvent en espérant l'extraire de sa torpeur, avait même prononcé le nom de Mélanie pour obtenir une réaction de la pauvre femme, mais en vain. Elle songea à la visite du docteur, quinze jours auparavant, se rappela ses paroles avec un pincement au cœur :

— On dirait qu'elle se laisse mourir. Parlez-lui, ne la laissez pas seule, agissez comme si elle vous entendait. Il n'y a que vous et votre frère qui puissiez quelque chose pour elle.

Oui, sans doute, mais quoi donc? Comment communiquer avec un être qui ne vous répond pas? Elle tourna machinalement la tête vers sa mère, comme pour lui arracher un regard, sursauta : celle-ci, la bouche ouverte, avait porté ses deux mains vers le haut de sa poitrine et paraissait l'appeler. Philomène se précipita vers elle, demanda :

— Mère, qu'avez-vous?

Nulle réponse ne lui parvint. Les traits de sa mère étaient figés en un masque hideux, un mince filet de souffle coulait entre ses lèvres pâles. Philomène la prit dans ses bras, lui soutint la tête d'une main. Elle sentit des doigts serrer son bras, serrer encore comme pour le briser.

— Mère, où avez-vous mal? bredouilla-t-elle.

Elle se redressa, la prit par les épaules. Les yeux de la mère, grands ouverts, révélaient une sorte de panique qui l'affola. Elle chercha à échapper à l'étau refermé sur son bras, recula, mais n'y arriva point. Le sifflement de la mère était devenu un râle qui montait des profondeurs de sa poitrine. Trois soubresauts d'une extrême violence agitèrent son corps, elle poussa une plainte et retomba en arrière, les doigts toujours serrés, entraînant sa fille sur elle. Quelques secondes s'écoulèrent, qui parurent interminables à Philomène surprise, tout à coup, par la douceur des traits après cette affreuse crispation où la mère semblait avoir jeté ses dernières forces. Elle desserra les doigts un à un sur son bras, et ceux de la mère retombèrent inertes. Elle s'aperçut alors qu'une grande paix s'était posée sur son visage et elle sut qu'elle avait déjà rencontré une telle sérénité.

— Mère! souffla-t-elle.

Elle eut l'impression que les grands yeux noirs l'interrogeaient, lui posaient enfin ces questions qu'elle espérait en vain depuis des mois.

— Mon Dieu! murmura-t-elle, mon Dieu...

D'abord elle ne sentit rien, attendit des larmes qui ne vinrent pas. Puis elle ferma les yeux de la mère, lui caressa le front, les joues. Quelle absence, soudain, hantait cette pièce? Quel était ce sourire, maintenant sur les lèvres closes de la mère? Quelle beauté s'était posée sur son visage que nulle souffrance n'assombrissait plus?

— Mère, gémit Philomène repoussant les mèches de cheveux gris sur les tempes, êtes-vous si bien loin de nous?

Pourquoi ne pleurait-elle pas? Elle devait pleurer puisque sa mère était morte! Elle la contempla un long moment comme on regarde un enfant endormi puis, prise d'une idée subite, elle monta dans sa chambre, s'empara d'une brosse, redescendit et commença à peigner la morte en fredonnant comme elle l'aurait fait avec une poupée. Elle n'avait pas mal, ou plutôt ne sentait pas la douleur. C'était comme un rêve, une tiédeur, une embellie après l'orage. La mère ne souffrait plus : elle avait cette expression de tendresse si fréquente à la métairie, celle des soirs de Noël, des veillées d'hiver, quand Philomène, assise sur ses genoux, se laissait bercer par la respiration régulière, avec l'impression de se blottir dans un ventre aussi tiède, aussi douillet que le vrai. Pourquoi pleurer? La mère avait rejoint le père, là-haut dans les nuages, elle lui donnait la main, ils allaient faire un grand voyage ensemble, loin des blessures et des souffrances, libérés de leur prison charnelle, à jamais réunis.

Philomène s'allongea sur le lit, contre le corps inerte et ne bougea plus. Un long moment passa. Par la porte ouverte affluaient des odeurs de futailles, un chien aboya au loin, le tonnerre gronda.

— Abel va rentrer, mère, dit-elle, ne vous inquiétez pas.

L'absence de réponse, succédant au son de sa voix, la surprit et dissipa quelque peu sa torpeur. Elle se redressa, songea : « Il faut l'habiller, la faire belle, que tous la voient ainsi. » Elle remonta dans la chambre, chercha dans l'armoire la plus jolie robe de la mère, noire certes, mais avec un petit col blanc et des boutons nacrés qui la rajeunissaient. Elle redescendit, et, tremblante, la dévêtit avec précaution, comme si elle avait peur de lui faire mal. Le corps osseux et la peau fripée apparurent. Elle ferma les yeux. Surtout ne pas regarder, mais conserver en elle l'image de la beauté et de la grâce, celles des jours où la mère marchait devant elle, sur le chemin des terres hautes, ses paniers à la main. Les yeux mi-clos maintenant, Philomène se hâta de lui passer sa robe, croisa ses bras sur sa poitrine, acheva de la peigner. Voilà, c'était fait! A présent, on pouvait entrer.

Mais nul, pourtant, n'entra. Une charrette passa sur la route et Philomène ne bougea point. Quand le bruit s'estompa, un éclair illumina la pièce, le tonnerre gronda de nouveau, puis l'odeur lourde des raisins en tonneaux erra dans l'air moite. Philomène s'allongea de nouveau près du corps immobile. Pourquoi maintenant ces deux larmes sur ses joues? Il ne fallait pas pleurer. Elle grimaça, avala sa salive, et la brume de ses yeux se dissipa. Elle se releva, s'assit au bord du lit, son regard se posa sur le front, les sourcils, le nez, la bouche, enfin, d'où étaient sortis tant de baisers. Il lui parut alors impossible qu'aucun n'en sortît plus jamais, et elle comprit vraiment que sa mère était morte : ses larmes purent couler, chacune d'elles accompagnant une image, un mot, une caresse, un geste pour toujours enfuis.

Abel la trouva ainsi une demi-heure plus tard, immobile et lointaine. Il posa un lièvre sur la table, s'approcha du lit, souffla en lui caressant les cheveux :

— Pourquoi n'as-tu pas appelé, demandé de l'aide?

Elle ne répondit pas. Il se pencha vers la mère, posa un instant sa tête sur la poitrine sans vie, crispa ses doigts sur les épaules, et Philomène se demanda s'il pleurait. Mais non ·

ses yeux étaient secs quand il se redressa après avoir embrassé la morte sur le front.

— Comment ça s'est passé? dit-il d'une voix si douce, si inhabituelle chez lui qu'elle en fut bouleversée.

— Elle étouffait, chuchota Philomène, je crois que c'est son cœur...

Mais elle ne put poursuivre, sa voix s'étant brisée.

— Pourquoi ne m'as-tu pas attendu?

Elle se tourna vers lui, le considéra avec un air de totale incompréhension.

— Je lui ai mis sa belle robe, dit-elle.

Il hocha la tête, eut un faible sourire.

— Il faut aller prévenir, dit-il.

— J'attendrai, fit-elle tout bas.

— Ça ne te fait rien de rester là?

Elle fit non de la tête, et son calme mêlé de tristesse et de résignation inquiéta Abel.

— Tu es sûre que ça va? Je peux rester si tu veux.

— Non, dit-elle, va vite.

Il partit et elle se retrouva de nouveau seule, incapable d'esquisser un geste. Le temps s'arrêta. Elle ne sentait plus rien des parfums de l'été finissant, de l'haleine des masses d'air stagnantes maintenant abandonnées par le vent, et qui sentait le soufre. Elle avait froid, brusquement, et se demanda si la mère avait froid aussi. Elle couvrit le bas du corps d'une couverture puis, inexplicablement, songea à Mélanie, à cet enfant inconnu dans son ventre, et l'envia : y aurait-il une vie un jour dans son ventre à elle, et plus tard un enfant assis sur une chaise, comme elle aujourd'hui, regardant un ventre mort, une mère morte, sans aucune larme à verser? Un éclair illumina la cuisine, l'orage creva dans un martèlement furieux, le tonnerre se déchaîna, et ce ne fut que colère et violence du ciel.

Un peu plus tard, Abel revint, puis arrivèrent Armand et Eugénie, Adrien, le curé, et la religieuse. Ils entourèrent Philomène, lui parlèrent avec compassion, mais c'est à peine si elle les entendit. Les heures passèrent sans qu'elle y prêtât attention. Elle consentit à se coucher, parvint à s'endormir, bercée par la pluie qui s'acharnait sur le toit, rêva de la mère, la suivit toute la nuit sur le chemin des terres hautes comme elle la suivait, enfant, trottinant derrière elle, prenant peine à ne pas se laisser distancer, l'appelant parfois, espérant un sourire qui ne tardait jamais. Vers le matin, enfin, la mère s'arrêta. Elle s'allongea au bord d'un champ de blé, ne bougea plus, et Philomène, apaisée, put se coucher près d'elle.

Le lendemain, Abel lui demanda d'écrire à Etienne. Même s'il recevait la lettre après l'enterrement, il fallait le prévenir. Peut-être viendrait-il? Cette pensée aida Philomène à traverser les heures et les jours qui suivirent, l'attente interminable entrecoupée de visites, de chuchotements, de paroles futiles. Elle se reposa sur Abel qui veillait et s'occupait de tout, sur Adrien, aussi, dont la présence attentionnée lui fut d'un grand secours. Elle suivit le corbillard, soutenue par les deux hommes, n'eut pas un geste quand la première pelletée de terre tomba sur le cercueil, songea au père, là, tout près. Un coq chanta au village, une grive passa au-dessus du cimetière en lançant son appel joyeux. La vie continuait donc? Le monde ne s'était pas arrêté de tourner, le soleil de se lever et les jours de couler? Cette pensée où elle crut déceler une injustice l'ébranla.

— Mère, gémit-elle, avançant d'un pas vers la fosse.

Abel et Adrien la retinrent par le bras.

— Viens, Philo, c'est fini, dit son frère.

Elle se laissa entraîner, se retrouva dans la maison des chênes sans se rappeler le chemin. Le soir, Adrien resta manger, parla du deuil et du mariage à reporter. Elle acquiesça, perdue dans un monde où ses idées se bousculaient, où se mêlaient les vivants et les morts, où la voix de la mère émergeait d'un tumulte sans fin. Elle refusa d'aller se coucher, redoutant de parcourir de nouveau les chemins des terres hautes jusqu'à l'épuisement, derrière la silhouette aimée. Quand elle s'affaissa, un peu plus tard, Abel la prit dans ses bras et la porta dans son lit.

Passé les orages de la fin septembre, l'arrière-saison fut magnifique : les fanfares des grillons se réveillèrent avec le soleil, les genévriers, les chênes et l'herbe rousse crépitèrent comme en plein été. Les quinze jours écoulés depuis l'enterrement n'avaient laissé à Philomène, qui avait repris son travail au château, que le temps d'éprouver douloureusement le poids d'une absence, mais pas celui de s'y habituer. Chaque soir en rentrant, elle regardait le lit vide, le cantou désert et cherchait vainement le corps voûté de la mère. Pour ne pas rester seule pendant ces moments-là, elle sortait le plus tard possible du château afin d'arriver à la maison en même temps qu'Abel.

Ce fut donc sans hâte qu'elle quitta la cuisine, ce soir-là, et qu'elle se dirigea vers la placette, attentive à ne pas presser le pas, à retarder l'instant où elle pousserait la porte de la maison. Quelle ne fut pas sa stupeur, de reconnaître, venant vers elle en compagnie d'Abel, celui qu'elle n'osait plus espérer. Elle ferma les yeux, se demandant si elle ne rêvait pas, les rouvrit, prête à crier le nom de l'homme qui marchait à sa rencontre en souriant : Etienne ! Etait-ce possible ? Et quelle était cette femme, petite et brune, à la peau mate, qui l'accompagnait ? Franchissant en courant les dix mètres qui les séparaient encore, elle eut la délicieuse impression de combler un trou béant dans sa vie, de retrouver son enfance, faillit tomber, ne vit plus rien, soudain, puis des bras vigoureux l'enlacèrent et elle bredouilla :

— Etienne, Etienne ! Il y a si longtemps, pourquoi, pourquoi ?

Il l'embrassait, la serrait, ne la lâchait plus.

— Vous allez vous étouffer, plaisanta Abel.

Elle consentit enfin à se détacher de lui, remarqua que la petite femme semblait émue et, sans bien savoir pourquoi, en fut heureuse.

— C'est Nicole, ma femme, dit Etienne.

Et, se tournant vers elle :

— Voilà Philomène, ma petite sœur.

Elle aima ces mots, l'affection qu'ils révélaient, embrassa Nicole, murmura :

— Il aura fallu un nouveau malheur pour te revoir enfin.

— De toute façon, on serait venu quand même, répondit-il, je voulais qu'elle fasse votre connaissance.

Elle le crut sans peine. Il la prit par les épaules, et elle se laissa conduire sur le chemin sans rien dire, toute à sa joie, à la douceur de ces instants. Une fois sur la placette, Etienne posa quelques questions au sujet de la mort de la mère, auxquelles Abel répondit sans mentionner l'accident de voiture.

— Pauvre femme! soupira Etienne.

Ils eurent tôt fait d'arriver, s'assirent autour de la table, Abel parla de l'enterrement, des gens qui y avaient assisté, de la vie qu'ils menaient depuis son retour de l'armée. Philomène, elle, observa Etienne, constata que ses traits s'étaient creusés et qu'il avait maigri. Sa peau avait pris une couleur rouge sombre, un peu comme celle de Nicole que Philomène trouvait douce et jolie avec cet air mutin que lui donnaient un éternel sourire et deux yeux ronds pleins de fraîcheur. Puis elle s'aperçut que les hommes parlaient de Mélanie, le regretta. Pourquoi fallait-il que ces minutes fussent entachées de tristesse? Elle en voulut à Abel empêtré dans ses explications, à Etienne, aussi, qui insistait :

— Mais enfin! vous avez bien dû apprendre quelque chose depuis!

— On ne sait rien, elle n'a jamais écrit.

— C'est quand même incroyable! gronda Etienne.

Et Philomène le retrouva tel qu'il était quand il se disputait avec le père.

— Pourquoi ne pas avoir alerté les gendarmes? reprit-il en haussant la voix.

— Tu imagines les gendarmes à la maison!

— Il y a combien de temps qu'elle est partie?

— Quatre mois.

— Et elle n'avait rien dit?

— Rien du tout. Elle a simplement laissé un mot en disant qu'elle attendait un enfant.

Etienne hocha la tête, irrité. Il ouvrit la bouche, hésita, mais renonça à poser d'autres questions. Philomène se leva, prépara la soupe, aidée par Nicole, qui, disait-elle, ne savait pas rester sans rien faire. Un peu plus tard, quand ils commencèrent à manger, Etienne revint sur Mélanie, affirmant qu'il ne comprenait pas comment on pouvait disparaître comme ça à seize ans du jour au lendemain. Abel, mal à l'aise, cherchait à dévier le cours de la conversation en interrogeant son frère : Que faisait-il là-bas, comment vivait-il et pourquoi n'était-il pas revenu au village depuis si longtemps?

— J'ai économisé de l'argent, j'ai pu acheter des terres

l'an dernier : dix hectares exactement, où j'ai planté de la vigne, des oliviers et des orangers. C'est tellement différent d'ici, tu ne peux pas imaginer.

— On a une petite maison au milieu des vergers, dit Nicole. On travaille beaucoup, mais c'est si beau.

— Et toi, toujours fidèle au pays? reprit Etienne.

Il s'agissait d'une affirmation non d'une question, et elle semblait receler une sorte de reproche.

— Toujours. Et Philomène aussi.

Etienne avala deux cuillerées de soupe, suggéra :

— Vous ne devriez pas rester ici. Rien n'a changé et rien ne changera jamais.

Abel soupira.

— Avec la mère et Mélanie, on ne pouvait pas partir.

— Elles ne sont plus là, dit Etienne, et il y avait comme un début de colère dans sa voix.

Il acheva sa soupe, reprit s'adressant à son frère :

— Toi encore, je comprends, tu as un métier solide, un jour tu pourras t'installer à ton compte, mais toi, Philo, (et il se tourna vers elle brusquement) tu ne vas pas toute ta vie servir les autres.

Philomène, surprise, ne trouva rien à répondre. La brutalité de la question parut pourtant la tirer de ses songes et un sourire forcé erra sur ses lèvres.

— Je vais me marier avec Adrien, dit-elle.

— Et que fait-il, Adrien?

Elle hésita un peu avant de répondre :

— Comme moi, il travaille au château.

Etienne hocha la tête d'un air apitoyé.

— Pourquoi ne viendriez-vous pas avec nous en Algérie?

Philomène demeura muette. Depuis trois minutes, un malaise était né au plus profond d'elle, annihilait la joie de ces retrouvailles. « Il a tout gâché, songeait-elle, et il n'a pas changé. » Elle crut le revoir face au père, lors des repas de la métairie, reconnut la lueur farouche et sombre de ses yeux, l'énergie qui lui permettait de se dresser contre le chef de la famille, de juger, et, déjà, d'imposer sa volonté.

— Mais enfin! s'indigna-t-il sans la quitter des yeux, c'est tout de même malheureux de passer sa vie comme servante! Il faut aimer cela!

— Etienne! intervint Nicole en posant une main sur son bras.

Il sourit, reprit d'une voix plus douce, comme s'il était conscient d'être allé trop loin.

— Nous t'emmenons, Philo, tu ne travailleras plus jamais pour un maître.

— Non, souffla-t-elle, Adrien ne viendrait pas.

Puis elle ajouta aussitôt, en baissant les yeux :

— Mélanie peut revenir.

— La mère, Adrien, Mélanie! Tu auras donc toujours des chaînes! Pense un peu à toi, que diable!

Sur ces entrefaites, Armand et Eugénie frappèrent à la porte. Abel les fit entrer, expliqua en quelques mots ce dont ils parlaient.

— C'est bien vrai, dit Armand : travailler pour des maîtres, ce n'est pas une vie.

Le malaise de Philomène se dissipait peu à peu sous l'effet d'une sourde colère. Partir! Partir! Ils n'avaient que ce mot à la bouche! Mais comment pouvait-on abandonner si facilement la tombe de ses parents, la terre où on était né, son enfance, sa jeunesse, et renoncer en même temps à une grande partie de sa vie? Le vrai courage ne consistait-il pas à rester coûte que coûte, à se battre sur place et non pas ailleurs, là où justement tout était plus facile?

— Je ne m'en irai pas, dit-elle d'une voix dure; j'aime le causse et les brebis, j'aime les chemins de pierres, les murs de lauzes et les bories, j'aime tout ce que tu n'aimes pas. Je ne trahirai pas la mémoire du père et de la mère. Car c'est ce que tu as fait toi, Etienne : tu n'es pas parti, tu t'es enfui. C'est ici qu'il fallait lutter, pas sur une terre qui n'est rien pour toi. La vérité, c'est que tu nous as abandonnés.

Elle s'arrêta, le cœur battant, étonnée d'avoir si bien formulé ce qu'elle ressentait obscurément au plus profond d'elle et qui ne lui était jamais apparu aussi clairement. Un lourd silence tomba dans la cuisine. Chacun dévisagea Philomène, abasourdi par une telle révolte si surprenante de sa part. Armand se racla la gorge, voulut prendre la parole pour minimiser l'incident, mais Etienne ne lui en laissa pas le temps :

— Il y a autre chose que tu aimes, jeta-t-il à sa sœur d'une voix froide, c'est servir les autres!

— Ce n'est pas vrai! gémit-elle d'une voix où perçait un sentiment d'injustice et d'impuissance mêlées.

— Allons, Etienne, dit Abel, allons voyons!

Nicole pleurait en silence, tournée vers le mur, Armand se grattait la tête, Eugénie se mordait les lèvres et Philomène, toujours habitée par la même colère, tremblait, les yeux pleins de larmes. Face au regard d'Etienne où elle crut déceler une lueur de mépris, une autre vague l'emporta :

— Contrairement à ce que tu penses, je ne resterai pas servante toute ma vie, mais je n'ai pas besoin d'aller en Algérie pour cela. Quand on est né sur une terre, que ses parents y sont enterrés, on doit la respecter, même si c'est difficile.

Abel eut pour elle un regard plein de tendresse, tenta de l'apaiser :

— Arrête, Philo, dit-il, tu vas te faire du mal.

Un silence pesant retomba de nouveau. Les mâchoires d'Etienne jouaient sous sa peau.

— Non, vraiment rien n'a changé ici, dit-il d'une voix glacée.

Philomène ne répondit pas. L'étau de sa poitrine s'ouvrait maintenant sur les regrets de s'être laissé emporter. Elle se leva, desservit rapidement et sortit dans la nuit. Pendant ce temps, Abel et Armand tentèrent d'intéresser Etienne à la vie du village, lui parlèrent des Inventaires, de l'arrivée de l'instituteur, de la mairie qu'ils comptaient prendre bientôt. Dehors, le vent de nuit acheva de dégriser Philomène. Mon Dieu! Qu'est-ce qui lui avait pris? Se fâcher avec Etienne alors qu'elle l'avait tant attendu! Des larmes d'amertume coulèrent sur ses joues, puis elle sentit une main sur son épaule : c'était Nicole.

— Viens, dit-elle en souriant, c'est fini maintenant, il a déjà oublié.

Philomène secoua la tête tristement.

— Il n'oublie jamais rien, Etienne, dit-elle.

Elles rentrèrent. Les hommes parlaient de politique, toujours les mêmes mots, toujours les mêmes noms : radicaux, socialistes, Clemenceau, Briand, Poincaré. Philomène s'assit au cantou, écoutant à peine, malheureuse. Plus tard, beaucoup plus tard, Etienne vint près d'elle, la prit par les épaules, la serra contre lui.

— Ce n'est pas notre village que je n'aime pas, dit-il doucement, c'est ce château de malheur ; je suis sûr que Mélanie serait de mon avis...

Elle ne trouva rien à répondre, comprit que comme elle, il soupçonnait le rouquin d'avoir agressé leur sœur. Elle eut un pauvre sourire, hocha la tête, se leva pour saluer Armand et Eugénie qui partaient. Il fallut bien aller se coucher malgré les regrets de n'avoir pas su profiter de ces retrouvailles. Philomène pleura dans son lit une bonne partie de la nuit : elle avait prononcé des paroles irréparables, elle le savait, Etienne et Abel aussi, et elle ne se le pardonnait pas.

Le lendemain, Etienne et sa femme se rendirent sur la tombe des parents. Philomène s'échappa du château pour leur dire au revoir. Etienne l'embrassa, dit doucement :

— Nous aurions aimé rester plus longtemps, mais nous ne pouvons pas à cause des cultures.

Puis, après une hésitation :

— Quand vous aurez des nouvelles de Mélanie, écrivez-moi.

— Bien sûr, souffla-t-elle.

Nicole l'embrassa aussi, lui glissa à l'oreille :

— On reviendra, je te le promets.

— Merci, dit Philomène. Tu es gentille.

Ils s'éloignèrent vers la placette, et Philomène repartit vers le château à pas lents, en se demandant si Etienne pourrait vraiment oublier un jour ce qui s'était passé dans la maison des chênes, en cet automne de malheur.

11.

Ce mois d'août de l'année 1912 ne ressemblait décidément pas aux autres : si le soleil avait brillé pendant les trois premiers jours, la pluie avait fait son apparition le 4, et, depuis, tombait inlassablement en averses tièdes. Le causse avait retrouvé ses grisailles et ses ruissellements de fin d'automne, refusait l'eau dans un murmure de gouttière trop pleine, poussait des soupirs sous le vent d'ouest

On commençait déjà à s'inquiéter pour les moissons, quand, le 15 au matin, s'alluma la première embellie. Philomène et Adrien en profitèrent pour se rendre sur la placette, elle pour assister à la messe de l'Assomption, lui pour se faire raser par Castanet, le tailleur-barbier, qui avait installé sa chaise devant l'auberge comme chaque dimanche matin. Ceux qui ne fréquentaient pas l'église en effet recouraient aux services du barbier avant de gagner l'auberge pendant que les femmes étaient à la messe. Ensuite, tout le monde discutait sous le chêne jusqu'à plus de midi, et l'on parlait moissons, brebis, politique ou vendanges selon la saison, le temps ou l'humeur du jour.

Philomène attendit un moment devant l'échoppe d'Armand avant de rentrer dans l'église. Levant la tête, elle interrogea le ciel pour savoir s'il resterait dégagé pendant les Rogations prévues pour le début de l'après-midi. Les nuages, clairsemés, avaient perdu leur aspect menaçant des derniers jours et couraient vers les terres hautes comme un troupeau poussé par un chien. Rassurée, elle observa Adrien qui s'installait là-bas, et à qui le barbier nouait une grande serviette autour du cou. « Dans moins de deux mois, il sera mon mari, » songea-t-elle, et cette pensée lui parut si incroyable qu'elle la garda à l'esprit un moment, le temps de l'assimiler. Tous ces longs mois de deuil, de robe noire, de visites au cimetière lui avaient paru interminables. Elle aspirait maintenant à d'autres robes, à d'autres fêtes, à une vie différente, plus joyeuse, plus animée, sans chagrins. Mais chaque fois qu'elle évoquait en elle-même la perspective de ses noces, la pensée de Mélanie et d'Etienne trop loin altérait aussitôt son plaisir. Certes, Mélanie avait écrit une fois de Toulouse, pour annoncer la naissance d'une petite fille prénommée Lise, mais elle n'avait pas donné son adresse et ne s'était plus manifestée depuis. Etienne aussi avait écrit, ou plutôt Nicole, sa femme, pour annoncer la venue au monde d'un fils prénommé Charles. Cependant ni les uns ni les autres n'étaient revenus au village, et Philomène se désolait de ne pas connaître ce neveu et cette nièce, de ne pouvoir les compter parmi ses invités pour une fête qui, déjà, en raison de ces absences, perdait de son attrait. Pourtant il lui tardait de vivre avec Adrien dont elle espérait avoir des enfants qui l'accompagneraient pendant les prochaines années et la préserveraient d'une solitude qu'elle redoutait. Le proche départ d'Adrien au service lui donnait envie de s'entourer très vite d'autres êtres, d'autres sourires qui compenseraient ceux qui lui manquaient tant. Si Abel, lui, avait retardé son départ jusqu'au jour où Adrien reviendrait, il ne faisait pas de doute que lui aussi quitterait le village. Il en parlait souvent, le soir, à la maison des chênes, et son sourire triste disait assez combien il s'en voulait.

— Tu ne resteras pas seule, Philo, la rassurait-il, tu auras Adrien.

Elle hochait la tête, fuyait son regard, sachant que, comme elle, il pensait encore à la dernière visite d'Etienne, ce jour où elle avait parlé de trahison, et en souffrait.

En passant une main sur ses joues d'un air satisfait, Adrien vint vers elle, l'embrassa furtivement. Rasé de près, sa peau était douce et sentait le savon.

— Tu n'entendais pas les cloches? demanda-t-il. Ils sont tous rentrés.

Elle sursauta. Non, absorbée par ses pensées, elle n'avait rien remarqué.

— A tout à l'heure, dit-il, et il repartit vers l'auberge en se retournant plusieurs fois sur elle.

Quand il eut disparu, elle entra dans l'église qu'elle avait délaissée pendant un an après la mort de sa mère : toujours cette impression de prier sans être entendue, cette sensation de pénétrer dans un univers que nulle présence divine n'habitait. Et puis, peu à peu, l'habitude avait été la plus forte : pendant ces longs mois d'impiété, elle s'était rendu compte qu'elle aimait ces moments de recueillement, ces retours en elle-même, ces plongées vers son enfance, leur odeur d'encens, leurs rites, leurs chants. Les matinées solitaires des dimanches avaient fini par lui peser. Elle avait craint de devenir différente, d'oublier les années passées, celles de la petite fille qui entrait dans l'église en tenant la main de sa mère, qui rêvait devant les cierges et les ornements sacerdotaux, qui était heureuse...

Cinq rangs devant elle, le maître, toujours robuste, dominait de la tête et des épaules ses voisins. Le rouquin, lui, un peu à l'écart, paraissait dormir debout. Le regard de Philomène courut d'un visage à l'autre, reconnut Pradal; Léontine, sa femme; Eléonore, sa bru; les domestiques du château; les métayers et leur famille; la religieuse, là-bas, qui priait, tête baissée, les doigts croisés sur un chapelet. Elle ne sut pourquoi, mais cette messe de fête la fit songer à la robe blanche qu'elle avait enfin pu acheter (grâce, surtout, à Abel) et qu'elle revêtirait bientôt pour aller s'agenouiller au premier rang, au bras d'Adrien. Elle s'imagina avançant dans l'allée au son des cloches, sous le regard envieux des filles de son âge, au milieu des chants d'allégresse. Mon Dieu! Ce mariage n'était-il pas seulement un rêve? Finirait-il par arriver un jour? Elle se força à revivre minute par minute la visite au maître le mois dernier, un soir après le souper, en compagnie d'Adrien. Il les avait reçus dans sa salle à manger, les avait fait asseoir, leur avait offert un verre d'eau-de-vie.

— Qu'est-ce qui vous amène, jeunesse, s'était-il inquiété, après avoir dégusté une première gorgée.

— On vient vous demander le mariage, comme il se doit, avait dit Adrien, un peu crispé.

— A la bonne heure! Voilà qui me fait plaisir.

Philomène avait songé à ce moment-là que cet homme ne

pouvait pas être mauvais. Des éclairs de bonté fusaient dans ses yeux, il paraissait vraiment content.

— Et ce serait pour quand? avait demandé le maître, d'un air réjoui.

— Pour octobre, après les gros travaux.

— Très bien, très bien, c'est entendu comme ça, mais le soir vous mangerez avec moi.

Comment refuser? De toute façon, ils avaient seulement prévu un repas à l'auberge le midi, n'étant pas assez riches pour en offrir deux à leurs invités.

— Il faudrait nous prêter l'ancien pigeonnier qui se trouve sur la route du cimetière, avait dit Adrien.

— On peut trouver beaucoup mieux, avait répondu le maître après avoir allumé sa pipe et tiré deux bouffées.

— Non, le pigeonnier ira très bien.

— Alors, c'est d'accord, vous pourrez vous installer quand vous voudrez, personne ne l'habite plus.

Adrien avait remercié, puis on avait parlé de choses et d'autres : de la mère, d'Etienne, de Mélanie aussi, et il avait semblé à Philomène que le maître, à l'évocation de son nom, avait paru préoccupé. Savait-il quelque chose? Soupçonnait-il son fils de quelques louches agissements? Personne, pourtant au château, n'avait posé de questions, après que Philomène eut expliqué le lendemain du départ de sa sœur qu'elle était partie travailler à Toulouse. Même le maître à cette époque avait semblé se satisfaire de cette version.

— Et le service militaire? avait-il demandé, changeant abruptement de sujet.

— C'est pour la fin de l'année, novembre exactement.

— Tu ne préfères pas attendre d'en avoir terminé?

— J'ai vingt et un ans et Philomène vingt-deux, avait précisé Adrien, on devrait déjà être mariés depuis deux ans.

— Ah! Jeunesse, jeunesse! s'était exclamé le maître. Et son visage avait exprimé à la fois la joie et les regrets. Alors ils étaient repartis après avoir reçu les félicitations d'usage et remercié de nouveau le maître qui les avait raccompagnés jusqu'au chemin...

Le brouhaha d'une prière tira brusquement Philomène de ses songes. Elle s'y associa, puis chanta en chœur avec les fidèles, et ce fut la communion. Elle prit sa place dans l'allée centrale, avança vers l'autel, reçut l'Eucharistie sans la moindre ferveur, revint s'agenouiller en retrouvant des sensations heureuses, laissa fondre la pâte dans sa bouche avec l'impression de redevenir petite fille. La messe se termina très vite, après une dernière prière collective.

Dehors, elle regarda le ciel où erraient encore quelques nuages, rejoignit Adrien au milieu de l'attroupement provoqué par Baptiste Pradal harnaché de son tambour d'Empire. Il y eut des roulements sourds puis la voix haut perchée de Baptiste monta dans le silence :

— Avis à la population! Delmas de Combressol a de la paille à vendre! Maître Delaval interdit formellement à tout chasseur de pénétrer dans ses vignes avant les vendanges! Cet après-midi, les Rogations partiront à deux heures et suivront l'itinéraire habituel...

Philomène cessa d'écouter en apercevant Abel qui sortait de l'auberge. Elle tira Adrien par le bras et ils le retrouvèrent devant l'atelier d'Armand au moment où les roulements du tambour du garde champêtre annonçaient la fin des avis dominicaux. Ils partirent aussitôt vers la maison des chênes afin de ne pas se mettre en retard : le cortège ne les attendrait pas et il n'était pas question, ni pour Philomène ni pour Adrien, de ne pas participer aux Rogations, car le maître n'aurait pas apprécié leur absence.

Elle avait mis à cuire un civet sur les braises, Abel ayant rapporté un lièvre la veille au soir. Quand ils entrèrent, le parfum du gibier chaud les fit saliver. Elle mit le couvert, les deux hommes prirent place de chaque côté de la table, parlèrent politique, mais elle n'y prêta guère attention.

Même s'il ne fréquentait pas l'auberge, Adrien, depuis qu'il venait plus souvent à la maison des chênes, partageait maintenant les idées d'Abel et du sabotier. Parfois, en employant des mots peu habituels dans sa bouche, il inquiétait Philomène :

— Fais attention au château, disait-elle.

Il haussait les épaules.

— Il a trop besoin de moi maintenant, Edmond est souvent malade.

Elle savait que c'était vrai : le maître donnait à Adrien de plus en plus de responsabilités. Elle en était satisfaite mais redoutait d'autant plus une faute qui leur eût fait perdre sa confiance : tant d'efforts en eussent été anéantis! En posant la marmite sur la table, elle reprocha :

— Toujours cette politique, vous n'en avez donc jamais assez?

Abel sourit. Il s'agissait plus d'un jeu que d'une véritable querelle, comme c'était le cas dans la maison de Marguerite. Maintenant Philomène était habituée et elle intervenait parfois quand les propos d'Abel lui paraissaient excessifs.

— Tu as raison, dit-il, parlons plutôt des lièvres de Delaval.

— Abel! s'indigna-t-elle.

— Tu les manges, non?

— Un de ces jours, il te prendra sur le fait, répliqua-t-elle.

— Pas cet après-midi, en tout cas, puisqu'il suivra les Rogations.

Et ils discutèrent un moment de cette tradition où Abel ne voyait que superstition ridicule, des moissons qui s'annonçaient bonnes à condition que le beau temps revînt vite, du projet prêté au maître d'acheter une moissonneuse-lieuse. Ils mangèrent le civet, les pommes de terre et la sauce brune, avec un bel appétit, surtout les hommes qui la prenaient sur de grandes tranches de pain, tandis que Philomène, incrédule, se demandait comment leurs estomacs pouvaient contenir tant de nourriture. Pourtant elle était contente de les voir ainsi rassasiés, et cette satisfaction chassait l'amertume de cet hiver pas si lointain où il n'y avait plus de farine dans cette même maison.

Elle fit rapidement la vaisselle pendant que les deux hommes parlaient de grives et de compagnies de perdreaux, puis elle s'en fut avec Adrien, laissant Abel préparer ses cartouches. Quand ils arrivèrent sur la placette, le cortège était déjà formé, le curé en tête avec son encensoir, suivi par trois enfants de chœur qui portaient de grands sacs de blé vides, et par la foule des villageois et des métayers, hommes, femmes et enfants réunis. Le chant liturgique de circonstance, le *Ut fructus terrae dare* s'éleva dans le silence de l'après-midi et, malgré la menace de la pluie, le cortège prit la direction des champs du maître où, devant les croix nues, le curé entama un « Pater » en bénissant les parcelles une à une, tandis que les enfants de chœur enfouissaient dans leurs sacs les volailles et les pigeons exposés sur le socle. Des parfums de blé, exaspérés par la pluie tiède qui s'était mise à tomber, coulèrent en vagues poivrées sur le cortège qui prit la direction de Combressol avant d'accomplir un cercle autour du village. Entre les métairies, on reprenait le *Ut fructus terrae dare* en avançant lentement sur les chemins où la poussière collait maintenant aux galoches. Passé la première averse, pourtant, une embellie illumina le causse et un arc-en-ciel sembla accompagner le cortège. Quand les croix rencontrées se trouvaient recouvertes d'une tenture noire, le curé, après les prières, chantait un *De Profundis* pour les morts de la famille, ou un *Libera* si un deuil l'avait frappée dans l'année. Puis il bénissait longuement les champs, les bergeries qui se situaient en bordure des chemins et les enfants de chœur ramassaient les offrandes : un poulet, parfois des fèves, des fruits ou des gâteaux de maïs. Le maître, très digne, se recueillait religieusement devant chaque croix, mais en profitait pour juger de l'état des cultures et de la tenue des terres.

Après une heure de haltes et de bénédictions successives, le cortège arriva devant les anciens champs du père. Il sembla à Philomène le revoir immobile au pied de la croix, tenant une poule dans ses mains, humble et grave. Elle eut comme un vertige en apercevant le métayer, Johannès Valade, qui ressemblait à son père. Elle ferma les yeux, se laissa conduire par Adrien sur ces terres hautes où l'assaillaient tant de souvenirs. Elle comprit alors pourquoi elle attendait tellement ces Rogations, chaque été : elles lui permettaient de revenir sur ces lieux chers à son cœur, ces coteaux où elle n'osait s'aventurer seule, de peur d'affronter une souffrance qu'elle ne se sentait pas de taille à supporter.

Les sacs devenant trop lourds, les domestiques relayèrent les enfants de chœur fatigués. Les chants perdirent de leur ferveur à mesure que l'après-midi avançait. La pluie tombant maintenant plus serrée, le curé écourta les prières. Le cortège arriva sur la place de l'église une demi-heure avant les Vêpres. Philomène regagna sa maisonnette, les jambes lourdes et la tête pleine d'images où se mêlaient le visage de la mère, celui de son père au travail dans son champ de blé, celui d'Etienne maniant le fléau, et celui d'Abel courant vers elle, des galoches à la main. Adrien remarqua sa tristesse et demeura près d'elle. Ils finirent l'après-midi au cantou dans la maison des chênes, parlant peu, mais si proches pourtant que Philomène finit par oublier sa mélancolie.

Le lendemain, les nuages s'envolèrent vers d'autres collines et la chaleur reprit ses droits sur les grèzes et les coteaux. Au château, il ne fut plus question que de la moissonneuse-lieuse achetée par le maître à un marchand de Figeac. Aussi les moissons furent-elles entreprises dans l'enthousiasme : oubliées les faucilles et les ficelles de chanvre! Disparues les crampes dans les jambes et le cercle de fer resserré sur les reins! La belle machine bleue vint à bout des champs du maître en une seule journée. Les moissonneurs se contentèrent de ramasser les gerbes et de les entasser sur les charrettes qui suivaient la dévoreuse d'épis blonds. On n'eut même pas besoin d'aller dans les métairies, les jours suivants, puisqu'une seule équipe suffisait pour l'alimenter. Il y eut bien quelques regrets de la part des domestiques qui gardaient le souvenir joyeux des festins journaliers, mais chacun se félicita tout de même de n'être plus forcé aux longues heures de travail sous le soleil, aux terribles journées commencées dès l'aube, la faucille à la main, et terminées seulement à la nuit, alors qu'il paraissait impossible de se redresser et de regagner à pied le château. Et septembre arriva avec ses rosées tendres, ses brumes matinales, ses vendanges au flanc des coteaux calcinés; avec surtout, pour Philomène, la pensée que chaque jour la rapprochait du moment où elle revêtirait sa robe blanche et dormirait enfin dans les bras d'Adrien.

Depuis les municipales du printemps, Abel et Armand siégeaient maintenant au conseil municipal en compagnie de Landon. Le maître, en vieillissant, montrait davantage de tolérance et n'avait pas paru trop affecté par son demi-échec. Les réunions qui avaient suivi les élections avaient été relativement calmes, autant que la campagne électorale au cours de laquelle on n'avait déploré aucun incident majeur. La guerre de religion allumée par le petit père Combes s'était éteinte faute de combattants, et même si personne n'oubliait les inventaires ni les événements consécutifs à l'arrivée de l'instituteur, chacun prenait soin de ne plus jeter d'huile sur le feu qui, malgré tout, couvait toujours sous les cendres. On se préoccupait davantage de la situation du pays et des tensions internationales qui faisaient l'objet chaque soir de discussions passionnées à l'auberge.

Ce soir-là, justement, quand Abel y entra, le nouvel instituteur, Jacque Fargeas, un jeune homme malingre et réservé, s'y trouvait déjà. D'ailleurs, il y passait le plus clair de son temps car Geneviève ne lui était pas indifférente, loin de là : on avait même annoncé les fiançailles pour la fin de l'année. Abel ne lui en voulait pas le moins du monde : à vingt-trois ans, il comprenait parfaitement qu'elle songeât à se trouver un mari. Quant à lui, sa décision était irrévocable : il resterait au village jusqu'au retour d'Adrien, ensuite il partirait s'installer à Paris. En attendant d'habiter au pigeonnier avec elle, il logerait dans une chambrette prêtée par Armand, afin de ne plus payer le loyer de la maison des chênes.

L'un après l'autre, les habitués arrivèrent et la discussion s'engagea sur le projet de loi de trois ans que Poincaré et ses amis tentaient de faire voter à l'Assemblée. Il était devenu pour l'opinion publique l'homme du poing tendu, le « poing carré » face à l'Allemagne, prêtait une oreille attentive aux officiers qui demandaient un effort vigoureux en matière d'armement.

— Poincaré la guerre! se déchaîna Armand, avec un homme comme cela nous courons tout droit à la catastrophe!

— De quoi te plains-tu? demanda Landon, c'est lui qui a mis fin à la crise d'Agadir en faisant ratifier le traité négocié par Caillaux avec l'Allemagne.

— Et alors? Qu'est-ce que ça prouve?

— Ça prouve qu'il tient à la paix.

— Pas du tout! Ça prouve qu'il défend les intérêts des coloniaux, c'est-à-dire des possédants, ceux qui poussent au réarmement.

— Allons! intervint Servantie, c'est toujours la même chose avec vous deux : vous ne vous intéressez qu'aux Parisiens. Parlons plutôt de la prochaine séance du Conseil.

— Messieurs, dit le nouvel instituteur comme s'il n'avait même pas entendu le maçon, qui oserait prétendre que Poincaré prépare la guerre? Ce n'est pas sérieux!

— Pas sérieux? vous en avez de bonnes, vous, s'emporta Armand : il a gardé pour lui le ministère des Affaires étrangères, il passe son temps à renforcer nos alliances, il a même expédié son meilleur ami comme ambassadeur à Saint-Pétersbourg pour veiller à ce qu'en cas de conflit la mobilisation des Russes soit la plus rapide possible.

— Des sornettes! s'exclama Landon.

— Des sornettes! fit Armand, je le souhaite. Mais en attendant, on fabrique des canons et des mitrailleuses. Et quand on réarme, qu'on écoute les militaires, qu'on songe à porter le service militaire à trois ans, on s'engage dans l'engrenage de la guerre, que vous le vouliez ou non.

— On croirait entendre Jaurès, ricana Landon.

— Parfaitement! Et heureusement qu'il est là, sans quoi il y a longtemps que notre jeunesse serait sur les champs de bataille.

— Quand même, Armand, reprit Landon, tu dramatises un peu les choses : nous sommes sortis de la crise, il n'y a plus de canonnière allemande pointée sur Agadir.

— Ah! Je dramatise, eh bien vous verrez dans quelques mois!

Puis, s'emportant de nouveau en apercevant les sourires un peu moqueurs des radicaux :

— Que signifient ces manifestations de l'Action française devant la statue de Jeanne d'Arc? Pourquoi ces alliances avec les Dufaure et les Méline, pourquoi cette croisade menée contre l'Internationale socialiste?

— Mais où as-tu vu ça? s'indigna Landon.

— Dans mon journal, répondit Armand en brandissant *L'Humanité.*

— Enfin, messieurs, dit l'instituteur qui se posait souvent en arbitre, selon vous que faudrait-il faire? Renoncer à se défendre en cas d'attaque? Rester les bras croisés?

— Ce qu'il faut faire, expliqua Armand, c'est bien simple : il faut supprimer le service militaire et les armées nationales, organiser des milices défensives.

— Quelle idée! fit l'instituteur, et où avez-vous trouvé cela?

— Dans « L'armée nouvelle » de Jaurès, dit Armand, ça ne vous suffit pas? Il est fou, Jaurès?

— Mais non, répondit l'instituteur désarçonné par la

violence de l'assaut, Jaurès n'est pas fou. Simplement tout cela me paraît fort utopique.

Ce mot inconnu à la plupart d'entre eux les impressionna considérablement. Bouscarel mordilla sa moustache, Servantie et Montial cherchèrent le regard de Landon comme pour y déceler une explication.

— Utopique ou pas, dit Armand, ces propositions existent. Il suffit de les discuter à l'Assemblée.

— Mais personne n'en veut, mon pauvre, affirma Landon en versant du vin dans les verres.

— Quand on en voudra, il sera trop tard, soupira le sabotier.

La sincérité attristée de ce soupir les fit réfléchir. Le silence revint et chacun but une gorgée en s'interrogeant sur le bien-fondé d'un tel pessimisme. Une minute passa puis l'aubergiste, sur un regard appuyé de l'instituteur, proposa :

— Nous ferions mieux de nous intéresser à nos problèmes. Pour les autres, nos gouvernants s'en occupent.

Tout ceux qui assistaient à ces interminables discussions sans bien les comprendre approuvèrent. Ils acceptaient les diatribes d'Armand, mais saisissaient la moindre occasion pour en revenir à leurs affaires, les seules à qui ils accordaient une véritable importance. Ils invitèrent donc l'aubergiste à exposer les problèmes du jour, et celui-ci reprit :

— Voilà : vous savez sans doute que M. Fargeas et ma fille Geneviève se marieront bientôt. Alors, il faudrait que le conseil municipal entreprenne des travaux dans le logement : il n'y a même pas d'évier et le plancher est pourri.

Il se tourna vers Armand et Abel pour solliciter une approbation.

— Tu n'as pas de langue? fit le sabotier. Tu y sièges aux réunions, alors?

— C'est-à-dire, bredouilla l'aubergiste, je préférerais ne pas en parler moi-même, vous comprenez, c'est délicat.

Et il baissa la tête, gêné, imité en cela par l'instituteur.

— Eh bien, moi, j'en parlerai, dit Abel, il n'y a pas de quoi fouetter un chat.

— De toute façon, assura Servantie en s'adressant à Landon, tu sais très bien que je les ferai ces travaux; avec ou sans l'autorisation du maire.

— Et qui paiera? demanda l'aubergiste.

— Quelqu'un paiera bien, affirma Armand, moqueur à son tour.

— Non, fit Landon, je veux que les choses soient claires au départ.

— Puisque je te dis que j'en parlerai, répéta Abel.

Celui-ci rencontra le regard reconnaissant de l'instituteur qui ne pouvait pas ignorer ses rapports passés avec Geneviève, et ce regard lui fit plaisir.

Puis la soirée s'écoula dans le calme, et l'on parla simplement de la moissonneuse-lieuse, des vendanges qui avaient donné un vin plus faible en alcool que les années précédentes, sans doute en raison des pluies d'août; de la récolte à venir des noix, dont Servantie assura qu'elle serait fameuse. Abel partit le premier, sachant Philomène seule à la maison, Adrien étant retenu au château.

Quand il eut fait dix mètres sur la place, il rencontra Geneviève. Il s'approcha, lui sourit dans la demi-obscurité. La lune éclairait la placette d'une pâle lumière où passaient par instants des chauves-souris dans un frôlement d'ailes.

— Tu m'attendais? demanda-t-il tout bas.

Elle hocha la tête, puis, souffla, d'un ton malheureux:

— Je ne l'aime pas, Abel, c'est mon père qui me pousse au mariage.

Il n'était pas surpris et pourtant il eut mal pour elle, et s'en voulut.

— Alors, il ne faut pas te marier, dit-il d'une voix douce.

Elle leva son visage vers lui, il reconnut ce regard franc et bon qu'il aimait tant.

— Tu as un seul mot à dire, Abel, fit-elle dans un murmure.

Il soupira, détourna la tête.

— Je ne peux pas, dit-il.

Puis, ne voulant pas la faire souffrir davantage:

— Je partirai, c'est sûr.

— Ça n'empêche pas, Abel.

— Si.

Sa voix s'était durcie et il le regretta.

— N'attends plus rien de moi, dit-il encore et marie-toi puisque ton père le veut.

— Mais toi, le veux-tu? demanda-t-elle.

— Oui, répondit-il.

Et il partit en courant dans la nuit après avoir failli la prendre dans ses bras.

En ce matin d'octobre, il y avait dans l'air des sonorités nouvelles et des parfums de feuilles mortes qui laissaient présager un automne de courte durée. Pourtant le soleil radieux de ce samedi invitait à profiter des douceurs entretenues par les foyers mal éteints des nuits tièdes. Des incendies s'allumaient au lointain, léchant le bleu du ciel qui rosissait sous leur éclat. Les grives, encore ivres des vendanges passées, zigzaguaient au-dessus du coteau que Philomène, toute de blanc vêtue, parcourait d'un regard attendri.

Quand elle partit de sa maisonnette au bras d'Abel, elle eut une pensée fugace pour ceux de sa famille qui n'étaient pas là, mais elle les oublia en se retournant sur le cortège d'où montaient déjà des cris et des rires joyeux. Elle chercha Adrien qui se trouvait au dernier rang en compagnie de Sidonie, serra le bras d'Abel qui s'extasiait devant la robe de coton blanc. Comme c'était la coutume, Lydie et Sidonie l'avaient aidée à s'habiller après avoir fermé la porte au nez d'Adrien, puis elles avaient peigné ses longs cheveux bruns, dégagé son front, tressé une natte relevée sur la nuque en forme de chignon, fixé un diadème sur sa tête qui retenait un long voile blanc, présenté devant elle le miroir où elle s'était à peine reconnue. Quand Adrien l'avait vue ainsi apprêtée, il en avait eu des larmes aux yeux.

— C'est bien toi, Philo? avait-il demandé doucement.

— Je suis donc si laide d'ordinaire?

— Que tu es sotte!

Les invités étaient arrivés, le cortège s'était formé et l'on avait bientôt pris la direction du village.

Effrayés par les cris, des merles s'envolaient des haies d'églantiers, le carillon de l'église tintait gaiement, et Philomène, confuse d'être pour une fois la reine d'une fête, ne voyait rien, n'entendait rien, sentait ses jambes trembler sous elle. Une fois sur la placette, ce fut pire encore. Là, tous les villageois l'attendaient. Son regard chercha une silhouette amie, trouva celle de Marinette, la femme de Landon, s'y attacha, ne la quitta plus jusqu'à ce qu'elle l'eût dépassée. Des exclamations fusèrent de toutes parts.

— Vive la mariée! Vive la mariée!

Chancelante, elle s'agrippa au bras d'Abel, fendit la foule des villageois réjouis pour se rendre à la mairie, de l'autre côté de la placette. En passant devant le four banal, elle eut de nouveau une pensée fugitive pour la mère qui y cuisait le pain, puis elle se laissa emporter par une vague bruyante et animée et se retrouva assise dans la salle de la mairie sans se souvenir d'avoir monté les marches du perron. Là, Abel la laissa et Adrien la rejoignit. Le maître, debout sur l'estrade, revêtu de son écharpe tricolore, lui sourit. Elle prit la main d'Adrien et la serra. Quand tous les invités furent entrés, que le tumulte cessa, le maître lut le code civil d'une voix grave. Cette lecture parut interminable à Philomène qui oublia le lieu où elle se trouvait. Elle se perdit dans ses songes, crut sentir le parfum du pain chaud, le goût des pâtés de la mère, d'autres parfums plus subtils encore, peut-être celui des cheveux de son père ou du « dévantal » [1] de sa mère au temps où ils la prenaient à tour de rôle sur leurs genoux...

Adrien la poussa du coude. Elle sursauta, reconnut le maître qui s'adressait à elle en souriant.

— Oui, dit-elle tout bas.

Elle attendit le « oui » d'Adrien qui résonna joyeusement dans le silence, puis ce fut de nouveau les cris, les rires et les « Vive la mariée ». Le maître descendit de l'estrade, l'embrassa, serra la main d'Adrien. Il paraissait heureux, leur souhaita beaucoup de bonheur et renonça à prononcer le petit discours d'usage, car sa voix fut couverte par le premier chant entonné par les invités. Après les embrassades et les félicitations, on redescendit sur la placette où le cortège fut immobilisé par la demoiselle et le garçon d'honneur qui obligèrent les mariés à écouter un dernier couplet :

Jean de la Rive, mon ami.
Tu as ta femme mal coiffée,
Si je l'avais, je la coifferais... A la mode,
Si je l'avais, je la coifferais,
A la mode que je saurais.

1. Tablier

Le curé, tout sourire lui aussi, les attendait sous le porche de l'église. Il prit les mains de Philomène, les serra affectueusement en disant :

— Ma petite Philo, ma chère petite.

Oh! comme tout le monde l'aimait aujourd'hui, comme elle était heureuse! En avançant vers l'autel, elle se tourna vers Adrien pour lui faire partager sa joie, mais il se méprit en voyant des larmes dans ses yeux et elle dut le rassurer d'un signe de tête. Quand la messe commença, ses rêves l'emportèrent de nouveau vers les siens, vers son enfance perdue. Un peu plus tard, le silence fut troublé par un brouhaha suspect : des mains coupables lançaient des grains de blé et de maïs sur les dalles. Des plaisanteries fusèrent, des rires, des débuts de chansons arrêtés d'un regard faussement étonné par le curé. D'autres grains de blé et de maïs glissèrent sur les pierres jusque sous leurs chaises. Elle connaissait le dicton : se retourner était un signe de jalousie future dans le couple. Elle s'en garda bien, ainsi qu'Adrien. Ils restèrent bien droits, souriant des appels lancés par les invités pour attirer leur attention. Elle chanta, s'intéressa à la messe, écouta le curé qui monta en chaire. Celui-ci, très ému, exprima sa satisfaction d'unir en ce jour deux enfants du pays qui lui étaient si chers. Il rappela comment il avait accueilli Philomène à l'école, puis au catéchisme, enfin au presbytère, et combien il l'aimait. Ensuite, au moment de passer la bague au doigt de Philomène, Adrien rencontra des difficultés. Elle dut l'aider, ce qui provoqua d'autres rires et d'autres plaisanteries. Bientôt la messe s'acheva au milieu d'un désordre dont le curé nc s'offusqua même pas, le dernier chant de l'office se perdit dans le tumulte entretenu par les invités, et Philomène sortit au bras d'Adrien sur la placette inondée de soleil. Tout le monde voulut embrasser la mariée. Elle se laissa faire, amusée, heureuse de se sentir admirée. Des pétards explosèrent, suscitant des cris et des éclats de rire, puis les invités l'entourèrent en chantant :

J'ai donné mes beaux jours en un moment de folie,
Je m'en mords les doigts, mais je suis mariée,
Ah! laissez-moi pleurer le restant de ma vie,
Laissez-moi pleurer, laissez-moi pleurer...

Un vieux métayer, chenu et courbé par les ans sur une canne de buis, lança à Adrien d'un ton sentencieux :

« L'homme a deux bons jours sur terre : quand il prend femme et quand il l'enterre ! »

Adrien consentit à sourire, mais Philomène trouva ce dicton déplacé. Elle se força néanmoins à sourire elle aussi et entraîna son mari vers l'auberge, où, comme le voulait la coutume, Abel et Sidonie, les attendaient sur le seuil. Ils leur firent manger une louchée de soupe poivrée, avant d'en manger à leur tour et d'en offrir aux invités à mesure qu'ils entraient : ce furent d'abord Armand et Eugénie, les Servantie et leurs enfants, Bouscarel et sa femme, des domestiques amis d'Adrien, Lydie, Geneviève, Edmond le régisseur, des camarades d'école de Philomène, le curé Lafont, d'autres encore qui prirent place à table où les couverts reposaient sur une magnifique nappe blanche.

Sur un signe du marié, le repas commença dans la bonne humeur et en chansons. Après une délicieuse soupe aux légumes, Marinette servit des rillettes, des pâtés de canards, des pieds de porc et du museau à la vinaigrette, des haricots verts et des confits, des poules farcies et des morilles, des tartes et des millassous, le tout arrosé d'un vin de Cahors acheté en fût par Adrien. Chacun se leva pour y aller de sa chanson, puis le garçon d'honneur s'approcha en se cachant de Philomène, fit mine de fouiller sous sa robe, se redressa en brandissant une fausse jarretière ornée d'un ruban, salué par les acclamations des convives. Après d'autres chansons, d'autres historiettes racontées en patois, on but de l'eau-de-vie et du café. Puis les tables furent repoussées contre le mur, et le fils Pradal y monta avec sa cabrette. La musique de l'instrument résonna gaiement dans la grande pièce, incitant les couples à se former. Tous voulaient danser avec Philomène dont la tête « tournait un peu » à cause du vin et de l'eau-de-vie. Elle se prêta cependant à ses obligations sans perdre Adrien du regard, rit beaucoup, dansa et dansa jusqu'à tout oublier, les lieux où elle se trouvait, la raison de sa présence dans cette pièce bruyante et enfumée, cherchant à s'enivrer encore dans une ronde folle d'où émergeaient par instants des visages aimés. Quand elle s'arrêta enfin, étourdie et à bout de forces, elle s'assit près d'Adrien, posa la tête sur son épaule, et pour la première fois de la journée une tristesse inexplicable descendit sur elle comme une pluie d'automne. Elle s'y refusa, et, malgré sa fatigue, recommença à tourner les bourrées et les « récégados » jusqu'à ce qu'elle ne pût plus tenir debout.

Beaucoup plus tard, Abel et Sidonie accompagnèrent les « novis »[1] jusqu'au petit cimetière où Philomène avait souhaité se recueillir un moment. D'abord ils s'inclinèrent sur la tombe de la mère d'Adrien, puis ils allèrent devant celle de la famille Laborie. Là, soudain dans l'incapacité de rejoindre par la pensée son père et sa mère, Philomène ne resta que quelques secondes. Elle avait redouté ce moment, avait craint de souffrir mais se sentait curieusement étrangère, comme si tout à coup le passé était sorti de sa mémoire. Adrien la prit par l'épaule et ils repartirent en direction du château, devant lequel Abel et Sidonie les quittèrent pour rejoindre l'auberge où Marinette les avait invités à manger les restes de midi. Philomène insista auprès d'Adrien pour les suivre, mais celui-ci lui rappela leur promesse faite au maître de prendre le repas du soir avec lui. Elle se laissa conduire de mauvaise grâce dans la grande salle à manger où le maître les plaça face à lui, avant de désigner leur place à Edmond et au rouquin. La présence de ce dernier, à laquelle Philomène n'avait pas songé, la rendit aussitôt profondément malheureuse. Dès lors qu'elle fut assise, elle n'eut plus qu'un désir : s'en aller. Heureusement, elle ne fut pas obligée de parler : la conversation porta sur la récolte des truffes : selon le maître, celle-ci serait sûrement excellente, l'hiver venu, la terre sous les chênes étant déjà couverte de moisissures grâce aux pluies du mois d'août. Puis on évoqua le service militaire qui approchait, et ce fut l'occasion pour le maître de pousser son refrain favori sur la revanche dont l'heure sonnerait bientôt :

— Je suis certain que tu feras ton devoir, dit-il à Adrien, et tout le monde ici sera fier de toi.

Philomène but plus que de raison, son corps se mit à tanguer, et elle prétexta un malaise pour sortir. La relative fraîcheur de la nuit lui fit du bien. Elle demeura assise le plus longtemps possible sur le banc de bois situé devant l'entrée de la cuisine, songea fugitivement que cette journée

1. Jeunes mariés.

dont elle avait tant espéré se terminait mal, essuya quelques larmes, puis elle rentra de nouveau et dit pour s'excuser : J'ai dû trop manger à midi, je ne me sens pas bien.

— Ces jeunes! dit le maître sur le ton de la plaisanterie, ils ne tiennent plus le coup. De mon temps, pour les noces, on festoyait pendant trois jours.

Et s'adressant à Adrien :

— Rentrez, si elle est malade, je sais bien qu'il vous tarde d'être seuls.

Sur un regard appuyé de Philomène, Adrien accepta. Le maître les félicita encore, serra la main d'Adrien, embrassa la mariée en riant. Celle-ci dit au revoir à Edmond mais ignora le rouquin. Une fois dehors, elle se sentit tout de suite beaucoup mieux.

— Quand même! fit Adrien, tu aurais pu être plus patiente.

— Je ne supporte pas de me trouver dans une pièce avec lui, ça me rend malade.

— Tu savais bien qu'il serait là.

— Non, je croyais que le maître nous recevrait seuls.

Ils marchèrent lentement, enlacés, vers leur nouvelle demeure et elle put enfin oublier les moments pénibles qu'elle venait de passer. Cinq mètres avant la porte du pigeonnier, Adrien courut vers elle, l'ouvrit, revint vers sa femme, la prit dans ses bras pour lui faire franchir le seuil comme c'était la tradition : ainsi devait commencer une vie de couple heureux.

Il n'était pas loin de minuit. Là-bas, au village, les chants s'échappaient par les fenêtres ouvertes de l'auberge, dominant la musique du cabrétaïre.

— Veux-tu y aller? demanda doucement Adrien.

Elle fit non de la tête, se laissa aller contre lui dans un mouvement d'abandon confiant. Ils montèrent à l'étage et se couchèrent. Elle posa sa tête sur l'épaule de son mari, il la prit dans ses bras et dès lors elle oublia tout pour ne songer qu'à cette peau chaude contre la sienne, se laissa couler au fond d'une eau tiède dont le flot l'emporta vers des rivages à la douceur semblable à celle de son enfance lointaine.

Plus tard, beaucoup plus tard, des cris les réveillèrent. En bas, on cognait à la porte. Adrien alluma la bougie, descendit. Le temps de passer une veste, elle vit apparaître Abel,

Sidonie et les jeunes du village qui leur portaient une soupe à l'oignon. Elle dut manger, faire un chabrol, écouter les plaisanteries, rire, partager l'amitié. Mon Dieu! se demanda-t-elle, comment ne tombent-ils pas de sommeil? Il fallut insister pour que les convives consentissent enfin à partir. De nouveau seule avec Adrien, elle se blottit contre lui et glissa insensiblement vers un sommeil au fond duquel elle vogua heureuse, délivrée des menaces, et en sécurité.

Dehors, le vent froid de novembre dévalait le coteau et butait contre les murs du pigeonnier, faisant chanter les tuiles et grincer les volets. Il ne pleuvait pas, mais Philomène, en ouvrant la porte au chien, observa avec inquiétude les nuages bas qui filaient au ras des chênes, poussés par les bourrasques, et semblaient rebondir contre les terres hautes, là-bas, vers Combressol. Elle soupira, rentra et prépara la soupe en se demandant comment ce dernier mois avait pu si vite passer. Où s'étaient-elles enfuies, ces journées de soleil parées d'insouciance et de joie, ces nuits au goût de miel qui la laissaient rêveuse et amollie comme au sortir d'un bain de tilleul? Elle s'interrogeait tristement, ne se résignant point à les avoir perdues.

Certes, ils avaient beaucoup travaillé depuis leur installation au pigeonnier, et il n'avait pas été facile de l'aménager selon leurs désirs : une semaine n'y avait pas suffi. Ensuite, chaque soir et chaque dimanche, ils avaient réparé la petite bergerie qui se trouvait à flanc de coteau, à l'abandon : il fallait bien un toit aux deux agnelles données par le maître en cadeau de mariage. Grâce à Edmond, ils avaient trouvé du fourrage à bas prix, et Philomène songeait déjà à ce jour du printemps prochain où elle irait garder son petit troupeau sur la grèze, au-dessus de chez elle. Ils avaient à cet effet adopté un chien de Fédo qu'elle avait baptisé « lou négro » tant ses poils étaient noirs, même au niveau des pattes et du museau... Mais comment les jours avaient-ils pu couler si vite? Elle avait essayé d'en retenir la moindre minute, en avait goûté chaque instant, s'efforçant d'arrêter le temps qui la rapprochait inexorablement d'une déchirure à laquelle elle se refusait de tout son être. En vain. Novembre était quand même arrivé, avec son vent au front têtu et ses nuages bas, Adrien avait reçu sa feuille de route et il partait ce matin.

Elle versa le bouillon fumant sur le pain, posa deux assiettes et deux cuillères sur la table. Quand il descendit, tout était prêt. Il s'assit en évitant de la regarder, commença à manger lentement, appréciant cette chaleur qui pénétrait peu à peu son corps lourd de sommeil. Elle s'installa en face de lui, et, comme il ne levait pas la tête, avala une première cuillerée. « Mon Dieu! songea-t-elle, le perdre déjà et vivre seule pendant deux ans, où vais-je en trouver le courage? » Leurs regards se croisèrent, ils se sourirent et, ne sachant que dire, recommencèrent à manger. Comme elle l'aimait! Sans doute plus que jamais : elle avait découvert un autre Adrien, avait percé tous ses secrets. Sous sa bonté, sa naïveté, ses silences et ses pudeurs, il y avait une énergie et un courage sans failles. Jamais une plainte, un soupir, un aveu de fatigue. Elle avait cru s'unir à un garçon qui avait trop vite grandi, et elle avait découvert un homme calme, confiant, sur qui elle pouvait se reposer. Il savait l'apaiser, la protéger, trouvait des mots dont elle le croyait ignorant. Elle l'aimait tellement qu'elle n'avait plus jamais ouvert un livre en sa présence...

— Voilà, dit-il en reposant sa cuillère et en se forçant à sourire.

Il contourna la petite table ronde, s'approcha d'elle, la fit lever et la prit dans ses bras. Ils restèrent un long moment enlacés, attentifs à la chaleur de leurs corps, à leur respiration précipitée.

— Abel viendra dès ce soir, fit-il, tu ne seras pas seule.

Puis, d'une voix moqueuse :

— D'ailleurs je n'aurais pas accepté de te laisser sans surveillance.

Elle eut un pauvre sourire, demanda :

— Tu arriveras quand?

— Demain soir.

Comme elle ne savait où se trouvait Reims, elle imagina une ville au-delà d'immenses forêts, très loin, inaccessible, au bout du monde.

— Bon, murmura-t-il, il faut que je m'en aille, le train n'attendra pas.

Il se détacha d'elle lentement et quand il souleva son sac, de l'autre côté de la table, elle faillit crier.

— Viens voir, dit-il en fouillant dans sa poche droite.

Elle s'approcha, il tendit vers elle sa main refermée, l'ouvrit brusquement. Alors elle reconnut les deux petits cailloux bleus qu'elle lui avait donnés, un jour, il y avait bien longtemps, sur le coteau où elle gardait les brebis.

— Tu vois, je ne les ai pas perdus.

Il sembla à Philomène qu'il y avait une fêlure dans sa voix. Elle effleura les cailloux du bout des doigts, souffla :

— Ne les perds pas, comme ça tu penseras à moi chaque fois que tu les verras.

Il hocha la tête, sourit :

— Je penserai à toi chaque minute.

Et, comme il ne fallait plus tarder :

— Ménage-toi, ma Philo, dit-il, et... attends-moi.

Elle ferma les yeux, avala une salive amère, ne put dire un mot.

— Au revoir, dit-il, je t'écrirai dès que je le pourrai.

— Oui, fit-elle, écris-moi vite.

Il évita son regard, sortit sur le seuil où elle le rejoignit. Là, il la dévisagea longuement mais en prenant soin de ne pas la toucher, sachant qu'il ne pourrait plus la lâcher s'il la reprenait dans ses bras. Puis il se détourna brusquement et se mit à marcher en lançant son sac par-dessus son épaule. Elle ferma les yeux de nouveau, se força à les garder clos le plus longtemps possible, mais les rouvrit au bout de quelques secondes et courut derrière lui. L'ayant rejoint, elle l'étreignit sans parler, follement. Immobile, il se laissa faire, lui caressa simplement les cheveux de sa main libre, silencieux lui aussi. Elle le lâcha d'un coup, s'écarta légèrement. Il lui sourit encore, se remit en route, et elle demeura sur le chemin battu par le vent le temps qu'il disparaisse derrière les chênes. Elle revint vers le pigeonnier, d'abord lentement, puis de plus en plus vite, monta dans la chambre, s'étendit sur le lit encore chaud et mordit les draps.

Une demi-heure plus tard elle partit pour le château mais se sentit incapable de se mettre au travail. Elle dépassa l'entrée de la cour sans un regard et se dirigea vers l'atelier où Armand et Abel étaient déjà à l'ouvrage. Elle poussa la porte et entra avec un air de naufragé.

— Il est parti, murmura-t-elle.

Abel soupira, posa son paroir, vint près d'elle, lui entoura les épaules du bras.

— Ça passera vite, dit-il. Tu vois, moi quand j'y repense maintenant, il me semble que ça n'a duré que deux mois.

Elle sourit tristement, hocha la tête. Etait-ce possible de vivre sans Adrien pendant deux ans après avoir pris l'habitude de penser par lui, de respirer par lui, de l'écouter, de lui parler, de dormir avec lui?

Elle prit la main d'Abel, la serra.

— C'est sûr, tu viens ce soir? demanda-t-elle d'une faible voix.

— Mais oui. Regarde! on a déjà démonté mon lit.

Elle se sentit un peu mieux, demanda encore :

— Tu mangeras avec moi?

— Mais bien sûr, dit-il.

Le sourire des deux hommes lui donna la force de repartir.

— A ce soir, dit-elle.

— Je le laisserai sortir de bonne heure, assura Armand.

Elle retourna au château où Sidonie, la sachant malheureuse, l'entoura de prévenances et d'affection. Mais durant toute la matinée ses pensées restèrent dirigées vers ce train maudit qui emportait Adrien loin d'elle et du village, en des lieux sinistres et redoutables.

12.

En ce début juillet 1914, Philomène gardait ses brebis sur le coteau, au-dessus du pigeonnier, son chien couché près d'elle, et songeait à Abel dont les silences et l'air soucieux la préoccupaient. « Que redoute-t-il donc, se demandait-elle, et pourquoi ces questions incessantes au sujet d'Adrien ? » Les longs mois passés en compagnie de son frère lui avaient appris à bien le connaître, au point même de lire sur son visage ses pensées du moment. Et il pensait à Adrien, elle le savait. Il y pensait au moins autant qu'elle, mais elle ne comprenait pas les raisons d'une si évidente inquiétude, les nouvelles reçues huit jours auparavant ayant été satisfaisantes. Adrien parlait même d'une possible permission pour la fin du mois, ce qui l'avait réjouie car elle ne l'avait pas revu depuis... janvier. Oui, c'était bien cela. D'ailleurs il se trouvait au village quand on avait enterré le rouquin par un temps à ne pas mettre le nez dehors.

Elle se souvint dans ses moindres détails du soir où on avait ramené le fils du maître mort. Adrien était près d'elle, dans la cuisine, attendant qu'elle eût fini. Une charrette était entrée dans la cour, il y avait eu des cris, puis les domestiques avaient porté le corps du rouquin broyé par la ferraille dans une chambre. Roulant comme un fou au volant de sa voiture, celui-ci s'était renversé dans les environs de Rocamadour au fond d'un ravin. Philomène avait suivi l'enterrement en compagnie d'Adrien dans un froid de loup mais elle avait été bien incapable de verser une larme, au contraire : elle se sentait délivrée par cette disparition comme si s'était évanouie en même temps une menace permanente. Depuis, le maître traînait sa peine dans la cour du château et dans les métairies, ne parlait à personne, semblait courir derrière une ombre.

— Quand revient-il, ton Adrien? lui avait-il pourtant demandé, un jour, dans la cuisine.

Depuis que la loi des trois ans était votée, elle ne cessait de compter les mois qui la séparaient encore d'un bonheur qu'elle se promettait d'apprécier chaque minute de chaque jour.

— Dans un an et trois mois, avait-elle répondu en ressentant une sorte de pitié pour le vieil homme.

Il avait hoché la tête, murmuré :

— C'est un peu mon fils, tu sais.

Il s'était tu, avait hésité, repris :

— Il a toujours vécu ici, tu comprends?

Puis il était parti en ayant l'air de regretter ses paroles, et un doute terrible s'était insinué en elle, ne cessait de la hanter : Adrien n'était-il pas le bâtard du maître? Obsédée par cette idée, elle en avait parlé à Abel qui s'était renseigné auprès d'Armand. Mais comment savoir ce qui s'était passé au château à l'époque? La mère d'Adrien y travaillait depuis toujours. Avait-elle eu une liaison avec le maître? Mais non, c'était absurde : Adrien l'aurait su, sa mère lui en aurait au moins parlé une fois. Pourtant le doute demeurait ancré dans l'esprit de Philomène et depuis lors la tourmentait.

Elle chassa ces pensées qui lui laissaient chaque fois un goût amer dans la bouche, chercha des yeux ses brebis : quatre, le compte y était. Deux agnelles lui étaient nées au printemps après qu'elle eut fait saillir les mères par le bélier du maître. Et c'était Abel qui devrait encore pourvoir au fourrage, l'hiver venu, Abel qui veillait à tout, Abel qui prenait soin d'elle, Abel vers qui ses pensées la ramenaient toujours. Elle soupira. Tout le monde se mariait, mais lui restait célibataire. Le jour où Geneviève avait épousé le maître d'école, il était parti du village et n'était rentré que le lendemain. Avait-il alors regretté d'avoir repoussé Geneviève? Philomène n'avait pas eu le cœur de le questionner. Et puis Sidonie s'était elle aussi mariée avec un domestique arrivé en février 1913 au château, et qui s'appelait Philippe Cayre... Philomène songea que la vie n'était que rires et larmes. N'avait-on pas dans le même temps enterré Noémie, la femme de Pradal, et l'une des filles d'un ouvrier de Servantie âgée de douze ans? Existait-il quelque part dans le ciel une grande balance qui réglait le nombre des vivants et des morts? Elle en était là de ses interrogations quand le chien se mit à aboyer en direction du chemin. Alertées, les brebis levèrent la tête en agitant leurs sonnailles. Intriguée, Philomène fut aussitôt debout et aperçut deux silhouettes au-dessus du mur de lauzes, sur le chemin du pigeonnier. Croyant reconnaître sa sœur, elle cessa de respirer, puis se lança à corps perdu sur la pente, suivie par son chien qui grondait. Une fois sur le chemin, elle sut qu'elle ne s'était pas trompée : c'était bien Mélanie qui venait vers elle, tenant un enfant par la main, et accompagnée d'un homme inconnu, légèrement voûté. L'air manqua à Philomène qui dut s'appuyer au mur, le temps que se dissipât un court vertige. Mélanie s'arrêta, lâcha la main de l'enfant et s'approcha lentement.

— Mélanie! souffla Philomène.

— Philo. Oh! Philo, si tu savais...

Elles s'embrassèrent, restèrent un long moment enlacées.

— Pourquoi? Mélanie, pourquoi? chuchota Philomène.

— Il le fallait, Philo.

Enfin elles s'écartèrent et Philomène retint sa sœur un instant par les bras. Comme elle avait changé la petite Mélanie! Et comme elle avait dû souffrir! Deux rides d'amertume creusaient maintenant ses joues, tout près des commissures des lèvres, et ses yeux avaient perdu leur éclat, comme si une main cruelle avait jeté un voile opaque sur eux.

— Tiens, dit Mélanie en se détournant, gênée d'être ainsi observée, embrasse donc Lise!

Philomène étreignit l'enfant qui ressemblait à sa mère : mêmes cheveux noirs, même front haut, même moue des lèvres et même air de distance triste dans le regard.

— Et voilà mon mari, dit Mélanie, il s'appelle Jacques.

Philomène, déroutée, embrassa aussi Jacques qui devait approcher la quarantaine et dont le dos, légèrement voûté, accentuait une précoce lassitude du corps.

— Bonjour, Philomène, dit-il, Mélanie m'a beaucoup parlé de vous.

Et sa voix profonde et chaude l'impressionna favorablement.

— Abel va arriver, reprit Mélanie, c'est lui qui m'a dit où vous habitiez maintenant.

— Suivez-moi, je vais fermer les brebis, et puis nous préparerons la soupe.

Jacques prit l'enfant dans ses bras, emboîta le pas des deux sœurs qui montèrent sur la grèze côte à côte, intimidées par ces retrouvailles, retenant les questions qu'elles ne pouvaient pas poser sans être seules.

Quand le chien eut fait le tour du petit troupeau en aboyant, les bêtes descendirent d'elles-mêmes vers la bergerie. Après en avoir refermé la porte, Philomène entraîna ses visiteurs dans la maisonnette, leur donna des chaises, s'assit face à Mélanie.

— Tu es mariée, toi aussi, dit celle-ci en souriant.

— Oui, avec Adrien, mais il est au service.

— Ça passera vite, va, affirma Mélanie.

Puis, plus bas :

— Tout passe, tu sais. Le temps arrange tout.

Et, après un bref silence, d'un ton brusquement enjoué :

— Alors, vous vivez ici avec Abel?

— Oui, il me tient compagnie. Ce n'est pas très grand, mais cela nous suffit.

La petite Lise réclama à manger, et Philomène, en lui donnant un morceau de pain, ne put s'empêcher de se demander qui était le père de cette enfant si jolie. Mélanie dut lire dans ses pensées car elle baissa la tête. Heureusement, Abel entra à ce moment-là, un sourire un peu crispé sur ses lèvres. Il s'assit à son tour, regarda sa sœur et son mari comme s'il n'arrivait pas à croire à leur présence et, pendant de longues secondes, nul ne sut quoi dire.

— Veux-tu m'aider, Mélanie? Il faut préparer la soupe, dit Philomène en se levant.

— Moi je vais promener Lise, dit Jacques, sachant qu'ils avaient besoin d'être seuls.

Il sortit, emmenant l'enfant qui voulait rester avec sa mère.

— Il est ouvrier boulanger, fit Mélanie quand il eut refermé la porte derrière lui. Et il est très gentil avec moi.

— Tant mieux, murmura Abel. On est bien content que tu aies un bon mari.

Mélanie hocha la tête et le silence tomba de nouveau, aucun d'entre eux n'osant prendre la parole. Enfin Abel se racla la gorge et demanda d'une voix qu'il rendit la plus douce possible :

— Alors, tu n'as rien à nous dire?

— Si, souffla Mélanie, mais c'est tellement difficile.

Elle leva sur eux des yeux implorants :

— Vous comprenez, je me suis si souvent imaginé ce moment...

— Tu sais, murmura Philomène, aujourd'hui on peut tout entendre : quoi que tu dises, ce sera toujours préférable aux doutes et aux questions qui nous ont tourmentés si longtemps.

— Oui, dit faiblement Mélanie, je comprends.

Elle hésita encore, prononça sa phrase si bas qu'ils entendirent à peine :

— Je suis revenue parce qu'il est mort.

Abel et Philomène cherchèrent un instant de qui elle voulait parler, comprirent en même temps, pâlirent, mais ne dirent mot. Puis Abel se leva en renversant sa chaise et sortit sans regarder ses sœurs. Philomène, elle, prit sa tête entre ses mains, souffla :

— Il nous aura donc fait tout ce mal, cet homme, mais pourquoi? Pourquoi la mère après toi? Pourquoi cet acharnement?

— C'est du passé, murmura Mélanie, aujourd'hui il est mort.

Et, comme Philomène se demandait brusquement qui le lui avait appris, devinant ses pensées :

— Sidonie me l'a écrit... pour la mère aussi. Elle avait mon adresse et me donnait régulièrement des nouvelles d'ici. Il ne faut pas lui en vouloir : je lui avais fait promettre sur la tête de sa sœur qu'elle m'aiderait et qu'elle ne dirait rien.

Mélanie s'arrêta un instant, soupira, reprit :

— J'ai su tout ce qui se passait à la maison. Quand la mère est morte, j'ai pleuré longtemps, mais aussi le jour où tu t'es mariée : tu devais être si belle dans ta robe blanche et j'étais si loin, si seule. Et puis j'ai attendu de trouver assez de courage pour revenir.

Philomène était blême, paraissait abasourdie.

— Mais enfin, balbutia-t-elle, pourquoi ne m'as-tu rien dit, à moi?

— J'avais trop honte, Philo.

— Tu te rends compte de ce que tu as fait?

Mélanie hocha la tête, des larmes plein les yeux.

— Il n'y avait pas d'autres solutions, assura-t-elle. J'ai longtemps réfléchi, mais je ne pouvais pas faire autrement. La mère en serait morte, tu comprends.

— Elle est morte quand même, murmura Philomène.

— Je lui ai au moins épargné la honte et le déshonneur.

Philomène ferma les yeux, songea à la réaction de la pauvre femme le jour où elle avait appris la nouvelle, à son désespoir mêlé d'amertume. Oui, sans doute, Mélanie avait-elle eu raison de partir loin d'ici. Au moins la mère était morte dignement, et c'était bien ainsi.

— Alors raconte-moi, dit Philomène en rouvrant les yeux.

Mélanie expliqua de sa voix douce comment, arrivée à Toulouse à la tombée de la nuit, elle avait longtemps erré dans les rues puis, exténuée, elle était entrée dans une boulangerie pour acheter un morceau de pain. La patronne, une grosse femme aux traits ronds et aux cheveux gris, la devinant perdue, avait eu pitié d'elle et lui avait prêté une chambre pour la nuit. Autant elle était forte, autant son mari était petit, maigre, nerveux. Ce soir-là, Mélanie les avait entendus discuter de sa chambre et elle avait compris que c'était la femme qui dirigeait la maison. Le lendemain, alors qu'elle s'apprêtait à partir, la patronne lui avait proposé une place de vendeuse. Elle était restée et s'en trouvait très bien. La patronne (qui s'appelait Madeleine), malgré son caractère autoritaire, possédait un cœur d'or. Quand Mélanie lui avait avoué être enceinte, loin de la chasser, elle l'avait entourée de soins et d'affection, avait surveillé sa grossesse, se réjouissant de recevoir un enfant dans sa maison, elle qui n'en avait jamais eu. Et puis Mélanie avait accouché, non pas dans sa mansarde, mais à l'étage des patrons dans une chambre d'hôte, assistée par un médecin et une sage-femme. Madeleine avait souhaité être la marraine de Lise et n'avait cessé de lui chercher un père. En bas, au fournil, il y avait Jacques, l'ouvrier du patron. Oh! il n'était pas beau, certes, et presque bossu, mais il s'était attaché à Mélanie à force de vivre auprès d'elle et, poussé par la patronne, il s'était décidé à l'épouser. Elle avait longtemps refusé, puis elle avait fini par céder, tant la patronne lui répétait que le plus grand malheur pour un enfant c'était de ne pas avoir de père. Ils s'étaient mariés, Jacques avait reconnu l'enfant qu'il considérait maintenant comme sa fille. Il était gentil, attentionné, et ne buvait pas. Ils travaillaient dur mais mangeaient à leur faim, ne manquaient de rien, les patrons étaient devenus pour eux de véritables parents.

— Voilà, conclut Mélanie, tu sais tout.

Philomène resta silencieuse. Elle était contente pour Mélanie et, en même temps, regrettait presque de la savoir heureuse loin d'elle. Mais l'était-elle vraiment?

— Abel est allé à Toulouse, dit-elle, il t'a cherchée.

— Il m'aurait sans doute trouvée si je n'étais pas entrée dans cette boulangerie. Mais dans mon malheur j'ai quand même eu de la chance.

Philomène ne sut que dire. Elle s'approcha de sa sœur, l'embrassa.

— Comme je m'en suis voulu, souffla-t-elle, de ne pas t'avoir comprise quand tu avais tellement besoin de moi.

— C'est fini, Philo. Tu vois, je suis heureuse.

Elle paraissait sincère, et Philomène la crut sans peine.

Abel, Jacques et la petite Lise rentrèrent ensemble : ils s'étaient retrouvés sur la placette. Abel était toujours très pâle et Philomène remarqua que ses mains tremblaient. Elle savait ce qui se passait dans sa tête et se félicitait de ce que le rouquin fût mort, sans quoi, elle en était certaine, Abel l'eût étranglé de ses propres mains. Elle-même, à l'évocation de ce nom, sentait une onde brûlante bouillonner en elle et l'embraser. Elle se demanda vaguement de quoi elle aurait été capable si, avertie du crime du rouquin, il s'était trouvé devant elle, mais elle renonça à chercher une réponse. Depuis la visite d'Etienne, en effet, elle savait qu'elle pouvait se révolter. La soumission n'était plus son lot. Et quand elle y songeait, parfois, il lui arrivait d'avoir peur de ce double qui ne ressemblait plus du tout à la petite fille qui marchait pieds nus, au temps de la métairie.

Ils mangèrent la soupe en s'efforçant de discuter de choses et d'autres sans véritable importance : Toulouse, la boulangerie, le four banal, le métier de sabotier. Puis ils parlèrent d'Etienne, de sa visite avec sa femme, d'Adrien que connaissait bien Mélanie, s'intéressèrent à Lise qui, à trois ans et demie, savait très bien se faire comprendre. Comme la soirée s'achevait et que l'enfant avait sommeil, Mélanie déclara :

— On ne va pas vous déranger longtemps, on repart demain matin.

— Déjà! s'indigna Philomène.

— Le travail n'attend pas, fit Jacques, mais nous reviendrons bientôt.

Philomène et Abel hochèrent la tête, montrant qu'ils comprenaient.

— Vous allez coucher en haut et moi en bas. Abel ira chez Armand.

Elles débarrassèrent la table, firent la vaisselle, changèrent les draps des lits. Abel partit après avoir souhaité une bonne nuit à tous. Mélanie s'occupa de Lise, la déshabilla, la coucha, et Jacques monta avec elles. Quand l'enfant fut endormie, Mélanie redescendit et parla encore une heure avec Philomène de sa grossesse, de son accouchement, lui demanda si elle souhaitait avoir des enfants.

— Oh, oui! dit Philomène, je voudrais tant!

Et il ne fut plus question que de problèmes de maternité : couches, sucettes, lait, dents qui poussent, coqueluche, rougeole; à tel point qu'elles en oublièrent l'heure. Jacques dut appeler Mélanie à minuit passé :

— Tu devrais venir te coucher, demain tu seras fatiguée.

Elle embrassa Philomène, lui dit avant de monter :

— Je reviendrai, tu sais, maintenant rien ne nous séparera plus.

— Oui, mais quand?

— Chaque fois que je le pourrai, mais de toute façon on s'écrira. Tiens, donne-moi une feuille de papier, que je n'oublie pas de te laisser mon adresse.

Elle écrivit rapidement quelques mots et Philomène lut :

Madame Mélanie Soler
Boulangerie Cayrol
13, rue Peyrolières
Toulouse

Que Mélanie eût perdu son nom, comme elle, lui parut drôle : elle avait mit du temps à s'habituer au nom d'Adrien, à l'accepter, à partir du jour où elle avait compris qu'elle s'appelait désormais Philomène Fabre.

— Ce n'est pas un nom français, Soler, remarqua-t-elle.

— Les parents de Jacques étaient espagnols. Ils sont venus en France il y a plus de vingt ans.

Elles auraient bien continué à parler toute la nuit, mais il fallait se montrer raisonnables. Elles se couchèrent et Philomène rêva à un enfant qui ressemblait à Adrien. Quand elle se réveilla, le lendemain matin, elle fut déçue qu'il n'y eût point de berceau près de son lit et, avant que ses hôtes ne partissent, elle retint la petite Lise un long moment contre elle, imaginant l'enfant qui lui appartiendrait un jour, et qu'elle pourrait ainsi serrer dans ses bras.

Il était une heure de l'après-midi, ce samedi 1er août, et Abel mangeait en compagnie d'Armand et d'Eugénie dans la cuisine où des bouffées d'air irrespirable avaient pénétré depuis plusieurs jours malgré les portes closes. Sur la placette, le chêne semblait s'embraser dans un poudroiement de lumière. A l'orée de cet après-midi caniculaire, l'inquiétude des deux hommes était à son comble : *L'Humanité* et *La Dépêche* de la veille avaient fait état des rumeurs courant sur la mobilisation de vingt-trois divisions russes. Depuis ce jour de juin où l'archiduc d'Autriche François-Ferdinand avait été assassiné dans la ville serbe de Sarajevo, les événements s'étaient enchaînés inexorablement à l'insu de ceux que les nouvelles du monde ne préoccupaient guère : le 24 juillet, l'Autriche avait joué la catastrophe en envoyant un ultimatum à la Serbie. Ce même vendredi, l'Allemagne avait fait parvenir à la France une note précisant que seules Vienne et Belgrade étaient en crise et qu'il ne fallait pas parler alliance ou le pire serait à prévoir. Mais le 26, malgré les dérisoires réserves présentées par la Serbie, l'Autriche lui avait déclaré la guerre. Pendant que les régiments allemands prenaient la tenue de combat, les campagnes françaises ne songeaient qu'aux moissons. Le soir du 27, les syndicalistes français, sentant le fer de l'épée, avaient manifesté en rappelant la résolution votée par la conférence extraordinaire d'octobre 1911 selon laquelle « A toute déclaration de guerre, les travailleurs devaient répondre sans délai par la grève générale révolutionnaire. » Le gouvernement avait réagi en interdisant le meeting du 29, et le 30 on s'était battu à l'Etoile et aux Ternes. Mais l'opinion avait déjà basculé : le 29, Poincaré, retour de Russie, avait été acclamé à la gare par une foule énorme qui avait chanté La Marseillaise. Le même jour, la Russie avait commencé à mobiliser. L'ambassadeur allemand à Saint-Pétesbourg avait alors informé le tsar que la mobilisation russe entraînerait automatiquement la mobilisation allemande — qui avait pourtant commencé depuis quatre jours. Le 30, les Serbes et les Autrichiens avaient fait parler le canon par-dessus le Danube, et la Russie, mère protectrice des Slaves, avait décrété la mobilisation générale le 31 juillet...

Armand et Abel avaient suivi ces événements avec une angoisse croissante, mais ignoraient encore que la veille au soir, à cinq heures, les télégrammes décidant la mobilisation en France étaient partis de Paris sur l'insistance de Joffre.

— Jaurès est à Bruxelles, dit Armand, il devait rentrer hier soir. Je suis sûr qu'il aura convaincu les syndicalistes allemands de ne pas obéir à leur gouvernement.

— Et s'il n'y est pas parvenu? demanda Abel après avoir avalé une bouchée de pain.

— Alors il interviendra au Parlement dès ce soir.

— A condition qu'on ne l'arrête pas, ajouta Abel.

— Il faudrait alors arrêter tous les militants socialistes et les syndicalistes.

— Ils en sont capables, affirma Abel.

— Je ne le pense pas, dit Armand, ou alors ce serait l'explosion. Ce n'est pas encore la guerre, va, il y a encore de l'espoir.

Ils se turent, et Eugénie débarrassa la table avant de leur servir du millassou. Ce fut au moment où elle posait son gâteau devant eux que la porte s'ouvrit et que Landon apparut, blême, hagard, tenant *La Dépêche* à la main. Il s'appuya au mur, voulut parler mais aucun son ne franchit ses lèvres.

— Qu'est-ce qu'il y a? demanda Armand frappé par l'air épouvanté du radical.

— Ils ont tué Jaurès, souffla l'aubergiste.

Les deux hommes se levèrent d'un bond.

— Qu'est-ce que tu racontes? fit Abel incrédule.

L'aubergiste leur tendit *La Dépêche* sans un mot, s'affala sur une chaise et se versa un verre de vin. Armand déplia le journal, parcourut rapidement quelques lignes, sous le titre, qui racontaient l'assassinat perpétré la veille au soir au café du Croissant, bredouilla :

— Nom de Dieu! Ils l'ont tué.

— Que s'est-il passé? cria Abel en saisissant Armand par la manche.

Et, comme le sabotier le regardait sans le voir :

— Réponds-moi, nom de Dieu!

— On a tiré sur lui, murmura Armand, il est mort aussitôt après.

Il sembla à Abel que la chaleur de l'été se changeait subitement en neige. Il serra les poings, souffla.

— Ils peuvent bien mobiliser s'ils veulent, il y aura quand même cinquante pour cent de réfractaires, et moi le premier.

Ni Armand ni Landon ne firent écho à ses paroles. Le sabotier, penché en avant, les coudes sur la table, ne cessait de répéter :

— Ils nous l'ont tué, ils nous l'ont tué...

Ses yeux brillaient de larmes qui ne parvenaient pas à franchir ses paupières.

— Allons! dit Eugénie, tu ne vas pas te rendre malade.

— Me rendre malade, ma pauvre femme? Je préférerais être mort que voir ce qui va se passer.

— Mais enfin! gronda Abel, on ne tue pas un homme, comme ça, dans un café, sans que personne intervienne!

Landon, qui se remettait peu à peu, précisa :

— On a tiré sur lui de derrière un rideau.

— Mais qui, nom de Dieu?

Landon haussa les épaules.

— Quelle importance? Un terroriste, sans doute.

— Armé par qui? insista Abel, excédé.

— Comment le savoir? soupira Armand.

Puis, d'une voix brisée par l'émotion :

— Par ceux qui veulent la guerre, certainement. Eh bien, ils peuvent être tranquilles, ils vont l'avoir, leur guerre, et sans tarder.

— C'est tout ce que tu trouves à dire? s'indigna Abel, hors de lui.

Le sabotier parut se réveiller :

— Tu as raison, fit-il, il faut la refuser leur guerre. Qu'ils la fassent, mais tout seuls! Que tous les ouvriers restent chez eux, les allemands et les français.

Un court silence tomba, au terme duquel Landon s'exclama :

— On n'en est pas encore là tout de même. La mobilisation n'est pas la guerre.

— Quelle mobilisation? demandèrent ensemble Abel et son patron, stupéfaits.

— Tout le monde mobilise. Chez nous, les ordres sont partis hier soir de Paris.

Pour Abel, le monde s'écroulait : il comprenait maintenant qu'il n'échapperait plus à la catastrophe, que la mort de Jaurès avait sonné le glas des espérances pacifistes. Devant lui, il n'y avait plus d'avenir, plus d'espoir, mais un gouffre sans fond. Il franchit la porte de la cuisine, pénétra dans l'atelier, prit des outils dans ses mains, les palpa, les caressa, les reposa enfin, comme s'il ne devait plus jamais les revoir. Puis, suivant le sabotier et l'aubergiste, il sortit sur la placette déserte. Dans sa tête, les idées se bousculaient, il lui semblait devenir fou : il pensait à Adrien, à Philo qui allait rester seule, à Jaurès muet pour toujours, et Adrien ressemblait à Jaurès et Philo pleurait devant son mari assassiné, tout cela n'avait pas de sens.

— Je ne me laisserai pas entraîner dans cette tuerie, dit-il à Armand en le rejoignant.

— Que vas-tu faire?

— Me cacher quelques mois, le temps qu'ils m'oublient.

— Tu as raison, petit. Tu pourras compter sur moi pour te ravitailler.

Abel hocha la tête tristement. Ils se dirigèrent machinalement vers l'auberge où se trouvaient Servantie, Bouscarel, et Montial qui pleurait en s'essuyant les yeux avec un grand mouchoir à carreaux. Ils s'assirent, discutèrent avec leurs amis des chances qu'il restait d'échapper à la catastrophe, mais la conversation s'envenima très vite, Bouscarel assurant que de toute façon si la guerre éclatait, on serait à Berlin en moins de quinze jours.

— Pauvre fou! s'emporta Armand, c'est peut-être toi qui iras à Berlin?

— Enfin, Armand! s'écria Servantie, on ne va quand même pas laisser envahir le pays.

— Qui parle d'envahir? explosa Abel. Où les as-tu vus les envahisseurs?

Il s'était levé, le rouge au front, tremblant de colère.

— Je m'en vais, tiens! Vous entendre me rend malade.

Landon voulut le retenir mais il le repoussa violemment du bras et regagna l'atelier où il demeura les bras ballants, désœuvré, désespéré. Peu après, Armand le rejoignit avec Montial, *L'Humanité* dans les mains.

— Elle vient d'arriver à l'instant, dit-il.

Et il posa le journal sur l'établi, encadré par les deux autres, impatients.

— Vas-y, dit Abel, dépêche-toi.

On voyait en première page la photo du militant socialiste sous un titre s'étalant sur toute la largeur de la page : « Jaurès assassiné. » Armand se racla la gorge et commença la lecture d'une voix hésitante : « Jaurès est mort : il a été tué sous nos yeux par deux balles assassines. Quelque crime précède toujours les grands crimes. L'hécatombe exécrable que préparent à cette heure dans les ténèbres les partis militaires et les nationalismes de tous les pays aura eu pour prélude un monstrueux assassinat »...

La voix du sabotier se brisa, et il ne put poursuivre. Il partit se réfugier dans la cuisine. Abel et Montial restèrent seuls devant l'établi à regarder la photo, comme s'ils n'y croyaient pas. Puis Abel rejoignit Armand et lui versa un verre alors qu'Eugénie, qui était allée à l'épicerie, arrivait.

— Mais qu'est-ce qu'il a, Sainte Vierge, se lamenta-t-elle.

— Laissez-le, dit Abel, ça va passer.

— Il va me rendre folle, cet homme, gémit Eugénie en s'asseyant.

Montial s'approcha à son tour, demanda d'une faible voix où perçait une incompréhension totale :

— Mais pourquoi lui? Pourquoi Jaurès?

Armand se redressa un peu, avala sa salive, planta son regard clair dans les yeux du charron :

— Mon pauvre Emile : il était l'ultime obstacle à la

destruction de la classe ouvrière qu'ils projettent. Et maintenant, rien ne les empêchera plus.

— Qu'est-ce qu'on peut faire? demanda le charron.

— On ne peut plus rien faire, dit Armand, sauf refuser de se battre.

Montial hocha la tête et se tut, ses mains tremblantes ouvertes devant lui.

— Va me chercher le journal, fit Armand en s'adressant à Abel, autant le lire jusqu'au bout, de toute façon on n'y changera rien.

Abel repassa dans l'atelier, revint aussitôt, tendit *L'Humanité* à son patron qui reprit sa lecture lentement : « Il cherchait à écarter l'horrible, le terrifiant péril. Il nous disait comment, par un viril et lucide effort, le gouvernement français pouvait encore sauver des horreurs la jeunesse de notre pays, et voilà qu'il disparaît par une terrible ironie à l'heure où sa présence était la plus indispensable au parti auquel il avait voué toute son intelligence... »

Abel et Montial écoutèrent le sabotier durant tout l'après-midi, posant de temps en temps des questions auxquelles Armand répondait après de longs soupirs, d'une voix accablée. Quand ce fut le moment pour Abel de rejoindre Philomène, il se lava le visage devant l'évier de pierre, afin de détendre un peu ses traits crispés par cet après-midi de cauchemar. Mais dès qu'il arriva au pigeonnier, elle lui demanda aussitôt, en s'essuyant les mains à son tablier :

— C'est grave, cet assassinat?

— Quel assassinat? fit-il, mal à l'aise.

— Ne me dis pas que tu n'es pas au courant, tout de même. On ne parle que de ça au château.

— Ah! Jaurès, fit-il, pris en faute, oui, c'est grave pour les socialistes.

Elle posa la soupière sur la table, vint se planter devant lui, ajouta d'une voix sourde :

— On parle aussi de guerre, Abel.

— Penses-tu, dit-il, il ne peut pas y avoir de guerre. Aucun gouvernement au monde ne peut décider d'une guerre, les armes sont trop puissantes aujourd'hui.

Elle le considéra un moment en silence et, comme il se servait sans la regarder, elle prit place à table en soupirant, se servit à son tour, commença à manger. Il n'osait pas lever les yeux de peur de rencontrer les siens. Elle avala deux ou trois cuillerées, s'inquiéta :

— J'ai entendu le maître crier dans la cour cet après-midi. Il disait qu'on serait à Berlin avant un mois. Qu'est-ce que ça signifie?

— Mais rien, grogna Abel, il ne sait pas ce qu'il dit.

Puis, d'une voix bourrue :

— Si un jour il y a une guerre, Adrien sera revenu depuis longtemps, va.

Il la regarda enfin, comprit qu'elle ne le croyait pas et s'emporta :

— Si tu préfères croire Delaval, eh bien à ton aise. Jaurès était un pacifiste, c'est vrai, et le meilleur d'entre eux. Mais ce n'est pas la mort d'un homme, quel qu'il soit, qui peut provoquer une guerre.

Et, mécontent de ses arguments dérisoires, il lâcha brusquement sa cuillère en ajoutant :

— Je n'ai pas faim ce soir. Et puis je suis pressé, il y a réunion du conseil.

Il se leva, fit mine de partir, mais, comme il s'en voulait de lui avoir parlé sur ce ton, il revint vers elle et l'embrassa.

— Ne te fais pas de souci, dit-il, je serai là avant onze heures.

Elle eut un sourire résigné qui signifiait qu'elle n'était pas dupe. Mais qu'aurait-il pu dire de plus? Furieux contre lui-même, il sortit et marcha à pas lents vers le village. En chemin, pourtant, il s'assit un moment en bordure d'une grèze dans la nuit tombante, chercha à voir clair en lui, à faire le point. Les grillons commençaient à chanter et un chien aboyait tout là-bas, vers Combressol. Ce causse respirait la paix, la douceur des jours et des nuits, la vie calme des hommes et des troupeaux. Quelle était cette folie qui fermentait ailleurs? Et pourquoi gagnait-elle inexorablement ces terres somnolentes? Un coucou lança son appel guilleret, un autre lui répondit au fond des combes. Non! La guerre n'arriverait jamais ici, n'incendierait jamais ces grèzes et ces coteaux, ces chênes rabougris qui s'agrippaient de toutes leurs racines à la moindre source de vie...

Abel s'allongea sur le ventre, enfouit sa tête dans l'herbe et la mousse : l'odeur, le parfum de la paix. Il les respira un long moment puis se mit sur le dos, face au ciel parcouru d'étoiles filantes, ferma les yeux, essaya de tout oublier. Quand il les rouvrit, un peu plus tard, il lui sembla dériver au milieu d'un océan de lumières, sur une planète où n'existaient que le silence et le bonheur. Le monde était beau et les hommes l'avaient oublié. Il s'ébroua, se leva, se remit en route, habité maintenant par une colère différente, mais plus farouche, peut-être, ou plus désespérée.

Quand il arriva dans la salle de réunion, à l'atmosphère tendue qui y régnait, il comprit qu'il y avait déjà eu des passes d'armes entre le sabotier et Delaval. Il s'assit entre Armand et Landon, et le maître se leva après avoir jeté sur les présents un regard circulaire et lourd de gravité.

— Mes amis, commença-t-il, le moment est arrivé de nous montrer dignes de notre grand pays. L'honneur de notre patrie est en jeu. Face aux menaces allemandes, nous ne reculerons pas. L'heure est au rassemblement pour tous ceux qui veulent défendre notre sol. Car, hélas, il ne fait plus de doute que la guerre est à nos portes. J'ai reçu il y a une heure un télégramme du préfet. Il faut se montrer vigilant et s'apprêter à partir au combat avec la conviction que la victoire nous tend les bras.

Il se tut, s'épongea le front, mesura l'effet de ce discours improvisé sur ses conseillers, mais n'eut pas le temps de poursuivre :

— Vous nous permettrez sans doute, monsieur le maire, intervint Armand, très pâle, en se levant lui aussi, de nous recueillir d'abord devant la victime du lâche assassinat perpétré hier au soir contre le chef de l'Internationale socialiste. Oui, messieurs! Jaurès est mort, mais sa pensée continuera de nous inspirer et nous nous opposerons de toutes nos forces à cette guerre. Pacifistes nous sommes et pacifistes nous resterons.

Un silence glacial tomba sur la petite assemblée.

— Etre pacifiste aujourd'hui, lança Delaval avec morgue, c'est être défaitiste.

Le sang du sabotier ne fit qu'un tour : il bondit vers le maire, faillit le frapper, l'agrippa au col.

— Retirez ça tout de suite, menaça-t-il.

Abel et Landon s'interposèrent, saisirent Armand par les bras et le tirèrent en arrière. Delaval, offusqué, reprit :

— Quand l'heure est grave, le devoir nous commande de

nous rassembler sous le drapeau. Ceux qui ne le feront pas seront considérés comme des traîtres à la patrie.

— C'est vous le traître, cria Armand, traître à la jeunesse, traître à la classe ouvrière : ce sont elles que vous voulez exterminer.

— Mais qu'est-ce que vous insinuez? s'indigna le maire, si guerre il y a, elle ne durera pas deux mois.

L'aubergiste et Abel forcèrent Armand à se rasseoir mais ne parvinrent pas à l'empêcher de poursuivre :

— Vous êtes fou, Delaval, lança-t-il, et en plus vous êtes un assassin.

Sans se démonter, le maire répliqua :

— La folie, c'est de refuser de voir les choses en face. Si nous ne courons pas aux frontières, nous serons envahis. Notre devoir est de prendre les armes.

— Notre devoir est de nous opposer à la guerre, riposta le sabotier debout devant Abel qui, tremblant de rage, s'efforçait de se contenir.

— Seuls les lâches peuvent aujourd'hui tenir un tel langage, répliqua le maire furieux.

Malgré Landon, Armand bondit et empoigna de nouveau Delaval :

— Je vais te faire voir moi si je suis un lâche.

Tous les conseillers se précipitèrent : Pradal, Simbille, Delmas, Pouch, Landon et Abel. Ils arrivèrent à grand-peine à lui faire lâcher prise et l'entraînèrent à l'écart, au fond de la salle.

— Je ne retire rien de ce que j'ai dit! s'écria le maire. Ici, je représente le gouvernement, et l'ordre du gouvernement, c'est de mobiliser dès demain dimanche 2 août. Ceux qui n'exécuteront pas ces ordres seront considérés comme des déserteurs.

Le sabotier fut amené dehors par Abel et l'aubergiste, non sans avoir menacé avant de franchir la porte :

— Vous la voulez, cette guerre, Delaval, et bien faites-la, mais elle vous ruinera, vous et vos semblables!

— Malheureux! dit Landon dans l'escalier, on ne porte pas la main sur un maire, surtout dans les circonstances présentes.

— Je m'en fous, dit Armand, qu'on m'enferme, au moins je ne verrai pas ce carnage.

Sur la placette, les deux hommes réussirent à le calmer un peu. Il s'appuya au chêne, respira bien à fond, souffla en s'adressant à Abel :

— Il faut que tu partes cette nuit, petit.

— J'attends vingt-quatre heures, je veux encore espérer.

— Tu as tort : ils vont prendre des précautions. N'oublie pas que depuis Perpignan, que tu le veuilles ou non, tu portes une étiquette au front.

Ils firent quelques pas en silence dans la nuit d'été où erraient des odeurs de pierres chaudes. Abel, oppressé, respirait avec difficulté et ne parvenait pas à se débarrasser de cette rage sourde qui bouillonnait en lui depuis le début de l'après-midi.

— Il faut que je rentre, dit-il, Philo doit m'attendre.

— Pars cette nuit, insista Armand.

— Je vais réfléchir, j'ai encore un peu de temps devant moi.

Le sabotier soupira, dit bonsoir aux deux autres et s'éloigna. Abel s'en fut sur le causse afin d'oublier un peu cette folie qui s'emparait des hommes et de lui-même. Perdu dans ses pensées, il marcha longtemps, de combes en coteaux, se retrouva sur les terres hautes de son enfance sur lesquelles il s'allongea près d'une heure, cherchant à rejoindre cette part de lui-même où il avait toujours puisé ses certitudes et ses raisons de vivre. Ce qui le tourmentait le plus, c'était de paraître lâche aux yeux de tous alors qu'il ne l'était pas. Il pouvait se battre, mieux que quiconque. Mais les écrits de Jaurès et les paroles du sabotier vivaient en lui : la bêtise, la laideur, l'absurdité de la guerre le hantaient. Etait-ce lâche de les refuser, de croire à la vie et à la raison? N'était-ce pas plutôt faire preuve de sagesse? Qui pouvait s'approprier le droit d'envoyer à la tuerie toute une jeunesse? Il réfléchit longtemps, revint très tard à la maisonnette où Philomène dormait. Il en fut soulagé : il n'aurait pas à lui avouer la triste vérité. Il se coucha sans bruit mais ne s'endormit pas. Durant toute la nuit, sa détermination mûrit. Il se cacherait et ne serait pas le seul. Alors le gouvernement comprendrait qu'on n'était plus au temps où l'on pouvait faire se battre des hommes qui ne le souhaitaient pas, et qu'ils étaient maintenant capables de se révolter, de refuser de tuer, de croire en un avenir de paix.

Le lendemain, quand il sortit de bonne heure sur le seuil du pigeonnier, les gendarmes l'attendaient :

— Nous avons ordre de vous amener à Cahors, dit le brigadier.

— Vous m'arrêtez? demanda Abel, blême, prêt à courir vers les chênes.

— Non. On est chargé de vous accompagner, c'est tout.

Il fut tenté de fuir, mais se demanda s'ils n'avaient pas aussi ordre de tirer et pensa à Philomène. Il hésita quelques secondes, puis il se laissa emmener sans un mot après avoir pris le sac qu'il avait préparé pour un autre voyage.

Ce fut Armand qui apprit à Philomène un peu plus tard ce qui s'était passé. Elle se trouva ainsi sur la placette au moment où le garde champêtre placardait sur les murs l'affiche de la mobilisation. A neuf heures du matin, le tocsin retentit au clocher de Quayrac, surprenant tout ceux qui vivaient dans les fermes et les métairies isolées. Une heure après, la place fut envahie par les paysans venus aux nouvelles et frappés de stupeur.

Le 3 août au matin, les troupes allemandes entrèrent en Belgique. Le soir même, lui reprochant des « actes d'hostilité caractérisés sur son territoire par des aviateurs », l'Allemagne déclara la guerre à la France.

Seule. Philomène était seule désormais, mangeait seule, dormait seule depuis ce jour où Abel avait été emmené par les gendarmes. Heureusement, n'ayant pas assisté à la scène elle n'en gardait pas le souvenir, mais seulement celui d'Armand la prenant dans ses bras et lui parlant comme on parle d'ordinaire à un enfant. A ce moment-là, elle avait tout compris : les silences d'Abel, son exaspération, et pourquoi elle l'avait attendu en vain ce soir-là avant de s'endormir.

— Est-ce le maître qui l'a fait arrêter? avait-elle demandé.

— Non, avait dit Armand, ils craignaient les désertions massives. Et Abel, tu sais, depuis Perpignan, il était fiché.

Abel, Adrien, Adrien, Abel, le tocsin lui avait enfoncé ces deux noms dans la tête et elle s'était réfugiée dans sa maisonnette. Elle avait quand même appris par le maître qu'Abel avait finalement accepté de rejoindre son régiment plutôt que d'aller en prison. Elle n'avait pas compris pourquoi, en avait demandé les raisons à Armand.

— Tu sais, petite, avait-il dit, en prison on est impuissant.

— Mais au moins, il ne risquerait rien.

— Ce n'est pas cela qu'il souhaite, il veut agir.

Elle ne comprenait rien, le monde devenait fou. Même les nouvelles entendues au château lui paraissaient insensées : pourquoi battait-on déjà en retraite? Pourquoi les gens fuyaient-ils sur les routes du Nord? Les Allemands allaient-ils arriver un jour à Quayrac? Et où étaient Abel et Adrien? Revenaient-ils eux aussi vers le village? Jusqu'à Armand qui avait du mal à comprendre ce qui se passait. D'ailleurs il ne parlait plus, traînait sa peine dans son atelier sans toucher aux outils.

Au château, elle travaillait maintenant comme un homme. Maria s'occupait de la cuisine tout en continuant à servir les repas. A part les femmes, il ne restait plus que le maître, Edouard, Edmond et André. Tous les autres étaient partis à la guerre. Les vendanges avaient pourtant commencé depuis deux jours et l'on n'avançait pas. Philomène et Sidonie coupaient les grappes au sécateur, face à face de part et d'autre du rang, portaient les paniers dans les comportes groupées au bout de la vigne. Quand celles-ci étaient pleines, Edmond et André les transportaient sur la charrette et revenaient aider Edouard et le maître qui travaillaient seuls dans leur rangée.

— Je redeviens jeune homme, plaisantait le maître, mais sa voix sonnait faux et il soufflait comme un vieillard fatigué.

On vendangeait d'ordinaire cette vigne en deux jours, et cette année, on n'aurait pas fini avant une semaine. Or les raisins étaient déjà trop mûrs : quelques grappes pourrissaient entre les feuilles tachetées de jaune. Cependant, c'était à peine si l'on prenait le temps de manger, même le soir. Lorsque la charrette arrivait au château, Philomène aidait à vider les comportes dans les grands cuviers et foulait la vendange aux pieds pendant plus d'une heure. Elle rentrait chez elle éreintée, mangeait un peu de soupe, se couchait, dormait d'une traite jusqu'au lendemain et le travail recommençait. Heureusement la compagnie de Sidonie, dont le mari était parti également, lui était d'un grand secours, et les deux jeunes femmes, une fois le travail terminé, ne se séparaient qu'à regret.

Un dimanche, elle reçut la visite d'un de ces chaisiers italiens spécialisé dans le rempaillage. Elle lui donna une de ses chaises à réparer, l'interrogea sur les nouvelles qui circulaient dans les villages. Il lui apprit alors qu'on annonçait un peu partout les premiers morts de la guerre. Cette révélation la hanta toute la nuit qui suivit. Elle rêva à des morts atroces, entendit Abel et Adrien hurler, se dressa dans son lit, descendit caresser le chien, se recoucha mais ne put retrouver le sommeil.

Deux jours plus tard, une lettre de Mélanie lui parvint. Celle-ci parlait de son mari qui avait la chance de ne pas partir car il souffrait d'une maladie de cœur, et elle lui demandait si elle ne manquait de rien. Philomène lui répondit le soir même en la priant de venir la voir dès qu'elle le pourrait avec Lise. Le lendemain, le maître reçut la lettre tant redoutée qui annonçait le premier mort de Quayrac : Emile Simbille, tombé au champ d'honneur lors des manœuvres de débordement lancées par l'armée Maunoury contre les positions allemandes accrochées aux falaises de l'Aisne. Le maître partit tête basse, sa missive à la main, après avoir revêtu son écharpe tricolore, pour se rendre chez son domestique. Cinq minutes plus tard, on entendit du château une sorte de hurlement qui monta jusqu'à l'aigu puis diminua insensiblement avant de s'éteindre enfin, donnant au silence revenu une pesanteur angoissante. Tout le monde avait entendu la femme de Simbille. Tout le monde avait compris ce qui se passait, et personne ne sortit avant une heure, comme si la mort rôdait dans les rues et sur la placette. Quand le maître revint, il s'enferma dans la salle à manger et n'en bougea plus de la journée.

Trois jours après, le matin même du service funèbre organisé à la mémoire du fils Simbille, une deuxième lettre du ministère des Armées arriva. Antonin Montial était tombé lui aussi au champ d'honneur au cours d'un accrochage lors de la course à la mer dans la région d'Arras. Dès lors Philomène, au lieu de guetter l'arrivée d'Henri, le facteur, partit de bonne heure dans les champs.

Comme elle ne supportait plus de rester seule le soir, elle

prit l'habitude de se rendre chez Armand et Eugénie. Là, le sabotier cherchait à la rassurer : arrêtés par Joffre sur la Marne les Allemands reculaient. Mais pouvait-on se fier aux journaux de Paris? En septembre, ils avaient prétendu que les armes allemandes étaient dépassées, que leurs soldats étaient mal entraînés, que leurs troupes s'enfuiraient devant l'armée française, et pourtant il y avait eu cette honteuse retraite qui avait amené l'envahisseur jusqu'aux portes de Paris. Armand s'était ainsi rendu compte que le gouvernement avait instauré une censure, que tous les journaux étaient muselés, même *L'Humanité.* Alors comment savoir la vérité? Etait-il vrai que l'armée française regagnait le terrain perdu, et que dans moins d'un mois, comme l'affirmait *La Dépêche,* on aurait bouté l'envahisseur hors de nos frontières? Si Armand ne croyait plus aux mensonges imprimés à Toulouse et à Paris, il se gardait bien de l'avouer à Philomène. Au contraire, il feignait de s'associer à l'optimisme béat des journaux et brandissait devant elle les feuilles qui promettaient la victoire prochaine. Un peu réconfortée, elle repartait chez elle, songeant à Adrien qu'elle n'avait pas revu depuis dix mois, à Abel emmené par les gendarmes comme un voleur. Le matin, elle reculait le plus longtemps possible le moment de regagner le château, s'y décidait comme on se jette à l'eau, ne commençait à respirer vraiment qu'à onze heures, une fois qu'Henri était reparti, que l'écharpe tricolore restait accrochée au portemanteau du couloir.

Sachant dans quelle angoisse elle vivait, le jour où arriva une lettre d'Adrien, le maître chargea Maria de la donner à Philomène. Elle ouvrit l'enveloppe en tremblant, sortit dans la cour pour la lire à son aise. Semblable à celle reçue début septembre, et dans laquelle il avait indiqué qu'il n'aurait pas la permission déjà promise pour le mois d'août, la lettre était courte et se voulait rassurante. Philomène en lut les premiers mots à travers une brume soudain descendue sur ses yeux :

Ma Philo,

Il ne faut surtout pas t'inquiéter pour moi. Je suis en bonne santé et je ne risque rien car je suis chargé de la roulante à deux kilomètres du front. Et puis notre secteur est calme : voilà quinze jours que l'on ne bouge plus. Tu peux m'écrire, le courrier suit. Je pense beaucoup à toi qui me manques tant.

J'espère que tu as des nouvelles d'Abel et qu'il va bien lui aussi. Je crois que j'aurai bientôt une permission. Ici, les officiers disent qu'on en aura terminé avant trois mois. Ne porte pas peine : même si je quitte la roulante, d'ici à ce que mon régiment soit engagé, la guerre sera sans doute finie. Donne-moi des nouvelles des amis et du village. Je me languis de toi. A bientôt j'espère.

Ton mari qui t'embrasse et te serre dans ses bras.

Adrien.

Pendant la journée, elle reprit espoir en se répétant les mots d'Adrien : « On en aura terminé avant trois mois. » Elle en parla à Sidonie, s'en réjouit avec elle, en fit part le soir à Armand et Eugénie et passa une bonne nuit. Hélas, le lendemain, le maître revêtit son écharpe tricolore et fit appeler Sidonie; Philippe, son mari, était tombé pour la patrie, déchiqueté par un obus à Saint-Mihiel, entre Toul et Verdun. Dès lors, Philomène ne vécut plus que dans la hantise de la lettre qui arriverait peut-être un jour et la ferait crier comme une folle, à l'image de Sidonie, ce matin-là, dans la salle à manger du château.

QUATRIÈME PARTIE

LE VENT FOU

13.

C'était une nuit du mois de mai, l'une de ces nuits qui murmure et frissonne sous les caresses tièdes du premier vent du sud. La veille encore, au matin, la rosée blanche avait fait resplendir les guipures des chênes et des genévriers, mais il n'y avait déjà plus dans l'air la même luminosité. Le vent avait tourné à mesure que la journée avançait. Le printemps était là. Couchée dans son lit, Philomène le sentait à une excitation anormale de ses membres et ne parvenait pas à s'endormir. Le « vent des fous », songeat-elle en s'étirant sous sa couverture. Il harcelait les volets qui cognaient contre le mur avec un bruit régulier, sifflait entre les lauzes du toit, s'acharnait contre la porte, en bas, comme s'il voulait entrer. Elle se leva pour coincer les volets, puis se recoucha. Le chien, qui dormait dans la chambre, s'était dressé quand elle avait quitté le lit, recouché en même temps qu'elle.

Un peu plus tard, lorsqu'elle fut assoupie, il y eut sur le chemin un bruit de pas lointains. Elle se mit sur un coude, tendit l'oreille. Le chien gémit et n'aboya point. Il vint près d'elle, prit appui sur le lit des pattes de devant. Grâce à la lueur de la pleine lune filtrant sous les volets, elle vit ses yeux brillants qui paraissaient l'inviter à se lever. Elle s'assit, écouta, distingua nettement un bruit de pas sur le chemin, et son cœur se mit à battre follement. Elle descendit trois marches de l'escalier. Le chien, derrière elle, posa son museau sur son épaule et gémit. Les pas se rapprochèrent. Ce n'était point des pas hésitants, mais des pas familiers, ceux d'un homme qui connaît le chemin. Avant même qu'il ne frappe à la porte, elle sut que c'était lui. Elle descendit très vite et ouvrit sans même s'assurer qu'il s'agissait bien d'Adrien. Quand la lune lui révéla la silhouette de celui qu'elle attendait depuis seize mois, elle eut un élan vers lui comme pour se jeter dans ses bras, mais il l'arrêta d'un geste de la main.

— N'approche pas, Philo, dit-il.

Elle avança malgré tout et il recula d'un pas.

— Non, fit-il, il faut que je me lave, je suis couvert de poux. Fais donc chauffer de l'eau.

Elle ne reconnut ni sa voix ni son odeur. Il sentait la crasse, l'humidité, la vermine, paraissait sortir d'un tombeau.

— Mon Dieu! gémit-elle, malheureuse de ne pouvoir le toucher alors qu'elle avait tant espéré ce moment.

— Laisse, dit-elle doucement, viens, je t'en prie.

— Écoute-moi, fais vite chauffer de l'eau. Il ne fait pas froid, je me laverai dehors.

Elle tendit une main vers lui, mais il recula encore.

— S'il te plaît, fit-il, dépêche-toi.

Elle tressaillit, eut une brève hésitation, rentra et alluma le feu. Quand les flammes montèrent dans l'âtre, elle posa une grande bassine d'eau sur les chenêts et se retourna. Elle le regarda se débarrasser de sa capote, amena vers la porte le grand baquet qui lui servait pour la lessive. Il le tira vers lui, le stabilisa, puis il enleva les vêtements qui lui collaient à la peau, les molletières et les souliers couverts de boue.

— Tu vas prendre froid, dit-elle.

— Mais non, le vent est chaud.

Il avait gardé un caleçon et un maillot de corps, s'était assis sur le bord du baquet et la regardait.

— C'est toi, demanda-t-il alors, c'est bien toi, Philo?

Elle hocha la tête, sentit monter en elle de nouveau l'élan qu'elle refrénait depuis qu'il était apparu sur le seuil.

— Laisse-moi approcher, souffla-t-elle.

Il sourit d'un air triste et elle comprit qu'il en avait autant envie qu'elle.

— Tu as maigri, dit-il.

— Mais non, je vais très bien.

Elle joignit les mains, comme pour une prière :

— Parle-moi plutôt de toi, dis-moi si tu n'as pas été malade, si tu n'as manqué de rien.

— Sois un peu patiente, Philo.

Et, en entendant l'eau qui commençait à chanter sur le feu :

— Elle doit être chaude.

— Pas encore, dit-elle.

— Mais si, donne vite ou il faudra ajouter de l'eau froide.

Elle ne se décidait pas à le quitter des yeux, le dévisageait comme si elle avait peur de le perdre aussitôt après l'avoir retrouvé.

— Donne, répéta-t-il tout bas.

Elle retourna près du feu, saisit la grande bassine par les poignées et la lui porta. Quand il fit couler l'eau dans le baquet, une légère fumée monta dans la demi-obscurité. Il entra dans l'eau, dit en désignant le caleçon et le maillot qu'il venait de poser :

— Il faudra les brûler demain.

Elle lui porta un grand pain de savon et il commença à se frictionner vigoureusement. Les muscles de ses bras jouaient sous la lune, mais il sembla à Philomène que son corps n'était plus le même.

— C'est toi qui as maigri, dit-elle.

Il ne répondit pas, soupira.

— Je suis sûre que tu as perdu cinq ou six kilos, ajouta-t-elle.

Il ne répondit pas davantage, continua de se frictionner, et elle se demanda pourquoi il se refusait à lui expliquer comment il vivait loin d'elle, éprouva la sensation d'une distance entre eux, en fut malheureuse.

— Peux-tu me donner une casserole? demanda-t-il.

N'avait-elle attendu si longtemps que pour entendre des mots si dérisoires? Avait-il oublié tout ce qui les unissait? Était-ce un Adrien différent qui lui revenait? Elle lui tendit la casserole avec une envie de pleurer, l'observa tandis qu'il prenait l'eau au fond du baquet et la faisait couler sur ses cheveux.

— Adrien, souffla-t-elle.

— Il me faudrait du vinaigre, dit-il en se frictionnant maintenant la tête.

Elle le lui porta aussitôt, demanda :

— Veux-tu que je t'aide?

— Non merci, j'ai presque fini.

Elle partit chercher une serviette, un caleçon et un maillot dans l'armoire. Il se sécha rapidement, s'habilla.

— Laissons ça ici, dit-il en désignant ses vêtements du doigt. On s'en occupera demain.

Ils rentrèrent, se cherchèrent dans l'obscurité, s'enlacèrent tandis qu'elle suppliait :

— Ne repars plus, Adrien. Plus jamais.

Elle perdit la notion du temps, se retrouva dans son lit, redécouvrant tout ce qu'elle avait oublié de lui, et la nuit ne fut que plaisir et souffrance : plaisir des corps qui se rassurent, souffrance de savoir ce plaisir éphémère. Vers le petit matin, il cria dans son sommeil et ce cri révéla de la guerre à Philomène bien plus que des paroles. Elle le lui rappela quand, dans la cuisine, ils mangèrent leur soupe face à face, s'inquiétant des dangers qu'il courait.

— Je ne veux pas parler de cela, murmura-t-il, aide-moi plutôt à oublier, Philo.

Elle eut peur de ce regard douloureux qu'il lui adressa, imagina les pires tourments, les privations, le froid, la mort qui rôde, sans se douter qu'elle était bien en deçà de la vérité. Il demeura silencieux, réfugié dans une sorte d'hostilité qu'elle ne comprit pas et qui lui fit mal. Mais comment eût-il pu dire ce qu'il avait enduré? Comment raconter les wagons à bestiaux qui l'avaient amené aux frontières, la découverte de la mitraille et des obus, les premiers morts à côté de lui, puis la retraite à longues marches forcées vers Château-Thierry, les noirs taxis qui arrivaient sur la Marne pareils à une colonne de gigantesques fourmis, le début de la contre-attaque française, les plaines aux meules blondes entre les canons, les tranchées, enfin, où il restait trois semaines avant de revenir à la roulante, en réserve, étonné d'être vivant quand ses camarades étaient tombés un à un. Comment expliquer qu'il ne devrait pas être là, mais dans la terre de Champagne, immobile et muet pour toujours? Comment lui faire entendre le sifflement et l'explosion des obus, le « moulin à café » des mitrailleuses, les plaintes des agonisants, le souffle des mines et des grenades, les couinements des rats écrasés par les pieds? Étaient-ce là des maux compréhensibles pour une femme comme Philo? Non! il s'agissait d'un monde indicible, d'un monde fou, que nul, à l'arrière, ne pourrait jamais imaginer.

Ainsi, pour elle, le premier de ces cinq jours de permission fut le plus terrible. Elle partit patiemment à la recherche de celui qui l'avait quittée un matin de novembre et qu'elle ne reconnaissait plus. Elle comprit qu'il devait se réhabituer, lui parla de leur petit troupeau, du château, du village, tenta de le réconcilier avec la vie, chercha à le faire se souvenir de ces moments où ils s'étaient rencontrés, avant la guerre, lorsqu'il était encore Adrien « l'armotier », son amoureux timide et emprunté. Les premiers mots qu'il prononça furent d'abord des acquiescements lointains, des grognements sans véritable signification. Elle se rendit compte malgré tout qu'il s'efforçait de la suivre sur le chemin qu'elle ouvrait devant lui, mais que cela lui demandait des efforts douloureux. Au bout de trois jours, pourtant, il s'ouvrit davantage, bien qu'une part de lui-même demeurât de l'autre côté de la barrière que la guerre avait dressée entre eux. Un soir, elle le força à s'asseoir sur la murette où ils s'étaient assis, ce jour d'été où il avait tant insisté pour se marier.

— Ici, tu m'as parlé d'enfants, dit-elle doucement. Tu en voulais quatre, cinq, je ne me souviens plus.

Et, comme il paraissait ne pas l'entendre :

— Je serais si heureuse d'avoir un enfant de toi, je me sentirais si...

Le regard qu'il lui adressa l'arrêta.

— Un enfant, murmura-t-il, les sourcils froncés, comme si ce mot lui était inconnu.

— Oui, un enfant, reprit-elle avec une prière dans la voix. Je peux très bien l'élever seule jusqu'à ce que tu reviennes, on serait deux à t'attendre, peut-être que cela t'aiderait.

Son visage se ferma, il ouvrit la bouche comme s'il allait parler, hésita, mais garda le silence. Elle ne lui avoua point que les nuits qu'ils vivaient étaient propices à la maternité. Elle sentait que loin de le réconforter, cette révélation lui aurait été pénible et, en même temps, elle prit conscience de ce qu'il ne serait plus jamais le même. Cette pensée lui fit monter les larmes aux yeux, un sursaut de révolte la secoua :

— On aurait pu être si heureux, souffla-t-elle.

— On le sera, dit-il sans parvenir à sourire.

Et le ton de sa voix démentit ce qu'il affirmait. Elle le sentit, lui prit les mains, les serra.

— Si tu ne repartais pas, murmura-t-elle, si tu te cachais : c'était l'idée d'Abel avant d'être arrêté.

— On fusille les déserteurs, fit-il sans la regarder.

Elle soupira, comprit que la guerre était entrée en lui et n'en sortait plus.

— Promets-moi au moins de ne pas t'exposer, d'être prudent, implora-t-elle.

Il hocha la tête, consentit enfin à la regarder, un pauvre sourire sur ses lèvres.

— Promets-moi, Adrien, répéta-t-elle.

Il ferma les yeux, mais aucun son ne sortit de sa bouche. Il se leva, l'attira vers lui, et, sans lui lâcher la main, se mit en marche vers la combe où l'herbe dessinait un ruban vert entre les coteaux.

Le dernier jour, il partit faire ses adieux au maître. Elle refusa de le suivre car elle ne voulait plus entendre parler de guerre, au moins jusqu'à son départ. Elle devait préserver ces dernières heures, ne penser qu'à lui, aux minutes qui leur restaient à vivre ensemble. Quand il revint à la maisonnette, en fin d'après-midi, ils se couchèrent sans manger, s'enlacèrent sur le lit découvert, elle avec une passion éperdue, lui avec une sorte de fougue désespérée comme s'ils ne devaient plus jamais se revoir. Elle en fut consciente mais ne lui en fit pas la remarque durant ces minutes de veille où l'un et l'autre hésitèrent à prononcer des mots qui feraient rougeoyer leur souffrance. Ils s'endormirent un peu, au matin, épuisés. L'aube les réveilla en même temps. Silencieux, ils se vêtirent et descendirent dans la cuisine, parlèrent à peine en mangeant leur soupe.

Quand il l'embrassa, sur le seuil, elle ne chercha pas à le retenir sachant que ce départ était encore plus difficile pour lui. Elle l'accompagna un peu sur le chemin puis elle s'arrêta en lui prenant la main. Il l'embrassa encore, essaya de sourire, lui caressa le front, le nez, les lèvres, puis il partit et ne se retourna plus. Une fois qu'il eut disparu au tournant, incapable de rester debout, elle s'assit sur le mur de lauzes, porta les mains vers son ventre, comme pour se persuader que s'était allumée une vie au plus profond d'elle, une vie qui lui donnerait le courage d'attendre son retour.

Un mois après le départ d'Adrien, Mélanie arriva au village un samedi soir avec Lise. Quelle ne fut pas la joie de Philomène qui s'apprêtait à vivre un nouveau dimanche dans la seule compagnie de son chien! Elles passèrent la soirée à bavarder et à s'occuper de la petite Lise, en vinrent aux confidences une fois que l'enfant fut endormie dans la chambre du haut. Philomène raconta alors à sa sœur la dernière permission d'Adrien et lui montra la lettre d'Abel arrivée trois jours plus tôt.

— Il ne faut pas te faire de souci, dit Mélanie. S'il avait dû leur arriver malheur, ce serait fait depuis longtemps.

— Le crois-tu vraiment?

— Mais oui, Philo : leurs régiments ne se trouvent sûrement pas en première ligne. Ne t'inquiète pas, ils ne risquent rien.

Philomène la considéra en silence et il lui sembla que Mélanie était sincère. Elle en fut réconfortée et, comme sa sœur l'interrogeait sur sa vie au château, elle parla de la sollicitude du maître vis-à-vis d'elle-même et d'Adrien, lui fit part des questions qu'elle se posait à ce sujet.

— Crois-tu vraiment que le maître pourrait être son père? demanda Mélanie, stupéfaite.

— Je ne sais pas. Maintenant que le rouquin est mort, on dirait qu'il ne vit plus que dans la hantise de perdre Adrien. C'est du moins l'impression que j'en ai.

— Et Adrien? Se doute-t-il de quelque chose?

— Pas du tout.

— Sa mère ne lui a jamais rien dit?

— Jamais : c'était une femme très secrète, qui parlait très peu.

Bouleversée par ce qu'elle venait d'entendre, Mélanie réfléchit un instant, demanda :

— Elle travaillait depuis longtemps au château?

— Depuis toujours, je crois.

— Pauvre Adrien, soupira Mélanie, s'il apprenait ça, ce serait sans doute terrible pour lui.

— Je crois aussi, dit Philomène. C'est pour cette raison que je me suis bien gardée de lui en parler.

Un bref silence tomba entre les deux sœurs perdues dans leurs pensées, puis Mélanie murmura :

— Il faut croire qu'ils se sont toujours tout permis au château; le fils tenait du père.

Philomène demeurant rêveuse, elle poursuivit d'une voix sourde, comme si elle désirait se libérer depuis longtemps d'un secret trop lourd à porter :

— Je ne voulais pas, dit-elle, en baissant la tête.

Philomène se demanda de quoi elle parlait et, quand elle eut compris, elle essaya d'arrêter sa sœur d'un geste de la main.

— Ne parle pas de ça, dit-elle, ce n'est pas la peine, oublie-le.

Mélanie leva vers elle des yeux pleins de larmes.

— Mais je ne peux pas oublier, gémit-elle, j'ai beau faire, je n'y parviens pas.

Elle ajouta d'une voix plaintive en s'essuyant les yeux :

— C'est si pénible à porter, Philo. Il me semble que si j'en parle à quelqu'un ça m'aidera.

Philomène comprit, saisit la main de Mélanie par-dessus la table, la serra.

— J'étais dans sa chambre pour y ranger l'armoire, je ne l'ai même pas entendu rentrer. Quand je me suis retournée, il avait déjà refermé la porte.

— Tais-toi, dit Philomène, c'est inutile de te faire du mal ainsi.

Mais rien n'aurait pu empêcher maintenant Mélanie de continuer, et Philomène, du reste, se rendant compte que sa sœur cherchait à se délester d'un fardeau dont le poids l'écrasait depuis cinq longues années, la laissa parler.

— Je me suis défendue, reprit Mélanie, j'ai essayé de crier, j'ai fait tout ce que j'ai pu, tu comprends?

— Mais pourquoi te justifier? demanda Philomène avec toute la tendresse dont elle était capable, je sais tout ça, je l'ai toujours su.

— J'ai cru qu'il allait m'étrangler et j'ai eu peur, poursuivit Mélanie, tellement peur!

Elle pleurait à présent, et Philomène, muette et horrifiée,

revoyait Maria dans la cave, imaginait Mélanie sous le corps du rouquin qui lui apparaissait bizarrement dans l'état où elle l'avait revu le soir de sa mort. Une nausée lui souleva le cœur, elle murmura :

— Il a payé tout le mal qu'il a fait, ne pleure plus, je t'en supplie.

Et, comme Mélanie, inconsolable, avait pris sa tête dans ses mains et continuait de pleurer silencieusement :

— J'ai une merveilleuse nouvelle à t'apprendre, ajouta-t-elle.

Mélanie releva la tête, parut s'apaiser, esquissa un pâle sourire.

— Eh bien, dis moi, qu'attends-tu donc?

— Je ne veux plus que tu pleures, je te la dirai après.

Mélanie s'essuya les yeux, avala une salive amère, souffla :

— C'est fini, tu vois?

— C'est bien sûr? tu pourras oublier maintenant? tu ne m'en parleras jamais plus?

— Promis, dit Mélanie en poussant un profond soupir... alors?

— Je n'en suis pas encore sûre, mais je crois bien que j'attends un enfant.

En un instant toute la tristesse de Mélanie s'effaça de son visage.

— Philo! s'exclama-t-elle.

Puis elle se leva précipitamment et vint étreindre sa sœur, l'embrassant avec émotion.

— Oh! Philo, comme je suis contente!

— Mais tu vas m'étouffer, dit celle-ci en riant.

— Quelle chance tu as, poursuivit Mélanie en s'asseyant près d'elle, mais le sait-il, au moins?

— Non. Et d'ailleurs je ne sais pas si je le lui dirai.

— Mais pourquoi? s'indigna Mélanie.

Philomène ne répondit pas tout de suite, une ombre chagrine se posa sur son visage, elle soupira :

— Tu sais, la dernière fois qu'il est venu en permission je lui ai parlé de l'enfant que nous pourrions avoir. Je croyais lui faire plaisir, mais il m'a semblé au contraire qu'il m'en voulait.

— Quelle idée! fit Mélanie avec un haut-le-corps.

Philomène reprit, un ton plus bas, comme si elle prononçait des mots d'une extrême gravité :

— J'ai eu peur du regard qu'il m'a jeté à ce moment-là, j'ai même eu l'impression de me trouver en face d'un étranger.

Elles demeurèrent silencieuses de longues secondes, puis Mélanie assura :

— Tu t'es trompée, voilà tout; ou alors il a mal compris. Moi, je suis certaine qu'il serait content.

Et, comme Philomène se taisait, l'air malheureux à son tour :

— Il n'y a rien de plus merveilleux qu'un enfant : même pour moi la naissance de Lise a été du bonheur. Pour Adrien, malgré la vie qui est la sienne, ce serait pareil. Il faut me croire, Philo, il faut lui dire : se savoir père l'aidera à s'accrocher à la vie, à traverser les moments pénibles. Je sais de quoi je parle, tu sais.

Philomène retrouva son sourire : Mélanie avait sans doute raison. Ce qui manquait le plus à Adrien, c'était une espérance, une lumière dans l'ombre où il se débattait, et c'était bien sûr à elle à la lui apporter puisqu'il ne voyait rien dans la nuit de sa vie.

— Je le lui dirai bientôt, murmura-t-elle, dans ma prochaine lettre.

— A la bonne heure, souffla Mélanie, je suis bien contente.

Elles parlèrent encore un moment d'Adrien, puis d'Abel, de Jacques, enfin, qui se sentait humilié de ne pas être parti. Mélanie raconta ensuite la vie des gens à Toulouse qui manquaient de tout : sa patronne faisait crédit aux familles les plus pauvres, celles dont le père était au front, et qui n'avaient pas de ressources. Les femmes devenaient ouvrières à domicile, d'autres rentraient dans les usines d'armement pour des salaires de misère, certaines cherchaient des ménages chez les nouveaux riches, ceux qui intriguaient pour obtenir les marchés d'approvisionnement de l'armée et profitaient de la pénurie des denrées pour augmenter leurs prix.

Elles bavardèrent ainsi jusqu'à plus de minuit.

— Ne dirait-on pas deux commères? demanda alors Mélanie en s'étirant. Nous ferions mieux d'aller nous coucher.

D'ailleurs il faudra que tu te reposes davantage désormais.

— Tu as raison, dit Philomène.

Elles s'embrassèrent, Mélanie monta à l'étage, Philomène s'allongea sur le lit d'Abel, prit l'oreiller contre elle, le serra dans ses bras.

Le lendemain, à la grande joie de Lise, elles gardèrent les brebis. Philomène en immobilisa une pour la faire toucher à l'enfant, et les deux sœurs rirent en voyant la petite caresser la bête, lui parler, s'effrayer du bêlement plaintif poussé par l'animal peu habitué à tant de sollicitude. En ce matin tiède et doux, le mois de juin allumait sur les grèzes des foyers de boutons-d'or et de coquelicots, les chênes vernis par les pluies de la fin mai dessinaient des îlots de verdure sur la couleur paille du causse, et les baies des genévriers éclataient au soleil.

— Te souviens-tu, dit Mélanie quand elles furent assises à l'ombre, des jours où l'on gardait ensemble les brebis sur les terres hautes?

— Si je m'en souviens, murmura Philomène : comment aurais-je oublié avec mon petit troupeau? Chaque heure passée ici me rappelle celles de la métairie.

— J'avais à peine cinq ans et je n'ai rien oublié, rêva Mélanie à voix haute. Etienne était déjà parti...

— Tout le monde part, regretta Philomène d'une voix âpre : si ce n'est pas le service militaire, c'est la guerre.

Elle ajouta, avec un grand frisson :

— Si tu savais la peur que j'ai chaque matin, quand le facteur arrive. Déjà six morts au village!

Mélanie s'en voulut d'avoir parlé d'Etienne et ramené ainsi sa sœur à la réalité.

— La guerre sera finie avant l'hiver, assura-t-elle.

— Bientôt un an, pourtant, soupira Philomène.

— Justement, ça ne peut plus durer longtemps.

— Espérons, sans quoi je me demande si nous les reverrons.

— Pense à l'enfant que tu portes, reprit Mélanie, ne pense qu'à lui, et tu verras comme le temps passera vite.

Philomène posa les mains sur son ventre.

— Pourvu que je ne me trompe pas, dit-elle, j'en ai tellement besoin.

— Moi aussi, j'en ai eu besoin, dit Mélanie en expliquant la façon dont elle avait vécu sa grossesse, les premiers coups de pied de son enfant, comment il semblait réagir à ses paroles, la manière dont s'était déroulé son accouchement.

Parfois interrompues par Lise qui voulait de nouveau caresser une brebis, elles discutèrent toute la matinée, retrouvant leur complicité de la métairie et profitant des premières chaleurs de l'été. Elles rentrèrent un peu avant midi, quand les brebis se mirent à chercher l'ombre, mangèrent la soupe et le millassou en parlant du passé, de ces repas où le père, assis en bout de table, distribuait le pain, des cuissons en compagnie de la mère au four banal, et pour finir d'Abel et d'Adrien dont Mélanie affirma qu'ils seraient bientôt de retour. Au moment de partir, Philomène lui fit promettre de revenir plus souvent.

— C'est promis, dit Mélanie, en l'embrassant.

Philomène l'accompagna pendant plus d'une heure sur la route de Souillac, portant par moments l'enfant fatiguée pour soulager sa sœur. Enfin, lorsqu'elles arrivèrent en vue de la grande descente au-delà de laquelle la route s'inclinait progressivement vers la vallée de la Dordogne, Philomène s'arrêta. Il faut que je rentre, dit-elle, les brebis doivent m'attendre.

Elle embrassa Lise dont les yeux pétillaient de malice, puis étreignit longuement Mélanie.

— Souviens-toi, dit celle-ci : il faut penser à ton enfant et lui parler, il t'entendra.

— Oui, dit Philomène, j'y penserai.

Et elle repartit lentement vers le village en songeant à ce jour où, comme Mélanie, elle pourrait tenir son enfant par la main.

Abel sursauta dans son demi-sommeil, chercha de nouveau à entendre cette sorte de frôlement qui ressemblait à des pas. De son poste de guetteur avancé à la pointe des premières lignes de la 6e armée, à moitié couché contre la paroi de la tranchée, les pieds reposant sur une planche, il scruta la nuit tout en repoussant du genou un rat qui couina et tomba dans la paille et les détritus. Il lui sembla distinguer une silhouette à vingt mètres devant lui, puis une autre, et une autre encore. C'était chaque nuit la même peur, la même angoisse de se faire surprendre, de mourir éventré par une baïonnette ennemie. Il n'en pouvait plus. Il alluma machinalement sa fusée rouge qui monta brusquement dans l'obscurité, la déchira, puis s'éteignit comme une torche arrosée d'eau. Moins d'une minute plus tard, les canons de 75 de l'artillerie déclenchèrent leur tir de barrage, réveillant les hommes allongés dans les tranchées, ébranlant la terre qui se souleva en gerbes plus noires que la nuit dans un vacarme d'apocalypse. Abel se tapit contre la terre humide, fléchit ses jambes, se recroquevilla en attendant la fin des explosions. Cela dura plus de dix minutes qui lui parurent, comme chaque fois, une éternité. Il ne s'était jamais laissé aller à lancer sa fusée rouge, mais, depuis vingt jours qu'il se trouvait en première ligne, il était épuisé et à bout de nerfs. Il savait parfaitement qu'une offensive était toujours précédée par un pilonnage d'artillerie, mais il avait besoin de se rassurer, comme ceux, qui, chaque nuit, pris de panique, lançaient leur fusée sans raison. Les silhouettes aperçues étaient seulement celles des guetteurs allemands qui profitaient de l'obscurité pour marcher un peu. Quelquefois même, durant le jour, par une sorte de trêve tacite, les soldats des deux camps se mettaient à découvert et, malgré les ordres formels des états-majors, personne ne tirait. Depuis six mois que la guerre s'était enterrée dans ce coin de Champagne, entre Reims et Soissons, chacun redoutait l'offensive générale qui embraserait le secteur et coucherait les hommes comme des épis de blé sous la faucille.

Il avait vu tomber les premiers soldats lors des combats aux frontières en août dernier et, après des sursauts de révolte qui l'avaient désigné à l'attention des officiers déjà suffisamment alertés sur son cas, s'était résigné, avait consenti à se laisser emporter par la vague folle des tueries. A peine s'il avait eu le temps de regretter de n'avoir pas choisi la prison au lieu du combat : il avait en effet rencontré un tel enthousiasme parmi ses camarades qu'il avait craint, une fois encore, de passer pour un lâche. Dans les wagons à bestiaux qui l'avaient emmené au front lors d'un voyage interminable, il n'avait été question que de repousser l'agresseur, de sauver la patrie, de reprendre enfin l'Alsace et la Lorraine. Il avait pourtant reconnu parmi ses voisins ceux qui se trouvaient à Perpignan avec lui : il s'agissait bien d'ouvriers, de paysans, de ceux qui avaient refusé de tirer sur les vignerons, mais ce n'était plus les mêmes. Leur ton avait un peu changé pendant la retraite honteuse de septembre, mais depuis que la contre-offensive avait repoussé l'ennemi en Champagne, et malgré les morts aux membres arrachés, à la poitrine ouverte, malgré les rats, la peur, la soupe froide, nulle voix discordante ne s'élevait jamais parmi ses camarades. Il était seul, tout seul, ne parlait pas, survivait seulement dans l'espoir que le carnage allait enfin cesser.

Au printemps, enlisé dans les premières tranchées creusées à la machine, son régiment avait reçu l'habit bleu horizon qui remplaçait enfin le pantalon rouge garance beaucoup trop voyant, et le fusil Berthier que l'état-major avait substitué au Lebel. Mais rien n'avait changé pour Abel à qui les officiers ne faisaient aucun cadeau : pendant les trois semaines qu'il passait en première ligne, il occupait toujours un poste de guetteur, et, une fois son temps achevé, il ne revenait jamais dans les lignes de réserve, mais demeurait dans les positions intermédiaires, là où les « poilus » faisaient collection de queues de rats, ce qui leur donnait droit à des rations supplémentaires de vin et de café. Sentinelle avancée, il ne mangeait jamais chaud. Mélangée aux macaronis et au singe, la soupe lui parvenait par l'intermédiaire d'un porteur qui l'atteignait au bout d'un étroit boyau devant les premières lignes. En cette mi-juillet, cela faisait vingt jours qu'il ne s'était ni déshabillé ni lavé. Il lui semblait que ses molletières étaient incrustées dans sa chair, des poux couraient dans ses cheveux, ses mains, ses joues et son front étaient couverts de boue...

Les nuages découvrirent la lune. Il distingua nettement les barbelés, les chevaux de frise et, en plissant les paupières, à moins de quarante mètres, les premières lignes allemandes d'où montait une buée légère, celle de la respiration des hommes aux aguets. Il songea aux nuits de son causse natal, à Philomène, à Geneviève, à cette permission qu'on lui avait promise et qui était sans cesse reportée; quand reverrait-il donc son village? Quand pourrait-il de nouveau travailler près d'Armand, user de ses outils, voir fleurir les copeaux sous ses doigts? Il se laissa aller sur la planche qui lui servait de banquette, pleura des larmes de fatigue.

Moins de cinq minutes plus tard, les canons français ouvrirent le feu. Leurs obus éclatèrent au-delà des premières tranchées, sur les lignes allemandes intermédiaires, balayèrent le secteur par des tirs réguliers et méthodiques. La terre parut s'ouvrir sous les impacts et vibra interminablement. Abel sentit une main sur son épaule, se retourna en sursautant, reconnut le caporal moustachu nommé Masson et le petit vaguemestre au visage couvert de taches de rousseur. Ce dernier lui donna une gamelle de riz et une double ration d'alcool.

— On attaque à l'aube, dit le caporal. Je ne te demande pas de sortir le premier, va, attends-nous.

Abel aimait bien Masson qui ne le traitait pas différemment des autres soldats.

— Essaye de dormir, dit le caporal avec un clin d'œil... et « merde ».

— Merci, répondit Abel, j'en aurai besoin.

Les deux hommes repartirent dans l'étroit boyau, s'arrêtant au moment des explosions, progressant pendant les quelques secondes de répit qui leur succédaient. Abel mangea son riz en songeant que le jour qui se lèverait bientôt serait peut-être le dernier et que, pour défendre sa vie, il allait être encore obligé de tuer. Il ne s'y habituait pas, et pourtant il tuait depuis plus d'un an. Cette pensée provoqua une contraction brutale de son estomac et le fit vomir douloureusement. Le pilonnage des canons ne cessait pas. Un obus mal dirigé tomba à moins de dix mètres de lui, la terre dégringola sur son casque et sa capote trouée, ses oreilles se mirent à bourdonner, il crut qu'il devenait sourd. Il appuya son fusil contre la paroi, prit sa tête entre ses mains, souhaita réellement mourir. Ce n'était pas la première fois : déjà à plusieurs reprises, les jours où il se rendait compte que la guerre était en train de le broyer, qu'il devenait un vrai soldat, il avait appelé la mort. Mais la mort n'avait pas voulu de lui. Parfois, pourtant, lorsqu'il songeait à Philomène, à Adrien, à Armand, il s'en voulait de se laisser aller, luttait contre le découragement en essayant de se persuader qu'il devait tenir coûte que coûte : un jour viendrait où les hommes qui croupissaient dans la boue, sous les obus et la mitraille changeraient de langage. On ne pouvait pas se battre ainsi éternellement. Attendre. Gagner du temps. Tenter de survivre : voilà ce qu'il devait faire.

Quand l'horizon blêmit, les canons tonnaient toujours. Abel mangea un reste de riz froid au fond de sa gamelle, regarda dans le lointain cette épaule de colline qui s'inclinait vers la grande plaine et, passé la colline, une succession de vallonnements grisâtres que le petit jour incendia rapidement. Çà et là, des arbres décharnés projetaient vers le ciel pâle des moignons squelettiques et griffus, des bâtisses écroulées fumaient interminablement, de grands corbeaux tanguaient dans le vent du matin comme dans une mer.

Abel entendit des hurlements derrière lui, se redressa tout en restant à l'abri des sacs de terre disposés au bord de la tranchée : une vague d'uniformes bleus était sortie des parallèles et fondait à chaque seconde sous les balles des Mausers et des mitrailleuses allemandes aussitôt entrés en action. Dans le vacarme, il distingua cependant l'ordre lancé par le lieutenant Pergot :

— Deuxième demi-section, en avant!

Une autre vague surgit, rejoignit en quelques instants les rescapés de la première allongés sur la terre à dix mètres derrière Abel. Des balles sifflèrent au-dessus de lui, percutèrent le corps des assaillants avec un bruit mat, certaines se perdirent dans le sol dévasté avec un clapot mou. Une vingtaine d'hommes atteignit l'entonnoir qui se trouvait au niveau du poste d'Abel, légèrement sur sa gauche. Parmi eux, le petit caporal lui fit un signe de la main. Il y eut un ordre bref et les soldats sortirent de nouveau à découvert, dépassant Abel. Des hommes tombèrent près de lui, certains en criant, d'autres en silence, foudroyés par la mitraille. Il se hissa péniblement hors de son trou et, les yeux mi-clos, courbé en deux, commença de courir. Autour de lui, les balles se mirent à miauler. Il attendit celle qui le frapperait en serrant les dents, aveuglé par la sueur, un poing douloureux au côté. Sa cartouchière battait contre son dos, rythmait chacune de ses foulées. Courir, fermer les yeux, courir. Il tira au jugé, n'importe où, vers le ciel, puis un homme roula dans ses jambes et le fit tomber. La face contre terre, il chercha son souffle pendant quelques secondes, rouvrit les yeux. Relevant légèrement la tête, il aperçut le petit caporal à quelques mètres devant lui, se redressa, courut vers l'entonnoir où les soldats basculaient comme dans un refuge. Il se rendit compte alors que les canons s'étaient tus, fut surpris par le bruit dérisoire des mitrailleuses et des fusils après le tumulte de la nuit. D'autres vagues atteignirent les entonnoirs creusés par les obus français tout près des lignes allemandes. Abel se hissa de nouveau hors du trou, courut encore, songeant seulement au prochain abri. Juste devant lui, des uniformes bleus s'activaient au milieu des barbelés et des chevaux de frise. Une brèche s'ouvrit, par où les assaillants s'infiltrèrent, les derniers trébuchant sur les corps de ceux qui tombaient devant eux. Bientôt des hurlements montèrent de la première ligne ennemie où les Français avaient plongé, la baïonnette en avant. Le canon haut, Abel bascula à son tour dans la tranchée jonchée de cadavres, hébété, le souffle court, la bouche grande ouverte. Les yeux pleins de larmes, il s'adossa au mur de terre, s'essuya le visage d'un revers de manche, rouvrit les yeux. Près de lui, le caporal, éventré, agonisait, la baïonnette plantée dans le corps d'un soldat allemand qui, lui non plus n'était pas mort : il regardait Abel de ses yeux gris où se lisait une prière muette. Le caporal mourut le premier sans un mot, sans un cri. L'Allemand, lui, les mains serrées autour de la lame, implorait toujours Abel du regard. Celui-ci tira doucement la baïonnette en arrière. L'Allemand eut un gémissement puis un léger sourire éclaira un instant son visage. Il semblait très jeune, son casque à moitié relevé découvrait des cheveux blonds frisés. Quand Abel se pencha sur lui, il eut un sursaut effrayé.

— Camarade français, murmura-t-il.

Les larmes coulaient sur ses joues, traçaient des sillons dans la boue noire.

— N'aie pas peur, dit Abel.

Il l'aida à s'allonger au fond de la tranchée, sur la banquette, l'Allemand lui prit la main et la serra. Le tir de barrage des canons avait repris, de plus en plus violent. Il n'était plus possible de sortir sans être touché. Pourtant Pergot donna un nouveau signal d'offensive. Les hommes repartirent en hurlant, Abel desserra les doigts de l'Allemand qui respirait encore, escalada le mur de terre. Partout, des cadavres jonchaient le sol, les uniformes bleus et « feldgrau » mêlés dans la même mort misérable. Abel courut, courut encore, trouva un autre entonnoir, sauta, puis se roula en boule. Autour de lui des hommes criaient, les obus explosaient, la terre pleuvait. Quand il eut repris son souffle, il chercha à se relever. Ce fut seulement à ce moment qu'il sentit la douleur dans sa jambe droite : elle était empalée sur un cheval de frise dont les croisillons de bois, effilés comme de gigantesques échardes, ressortaient entre ses molletières. La sueur coula sur son front, l'aveugla. Il tenta de se délivrer des pointes acérées mais n'y parvint pas. Une douleur fulgurante le fit s'évanouir.

Quand il revint à lui, il n'était plus seul : deux soldats se trouvaient dans l'entonnoir et le dévisageaient comme un ressuscité. Il lui sembla que la fusillade s'arrêtait. Les vagues d'assaut françaises s'étaient enterrées dans les tranchées abandonnées par les Allemands qui s'étaient repliés à une centaine de mètres, juste à l'orée d'un petit bois où les arbres sans feuilles figuraient des guetteurs aux multiples bras. Les deux compagnons d'Abel réussirent à extraire le cheval de frise de sa jambe où le sang mêlé à la boue formait une croûte brune, mais ils durent attendre la nuit pour le transporter vers l'arrière où des brancardiers mirent plus de trois heures à l'acheminer vers les zones de réserve. Là, il apprit que l'offensive du matin était seulement destinée à tester la résistance allemande en prévision de l'attaque générale décidée par l'état-major pour la fin de l'été. Mais il ne trouva même pas la force de se révolter. Dans le camion qui l'emmena vers l'hôpital militaire de Soissons, couché parmi les blessés et les agonisants, il comprit que la guerre, grâce à cette blessure, lui avait accordé un sursis.

A Quayrac, les moissons de cet été-là ne ressemblaient pas aux autres. Le maître avait réquisitionné toutes les femmes disponibles, même celles des métairies les plus lointaines. C'était surprenant de voir tant de femmes parmi quatre hommes si âgés dans ces champs où d'ordinaire n'œuvraient que des silhouettes masculines. Debout sur la charrette, Philomène se demanda combien, parmi elles, seraient veuves bientôt. Une semaine plus tôt, en effet, le maître avait dû annoncer à Montial, le charron, la mort de son deuxième fils.

Sa femme, Joséphine, avait tenté de se jeter dans le puits et on l'avait retenue à grand-peine. Depuis, le charron ne travaillait plus et venait avec Joséphine passer ses journées chez Armand et Eugénie qui leur prodiguaient tout le réconfort dont ils étaient capables.

La grossesse de Philomène, pour n'être pas visible, n'en était pas moins certaine. Elle prenait soin de ne pas lever les bras trop haut, mais parfois des douleurs dans son ventre l'obligeaient à lâcher les gerbes et à laisser sa place à Sidonie qui était dans la confidence. La pensée qu'elle pût par accident perdre l'enfant d'Adrien l'obsédait. Pourtant, malgré le surcroît de travail donné par les moissons, elle n'avait pas osé demander au maître de rester au château. Celui-ci, debout sur la moisonneuse-lieuse conduite par Edmond, suait toute l'eau de son corps et se démenait comme un beau diable, mais sans aucune efficacité. Peut-être eût-il retrouvé plus facilement les gestes appropriés au maniement de la faucille, mais les conditions de travail avaient trop vite changé pour qu'il y prît part : il passait son temps à chercher son équilibre sur la machine fumante qui avançait en cahotant, grognait, embarrassait André qui besognait près de lui, tandis qu'Edouard menait la charrette chargée par les femmes.

Le soleil du mois d'août paraissait vouloir mettre le feu au causse. Il n'y avait plus de ciel, mais un immense éclat vers lequel il était impossible de lever les yeux. Malgré son chapeau de paille, Philomène étouffait, regardait l'ombre des murs de lauzes avec envie, s'imaginait buvant toute l'eau d'un seau, se demandait si Adrien avait à supporter la même canicule. S'essuyant le front, elle s'efforça de ne penser qu'au travail, à la gerbe que les femmes des métairies lui tendaient, et se laissa porter par sa fatigue. Elle s'apprêtait à demander grâce, lorsqu'elle s'aperçut qu'on arrivait au bout du champ. Elle s'adossa alors contre les gerbes, ferma les yeux et ne bougea plus jusqu'au château.

Le soir, en partant, elle passa chez Armand et Eugénie, leur apprit qu'elle attendait un enfant. Ce n'était pas une décision mûrement réfléchie, mais elle en avait brusquement éprouvé le besoin. Devant sa mine défaite, Eugénie s'indigna :

— Il ne faut pas travailler comme ça, sous cette chaleur.

Tu y tiens donc si peu à cet enfant? Tu veux le perdre?

— Je ne peux pas refuser de moissonner, tout de même, répondit-elle, d'autres l'ont fait avant moi.

— Il est au courant, Delaval?

— Non, je n'ai encore rien dit.

— Veux-tu que je lui parle, moi? demanda Armand.

— Non, je le ferai, soyez sans crainte, j'ai encore le temps.

Elle le croyait, mais après les moissons du château, il fallut aller dans les métairies, recommencer à charger les gerbes sous le soleil accablant. Un jour, en fin d'après-midi, elle ressentit une douleur fulgurante dans son ventre et s'affaissa. Croyant à une insolation, les femmes la portèrent à l'ombre et la douleur s'estompa peu à peu. Elle remonta sur la charrette mais elle se résolut le soir même à parler au maître. Quand elle lui eut appris la nouvelle, le visage du vieil homme se transforma brusquement, il bredouilla :

— Un enfant? Tu es sûre, petite?

Un peu gênée, elle hocha la tête.

— Et que ne le disais-tu pas? Tu ne crois pas que par les temps qui courent c'est ce qui pouvait nous arriver de meilleur?

Il sourit, s'approcha d'elle, lui prit le bras, elle fut contente de la lueur joyeuse qui s'était allumée dans ses yeux fatigués, mais n'en fut pas vraiment surprise.

— Ce sera un beau garçon, affirma-t-il, comme ton Adrien. Seulement il faut que tu prennes soin de toi.

Et il ajouta avec un ton paternel :

— Les moissons sont presque terminées. A partir de demain, tu t'occuperas des brebis. Amène les tiennes, si tu veux, comme ça tu n'auras pas besoin de les sortir le soir, et tu pourras te reposer.

Philomène remercia, voulut s'en aller, mais il la prit par les épaules et la retint un instant.

— Ça fait combien de temps qu'il n'a pas écrit Adrien? demanda-t-il.

— Un mois.

— Il ne tardera plus, va.

Puis il la libéra et il sembla à Philomène qu'il hésitait à l'embrasser. Elle s'en fut vers son pigeonnier, certaine, à présent, qu'Adrien était beaucoup plus pour le maître qu'un simple domestique.

Trois jours plus tard, un matin, au moment où elle ouvrait la porte de la bergerie, il lui tendit une lettre. Elle la décacheta aussitôt, commença de lire sous ses yeux.

— C'est Adrien? demanda-t-il.

Elle hocha la tête. Il la laissa lire tranquillement mais ne s'éloigna point. Quand elle eut terminé, comme il l'interrogeait du regard, elle lui résuma ce qu'écrivait Adrien : il ne se plaignait pas de son sort, il prétendait même qu'il avait de la chance, car il était chargé depuis peu du ravitaillement de sa division et se promenait à une vingtaine de kilomètres du front pour organiser les convois. Là, dans un petit village, il mangeait bien, pouvait se reposer, et profiter des beaux jours. Il lui demandait d'écrire pour lui donner de ses nouvelles, mais aussi de celles d'Abel et des gens du village.

— Tu lui as dit, pour l'enfant? demanda le maître.

— Pas encore, fit-elle.

— Eh bien, écris-lui vite, petite, il sera content.

Elle ne répondit pas, approuva seulement de la tête.

— Et Abel, comment va-t-il? demanda encore le maître.

— Beaucoup mieux, répondit-elle, il est à Soissons à l'hôpital, il dit que sa blessure guérit très vite.

— A la bonne heure! dit le maître qui repartit vers le château.

Elle ouvrit la porte aux brebis qui se précipitèrent en bêlant sous le chaud soleil d'août et s'engagèrent sur le chemin d'où s'éleva un petit nuage de poussière.

Quinze jours plus tard, les battages se déroulèrent sans elle. Dès qu'ils furent terminés, il se mit à pleuvoir et le mauvais temps ne cessa guère durant tout le mois de septembre. Les raisins pourrirent sur pied et il n'y eut pour ainsi dire pas de vendanges, ce qui désespéra le maître. Au moment des labours, il renonça à emblaver le champ d'orge, affirmant qu'il aurait assez de mal à terminer à l'heure les semailles de blé, et à venir à bout des prochaines moissons. Dans les métairies, c'était pire encore : les femmes et les vieux ne parvenaient plus à suivre le rythme des saisons. On négligeait les troupeaux, on ensemençait seulement la parcelle de champ nécessaire à la production de blé qui donnerait la farine de ménage. Quant au village, il demeurait désert comme si un mal mystérieux s'était abattu sur cette région du causse et contraignait les habitants à rester cloîtrés pour éviter une contagion mortelle.

14.

La neige se mit à tomber dans l'après-midi du 15 février 1916 en gros flocons semblables à des duvets de pigeon. En moins d'une heure, elle recouvrit le village et les coteaux et donna au silence une profondeur que troubla seulement l'angélus du soir. Ce fut au moment où elle s'apprêtait à quitter le château que Philomène ressentit les premières douleurs. D'abord, elle s'en effraya, puis elle comprit très vite qu'il s'agissait des prémices de la délivrance. Le cœur battant, elle se rendit chez Armand et Eugénie qui l'accueillirent avec le sourire et la réconfortèrent. Ensuite, comme convenu, Eugénie l'accompagna jusqu'à l'auberge pour prévenir Marinette qui faisait office de sage-femme au village, puis les trois femmes se mirent en route vers le pigeonnier.

— Tu vas nous faire un beau petit, dit Marinette sur le chemin. N'aie pas peur, tout se passera bien.

Une fois arrivée, Philomène, aidée par Eugénie, alluma le feu puis elles préparèrent les linges du bébé. Bientôt les flammes bourdonnèrent dans l'âtre et réchauffèrent la petite pièce dont les fenêtres avaient été soigneusement calfeutrées par Philomène au début de l'hiver. Tandis que Philomène affrontait les premières contractions, Marinette parla de la dernière naissance à laquelle elle avait assisté, celle des jumeaux de la métairie de Combenègre. Puis elle examina Philomène et la laissa se reposer. Rassurée par sa présence, celle-ci s'efforça de penser à Adrien à qui elle avait appris la nouvelle en octobre dernier. Elle avait alors attendu sa lettre avec une impatience mêlée d'appréhension. Mais contrairement à ce qu'elle redoutait, il avait manifesté une grande joie. Quand il était revenu en novembre, il l'avait entourée d'affection et de tendresse, avait plusieurs fois caressé son ventre rond, elle avait retrouvé dans ses yeux la lueur confiante qui y brillait avant la guerre. Elle en avait été surprise, comblée même, en se remémorant sa réaction lors de sa première permission, le jour où elle avait évoqué son envie d'un enfant. Son départ avait été encore plus difficile que les précédents : elle avait cru apercevoir, ce matin-là, une larme au bord de ses yeux.

— On te donnera certainement une permission en février, avait-elle dit tout bas. Il n'y en a que pour trois mois, ça passera vite.

Il l'avait considérée d'un air étrange, sans répondre, et elle n'avait pas compris la signification de ce silence au moment de la quitter. Mais comment aurait-il pu lui dire que trois mois au front suffisaient largement pour mourir ? Comment avouer les mensonges dans ses lettres où il prétendait être à l'abri du danger ? Il s'était refusé à lui faire perdre confiance, à la faire souffrir davantage, et il était parti sans lui dire la vérité.

Abel aussi était revenu en permission, la jambe droite barrée par quatre cicatrices.

— Maintenant j'ai une jambe toute neuve, avait-il plaisanté en la montrant à Philomène.

Il avait feint de ne pas entendre ses questions et, sans doute pour les fuir, avait passé toutes ses journées chez Armand. Avant de repartir, il avait pourtant murmuré en l'embrassant :

— Fais-nous une fille, Philo, pas un garçon.

Elle n'avait pas non plus compris son air bouleversé en prononçant ces mots. Pourquoi une fille ? Parce qu'elle n'irait pas à la guerre ? Philomène avait posé la question à Mélanie venue en visite quinze jours après son départ, le jour de Noël. D'après elle, cela signifiait simplement qu'Abel en avait assez de la compagnie des hommes, il ne fallait pas accorder d'importance à ces propos.

Au château, Philomène avait soutenu Sidonie de toutes ses forces, mais la pauvre vivait un véritable calvaire et regardait avec envie grossir le ventre de son amie.

— Si j'avais pu en avoir un, moi aussi, gémissait-elle en pleurant, si seulement il me restait quelque chose de lui!

Philomène avait traversé les jours et les mois en songeant que sans la présence de cet enfant dans son ventre, elle n'aurait peut-être pas supporté cette attente interminable où le pire pouvait survenir à chaque instant...

De nouvelles contractions l'arrachent à ses pensées. Elle serre les dents sous l'effet de la douleur qui part de ses reins et semble vouloir l'ouvrir en deux.

— Ne te crispe pas, dit Marinette, ouvre la bouche, respire à fond.

Elle essaye, mais, malgré ses efforts, n'y parvient pas.

— Tu sais, dit Marinette en lui caressant le front, tu en as pour plusieurs heures, alors autant prendre ton mal en patience.

Des larmes de souffrance coulent sur ses joues.

— Je ne pourrai pas, gémit-elle, je ne saurai pas.

— Mais si, tu sauras. Il faut laisser faire le travail, la nature a tout prévu, tu verras, ça se passera très bien.

Quand les douleurs cessent, elle ferme les yeux se détend, sachant qu'elle a droit à un moment de répit. Une bonne chaleur a maintenant envahi la cuisine et lui rappelle celle de la métairie. Dehors la neige continue de tomber, enveloppant le pigeonnier dans son étoupe blanche. Une heure passe. Le temps s'arrête. Elle écoute les deux femmes qui l'encouragent en souriant. Son front se couvre de sueur à mesure que les contractions se rapprochent. Effrayée par leur fréquence et leur violence toujours croissantes, elle commence à crier : elle va mourir, c'est sûr, et son enfant avec elle.

— Respire, dit Marinette, respire fort.

Mon Dieu! Comment un enfant peut-il sortir d'un ventre? Mélanie le lui a expliqué mais cela lui a paru impossible. Il va la déchirer, elle ne verra plus jamais Adrien.

— Crie si cela te soulage, petite, dit Eugénie, n'aie pas peur de crier.

Elle crie, s'épuise, se tend, perd la notion de la réalité. Par moments, Marinette lui tapote les joues.

— Il ne faut pas t'endormir, surtout pas maintenant.

— Pourquoi faut-il souffrir ainsi? Pourquoi les enfants

viennent-ils au monde dans la douleur? Est-ce pécher que donner la vie? Elle appelle Adrien, serre la main d'Eugénie, crie encore, mais l'enfant refuse de naître. Depuis quand souffre-t-elle? Un jour? Deux jours? Il lui semble que son cœur s'arrête, elle gémit de nouveau :

— Il est mort, il est mort!

— Mais non il n'est pas mort, dit Marinette, je le sens, il bouge.

Elle perd à moitié conscience. Devant elle des images folles défilent à toute vitesse : c'est Adrien qui court, qui court, mais où va-t-il donc? Vient-il l'aider à mettre au monde son enfant? Et puis c'est Abel, couvert de sang, il le rejoint, et voilà qu'ils crient ensemble, mais que disent-ils? Une pointe de feu la soulève du lit. Elle leur répond, puis retombe, inerte, croit entendre des pleurs d'enfant. Quel enfant? Celui de Mélanie? Elle sent une chair tiède sur sa poitrine, ouvre les yeux, découvre une tête fripée avec des cheveux noirs. Mon Dieu! comme elle a froid soudain.

— Regarde comme il est beau, dit Eugénie, c'est un garçon!

Un garçon? Quel garçon? A qui appartient-il ce bébé qui vagit et se débat sur elle?

— Comment vas-tu l'appeler? demande Eugénie.

Elle comprend que c'est le sien. Il lui semble qu'une pluie chaude et parfumée coule sur elle. Comme c'est bon! Elle le prend, l'embrasse, le serre, refuse de le rendre à Marinette qui ordonne :

— Rends-le-moi, il faut que je le lave.

Elle ne le donnera jamais. C'est son double qu'elle tient, c'est Adrien, et c'est son espérance. L'enfant, visqueux, lui glisse des mains. Elle l'accompagne, sent sous ses doigts des fesses potelées, les caresse. Elle a un garçon! Pourquoi faut-il qu'Adrien soit si loin? Pourquoi n'a-t-il pas le droit de partager avec elle ce bonheur? Elle repousse l'enfant, le regarde. A qui ressemble-t-il? N'a-t-il pas le front et le nez de son père? Elle sent que Marinette le lui arrache, supplie, mais une grande main sombre passe sur ses yeux qui se ferment. Un peu plus tard, dans son demi-sommeil, elle retrouve le contact délicieux de la peau tiède contre elle, sourit. C'est bien son enfant, elle le sait maintenant, elle en est sûre, personne ne le lui prendra jamais. Quelques larmes coulent sur ses joues, mais ce sont des larmes de joie, des larmes de mère...

Au matin, lorsqu'elle rouvrit les yeux, elle crut avoir rêvé, mais le sourire de Marinette la rassura tout de suite.

— Regarde, dit-elle.

Philomène tourna la tête et découvrit, dans le panier, dépassant la couverture de laine qu'elle avait tricotée, le visage rose qu'elle aimait déjà plus qu'elle-même.

— Il dort, dit Marinette, mais il va bien, et c'est un beau petit!

Philomène sourit.

— Donne-le-moi vite, je t'en prie.

— Il faut le laisser dormir, le pauvre, il se réveillera bien assez tôt, va!

Eugénie, qui était partie dans le courant de la nuit, revint avec Armand, et ce fut une heure d'émerveillements devant ce petit être aux mains potelées et au visage confiant.

— Quel « mounstro »! s'exclama Armand, l'air réjoui.

— Il va te boire tout ton lait, ma pauvre petite, dit Eugénie en s'asseyant au bord du lit.

Puis on en vint tout naturellement à parler d'Adrien qui n'était pas là pour fêter l'événement. Comme Philomène, à ces mots, reprenait un air triste, Marinette fit cesser la conversation en disant :

— Il faut que je m'en aille mais je reviendrai cet après-midi.

— Je vous suis, dit Armand, je dois ouvrir la boutique, les clients n'attendraient pas.

Ils s'attardèrent encore un peu devant le bébé puis ils partirent. Cependant, Eugénie et Philomène ne demeurèrent pas longtemps seules: Sidonie et Geneviève arrivèrent ensemble, chacune apportant un couffet [1]. Elles embrassèrent Philomène, prirent à tour de rôle le bébé dans leurs bras, et Sidonie repartit la première pour dissimuler ses larmes.

A dix heures, ce fut le maître qui cogna à la porte. Eugénie le fit entrer, sortit en disant qu'elle allait chercher du bois, mais ne reparut point. Le maître se pencha sur le panier, découvrit un peu l'enfant, l'observa longuement. Quand son

1. Petit bonnet blanc.

regard rencontra celui de Philomène, elle y lut une émotion qui la toucha.

— Comment l'appelles-tu? Demanda-t-il.

— Guillaume, souffla-t-elle.

— Comme ton père?

Elle hocha la tête, et, sans définir pourquoi, sentit naître en elle un malaise. Pourtant le regard du maître était plein de bienveillance, et il souriait. Ils parlèrent un moment d'Adrien, puis, comme elle se taisait, il murmura, après une brève hésitation :

— Fais-moi plaisir, petite, appelle-le aussi Johannès, comme moi.

Son regard était devenu implorant, et il baissa la tête, presque pitoyable. « Ainsi c'est donc vrai, songea Philomène, Adrien est bien son fils », mais en même temps cela lui parut encore incroyable. Elle fut tentée d'accepter, hésitant à refuser ce qui ne lui coûtait rien à un homme dont elle n'avait pas à se plaindre, mais elle revit Mélanie, le rouquin, le père à la foire avec ses brebis invendables, et puis sous le rocher, à l'agonie.

— Ça ne se peut pas, dit-elle, mais si faiblement qu'elle ne sut s'il avait entendu.

Il se redressa lentement, regarda encore l'enfant un long moment, s'approcha de Philomène, l'embrassa, puis il sortit comme s'il portait le monde entier sur ses épaules. Moins d'une minute plus tard, Eugénie réapparut, l'œil suspicieux. A cet instant l'enfant se mit à pleurer. Elle le donna à Philomène après que celle-ci se fut assise, et il chercha le sein en geignant. Quand elle sentit sa bouche contre sa peau, elle ferma les yeux, puis, d'une voix hésitante, elle commença à chanter les couplets que lui chantait sa mère il y avait bien longtemps, dans la métairie du bonheur.

Adrien arriva à la gare de l'Est après six heures de voyage interminable. Dans le wagon de troisième classe aux banquettes de bois, ses camarades et lui avaient vu passer avec colère des convois de civils pendant qu'ils demeuraient immobilisés dans les gares de triage. Certes, ils savaient bien que les six jours de permission commençaient seulement à partir du moment où ils étaient arrivés chez eux, mais l'impatience de retrouver leur famille rendait les permissionnaires agressifs envers ceux qu'ils appelaient les embusqués de l'arrière, et dont les trains partaient avant les leurs.

Depuis le jour où il avait reçu la lettre de Philomène qui lui annonçait la naissance de son fils, Adrien n'avait cessé de trembler à l'idée d'une offensive dans laquelle il eût trouvé la mort sans même l'avoir connu. Malgré le certificat de naissance établi par le maître et joint à la lettre de Philo, il avait dû patienter trois semaines avant d'obtenir une permission. Heureusement, le front, dans son secteur, était calme. Plus à l'Est, pourtant, la bataille de Verdun avait commencé à la fin février et l'on parlait déjà de milliers et des milliers de morts. La 5e armée commandée par Mazel (celle à laquelle Adrien appartenait) campait sur ses positions entre l'Aisne et Reims, au pied du plateau de Craonne depuis l'hiver précédent. Mais il était clair que l'offensive lancée par les Allemands à Verdun entraînerait des contre-offensives ailleurs, et cela avant l'été. Aussi cette permission qui allait lui permettre de connaître son fils était-elle pour Adrien inespérée.

Quand il eut pris son train à la gare d'Austerlitz, il songea, en voyant défiler la plaine blonde de la Beauce, que ce pouvait être la dernière fois et que son enfant, comme lui, risquait de grandir sans père à ses côtés. A cette idée, son sang reflua dans ses veines. Il la chassa, s'efforça de ne plus penser qu'à Philomène et à ce bonheur qui l'attendait au village. Il savait maintenant qu'elle avait eu raison d'entreprendre une œuvre de vie au milieu de la désolation et du malheur. S'il ne l'avait pas bien comprise au début, il avait peu à peu acquis la certitude qu'il s'agissait là, sans doute, du seul moyen de penser à l'avenir. Combien en avait-il vu tomber de ces jeunes soldats qui, dans un moment de désespoir, sortaient des premières lignes en hurlant et que les mitrailleuses allemandes avaient fauchés aussitôt! Lui-même, il y avait presque un an, au retour de sa première permission, avait un soir perdu la tête. Heureusement Lartigue, son copain des premiers jours, l'avait retenu par le pied alors qu'il escaladait la tranchée, et ils avaient lutté dans la boue pendant une minute avant de s'arrêter, à bout de souffle, muets d'horreur. Il frissonna en songeant que

Philomène, ce jour-là, portait déjà leur enfant puis, fuyant ce pénible souvenir, il se laissa bercer par le bruit des roues, feignit de ne pas entendre quand ses voisins, des civils chargés de paniers et de malles, essayèrent d'engager la conversation.

Il dormit jusqu'à Limoges et s'éveilla en sursaut. La nuit tombait déjà en larges vagues sombres. Il pensa en soupirant aux trois heures de marche qui l'attendaient en gare de Souillac. Le compartiment s'était vidé, il restait seulement une jeune paysanne vêtue de noir qui lui sourit. Il lui rendit son sourire, se demanda comme lors de chaque permission quelle était cette frontière irréelle entre l'horreur quotidienne du front et la paix douceâtre de l'arrière. Sa présence en première ligne lui parut vaine et grotesque. Pourquoi tant d'hommes mourraient-ils quand d'autres vivaient paisiblement, bien incapables d'imaginer l'enfer des combats et l'existence misérable des soldats? Il lui sembla qu'il y avait là une monstrueuse injustice dont il était victime, Philomène et leur fils avec lui. Au nom de quelle loi décidait-on d'infliger à certains ce que d'autres n'auraient pas supporté un seul jour? Il savait bien qu'il n'y avait pas de réponse à ces questions mais pourtant il en cherchait, tout en regardant défiler les petites gares du Limousin dont la succession le rapprochait insensiblement de chez lui. Quelle était cette folle absurdité qui l'obligeait à tuer des hommes qui avaient sans doute des enfants? Il avait côtoyé des prisonniers qui ne ressemblaient en rien aux monstres sanguinaires annoncés au début de la guerre, partagé sa gamelle avec eux, échangé des mots et des gestes qui révélaient des préoccupations semblables, des vies identiques, des désirs de révolte contre ceux qui ordonnaient les tueries. Et pourtant l'hécatombe continuait, nul ne se souciait d'eux, ils étaient tous englués dans un piège infernal au fond duquel ils se débattaient sans espoir.

Il était las de penser, n'en pouvait plus de ces obsessions qui le hantaient jour et nuit, de ces éternelles questions sans réponse. A Brive, qui ouvrait les portes de son Quercy, il s'habilla et se dirigea vers l'extrémité du wagon où, appuyé du front contre la vitre, il s'efforça, malgré la nuit, de distinguer le changement de paysage, d'apercevoir les premiers chênes du causse.

Il arriva épuisé à Quayrac à deux heures du matin, après avoir couru à travers les combes et les coteaux. Comme à chacun de ses retours, Philomène semblait l'avoir deviné. Elle lui ouvrit la porte, l'embrassa, lui demanda s'il voulait se laver, mais il n'en eut pas le courage.

— Viens voir, dit-elle alors, en lui prenant le bras.

Une bougie à la main, elle l'entraîna vers le lit et la faible lueur éclaira l'intérieur d'un panier. Il vit d'abord la tête brune puis, quand elle replia la couverture, une boule recroquevillée en forme de fœtus.

— Prends-le, chuchota-t-elle.

— Tu crois?

— Mais oui, prends-le, il est à toi.

— Attends, dit-il.

Il se déshabilla rapidement, poussa ses vêtements vers la porte, enfila la chemise de nuit qu'elle lui tendait, s'assit sur le lit, à côté du panier. Elle prit l'enfant avec précaution, le lui donna, et il s'en saisit maladroitement, comme s'il avait peur de lui faire mal. L'enfant gémit, s'étira.

— Il te ressemble, dit-elle, et aussi à mon père.

Il observa avec une sorte d'incrédulité douloureuse les petites mains serrées sous le menton, le nez et les oreilles si fragiles, les yeux clos, écouta le souffle rapide et léger qui s'échappait des lèvres entrouvertes, et l'enfant soupira. Alors il eut l'impression qu'une immense poche crevait dans sa poitrine et il pleura, d'abord doucement puis de plus en plus fort, en tremblant. Surprise et bouleversée, Philomène supplia :

— Arrête, Adrien, Arrête, je t'en prie.

Mais plus il cherchait à se retenir, plus les sanglots le soulevaient, et plus il avait honte. En même temps, pourtant, il sentait couler hors de lui toute l'amertume glacée accumulée au cours des longs mois de guerre, il serrait son fils contre lui, bredouillait :

— Mon petit à moi, plus jamais, plus jamais.

— C'est fini, dit Philomène en lui caressant les cheveux. Allons, c'est fini.

Mais il semblait ne pas l'entendre, pas plus que les pleurs de son fils qui, réveillé, se débattait maintenant dans ses grosses mains, et il continuait de murmurer :

— Mon petit, si tu savais, si tu savais...

Philomène, effrayée, lui prit l'enfant des mains. A la fin, il se leva, s'approcha de l'évier et se rafraîchit à l'eau du seau, soupira profondément.

— Ça va mieux? demanda-t-elle d'une faible voix.

Il hocha la tête, s'essuya, revint vers elle, regarda la bouche de son fils contre le sein blanc en s'asseyant sur le lit. Quand l'enfant eut fini de téter, Philo le reposa dans son panier, chanta doucement pour l'endormir. Puis elle s'allongea près d'Adrien dont la respiration maintenant régulière la rassura. Ils restèrent un long moment silencieux, sous le coup de l'émotion qui les avait étreints, hésitant à prononcer des mots qui eussent donné aux minutes passées encore plus de gravité. Ces larmes qu'elle ne lui connaissait pas avaient révélé à Philomène bien plus que des paroles. Ce qu'elle soupçonnait de la guerre, son horreur quotidienne, la laideur et la souffrance, Adrien venait de le lui confirmer involontairement. Elle savait maintenant ce que Abel et lui enduraient tout là-bas, dans les tranchées du Nord, et la peur née en elle dix minutes plus tôt la faisait trembler sous les draps. Il le sentit, la réchauffa en la couvrant de son corps, comme pour la protéger.

Durant les six jours que resta Adrien, ils ne reparlèrent pas une seule fois de cette soirée. Elle ne fit pas davantage allusion à la visite du maître, le lendemain de la naissance de Guillaume. Ils vécurent seulement avec et pour leur fils. Adrien fit sa connaissance avec admiration, l'apprivoisa, aida même Philo à changer les couches et le maillot, cette bande de flanelle large de trente centimètres dont elle enveloppait l'enfant. Parfois, quand elle lui donnait le sein, Adrien les observait l'un et l'autre en silence, tendait un doigt à son fils qui le serrait dans ses petites mains et ne le lâchait plus. Parfois aussi, il restait penché sur le panier, dans une contemplation attendrie, et n'entendait même pas ce qu'elle lui disait.

Cependant, à mesure que les jours passèrent, il devint plus distant et comme poursuivi par une idée fixe. Un après-midi, il se rendit chez Armand, se promena un moment, avant d'entrer, dans le village désert que la fin de l'hiver paraissait avoir vidé de ses habitants. Il avait besoin de parler de ce départ qui approchait et dont il ne souhaitait pas évoquer la perspective avec Philomène. Il savait que depuis un an une centaine de permissionnaires n'avaient pas regagné leur régiment. Portés déserteurs, ils avaient été traqués par les gendarmes. Pour ceux qui avaient été pris, les tribunaux militaires s'étaient montrés impitoyables. Est-ce qu'il devait courir le risque? Etait-il plus facile de passer au travers des balles de mitrailleuse que de celles des pelotons d'exécution? Quand il posa ces questions à Armand, celui-ci ne sut que répondre : on ne pouvait plus se fier aux journaux bâillonnés par la censure, d'ailleurs il ne lisait même plus *L'Humanité* mais seulement, parfois, *La Dépêche* que lui prêtait Landon.

— A mon avis, ça ne peut plus durer longtemps, dit-il. Ce sera fini avant la fin de l'année ou alors il y aura des événements qui mettront le feu au pays. Si tu n'es pas trop exposé, essaye de tenir encore un peu.

Ce n'était pas les mots qu'il attendait de la part du sabotier, et il en fut déçu. Il lui sembla que celui-ci subissait inconsciemment l'influence exercée par les gouvernants sur l'opinion publique. Il retourna au pigeonnier, ébranlé dans son désir de demeurer coûte que coûte au village, près de sa femme et de son fils.

Le dernier jour, il fit une visite au maître, mais n'osa point évoquer devant lui l'éventualité de déserter.

— Ne t'expose pas inutilement, conseilla celui-ci, mais fais ton devoir jusqu'au bout. Ta femme et ton enfant seront fiers de toi.

Il ajouta, plus bas d'une voix troublée :

— Et moi aussi.

Adrien résolut donc de regagner le front et Philo, qui avait compté sur la naissance de Guillaume pour le garder près d'elle, en fut déchirée. Elle ne dit rien, ne se plaignit pas, ne le supplia point, mais elle avait été si sûre qu'il ne repartirait pas, qu'elle perdit la parole et le sourire jusqu'à l'heure maudite où il se mit en route. Elle ne put l'accompagner sur le chemin verglacé battu par le vent du nord et elle le regarda s'éloigner à travers les vitres, son enfant dans les bras, avec l'impression que tout le froid de l'hiver entrait dans son corps.

Abel arriva sous Verdun par la route défoncée venant de Bar-le-Duc qui serait plus tard baptisée la Voie sacrée. C'était un cortège ininterrompu de véhicules qui roulaient sur deux files, l'une emmenant les unités fraîches, le matériel, les munitions et les huit cents tonnes de ravitaillement journalier, l'autre ramenant vers l'arrière les survivants des combats acharnés. Ambulances et camions avançaient à la queue leu leu dans une procession bruyante et enfumée qu'il était interdit de stopper. Les véhicules en panne étaient aussitôt poussés dans les fossés, puis les dépanneuses du déblaiement se chargeaient de les évacuer.

En ce 21 mai 1916, le dégel rendait la chaussée quasi impraticable. Enfoncés à mi-roue dans les ornières, les camions hoquetaient, calaient, repartaient au milieu d'un vacarme infernal. Abel, qui ne pouvait pas savoir que toutes les divisions françaises connaîtraient l'une après l'autre l'épreuve de Verdun, ne décolérait pas depuis qu'il avait appris l'ordre de départ. Il ignorait également que le maréchal Pétain avait confié à Mangin et à sa 5e division la mission de reprendre le fort de Douaumont conquis par les Allemands à la fin février. Or Abel avait été affecté à cette division deux mois auparavant et se demandait quel était ce hasard maléfique qui s'acharnait sur lui. Pourtant, sa révolte n'avait pas duré. Trop fatigué pour réagir, il avait oublié le sursaut occasionné par la naissance du petit Guillaume depuis longtemps. En cette fin d'après-midi que le ciel grivelé baignait d'une pâle lumière, il se sentait résigné. A quoi bon se rebeller? Il était seul, ne pouvait que subir et se taire. Malgré le bruit des camions, il entendait distinctement la canonnade au-delà de la Meuse, sur les crêtes noircies par la fumée qui dominaient la vallée et qui s'affaissaient de l'autre côté sur la plaine de Woëvre. Le printemps n'était nulle part apparent sur les vallonnements dévastés par les obus, mais on le sentait à la douceur de l'air quand la brise emportait les fumées.

Le convoi passa entre le fort Sartelles et le fort Regret, franchit la Meuse à Verdun, un gros bourg blotti au pied des côtes de Meuse, partit à l'assaut des collines aux versants boisés dépassa le fort Belleville, celui de Froideterre, et atteignit Fleury, un village aux maisons éventrées, occupé par les renforts français. Abel arriva à la nuit tombante, descendit du camion en chancelant sur ses jambes, participa à l'organisation du bivouac mais n'eut pas le courage d'attendre que le cuisinier eût rempli son office. Ereinté, il chercha un abri dans les ruines, se coucha et s'endormit presque aussitôt.

Il fut réveillé juste avant l'aube par le clairon. Dix minutes plus tard, le servant de la roulante lui tendit une gamelle de riz et lui donna sa ration de vin et de café. Sa compagnie fut regroupée en hâte, reçut les instructions de l'adjudant, et commença sans plus attendre à gravir les pentes qui menaient sous le fort. Après un quart d'heure d'escalade, Abel s'assit pour souffler un peu et se retourna : le jour qui naissait inondait la vallée de la Meuse d'une lueur blafarde, et des brumes poisseuses s'effilochaient de loin en loin aux collines fortifiées. Poussé par les soldats, il dut reprendre l'escalade rythmée maintenant par la canonnade, monta par des chemins ravinés où ne subsistait pas la moindre végétation, et d'où l'on apercevait les ouvrages de Thiaumont. Puis il s'arrêta au sommet de la crête et découvrit le fort que la 5e division avait été chargée de reprendre, sur une éminence dont les flancs n'offraient pas le moindre abri.

La veille, l'artillerie française avait pilonné sans arrêt le secteur, mais sans parvenir à réduire au silence la batterie allemande postée à l'est du fort. Les murs, de couleur ocre roux, avaient à peine souffert du pilonnage. Une pareille forteresse ne pouvait se prendre que par encerclement. L'adjudant Gravel, un homme massif aux moustaches fines, ordonna à la section d'assaut de se séparer en deux parties. L'une attaquerait par l'ouest, l'autre par l'est. Un obus tomba juste dans le dos des soldats et souleva une pluie de terre et de rocaille qui les fit se recroqueviller d'instinct. Abel se demanda comment, une fois à découvert, ils allaient pouvoir s'approcher du fort dont le versant est était balayé par les mitrailleuses allemandes. Mais il n'eut pas le loisir de s'interroger bien longtemps : l'adjudant donna ses ordres avec exaltation :

— Section droite, en avant !

C'était celle d'Abel. Il allait attaquer à l'est. Cette fois, il ne s'en sortirait pas. Il suivit les uniformes bleus qui basculèrent sur la légère pente sous la mitraille et les obus. La tête rentrée dans les épaules, il entendit les premiers cris, courut droit devant lui, sauta dans le premier trou de mine qu'il rencontra, se retourna. En haut, derrière lui, les uniformes bleus débouchaient sans interruption, vague après vague, prêts pour le sacrifice. Repartir. Ne pas penser. Il s'essuya le front, ne vit même pas le sang sur sa main, ressortit de son trou. Au bas du vallon, il lui sembla distinguer le lit d'un ruisseau mais n'en fut pas certain. Sur l'autre versant, trois silhouettes bleues commençaient déjà à remonter droit vers le fort. L'une d'elles parut soulevée de terre, retomba, dégringola sur la pente et s'arrêta tout en bas, au milieu des soldats couchés par les balles des mitrailleuses. Entraîné par le poids de son corps, Abel dévalait le versant le plus vite possible en évitant les entonnoirs, cherchant à atteindre le fossé du bas qui était à l'abri des obus. Il lui restait trente mètres à parcourir quand l'obus de 105 éclata juste devant lui : il lui sembla qu'il s'envolait, que le ciel venait vers lui à vitesse folle, que son corps se brisait, et il perdit conscience avant même de retomber au fond de l'entonnoir dont la terre l'ensevelit à moitié. Là, de longues minutes inconscient, il faillit mourir étouffé, s'en aperçut avec horreur à l'instant où il rouvrit les yeux. Etait-il vivant? Oui, certes, puisqu'il y voyait encore, mais dans quel état? Il ne sentait plus sa jambe gauche, un voile rouge dansait devant lui. Il tenta de s'extraire de l'amas de pierres et de terre, poussa un hurlement et retomba, inerte, sur le dos.

— Ne bouge pas, dit une voix près de lui.

Il reconnut Tenon, un caporal de sa compagnie qui comprimait de la main une plaie dans son épaule gauche.

— Ma jambe, gémit Abel, je ne la sens plus.

— Ne bouge pas, répéta le caporal, le feu va s'arrêter, on passe par l'ouest.

Effectivement, Abel n'aperçut aucun uniforme sur la pente, derrière lui, sinon ceux qui gisaient sur le sol. Après avoir stoppé l'attaque française de ce côté du fort, l'artillerie allemande cherchait maintenant, mais sans grand succès, à atteindre les vagues d'assaut de l'ouest qui étaient protégées par la forteresse elle-même. Le caporal rampa vers Abel qui vit la plaie béante dans l'épaule où le sang coagulé faisait comme un poing violacé. De son bras valide, Tenon entreprit de déterrer Abel. Celui-ci, en grimaçant de douleur, l'aida de son mieux. Sa jambe gauche, au-dessous du genou, formait un angle bizarre par rapport à la cuisse. Il comprit qu'elle était brisée, et sans doute à plusieurs endroits. Il ferma les yeux, hurla quand son compagnon tenta de le redresser, s'évanouit au moment où il y parvint.

Lorsqu'il reprit conscience, l'artillerie allemande venait de reprendre son tir de barrage du côté est. En effet, ne parvenant pas à déborder complètement le fort par l'ouest, Mangin avait décidé de continuer son attaque de diversion de l'autre côté, même si les compagnies qui partaient ainsi au feu étaient impitoyablement sacrifiées. Les soldats apparurent de nouveau au sommet du versant, coururent vers le vallon, certains criant, d'autres en silence, et si ce n'était les obus qui les foudroyaient, c'était les mitrailleuses dès qu'ils remontaient sous le fort, de l'autre côté.

— Ce n'est pas possible, fit Abel, ils ne vont pas arrêter ça?

Le caporal ne répondit pas. Pétrifié, il regardait lui aussi leurs camarades se coucher sur la terre dont on apercevait à peine la couleur, tant les capotes bleues se touchaient. Et cependant les vagues d'assaut apparaissaient toujours en haut de la colline toutes les trente secondes. Sur cent soldats, une dizaine seulement atteignait le bas du vallon, mais le carnage durait toujours. Abel et le caporal y assistèrent, impuissants, toute la matinée et une bonne partie de l'après-midi. La batterie allemande se tut alors, détruite par les régiments normands qui avaient fini par déborder le fort à l'ouest. Trois morts avaient roulé au fond de l'entonnoir où se trouvait Abel. L'un deux, un jeune soldat de la classe 16, semblait à peine sorti de l'enfance.

Les brancardiers arrivèrent juste avant la nuit. Le caporal avait réussi à fixer la jambe d'Abel à une sorte d'attelle confectionnée avec les baïonnettes de leurs fusils. Abel ne parvint à Verdun qu'à minuit passé, après des heures d'attente au bord des chemins pour laisser la place aux renforts. Il n'en pouvait plus. Épuisé par la douleur, il tomba dans une prostration qu'accentua l'interminable acheminement vers Bar-le-Duc par la route qu'il avait empruntée quarante-huit heures auparavant. Les médecins diagnostiquèrent une fracture ouverte, de multiples coupures au cuir chevelu, enlevèrent plusieurs éclats juste au-dessus du genou gauche et envisagèrent de l'amputer. Heureusement pour lui, l'infection se résorba rapidement. Il retrouva les chambres d'hôpital qu'il connaissait déjà pour les avoir une fois fréquentées, les soins attentionnés des infirmières, la complicité des blessés qui gardaient au fond des yeux les visions d'une horreur partagée.

Le 24 mai, le jour même où les médecins renonçaient à lui couper la jambe, les Allemands contre-attaquaient à Douaumont et reprenaient le fort conquis par la 5e division française au prix de pertes insensées.

Le 1er mai avait apporté un peu de gaieté au village qui en avait bien besoin. Ce matin-là, après avoir parcouru les ruelles et visité les maisons, sept ou huit enfants avaient brusquement surgi près du pigeonnier et s'étaient mis à danser en chantant :

Voici le mois de mai qui arrive
avec toute sa verdure
Braves gens de la maison
Si vous dormez éveillez-vous,
Regardez au nid des œufs
S'il y en a trois donnez-nous-en deux...

Philomène avait ouvert sa porte, ravie de retrouver un peu des coutumes que la guerre avait fait oublier. Les enfants l'avaient entourée en criant :

Lou coucou! lou coucou! lou coucou!

Elle leur avait donné deux œufs qui leur permettraient, avec ceux déjà reçus en présent au village, de manger à midi l'omelette traditionnelle.

Un mois auparavant, pour son retour à l'église, un dimanche matin, avait eu lieu la cérémonie des relevailles. Elle s'était présentée au fond de la nef, un cierge à la main, et le curé, comme le voulait la coutume, lui avait accordé la bénédiction à laquelle chaque femme qui relevait de couches avait droit. Après la messe, il l'avait gardée à manger. Et elle avait constaté qu'il changeait de jour en jour : c'était maintenant un vieillard que la guerre désespérait et qui se consumait de chagrin.

— Ma petite, ma chère petite, avait-il répété en lui prenant les mains, quand célébrons-nous ce baptême?

— Vous savez bien que vous avez ondoyé mon petit

Guillaume deux jours après sa naissance, avait-elle répondu, je pense que nous pouvons attendre le retour d'Adrien.

Il avait levé sur elle son regard plein de bonté, murmuré :

— Cette guerre, mon Dieu, quelle folie!

Il n'avait cessé de lui parler de sa désolation, et elle n'avait pas trouvé auprès de lui le soutien qu'elle avait espéré. Elle était repartie chez elle en se demandant si le bon Dieu et la Sainte Vierge n'allaient pas châtier les hommes coupables de participer à la guerre. Pourtant elle priait avec ferveur, à l'église ou chez elle, persuadée qu'en lui ayant accordé un fils par ces temps de malheur, ils se feraient un devoir de protéger son père.

Avec le soleil et les beaux jours, elle avait regagné le château. Elle amenait avec elle Guillaume qu'elle couchait dans un panier posé sur la table de la cuisine. Le maître avait confié son troupeau à la fille d'un de ses métayers qui était revenu de la guerre avec une jambe en moins. Elle s'appelait Ida, était brune et légère, et Philomène en la voyant, se souvenait de son enfance, du temps où Adrien l'accompagnait sur les coteaux et la défendait contre le rouquin. Mais la petite n'était pas la seule enfant à être employée au château. Dans les métairies, les femmes seules avaient trop de peine à nourrir leur nichée. Le maître avait donc accueilli une demi-douzaine de filles et garçons qu'il occupait à de menus travaux et à qui il assurait la subsistance matin, midi et soir. C'était surtout pour eux que Philomène avait regagné la cuisine où elle retrouvait Sidonie avec plaisir. Maria était partie en février, pendant l'absence de Philomène, et nul ne savait, pas même le maître, où elle vivait désormais. Nicole, la femme d'Etienne, avait écrit en juin : après une permission au retour de l'expédition des Dardanelles, il était reparti trois semaines plus tard pour une destination inconnue. La lettre de sa belle-sœur avait fait plaisir à Philomène qui sentait en elle une alliée. Elle lui répondit longuement, précisa qu'elle attendait avec impatience le moment où ils se retrouveraient tous ensemble, une fois la guerre finie.

Fin juin, pour pallier le manque de bras, le maître avait fait l'acquisition d'une faucheuse mécanique dont l'usage s'était révélé dangereux. Elle avait failli plusieurs fois se renverser au flanc de coteaux pentus qui menaient dans les combes, aussi l'avait-il remisée avant même la fin des fenaisons. D'ailleurs, il renonçait de plus en plus à entreprendre les travaux nécessaires au maintien en état de son domaine. L'automne précédent, il n'avait fait labourer qu'un champ sur deux : les moissons de cet été seraient vite terminées. Mais il ne s'en désolait même pas, acceptait tout, puisque ses domestiques défendaient le pays. Sans doute avait-il l'impression de contribuer à sa façon à l'effort national, sacrifiant ses parcelles de la même manière que les soldats sacrifiaient leur vie.

Au village, ce qui frappait le plus Philomène, c'était le silence accablant qui contrastait tellement avec l'animation d'avant-guerre. Elle en comprit la raison le jour où elle vit le fils Bouscarel assis sur le pas de sa porte avec son bras unique. Il ne pourrait plus jamais forger ses fers et ses coups de marteau ne résonneraient plus dans les après-midi d'été, pas plus que ses jurons, ni le hennissement des chevaux au pied maintenu dans le gros lacet de cuir. Il avait été l'âme de la placette, et cette âme s'était envolée, il ne restait plus qu'un homme muet, manchot, brisé à tout jamais. Parfois, avec Montial le charron, ils retrouvaient à l'auberge Armand et Landon, mais ils n'avaient plus le cœur à parler politique. L'ombre d'Auguste Servantie, tombé au champ d'honneur, à quarante-deux ans, lors de la défense héroïque de l'Herlebois, au début du printemps, planait sur eux. A peine s'ils échangeaient des avis sur les nouvelles de *La Dépêche* dont il savaient pertinemment qu'elle ne reflétait pas la vérité, et cela depuis le premier mois de la guerre. Ils se sentaient vieux, inutiles, vaincus, et redoutaient eux aussi de voir apparaître le maître et son écharpe tricolore.

C'est pourtant ce qu'il advint au début de juillet : Armand le vit de derrière ses carreaux se diriger vers l'auberge. Le mari de Geneviève, Jacques Fargeas, était tombé lors de l'attaque du fort de Vaux. Tremblant sur ses vieilles jambes, le sabotier aperçut Geneviève qui lançait des cailloux dans un geste de refus désespéré. Marinette dut la retenir pendant que Landon s'avançait vers le maître qui se découvrit en donnant la lettre maudite. Un peu plus tard, Armand et Eugénie se rendirent à l'auberge pour soutenir leurs amis frappés par le deuil.

A la mi-juillet, Philomène découvrit des affiches sur le mur de la mairie : on y voyait un soldat allemand à genoux effondré sous le poids d'une pièce plus grande que lui d'où le menaçait un coq guerrier. « Pour la France, versez votre or, l'or combat pour la victoire. » Il y avait longtemps que la campagne pour l'échange de l'or avait été lancée par le gouvernement Ribot, mais Philomène se rendait si peu souvent à la mairie qu'elle ne les avait jamais remarquées. Armand lui expliqua que les bons du Trésor et les obligations de la Défense nationale ne suffisaient plus au gouvernement qui devait payer en or ses dettes à l'étranger. Le maître, lui, prétendait, comme l'affirmait la propagande officielle, qu'une pièce d'or échangée contre des billets raccourcissait d'une heure la durée de la guerre. Aussi avait-il fait son devoir en portant son or à Gramat où le percepteur lui avait remis des liasses de billets, sans se douter qu'à l'image de tous les grands propriétaires fonciers, il avait franchi ainsi la première étape qui le mènerait bientôt à la dispersion de ses terres.

Le 19 juillet, la lettre expédiée par Abel de l'hôpital de Bar-le-Duc parvint à Philomène. En réalisant qu'il avait failli perdre une jambe, elle songea à Bouscarel hébété et hagard devant sa forge silencieuse, et une angoisse folle s'insinua en elle le jour comme la nuit. Elle pleura de souhaiter pour Adrien une blessure qui l'arracherait à la guerre mais qui risquait de le rendre infirme pour la vie. Les moissons et les battages, en l'occupant pendant quelques jours, lui permirent d'y penser un peu moins. Mais dès qu'elle se retrouva désœuvrée, la hantise de la lettre qui arriverait peut-être bientôt lui fit perdre le sommeil. Elle passa ses nuits à prier devant le cierge rapporté de l'église, dont la lueur vacillante éclairait parfois le visage confiant de son fils endormi.

15.

L'automne avait passé, emportant avec lui les combats héroïques de Verdun. Un hiver polaire l'avait remplacé, enduré par les soldats dans les tranchées, dans la glace et la neige, mais la guerre n'avait toujours pas cessé. Poussé par l'opinion publique qui avait vainement espéré une percée victorieuse à Verdun, Briand, le président du Conseil, avait remplacé Joffre par Nivelle. Celui-ci, inversant aussitôt les plans de son prédécesseur, avait décidé une offensive de grande envergure sur le Chemin-des-Dames qui courait sur le plateau de Craonne, entre Reims et Soissons. En quinze jours, du 16 avril au début mai, cent quarante-sept mille soldats français étaient tombés sous le feu de l'artillerie allemande dont l'état-major avait trouvé les plans sur des prisonniers. L'exaspération de la troupe était à son comble : depuis trois ans déjà, les hommes subissaient une guerre qui n'en finissait pas; l'hiver précédent, vécu dans la boue et la pluie glacée restait présent dans les mémoires; la nourriture était à peine mangeable, les relèves dans les boyaux encombrés irrégulières; les zones de repos n'échappaient plus à l'artillerie ennemie. De plus, les bureaucrates abrités dans les maisons de l'arrière refusaient de laisser leur place aux arrivants épuisés par les combats, les trafiquants y vendaient le vin à des prix inabordables, et les permissionnaires découvraient que les civils s'accommodaient fort bien d'une guerre que les premiers fuyaient dans des trains d'une lenteur désespérante. Troublées de surcroît par les nouvelles surprenantes de la révolution russe et par l'arrivée des jeunes de la classe 17 dont la majorité était des ouvriers ayant participé aux grèves du début de l'année, excédées par la boucherie de l'offensive Nivelle, les divisions françaises de Champagne entrèrent bientôt en rébellion. Des régiments entiers refusèrent de repartir au combat, les mutins se mirent à courir les routes de la vallée de l'Aisne, parfois le drapeau rouge en tête, touchés par la vague pacifiste de l'arrière que les meneurs entretenaient auprès des combattants grâce à des tracts ou des journaux distribués clandestinement.

Si Adrien avait échappé à la tuerie de fin avril, après avoir été blessé le 18 par des éclats de shrapnell au ventre et aux jambes, Abel n'avait dû son salut qu'au refus de combattre. Dès le 25 avril, le jour même où sa compagnie devait être engagée sur le plateau de Craonne, il n'avait rencontré aucune difficulté pour se faire entendre de ses camarades dont il était devenu aussitôt le porte-parole. Un vent de folie soufflait alors sur la 5ᵉ, la 6ᵉ et la 10ᵉ armée, celles qui avaient le plus souffert lors de l'offensive du Chemin-des-Dames de l'incompétence des jeunes officiers qui avaient remplacé les cadres décimés. A quoi servaient les tanks et l'aviation tant vantés par Nivelle? Quand rétablirait-on les permissions supprimées au début d'avril? Nul ne le savait. Les soldats savaient seulement que la guerre devait s'arrêter, et tout de suite. Abel avait déserté et courait les routes la nuit, de régiment en régiment, pour parler de la paix. Il n'était pas seul. Même les officiers écrivaient à Painlevé, le ministre de la Guerre, pour protester contre les conditions dans lesquelles ils étaient contraints d'envoyer les hommes à l'assaut. Abel ne s'attardait pas longtemps au même endroit : parti de Braine, à une trentaine de kilomètres de Soissons, il marchait vers Reims en suivant la Vesle, exhortait les troupes de réserve à refuser de monter au Chemin-des-Dames, à exiger une paix immédiate. On l'écoutait, et il était heureux. Il pouvait enfin donner libre cours à ses idées, enfin il échappait aux griffes de cette guerre qu'il n'avait jamais acceptée, enfin les hommes fraternisaient dans le même refus des absurdes tueries.

A partir du 16 mai, les refus d'obéissance se généralisèrent, le désordre s'étendit à toute l'armée de Champagne. Abel, qui avait failli plusieurs fois être arrêté mais s'était enfui grâce à la complicité de la troupe, n'avait pu continuer seul : les mutins le suivaient. Le 28, lorsqu'il arriva à Ville-en-Tardenois, ils étaient deux mille. En cette fin mai, le temps orageux et l'abus de vin rendaient les hommes agressifs. Quelques-uns, parmi eux, avaient confectionné des drapeaux rouges et marchaient derrière Abel. En arrivant sur la place de la mairie où se trouvait l'état-major du général Bulot, ils entonnèrent l'Internationale, puis des cris de révolte dominèrent le tumulte :

— A mort, les buveurs de sang! Vive la révolution!

Abel sentait monter en lui une détermination farouche. Porté par ces milliers de voix, il ne doutait pas de conduire l'œuvre pacifiste à laquelle il était destiné. Epuisé par ce mois d'errance et de fièvre durant lequel il avait peu et mal mangé, presque pas dormi, il ne tenait debout que grâce aux deux idées fixes qui l'habitaient : faire cesser le carnage, rentrer au pays. Des vertiges l'assaillaient parfois, et il devait s'allonger un moment avant de repartir.

Quand les deux mille mutins eurent pénétré sur la petite place du bourg déserté par les habitants, il monta sur le perron de la mairie, attendit la fin des chants et des cris, lança :

— Soldats! Nous sommes ici pour dire à l'état-major que nous ne voulons plus de cette guerre. Trop de nos camarades sont tombés pour rien. Trop de femmes sont devenues veuves à vingt ans. Trop d'enfants n'ont plus de père. Ce que nous exigeons du gouvernement, c'est une paix immédiate!

Des acclamations lui répondirent et la troupe scanda :

— A bas Nivelle! Vive la paix!

Abel s'accouda au perron, brusquement pris d'un malaise. Il respira bien à fond, se redressa, reprit quand les vociférations eurent cessé ;

— Ces trois ans de guerre ont vidé le pays de son sang! Le carnage n'a que trop duré! Nous ne reviendrons plus jamais dans les tranchées.

Le chant du 17e monta de la troupe, couvrit le son de sa voix. Il redescendit du perron, s'assit un instant sur les marches tandis que s'élevaient de nouveau des cris hostiles à l'état-major :

— Dehors, les buveurs de sang!

Abel pensa à Armand, là-bas, si loin, et regretta qu'il ne fût pas près de lui sur cette place accablée de soleil.

— Vive Jaurès! criaient maintenant les soldats, à mort Villain!

Avait-il jamais été plus heureux? Quelle fierté de continuer le combat de la paix pour lequel d'autres étaient morts, et parmi eux le plus illustre. Des larmes de fatigue et de bonheur brillèrent dans ses yeux. La porte de la mairie s'ouvrit sur le général entouré d'officiers. Aussitôt une immense clameur monta des deux mille poitrines :

— Assassins! Assassins!

Bulot voulut prendre la parole, mais dut y renoncer : nul n'entendait sa voix. Abel monta à sa rencontre, s'arrêta sur la dernière marche, menacé par les officiers.

— Mon général, dit-il, nous sommes ici pour vous faire part de notre refus de nous battre et pour vous demander d'intervenir auprès du gouvernement afin que cette guerre cesse.

Le général eut un sursaut d'indignation, ses yeux clairs furent traversés par des lueurs de colère. Il fit un pas en avant, obligeant Abel à descendre une marche.

— Ecartez-vous, dit-il.

— Mon général, écoutez-moi, fit Abel.

Mais les officiers le bousculèrent et il dut reculer jusqu'en bas. Là, tremblant d'une rage folle, Bulot essaya de forcer le passage en l'écartant d'un brusque revers du bras. Abel le retint et l'empêcha de passer. Dès lors, une courte échauffourée opposa les mutins aux officiers qui, au nombre de quatre, furent repoussés sur le perron. Seul le général ne parvint pas à se dégager. Avant qu'Abel n'intervienne, un soldat hirsute, brusquement surgi de la troupe, lui arracha ses étoiles et sa fourragère. Le poilu brandit son trophée devant les mutins qui scandèrent :

— Bulot assassin! Bulot assassin!

Protégé par deux ou trois hommes dont Abel, le général put remonter sur le perron. Une fois en haut, il se retourna vers Abel et lui jeta un regard où celui-ci lut une haine froide et implacable.

— Mon général, commença Abel...

— Vous entendrez parler de moi, lança Bulot, livide, les narines et les lèvres pincées.

Il entraîna les officiers à l'intérieur de la mairie où ils se barricadèrent. Des cris vengeurs montèrent de la troupe :

— Sortons-les de là! Dehors! Dehors!

Abel tenta de ramener le calme, mais les clameurs couvrirent sa voix. Déjà, de part et d'autre du perron, des mutins escaladaient les marches et commençaient à briser les fenêtres. D'autres voulurent s'en prendre à la porte, mais Abel fit un barrage de son corps en hurlant :

— Laissez-les, nous n'obtiendrons rien par la force.

Il dut faire le coup de poing pour reprendre la situation en main, faillit être emporté par la vague furieuse de ceux qui l'avaient écouté jusque-là. Dégrisés par son attitude, les excités redescendirent les marches après une minute de flottement. Abel tenta alors de s'adresser de nouveau à la troupe :

— Nous refusons la violence, c'est pour ça que nous sommes ici.

L'Internationale l'empêcha de continuer. Il descendit, parlementa avec ses camarades des premiers jours et les convainquit de quitter les lieux : mieux valait porter la bonne parole ailleurs, plus ils seraient nombreux, plus les officiers se verraient obligés de les écouter. Ils creusèrent une brèche en jouant des coudes, traversèrent les rangs des mutins qui, toujours en chantant, suivirent le mouvement après quelques secondes d'hésitation. La troupe s'éloigna vers la campagne environnante à la recherche de nouveaux ralliements. Mais en se retournant, Abel comprit que le mouvement qu'il avait contribué à lancer le dépassait : deux cents hommes environ étaient restés sur la place, des hommes contre qui, trois jours plus tard, le colonel du 42e régiment d'infanterie ferait ouvrir le feu à la mitrailleuse, laissant un mort et plusieurs blessés à l'endroit où le petit sabotier de Quayrac s'était empoigné avec un général.

Cette errance folle dégénéra rapidement en règlement de comptes entre les mutins et les régiments chargés de les arrêter. Elle se termina pour Abel à dix kilomètres de Ville-en-Tardenois, un soir, à la nuit tombée, devant un petit village dont les murs éventrés servaient d'abri aux unités débandées qui parcouraient la vallée de la Vesle. Là, ses hommes se heurtèrent à un détachement de Sénégalais chargé de restaurer la discipline à n'importe quel prix. Afin d'éviter un affrontement qui risquait d'être sanglant, Abel accepta de négocier avec un lieutenant de l'autre côté du village, en compagnie de deux de ses camarades, Larieux et Féral, tous deux caporaux. Il était déjà trop tard lorsqu'ils s'aperçurent que le piège se refermait sur eux. Les mutins mirent plus d'une demi-heure à comprendre qu'ils ne les reverraient plus et, quand il voulurent entrer dans le village, ils furent repoussés par le détachement d'élite qui en avait fait un camp retranché. Epuisés, désemparés par l'absence de leurs guides dont un sous-lieutenant leur dit qu'ils avaient été conduits à l'état-major de Reims pour y être entendus, ils se couchèrent à l'abri des murs et s'endormirent. Le lendemain, quand ils se réveillèrent, ils étaient désarmés.

Le camion qui emmenait Abel et ses deux camarades roula une grande partie de la nuit vers Soissons. Là, ils furent enfermés dans trois cellules de la caserne, et Abel se retrouva seul, comme à Perpignan, en proie aux pires questions. Qu'allait-il se passer maintenant? Le mouvement allait-il s'étendre à toute l'armée ou bien les régiments privés de leurs meneurs (sans doute arrêtés eux aussi) reprendraient-ils le combat? Il ne savait pas, espérait seulement n'avoir pas travaillé pour rien. Malgré sa fatigue et sa solitude, pendant cette première journée passée dans l'ombre d'un cachot, il ne connut pas un regret : il avait pu enfin se mettre en accord avec cette partie de lui-même qui était née dans l'atelier d'Armand. Il était devenu ce qu'il avait toujours souhaité être : un homme de paix et de justice. Quoi qu'il arrivât désormais, la graine était semée : les soldats ne réagiraient jamais plus comme avant. Il était persuadé qu'après ce mois fou, cet élan de révolte de toute l'armée de Champagne, les combats ne reprendraient plus. Il se sentait serein, délivré de toute l'amertume et de la colère qui l'habitaient depuis ce jour où l'aubergiste de Quayrac avait surgi dans l'échoppe d'Armand pour annoncer la mort de Jaurès.

Le lendemain, un lieutenant inconnu l'informa qu'il comparaîtrait devant le conseil de guerre le soir même. Le moment de stupeur passé, après avoir réfléchi calmement, il comprit que son combat contre les états-majors et le gouvernement ne faisait que commencer. Contrairement à ce qu'il avait cru, il lui restait sans doute à parcourir le chemin le plus long. Pendant la matinée, il eut quelques minutes de découragement, mais il se reprit très vite : il ne risquait rien puisque des milliers et des milliers d'hommes pensaient comme lui. Ce n'était pas le moment de se laisser aller. Il devait dormir, reprendre des forces, affronter le conseil de guerre en pleine possession de ses moyens.

Vers deux heures de l'après-midi, le lieutenant en ouvrant la porte, le réveilla en sursaut.

— Debout, dit-il, vous avez de la visite.

A peine s'était-il levé que le général Bulot entra dans la cellule. Ils se défièrent du regard, Abel ressentit l'impression d'un mépris haineux. Bulot ne prononça pas un mot. Il hocha lentement la tête puis il fit demi-tour en faisant claquer ses bottes sur le ciment. Le lieutenant le suivit, lui aussi sans un mot, referma la porte sans regarder Abel. Celui-ci se retrouva de nouveau seul, les mains tremblantes, non pas de peur, mais d'une rage sourde provoquée par la conviction d'être nié, rejeté, jugé. Et il ne reconnaissait plus le droit à des officiers, quel que fût leur grade, de le juger pour ce qu'il portait en lui de plus précieux : ses idées de paix et de fraternité. Il s'assit, réfléchit afin de préparer sa défense. Il ne devait pas réagir comme un accusé mais parler d'égal à égal : les véritables accusés, aujourd'hui, étaient les officiers qui envoyaient leurs hommes à une mort absurde. Ceux-là avaient à rendre des comptes, pas lui.

Le lieutenant vint le chercher à sept heures du soir, après qu'il eut mangé une assiettée de pâtes au milieu desquelles gisait un morceau de viande froide. Accompagnés de deux soldats armés, ils suivirent un couloir désert, montèrent un escalier, tournèrent à gauche et pénétrèrent dans une pièce aux murs nus couverts de moisissures. Au fond de celle-ci, derrière une table, un général et deux officiers attendaient. Abel, très calme, s'avança. Le général (qui n'était pas Bulot) lui demanda son nom, son prénom, sa date de naissance, son grade et son régiment. Abel répondit d'une voix ferme, sans l'ombre d'une appréhension. Ils consultèrent des feuilles de papier éparses puis le général, qui portait une barbe noire et fournie, lui demanda s'il reconnaissait avoir incité des soldats à la rébellion et conduit ceux qui avaient molesté Bulot à Ville-en-Tardenois. Abel s'expliqua longuement, dénonça les conditions dans lesquelles les hommes avaient été envoyés au feu lors de l'offensive Nivelle, les morts innombrables, leur désir de paix, les sacrifices inutiles, les gamelles froides, la suspension des permissions, l'absurdité de la guerre.

— Quant au général Bulot, termina-t-il, s'il est vrai qu'il est un assassin, j'ai fait tout ce que j'ai pu pour le protéger.

— Vous reconnaissez avoir quitté votre corps depuis le 25 avril et incité les hommes à la rébellion pendant plus d'un mois.

— Pas à la rébellion mon général, à la paix.

— Très bien, dit le général.

Il consulta ses deux assesseurs du regard, demanda encore :

— Vous avez autre chose à déclarer?

— Oui, mon général. Je vous demande d'intervenir auprès du ministère des Armées afin d'obtenir la paix que nous attendons tous. Nous avons trop souffert. J'ai été moi-même blessé deux fois gravement et je boite encore.

— Je sais, dit le général, vous pouvez vous retirer.

Et ses yeux très clairs évitèrent le regard d'Abel au moment où il fit demi-tour. Le lieutenant le fit sortir en compagnie de deux soldats. Il attendit cinq minutes dans le couloir, ne trouva chez le lieutenant que distance et froideur. Au bout de cinq minutes, l'un des officiers assesseur du général ouvrit la porte et Abel entra de nouveau, toujours très calme. Les trois officiers se levèrent, le général s'éclaircit la gorge, lut une feuille de papier d'une voix monocorde :

— Soldat Abel Laborie du 17e régiment d'infanterie, né à Quayrac dans le Lot le 5 janvier 1886, au nom du ministre des Armées et du gouvernement de la République, le conseil de guerre réuni ce jour, 1er juin 1917, vous condamne à mort pour incitation à la rébellion et voies de fait sur un général en temps de guerre. Vous disposez de vingt-quatre heures pour demander votre grâce au président de la République.

Il sembla à Abel que les murs s'écroulaient. Il tituba, puis, fou de colère, hurla :

— Condamné à mort? Mais qu'est-ce que vous croyez? Il n'y a plus d'armée, plus rien, vous n'êtes plus que des fantoches, des officiers sans troupe, personne ne vous suivra! On en a assez de votre guerre, de vos tueries, de vos combines, de votre suffisance! Vous sacrifiez le petit peuple aux intérêts des puissants! Pour vous les hommes n'existent pas, ce sont seulement des numéros, vous êtes tous des criminels!

— Qu'on l'emmène! ordonna le général, très pâle, en s'asseyant.

Il rua, se débattit, continua de crier, mais une fois maîtrisé, se laissa ramener dans sa cellule où, de nouveau seul, il cria encore, cogna des mains et des pieds, contre le mur et s'allongea enfin, à bout de forces. Il ne comprenait rien à ce qui s'était passé, croyait devenir fou. Tout cela n'avait plus de sens, il perdait la tête, on allait le libérer bientôt. Où se trouvait-il donc? Dans quelle prison et pour quel crime? On s'était trompé de personne, il n'était qu'Abel Laborie, il voulait seulement ne plus se battre comme des milliers d'hommes qui lui ressemblaient.

La porte de sa cellule s'ouvrit. Accompagné des deux même soldats, le lieutenant entra, lui présenta une feuille de papier et un crayon.

— Votre demande de grâce, dit-il.

Puis, comme Abel levait sur lui un regard incrédule :

— Signez!

Il traça une croix au bas de la page et il eut alors l'impression, en n'étant même pas capable d'écrire son nom, qu'il n'était rien, pas même un homme, mais seulement un grain de poussière au milieu d'une route sur laquelle d'autres hommes passaient sans le voir.

Adrien resta plus d'un mois à l'hôpital de Reims où, ses blessures s'étant enfin cicatrisées, il obtint une permission de quinze jours. Encore faible sur ses jambes, il prit le train pour Paris et fut tout de suite frappé par le vent de folie qui soufflait sur les convois de permissionnaires. Le wagon dans lequel il monta était recouvert d'inscription séditieuses : « A mort les embusqués! A bas les gradés! Vive la révolution russe! » Pendant le voyage, à chaque gare rencontrée, ses camarades reprirent en chœur ces mots d'ordre vengeurs après avoir cassé les vitres des portières. Une fois à Paris, ce fut pire encore : saouls de vin et de cris, débraillés, sans écusson de col pour qu'on ne pût identifier leur unité, les permissionnaires entonnèrent le chant du 17e, s'en prirent à des gendarmes et à des commissaires de gare, hurlant leur colère envers ces embusqués seulement capables de ralentir les trains. D'autres les rejoignirent, la confusion tourna à l'émeute quand apparut au bout du quai un régiment de Sénégalais. Adrien eut juste le temps de sortir de la gare avant l'affrontement, et partit à pied vers la gare d'Austerlitz en évitant les rassemblements de soldats qui discutaient sur les trottoirs. Il n'avait qu'une hâte : arriver le plus vite possible à Quayrac et tenter d'oublier l'hôpital, la guerre et les mutineries.

Pendant son séjour à Reims, il avait écrit à Philomène, mais lui avait caché la gravité de ses blessures. Si les médecins avaient facilement enlevé les éclats dans ses jambes, ils avaient dû l'opérer pour le délivrer de ceux qui avaient pénétré dans son ventre. Il avait évité de justesse une perforation des intestins et souffrait encore. Tout au long du trajet dans ce train qui le ramenait vers les siens, il se persuada qu'il n'était pas possible que la guerre reprît, que les hommes refuseraient de retourner au front. Le jour tant espéré était enfin arrivé. Il était libre, il allait reprendre son travail au château, mener enfin la vie qu'il attendait depuis cinq ans. D'ailleurs il n'avait que trop donné, trop souffert, et toujours en silence. Il avait gagné le droit de penser à lui et à sa famille, nul ne pourrait jamais lui adresser le moindre reproche.

Dès qu'il arriva au pigeonnier, avant même d'avoir embrassé son enfant, il dit à Philomène en la serrant contre lui :

— C'est fini, Philo, tous les soldats quittent le front, personne ne veut plus se battre.

Puis, la repoussant légèrement, à bout de bras :

— La guerre est finie, tu comprends, c'est fini!

Ne saisissant pas le sens de ces mots auxquels personne, au château et au village, ne l'avait préparée, elle demanda, incrédule :

— C'est vrai? C'est bien vrai?

— Mais oui, je les ai vus, ils s'enfuient tous, comment faire la guerre sans soldats?

Elle le crut, se laissa griser par une joie qui les emporta l'un et l'autre vers l'inconscience et le plaisir. Oh! comme cette nuit était belle! Comme il était bon de s'abandonner dans l'ombre! Comme la vie pouvait être douce lorsqu'un homme parlait d'avenir, de projets, de bonheur à rattraper!

— Nous allons baptiser Guillaume, décida-t-elle, au matin, réjouie.

— Attendons Abel, protesta Adrien.

— Nous n'avons que trop tardé, monsieur le curé me le demande chaque jour. Et d'ailleurs, avec ces événements, Abel n'est pas prêt de revenir, je le connais.

Elle partit pour l'église dès huit heures. Le curé accepta de baptiser l'enfant le surlendemain qui était un dimanche. Dès lors ils s'y préparèrent, ne songèrent qu'à la fête prochaine, et l'optimisme de cette nuit de retrouvailles les accompagna pendant deux jours. Sidonie fut la marraine, Armand représenta Abel, à qui le titre de parrain revenait de droit.

Le dimanche, devant l'église, comme le voulait la coutume, les femmes du village adressèrent à Philomène et à Adrien leurs souhaits de bonne santé et de bonheur pour Guillaume. Dans l'église, pendant la cérémonie, Eugénie fit office de « goïro » : elle présenta l'enfant au curé entre le parrain et la marraine auxquels elle le remit une fois baptisé. Guillaume ne pleura point. Vêtu de langes et de flanelle blanche, son petit couffet neuf sur la tête, il reçut l'eau bénite en écarquillant les yeux et riant aux anges. A la sortie de l'église, Armand lança aux gamins assemblés sous le porche quelques poignées de dragées achetées chez Marinette. A midi, on mangea au pigeonnier où le maître avait fait porter un gigot d'agneau et une barrique de vin. Il était convenu avec lui qu'Adrien et Philomène prendraient au château le repas du soir.

Il fut bien sûr question d'Abel dont on était sans nouvelles depuis deux mois. Armand encouragea cette fois Adrien à ne pas regagner son régiment. Celui-ci raconta son voyage, ce qu'il avait vu à Paris, à la gare de l'Est, les chants de révolte, la colère et la lassitude des soldats.

— Tu as raison, dit Armand quand Adrien se tut enfin, les yeux brillants d'excitation, cette fois c'est bien fini : ils ont beau n'en rien dire dans les journaux, dans moins de quinze jours ils n'auront plus personne au front.

A ces mots, Sidonie pleura un peu en songeant à son

pauvre Philippe, mais Armand fit revenir la bonne humeur en s'exclamant :

— Vous rendez-vous compte, qu'à cause de vous, j'ai franchi les portes d'une église! Ah! vous pouvez dire que vous m'avez joué un sacré tour.

— Il fallait bien que quelqu'un se dévoue, dit Philomène, vous ou Abel, c'est du pareil au même.

— Il ne sera peut-être pas content que nous ne l'ayons pas attendu, dit Adrien.

— Il comprendra très bien, assura Philomène. S'il était arrivé malheur à mon Guillaume sans qu'il soit baptisé, je ne me le serais jamais pardonné. On a déjà attendu seize mois, tout de même.

— De toute façon, affirma Armand, ça m'étonnerait qu'on le revoie de si tôt. Avec tout ce qui se passe là-bas, il ne doit pas être le dernier à défiler.

— Pourvu que tout cela ne finisse pas mal, soupira Philomène.

— Mais non, prétendit Adrien, les officiers laissent faire.

— Milodiou! rugit Armand, si j'avais vingt ans, je le porterais le drapeau rouge, moi, et je la ferais la révolution!

— Mais qu'est-ce que tu dis là, s'indigna Eugénie, tu ne peux même plus te porter tout seul.

Un éclat de rire général retentit dans la cuisine et l'après-midi passa dans la gaieté sans que l'on y prît garde. A six heures, Adrien, Sidonie et Philomène raccompagnèrent le sabotier et sa femme, et se rendirent au château. Là, Sidonie se mit aux fournaux, tandis que le maître faisait entrer Adrien et Philo dans la salle à manger. Il s'enthousiasma des formes pleines de Guillaume, demanda à Adrien :

— Tu ne souffres plus?

— Presque plus.

— Et tu repars quand?

Adrien n'eut pas une hésitation, répondit d'une voix décidée :

— Je ne repartirai pas. Personne ne veut plus se battre.

Le maître, interloqué, murmura :

— Malheureux! On dit à la préfecture que les conseils de guerre siègent sans désemparer. Tu veux donc être fusillé?

— Personne ne sera fusillé, rétorqua Adrien en blêmissant.

— Ils ont déjà commencé, affirma le maître.

— Ça m'est égal. Cette fois, c'est bien décidé : je ne repartirai plus. Et croyez-moi, ils ne seront pas prêts de me trouver.

Le maître parut s'affaisser sur sa chaise. Très pâle malgré la chaleur, ses traits prirent une expression consternée, son regard courut d'Adrien à Philomène comme s'ils lui avaient annoncé la mort d'un de ses proches. Il murmura d'une voix sourde :

— Il fallait bien que ça arrive un jour ou l'autre; autant mettre les choses au clair tout de suite.

Ne comprenant rien à ce qu'il disait, Adrien interrogea Philomène des yeux. Elle devina ce qui allait suivre, esquissa un geste de la main comme pour l'empêcher de parler, mais le maître ne s'arrêta point. Il prit une profonde inspiration, déclara d'un trait :

— Quand je serai mort, c'est toi qui hériteras du domaine.

Comme Adrien, sidéré, ne savait que dire, il ajouta tout bas :

— Tu es mon fils.

Philomène observa Adrien qui regardait le maître d'un air à la fois hostile et désemparé. Il souffrait, elle en était sûre, et elle ne savait comment lui venir en aide. Un long moment passa, au terme duquel Adrien souffla, d'une voix morte :

— Et alors, qu'est-ce que cela change?

— Il ne sera pas dit que celui qui mènera bientôt ce domaine n'aura pas fait son devoir jusqu'au bout pendant la guerre. Un Delaval...

— Je ne m'appelle pas Delaval, le coupa Adrien, je m'appelle Fabre.

— J'ai signé des papiers, dit le maître sans hausser le ton. Quand je serai mort, tu auras tout.

— Je me fous de votre domaine, reprit Adrien, vous n'avez aucun droit sur moi. Vos terres, vous les donnerez à qui vous voudrez, je n'en veux pas.

Il se leva d'un bond, se dirigea vers la porte sans se retourner, et partit. Philomène regarda le maître dont le visage venait de prendre un teint grisâtre. Jamais il ne lui avait paru si vieux. Elle se leva elle aussi, mais il la retint par le bras, murmura :

— Parle-lui, petite, raisonne-le.

Elle ne répondit pas, dégagea vivement son bras, sortit, courut tout le long du chemin mais ne trouva pas Adrien au pigeonnier. Elle donna le sein à Guillaume, le coucha, attendit sur le seuil. Adrien ne rentra qu'à la nuit tombée avec un air de revenir des enfers. Elle comprit qu'il souffrait encore et que plusieurs jours, peut-être plusieurs mois lui seraient nécessaires pour admettre cette filiation aussi blessante qu'inattendue. Comme il restait muré dans le silence, elle servit la soupe sans oser lui adresser la parole, malheureuse de ne savoir combler la distance qui les séparait maintenant, alors que cette journée avait si bien commencé. Ils mangèrent sans un mot, se couchèrent. Alors, seulement, dans l'ombre de la chambre, elle essaya de le ramener vers elle en murmurant :

— Ça ne sert à rien d'y penser. Tu te fais du mal inutilement. C'est comme ça, il faut l'accepter.

— Et repartir? jeta-t-il d'une voix rugueuse.

— Pourquoi repartir? Ce n'est pas parce qu'il est ton père qu'il doit te dicter ta conduite. Qu'il le garde son domaine! Nous avons vécu sans terres jusqu'à ce jour, et nous continuerons comme cela.

Il la prit par le cou, ne répondit pas tout de suite, mais elle sentit qu'elle avait touché juste. Et quand il laissa couler hors de lui toute l'amertume accumulée depuis le milieu de l'après-midi, elle sut que les moments les plus difficiles étaient passés.

— Si le rouquin n'était pas mort, commença-t-il, il ne m'aurait jamais rien dit. Ce n'est pas moi qui l'intéresse, c'est son domaine. Il ne veut pas le voir disparaître. Quand je pense que pendant vingt-six ans on m'a appelé « bastardou » devant lui et qu'il se taisait! Quand je pense que ma mère est morte seule et misérable! Et il prétend aujourd'hui me renvoyer dans les tranchées? Mais de quel droit? Quel homme est-il pour avoir fait mener à son fils une vie que le dernier des domestiques n'aurait pas acceptée?

— Ne parle pas ainsi, souffla Philomène, il tremble tous les matins à l'arrivée du facteur.

Et elle lui raconta tout ce qui se passait en son absence, la sollicitude du maître envers elle, sa bienveillance, sa joie lors de la naissance de Guillaume, comment elle avait compris petit à petit quels liens les unissaient.

— Pourquoi ne m'as-tu rien dit? demanda Adrien.

— Parce que je savais que tu souffrirais. Mais il ne faut pas, cela ne change rien, c'est comme s'il n'existait pas.

— Si tu savais comme je les ai haïs, lui et son fils!

Il se redressa sur un coude, prit la main de Philo, demanda d'une voix suppliante :

— Dis-moi que je ne leur ressemble pas! Dis-le-moi, Philo!

Elle se blottit contre lui, murmura :

— Tu ressembles à ta mère, tu es bon comme elle, et tu t'appelles Fabre, et notre fils aussi.

Il lui caressa les cheveux, s'allongea de nouveau, parut s'apaiser, et ils ne parlèrent plus, gardèrent les yeux grands ouverts dans l'obscurité en attendant le sommeil.

Le lendemain et les jours suivants, cependant, elle comprit que la blessure était plus profonde qu'elle ne l'avait imaginé. Il ne la suivit pas au château, passa ses journées solitaire sur le causse. Le premier soir, en le retrouvant, elle lui demanda, n'y tenant plus en le voyant aussi malheureux que la veille :

— Pourquoi te tortures-tu? Aménage plutôt un coin dans une bergerie où tu pourras te cacher.

Il ne répondit pas, et elle devina qu'un combat dont elle ignorait la nature se livrait en lui. Comme il la considérait d'un air lointain, elle se demanda avec un pincement au cœur s'il n'était pas en train de changer d'avis, se refusa d'y croire en se remémorant sa résolution des premiers jours. Non! Il ne repartirait pas, il avait trop souffert, et c'était seulement à ces souffrances qu'il songeait lors de ses promenades sur le causse. Pourtant, deux jours avant la date fatidique, il lui dit un soir en mangeant sa soupe :

— Il y a l'enfant.

Puis il se tut, attendit deux ou trois minutes avant de continuer :

— Je ne veux pas qu'il soit valet comme moi, qu'il subisse tout ce que j'ai subi. Je veux qu'il ait des terres à lui, et qu'il mange à sa faim.

— Mais il ne manquera de rien! s'indigna-t-elle.

Alors il évoqua son enfance, la paille des bergeries, les brimades du rouquin, le travail de l'aube à la nuit, son impression de n'être rien, de vivre soumis, de ne pouvoir que se taire et obéir, et au fur et à mesure qu'il parlait, elle se rendit compte qu'elle serait impuissante à le fléchir. Elle essaya pourtant dans un dernier sursaut :

— N'avons-nous pas été heureux quand même?

Il lui prit les mains, assura :

— Il faut que je reparte. Il le faut, pour le petit.

— Reste, supplia-t-elle ne nous quitte pas, que deviendrions-nous s'il t'arrivait malheur?

Il ne répondit pas, c'était comme s'il ne l'entendait plus. Elle réfléchit pendant la nuit, décida d'appeler Armand à son secours, se rendit à l'atelier le lendemain matin, lui expliqua ce qui se passait. Le sabotier vint au pigeonnier le soir même, mais rien n'y fit. Adrien ne sut que répéter, buté, les traits du visage figés en masque dur :

— Je ne veux pas qu'il soit valet. Je n'ai pas le droit de refuser cette chance pour lui, je n'ai pas le droit, je ne peux pas.

Avant son départ, il s'en alla chez le maître, en revint avec un air soulagé, presque heureux. Au début de l'après-midi, au moment de partir, il serra longuement Philo dans ses bras, murmura :

— De toute façon, maintenant, quoi qu'il arrive, vous serez à l'abri du besoin.

Elle en voulut au maître du piège dans lequel il avait enfermé Adrien, tenta de le retenir encore en lui disant que sans lui elle ne pourrait pas vivre, même dans un château, mais il fit comme s'il ne voyait pas ses larmes. Il prit Guillaume dans ses bras et l'enfant, dérangé, se mit à pleurer.

— Ne pleure pas, mon fils, dit-il, un jour on se découvrira devant toi.

Et il ajouta, plus bas, en l'embrassant sur le front :

— Tu dormiras dans un grand lit, dans des draps blancs, et tu n'auras jamais faim comme moi j'ai eu faim. Jamais. Jamais.

Il le tendit à Philo, lui sourit, lui caressa la joue, souleva son baluchon et s'en fut sous le chaud soleil de l'été.

Abel croyait devenir fou. Il tournait dans sa cellule comme une bête en cage, et lorsqu'il n'en pouvait plus de tourner, il hurlait ou se tapait la tête contre les murs. Quinze jours s'étaient écoulés depuis le conseil de guerre. Il n'avait eu aucun contact avec le monde extérieur, à part le soldat qui lui portait à manger et le lieutenant qui lui avait fait signer sa demande de grâce. Celui-ci parlait peu, mais Abel avait cependant pu lui arracher quelques confidences : son dossier militaire où figuraient les événements de Perpignan ne plaidait pas en sa faveur ; de plus, selon lui, ce n'était pas tellement le fait d'avoir molesté le général qui était le plus grave, mais plutôt le rôle qu'il avait joué dans la rébellion pendant presque un mois. Il lui indiqua toutefois que les exécutions étaient rares, car le président de la République ne prenait jamais de décision sans avoir étudié soigneusement les dossiers. Ses deux blessures et son comportement sans reproches depuis le début de la guerre influeraient peut-être sur lui. Abel avait pu écrire à Armand pour lui raconter ce qui s'était passé, mais il lui avait demandé de ne pas en parler à Philomène. Il devait simplement essayer, en tant que conseiller municipal, et si possible avec Landon, d'intervenir à la préfecture. Le lieutenant lui avait promis que sa lettre parviendrait à destination et depuis qu'elle était partie, il allait un peu mieux : il se disait que des soldats français n'accepteraient jamais de tirer sur un des leurs. En fait, il redoutait plus la perspective de la prison que celle de la mort, tentait de se persuader que la guerre allait s'arrêter, et qu'on le relâcherait avant un mois. Il devait prendre patience : un mois, ce n'était rien, cela passerait aussi vite que les jours qui s'étaient succédé depuis sa désertion. Il revécut par la pensée son départ du front en compagnie d'une trentaine de soldats, la longue route qui, de compagnie en compagnie, l'avait amené de Braine jusqu'à Ville-en-Tardenois. On l'écoutait, il suffisait qu'il parlât de paix, de retour au pays, de femmes et d'enfants. C'est à Fismes qu'il avait pris la décision de ne plus agir seul : on avait besoin de lui pour organiser le mouvement qui prenait de l'ampleur. Dès lors, il avait marché à la tête des mutins sans se cacher, une folle espérance était née, alimentée par les rumeurs venues de l'arrière : les grèves paralysaient le pays, le drapeau rouge flottait sur toutes les mairies, le gouvernement avait dû démissionner. Quelle folie!

Il quitta la paillasse où il était étendu, les mains sur la nuque, et s'approcha du soupirail par où coulait la lumière tendre de juin. Se hissant sur la pointe des pieds, il aperçut un coin de ciel et, tout là-haut, des vols d'oiseaux qui devaient être des étourneaux. Le soir tombait sur la caserne silencieuse. Il avait vainement guetté des bruits dans la cour et les rues où, au début de son incarcération, il entendait les chants des manifestants. Or, depuis deux jours, les clameurs s'étaient tues. Il songea à la lumière de son causse à la Saint-Jean, aux feux qui illuminaient la placette, à cette soirée qu'il avait passée seul, la veille de son arrestation par les gendarmes, à l'odeur des pierres, de la mousse et des genévriers, à celle des sabots dans l'atelier d'Armand, aux outils dont il se demanda s'il n'avait pas oublié le maniement, à Philomène, à son enfant, à Adrien qui était peut-être mort à cette heure, et puis, curieusement, à Geneviève qu'il avait repoussée. Toute une somme d'images d'une douceur extrême, de sensations heureuses, flottèrent dans son esprit. Il se coucha, se réfugia dans ses souvenirs, trouva l'apaisement qu'il recherchait depuis plusieurs jours et s'endormit.

Juste avant l'aube, il fut réveillé par des pas dans le couloir. Il s'assit sur sa paillasse et se demanda quelle heure il pouvait être. Cinq heures? Six heures? Un mince filet de lumière grise coulait à travers le soupirail. Il se leva au moment où la porte s'ouvrait sur le lieutenant.

— Votre recours en grâce a été rejeté, dit celui-ci sans hésitation, vous allez être fusillé. Vous pouvez écrire une dernière lettre.

Sous le choc, Abel partit en arrière, buta contre le mur. Que se passait-il donc? Était-il réveillé ou rêvait-il encore? Il avait beau réfléchir, il ne comprenait pas pourquoi on venait si tôt le chercher. Ses jambes et ses bras refusaient de répondre, sa tête tournait, un voile dansait devant ses yeux.

— Voulez-vous écrire une lettre? demanda le lieutenant de nouveau, ses yeux d'un bleu très clair n'exprimant rien d'autre qu'une froideur impatiente.

Une lettre? Pourquoi? Et à qui donc? Il fit « non » de la tête, se laissa glisser contre le mur, s'accroupit. Fusillé? Qui allait-on fusiller? Un soldat qui s'était battu, avait souffert pendant trois ans, versé son sang pour son pays? Mais quels étaient ces hommes qui décidaient dans l'ombre du sort des autres hommes sans même les connaître?

— Vous êtes fou, murmura Abel.

Le lieutenant se tourna vers la porte, fit un signe de tête à trois soldats qui s'approchèrent. Avant même qu'ils n'eussent esquissé un geste, Abel se releva brusquement, en criant :

— Vous n'avez pas le droit!

Maîtrisé par les soldats, ses poignets liés dans son dos, il rua encore, puis, haletant, se laissa faire. Tout cela était stupide : on voulait le tuer et il ne réagissait pas. Au bout du couloir, de nouveaux sursauts de révolte le submergèrent : il se débattit, interpella les soldats :

— Vous n'oserez pas tirer sur moi. Deux fois blessé, toute la guerre au front, je suis comme vous, je vous ressemble, bientôt c'est sur vous qu'ils feront tirer.

— Avancez! fit le lieutenant.

Au moment de sortir dans la cour où attendait un camion, il hurla. Sur un signe du lieutenant, les soldats nouèrent un bâillon autour de sa bouche, l'obligèrent à monter dans le camion bâché. Il s'y refusa, ils le hissèrent après lui avoir immobilisé les jambes et l'allongèrent sur les planches pourries du camion. Ce n'était pas possible! Il n'allait pas mourir ainsi, à l'insu de tous ceux qui l'avaient accompagné sur les routes. Il allait se passer quelque chose. Quelqu'un allait venir le délivrer. Puis il revit le général Bulot blanc de rage, les officiers malmenés par les mutins, sa cellule puante d'Agde, les manifestants devant la préfecture de Perpignan, Armand bousculant Delaval le jour de la mobilisation, alors il compris vraiment qu'être pacifiste en ces temps de folie, c'était être coupable. Il allait mourir anonyme, broyé par des forces obscures qui le dépassaient, comme d'autres étaient morts avant lui. Il existait un seuil au-delà duquel on attentait à des intérêts supérieurs, des hommes tout-puissants pour qui, sans doute, la guerre était indispensable. Il regretta vaguement de n'être pas parti plus tôt en ville, songea à Louis Maisonnobe, l'ouvrier parisien, qui parlait de justice et de solidarité. Où se trouvait-il aujourd'hui? Dans un camion qui l'amenait à la mort? Dans une prison? Il songea à Etienne, à Philomène, à cet enfant qu'il ne verrait pas grandir. Saurait-il un jour pourquoi on l'avait tué, lui, son oncle, et le tuerait-on aussi au nom de la discipline et du drapeau français?

Le camion mit à peine dix minutes pour sortir de Soissons. Il suivit un chemin bordé de haies fleuries, s'arrêta au fond d'un petit val, entre deux collines à peine éclairées par le jour. « On va m'assassiner », songea-t-il. Les soldats le firent descendre, lui enlevèrent son bâillon et il leur cria des insultes. Le lieutenant lui demanda s'il voulait qu'on lui bandât les yeux. Il secoua la tête, regarda le ciel que le brouillard dégageait par endroits, laissant apparaître des écharpes bleutées. « On va m'assassiner », songea-t-il encore, mais avec une sorte de distance par rapport à ce qui se passait.

— Je ne veux pas qu'on m'attache, dit-il je ne suis pas un criminel.

Un vertige le fit vaciller. Il chancela, revit son père et sa mère dans la métairie, Philomène essayant ses galoches en pleurant de joie.

— Vous n'avez pas le droit, dit-il à nouveau.

La salve crépita, il tomba à genoux sans un cri, glissa en avant, la face dans cette terre du Nord où poussaient des fleurs blanches dont il ne connaissait même pas le nom.

Cette matinée de juillet avait été douce et paisible. Dissimulé derrière une mince couche de nuages, le soleil n'avait pas encore embrasé le causse. Heureuse de la lettre qu'elle avait reçue d'Adrien deux jours auparavant, Philomène avait promené son enfant sur la grèze, l'avait recouché dans un grand panier, puis elle s'était assise à côté de lui en ouvrant le « Lys dans la vallée » qu'elle n'avait pas relu depuis un an. La matinée avait coulé paisiblement et elle rêvait encore à Félix et à Mme de Mortsauf en refermant sur les brebis la porte de la bergerie.

C'est au moment où elle se retourna qu'elle vit le maître venir vers elle, une lettre à la main. Elle eut peur, tout à coup, mais remarqua qu'il n'avait pas passé son écharpe tricolore. Et pourtant il semblait bouleversé, s'approchait à pas lents, comme s'il était porteur d'une terrible nouvelle. Quand il fut près d'elle, elle s'aperçut que ses mains tremblaient, sentit une onde glacée déferler dans son corps.

— Non, souffla-t-elle.

Puis, alors qu'il baissait la tête et ne se décidait pas à parler :

— Qui c'est?

— Abel.

Mon Dieu! Pourquoi fallait-il qu'elle éprouvât presque un soulagement? Elle bredouilla :

— Il n'est pas mort!

Ce n'était pas une question, mais une plainte, un refus, car déjà elle avait compris.

— Viens, dit le maître.

Il la prit par l'épaule, la conduisit dans la salle à manger où il la fit asseoir, lui versa un verre d'alcool. Un hurlement monta dans sa gorge, mourut entre ses lèvres closes, un sanglot l'étouffa.

— Pourquoi? demanda-t-elle, pourquoi?

Les mains du maître tremblaient de plus en plus. Elle berçait son enfant comme pour bercer sa douleur, respirait à petits coups, le corps parcouru de frissons.

— Pourquoi? répéta-t-elle, ne sachant si elle s'adressait au maître qui regardait son enfant, ou au bon Dieu à qui elle avait adressé tant de prières.

— Passé par les armes, dit le maître, et sa voix s'éteignit dans un souffle.

Passé par les armes? Comment pouvait-on mourir à la guerre autrement que par les armes? Sa vue se troubla, elle se recroquevilla sur sa chaise, embrassant Guillaume comme pour le consoler d'un malheur qu'il était incapable de comprendre.

— On l'a fusillé, fit le maître, d'une voix maintenant à peine audible.

Fusillé. Abel fusillé? Il avait donc été fait prisonnier? Elle leva vers le maître un regard fou.

— Il conduisait les mutins, dit encore le maître.

Ce fut bref et violent, comme une brûlure de tout le corps.

— Non! cria-t-elle, oh non!

Et en criant ces mots, elle revit Abel ses galoches à la main ce jour d'été, il y avait si longtemps, puis Abel enfonçant les noix dans la terre rouge des champs, Abel dans la maison des chênes, Abel près d'elle au pigeonnier, Abel qui ne l'avait jamais abandonnée. Elle n'eut plus de force, soudain, pour se révolter et pas même pour pleurer.

— Ce n'est pas juste, dit-elle.

Et elle eut un pauvre sourire, comme pour se moquer d'elle. Etait-ce juste que le mari de Sidonie fût mort? Etait-ce juste, pour tant de femmes, d'avoir perdu leur époux? Pourtant elle répéta, du même ton plaintif :

— Ce n'est pas juste, non, pas Abel.

Un long moment passa, insoutenable. Elle ferma les yeux, crispa ses mâchoires, sentit les mains du maître sur ses épaules, parut se réveiller. Alors elle se leva brusquement et partit en courant vers le village en emportant son enfant.

Dérangé par la course, Guillaume se mit à pleurer, mais elle l'entendit à peine. Elle courait, elle courait, et en courant il lui semblait échapper à tout ce malheur sur elle, savait qu'il la rejoindrait, là-bas sur la placette, mais courait quand même, car c'était tout ce qu'elle pouvait faire.

Quand elle poussa violemment la porte de l'atelier, Armand se leva d'un bond.

— Ils l'ont tué, cria-t-elle, ils l'ont tué.

— Mais qui? demanda le sabotier terrifié.

— Abel! Ils l'ont tué, ils l'ont fusillé!

Alertée par les cris, Eugénie entra dans l'atelier, se précipita vers elle au moment où elle tombait, la retint et l'aida à s'asseoir en lui prenant des bras Guillaume qui pleurait toujours.

— Ils l'ont tué, répéta-t-elle, ils l'ont tué comme un criminel.

— Petite, petite, dit Eugénie, que nous dis-tu là?

— Pourquoi l'ont-ils tué? Pourquoi? demanda-t-elle en s'adressant à Armand.

Le sabotier, livide, les jambes coupées, s'était assis, semblait ne voir ni entendre personne. Les avant-bras appuyés sur ses genoux, il tremblait sans prononcer un mot.

— Pourquoi? Armand, répondez-moi.

Eugénie lui rendit son enfant, porta ses mains vers sa poitrine, se mit à haleter doucement, s'assit près d'elle. Philo recommença de bercer Guillaume machinalement, le regard toujours posé sur Armand.

— Mais répondez-moi, supplia-t-elle, dites-moi quelque chose, parlez-moi!

Armand releva la tête, la considéra comme s'il la voyait pour la première fois. Ses yeux brillants semblaient l'implorer de se taire, mais elle dit encore tout bas, comme si elle n'attendait plus de réponse :

— Pourquoi?

Puis elle referma les yeux, dodelina de la tête et tous trois demeurèrent anéantis, incapables d'esquisser un geste dans le silence revenu. De longues minutes passèrent. Insensiblement le visage de Philomène se transforma, son désespoir se mua en colère, elle murmura d'une voix dure et froide :

— C'est de votre faute. Si vous ne lui aviez pas mis vos idées dans la tête, il serait encore vivant.

Armand sursauta, eut un retrait du buste comme si elle le frappait.

— Petite, dit Eugénie, petite.

Mais elle ne l'entendit pas, et poursuivit du même ton glacé :

— D'abord, vous vous en êtes pris à Etienne. Mais ça ne vous a pas suffi de le faire se disputer avec le père, de lui mettre des idées de révolution dans la tête : quand il a été parti, il a fallu que vous vous en preniez à Abel. Avec lui, c'était encore plus facile, vous l'aviez tous les jours près de vous. Il ne parlait que de socialisme, de Jaurès, des laïques, il détestait le maître et le curé, et maintenant il est mort.

Armand avait fermé les yeux, il paraissait saoulé de coups.

— Écoute, petite, fit-il.

— Je ne veux pas vous écouter. C'est vous qui l'avez tué.

Eugénie s'accroupit devant elle, supplia :

— Arrête, Philo, je t'en prie, tais-toi.

— Quand il est revenu la dernière fois, il ne me regardait même pas, il passait toutes ses journées ici avec vous, je me doutais que cela finirait mal.

Le vieux sabotier se leva péniblement, vacilla sur ses jambes et sortit. Eugénie, un mouchoir serré dans ses mains se précipita vers la porte, le regarda s'éloigner sur la placette déserte, puis elle revint vers Philomène, s'agenouilla de nouveau.

— Il va se tuer, gémit-elle, il va se tuer.

Philomène s'ébroua. Qu'avait-elle dit? Quels étaient ces mots terribles qui étaient sortis de sa bouche? Une minute passa durant laquelle les traits de son visage se détendirent un peu, mais elle ne bougea point.

— Et moi, dit-elle, est-ce que je ne suis pas déjà morte?

— Adrien est vivant, dit Eugénie, il va revenir, vous serez heureux tous les trois.

Elle s'aperçut alors que depuis une demi-heure, elle avait oublié Adrien. Elle se leva lentement, sortit sur la placette, poussée par Eugénie qui suppliait :

— Va le chercher, Philo, ramène-le-moi, je t'en prie.

Elle le vit s'engager sur le chemin des terres hautes, courut derrière lui. Mon Dieu! Qu'avait-elle fait? C'était lui qui les avait tirées d'affaire elle, la mère et Mélanie, quand Abel n'était pas là. C'était lui qui leur avait trouvé la maison des chênes près de laquelle ils arrivaient maintenant, lui aussi qui les avait aidées quand la mère était morte. Elle était donc devenue folle?

Arrivée à sa hauteur, elle lui saisit le bras, le força à s'asseoir sur la murette, devant la maison des chênes maintenant inoccupée. Il tremblait toujours, une larme roulait sur sa joue. Elle chercha les mots, ne trouva rien à lui dire, et ils restèrent silencieux pendant plus de cinq minutes, l'un et l'autre bouleversés.

— J'ai trop mal, souffla-t-elle enfin.

Il hocha la tête, lui prit son bras, leva ses yeux éteints sur elle.

— Ce n'est pas moi qui l'ai tué, petite, je l'aimais trop.

Il hésita, soupira :

— Il faut me croire, je préférerais être mort aujourd'hui à sa place.

Et en serrant sa main à la briser :

— C'était mon fils, tu comprends? Tu peux comprendre ça, Philo?

Ces larmes dans ces yeux d'homme la touchèrent au cœur. Il souffrait autant qu'elle, elle savait maintenant et s'en voulut de l'avoir accablé. Ils demeurèrent encore un long moment sans parler, puis elle lui dit doucement :

— Il ne faut pas rester là, venez Armand.

Ils regagnèrent la placette à pas lents, il entoura ses épaules du bras, elle se serra contre lui un peu comme elle se serrait naguère contre son père, et elle songea qu'ils ne seraient pas trop de trois pour affronter l'enfer des jours qui s'annonçaient.

16.

Cet eté de malheur s'était achevé sans autre drame, mais le village, déjà durement éprouvé, avait perdu toute vie. Adrien était revenu en automne pour une dizaine de jours : il les avait passés en compagnie de Philomène et de son fils qui faisait ses premiers pas, puis il était reparti sans que lui ni elle n'aient trouvé le courage d'évoquer la mort d'Abel. Depuis lors, Philomène vivait dans un état second où l'affection d'Armand et d'Eugénie l'atteignait à peine. Dès qu'elle se levait, le matin, mille questions se bousculaient dans sa tête. Elle eût préféré n'avoir jamais connu les circonstances de la mort d'Abel. Il lui semblait que si il avait été tué comme les autres soldats, elle aurait moins souffert de sa disparition. Au contraire, à l'idée de son exécution, elle se sentait bannie, comme lui, du monde des vivants auquel elle ne comprenait rien, cernée de combattants en armes qui en voulaient à sa vie, la poursuivaient, la traquaient jusque dans son sommeil. Mais ce qui la désespérait le plus, c'était de ne savoir où il était enterré, et de ne pouvoir se rendre sur sa tombe comme elle le faisait pour son père et sa mère, avec parfois l'impression de les rejoindre par-delà la mort. Au lieu de cela, elle en était réduite à imaginer une fosse commune dans un cimetière lointain, au bout du monde, à errer sur le causse à la recherche de leur passé commun, emmenant Guillaume avec lequel, heureusement, des liens nouveaux se nouaient depuis qu'il commençait à parler.

Quand elle pensait à Adrien, c'était à présent avec la conviction que la guerre allait le lui prendre comme elle avait ravi Abel et tant d'autres à l'affection de leur famille. Elle l'apercevait couvert de sang, criant son nom sous les balles des monstres guerriers qui s'acharnaient sur lui. La nuit, parfois, brusquement réveillée, elle fuyait vers le village avec son fils, frappait aux volets d'Armand et d'Eugénie qui la faisaient entrer et la gardaient jusqu'au matin. Alors, seulement, elle rentrait chez elle, se demandant avec horreur si elle n'était pas en train de devenir folle.

Pourtant, au château, Sidonie et le maître l'entouraient de soins attentifs. Depuis quelque temps, le maître agissait même envers elle comme si elle avait été sa propre fille. En décembre et janvier, il l'avait emmenée avec lui à la récolte des truffes, récolte qu'il assurait auparavant tout seul, car c'était le privilège du propriétaire. Les métayers, en effet, n'y participaient jamais, même sur les terres dont ils s'occupaient. Seul le maître savait où se trouvaient les bons chênes sous lesquels il surveillait l'évolution des moisissures à partir de l'automne. En décembre, il partait avec la truie qu'il avait dressée et revenait avec son sac plein de champignons noirs qu'il nettoyait lui-même avant de les vendre aux foires de janvier. Cet hiver-là, Philomène n'avait pas compris pourquoi il l'associait à cette tâche, mais elle en avait été flattée. Ils avaient passé de longs moments ensemble à subtiliser les truffes sous le groin de la truie qui en était friande, et à les nettoyer grossièrement en les frottant dans leurs mains. Le dernier jour, il lui avait dit tandis qu'ils s'éloignaient de la chênaie truffière :

— S'il m'arrivait quelque chose, au moins tu saurais où il faut chercher et tu le montrerais à Adrien.

Elle s'était alors rendu compte qu'il tenait ses promesses et agissait comme si Adrien, à travers elle, participait déjà à la gestion du domaine.

Au début du printemps, elle avait reçu une lettre de Nicole : Etienne se trouvait à Salonique. Bien que blessé deux fois gravement au bras, il n'était pas revenu en permission depuis un an. Après les Dardanelles, Salonique. La guerre avait donc gagné le monde entier? Philomène s'était dit à ce moment-là que le cauchemar ne finirait jamais et qu'elle était condamnée à vivre seule le restant de ses jours.

Pourtant Adrien était revenu en mars et s'était montré

optimiste. Elle avait assisté à ses conversations avec Armand, essayé de comprendre pourquoi, malgré les événements de l'année passée, les combats duraient encore. D'après Adrien, heureusement, les pertes en hommes étaient maintenant moins importantes : grâce à Pétain, les préparations d'artillerie avaient été rendues plus efficaces, les trains de permissionnaires partaient désormais avant les convois civils, la durée des permissions avait été fixée à dix jours, la nourriture s'était améliorée, les tranchées et les cantonnements mieux aménagés avaient permis aux soldats de supporter l'hiver sans trop souffrir du froid.

Adrien était cependant reparti et, pour Philomène, les jours avaient recommencé à couler dans l'attente. Armand lui expliqua un soir que la vague de pacifisme avait provoqué la rupture de l'union sacrée : après la démission de Malvy, le ministre de l'Intérieur accusé de trahison par Clemenceau et toute la presse patriote, les socialistes avaient quitté le gouvernement. Painlevé avait été incapable de s'opposer aux idées pacifistes propagées dans les meetings socialistes où les paroles de Lénine remplaçaient maintenant celles de Jaurès. Après la chute inévitable du cabinet Painlevé, Poincaré avait fait appel à Clemenceau. « Ma politique étrangère et ma politique intérieure c'est tout un, avait déclaré ce dernier à la tribune. Politique intérieure : je fais la guerre. Politique étrangère : je fais la guerre. Je fais toujours la guerre. » Celui que l'on commençait à appeler le « tigre » n'hésitait pas à coucher par terre en première ligne, avec la troupe, à s'en prendre aux traîtres de l'arrière, à engager la bataille contre les pacifistes. Une atmosphère de terreur s'était emparée du monde politique. Malvy et Caillaux avaient été arrêtés pour intelligence avec l'ennemi. Seuls les socialistes faisaient front à découvert contre « la victoire à tout prix » prônée par le président du Conseil.

Ce que l'on ignorait encore dans les campagnes, c'était que l'effondrement du front russe sanctionné par la paix de Brest-Litovsk avait dès le printemps rendu la situation périlleuse à l'Ouest : l'état-major allemand avait rassemblé cent quatre-vingt-douze divisions, tandis que les alliés n'en alignaient que cent soixante-douze. Le sort de la guerre allait se jouer par une course de vitesse entre les troupes allemandes qui revenaient du front russe à marches forcées et l'arrivée des troupes américaines que l'on devait rapidement instruire avant de les envoyer au combat.

Le mois de mai et le mois d'avril ne furent qu'une succession de nouvelles dramatiques qui, bien qu'atténuées par la censure, jetèrent la confusion dans le pays. Après plusieurs attaques d'envergure, la 231e division d'infanterie allemande atteignit le 30 mai le château de Mont-Saint-Père, entre Château-Thierry et Dormans. Une rivière coulait à ses pieds : c'était la Marne. Les Allemands l'avaient repassée le 8 septembre 1914 et ils campaient de nouveau sur ses rives. Quarante mois de guerre n'avaient servi à rien, les obus de la « grosse Bertha » tombaient sur Paris depuis le mois de mars et avaient tué quatre-vingt-onze des fidèles rassemblés dans l'église Saint-Gervais, près de l'Hôtel de ville, le vendredi saint. Affolés par le passage des réfugiés qui fuyaient la poussée allemande, les Parisiens avaient commencé à quitter la capitale.

Au village, Philomène, le maître et Armand cherchaient à comprendre. A quoi servaient les tanks et l'aviation de chasse dont on vantait les héros, Guynemer en particulier? Pourquoi cette nouvelle débâcle? Tous ces morts, depuis quatre ans, avaient donc été sacrifiés pour rien? La fin d'un printemps très doux et le début ensoleillé de l'été qui lui succéda furent autant de jours d'angoisse pour Philomène qui avait appris que la percée allemande était passée par le Chemin-des-Dames. Elle dut attendre le mois de juillet pour retrouver un peu d'espoir. Ce fut Mélanie qui l'y aida en lui rapportant les nouvelles glanées à Toulouse : l'offensive avait été contenue en juin et la contre-attaque française lancée par Foch en juillet avait coupé les lignes allemandes de leurs arrières. Comme à l'automne de 1914, la situation s'était retournée en quelques jours et les vingt-sept divisions américaines étaient maintenant prêtes à intervenir. Désormais la supériorité numérique se trouvait du côté des alliés.

En août, sur tout le front les Allemands reculèrent, en septembre ce fut la débandade : les troupes ennemies abandonnèrent leur armement sur le terrain et se rendirent par régiment entier; en octobre, les Français, qui avaient dépassé Roubaix, Valenciennes et Rethel, se trouvaient à moins de soixante kilomètres des frontières.

Mise au courant par Armand, Philomène ne cessait de

trembler en se demandant si Adrien n'allait pas être tué dans les derniers combats, si près de la délivrance. L'éventualité d'une mort si absurde lui paraissait si injuste, si abominable, qu'elle ne vivait plus, mangeant à peine et ne dormant que deux ou trois heures par nuit. Aucune lettre ne lui était parvenue depuis deux mois et déjà l'hiver s'annonçait : le vent avait tourné au nord début novembre puis, aussitôt, les premières gelées avaient pris les genévriers dans leurs mailles d'argent. Au village, tout le monde affirmait que la guerre serait terminée avant la fin de l'année, même Armand qui se méfiait pourtant de l'optimisme entretenu par *La Dépêche.* Quand le maître lui apprit un matin que les divisions françaises avaient atteint les frontières et n'attendaient plus que les ordres de l'état-major pour entrer en Allemagne, elle courut à l'église où, après avoir allumé un cierge, elle pria toute la matinée pour qu'Adrien lui revînt sain et sauf.

Le matin du 11 novembre, le soleil transperça le brouillard dès neuf heures, faisant scintiller les toits et le clocher de l'église. Philomène habilla chaudement Guillaume qui marchait maintenant très bien et l'emmena par la main au château. Là, en compagnie de Sidonie, elle s'affaira devant la cuisinière pendant que l'enfant jouait dans un coin avec des épis de maïs. A dix heures, elle guetta en vain l'arrivée du facteur puis elle repartit au pigeonnier où elle avait oublié son tricot, étonnée de ne pas encore avoir vu le maître. Elle songea qu'il avait dû se rendre en visite dans les métairies, prit son temps, se désola d'avoir à patienter vingt-quatre heures avant un éventuel passage du facteur. Au pigeonnier, elle raviva les braises, se chauffa un moment, changea les couches de Guillaume et ressortit. Au moment où elle fermait la porte, les cloches se mirent à sonner à la volée. Stupéfaite, vaguement angoissée, elle partit en toute hâte vers le village en portant son fils. Ce n'était ni le tocsin ni l'Angélus, c'était gai, comme un appel à la fête. Parvenue à l'entrée du château, elle aperçut Sidonie qui se dirigeait vers la placette, l'appela, mais celle-ci ne l'entendit pas. Elle dut s'arrêter un instant pour reprendre son souffle, posa Guillaume par terre, le traîna pendant quelques mètres, mais il n'avançait pas assez vite à son gré. Elle le reprit dans ses bras, se remit à courir, déboucha enfin sur la place où elle vit des hommes et des femmes qui s'embrassaient, des enfants qui criaient, et parmi eux : Sidonie, Armand, Eugénie et le maître. Elle demeura figée, tremblante. Que se passait-il donc ? Elle n'osait croire à l'idée qui germait en elle, était incapable d'avancer, sentait son cœur cogner à grands coups.

Armand la vit le premier. Il se précipita vers elle, la serra dans ses bras en bredouillant :

— C'est fini, petite, c'est fini : l'armistice est signé. Il va revenir, c'est sûr, tu seras heureuse, tu verras.

L'armistice ? Quel était ce mot étrange tellement chargé d'espoir ? Mais elle n'eut pas le temps de l'apprivoiser : le maître, Eugénie et Sidonie s'approchaient aussi, souriants, l'embrassaient, les larmes aux yeux ; comme c'était drôle de les voir ainsi réunis ! C'était donc bien le jour des réconciliations, le jour de la joie partagée, de l'oubli des querelles, de la fin des malheurs, une sorte de premier jour du monde ! Guillaume, effrayé par toutes ces présences, se tourna vers elle, enfouit sa tête dans son cou. Comme c'était bon ! Elle ne vivrait plus jamais dans la peur, ils allaient se retrouver tous les trois dans le petit pigeonnier et rien ni personne ne les séparerait plus.

— Eh bien ! dis quelque chose, fit Eugénie.

Qu'aurait-elle pu dire ? Elle était brusquement ivre d'une joie oubliée, étourdie par le son des cloches qui attirait les femmes des métairies, échevelées, vers la placette, par tous ces sourires, ces cris, par cette onde brûlante qui montait dans sa gorge, dans ses yeux, et débordait.

— Il va revenir demain ? demanda-t-elle en s'adressant à la fois au maître et à Armand.

— Pas demain, dit le maître, il faut attendre la démobilisation.

— Alors quand ?

— Une semaine, peut-être.

Mon Dieu ! Une semaine à attendre encore ! En serait-elle capable ? Armand devina son désarroi et vint à son secours :

— Qu'est-ce que c'est que huit jours quand on attend depuis six ans ?

Six ans ! Etait-ce possible ? Mais oui : puisqu'il était parti au service en 1912 et que la guerre avait été déclarée un mois avant son retour. Elle se demanda comment elle avait pu supporter cette séparation, rencontra le regard triste de Sidonie, et elle eut honte : de quoi se plaignait-elle? Combien de jeunes femmes ne reverraient plus jamais leur mari? Elle n'avait surtout pas le droit de s'apitoyer sur son sort.

Sur la placette, après l'explosion de joie, les gens s'embrassaient à présent dans le calme, car les disparus hantaient les mémoires. Si l'expression d'un grand soulagement se peignait sur le visage des uns et des autres, à part les enfants qui couraient en tout sens, chacun se recueillait maintenant sur le souvenir d'un être cher. Philomène aperçut Geneviève, s'approcha d'elle, et, très émue, la serra contre elle un long moment. Après la mort de Jacques son mari, elle avait appris la mort d'Abel; pourtant elle était là, parmi les autres femmes, très digne malgré sa peine. Le maître embrassait les femmes des métayers, leur prodiguait des mots de réconfort, et les veuves l'écoutaient en silence, un pauvre sourire errant sur leurs lèvres closes. Montial se tenait près de Landon et d'Armand qui l'avait rejoint, secouait la tête en regardant les uns et les autres d'un air égaré; Joséphine, sa femme, s'essuyait les yeux avec un mouchoir à carreaux, murmurant des mots qu'elle était seule à entendre. Se trouvaient là également Bouscarel avec son seul bras, sa femme Bertille, celle de Castanet le maçon, celle de Simbille, d'autres encore tenant leurs enfants par la main, tous ceux et toutes celles que la guerre avait frappés et qui venaient quand même partager ces moments précieux avec leurs voisins et amis.

Quand Baptiste Pradal s'arrêta de sonner, il sortit sur le porche en compagnie du curé. « Pauvre Baptiste », songea Philomène, qui avait d'abord perdu sa femme de maladie, et puis son fils Anselme, l'hiver dernier, celui qui jouait si bien de la cabrette. C'était maintenant que les morts devenaient plus présents : le silence revenu faisait prendre conscience à chacun de la maison trop grande qui l'attendait, de la chaise qui resterait vide, des jours à venir où il faudrait réapprendre à vivre comme avant, à penser comme avant, à oublier ces années où le malheur avait frappé des hommes et des femmes qui aspiraient seulement à la paix, aux joies simples, au travail.

Philomène repartit au château où la journée passa très

vite, le maître ayant invité tous les habitants du village à venir trinquer avec lui. Les conversations portèrent en particulier sur le temps que mettraient les soldats à revenir. Le maître assura à Philomène que c'était seulement une question de jours. Dès lors, elle partit chaque matin à la rencontre d'Henri le facteur, mais celui-ci ne lui remit jamais la moindre lettre. Le dimanche suivant, n'y tenant plus, elle confia Guillaume à Eugénie et se rendit à la gare de Souillac où prétendit-elle, selon ses calculs, Adrien devait arriver ce jour-là. Malgré le vent et le froid, elle passa la journée sur le quai, habitée d'un fol espoir à chaque arrivée de train, mais follement déçue aussitôt après. Elle se résigna à rentrer un peu avant la nuit, trouva le métayer de Combenègre qui accepta de la prendre en charrette, arriva cependant frigorifiée au village.

— Tu n'es pas folle? demanda Eugénie en la voyant tremblante. Tu veux donc attraper la mort?

Philomène feignit d'en rire, la remercia, regagna le pigeonnier où, s'étant couchée avec Guillaume après avoir mangé une soupe brûlante, elle ne put trouver le sommeil. Pourquoi n'écrivait-il pas? Pourquoi ne revenait-il pas? Même si elle n'était pas vraiment inquiète, il lui semblait qu'une menace rôdait encore autour d'elle et de son fils. Feignant de croire à un retour proche, elle lui disait :

— Tu vas voir ton papa. Il ne va pas tarder.

Il la dévisageait de ses yeux sombres, secouait sa tête où ses mèches brunes bouclaient sur les tempes, souriait comme s'il comprenait, murmurait :

— Papapa.

Ces quelques balbutiements la ravissaient. Elle insistait, l'obligeait à répéter ces syllabes magiques destinées à Adrien, et le rire de Guillaume coulait dans la cuisine avec la douceur d'une ondée de printemps.

Elle revint encore une fois à Souillac, attendit sur le quai jusqu'à la nuit, mais aucun soldat ne descendit des trains. Le maître lui apprit le lendemain que la démobilisation n'avait pas encore été décidée. Déçue, incapable d'attendre sans rien faire, elle recommença à partir à la rencontre du facteur sur la route de Montvalent.

Deux jours après son voyage à Souillac, elle le rencontra à quelques centaines de mètres du pigeonnier : il n'avait pas de lettre pour elle, mais devait en donner une au maître. Oppressée, elle le suivit en silence jusqu'au château, entra avec lui dans la salle à manger où le maître, blême, déchira l'enveloppe en se dirigeant vers la cheminée. Il lut rapidement la lettre mais garda la tête baissée et ne se retourna point. Comme pris d'un malaise, il se laissa tomber sur le banc du cantou et elle sentit se rallumer en elle le foyer incandescent dont elle connaissait trop bien la brûlure.

— C'est au sujet d'Adrien? bredouilla-t-elle.

S'obstinant à ne pas la regarder, le maître hocha la tête Une atroce pensée lui traversa l'esprit.

— Ce n'est pas vrai, dit-elle.

Puis elle se précipita vers le maître, voulut lui arracher la lettre des mains.

— Disparu, murmura-t-il alors, porté disparu.

Elle recula, s'assit sur le banc en face de lui, cherchant à comprendre ce mot étrange. Disparu? Qu'est-ce que cela signifiait? Comment pouvait-on disparaître au milieu de tant de soldats? Des objets pouvaient disparaître, ou des animaux qui s'égaraient, mais des gens? Elle crut alors entrevoir la vérité : il était blessé, peut-être gravement, sans doute en des lieux isolés où nul ne le connaissait.

— Il est vivant, murmura-t-elle. N'est-ce pas qu'il est vivant?

Le maître ferma un instant les yeux, les rouvrit, mais resta muet, leurs regards se croisèrent et un lourd silence tomba. Elle réfléchissait très vite, et plus elle réfléchissait, plus une évidence s'imposait à elle.

— Je vais y aller, dit-elle brusquement, je saurai bien le retrouver, moi.

— Mais où iras-tu?

— A Reims, puisque c'est là que se sont déroulés les derniers combats, en octobre; c'est vous-même qui me l'avez dit.

— Et où chercheras-tu?

Elle n'eut pas une hésitation, répondit :

— Partout : dans les villages, dans les fermes, et s'il le faut jusqu'à Soissons.

Puis, comme si la vie d'Adrien dépendait de sa décision :

— Je dois partir tout de suite.

Le maître désemparé, n'eut pas le courage de la détromper. Il suggéra :

— Attends au moins quelques jours, on finira bien par avoir des nouvelles plus précises.

Attendre? Mais pourquoi attendre puisque Adrien avait besoin de son aide?

— Tout de suite, répéta-t-elle.

Le maître soupira, accablé, mais incapable de lui avouer ce que cette lettre signifiait vraiment.

— Pouvez-vous me prêter des sous? demanda-t-elle. On vous les rendra quand Adrien sera revenu.

Pensif, il la dévisagea longuement, ouvrit la bouche mais renonça. Il se leva péniblement, fouilla dans le tiroir du buffet, lui donna de l'argent, sachant que de toute façon elle ne l'écouterait pas.

— Merci, dit-elle.

Et, comme si elle était déjà partie :

— Que dois-je faire à Paris? demanda-t-elle.

— Il faut aller à la gare de l'Est. Rappelle-toi : Adrien en a parlé lors de sa dernière permission.

Oui, maintenant elle se souvenait : Austerlitz, la gare de l'Est, le Chemin-des-Dames entre Reims et Soissons.

— Et que vas-tu faire de ton enfant? fit-il dans une ultime tentative pour la retenir.

— L'emmener, pardi! Je ne veux pas le laisser, il ne connaît que moi, il a peur de tout, il serait trop malheureux.

— Tu ne vas pas entreprendre un tel voyage avec lui! Il est trop petit, il fait trop froid.

L'insistance du maître à l'empêcher de partir la blessa.

— Il est vivant, vous comprenez? Je le sais, je sens qu'il est vivant, il sera si content de voir son fils.

— C'est de la folie, murmura le maître.

Puis il ajouta :

— N'oublie pas d'aller prévenir Mestre et sa femme. Ils ne seraient pas contents si tu partais comme ça.

— Je n'ai pas le temps, dit-elle, ne se sentant pas la force de lutter contre Armand et Eugénie qui, elle en était certaine, essayeraient eux aussi de la retenir.

Elle devait partir tout de suite, sur-le-champ, une voix venue des profondeurs de son être le lui criait, et c'était sûrement celle d'Adrien. Puis elle demanda :

— Pouvez-vous me conduire à Souillac? Le train part à trois heures.

— Puisqu'il le faut, soupira la maître.

Et, comme elle le remerciait :

— Je vais dire à Edmond d'atteler.

Elle se rendit au pigeonnier, prépara un sac en toute hâte, changea Guillaume, l'habilla chaudement. Après quoi elle revint au château, entra dans la cuisine où elle mangea sans répondre à Sidonie qui, mise au courant par le maître, tentait de la raisonner, puis elle enfouit quelques provisions dans son sac, embrassa Sidonie qui lui promit de s'occuper de ses brebis, et elle sortit dans la cour où l'attendait la charrette. Elle monta sur la banquette entre le maître et Edmond, son enfant sur ses genoux, et le régisseur tira sur les rênes.

Le soleil des derniers jours avait disparu. Un vent glacé soufflait en rafales et la pluie menaçait. Elle enveloppa Guillaume dans sa cape de laine et l'enfant s'endormit, bercé par les cahots. Chemin faisant, les deux hommes essayèrent encore de la dissuader, mais elle se réfugia dans un mutisme buté, leur en voulut même de leurs paroles qui par moment altéraient sa certitude de retrouver Adrien où qu'il fût. Une fois à la gare, quand le maître eut compris qu'elle partait vraiment, il l'accompagna sur le quai, l'embrassa et lui dit :

— Quoi qu'il arrive, petite, pense à ton enfant et reviens-moi.

Il fallut plus de deux heures avant que la peur ne fondît sur elle. Non pas celle d'avoir perdu Adrien à jamais, mais celle que provoqua la conscience de sa solitude dans le compartiment où des hommes et des femmes inconnus l'ignoraient, elle, la petite Quercynoise qui n'avait jamais quitté son village. Elle se demanda alors si elle n'était pas devenue folle pour se lancer ainsi dans un voyage si hasardeux en plein hiver. Que deviendrait-elle, si Guillaume tombait malade ou si elle ne retrouvait pas Adrien, toute seule, dans ces contrées lointaines où elle ne connaissait personne? Serait-elle capable de revenir à Quayrac? Le doute s'insinua en elle et elle fut tentée de faire demi-tour.

La nuit tombait. Elle avait assis Guillaume sur ses genoux et il s'étonnait de cet environnement nouveau s'accrochait à elle, pleurait par moment comme s'il ressentait l'angoisse montante de sa mère. Pour l'occuper, elle lui donna sa poupée de chiffon. Autour d'elle, les gens parlaient fort, plaisantaient, s'apostrophaient, mais elle se sentait exclue de ce monde étrange qui lui donnait l'impression de se trouver déjà terriblement loin de son village. Ignorant les conversations qui portaient sur la punition infligée à l'ennemi, la réparation des dommages de guerre, l'entrée problable des troupes françaises en Allemagne, elle regarda par la vitre la campagne vallonnée que l'ombre achevait de grignoter. Bientôt Guillaume s'endormit et elle n'osa plus bouger de peur de le réveiller. Le silence gagna le compartiment où les voyageurs s'assoupirent après avoir mangé des victuailles qu'ils partagèrent entre eux. Dans la tête de Philomène virevoltaient maintenant les plus noires pensées : et si Adrien était mort? Si on n'avait pas retrouvé son corps parce que tout simplement son corps n'existait plus? Un frisson glacé la secoua, elle chassa cette image de son mari désintégré par un obus ou calciné par les lance-flammes dont Abel avait parlé un jour avec Armand, sans prendre garde à sa présence. Tout cela était fou et ridicule. S'il avait quitté ce monde, elle l'aurait senti. Au moment même où la mort l'aurait pris, elle l'aurait su, elle en était certaine. D'ailleurs, lors de la disparition de Mélanie, elle n'avait jamais douté un instant qu'elle fût vivante, et elle ne s'était pas trompée. Mélanie! Comme elle lui manquait dans ce train sombre et triste, comme elle lui semblait loin! Quelques larmes de fatigue coulèrent sur ses joues sans qu'elle s'en rendît compte, puis elle s'endormit avec le sentiment qu'elle allait devoir lutter contre un ennemi dont le visage ressemblait curieusement à celui du rouquin.

Tard dans la nuit, en ouvrant la porte brusquement, un homme en uniforme fit sursauter tout le monde. Il annonça qu'on arrivait à Paris. Les voyageurs s'ébrouèrent, puis ils se levèrent en baîllant et rassemblèrent leurs bagages. Des lumières trouèrent la nuit et le train ralentit. Philomène aperçut des murs noirs où étaient tracées des inscriptions qu'elle ne parvint pas à déchiffrer, des quais déserts, des wagons sur des voies de garage. Elle attendit l'arrêt complet pour réveiller Guillaume, se leva, demanda à la femme qui la précédait si c'était le moment de descendre. Celle-ci, brune aux lèvres fardées, qui portait une malle en osier, répondit d'un air étonné :

— Mais bien sûr, c'est le terminus.

Philomène descendit sur le quai la dernière, tenant Guillaume par la main et de l'autre son sac. Elle regarda de tous côtés et, ne sachant où aller, prit le parti de suivre la foule des voyageurs qui remontait vers une sorte de gigantesque hangar. Là, elle demanda au contrôleur où se trouvait la gare de l'Est.

— Il n'y a plus de métro à cette heure-ci, ma pauvre dame, répondit-il. Il faudrait prendre un taxi.

Elle n'osa pas demander d'explications supplémentaires, se sentit complèment perdue, sortit de la cohue, erra dans la gare, rencontra une demi-douzaine de soldats, fut tentée de se renseigner auprès d'eux, mais elle y renonça, car ils paraissaient ivres. Elle s'en éloigna rapidement, marcha d'un quai à l'autre, monta et descendit des escaliers, revint sur ses pas, refoula des larmes de découragement : Guillaume pesait sur ses bras et la courroie de son sac lui faisait mal. Elle trouva enfin une salle baptisée « salle d'attente », regarda à l'intérieur sans rien distinguer de précis à cause de la buée. Trop fatiguée pour continuer à marcher, elle entra. Une forte odeur de fumée et de sueur la prit à la gorge mais elle n'eut pas le courage de ressortir. Elle s'approcha d'une banquette vide, s'assit, posa son sac, puis, imitant les voyageurs, elle s'allongea en tenant Guillaume serré contre elle pour le réchauffer. Cinq minutes plus tard, elle dormait.

Le lendemain matin, elle fit quelques provisions avant de se rendre à la gare de l'Est où elle arriva vers midi. Là, bien avant l'heure du départ, après avoir mangé sur un banc, elle monta dans le train de Reims que lui désigna un employé, retrouva les banquettes de bois des compartiments de troisième classe, y allongea Guillaume, sa tête reposant sur ses genoux.

Quand le train s'ébranla, elle eut l'impression, avec ce nouveau départ, de couper définitivement les liens qui la retenaient encore à son village, et son cœur se serra. Puis, cherchant un peu de réconfort, elle regarda autour d'elle : seule une femme âgée et un soldat étaient assis dans le compartiment. Après avoir longuement hésité, elle se hasarda à lui demander d'une voix faible si elle ne connaissait pas Adrien Fabre.

— Quel régiment? fit-il, d'un air étonné.

— 23e régiment d'infanterie.

— Non, je ne le connais pas, dit-il, moi je suis du 10e d'artillerie.

Elle le remercia tout de même, se tourna vers la fenêtre à travers laquelle elle vit défiler les maisons et les immeubles gris de la banlieue, encore étourdie par le vacarme et l'agitation de la grande ville dont elle n'avait jamais imaginé le gigantisme. Elle se sentit écrasée, se demanda si Reims était une ville aussi effrayante que Paris. Puis, comme Guillaume s'endormait, elle s'absorba dans la contemplation du paysage : des plaines vertes et grasses avaient succédé à la grisaille de la banlieue, parfois piquetées de bouquets d'arbres et creusées de rivière nonchalantes. Elle s'inquiéta en apercevant des flocons de neige qui glissaient sur les vitres et ne se posaient nulle part, songea à son pigeonnier, là-bas, si loin, où il ferait si bon passer l'hiver avec Adrien.

Un peu plus tard, Guillaume se réveilla. Elle le promena dans le couloir un long moment, regagna sa place, lui donna un morceau de pain, et le temps s'arrêta. Jamais elle ne s'était sentie si seule. Heureusement, le corps chaud de Guillaume contre sa poitrine prolongeait des sensations éprouvées en des lieux familiers et la rassérénait. Parfois, il levait la tête vers elle en souriant et Adrien devenait plus proche : c'était le même front, les mêmes yeux, les mêmes mimiques aussi, quand il plissait les paupières en grignotant son pain.

Elle s'assoupit, reprit conscience beaucoup plus tard, fut étonnée par la pénombre qui coulait déjà dans le compartiment. La nuit tombait de bonne heure, roulée par des nuages bas et une sorte de brume sale qui semblait surgir des champs et des prés. Le contrôleur entra, vérifia les billets. Elle lui demanda si on était loin de Reims. On allait arriver. Elle prépara son sac et attendit l'arrêt en réveillant Guillaume doucement.

Quand elle sortit de la gare, elle eut peur à nouveau, dans

cette ville inconnue où les lumières pâles des réverbères ne parvenaient pas à percer l'ombre de la nuit. Comme le maître le lui avait conseillé, elle chercha un hôtel où elle pourrait se reposer et s'occuper de son fils. Elle en trouva un tout près de la gare, s'y réfugia avec l'impression d'échapper enfin à ce sentiment d'insécurité qui l'oppressait depuis deux jours.

Le lendemain matin, elle erra dans les avenues dont les maisons avaient souffert des bombardements, chercha une boulangerie et une épicerie, fit des provisions qu'elle enfouit dans son sac. Vers dix heures, après un grand carrefour qu'elle avait longtemps hésité à traverser, elle aperçut une caserne mais, effrayée par les hommes en armes et les tanks rassemblés dans la cour, elle passa devant sans s'arrêter. Puis, ne sachant à qui s'adresser ni où aller, elle revint sur ses pas et demanda au planton, un jeune soldat aux yeux bleus, s'il ne connaissait pas Adrien Fabre.

— Adressez-vous au bureau, là-bas, dit-il en montrant un petit bâtiment sur la gauche de l'entrée.

Elle s'y dirigea, frappa timidement à la porte, expliqua qu'elle cherchait son mari à un officier au visage sévère.

— Quel régiment? demanda-t-il.

— 23e régiment d'infanterie, 5e armée.

— Mais il n'est pas ici, ma pauvre dame, la 5e armée est à la frontière.

Elle baissa la tête, ajouta, désemparée :

— Il était près de Reims en octobre.

— Mais bien sûr, entre Reims et Fismes exactement, mais nous sommes à la fin novembre, pourquoi le cherchez-vous ici?

Ne sachant que répondre, elle tendit la lettre reçue par le maître; l'officier la lut rapidement, et aussitôt l'expression de son visage changea.

— Peut-être à l'hôpital militaire, dit-il en levant sur elle des yeux où se mêlaient la pitié et l'incompréhension.

— Vous croyez? souffla-t-elle.

— Allez toujours voir, mais après les combats d'octobre, il y avait tellement de blessés qu'on a dû aussi en évacuer sur Soissons et Bar-le-Duc.

Puis, après un instant de silence :

— Ne vous en faites pas. Je suis sûr que vous le retrouverez.

— Pouvez-vous m'indiquer où se trouve l'hôpital? demanda-t-elle encore.

Il lui expliqua gentiment : il fallait aller au bout de l'avenue, tourner à gauche, marcher pendant deux cents mètres, passer un rond-point et tourner de nouveau à gauche. Elle remercia et se remit en route en avançant lentement car Guillaume trottinait à ses côtés en pleurant. La neige commença de tomber, avivant ses regrets d'avoir emmené son fils. Les flocons devinrent de plus en plus épais, formèrent rapidement une légère couche blanche sur le trottoir. Il lui semblait que les gens la regardaient, qu'ils s'offusquaient de la voir traîner son enfant par la main avec ce temps glacial et cette neige tourbillonnante. Elle arriva à l'hôpital au bout d'une demi-heure, après avoir porté Guillaume à plusieurs reprises dans ses bras. L'hôpital se trouvait au fond d'une impasse bordée de grands bâtiments aux façades noires. Elle entra dans un hall où des infirmières pressées ne lui accordèrent pas un regard, vit passer des chariots où gisaient des hommes recouverts de bandages, puis, comme nul ne s'intéressait à elle, elle s'approcha d'une sorte de guichet situé au fond du hall. Là, après l'avoir fait attendre quelques minutes, une infirmière l'interrogea des yeux.

— Je cherche Adrien Fabre, souffla Philomène, c'est mon mari.

— Il y a longtemps qu'il est là? demanda l'infirmière, une femme sans âge, au double menton, en feuilletant un registre.

— Je ne sais pas.

— Comment ça, vous ne savez pas?

— On m'a dit qu'il était peut-être là, murmura-t-elle en hésitant à montrer sa lettre.

— Il ne figure pas dans mes registres, qui vous a dit qu'il était « peut-être » là?

— Un officier, à la caserne.

L'infirmière réprima un mouvement d'humeur, la dévisagea sans chaleur. Devait-elle montrer sa lettre? N'allait-on pas la jeter dehors?

— Attendez, dit l'infirmière en soupirant.

Et elle quitta son guichet, traversa le hall, arrêta un médecin qui passait, lui parla un instant en jetant de brefs regards vers Philomène. Le médecin, un homme âgé d'une cinquantaine d'années, vêtu d'une blouse maculée de sang, s'avança.

— Qui vous a dit que votre mari était là? demanda-t-il.

— Un officier, répéta-t-elle.

Il réfléchit quelques secondes, décida :

— Suivez-moi.

Il l'emmena le long d'un couloir aux murs décrépis, traversa un deuxième hall en se tournant pour vérifier si elle le suivait bien, la fit entrer dans une grande salle où des lits étaient alignés sur deux rangées. Dès qu'elle y pénétra, des plaintes et des râles la firent frissonner. Guillaume se mit à pleurer, elle le souleva, le prit dans ses bras, l'embrassa pour le faire taire.

— Ce sont les blessés graves, dit le médecin, ceux que l'on n'a pas pu identifier.

Puis il ajouta, en l'invitant d'un geste à s'avancer :

— Vous savez, il y a peu de chance que votre mari soit là.

Elle s'approcha des lits, et, le cœur au bord des lèvres, examina un à un les corps étendus, redoutant de reconnaître celui d'Adrien. Pourtant il ne lui paraissait pas possible qu'il fût là : elle ne sentait pas sa présence. Elle acheva rapidement son inspection, vacillant sur ses jambes que le poids de Guillaume et la vue des corps atrophiés faisaient trembler. Elle remercia le médecin qui la soutint jusqu'au couloir, lui demanda s'il y avait un autre hôpital dans la ville.

— Non, dit-il, mais en octobre, on a dû évacuer sur Soissons.

Elle repartit et, tout en marchant, elle songea qu'avant d'entreprendre d'autres recherches, il était préférable qu'elle se rendît à Soissons. Elle reprit donc la direction de la gare. La neige ne tombait plus, mais une pluie glacée lui succédait. Elle abrita Guillaume de son mieux, s'en voulut vraiment de l'avoir emmené avec elle. Que ferait-elle s'il prenait mal? Devrait-elle l'abandonner dans un hôpital sinistre comme celui qu'elle venait de quitter? Elle arriva frigorifiée à la gare, se renseigna auprès d'un agent pour connaître l'heure de départ du train pour Soissons, mais celui-ci lui répondit que la voie ferrée, en partie détruite par les derniers combats, était en cours de réparation. Désespérée, elle se réfugia dans la salle d'attente, se réchauffa près du poële et, tout en mangeant, réfléchit à ce qu'elle devait faire. Après avoir longtemps hésité, elle décida de partir quand même, en espérant qu'elle trouverait une voiture ou une charrette qui accepterait de la prendre. Quand Guillaume eut avalé sa dernière bouchée, elle sortit de la gare, demanda à un passant la route de Soissons.

— Au bout de la rue, dit-il, vous verrez les panneaux mais ce n'est pas un temps pour se promener, vous savez.

Elle ne répondit pas, partit sur le trottoir défoncé que le vent balayait en rafales folles. Comme Guillaume se remettait à pleurer, elle dut le reprendre dans ses bras et marcha ainsi pendant plus d'une demi-heure avant de dépasser les faubourgs et de trouver enfin la campagne. Heureuse d'avoir échappé à l'oppression que provoquait en elle l'animation bruyante des villes, elle reprit courage en s'apercevant que la pluie s'était arrêtée de tomber. Elle suivit la route creusée d'ornières pendant un long moment, sans rencontrer la moindre voiture ni le moindre attelage. Son sac passé par la bretelle à son épaule, elle avait recouvert Guillaume de sa cape et le portait à deux mains. Enfin le trot d'un cheval à quelques mètres derrière elle la fit se retourner avec un frisson d'espoir. Rassemblant tout son courage, elle s'avança au milieu de la route en faisant des signes de la main. L'homme qui était assis sur la banquette tira sur les rênes, arrêta l'attelage à sa hauteur.

— Et où donc allez-vous? demanda-t-il, vous n'êtes pas folle de marcher comme ça, avec ce temps.

— Je vais à Soissons, dit-elle d'une faible voix, consciente des dangers de son entreprise.

— Vous n'y êtes pas encore, ma pauvre dame. Montez toujours, moi je vais à Muizon : au moins vous pourrez vous abriter un peu sous ma bâche.

Il descendit, découvrit alors Guillaume que la cape dissimulait presque entièrement.

— Et avec un enfant, en plus! Eh bien, il faut vraiment que vous ayez à faire à Soissons.

Malgré son langage et ses manières brusques, il paraissait brave. Il l'aida à monter, l'installa avec Guillaume sous une bâche qui prenait appui sur les ridelles et protégeait un porcelet attaché par les pattes. Il remonta sur sa banquette, et la charrette repartit lentement, traversa les débris de hameaux dont les murs en partie écroulés témoignaient des derniers combats. Philomène ferma les yeux, posa sa joue contre les cheveux de Guillaume, l'entoura de ses bras pour le protéger du froid, et le voyage dura ainsi jusqu'à deux heures de l'après-midi, entrecoupé de temps en temps par la voix du paysan qui se retournait en criant :

— Ça va?

Chaque fois, elle hochait la tête, esquissait un sourire. A Muizon, l'homme la laissa au bord de la route et lui conseilla avant de rentrer chez lui :

— Vous feriez mieux d'attendre une charrette ici, la nuit pourrait vous surprendre sur la route.

Elle le remercia, mais repartit sans écouter ses recommandations. Elle marcha pendant près de deux heures sans rencontrer personne, puis, apercevant quelques toits sur sa droite, elle quitta la grand-route et se dirigea vers le hameau, cogna à la porte de l'une des seules maisons qui lui parurent habitées, demanda si l'on voulait bien l'héberger pour la nuit : elle avait de l'argent pour payer. Le couple qui l'accueillit, un colosse bourru et une femme plus âgée que lui, accepta de lui donner un peu de soupe et de lui prêter un lit. En mangeant en leur compagnie auprès d'un grand feu, elle recouvra ses forces entamées par la marche et le froid. Ses hôtes l'interrogèrent sur les raisons de sa présence en ce hameau et elle leur répondit sans rien leur cacher.

— Mon Dieu! dit la femme qui ressemblait à Eugénie, est-ce possible?

— Et avec un enfant avec vous, ajouta l'homme, vous voulez donc le faire mourir de froid!

Toujours ces mêmes reproches, après le maître, Sidonie, les passants, le paysan qui l'avait conduite, et maintenant ce couple si sévère et sans le moindre sourire! Elle se sentit tellement coupable qu'elle demanda à se coucher, prit Guillaume contre elle dans le lit et pleura en comprenant que Soissons était sa dernière chance car elle ne pourrait pas continuer avec lui.

Le lendemain, une voiture l'emmena jusqu'à Fismes et elle ne se douta point qu'Abel était passé par là, lui aussi, il y avait plus d'un an. L'après-midi, un break mené par un homme en costume de velours et botté la conduisit jusqu'à Bazoches. Là, une jeune femme accepta de lui donner l'hospitalité pour la nuit qui tombait. Elle était veuve, et quand Philomène lui eut montré sa lettre, prise de pitié, elle lui offrit de garder Guillaume pendant quelques jours, le temps qu'elle se rende à Soissons et qu'elle en revienne. Mais il ne lui parut pas possible de faire deux fois le trajet dans des conditions si pénibles, et elle refusa. Le soir, dans son lit, épuisée par ces deux journées passées dans la neige et le vent, elle perdit espoir et il lui sembla que toutes ses recherches étaient vaines, et qu'elle aussi, sans doute, était veuve à cette heure.

Pourtant, poussée par une force dont elle ne savait la provenance, elle repartit le lendemain de très bonne heure. Ce troisième jour fut le plus difficile. Elle eut l'impression que les rares voyageurs qu'elle rencontrait se méfiaient d'elle : nul n'accepta de la prendre sur sa charrette ou dans sa voiture. Ses pieds meurtris par les ampoules et bleuis par le froid la portaient à peine, elle grelottait, elle avait mal, elle s'efforçait de ne penser à rien d'autre qu'à la route, au tournant aperçu au loin, à Guillaume qui levait par instants sur elle des regards dans lesquels elle croyait déceler un reproche. Le soir venu, elle frappa à la porte d'un homme hirsute et solitaire qui, après l'avoir fait entrer, se jeta sur elle. Elle parvint cependant à s'enfuir dans la nuit, se réfugia dans l'église où le curé la trouva une heure plus tard, paralysée d'horreur et tremblant sur sa chaise. Quand elle lui eut raconté son histoire, il l'emmena chez lui et lui dit de ne plus s'inquiéter : il allait s'occuper d'elle. Guillaume, fiévreux, pleura souvent pendant la nuit et l'empêcha de dormir. Heureusement, le lendemain matin, le curé lui prépara un petit déjeuner qui lui redonna des forces. Pendant qu'elle achevait de manger, il lui annonça qu'un de ses voisins se rendait au marché de Soissons et acceptait de l'emmener dans sa charrette. L'homme en question était gentil et prévenant : il lui tint conversation pendant le voyage et la réconforta. Pourtant, lorsque vers midi elle arriva dans la grande ville, après tant d'épreuves traversées dans le froid, elle avait perdu tout espoir et songeait seulement à chercher Adrien une dernière fois avant de repartir à

Quayrac où, au moins, ceux qui l'aimaient, sauraient peut-être lui faire oublier son malheur.

La ville ressemblait à celle qu'elle avait quittée quatre jours auparavant : mêmes avenues rectilignes, mêmes maisons grises, mêmes trottoirs défoncés, et même animation bruyante dans les rues. Elle se renseigna pour trouver l'hôpital, s'y rendit à pas lents, incapable de porter Guillaume qui pleurait. Au bout de vingt minutes, elle arriva devant un grand bâtiment aux murs noirs après avoir traversé un parc aux arbres étêtés. Comme à Reims, elle pénétra dans un hall où circulaient des chariots poussés par des infirmières, et comme à Reims, elle s'approcha d'un guichet et demanda si Adrien Fabre se trouvait là. Après avoir vainement cherché dans un registre, l'infirmière de garde l'adressa à un major qu'elle suivit le long d'un couloir. Il la fit entrer dans une salle commune semblable à celle qu'elle avait déjà visitée. Elle eut un mouvement de retrait en apercevant les lits, se força cependant à avancer dans l'allée centrale, frémit en découvrant les corps inertes pareils à des momies, parcourut lentement la moitié de l'allée derrière le major, et soudain s'arrêta, pétrifiée. Sur sa droite, tout près, deux cailloux bleus tranchaient sur le blanc métallique d'une table de nuit. Le major surprit son regard, murmura :

— On a retrouvé ça dans la poche de son pantalon, plié dans un mouchoir. D'habitude c'est plutôt une photo, une lettre ou une mèche de cheveux. Allez comprendre à quoi se raccrochent les soldats!

Philomène crut que son cœur éclatait. Elle chancela, dut s'appuyer à la barre du lit, demanda, effrayée par les bandages qui recouvraient le torse et la tête en laissant seulement apparaître les yeux, le nez et la bouche :

— Qu'est-ce qu'il a?

— Des éclats d'obus dans les jambes, brûlures au deuxième degré sur l'abdomen, fracture du crâne, mais celui-là vivra : il est sorti depuis peu du coma.

« Il vivra, il vivra », se répéta Philomène avec l'impression qu'elle avait soudain changé de monde. Elle posa Guillaume par terre, s'approcha de la table de nuit, prit les deux cailloux dans ses mains, les frotta légèrement, les reconnut. Il lui sembla alors que le soleil illuminait la pièce, qu'il n'y avait jamais eu de neige au-dehors, que le froid quittait enfin son corps. Une brume tiède descendit sur ses yeux, elle s'assit au bord du lit, souffla :

— Adrien.

Les paupières battirent puis s'ouvrirent enfin. C'était bien ses yeux, c'était bien son nez, ses lèvres, c'était lui. Elle se pencha, l'embrassa, murmura contre son oreille :

— C'est moi, tu me reconnais?

— Philo, dit-il doucement entre ses lèvres mi-closes.

— Tu vas guérir, je suis là. Tu vois, je suis venue.

Mais sa voix s'étrangla dans sa gorge et elle se retourna vers Guillaume qui, seul dans l'allée, commençait à pleurer. Elle le souleva, le porta près d'Adrien, le fit prendre appui sur le bord du lit.

— Il est encore très faible, dit le médecin, car il n'a repris connaissance qu'hier.

Elle le remercia d'un sourire, se retourna vers Adrien, prit Guillaume sur ses genoux.

— C'est ton papa, dit-elle, il est là, il est vivant, ne pleure pas, il ne faut plus pleurer, plus jamais, tu comprends, plus jamais.

Et plus elle disait cela, plus elle riait, plus les sanglots l'étouffaient et plus elle le serrait.

— Mon papa, balbutia Guillaume.

Le sourire qui fleurit sur les lèvres d'Adrien s'abîma dans une grimace. Rassemblant ses forces, des gouttes de sueur sur son visage, une lueur farouche dans ses yeux noirs, il tendit les bras à son enfant.

TABLE DES MATIÈRES

Première partie
LES ENFANTS DU NOUVEAU SIÈCLE
page 11

Deuxième partie
L'AUTRE MONDE
page 129

Troisième partie
LE TEMPS DES NUAGES
page 217

Quatrième partie
LE VENT FOU
page 325

Aubin Imprimeur
LIGUGÉ, POITIERS

Achevé d'imprimer en janvier 1991
N° d'édition ES 91021 / N° d'impression L 36888
Dépôt légal février 1991
Imprimé en France

ISBN 2-73-82-0380-9
33-12-5380-01/2